Carolin Schairer

Die Spitzenkandidatin

Carolin Schairer

Die Spitzenkandidatin

Roman

Ulrike **HELMER** Verlag

Carolin Schairer, geboren 1976 in Garmisch-Partenkirchen, ist in Niederbayern aufgewachsen. Bereits vor und während ihres Studiums an der KU Eichstätt hat sie für verschiedene Medien im Print- und Rundfunkbereich gearbeitet. Die Diplom-Journalistin hat einige Jahre als freie Mitarbeiterin für Zeitungen und Magazine geschrieben, arbeitete in der Medienbeobachtung und als Interviewerin in der Markt- und Meinungsforschung. Sie lebt in Wien, wo sie als Pressesprecherin in der Finanzbranche tätig ist.

2. Auflage

ISBN 978-3-89741-192-0

© 2005 Copyright Ulrike Helmer Verlag, Königstein/Taunus

Alle Rechte vorbehalten.
Umschlaggestaltung: Atelier KatarinaS, NL
Druck: CPI GmbH, Germany
Druck: CPI Druckdienstleistungen GmbH
Bei Fragen zur Produktsicherheit wenden
Sie sich an vertrieb@ulrike-helmer-verlag.de

Ulrike Helmer Verlag
Klosterhofstr. 3, 65843 Sulzbach
info@ulrike-helmer-verlag.de

www.ulrike-helmer-verlag.de

Unverhofftes Wiedersehen

Ich hatte Gitta nicht gegrüßt. Das war ein Fehler. Denn sie nahm die Tatsache, dass ich sie auf dem Weg zum Kaffeeautomaten übersehen hatte, sogleich zum Anlass, mir den Gang entlang zu meinem Schreibtisch zu folgen.

»Schieß los, Babe, welche Laus ist dir heute über die Leber gelaufen?«

Ich beschloss, sie zu ignorieren, und schaltete meinen Computer ein.

Gitta ließ nicht locker. »Du machst ein Gesicht, als hättest du heute Morgen vor dem Spiegel die ersten grauen Haare entdeckt!«

Dass sie sich so leicht abschütteln lassen würde, hatte ich auch nicht erwartet. Gitta Grothe war Society-Reporterin, und das seit über zwanzig Jahren. Schnell aufzugeben war nicht nach der Art einer Journalistin ihres Kalibers. Ich nahm es ihr nicht übel, aber im Moment hatte ich einfach keine Lust zu sprechen. In der Hoffnung, sie längerfristig doch noch in die Flucht zu schlagen, kramte ich unter einem der zahlreichen Stapel, die sich auf meinem Schreibtisch türmten, eine bunt bedruckte Broschüre hervor und starrte konzentriert auf Seite zwei und drei des dünnen Heftchens.

Aus den Augenwinkeln beobachtete ich Gitta, die zunächst ein Weilchen wie angewurzelt vor mir stand. Dann ergriff sie rigoros die zwei letzten Nummern von *Amiga*, dem Trendmagazin für die Frau des 21. Jahrhunderts – so lautet tatsächlich die Eigenwerbung des Blatts, für das ich arbeite – und warf sie auf den Boden knapp neben den Mülleimer.

»Hej ...«, protestierte ich schwach und umklammerte instinktiv mit beiden Händen meinen Plastikkaffeebecher. Ehe ich es verhindern konnte, hatte sie sich auf dem freien Platz niedergelassen, den sie sich auf meinem Schreibtisch verschafft hatte, und schlug nun schwungvoll die Beine übereinander. Aus ihrer erhöhten Position betrachtete sie mich mit prüfendem Blick.

»Bella Theresa. Du kannst mir vertrauen. Sprich mit Tante Gitti über dein Problem.«

»Habe kein Problem«, nuschelte ich in meinen Kaffeebecher hinein, ohne sie anzusehen. Zumindest hatte ich kein Problem, das ich mit der 20-köpfigen Redaktion von *AMIGA* nebst allen freien Mitarbeitern und Fotografen diskutieren wollte. Ich hatte Gitta in den fünf Jahren in dieser Redaktion gut genug kennen gelernt, um zu wissen, dass sie nichts für sich behalten konnte.

»Jetzt reicht's!« Mit gespieltem Ärger riss sie mir, meinen erneuten Protest missachtend, die Broschüre aus der Hand und betrachtete stirnrunzelnd das Cover. »*Boa Goa* – die sanfte Pflege für Haut und Sinne«, las sie laut vor und ihre Stirnfalten vertieften sich, ehe sie die Broschüre mit einer verächtlichen Geste in den Papierkorb warf. »Eine Werbung für Seifenschaum. Erzähl mir bitte nicht, dass du so früh am Morgen solch bittere Lektüre verdauen willst.«

Mein Widerstand war schwach angesichts ihrer Hartnäckigkeit. Vielleicht war es auch der Kaffee, der allmählich meine Lebensgeister weckte und mich kommunikativer stimmte.

»Ist für die Pflege-und-Schönheits-Seite«, erklärte ich kurz angebunden, während ich den Werbefolder wieder aus dem Papierkorb fischte. »Ich muss dort ein paar kreative Zeilen über dieses innovative Produkt loswerden. Ist ein Werbekunde von uns. Anweisung von oben sozusagen.«

»Dir bleibt auch nichts erspart«, kommentierte Gitta meinen Sarkasmus mit einem Kopfschütteln. »Aber daher kommt deine schlechte Laune nicht. Das machst du ja quasi jeden Tag. Wundert mich ohnehin, wie du das aushältst, ohne ernsthafte psychische Probleme zu entwickeln.«

Zu entwickeln? Ich habe bereits ernsthafte psychische Probleme, Gitta!

Ich behielt meine Gedanken für mich und zuckte nur mit den Schultern. »Irgendwer muss es ja tun.«

»Ja, aber es müsste keine Redakteurin sein. Das ist ein Praktikanten-Job«, erwiderte Gitta energisch. »Und selbst für diese armen Zeilenschreiber ist es eigentlich eine Schmach und Schande, sich über Putzmittel, Haarshampoo, Festiger, Deosprays und alle Arten von Seifen den Kopf zerbrechen zu müssen!« Sie machte eine kleine

Pause, fuhr sich durch ihr kurz geschnittenes, bordeauxrot gefärbtes Haar und ließ ihren Blick kurz durch die Räumlichkeiten schweifen. Es war erst neun Uhr morgens, früh für einen Arbeitsbeginn in der Redaktion einer Wochenzeitschrift, und daher waren außer Gitta und mir nur wenige Kolleginnen hier.

Gitta senkte die Stimme, als sie ihre Aufmerksamkeit erneut mir zu wandte. »Hast du diese eklig-blaustichige Strumpfhose von der Kesselflieger gesehen? Diese Frau wird nie Stil entwickeln, glaube mir! Aber sie ist mein Lieblingsstudienobjekt. Durch sie weiß ich immer, welche Geschmacklosigkeit in ein paar Wochen hip ist. Die Kesselflieger ist mein Frühindikator.«

Katja Kesselflieger war vor drei Jahren in die *Amiga*-Redaktion gekommen. Zuvor hatte sie für eine Flensburger Tageszeitung gearbeitet und anschließend als so genannte »feste Freie«, also als Journalistin mit Pauschalvertrag, aber ohne Sozialleistungen wie bezahltem Urlaub und Krankenversicherung, für zwei weitere Frauenmagazine geschrieben. Wie die meisten von uns hatte es Katja Kesselflieger nach Hamburg verschlagen; im Unterschied zu den anderen in dieser Redaktion sah man es ihr nicht nur an, sondern hörte es sofort, wenn sie den Mund auftat: Die Mittvierzigerin sprach breitesten Dialekt, was besonders für mich, die ich aus dem entgegengesetzten Teil Deutschlands stammte, des Öfteren zu Verständigungsschwierigkeiten führte. Außer ihrer Unfähigkeit, sich auf Hochdeutsch zu artikulieren, hatte Katja Kesselflieger eine Vorliebe für außergewöhnliche Farbkombinationen und eher unvorteilhafte Schnitte. Doch das sollte nicht mein Problem sein. Ich hatte – im Gegensatz zu Gitta, die bereits mehrmals berufliche Meinungsverschiedenheiten mit unserer Kollegin ausgetragen hatte – nichts gegen die Kesselflieger. Im Grunde tat sie mir nur Leid. Sie war eine von jenen, die sich selbst unheimlich wichtig nahmen, weil ihnen sonst niemand dieses Gefühl vermittelte. Von der Art gab es mehrere in dieser Redaktion. Vielleicht zählte ich sogar selbst dazu, ohne mir darüber bewusst zu sein.

Obwohl mir blaustichige Strumpfhosen egal waren, hatte ich bei Gittas Worten aber automatisch den Kopf gehoben und beobachtete nun ebenfalls die Kesselflieger, die mit besagter Strumpfhose und knallrotem Rock am Kopierer stand und mit unserem Praktikanten Henning die Wochenenderlebnisse austauschte. Ich musste unwillkürlich grinsen, als ich aus Katjas Mund das Wort »Inlineskaten« vernahm, denn sogleich stellte ich mir die rundliche Kesselfliegerin im grellbunten eng anliegenden Sportdress mit ihrer im Fahrtwind wehenden, blond gefärbten Löwenmähne vor. Gitta schien meine Gedanken lesen zu können. Unsere Blicke trafen sich, und ich musste noch mehr grinsen.

»Theresa, so gefällst du mir schon besser!«, erwiderte sie. »Aber jetzt sag schon, was los ist. Ich finde es sonst ohnehin selbst heraus.«

Auch wenn sich meine Stimmung durch das kleine Intermezzo gebessert hatte – mir war dennoch nicht danach, von meinem Wochenende zu erzählen. Doch Gittas stahlgraue Augen durchbohrten mich. Plötzlich schlug sie die Hände über dem Kopf zusammen, in einer Lautstärke, mit der sie die Aufmerksamkeit von Katja Kesselflieger, unserem Praktikanten Henning und zwei anderen anwesenden Kolleginnen unweigerlich auf uns lenkte.

»Heureka!«, rief sie aus. »Ich weiß, was es ist!« Sie starrte mich an und sagte in absolut sachlichem Tonfall: »Du hast Mr. Austria aus deiner Wohnung geschmissen. Hab ich Recht oder hab ich Recht?«

Ich sah zu ihr auf und mein Blick sprach Bände. Gitta hatte den Nagel auf den Kopf getroffen: Ich hatte mich gestern Abend endgültig von Mr. Austria verabschiedet. Mr. Austria hieß mit vollem Namen Jörg Mayringer, stammte aus dem Südburgenland und war mit einem adonisgleichen Körper ausgestattet. Dieser Körper verhalf ihm zunächst zum Titel »Mr. Austria«, anschließend zu einer Karriere als Männermodel in ganz Österreich und später auch in Deutschland. Die wirklich großen Auftritte bei Modeevents in Mailand, New York und anderen Mode-Metropolen blieben bisher aus. Aber das konnte sich ja noch ändern. Mr. Austria war schließlich erst knappe 23 Jahre jung.

»Er war doch sooooo schööööön!«, flötete Gitta nun in einer Lautstärke, die Henning und Katja Kesselflieger endgültig an meinen Schreibtisch lockte.

»Er war strohdumm«, konterte ich.

»Wat is'n los, Kleene?«, erkundigte sich Katja nun neugierig.

»Mr. Austria ist Vergangenheit«, setzte Gitta sie sogleich in Kenntnis und fügte – erklärend für Henning, der erst seit zwei Wochen in der Redaktion weilte und daher noch nicht umfassend über mein Privatleben informiert war, hinzu: »Theresas Freund, pardon, jetzt Ex-Freund.«

»Oh, das tut mir Leid.« Henning bedachte mich mit einem mitleidsvollen Blick. »Geht's dir jetzt sehr schlecht?«

Außer der Tatsache, dass der Erholungswert meines Wochenendes geschmälert worden war und dass ich sämtliche Begleitumstände eines solchen Ereignisses verabscheute, fühlte ich angesichts der Umstände denkbar wenig. Meine schlechte Laune resultierte hauptsächlich aus dem Mangel an Schlaf und dem Ärgernis, 24 Stunden lang einer Non-Stop-Konfrontation ausgesetzt gewesen zu sein.

Ehe ich etwas sagen konnte, hatte Gitta schon wieder das Wort ergriffen, während Katja Kesselflieger bei Hennings gut gemeinten Worten einen Lachkrampf zu unterdrücken versuchte.

»Ach Unsinn, Henning. Unsere Theresa ist doch da schon erfahren. Da hat sie doch Routine, mit dem Schlussmachen und so. Wie lange warst du gleich wieder mit diesem Typen zusammen? Zwei Monate? Drei Monate?«

»Zwei Monate«, erwiderte ich gehorsam. So seltsam es für Außenstehende sein mochte: Was sich hier abspielte, erschütterte mich nicht im Geringsten. Ich fühlte, Mr. Austria betreffend, nämlich genau ... nichts. Und auch Gittas Worte verletzten mich nicht. Was sie sagte, entsprach voll und ganz der Realität. Da unsere Redaktion relativ klein war, ein lockerer Umgangston herrschte und wir uns gegenseitig über unser Privatleben informierten, waren auch meine Männergeschichten nicht geheim, sondern sorgten hin und wieder für Unterhaltung. Ich war daran gewöhnt und empfand es nicht einmal als seltsam, was hier ablief. Im Gegenteil: Ich wurde allmählich wieder redseliger.

»Oh ... ähhh.« Angesichts Gittas Erläuterung geriet Henning ins Stammeln. »Tschuldigung.«

»Kein Problem«, sagte ich und trank den letzten Schluck Kaffee aus. Mit Schwung ließ ich den Plastikbecher in den Papierkorb fallen. »Es ist so, wie es ist.«

»Die Weisheit der Theresa L.«, kommentierte Gitta trocken und ahmte mich nach: »Es ist so, wie es ist. – Wie ist es denn, liebe Theresa? Was hat der arme Kerl verbrochen? Hat er dich betrogen, hat er die Zahnpastatube offen gelassen wie dieser Bauchtänzer Marcel, mit dem du mal was hattest, wollte er den Müll nicht heruntertragen wie dieser Wein-Ausschenker, wie hieß er denn?«

»Ullrich«, schaltete sich Katja Kesselflieger ein. »Der hieß Ullrich. Und er war Sommelier im *Le Meridien.*«

Es war Zeit, mich aktiv ins Gespräch einzubringen.

»Nein«, sagte ich. »Ullrich war der Fitness-Trainer vom *Holmes Place,* und der Sommelier hieß Erik. Das war aber nicht der mit dem Müll. Der Haushaltsverweigerer hieß Daniel und war Sportstudent. So ein großer Blonder. Erinnert ihr euch? Den hatte ich doch auf dieser Verlagsjubiläumsfeier dabei. Du warst von ihm hin und weg, Katja!«

Vor meinem geistigen Auge tauchte Katja auf, in ein knallrotes eng anliegendes Latex-Kleid gepresst, wie sie am Buffet stand und besagtem Daniel hingebungsvoll den Teller mit Sushi und Dim Sum voll lud.

»Der Kleene war ja auch so ein Prachtexemplar, nee!« Die Kesselfliegerschen Augen glänzten.

»Theresa hat immer schöne Männer«, erwiderte Gitta sachlich. »Hab noch keinen getroffen, der nicht aussah wie ein junger griechischer Gott. Vielleicht solltest du es mal mit einem Quasimodo versuchen, Theresa? Wenn's mit den Schönlingen immer nur so ein kurzes Intermezzo wird.«

»Es waren satte zwei Monate«, entgegnete ich ebenso sachlich. »Das ist kein kurzes Intermezzo. Es war eine sehr intensive Affäre!«

Dabei wünschte ich, ich könnte als Trennungsgrund nennen: Wir haben uns auseinander gelebt. Das klingt so harmonisch. So normal. So, dass es jeder versteht.

»Intensiv zweifelsohne«, bemerkte Gitta trocken und bohrte dann im Stil der erfahrenen Society-Reporterin, die sie nun mal war, hartnäckig weiter: »Also, was hat sich Mr. Austria geleistet?«

Ich seufzte. Offensichtlich kam ich um die Antwort nicht herum. Da meine Kreativität so früh am Morgen keine Purzelbäume schlug, blieb ich bei der Wahrheit: »Er wusste nicht, wer Nietzsche war!«

Es herrschte verblüfftes Schweigen. Drei Augenpaare starrten mich entsetzt an. Es wäre naiv gewesen zu glauben, sie seien über dieses Unwissen von Mr. Austria genauso schockiert, wie ich es gewesen war. Ich war nicht naiv.

Gitta war die erste, die sich von ihrem Schreck erholte. »Was bitte habt ihr für Gesprächsthemen? Oder besser gesagt: Was für Diskussionen führst du mit deinen Liebhabern? – Wenn du philosophieren willst, liebe Theresa, solltest du dich einer Gruppe von Alt-Philologen anschließen. Es gibt in dieser großen Stadt sicher was Passendes.«

Während ich über den Zusammenhang zwischen Alt-Philologen und Philosophie nachsann, schaltete sich nun wieder Katja ein. »Ach nee! Dat kann nich gut gehen! – Theresa, der Nietzsche, der ist doch schon tot! Dat is doch keen Thema zwischen einem Liebespaar!«

In meiner Erinnerung spulte sich die Szene ab: Mr. Austria und ich, Sonntagmittag beim Frühstück. Ich mit einem Croissant in der Hand, er mit einem Schinkenbrötchen. Wir sitzen uns schweigend gegenüber, weil wir uns nicht viel zu sagen haben. Plötzlich steht er auf, geht hinüber zur Couch und schaltet den Fernseher ein. Nuschelt irgendwas von Wettergebnissen und Pferderennen. Sportwetten waren seine Leidenschaft. Für mich nicht nachvollziehbar, aber gut. Es war sein Geld, sein Hobby, es ging mich nichts an. Während ich herzhaft in mein Croissant beiße, sehe ich aus den Augenwinkeln, wie er die Teletext-Seite eines Hamburger Stadtsenders aufgerufen hat. Ich höre ihn fluchen. Ich denke: Aha, wieder nichts, und liege damit auch richtig.

»Dieser Nietzsche hat meinen Domino wieder abgehängt! Es ist zum Auswachsen!«, murmelt er kopfschüttelnd vor sich hin.

»Nietzsche?«, wiederhole ich amüsiert, ohne mich wirklich für den Sport zu interessieren. »Wie kann jemand sein Pferd nur Nietzsche nennen?«

»Warum?« Er wendet sich kurz vom Bildschirm ab und starrt mich entgeistert an. »Was ist daran so komisch? Ist doch ein ganz normaler Name!«

»Nun ja«, nuschle ich mit vollem Mund und schlucke den letzten Bissen meines Croissants herunter. »Friedrich Nietzsche würde sich wahrscheinlich im Grab umdrehen, wenn er wüsste, dass ein Rennpferd nach ihm benannt wurde!«

Dann kam es. Ich sah es noch jetzt wie in einer Zeitlupen-Rückblende vor mir: Die Entgeisterung in seinem Blick machte einem Zustand kompletter Verwirrung Platz. Er starrte mich weiterhin an und fragte dann mit tief gerunzelter Stirn: »Wer ist Friedrich Nietzsche?«

Es war für mich das i-Tüpfelchen in einer Reihe von Episoden wie dieser, die sich in den ersten und letzten Wochen unserer zwei Monate währenden Beziehung abgespielt hatten. Ich konnte ihn nicht länger ertragen. Ich ließ ihn noch den Frühstückstisch abräumen und erklärte ihm klipp und klar, er solle sofort seine Habseligkeiten zusammenpacken und meine Wohnung verlassen. Das Problem war: Er wollte nicht glauben, dass es mir ernst war. Dafür kannte er mich offensichtlich nicht gut genug. Es dauerte bis tief in die Nacht hinein, bis ich es ihm verdeutlicht hatte. Deshalb hatte ich zu wenig Schlaf. Ich musste ihm Dinge sagen, die ich nicht sagen wollte. Weil es mir unnötig schien, ihn zu verletzen. Er konnte schließlich nichts dafür, wie er war, und er konnte erst recht nichts dafür, wie ich war. Er sollte einfach nur verschwinden. Ich hatte ihn satt.

Da ich bei meinen Kolleginnen lieber als Intellektuelle galt denn als arrogante, beziehungsunfähige Geisteskranke, zog ich es vor, diese Details für mich zu behalten. »Ich möchte mich jetzt *Boa Goa* widmen, der sanften Pflege für Haut und Sinne«, erklärte ich mit einem liebenswürdigen Lächeln. »Ihr kennt nun die Geschichte meines bewegten Wochenendes; ich hoffe, ich konnte eure Neugierde befriedigen. Mr. Austria gibt es nicht mehr und ich bin wieder Single.«

Katja Kesselflieger gab sich zufrieden und bewegte sich wieder in Richtung Kopierer. Henning hatte sich schon längst heimlich zurückgezogen; ihm war diese Art von Frauengesprächen wohl doch zu viel geworden. Ich konnte es ihm nicht verübeln. Er hatte es ohnehin nicht leicht – als Mann in einer Frauenredaktion. Ich wusste, dass dieses Praktikum für ihn eine Art Notlösung war. Henning war Student einer Hamburger Journalistenschule, die unter anderem auch von unserem Verlag finanziert wurde. *Amiga* war das Frauenmagazin dieses Verlags, der allerdings hauptsächlich durch sein Nachrichtenmagazin *Brennpunkt* bekannt war. *Brennpunkt* war vor einigen Jahren als eine Art Konkurrenzprodukt zum bekannten *Spiegel* gegründet worden. Anders als *Der Spiegel* richtete sich *Brennpunkt* vorrangig an eine eher konservative Schicht von Lesern. Dem *Brennpunkt* war im Gründungsjahr von vielen Seiten ein schneller Untergang prophezeit worden. Es schien damals unvorstellbar, dass sich ein weiteres Nachrichtenmagazin in Deutschland etablieren würde. Der *Brennpunkt* sprang jedoch auf die Infotainmentwelle auf, ohne das Nachrichtengenre zu verlassen und Seriosität einzubüßen. Er lieferte fundierte Hintergrundberichte, schaffte es aber, diese in ein modernes und einprägsames Layout mit vielen guten Bildern und Graphiken zu packen.

Für den *Brennpunkt* zu schreiben genoss in der schreibenden Zunft heute den gleichen Stellenwert wie seine Artikel im *Spiegel* abgedruckt zu finden. Es war gigantisch. Der Traum jedes ehrgeizigen Journalisten. Beide Medien wurden von über einer Million Lesern gelesen.

Auch Henning träumte von einer Karriere beim *Brennpunkt*. Wir hatten nie darüber gesprochen, aber es war für mich offensichtlich. Denn Henning, dieser stets gut gelaunte junge Mann mit dem gewinnenden Lächeln und den blonden Locken, die ihm von Gitta den heimlichen Spitznamen »Engel« eingebracht hatten, besuchte nicht umsonst die Journalistenschule des Verlags. Leider dachten dort alle so wie er. Und das war genau das Problem: Denn der *Brennpunkt* selbst nahm nur ganz wenige Praktikanten auf. Meist ergatterten jene die wenigen Stellen, die entweder Beziehungen hatten oder sich bei ihren Dozenten besonders gut verkauften. Das einzige, was man ihm hier wohl angeboten hatte, war die Stelle bei *Amiga*. Und die nahm er an, was taktisch außerordentlich geschickt war. In seinen Lebenslauf würde er hineinschreiben: Praktika beim *Brennpunkt*-Verlag in Hamburg. Und viele Personalchefs und Chefredakteure würden nur den bekannten Namen *Brennpunkt* sehen und ihm zumindest die Chance geben sich vorzustellen. Und eine Chance brauchte jeder in diesem Job, der immer noch als Traumberuf galt und für den es nie an fähigen Arbeitskräften mangelte. In einer Branche, die sich von allen Seiten nährte, denn da der Beruf des Journalisten bekanntlich ein so genanntes »Jedermannsrecht« ist und damit keine besondere Ausbildung erfordert – zumindest in der Theorie –, waren gut bezahlte Redakteursstellen für junge Journalisten eher die Ausnahme.

Ich wusste, dass Henning so agieren würde, weil ich es damals auch getan hätte. Der Journalismus war keine besonders soziale Branche, wo edle, gute Menschen harmonisch im Team arbeiteten und miteinander im Einklang lebten. Diesen Anspruch zu erheben, wäre auch verfehlt. Schließlich war es die Aufgabe von Journalisten, investigativ zu agieren und Missstände aufzudecken. Und manchmal heiligt der Zweck bekanntlich alle Mittel.

So rechtfertigte ich nicht nur die teilweise umstrittenen Methoden meines Berufstands, sondern verteidigte mich auch vor meiner inneren Stimme, die sich Gewissen nannte und sich in schwachen Momenten hin und wieder zu Wort meldete.

»Lass den Kopf nicht hängen, Theresa.« Ich hatte ganz vergessen, dass Gitta immer noch auf meinem Schreibtisch saß. Sie lehnte sich zu mir vor und klopfte mir tröstend auf die Schulter. »Das wird schon mit den Männern. Du bist erst 32 – im besten Alter also. Aber such dir mal einen Typen, der dich intellektuell ein wenig herausfordert. Jemand mit Grips und Ehrgeiz. Du weißt ja: Schönheit ist vergänglich.«

»Okay, ich werde es versuchen«, antwortete ich ergeben und wusste trotzdem schon genau, dass ich Gittas Rat nicht befolgen konnte.

Es ist so, wie es ist. Ich bin so, wie ich bin.

Als hätte sie meine Gedanken lesen können, bedachte mich Gitta mit einem scharfen Blick. Einen Moment lang schien es, als wolle sie noch etwas hinzufügen, dann beließ sie es jedoch bei einem Seufzer und einem Kopfschütteln. Sie rutschte von meinem Schreibtisch herunter. »Dann schreib mal über dieses Duschbad, Herzchen. Ich muss mich ja auch meiner Arbeit zuwenden.«

Als sie von meiner Tischplatte glitt, fiel mir auf, dass sie heute für einen »Innendienst-Redaktionstag«, wie sie die Tage nach den Abenden nannte, die sie beruflich auf diversen Promi-Feten verbrachte, überdurchschnittlich fein gekleidet war – nämlich mit schickem schwarzem Rock und elegantem Blazer. Mir drängte sich spontan eine Frage auf. »Gitta, warum bist du eigentlich schon hier? So früh am Morgen – und dann in diesem Aufzug?«

Sie blieb stehen und wandte sich nochmals zu um. »Das weißt du nicht? *Amiga* bekommt ein Exklusivinterview mit der eventuell ersten deutschen Bundeskanzlerin. Und rate mal, wer dieses Interview heute Nachmittag führen wird!«

»Oh mein Gott! Oh mein Gott!«

Es war früher Nachmittag, und Gitta, meines Wissens Atheistin aus Überzeugung, rief mit verzweifelter Miene den Herrn im Himmel an. Vor knapp fünf Minuten hatte sie einen Anruf von der Ballettschule bekommen: Tatjana, ihre neunjährige Tochter, war in der wöchentlichen Trainingsstunde gestürzt und hatte sich offenbar verletzt. Jedenfalls hatte die Ballettlehrerin am Telefon von einem »kaputten Knöchel« gesprochen, was Gitta den ersten schweren Schock versetzt hatte. Den zweiten Schock hatte sie erlitten, als sie Tatjana im Hintergrund vor Schmerzen heulen hörte wie eine Hafensirene.

Jetzt raste sie mit vor Aufregung fleckigen Wangen um meinen Schreibtisch herum und war völlig aufgelöst. »Ich muss da sofort hin! Meine Kleine! Mein Gott, wenn das bloß nichts Bleibendes ist! Was, wenn sie nie mehr laufen kann? Um Himmels Willen! Ich muss sofort zu ihr!«

»Gitta, die Ballettlehrerin hat doch von einem kaputten Knöchel gesprochen, nicht von einem Wirbelsäulenschaden«, versuchte ich sie zu beruhigen. »Wahrscheinlich hat sie sich den Fuß verstaucht, oder allenfalls einen Bänderriss zugezogen.«

Ich erntete von Gitta prompt einen vernichtenden Blick. »Du hast ja keine Ahnung, wie ich mich fühle! Du hast ja keine Kinder! Du hättest sie im Hintergrund weinen hören sollen. Sie muss enorme Schmerzen haben. Normalerweise ist sie doch so tapfer!«

Ich kannte Tatjana von flüchtigen Begegnungen. Mit dem Prädikat »tapfer« hätte ich dieses feingliedrige Geschöpf, für das bestimmt selbst ein Windhauch zu viel Belastung bedeutet, allerdings nicht in Verbindung gebracht. Gitta als ihre Mutter sah das offensichtlich völlig anders.

Aber es war kein guter Zeitpunkt für Grundsatzdiskussionen. Denn Gitta war noch aus einem anderen Grund in arger Bedrängnis: Die Journalistin Brigitta Grohte sollte in rund einer Stunde die Justizministerin und Kanzlerkandidatin Katharina Hermann interviewen. Job und Privatleben prallten aufeinander. Die vor Sorge zerfließende Mutter und die karriereorientierte, professionelle Journalistin gerieten in heftigen Konflikt. Denn die Mutter Gitta wollte und musste sofort nach Beendigung des Telefonats ihre sieben Sachen packen, um nach Hamburg-Eppendorf zu rasen, in Tatjanas Ballettschule zu stürmen und sich höchstpersönlich um den kaputten Köchel zu kümmern.

Sie tat mir Leid. Ihre Selbstsicherheit und das professionelle Auftreten, für das ich sie insgeheim bewunderte, waren auf einmal wie weggeblasen. Sie, die bereits Interviews mit internationalen Stars wie Mariah Carey, Michel Douglas und sogar Madonna geführt und dafür von Kollegen bewundernde Worte geerntet hatte, wirkte in diesem Moment konfus und hilflos wie nie zuvor.

Ich wusste: Das Interview konnte weder kurzfristig abgesagt noch verschoben werden. Es war sicherlich ohnehin schwer genug gewesen, ein Gespräch mit der Kanzlerkandidatin zu organisieren. Daher war es jetzt unmöglich, den Termin nicht wahrzunehmen. Ich suchte nach einer anderen Lösung.

»Hat diese Ballettlehrerin nicht sowieso gesagt, sie hätte bereits einen Notarzt verständigt, der unterwegs sei zur Ballettschule?«

»Ja, ja.« Gitta wirkte keine Spur beruhigter als zuvor. »Aber was bringt das? Der kann auch nur eine Diagnose stellen und sie medizinisch versorgen, aber ihre Tränen trocknet er nicht! – Und außerdem: Die Zvarova hat schließlich gesagt, der Knöchel sei *kaputt*! Allein die Vorstellung, was sie damit meinen könnte, verursacht mir Schweißausbrüche!«

»Die Zvarova«, das wusste ich aus Gittas früheren Erzählungen über Tatjanas Aktivitäten, war die Ballettlehrerin. Ich versuchte Gittas Panik einzudämmen.

»Die Zvarova ist Slowakin und spricht schlecht Deutsch«, rief ich ihr in Erinnerung. »›Knöchel kaputt‹ kann also vieles heißen. Ihr fehlt einfach das nötige Vokabular.« Da Gittas Miene unschwer zu entnehmen war, dass sie weder Ruhe noch selbst eine Lösung aus ihrem Dilemma gefunden hatte, zerbrach ich mir weiterhin für sie den Kopf. Spontan fiel mir Gittas Ex-Ehemann ein.

»Was ist denn mit Ludger? Vielleicht könnte er nach Tatjana sehen und sie trösten ...« Ich wählte meine Worte bewusst vorsichtig. Gitta war schon vor der Scheidung nicht gut auf ihren Ex-Gatten zu sprechen gewesen und seit der offiziellen Trennung, die alles andere als harmonisch verlief, wusste sie überhaupt nichts Gutes mehr über ihn zu sagen. Aber er erschien mir als Notanker. Immerhin war Dr. Ludger Grothe Tatjanas Vater und für sie genauso verantwortlich wie Gitta. Da ich wusste, dass er als Chefarzt einer Hamburger Privatklinik für Schönheitschirurgie bezüglich seiner Arbeitszeiten sehr flexibel war, hielt ich es für unwahrscheinlich, dass er ausgerechnet jetzt zu unabkömmlich war, um sich um seine Tochter zu kümmern. Doch als ich seinen Namen ins Spiel brachte, wechselte Gittas Gesichtsfarbe von blass zu dunkelrot.

»Dieser Kotzbrocken! Den werde ich garantiert nicht anrufen! Wahrscheinlich ist er sowieso mal wieder beim Golfspielen! Der hat am Samstag schon so herumgezickt, als er abends auf sie aufpassen sollte, weil ich – wohlgemerkt! – arbeiten musste. Du treibst dich ständig auf diesen Partys herum, und ich muss zu Hause hocken mit dem Kind, hat er mir vorgeworfen! Dieser Idiot kapiert immer noch nicht, dass ich auf diesen Events nicht zum Vergnügen bin!«

Ich konnte Gittas Ärger teilweise verstehen. Jeder, der nur einmal ein derartiges Promi-Event journalistisch zu meistern hatte, konnte nachvollziehen, weshalb sich eine Reporterin gekränkt fühlte, wenn ihr vorgeworfen wurde, sich auf Promi-Parties zu vergnügen. In einem Getümmel von Leuten, die tatsächlich wichtig waren oder sich wichtig fühlten, nach herausragenden Persönlichkeiten zu suchen, die sich zwar in Feierstimmung, aber auch in Interviewlaune befanden, war ein Knochenjob. Besonders, da diese Veranstaltungen meist am späteren Abend begannen und erst weit nach Mitternacht endeten. Andererseits – hier handelte es sich schließlich um eine Art Notfall. Aber Katharina Hermann war Gitta Grothe offenbar nicht wichtig genug, um ihren Stolz zu überwinden und ihren Ex-Mann um etwas zu bitten, was ihn als Vater meiner Meinung nach genauso viel anging wie sie.

»Es muss eine andere Möglichkeit geben!«, brach es aus Gitta hervor. »Ich habe sowieso keine ruhige Minute, wenn ich nicht selbst zu Tatjana fahre! Nicht auszudenken, wenn die Kleine ganz alleine mit dem Rettungswagen ins Krankenhaus transportiert wird!«

Da ich mit meinen freundschaftlichen Ratschlägen am Ende war, schwieg ich.

Gitta zog sich vom Nachbarschreibtisch den verwaisten Drehstuhl zu mir heran und ließ sich darauf niedersinken. Sie raufte sich das kurze Haar und legte ihre Stirne in Denkerfalten.

»Herr im Himmel, Theresa, was soll ich denn jetzt tun? Um halb vier ist das Interview. Ich schaffe es nie und nimmer, Tatjana ins Krankenhaus zu begleiten ... Und überhaupt, ich muss dann bei ihr bleiben, ich kann sie doch nicht alleine lassen mit dem Gips. Also kann ich absolut nicht ins *Park Hyatt* und dieses Interview führen!« Sie machte eine kurze Pause und setzte dann hinzu: »Und schließlich ist diese Hermann ja nun wirklich nicht Madonna. Oder Michel Douglas. Aber Termin ist Termin. Die Chefredaktion wird mir verständlicherweise die fristlose Kündigung hinterherwerfen, wenn ich jetzt einfach meinem Mutterinstinkt nachgebe und hier abzische!«

Damit hatte sie ohne jeden Zweifel Recht.

Plötzlich kam mir eine Idee.

»Und wenn dieses Interview einfach jemand anderer führt?«, schlug ich vor. »Das wird dann vielleicht nicht so gut wie bei dir, aber immerhin, es wird erledigt! Und wenn du die Chefredaktion vom Unfall deiner Tochter in Kenntnis setzt, werden die den Grund deiner Verhinderung sicherlich als triftig genug ansehen, um dich vertreten zu lassen!«

Gittas Gesicht erhellte sich schlagartig. Sie sprang so schnell und enthusiastisch auf, dass sie dabei fast den Drehstuhl umstieß. »Das ist *die* Idee!«, rief sie aus. »Theresa, du bist ein Genie! Ich werde das gleich klären.«

Schon war sie aus dem Büro. Mit der Genugtuung, dass ich letztendlich doch einen passenden Ausweg aus Gittas innerem Konflikt gefunden hatte, widmete ich mich wieder meinen Schönheitsprodukten – bis plötzlich ein Schatten auf meinen Schreibtisch fiel. Ich sah auf. Gitta war zurück. Die Sorge um Tatjana stand ihr zwar immer noch ins Gesicht geschrieben, doch sie wirkte wesentlich entspannter als zuvor.

»Alles geregelt«, setzte sie mich in Kenntnis. »Ich bin dir wirklich dankbar, Theresa. Du bist eine wahre Freundin.«

Während ich gerade anmerken wollte, dass so viele Dankesworte für einen simplen Vorschlag gar nicht nötig waren, rannte sie zu ihrem Schreibtisch und kam mit einem Stapel Unterlagen wieder zurück.

»Hier. Da steht alles drin, was du wissen musst. Und du hast auch noch rund eine Stunde Zeit, dich vorzubereiten. Viel ist ohnehin nicht zu tun. Kannst dich ja ein wenig einlesen in ihren Werdegang. Die Fragen habe ich schon alle vorbereitet. Stehen hier auf diesem Zettel.«

Sie fischte aus dem Papierstapel ein beidseitig beschriebenes Din-A-5-Blatt heraus und legte es vor mich hin. »Die Fragen sind alle mit Katharina Hermanns Presseattaché abgesprochen. Mehr, als hier steht, darfst du sowieso nicht fragen.«

»Bitte, was?« Ich begriff gar nichts. Perplex starrte ich sie an. Was wollte Gitta von mir?

»Na, *du* wirst dieses Interview mit Katharina Hermann führen!«

In der Annahme, es sei ein Scherz, lachte ich jetzt herzhaft. Als ich jedoch ihren entschlossenen Gesichtsausdruck sah, begriff ich den Ernst der Lage. Gitta meinte es offensichtlich ernst.

»Nein, Gitta, ich …«

Sie schnitt mir das Wort ab. »Theresa, das war doch *dein* Vorschlag! Warum zierst du dich denn jetzt? – Unsere Chefredaktion war sofort damit einverstanden, dass du diesen Termin übernimmst. Abgesehen davon: Ansonsten sind sowieso alle mit Terminen verplant. Alternativen gibt es keine. Henning, unseren Praktikanten, können wir ja keinesfalls dorthin schicken.«

»Ich … ich hab das anders gemeint …«, stotterte ich nervös.

Auf keinen Fall würde ich dieses Interview führen!

Sie sah meine entsetzten Gesichtszüge und interpretierte sie auf ihre Weise. »Theresa, das ist ganz easy! Mach dir nicht in die Hose! Du gehst da hin, ziehst das Interview durch, kommst wieder zurück, und wir besprechen das.«

Ich kann nicht! Ich kann nicht! Ich kann nicht!

»Gitta, darum geht es nicht«, erwiderte ich und schob den Zettel mit den Fragen wieder in ihre Richtung. »Ich bin auf ein Interview mit einer Politikerin, die vielleicht mal unsere Kanzlerin wird, absolut nicht vorbereitet. Schon rein optisch. Sieh mich doch nur an. Sieh, wie ich gekleidet bin! Ich trage nicht mal ein Jackett!«

Sie musterte kurz meine weite Khakihose mit den aufgenähten Außentaschen, meine dunklen Turnschuhe und meine Leinenbluse mit dreiviertellangem Arm.

»Das geht schon«, beschloss sie mit unbewegter Miene. »Aber vielleicht wäre eine andere Frisur empfehlenswert. Mit den Zöpfen links und rechts siehst du aus wie eine Indianersquaw. Oder ein Schulmädchen.«

»Ich bin keine Society-Reporterin«, erwiderte ich in der Hoffnung, an ihre Vernunft zu appellieren. »Ich hab überhaupt keine Erfahrung im Umgang mit Promis.«

»Du hast Politik studiert«, kommentierte Gitta. »Also komm mir nicht mit Qualifikations-Argumenten.« Sie schob mir den Zettel mit den Interviewfragen wieder zurück. »Hier, bereite dich vor. Ich werde inzwischen diesem Pressefuzzi Bescheid geben, dass Theresa Lackner kommt, nicht Brigitta Grothe. Die wollen ja alles so genau wissen!«

Sie stand auf und ließ mich mit meiner Verzweiflung allein. In meinem Kopf ging es drunter und drüber. Bruchstücke von Erinnerungen tauchten auf, von denen ich geglaubt hatte, sie erfolgreich verdrängt zu haben. Anscheinend ein Irrtum. Ich sah die Kanzlerkandidatin vor mir, die gegenwärtig noch Bundesjustizministerin war, und Unbehagen breitete sich in meiner Magengegend aus.

Ich will sie nicht sehen.

Vielleicht würde sie mir ohnehin kein Interview geben. Vielleicht würde sie aufstehen und mich zur Tür hinauskomplimentieren.

Ich verwarf diesen Gedanken jedoch sogleich wieder, da er abwegig war. Sie war schon immer professionell gewesen; nie würde sie sich derart auffallend verhalten. Sie war aalglatt, und genau deshalb hasste ich sie.

Gitta kam zurück. Sie hatte bereits ihre Handtasche über die Schulter geworfen und war offensichtlich auf dem Weg in Richtung Ballettschule.

»So, alles erledigt. Der Presseattaché weiß Bescheid. Wenn du um halb vier im *Park Hyatt* angekommen bist, frag nach Dr. Wieland. – Im Übrigen, Theresa, ich habe bemerkt, unsere Justizministerin kommt aus der gleichen Ecke von Bayern wie du. Das ist ja die beste Basis für ein trautes Zwiegespräch – mit Aufzeichnungsgerät, versteht sich.«

Beste Basis? Das muss ich leider entschieden bezweifeln.

War es ein fast unmerkliches Zucken meiner Lippen? Wechselte meine Gesichtsfarbe von einer frischen Sonnenbräune in ein fahles Blass? Gitta jedenfalls betrachtete mich prüfend.

»Theresa, seid ihr euch schon mal über den Weg gelaufen, du und unsere Kanzlerkandidatin?« »Nein!«, entfuhr es mir, während ich an meinen Armen sich ausbreitende Gänsehaut fühlte. »Ich kenne sie nur vom Fernsehen.« Ich schickte meinen Worten ein selbstsicheres Lächeln hinterher, um meine Lüge zu bekräftigen.

Es war zwanzig nach drei Uhr nachmittags, und ich saß in einem Taxi Richtung *Hyatt Park*. Die Strecke vom Redaktionsbüro bis zum Hotel war nicht lang; es war schönes Maiwetter, ich hätte auch zu Fuß gehen können. Doch meine Knie fühlten sich an, als beständen sie aus Gummi. Meine Hände waren schweißnass und hinterließen verräterische feuchte Flecken auf dem Papier mit den Interviewfragen, das ich umklammerte.

Mir war übel, ich wäre am liebsten davongelaufen. Gleichzeitig kam ich mir lächerlich vor. Was sollte schon passieren? Sie war immerhin ein Profi.

Ich las mir zum hundertsten Mal die Interviewfragen durch und konnte noch immer nicht glauben, was ich Katharina Hermann, eine Frau mit zwei hart erarbeiteten Studien, zwei Doktoraten und einem durchweg brillanten Verstand da fragen sollte: Welchen Lippenstift sie trug und ob sie für Gäste selbst koche oder kochen ließe. Im Moment konnte ich mir noch nicht vorstellen, dass mir diese Fragen tatsächlich über die Lippen kommen würden.

Es war mir auch peinlich, vor ihr in Khakihose und Leinenbluse zu erscheinen. In Turnschuhen! Sie kannte mich so nicht und sollte mich auch nicht so kennen lernen. Doch es blieb keine Zeit, nach Hause zu fahren und mich umzuziehen. Meine geflochtenen Zöpfe hatte ich aufgelöst und mit ein paar Haarnadeln zurückgesteckt. Als Schulmädchen wollte ich ihr nun wirklich nicht gegenübertreten.

Wenn ich doch nur auf den Termin vorbereitet gewesen wäre!

Kaum war mir dieser Wunsch durch den Kopf geschossen, wurde mir klar, dass es kein Wenn gab. Jedenfalls keines, das ein Dann nach sich zog, für das Vorbereitungen notwendig gewesen wären. Hätte ich gewusst, dass ich heute Katharina Hermann träfe, die lange Jahre meinen Heimatwahlkreis als Mitglied des Bundestags in Bonn und später dann Berlin vertrat, dann wäre ich nämlich erst gar nicht im Büro erschienen. Ich hätte mich krank gemeldet.

Katharina Hermann war nicht die Person, die ständig irgendwelchen Frauenzeitschriften Rede und Antwort stand. In den letzten Jahren hatte ich Interviews mit ihr nur noch in Magazinen wie *Spiegel* und *Brennpunkt* und in Tageszeitungen wie der *Süddeutschen*, der *Welt* und der *Frankfurter Allgemeinen Zeitung* gesehen. Und das, ohne ihnen größere Beachtung zu schenken. Katharina Hermann spielte schon seit Jahren keine Rolle mehr in meinem Leben, und auch wenn ich Politik studiert hatte: Die Bundespolitik der Konservativen interessierte mich spätestens seit meinem Umzug nach Hamburg nicht mehr.

In diesem Herbst war Bundestagswahl. Die Konservativen wollten das Zepter der Macht keinesfalls an die Sozialdemokraten verlieren. Justizministerin Katharina Hermann war im Falle eines tatsächlichen Wahlsiegs als Bundeskanzlerin im Gespräch – die erste Frau in der Geschichte der Bundesrepublik, die für diesen Posten nominiert wurde.

Aus diesem Grund wurden nun sämtliche Register gezogen, um Katharina Hermanns Bekanntheits- und Beliebtheitsgrad zu steigern. Eine Medienschlacht zwischen Udo Körnigge, dem Kandidaten der Sozialdemokraten, und ihr hatte begonnen. Eine Medienschlacht, die sich in den kommenden Monaten mit Sicherheit noch verstärken würde.

Unter den vielen auflagenstarken Frauenzeitschriften, die es auf dem deutschen Zeitungsmarkt gab, hatte sich der Beraterstab von Katharina Hermann für *Amiga* entschieden. Warum das so war, hatte ich inzwischen von Katja Kesselflieger erfahren, die diesmal offensichtlich besser informiert war als ich selbst: *Amiga*-Chefredakteurin Isolde Heinemann war eine ehemalige Studienkollegin von Hermanns Presseattaché Dr. Jan Wieland.

Das Taxi hielt vor dem pompösen Gebäude des *Park Hyatt* Hotel, das einst ein Kontorhaus gewesen war und meiner Ansicht nach äußerlich wenig Schönes an sich hatte. Ich zahlte, ließ mir eine Quittung geben und stand Augenblicke später in der modern gestalteten, hellen Lobby. Das freundliche Ambiente im Inneren des Hotels entschädigte für das wenig einladende Äußere. Es war mein erster Besuch im *Park Hyatt*, doch mir blieb keine Zeit für genauere Betrachtungen des Interieurs. Ich nannte an der Rezeption meinen Namen, den Grund meines Erscheinens und verlangte, wie aufgetragen, nach Dr. Wieland.

Es wird ihr unangenehm sein, dass ich hier erscheine. Es wird kein gutes Gespräch werden. Wie soll es das auch? Es steht so viel zwischen uns.

»Wieland. Ich grüße Sie.«

Ein hoch gewachsener Herr um die fünfzig, im Anzug und mit Krawatte, stand vor mir und streckte mir steif die Hand entgegen. Seine Statur war sehr schmal, fast schlaksig, und seine Halbglatze glänzte, als hätte er sie kurz zuvor mit Hautöl poliert. Er strahlte kein bisschen Freundlichkeit aus, sondern eine Mischung aus Professionalität, Kälte und einer nicht geringen Prise Überheblichkeit. Bekanntlich entscheidet ein Mensch innerhalb von drei Sekunden, ob ihm sein Gegenüber sympathisch ist oder nicht. Wieland war mir auf Anhieb unsympathisch, und ich fühlte instinktiv, dass es ihm mit mir ebenso ging.

»Bitte folgen Sie mir.«

Wir wollten uns gerade in Bewegung setzen, als hastige Schritte auf hochhackigen Pumps, deren Echo in der großzügig gestalteten Hotellobby widerhallte, eine mir nur allzu vertraute Person ankündigten. Sekunden später stand Gitta neben mir. Sie war völlig außer Atem, ergriff aber dennoch gleich das Wort.

»Brigitta Grothe, Society-Redakteurin von *Amiga*.« Sie reichte Wieland, der über ihr Erscheinen offensichtlich so überrascht war wie ich, die Hand. »Entschuldigen Sie bitte die Verspätung. Es ließ sich terminlich nun doch realisieren, dass meine Kollegin Frau Lackner und ich gemeinsam kommen.«

Wieland begrüßte sie genauso kühl wie mich und führte uns zum Lift. Wir fuhren in die oberen Etagen und fanden uns Augenblicke später in der so genannten Präsidentensuite wieder. Hier sollte das Interview stattfinden. Man hatte vorgesorgt: Kaffeegedecke und Mineralwasser standen auf dem Tisch, an dem wir Platz nehmen durften.

»Ich werde Frau Ministerin Hermann nun holen«, sagte Wieland mit unbewegter Miene und verschwand durch eine Seitentür.

»Gitta, was machst du hier?«

»Tatjana ist umgeknickt und der Knöchel ist etwas geschwollen. Der Arzt hat gesagt, es sei eine Verstauchung, weiter nichts. Die Tränen waren schon getrocknet, als ich ankam. Sie wollte nicht mal nach Hause fahren, sondern noch bis zum Rest der Stunde zuschauen. Und dann wird sie sowieso von der Mutter ihrer Ballettfreundin abgeholt. Hast du den Zettel mit den Fragen dabei?«

Ich schob ihr das inzwischen leicht zerknitterte Blatt zu.

Eigentlich konnte ich jetzt gehen. Wenn Gitta ohnehin hier war ...

Es war zu spät. Die Seitentüre öffnete sich wieder und Katharina Hermann, gefolgt von Wieland, trat ins Zimmer. Wir erhoben uns, als sie sogleich mit gewinnendem Lächeln auf den Lippen auf uns zukam.

Seit unserem letzten Zusammentreffen hatte sie sich kaum verändert. Sie trug ihr blondes Haar immer noch schulterlang, akkurat auf eine Länge geschnitten und ohne Pony. Der Seitenscheitel war sorgfältig nach links frisiert. Ihre graugrünen Augen blickten uns freundlich an, doch ich wusste aus Erfahrung, dass es jene aufgesetzte und zweckdienliche Freundlichkeit war, die rein darauf abzielte, Sympathien zu gewinnen. Sie trug dezentes Make-up, von dem ich vermutete, dass es mit mindestens vier Profi-Visagistinnen exakt auf ihren Typ abgestimmt worden war. Neu waren lediglich die kleinen Falten, die sich um ihre Augen gebildet hatten, aber für eine Frau ihres Alters – Katharina Hermann war in diesem Jahr 39 geworden – durchaus nicht ungewöhnlich waren. Sie trug ein elegantes Kostüm in pastellblau mit tailliertem Blazer und ich stellte innerhalb weniger Bruchteile von Sekunden fest, dass sie zwar immer noch schlank war, aber im Vergleich zu früher doch einige Kilos mehr auf den Rippen hatte. Lag es an den vielen Buffets und Dinners, an denen sie teilnehmen musste?

»Es freut mich, dass Sie gleich zu zweit kommen«, sagte sie und reichte uns beiden die Hand. »Bitte, setzen Sie sich doch wieder.«

Erkennt sie mich nicht?

»Der Terminplan von Ministerin Hermann ist sehr gedrängt. Sie haben 45 Minuten Zeit, das ist das Maximum«, informierte uns Wieland, der offensichtlich während des gesamten Interviews zugegen sein würde.

Gitta reichte sowohl Wieland als auch Katharina Hermann ein Visitenkärtchen. »Brigitta Grothe. Hier finden Sie meine Kontaktdaten. – Und das ist meine Kollegin Theresa Lackner.«

Bitte nicht nochmal meinen Namen sagen. Ich schrumpfte regelrecht auf dem weinroten Ledersofa, auf dem wir platziert worden waren.

»Angenehm«, sagte Katharina Hermann, und nichts an ihrem Verhalten deutete darauf hin, dass sie mit meinem Namen irgendetwas verband.

Sie erkennt mich nicht. Die Erkenntnis traf mich wie ein Faustschlag in die Magengrube. Mit allem hatte ich gerechnet, mir darüber den Kopf zerbrochen – aber nicht damit, dass sie mich tatsächlich nicht erkannte. Während ich diesen Schock erst einmal verdaute, ging Gitta in die nächste Runde.

»Frau Lackner stammt zufällig aus derselben Gegend wie Sie, Frau Ministerin, und hat auch bei der dortigen Regionalzeitung gearbeitet. Eventuell sind Sie sich ohnehin schon einmal über den Weg gelaufen.«

Herzstillstand. Gitta, wie kannst du nur? Warum habe ich dir nur jemals etwas von mir erzählt?

Da war es: Ein verräterisches Flackern in Katharina Hermanns Augen, als sich unsere Blicke trafen. Sie wusste also doch, wer da vor ihr saß. Seltsamerweise wurde mir bei diesem Gedanken nicht besser, im Gegenteil: Ich fühlte, wie ich wieder zu schwitzen begann.

Die Justizministerin runzelte die Stirn und schien angestrengt nachzudenken.

»Ich kann mich im Moment nicht erinnern, natürlich ist das möglich, aber ...« Eine Sekunde lang schien sie mit sich zu ringen, ob sie unsere Bekanntschaft verleugnen sollte oder nicht. Dann entschied sie sich, dass es doch besser war, mich zu kennen. Angesichts der zahlreichen Artikel, die mit meinem Namen versehen und mit Zitaten aus ihrem Munde gespickt im Regional- und später auch Bundesteil unserer Regionalzeitung erschienen waren, war dies eindeutig die klügere Entscheidung.

»Aber natürlich!« Ihr Gesicht hellte sich auf, als hätte die plötzliche Erleuchtung sie überkommen. »Sie haben diese Borkenkäfer-Plage journalistisch begleitet, nicht wahr? Da hatten wir des Öfteren miteinander zu tun.«

Gittas Mundwinkel zuckten, und ich wusste, dass es der Borkenkäfer war, der sie belustigte. Als gebürtige Hamburgerin hatte sie zu den Problemen der ostbayerischen Forstwirtschaft wenig Bezug.

Ich nickte ergeben und hielt dabei die Augen gesenkt. Glücklicherweise legte Gitta nun das Aufnahmegerät auf den Tisch und schritt nach ein paar einleitenden Worten, in denen sie kurz und knapp das *Amiga*-Konzept vorstellte, zur ersten Frage. Ich versank in meinen Gedanken, kämpfte gegen die Schweißausbrüche und das dumpfe Gefühl in meinem Magen, gegen sämtliche Erinnerungen und gegen die Gespenster der Vergangenheit, die mich noch immer verfolgten.

Ich hätte das nie tun dürfen!

Aber du hast es getan, Theresa, weil du ein kleines egoistisches karrieregeiles Biest warst! Und jetzt musst du mit diesem deinem schlechten Gewissen leben und die Konsequenzen tragen.

Eine Unzahl von belanglosen Fragen und aalglatten Antworten später gab ich mich der trügerischen Hoffnung hin, das unverhoffte Wiedersehen mit Katharina Hermann sei bald beendet. Ich irrte mich. Was jetzt schon schlimm genug war für mich, hatte durchaus Steigerungspotenzial.

Katharina Hermann hatte gerade die letzte Frage – nämlich die nach ihrem Lippenstift – souverän und mit galantem Lächeln beantwortet und damit unfreiwillig Produktwerbung für Chanel

Aqualumière in einer Farbkreation namens »Key Largo« gemacht, als sich Gitta auch schon herzlich für das Interview bedankte und sich nach Farbfotos von der Ministerin erkundigte, die ihr Wieland am Telefon zugesichert hatte. Wie viele hochrangige Persönlichkeiten zog die Ministerin die Weitergabe vorbereiteter Pressefotos einem Fototermin mit einem – meist durchschnittlichen – Pressefotografen vor.

»Aber sicher«, sagte Katharina Hermann, ohne ihr freundliches Lächeln dabei zu verlieren. »Am besten wählen Sie sich gleich selbst aus, was Sie zur Illustration benötigen. Herr Dr. Wieland hat das Bildmaterial in unserem mobilen Press-Office, gleich ein paar Zimmer weiter. Herr Dr. Wieland, wären Sie wohl so freundlich und versorgen Frau Grothe gleich mit den passenden Fotos?«

Wieland machte ein Gesicht, als hätte sie ihm Unmögliches abverlangt. »Frau Ministerin, es gäbe die Möglichkeit, die Fotos digital – «, begann er, wurde jedoch von der Angesprochenen freundlich, aber bestimmt unterbrochen.

»Wenn Frau Grothe schon hier ist, treffen Sie doch gleich gemeinsam mit ihr eine Vorauswahl und geben Sie ihr die Fotos mit. Warum so umständlich?«

Hoppla. Offenbar war das nicht abgesprochen.

Wieland blieb nichts anderes übrig, als den Brocken zu schlucken und ihre Anweisung zu befolgen. Er erhob sich, und auch Gitta und ich standen auf.

Nur weg hier.

»Ich denke, Frau Grothe schafft die Fotoauswahl mit Herrn Dr. Wieland ganz gut alleine, nicht wahr? Da können Sie doch in Ruhe Ihren Kaffee austrinken, Frau Lackner.«

Oh nein. Bitte, Gitta, sag, dass mein fotografisches Auge für die Auswahl unverzichtbar ist.

Gitta tat mir den Gefallen nicht. »Aber natürlich. Wir besprechen das dann ohnehin später in der Redaktion«, flötete sie, bedachte mich mit einem kurzen fragenden Blick und verschwand mit Wieland durch die Türe.

Wir waren alleine.

Eine Weile sagte niemand etwas. Ich fühlte, dass ihr Blick auf mir ruhte, und zwar lange und gründlich. Ich konzentrierte mich auf meine Kaffeetasse, die ich nun genauso umklammert hielt wie den Plastikbecher heute Morgen in der Redaktion. Es war wie ein Schutzschild vor den Verbalattacken, die ich befürchtete.

»Theresa, Sie haben sich verändert.«

Ihr Satz war eine einfache Feststellung. Sie hatte Recht. Es gab nichts darauf zu sagen, also schwieg ich.

»Warum schreiben Sie für dieses Blatt?«

Warum siezt du mich, Katharina? Waren wir nicht schon mal beim Du?

»Es ist okay«, sagte ich schulterzuckend und vermied es dabei sie anzusehen.

»Nein, zum Teufel, das ist es nicht!« Ihre Stimme war leise, schneidend, und hatte die Freundlichkeit, die während des gesamten Interviews mitgeschwungen war, verloren. »Sie hatten eine Redakteursstelle beim *Tagesspiegel*, Theresa! Warum sind Sie da nicht mehr? Oder besser: Warum sind Sie nicht inzwischen beim *Brennpunkt* oder beim *Spiegel*? Das ist die Etage, in der ich Sie erwartet habe. Nicht das hier.«

Die Verächtlichkeit in ihrer Stimme verletzte mich mehr, als sie vielleicht ahnte. Oder wusste sie es und rächte sich nun an mir für die Sünden aus meiner Vergangenheit?

Ich stellte die Kaffeetasse ab, hob den Kopf, reckte ihr entschlossen mein Kinn entgegen und bemühte mich um einen möglichst selbstsicheren und gelassenen Tonfall, als ich entgegnete: »Die Dinge haben sich eben geändert. Manchmal wechseln die Prioritäten, die man früher hatte, im Laufe der Zeit. Das ist völlig normal.«

Ehe ich es verhindern konnte, fasste sie nach meiner rechten Hand und betrachtete sie kurz.

»Kein Ehering, Theresa. Kinder?« Sie gab sich selbst die Antwort. »Nein, wohl kaum. – Was hat sich dann verändert, Theresa? Und was ist mit Ihrem damaligen Verlobten geschehen, diesem Medizinstudenten? Standen Sie nicht kurz vor der Hochzeit? Und war Ihnen Ihre Karriere nicht damals so wichtig, dass Sie über Leichen gingen?«

Ihre Fragen klangen wie eine einzige Anklage. Ich fühlte mich attackiert von einem Messer, dessen Spitze sich wieder und wieder in meine Bauchdecke bohrte und kleine, blutende Wunden hinterließ.

Der Schmerz überraschte mich selbst, hatte ich doch lange genug geglaubt, ich sei nicht mehr fähig, welchen zu empfinden. Gleichzeitig spürte ich, wie Wut in mir aufstieg. Sie braute sich zusammen wie ein Gewitter und brach aus, als ich Katharina Hermanns selbstgefällige Miene sah. Sie schien ihren Triumph über mich genauso zu genießen wie ich damals meine Übermacht über sie.

Ich konnte mich nicht länger zusammennehmen. Mit einem wütenden Zischen sprang ich auf und funkelte sie, die noch saß, von oben herab an.

»Martin ist tot!«, brach es aus mir heraus. »Ich konnte ihn nicht heiraten, weil er vorher mit dem BMW seines Vaters gegen einen Baum fuhr!«

Das saß.

»Oh, mein Gott.« Die Ministerin hielt sich bestürzt die Hand vor den Mund. »Ist ... ist das wahr?«

Ich antwortete nicht. Ich kämpfte mit den Tränen, und diese Tatsache beschämte mich.

Nicht vor ihr weinen.

»Theresa ...« Sie reichte mir ein Taschentuch, und ich wischte mit vor Scham und Wut aufeinander gepressten Lippen die verräterischen Tränen aus meinen Augen. Dieses Zusammentreffen entwickelte sich noch schlimmer, als ich befürchtet hatte.

»Theresa, ich hatte keine Ahnung, ich ...« Was auch immer sie noch sagen wollte, sie kam nicht dazu. Wieland und Gitta traten wieder ins Zimmer. Ich kehrte den beiden den Rücken zu und versuchte, mich zu beruhigen.

Sie hatte sich sofort im Griff.

Es fand eine kurze, professionelle Verabschiedung statt, dann geleitete uns Wieland nach unten in die Lobby.

»Na, Erinnerungen ausgetauscht?«, erkundigte sich Gitta, als wir uns zu Fuß auf den Rückweg zur Redaktion machten. Die gewisse Bissigkeit in ihrer Stimme konnte ich ihr nicht verübeln. »Warum hast du mich heute morgen belogen, Theresa? Hast du ein Problem mit ihr?«

»Nein!« Ebenso wie in der Früh kam meine Antwort auf ihre Frage auch diesmal etwas zu schnell.

»Auf den Arm nehmen kann ich mich selbst«, erwiderte Gitta. Sie war beleidigt. Schweigend gingen wir zurück ins Büro.

Am Anfang war der Trumpf

Der Borkenkäfer, lateinisch *Scolytus* oder – bei Vorkommen in Fichten und Tannen – *Pityogenes chalcographus*, ist ein heimtückisches Tier: Zusammen mit seinen Artgenossen nistet er sich in einen Baum ein. Nicht in irgendeinen, nein. Der Borkenkäfer ist schlau und sucht sich in einem Wald genau jenen aus, der am schwächsten ist. Denn ein gesunder Baum kann ihm und seiner Sippschaft in der Regel Widerstand leisten. Gibt es jedoch eine Schwachstelle, frisst er sich Gänge unter der Rinde und gibt ihm somit nach und nach den Rest. Wird ein Baum auf diese Weise befallen, ist sein Tod nahezu unabwendbar. Derart gut genährt, vermehrt sich das hässliche braune Ungetüm innerhalb kürzester Zeit immens und ist somit ein echtes Problem für die Forstwirtschaft und einer der Gründe für das zunehmende Waldsterben.

In einem heißen, trockenen Sommer saß eine junge Journalistikstudentin in einer ostbayerischen Kleinstadt am Rande von Nirgendwo in einem engen kleinen Dreierbüro am Schreibtisch und versuchte trotz glühender Hitze, fehlender Klimaanlage, dem Zigarettenrauch ihrer stetig qualmenden Kollegen, dem ständigen Bimmeln des Telefons im Sekretariatszimmer nebenan und dem Rattern des Redaktiondruckers hinter ihr einen klaren Gedanken zu fassen.

Es war erst halb drei Uhr nachmittags, doch Theresa hatte schon einen anstrengenden Tag hinter sich: Um sechs war sie aufgestanden und in die Kreisstadt gefahren, hatte dort am Bahnhof einen Kollegen aufgesammelt und war mit ihm zusammen eineinhalb Stunden durch den Bayerischen Wald gefahren. An einem Grenzort zu Tschechien trafen sich zwei Minister und einige Politiker der Region, um über den Borkenkäfer zu diskutieren.

Es gab viel Gerede und eine Waldführung, die Theresa tapfer mitmachte, obwohl sie dafür mit ihrem dunkelblauen Kostüm und der weißen Sommerbluse denkbar ungünstig gekleidet war. Theresas Chef, der Bezirksressortleiter der Regionalzeitung, hatte sie auf diesen Termin geschickt, ihr aber nur die erste Hälfte des Programms mitgeteilt. So hatte sie sich auf eine Reihe von Vorträgen und Reden eingestellt, nicht aber auf eine Wanderung über Stock und Stein. Es gab Kollegen, die diesen Programmpunkt ausließen. Theresa gehörte nicht dazu. Sie hatte Angst, es könne etwas Wichtiges während dieser Wanderung geschehen oder gesagt werden, etwas, das für die Berichterstattung von Bedeutung war. Am Schluss stellte sich jedoch heraus, dass sie sich in ihren schmal geschnittenen Absatzschuhen ganz umsonst Blasen gelaufen hatte, denn das einzige, was es zu sehen gab, war ein kaputter Baum, aus dem tausende Borkenkäfer krabbelten.

Die anwesenden Fotografen schossen ein paar Aufnahmen, und auch Theresa machte anstandshalber ein paar Fotos mit der Redaktionskamera, ahnte jedoch schon, dass wahrscheinlich ohnehin ein dpa-Bild zur Illustration des Artikels genommen würde. Im Gegensatz zu namhafteren Gazetten gönnte sich die Regionalzeitung nicht den Luxus professioneller Fotografen. Auf Pressekonferenzen wunderten sich die Redakteure anderer Medien längst nicht mehr, dass ihre Kollegen aus der Region den Vortragenden nicht nur zuhörten und sich Notizen machten, sondern nebenbei noch ganze Fotoserien verschossen.

Der Kollege, den Theresa in ihrem Auto an die tschechische Grenze mitgenommen hatte, hieß Paul Schwenker. Er war für ein anderes Regionalblatt tätig; die Wahl, ihn mitzunehmen oder nicht, existierte in der Realität nicht. Die stellvertretende Ressortleiterin hatte ihr gesagt, es sei immer so, dass Paul Schwenker auf Termine, die weiter entfernt lagen, mitgenommen würde, und sie habe doch nichts dagegen? Was sie nicht sagte, war, dass Paul Schwenker vor Jahren einen Unfall aufgrund von Trunkenheit am Steuer verursacht hatte, aufgrund dessen ihm der Führerschein entzogen wurde.

Also hörte sich Theresa während der eineinhalb Stunden Autofahrt die Lebensgeschichte eines 43-jährigen Redakteurs an, der in drei verschiedenen Lokalredaktionen eines größeren ostbayerischen Verlagshauses zwanzig Jahre lang die Meldungen selbst ernannter Dorfjournalisten redigierte und in ein teilweise vorgegebenes Seitenlayout presste. Sie ließ sich die großen schauspielerischen Erfolge des Laiendarstellers Schwenker erzählen, die sich auf fünf Auftritte bei einem größeren historischen Festival beschränkten, an dem rund 1000 weitere Leute aus der gesamten Region mitgewirkt hatten. Sie nahm zur Kenntnis, dass Paul Schwenker nach seiner Karriere in den diversen Lokalredaktionen tatsächlich für zwei Jahre die Seiten gewechselt und in der Pressestelle eines großen Automobilkonzerns gearbeitet hatte, und zwar in »leitender Position«, wie er ihr erklärte. Sie ließ seinen Vortrag über den aus Mangel an talentiertem Nachwuchs bedingten Niedergang des Journalismus ebenso über sich ergehen wie seine stetig wiederkehrenden Anmerkungen, dass eineinhalb Stunden Fahrt für die Strecke bis zu besagtem Grenzort doch wohl ein bisschen großzügig kalkuliert worden seien, und dachte sich die ganze Zeit über: Was für ein Schwätzer. Lieber Gott, lass mich nie so enden wie er!

Theresa glaubte in Wahrheit weder an die Macht des Schicksals noch an Gott. Sie war katholisch getauft, was zweifelsohne daran lag, dass in ihrer Gegend fast alle katholisch waren, doch Religion spielte in ihrem Leben keine Rolle. Selbst den Religionsunterricht hatte sie geschickt umgangen, indem sie in der Kollegstufe auf Ethik wechselte. Sie hatte früh begriffen, dass ihr das Beten zu Gott nichts brachte: Nichts änderte sich in ihrem Leben dadurch, dass sie abends ein paar stille Worte an jemanden richtete, von dessen Existenz sie nicht überzeugt war. Sie fühlte sich nicht einmal besser. Es schien ihr Zeitverschwendung, also ließ sie es schließlich ganz sein.

Woran Theresa glaubte, war persönlicher Erfolg aufgrund von Fleiß, Ehrgeiz, geschickter Kalkulation und intelligentem Taktieren. Sie war bereit, Chancen zu nutzen, die sich ihr boten.

Seit Beginn dieses Sommers sah sich Theresa jeden Tag aufs Neue mit einer Vielzahl von Chancen konfrontiert. Sie hatte sich zum Ziel gesetzt, so viele wie möglich zu nutzen, um das zu erreichen, was sie sich schon immer gewünscht hatte: Ein Maximum an beruflichem Erfolg. Sie war sich im Klaren darüber, dass sich ihre Träume nicht von heute auf morgen erfüllen ließen und dass es bis in die Chefredaktion eines renommierten landesweit verbreiteten Mediums ein harter, steiniger Weg war. Doch sie war sich sicher, dass sie bereits die ersten Schritte in die richtige Richtung getan hatte.

Als sie zehn Minuten vor neun Uhr am Ort der Borkenkäfer-Pressekonferenz eintrafen, hatte ihr Paul Schwenker bereits das Du angeboten. Seinen Kollegen von der *Süddeutschen Zeitung*, dem Korrespondenten der *Deutschen Presseagentur* und der Redakteurin vom *Bayerischen Rundfunk* stellte er Theresa als »Frau Kollegin« vor. Das schmeichelte ihr. Schließlich hatte sie erst vor zwei Wochen ihr Praktikum bei der Regionalzeitung begonnen. Noch mehr schmeichelte ihr, dass der Kollege von der *Süddeutschen*, der während des Vortrags ohne Angabe von Gründen für eine drei viertel Stunde nach draußen verschwand, anschließend auf ihre Notizen zurückgriff. Wäre es ein Redakteur von einer anderen Regionalzeitung gewesen, hätte sie ihre Aufzeichnungen selbstverständlich für sich behalten. Doch die Tatsache, dass ein altgedienter Redakteur einer der größten Tageszeitungen Deutschlands Interesse an ihren Notizen hatte, gefiel ihr. Außerdem behielt sie im Hinterkopf, dass ein guter Draht zu einem SZ-Redakteur nie schaden konnte – besonders später, wenn das Studium zu Ende war und die Suche nach einer Stelle anstand.

Jetzt saß Theresa wieder im Redaktionsbüro und suchte nach einer Lösung für ein Problem: Der Ressortleiter hatte ihr eröffnet, im Landkreis-Teil sei Platz für einen Vierspalter frei geworden. Ob sie nicht die Ergebnisse der Borkenkäfer-Konferenz auch auf Landkreisebene abhandeln könne?

Wie jede Tageszeitung, so setzte sich auch die Regionalzeitung aus mehreren so genannten »Büchern« zusammen: Da gab es den überregionalen Mantelteil, der die internationalen Nachrichten, Wirtschafts- und Politikmeldungen aus ganz Deutschland, den Sport und die Berichterstattung aus der Region Ostbayern umfasste, und zum anderen den Landkreis- und Lokalteil. Im Landkreisteil wurde über die Getreidepreise, die jüngste Feiertagsprozession in den Ortschaften, den 100. Geburtstag eines ehemaligen Landrats oder die Aktivitäten des Vogelschutzvereins berichtet. Im Lokalteil fanden sich Artikel über die silberne Hochzeit eines Stadtratehepaars, die Neugründung eines Jugendzentrums, die Erweiterung des Tiergartens und das Fazit aus dem Rechenschaftsbericht des Stadthaushalts. Die Regionalzeitung erschien in insgesamt zwölf verschiedenen Ausgaben, jeweils zugeschnitten auf einen bestimmten Teil des Verbreitungsgebiets. Während der Mantelteil in allen Ausgaben der gleiche war, wechselten – je nach Ausgabe – Landkreis- oder Lokalteil oder auch beides.

Im ganzen Verbreitungsgebiet, das einen Großteil Ostbayerns umfasste und dem Blatt in manchen Regionen die absolute Marktmacht bot, gab es zehn verschiedene Lokalredaktionen. In ihnen saßen eine Hand voll Leute mit Redakteursstatus. Manchmal wurden sie von Volontären oder auch Praktikanten unterstützt. Theresa war froh, dass sie als Praktikantin der Zentrale in der Kreisstadt zugeteilt worden war und nicht einer Lokalredaktion. Sie hatte schnell herausgefunden, dass die Kompetenz der Redakteure proportional zur Entfernung von der Verlagshaus-Zentrale sank. Es schien ihr nicht sinnvoll, wieder in einem Umfeld zu arbeiten, das sie nicht vorwärts brachte. Theresa hatte bereits vor dem Studium und in den vorangegangenen Semesterferien bei zwei Lokalradios der Umgebung sowie einem neu gegründeten lokalen Privatfernsehsender gearbeitet und dabei zumindest eines gelernt: Dass sie niemals, niemals in solch einer Sackgasse enden wollte. Die Kollegen dort waren entweder blutjung, schlecht ausgebildet und unterbezahlt oder aber abgebrüht, frustriert und ebenfalls unterbezahlt. Theresa hatte im Fall der erstgenannten Gruppe oft den Eindruck, dass sie als Praktikantin diesen jungen Volontären und Redakteuren noch einiges über korrekte Recherche und Konzeption von Beiträgen beibringen konnte. Das gefiel ihr nicht. Schließlich war sie hier um zu lernen.

Auch hier in der Zentrale gab es junge Volontäre, die auf ein Studium verzichtet und sich gleich nach dem Abitur für ein Volontariat entschieden hatten. Sie waren etwas jünger als Theresa. Sie, die Journalistikstudentin, war zunächst überrascht über die Tatsache, dass die Regionalzeitung noch Leute ohne Studium einstellte. Von ihren Kommilitonen wusste sie, dass die meisten anderen deutschen Regionalzeitungen von ihren Volontären ein Studium als Mindestvoraussetzung verlangten. Noch bessere Chancen hatten diejenigen, die zusätzlich langjährige Praxiserfahrung als freie Mitarbeiter aufwiesen. Später hörte Theresa den Verleger einmal selbstherrlich sagen, er bevorzuge Leute ohne Studium, da diese »leichter zu lenken und zu leiten« seien. Was er damit meinte, begriff sie, als er einer Volontärin zur Pressekonferenz über den Donauausbau die Worte »Sie kennen ja unsere Blattlinie: Wir sind für den Kanal!« mit auf den Weg gab. Für die junge Frau war das Wort des Verlegers Gesetz, und frei nach dem Motto »Der Wille des Chefs ist auch mein Wille« kamen in ihrem Artikel der Bund Naturschutz und die Grünen erst gar nicht zu Wort. Zu der Zeit, es war gegen Ende dieses Sommerpraktikums, träumte Theresa bereits jede Nacht vom Theodor-Wolff-Preis, einem der bedeutendsten deutschen Journalistenpreise.

Theresa seufzte. Ihr Problem mit dem Borkenkäfer-Artikel für den Landkreis-Teil war, dass sie bereits alle aussagekräftigen Zitate in dem Artikel für den Mantelteil verarbeitet hatte. Und nicht nur das: Ein Infokasten über den Borkenkäfer ergänzte den Bericht, für den man ihr großzügig Platz eingeräumt hatte. Was blieb also für den Landkreis-Teil an Neuem?

Theresas Seufzer ließ Hans aufblicken. Ihr Bürogenosse war um die 40, ledig wie die meisten in dieser Redaktion und hatte ein Auge auf die hübsche, schwarz gelockte Journalistikstudentin geworfen. Sie hatte das frühzeitig bemerkt und in seiner Anwesenheit beiläufig ihren Freund erwähnt. So konnte sie verhindern, dass er sich in die Idee verrannte, mit ihr ausgehen zu wollen. Sein Wille, sie zu unterstützen und ihr das Praktikum in der Redaktion möglichst angenehm zu gestalten, blieb dennoch erhalten. Jetzt war die Unterstützung mehr väterlich als zielgerichtet, und das war in Theresas Sinne. Hans gab ihr den heißen Tipp, sich einen Landkreis-Politiker zu suchen, der ein Statement über die Bedrohung der Forstbestände im unmittelbaren Umland loswerden wollte. Ein paar Minuten später hatte Theresa mit fünf verschiedenen Mitarbeitern des Landratsamts telefoniert und vom kurz angebundenen Pressesprecher erfahren, dass der Herr Landrat in Sachen Borkenkäfer nicht zu sprechen sei, da er auf einer wichtigen Besprechung für die Festspiele – und zwar auf der Festwiese – weile.

Theresa bedankte sich artig für die Auskunft, packte ihre Tasche, den Notizblock und die Kamera und lief zu Fuß hinüber auf die Festwiese. Hier war man gerade damit beschäftigt, die ersten Imbissbuden, Unterstände und Abzäunungen aufzustellen. Inmitten dieses Auf- und Umbaus fand sie auch den Landrat nebst Bürgermeister und einigen weiteren Lokalpolitikern. Man hatte den offiziellen Teil der so wichtigen Besprechung schon hinter sich gelassen und stand in einer Kleingruppe mit einer Flasche Bier in den Händen beisammen. Zum Thema Borkenkäfer war niemand willens etwas zu sagen, schon gar nicht so spontan und mitten auf der Festwiese. Die Herrenrunde war aber offensichtlich bester Laune, betrachtete die junge Journalistin mit dem hübschen Gesicht und den langen schwarzen Locken mit unverhohlenem Interesse und bot ihr sogar ein Bier an. Theresa lehnte ab, dachte an die Borkenkäfer, den 4-Spalter im Landkreis-Teil und die Deadline. Im Übrigen mochte sie kein Bier. Doch das behielt sie für sich.

Und dann fiel ein Name. Katharina Hermann. Sie solle sich doch an die Landtagsabgeordnete wenden. Die habe vor rund einer halben Stunde die Festwiese verlassen und sei jetzt ganz gewiss in ihrer Wohnung anzutreffen, wurde sie informiert. Einer der Herren nannte ihr zu ihrer eigenen Überraschung sogar gleich die Adresse mit dem Hinweis, die Landtagsabgeordnete sei genau die Richtige, um Theresa Auskünfte hinsichtlich des Borkenkäfer-Problems im Landtag zu erteilen. Schließlich wirke sie als Vertreterin des Landkreises im Bayerischen Landtag in der Arbeitsgruppe »Landwirtschaft und Umwelt« mit.

Unangekündigt bei einer Landtagsabgeordneten aufzutauchen, schien Theresa sehr unpassend. Noch dazu hatte sie mit Katharina Hermann nie zuvor zu tun gehabt, auch nicht bei ihren früheren Praktika im lokalen Rundfunk. Alles was sie über die Landtagsabgeordnete wusste, war, dass sie den Konservativen angehörte, noch ziemlich jung war und dass ihr enormer Ehrgeiz nachgesagt wurde. Aber bis sie ihre Telefonnummer herausgefunden und sie angerufen hätte, wäre wertvolle Zeit verstrichen. Deshalb beschloss sie nach einigem Zögern, Katharina Hermann sofort privat aufzusuchen. Und außerdem waren Personen mit Ambitionen auf eine weitere Karriere in der Politik gewöhnlich daran interessiert, in die Presse zu kommen.

Katharina Hermann hatte ihre Wohnung in einem dreistöckigen Altbau in unmittelbarer Nähe des Stadtplatzes. Theresa musste erst durch einen Torbogen, dann quer über einen kleinen Hinterhof spazieren, ehe sie den versteckten Eingang des Hauses fand.

Bevor sie auf den Klingelknopf mit dem Namen »Dr. Hermann« drückte, hielt sie kurz inne und ließ ihren Blick umherschweifen. Die kleine Wohnanlage mit den vom Efeu bewachsenen Wänden gefiel ihr. Sekunden lang formte sich in ihren Gedanken die Vorstellung, wie es wohl wäre, selbst mitten in der Kreisstadt zu wohnen und nicht mehr auf dem Land in einem Einfamilienhaus mit Garten, doch einen Moment später verwarf sie den Gedanken wieder und lachte innerlich über sich selbst. Ihre Zukunft lag schließlich nicht in einer Kreisstadt! Und das Einfamilienhaus ihrer Eltern, in dem sie ihre Semesterferien verbrachte, war ohnehin nur eine Übergangslösung.

Theresa stellte fest, dass die Haustüre offen stand und sich das Klingeln am Hauseingang damit erledigte. Die Wohnung von Katharina Hermann lag im zweiten Stock.

Augenblicke später stand Theresa der Landtagsabgeordneten zum ersten Mal gegenüber. Sollte ihr Besuch ungelegen gekommen sein – Katharina Hermann ließ es sich nicht anmerken. Sie bat die junge Journalistin in ihr Wohnzimmer, servierte ihr Wasser und Orangensaft und hörte sich Theresas Anliegen an. Obwohl sich Katharina Hermann Mühe gab, ihr Unwissen über die Bedeutung der Borkenkäfer-Plage für den Landkreis zu verbergen, erkannte Theresa, dass sie erstmals mit diesem Thema konfrontiert wurde. Doch als die Abgeordnete fast nebenbei erfragte, ob der Artikel die 50-Zeilen-Marke überschreite, begriff Theresa, dass sich Katharina Hermann die Chance auf einen größeren Beitrag in der Regionalzeitung nicht entgehen lassen würde. Mit der Begründung, sie hätte dazu im Nebenzimmer Unterlagen, die sie kurz einsehen wolle, ließ Katharina Hermann die Besucherin in ihrem Wohnzimmer allein.

Theresa hatte Zeit, sich umzusehen und ihre Umgebung ausführlich zu betrachten. Die Wohnung war sehr hell und freundlich, allerdings nicht besonders groß. Eine Küchenzeile befand sich seitlich in einer Nische. Theresa fühlte sich spontan an die Kochgelegenheit in ihrem Studentenappartement erinnert – mit dem Unterschied, dass die Küchenmöbel sowohl teurer als auch ansehnlicher waren als die billigen, weiß folierten Sperrholz-Kästen in ihrer Studentenbude. Eines war Katharina Hermanns Küche jedoch auf keinen Fall – das sah Theresa mit einem Blick: ein Ort, an dem tatsächlich viel gekocht oder gebacken wurde. Alles sah neu und sehr makellos aus.

Auch die große beige Wohncouch, auf der Theresa saß, wirkte wie frisch aus dem Möbelhaus. Einen Esstisch erblickte sie nicht, und sie fragte sich, wo und wie die Landtagsabgeordnete wohl aß. Saß sie auf dem Sofa und balancierte dabei den Teller mit der Gulaschsuppe auf den Knien, so wie sie, Theresa, es in ihrem Studentenzimmer mangels Platz für Tisch und Stuhl tat? Ein spezielles Esszimmer konnte sie jedenfalls nicht ausmachen. Von den drei Türen, die im Vorraum nach allen Seiten abgingen, führte die eine ins Wohnzimmer und auf der zweiten prangte eine silberne Badewanne aus Metall. Hinter der dritten Türe vermutete Theresa das Schlafzimmer.

Sie fragte sich kurz, weshalb sich eine Landtagsabgeordnete nur eine so kleine Wohnung leistete, gab sich dann aber selbst die Antwort: Als Mitglied des Landtags hatte Katharina Hermann ihr Büro im Maximilianeum in München, dem Landtagsgebäude, und war daher verhältnismäßig wenig in ihrem Heimatlandkreis. Wahrscheinlich hatte sie in München eine Zweitwohnung.

Theresas Blick glitt über das Bücherregal aus hellem Birkenholz, in dem sich ein dicker Wälzer an den anderen reihte, fast ausschließlich Fachliteratur aus den Bereichen Jura, Politologie und Wirtschaft. Sie erinnerte sich nun dunkel daran, irgendwo gehört zu haben, dass Katharina Hermann vor ihrer Karriere als Mitglied des Bayerischen Landtags in einer Rechtsanwaltskanzlei gearbeitet hatte. Die umfangreiche Fachbibliothek wurde durch mehrere Werke griechischer Staatstheoretiker und lateinischer Rhetoriker ergänzt. Theresa fühlte sich an ihre Schulzeit erinnert. Sie hatte in Latein bis zuletzt hervorragende Noten geliefert, denn sie liebte das Fach und hatte es sogar als Leistungskurs gewählt. Manchmal wunderte sie sich selbst über ihr Interesse an einer toten Sprache.

In einem Fach des Regals gab es keine Bücher. Hier standen Fotos verschiedener Größe, gerahmt in bunt lackierte Bilderrahmen. Da Katharina Hermann weder zu hören noch zu sehen war, gab Theresa ihrer Neugierde nach. Sie stand auf, trat dicht vor das Regal und betrachtete jedes der Fotos genau.

Es waren offensichtlich Familienfotos. Zwei Bilder waren schwarz-weiß und zeigten ein junges Hochzeitspaar, gekleidet im Stil der dreißiger Jahre, das etwas verschreckt in die Kamera starrte. Das zweite Schwarz-Weiß-Foto zeigte ein anderes Brautpaar, offensichtlich zu einem späteren Zeitpunkt aufgenommen, jedoch hatte der Bräutigam auf diesem Foto sehr viel Ähnlichkeit mit dem jungen Herren auf dem ersten Foto. Theresa schloss daraus, dass es sich wohl um Vater und Sohn handeln musste – beziehungsweise um den Großvater und Vater der Abgeordneten. Auf den weiteren drei Fotos war offenbar Katharina Hermann abgebildet: als Kind mit einer Schultüte im Arm, als Teenager auf einem Podium, umrahmt von anderen Teenagern, die ihr zuhörten, und bei einem offiziellen Anlass im Maximilianeum. Auf dem Foto bekam Katharina Hermann von einem Herren im Anzug einen großen Blumenstrauß überreicht. Theresa erkannte in dem Herrn den bayerischen Ministerpräsidenten. Theresa fiel auf, dass Katharina Hermann auf diesem Foto erstmals lächelte. Auf den Fotos aus der Kindheit wirkte sie etwas steif und verkrampft.

Die junge Journalistin wunderte sich im Stillen nicht nur über Katharina Hermanns ernste Miene, sondern auch über die Tatsache, dass die Landtagsabgeordnete mehrheitlich Fotos von sich selbst aufgestellt hatte. In Theresas Augen war das reichlich selbstverliebt. Sie spann den Gedanken weiter und ihr kam gerade die Frage in den Sinn, weshalb nicht auch das Bild eines Mannes – eines Lebensgefährten oder Freundes – neben den Fotos ihrer Verwandten aufgestellt war, als sie hinter den Bilderrahmen ein einzelnes Foto entdeckte. Es lag mit der weißen Rückseite nach oben in der hinteren Ecke des Regals. Voller Interesse, welches Fotomotiv sich hier verbarg, wollte sie schon danach greifen. Doch sie hörte, wie draußen im Flur eine Tür geschlossen wurde, vernahm die sich nähernden Schritte und ließ sich schnell wieder auf dem Sofa nieder.

Katharina Hermann hielt ihr einen längeren Vortrag über die Auswirkungen einer Borkenkäfer-Plage auf die Forstwirtschaft in der Region und ganz speziell natürlich auf die Forstwirtschaft im Landkreis. Sie erinnerte an den akuten Befall vor rund zehn Jahren und diktierte Theresa Zahlen, die eindrucksvoll belegten, wie gefährlich der Borkenkäfer für den heimischen Waldbestand war. Sie belegte mit einer Reihe weiterer Zahlen, wie viel Verdienstverlust die Landwirte im Landkreis – von denen jeder auch über Waldbesitz verfügte – in Kauf nehmen müssten, wenn allein soundsoviel Prozent des Waldbestands durch den Borkenkäfer vernichtet würden. Sie prangerte die Politik der Grünen an, die, wie sie sagte, lieber sinnlose Schutzprogramme für Schädlinge starteten, als sich um die armen Bauern der Region zu kümmern. Sie wetterte gegen die Sozialdemokraten, die »jahrelang über dieses Problem hinweggesehen haben und die heimische Forstwirtschaft dadurch großflächig niederwirtschaften und sabotieren«. Theresa machte sich eifrig Notizen und suchte in Gedanken schon nach der passenden Schlagzeile. Da der Verleger ebenfalls nichts für die Grünen übrig hatte, war sich Theresa sicher, dass der Tenor ihres Artikels über die Borkenkäfer-Plage im Landkreis im Verlagshaus eine wohlwollende Aufnahme fände – was wiederum ihren persönlichen Interessen dienen würde.

Theresa war froh, als ihr Gegenüber irgendwann aufhörte zu reden, denn vom vielen Mitschreiben hatte sie fast schon einen Schreibkrampf und außerdem sollte der Artikel ja noch am gleichen Tag in Druck. Das hieß, dass sie schleunigst zurück ins Verlagshaus laufen und das Ganze zu Papier bringen musste. Eines der wichtigsten Dinge jedoch fehlte ihr noch: ein Foto von Katharina Hermann. Doch als sie sie ablichten wollte, wehrte die Politikerin freundlich, aber sehr entschieden ab: Sie sei jetzt nicht passend gekleidet. Außerdem wolle sie keine Aufnahmen in ihrer Privatwohnung. Sie schlug vor, Theresa eines ihrer Pressefotos mitzugeben. Da Theresa nicht ohne Foto in die Redaktion zurückkommen wollte, blieb ihr nichts anderes übrig als zuzustimmen. Dennoch fragte sie sich, was an dem seriösen blauen Hosenanzug und der weißen Bluse, die Katharina Hermann trug, nicht passend war. Der erste Eindruck, den Theresa von der Landtagsabgeordneten gewonnen hatte, baute nicht auf reiner Sympathie. Ihr war Katharina Hermann mit ihrer oberflächlichen Freundlichkeit von Anfang an zu glatt vorgekommen. Im Nachhinein dachte Theresa oft an diese erste Begegnung zurück und wünschte, die Landtagsabgeordnete hätte zumindest in einem Nebensatz kritisiert, dass die junge Journalistin einfach unangekündigt vor ihrer Wohnungstür gestanden hatte. Oder hätte die Türe im Jogginganzug und mit zerzaustem Haar geöffnet. Oder es wäre wenigstens ein Kochtopf mit Spaghetti auf dem Herd gestanden. Das alles hätte Katharina Hermann in Theresas Augen zumindest menschlich erscheinen lassen. So jedoch war alles so perfekt, so gnadenlos vollkommen und professionell, als hätte Katharina Hermann mit ihrem Besuch gerechnet.

Vielleicht war es diese zur Schau gestellte Perfektion, die Theresa wieder zum Bücherregal trieb, sobald Katharina Hermann das Wohnzimmer verlassen hatte, um die Pressefotos von nebenan zu holen. Was sie wollte, war eine Bestätigung – eine Bestätigung dafür, dass es hinter Katharina Hermanns freundlicher, aalglatter Fassade einen Makel gab.

Und Theresa sollte ihre Bestätigung bekommen. Als sie das Foto, nachdem sie unbewusst sogar während des Gesprächs geschielt hatte, Augenblicke später in den Händen hielt, begriff sie schlagartig, dass sie einen kostbaren Schatz gefunden hatte. Ihr stockte der Atem.

Das Foto zeigte Katharina Hermann. Nackt. Sie hielt eine andere Frau umschlungen und küsste sie. Die andere Frau war ebenfalls nackt. Ihr Gesicht war deutlich erkennbar: Es war die Frau des Kreisstadt-Bürgermeisters.

Theresa ließ das Foto schnell in ihrer Tasche verschwinden. Ihr war bewusst, dass ihr das Schicksal einen Trumpf zugespielt hatte.

Ticket nach Berlin

Gitta hielt es genau zwei Tage aus, mich mit Nichtbeachtung zu strafen. Am Mittwoch derselben Woche schneite sie gegen Nachmittag in die Redaktion, begrüßte mich, als seien wir am Vortag wie die besten Freundinnen auseinander gegangen, und fragte, ob ich Lust und Zeit auf einen gemeinsamen Kaffee in der Kantine hätte. Da ich meine Texte über diverse Duschgels und Seifenschaum-Produkte, mit der die moderne Frau von heute ihre Haut sanft und seidig pflegt, inzwischen schon ins System eingespeist und bis Redaktionsschluss nur noch eine kurze Buchkritik über den neuesten Schmöker von Rosamunde Pilcher zu verfassen hatte, war mir Gittas Einladung zum Kaffeeklatsch willkommen. Ich hatte mir während der zwei Tage, in denen Gitta tat, als gäbe es mich nicht, eingestehen müssen, dass mir ihre Freundschaft mehr bedeutete, als ich mir bewusst war. Gitta war nicht nur irgendeine Kollegin, mit der ich hin und wieder einen Plausch über die Absurditäten des Lebens hielt. Als ich vor fünf Jahren den ersten Schritt in diese Redaktion setzte, nahm sie mich gleich freundlich auf und integrierte mich in das Team. Sie war es auch, die mir durch eine Empfehlung beim Türsteher Einlass in die angesagtesten Hamburger Clubs verschaffte und mich regelmäßig mit Freikarten zu Premierenfeiern, Musicalvorstellungen und Popevents versorgte. Als Gesellschaftsreporterin war Gitta in der Hamburger Promi-Szene bekannt wie ein bunter Hund und wurde mit Einladungen überhäuft. Mit den Abendterminen, die sie aus beruflichen Gründen wahrnehmen musste, war sie völlig ausgelastet, so dass sie alle weiteren Gratis-Karten in ihrem Freundeskreis verteilte. Die Tatsache, dass sie mich schnell zu dieser illustren Runde dazurechnete, erleichterte mir damals das Einleben in Hamburg erheblich.

Als wir uns in der Cafeteria gegenüber saßen und Gitta das vierte Zuckerstückchen in ihren Capuccino plumpsen ließ, wurde ich unruhig. Ich wollte auf keinen Fall über das Thema sprechen, das Anlass für unser zweitägiges Schweigen gewesen war. Also griff ich zu einer Methode, die in meiner Jugend immer gut funktioniert hatte: Ich begann in aller Ausführlichkeit über Belanglosigkeiten zu reden. Irgendwann – ich war 15 oder 16 – hatte ich begriffen, dass die Gespräche und Gedanken meiner Eltern durch intensives Dauerreden gezielt in andere Richtungen zu lenken waren. Diese Erkenntnis war wertvoll, denn auf die Weise gelang es mir, von heiklen Themen abzulenken. Meistens klappte das ganz gut. Zumindest anfänglich. Später halfen auch Tricks nicht mehr, von den eigentlichen Problemen in meiner Familie abzulenken.

Auch Gitta stieg eine Weile auf mein Geplauder ein. Ich glaubte nach einer Weile, die gefährliche Klippe umschifft zu haben. Gitta hatte den Montag bisher mit keinem Wort erwähnt. Ich fühlte mich allmählich sicherer und widmete mich ebenfalls meinem Cappuccino. Beim ersten Schluck musste ich feststellen, dass er bereits merklich abgekühlt war. Ich verzog angewidert das Gesicht. Kalter Kaffee war nicht mein Fall.

Gitta hatte sich zurückgelehnt und blinzelte in die Sonne, die durch die Glasfront ins Innere des Raumes schien. Sie rieb sich kurz die Augen und blickte mich dann versonnen an.

»Du bist für mich ein Rätsel, Theresa, weißt du das?«

»Bitte, was?« Ich verschluckte mich vor Schreck und hustete in die Serviette, die ein Vorgänger offenbar unbenutzt auf dem Tisch liegen gelassen hatte. Das war zwar nicht sonderlich appetitlich, doch immerhin besser, als Gitta einen feinen Nieselregen von Cappuccino-Tropfen ins Gesicht zu spucken. »Was meinst du damit?«

Gitta sagte erst einmal nichts und betrachtete mich stattdessen mit einer Nachdenklichkeit, die ich noch nie zuvor an ihr bemerkt hatte. Als mir das Schweigen zwischen uns unangenehm wurde, machte ich einen saloppen Kommentar über die nicht ganz streifenfrei geputzten Fenster in der Cafeteria und wollte zu einer größeren Geschichte über das Fensterputzen im Allgemeinen ausholen, als mich Gitta unterbrach. Ein amüsiertes Grinsen lag auf ihrem Gesicht. »Das beispielsweise ist typisch, Theresa: Wenn dir etwas unangenehm wird, beginnst du abstruses Zeug zu plappern, und meist erledigt sich die Angelegenheit dann von alleine.«

Ich begann unruhig auf meinem Stuhl hin und her zu rutschen.

»Ich habe jetzt zwei Tage lang über dich nachgedacht. Und dabei ist mir bewusst geworden, dass ich fast nichts über dich weiß.«

Ich musste entschieden widersprechen. »Du kennst die Namen jedes einzelnen Freundes, den ich in Hamburg hatte. Manche kennst du sogar persönlich. Du weißt, was ich zum Frühstück esse, und du kennst die Lokalitäten, in denen ich mir die Nächte um die Ohren schlage. Du warst schon x-mal in meiner Wohnung, du hast mein Chaos dort live miterlebt, du –«

Sie unterbrach mich: »Stichwort Chaos. Ein gutes Schlagwort, um einzuhaken. Ja, ich war schon oft in deiner Wohnung, und ja, es ist ...« Sie suchte anscheinend nach einer passenden Ausdrucksweise, die nicht zu niederschmetternd klang. »Es ist ein wenig gewöhnungsbedürftig«, formulierte sie schließlich vorsichtig. »Ich habe mich in den letzten Tagen gefragt, wieso jemand, der beispielsweise seine Klamotten in der ganzen Wohnung verteilt, ein wahres Arsenal von leeren Wein- und Sektflaschen im Vorraum hortet und sein Geschirr nur alle drei bis fünf Tage abzuspülen scheint, andererseits jedes amtliche Schreiben, jeden Artikel, ja, alles was irgendwie ausgedruckt und in Papierform erhältlich ist, sorgfältig in Ordner abheftet. Das passt nicht zusammen.« Sie holte tief Luft und sah mich ernst an. »Und daher bin ich zu dem Schluss gekommen, Theresa, dass du im Grunde eine wahnsinnig ordentliche und penible Person bist und deine zur Schau gestellte Unordnung eine Art Camouflage ist. Du gibst vor, eine zu sein, die du nicht bist.«

Ich antwortete nicht, sondern richtete meine gesamte Konzentration auf die großen Fensterflächen rechts von mir. Sie waren wirklich schlecht geputzt worden. Im Sonnenlicht spiegelten sich die Streifen in allen Farben des Regenbogens.

Gitta wartete eine Weile ab, bemerkte dann, dass von mir kein Kommentar zu erwarten war und fuhr schließlich unbeeindruckt fort: »Du gibst dich hier damit zufrieden, irgendeinen Mist über Schönheitspflege, die neuesten Diäten und die coolste Sommermode zu schreiben, und das, wo du bei weitem mehr leisten kannst.« Sie holte nochmals tief Luft. »Du warst vorher beim *Tagesspiegel*, und zwar in der Politikredaktion. Es ist nicht normal, dass du jetzt hier bei *Amiga* bist, Theresa.«

Was soll das jetzt?

»Theresa, ich meine doch damit nur, dass ich es einfach nicht begreife. Ich weiß nicht, was mit dir los ist und warum du so eine verflucht verschlossene und komplexe Person bist. Ich sehe dich als Freundin, nicht als Kollegin, und gerade deshalb setzt es mir so zu, wenn ich nach und nach einsehen muss, dass ich nicht mehr über dich weiß als jede andere in dieser Redaktion. Ich weiß gerade mal, aus welcher Gegend du ungefähr kommst, wo du studiert hast und was deine Nebenfächer waren – solcher Krimskrams. Aber über dich als Mensch weiß ich so gut wie nichts. Am Montag zum Beispiel ...«

Das musste ja kommen. Meine Miene verfinsterte sich schlagartig.

Gitta bemerkte es, fuhr aber tapfer fort: »... als wir im *Park Hyatt* waren, hab ich erstmals festgestellt, dass du bayerischen Dialekt sprichst!«

Entgeistert starrte ich sie an. Wenn das ihr einziges Problem war!

»Das ist kein Geheimnis, Gitta«, sagte ich ruhig. »Das ist dort, wo ich herkomme, so üblich. Ich habe es mir lediglich abgewöhnt, als ich hier in den Norden gezogen bin. Sonst versteht mich ja niemand von euch Fischköppen.« Ich brachte ein schiefes Lächeln zustande, das meine Worte bekräftigen sollte.

»Nun ja ...« Gitta wirkte verlegen. Sie schien sich bewusst zu werden, dass ihre Anmerkung bezüglich des Dialekts wirklich unsinnig war. Am Montag war ich ein wenig in Dialekt verfallen, weil auch Katharina Hermann Dialekt gesprochen hatte, als wir beide alleine waren. Als wir uns verabschiedeten, hatte sie sich erwartungsgemäß voll unter Kontrolle, ich dagegen war von meinem Tränenausbruch noch zu durcheinander gewesen, um so schnell ins Hochdeutsche zurückzufinden.

»Aber du erzählst nichts von früher«, brach es aus Gitta heraus. »Für mich bist du ein Mensch ohne Vergangenheit.«

»Da gibt es nichts Erwähnenswertes«, erwiderte ich sachlich. »Meine Kindheit und Jugend war nicht im Geringsten spannend. Ich weiß nicht, was ich dir erzählen soll. Wir haben uns in den letzten Jahren kennen gelernt, nicht früher, und was ich in der Gegenwart treibe, weißt du.«

»Eine typische Theresa-Lackner-Weisheit«, bemerkte Gitta und leerte mit einem letzten Schluck ihre Kaffeetasse. »Irgendwann werde ich ein Buch herausgeben – eine Zitatensammlung. Und ein Großteil davon werden deine unübertrefflichen und einzigartigen Sinnsprüche sein. Wie: Es ist, wie es ist. Und das mit dem Jetzt und Früher, was du gerade von dir gegeben hast.«

Ich war mir nicht sicher, ob tatsächlich Ironie in ihren Worten mitschwang oder ob es ihr damit nicht vielleicht doch ernst war. Vorsichtshalber grinste ich.

»Ich weiß nicht einmal, ob du Geschwister hast.«

Ich zuckte zusammen. Tommi.

»Tommi?« Gitta sah mich fragend an. Ohne es zu wollen, hatte ich den Namen meines Bruders laut ausgesprochen.

»Ich habe einen jüngeren Bruder, und er heißt Tommi«, erklärte ich mit einem Seufzen. Ich hatte nicht vorgehabt, über ihn zu sprechen, aber ich wollte Gitta nicht wieder das Gefühl geben, etwas vor ihr zu verbergen. »Das letzte Mal, als ich ihn sah, hatte er zerstochene Unterarme und war voll gepumpt mit Drogen.«

»Du lieber Himmel, Theresa!« Gitta wirkte ehrlich schockiert. Ich sagte eine Weile nichts. Das Bild meines kleinen Bruders, der mir leichenblass und klapperdürr am Bahnhof Berlin Friedrichstraße gegenüberstand und mit brüchiger Stimme erzählte, er hätte hier in Berlin eine supertolle Clique gefunden, verursachte mir jetzt noch Gänsehaut. Dieses Zusammentreffen war über fünf Jahre her. Seitdem hatte ich ihn nicht mehr gesehen. Vor drei Jahren, als ich das letzte Mal mit meiner Mutter telefonierte, erwähnte sie beiläufig, Tommi sei von der Polizei wegen Drogenbesitzes aufgegriffen worden und hätte bald eine Gerichtsverhandlung. Es war nicht einmal das Hauptthema unseres Gesprächs gewesen, das alles in allem maximal sieben Minuten gedauert hatte. Ich stellte ihr keine Fragen über Tommi, denn ich wusste, sie konnte sie ohnehin nicht beantworten. Meine Mutter lebte in ihrer eigenen Welt. Später war mir bewusst geworden, dass ich auch deshalb nicht gefragt hatte, weil ich die Antworten nicht hören wollte. Ich hatte Tommi aufgegeben und ihn in die hinterste Ecke meines Gedächtnisses verbannt.

»Wie konnte das passieren?«, fragte mich Gitta.

Ich zuckte mit den Schultern. »Tommi war schon immer schwierig.«

Reichen schlechte Noten und falsche Freunde aus, um jemanden als »schwierig« zu klassifizieren?

»Konntest du ihn nicht zu einer Entziehungskur bewegen?«

Ich habe es nicht versucht. Ich sah ihn und habe ihn aufgegeben. Ich bin selbst nicht frei von Problemen.

Laut sagte ich: »Er hätte keine gemacht. Er war der Meinung, sein Leben sei ganz in Ordnung, und gab vor, sich prima zu fühlen. Was soll man da schon machen. Ich hatte keinen Einfluss auf ihn.«

Wir zahlten unseren Cappuccino und gingen zurück in die Redaktion. Gitta wirkte etwas betreten. Es war ihr sichtlich unangenehm, die Geschichte mit Tommi aus mir herausgelockt zu haben. Später am Nachmittag entschuldigte sie sich sogar dafür: Sie verstehe, dass es für mich unter diesen Umständen unerfreulich sei, von meiner Familie zu erzählen. Ich sagte »Ist schon okay« und meinte es auch so. Jedes Gesprächsthema war gut, solange die Sprache nicht auf meine Beziehung zu Katharina Hermann kam.

Am Nachmittag darauf rief mich Isolde Heinemann persönlich an. Ich solle sofort in ihr Büro kommen, es sei dringend. Sie war freundlich, aber ihre Aufforderung machte mich nervös. In fünf Jahren bei *Amiga* hatte ich die Chefredakteurin nur dreimal zu Gesicht bekommen: beim Vorstellungsgespräch und das zweite Mal bei einer Jubiläumsfeier. Das dritte Mal begegneten wir uns zufällig im Lift und fuhren gemeinsam bis zum vierten Stock, ohne auch nur ein einziges Wort miteinander zu wechseln. Im vierten Stock stieg ich aus und Isolde Heinemann fuhr weiter in die Dachetage, wo sie sich in ihr Büro mit Ausblick auf den Hamburger Hafen zurückzog.

Ich hatte nichts gegen Isolde Heinemann. Dazu kannte ich sie zu wenig. Sie belieferte uns einmal im Monat mit einer Liste von Themen, die sie im übernächsten Magazin abgehandelt haben wollte. Die Liste brachte ihre Sekretärin nach unten. Wenn es zu den Themenvorschlägen Fragen gab, war es ebenfalls die Sekretärin, die die Antworten lieferte. Aufgrund ihrer Tätigkeit als Society-Reporterin hatte Gitta häufiger mit Isolde Heinemann zu tun, doch auch ihre

Besuche in der Dachetage waren meist von kurzer Dauer und fanden nur sporadisch statt. Gelegentlich lieferte Isolde Heinemann auch selbst einen Artikel. Meist war es eine Kolumne über das leidige Warten auf eine Designer-Kroko-Handtasche oder den richtigen Umgang mit Au-Pair-Girl, Gärtner und Haushaltshilfe. Beim Lesen ihrer Zeilen fragte ich mich immer wieder aufs Neue, ob sich die Mehrheit unserer Leserinnen in die von Isolde Heinemann geschilderten Situationen überhaupt hineinversetzen konnte. Doch *Amiga* behauptete sich enorm gut am Markt. Anscheinend wollten unsere Leserinnen nicht das vorgesetzt bekommen, was ihrem persönlichen Erfahrungshorizont und Alltag entsprach. Die Welt der Reichen und Schönen bewies auch hier ihre Anziehungskraft.

Während der Liftfahrt vom vierten Stock bis zum Dachgeschoß versuchte ich mir zu erklären, weshalb Isolde Heinemann mich zu sich bat. Ich hatte keine Ahnung. Oben angekommen, geleitete mich die Sekretärin gleich ins Büro der Chefredakteurin.

In diesem Büro, in dem mindestens vier Pärchen Tango tanzen konnten, ohne sich in die Quere zu kommen, gab es neben einem Zimmerbrunnen auch noch ein Ying-und-Yang-Muster, das die dunkle Maserung des Parkettbodens unterbrach. Ich hatte schon davon gehört, dass die *Amiga*-Chefredakteurin ein Faible für Feng-Shui hatte. Nun konnte ich mich selbst davon überzeugen. Viel Gelegenheit, mich ausgiebig im Büro meiner Vorgesetzten umzuschauen, hatte ich jedoch nicht. Denn kaum war ich eingetreten, nahm ich auch schon die beiden Herren wahr, die mit Isolde Heinemann auf dem schwarzledernen Sofa saßen, das zusammen mit einem breiten Polstersessel und einem kleinen Glastisch in einer Ecke des Raumes stand.

Dr. Rowendson und Dr. Egle.

Ich hatte bisher noch nicht die Ehre gehabt, unserem Verleger und dem *Brennpunkt*-Chefredakteur persönlich gegenüberzustehen. Dennoch erkannte ich beide sofort. Schließlich fand sich ihr fotografisches Abbild sowohl regelmäßig im Vorwort des *Brennpunkt* als auch auf diversen Hausmitteilungen, die in großer Auflage in der Kantine und der hauseigenen Cafeteria auslagen. Als ich verstand, dass die beiden Herren keineswegs im Gehen begriffen, sondern mit mir eingeladen worden waren, wurde mir mulmig.

Was wollten sie von einer Nullachtfünfzehn-Redakteurin, die im Frauenmagazin des Verlags über Schönheitspflege schrieb?

»Bitte, setzen Sie sich doch.«

Die Chefredakteurin wies mir den Polstersessel zu und schob sich selbst wieder zwischen Rowendson und Egle auf die Couch, was mich noch mehr beunruhigte. So viel Ehrerbietung auf einmal war mir mehr als nur unheimlich.

»Sie sind seit fünf Jahren in unserem Hause«, begann Verleger Rowendson, ein gepflegter Herr um die fünfzig mit grau meliertem Haar, das Gespräch. Rowendson hatte sich in Deutschland als Unternehmer einen Namen gemacht: Bereits vor der Gründung des *Brennpunkt* war er Chef von zwei Großdruckereien gewesen und hatte den Vertrieb einer größeren westfälischen Tageszeitung gemanagt, die sein Vater nach Ende des Zweiten Weltkriegs noch in der Lizenzphase gegründet hatte. Rowendson Senior war damit eine jener Personen, die von den alliierten Besatzern ermächtigt wurden, eine Zeitung herauszugeben. Er war offenbar schlau genug gewesen, sich von der NSDAP fern zu halten. Lizenzen erhielten damals nur Leute, die weder Mitglied der NSDAP noch als Verleger oder Herausgeber während des Dritten Reiches aktiv gewesen waren. Über den Namen Rowendson stolperte man beim Studium der Journalistik unweigerlich, da sich Rowendson Senior später als Präsident des Deutschen Zeitungsverlegerverbandes hervortat und außerdem einige Fachbücher über Pressegeschichte herausgab. Rowendson Junior setzte mit dem *Brennpunkt* die medienverbundene Tradition seiner Familie fort.

»Sind Sie zufrieden mit Ihrer Position bei *Amiga*?«

Ich schaute verunsichert zu Isolde Heinemann. Deren Miene war jedoch aus Stein und gab damit keinerlei Hinweis, worauf Rowendson mit seiner Frage hinauswollte. Da ich meinen Job und damit mein geregeltes Einkommen nicht verlieren wollte, versicherte ich im Brustton der Überzeugung: »Ja, sehr zufrieden!«

Isolde Heinemann und Dr. Egle wechselten einen Blick, den ich nicht zu deuten vermochte. Es beunruhigte mich allerdings zunehmend, dass es Rowendson war, der das Gespräch führte.

Braucht es gleich drei Chefs, um eine Person wie mich rauszuschmeißen?

»Sie haben für den *Berliner Tagesspiegel* geschrieben«, stellte Rowendson fest und blätterte in ein paar Unterlagen. Ich erkannte meinen Lebenslauf, mein Motivationsschreiben und meine Textproben, mit denen ich mich damals bei *Amiga* beworben hatte. Meine Verwunderung wuchs.

»Sie waren allerdings nur knapp ein Jahr dort und sind dann auf eigenen Wunsch gegangen. Warum?«

Was sollte dieses Verhör? Warum wurde in meinem Leben herumgewühlt? »Private Gründe«, sagte ich knapp.

Rowendson nickte verständig, stellte aber sogleich die nächste Frage. »Sie haben Journalistik studiert und im Nebenfach Politikwissenschaften und Sozialpsychologie. Warum diese Kombination?«

Ich kam mir vor wie bei einem Vorstellungsgespräch. Krampfhaft suchte ich nach einer Antwort, die passend klang. Ich konnte ihm wohl kaum sagen, dass die Veranstaltungen der Politikwissenschaft und Sozialpsychologie die einzigen waren, die nur von Montag bis Donnerstag stattfanden und mir somit den Freitag freihielten. Das war mir damals wichtig gewesen, denn seit meinem ersten Sommerpraktikum arbeitete ich jeden Freitag und Sonntag für die Regionalzeitung in meiner Heimat. Ich hatte freitags daher schlichtweg keine Zeit, um in irgendwelchen Vorlesungen herumzusitzen oder in Seminaren die Referate meiner Kommilitonen zu verfolgen.

»Diese Fächer haben mich am meisten interessiert«, sagte ich lahm, und es klang wie eine auswendig gelernte Höflichkeitsfloskel.

»Gut.« Rowendson wandte sich von meinen Unterlagen ab und mir zu. »Dann wird Sie Ihr neuer Einsatzort sicher begeistern, wenn Sie die Politik so sehr interessiert. Ab der nächsten Woche sind Sie für den *Brennpunkt* tätig.«

In mir keimte der Verdacht, dass ich schlummernd in meinem Bett lag und gerade einen sehr lebhaften Traum hatte. Anders konnte ich mir Rowendsons Worte nicht erklären.

»Politikredaktion.« Egle, der bisher nichts dazu gesagt hatte, schaltete sich ein. »Aber Sie werden ohnehin ständig auf Außenrecherche sein. Zumindest in den ersten Wochen.«

Die Verwirrung stand mir so deutlich ins Gesicht geschrieben, dass Isolde Heinemann beschloss mich aufzuklären – teilweise zumindest. »Der *Brennpunkt* plant eine Reportage über die Kanzlerkandidatin. Ein *Brennpunkt*-Redakteur soll die Kanzlerkandidatin bis zur Wahl journalistisch begleiten – das heißt, mit ihr auf Wahlkampf gehen und sie bei ihrer Arbeit beobachten. Ziel ist es, den *Brennpunkt*-Lesern Katharina Hermann als Person näher zu bringen: Wie agiert sie? Wie lebt sie? Was ist sie für ein Mensch? – Und diese Redakteurin werden Sie sein, Frau Lackner.«

Mir wurde übel. Diese Woche schien sich zu einem Grauen ohne Ende zu entwickeln. Inzwischen hatte ich mich unauffällig in den Oberschenkel gezwickt und festgestellt, dass ich keineswegs träumte.

»Nein.« Es war das einzige Wort, das mir über die Lippen kam.

Drei Augenpaare richteten sich voller Erstaunen auf mich.

»Ich will das nicht«, schob ich nach. »Wieso ausgerechnet ich?«

»Sie wollen das nicht?«, wiederholte Isolde Heinemann ungläubig. »Aber das ist eine große Chance, die Sie da bekommen!«

»Trauen Sie sich das etwa nicht zu?«, fragte *Brennpunkt*-Chefredakteur Egle und klang, als wäre er von meinem Unvermögen ohnehin überzeugt.

Rowendson war es schließlich, der die entscheidenden Worte sagte: »Es geht hier nicht darum, ob Sie das machen wollen oder nicht machen wollen, Frau Lackner. Sie sind in meinem Verlag als Redakteurin angestellt, und wenn Sie sich die klein gedruckten Klauseln in Ihrem Vertrag anschauen, werden Sie feststellen, dass Sie nicht ausdrücklich für *Amiga* arbeiten, sondern nach Bedarf allen Medien dieses Hauses zugeteilt werden können. Folglich auch dem *Brennpunkt*. Ihr Nein kommt einer Dienstverweigerung gleich.«

Als er meine unglückliche Miene sah, schob er in väterlicher Art und Weise nach: »Das schaffen Sie schon. Normalerweise jubeln junge Redakteure, wenn sie einen solchen Auftrag bekommen.«

»Ich fühle mich nicht dazu befähigt«, erwiderte ich. Sollten sie mich ruhig für ein Dummchen halten. Alles war besser, als wochenlang in Katharina Hermanns unmittelbarer Nähe herumzuschwirren.

»Ich sagte es bereits: Es geht hier nicht um Sie, Frau Lackner.« Rowendsons Stimme klang jetzt nicht mehr väterlich, sondern äußerst geschäftlich. »Vielleicht halten Sie sich nicht für befähigt, vielleicht hält auch Kollege Egle Sie für nicht befähigt, und vielleicht haben Sie mit Ihrer Selbsteinschätzung auch völlig Recht und bringen keine vernünftige Zeile zu Papier. In diesem Fall müssten wir improvisieren. Tatsache ist jedoch, dass Frau Ministerin Hermann Sie anscheinend dazu befähigt sieht. Es ist ihr ausdrücklicher Wunsch, dass Sie diejenige sind, die sie in den Wochen vor der Wahl begleitet.« Er erhob sich, nahm seine Aktentasche und verabschiedete sich. Seine Zeit sei knapp bemessen, erklärte er. Alles Weitere solle ich mit Isolde Heinemann und Dr. Egle ausmachen.

Wie durch einen Schleier nahm ich wahr, dass Rowendson das Büro verließ und sich Isolde Heinemann und Egle wie auf Kommando ihre Zigarettenschachteln auf den Tisch legten, sobald die Türe hinter ihm ins Schloss gefallen war. Rowendson war als militanter Nichtraucher bekannt. Er duldete keinen Zigarettenrauch in seiner Nähe. Egle und Heinemann gehörten dagegen jener Mehrheit der schreibenden Zunft an, die ohne eine Unzahl von Glimmstängeln den Tag nicht überstand. Während Egle erst Isolde Heinemann galant eine Zigarette anzündete und dann sich selbst, versuchte ich, die unfreiwillige Beförderung zu verarbeiten.

Warum verlangte Katharina Hermann ausdrücklich nach mir? War es eine Art Rache für das, was ich ihr damals angetan habe? Wollte sie mich mit diesem Job bestrafen?

Egle blies mir den Zigarettenrauch ins Gesicht und betrachtete mich mit geringschätzigem Blick. Es war nicht zu übersehen, dass er mit der Entscheidung, mich zur *Brennpunkt*-Redakteurin zu machen und mir die Hermann-Reportage anzuvertrauen, nicht glücklich war. Ich konnte ihn verstehen. Was sollte er, der seit zwanzig Jahren als berufliche Koryphäe im Bereich der Politikberichterstattung galt, von einer Redakteurin halten, die in den letzten fünf Jahren über nichts als Kosmetika geschrieben hatte?

»Um es Ihnen noch einmal zu verdeutlichen, Frau Lackner: Diese Serie über das Leben der Kanzlerkandidatin ist für uns von außerordentlicher Wichtigkeit. Katharina Hermann ist die erste Frau in der Geschichte der Bundesrepublik, die für dieses Amt in Frage kommt. Ganz Deutschland will wissen: Wer ist diese Frau? Was kann sie? Ist sie überhaupt in der Lage, das Schicksal von 80 Millionen Deutschen in der Hand zu halten?«

Ich hielt Egles Wortwahl für reichlich melodramatisch.

»Ihre Aufgabe ist es, dieser Frau nahe zu kommen. Sie werden uns und ganz Deutschland nach diesen Wochen erzählen können, was die Hermann zum Frühstück ist, ob sie ihr Ei drei Minuten oder fünf Minuten gekocht haben will, wie viele Tassen Tee sie trinkt und welche Sorte, mit welchem Kugelschreiber sie schreibt, wie sie ihn in der Hand hält und so weiter. Ich hoffe, Sie verstehen, was ich erwarte. Es ist uns gelungen, der Kanzlerkandidatin und ihrem Presseattaché zu erläutern, welche enorme Wirkung eine derartige Reportageserie im Vorfeld hätte. Es ist eine einzigartige Gelegenheit für die Ministerin, sich vor einer breiten Leserschicht öffentlichkeitswirksam zu positionieren. Die Ministerin ist sehr interessiert daran, ihr oft etwas unterkühltes Image loszuwerden. Das werden Sie in letzter Zeit vielleicht schon bemerkt haben. Jedenfalls hat sie sich dazu entschlossen, mit uns zu kooperieren und unserem Redakteur Einlass zu gewähren bis in ihre Privaträumlichkeiten.« An dieser Stelle machte er eine kleine Pause, musterte mich nochmals eingehend und setzte dann hinzu: »Unserer Redakteurin. Denn Frau Dr. Hermanns Bedingung für diese Reportageserie, die ja sehr viel Kooperation von ihrer Seite erfordert, war und ist, dass Sie diejenige sind, die bei ihr ein und aus geht. Andernfalls zieht sie ihre Einwilligung zurück. Unser Wettbewerbsvorteil wäre damit Schall und Rauch. Also werden Sie in den engsten Mitarbeiterkreis der Ministerin integriert sein«, betonte Egle nochmals. »Sie haben die Chance, sie ständig zu begleiten – zu fast allen wichtigen Meetings und Veranstaltungen. Sie werden sie richtig kennen lernen. Als Person. Als Mensch.«

Danke. Ich kenne sie schon. Und zwar mehr, als mir gut tut.

»Vielleicht werden Sie die Distanz verlieren. Das ist schon vielen Journalisten passiert, die einen derartigen Auftrag angenommen haben – auch wirklich guten, erfahrenen Redakteuren. Es entwickelt sich zwangsläufig ein vertrautes Verhältnis. Aber vergessen Sie niemals: Verpflichtet sind Sie nicht ihr, sondern dem *Brennpunkt*. Sie gehen als Journalistin zur Kanzlerkandidatin, nicht als Hofberichterstatter. Das muss Ihnen klar sein.«

Es war mir klar. Zumindest auf der rationalen Ebene. Genauso klar war mir, dass ich die völlig falsche Person für diesen Auftrag war. Doch hatte ich eine Wahl? Ich unterdrückte ein Seufzen und sagte: »Bitte lassen Sie mich darüber nachdenken.«

Vielleicht finde ich einen anderen Job. In irgendeiner Online-Redaktion in einem anderen Verlagshaus. Im Online-Bereich sollen ja angeblich noch Redakteure gesucht werden.

»Da gibt es nichts zum Nachdenken«, sagte Egle.

»Ich verstehe Ihr Zögern nicht«, sagte Isolde Heinemann. »Sie könnten sich geschmeichelt fühlen dadurch, dass die Kanzlerkandidatin darauf besteht, dass ausgerechnet Sie die Reportage schreiben.«

»Bitte lassen Sie mich darüber nachdenken«, wiederholte ich mechanisch.

»Denken Sie schnell«, entgegnete Egle, und Isolde Heinemann setzte hinzu: »Das wird die Ministerin nicht freuen.«

»Du wirkst wie ein begossener Pudel«, stellte Gitta fest, als ich in die Redaktion zurückkam. »Was ist dir denn widerfahren?«

»Nichts«, entgegnete ich knapp, doch dann erinnerte ich mich, dass ich schließlich die hartnäckigste aller Klatschreporterinnen vor mir hatte, und fügte rasch hinzu: »Das Übliche: Männergeschichten. Ein Mann hat mich geärgert.«

Das war nicht einmal gelogen. Gitta machte einen Scherz über die Männer im Allgemeinen und gab sich tatsächlich mit meiner Antwort zufrieden. Ich setzte mich an meinen Schreibtisch, stützte den Kopf in die Hände und dachte angestrengt nach.

Ich verstand die Welt nicht mehr. Bisher war ich der Überzeugung gewesen, dass mich Katharina Hermann aus tiefster Seele hasste. Mein Tauchgang in den journalistischen Untergrund – in diesem Fall *Amiga* – hätte eine Art Erlösung für sie darstellen müssen. Wieso holte sie mich wieder gewaltsam hervor? Wieso tat sie sich das an?

Ich kam zu keiner Lösung. Die Buchkritik über Rosamunde Pilchers neuestes Werk, die ich noch zu schreiben hatte, musste warten. Meine Gedanken waren viel zu durcheinander, als dass ich mich in eine Liebesromanze in Südwales vertiefen und an diesem Kitsch für die *Amiga*-Leserinnen auch noch etwas Positives entdecken konnte. Stattdessen malte ich eine Stunde lang Strichmännchen und Blümchen auf einen Bogen Schmierpapier, trank nebenbei drei Becher des wenig reizvollen Automatenkaffees und versuchte innerlich abzuwägen, ob die Arbeitslosigkeit nicht doch besser war als wochenlang mit der Ministerin zusammenzuarbeiten. Ich konnte mir beim besten Willen nicht vorstellen, wie die Zusammenarbeit mit einer Frau aussehen sollte, die ich jahrelang als Trittbrett für meine Karriere benutzt hatte. Während ich eine Blume nach der anderen auf das Papier kritzelte, kam ich zu dem Schluss, dass Katharina Hermann offensichtlich einen heimtückischen Plan gefasst hatte, mich restlos zu vernichten und unschädlich zu machen. Anders konnte ich mir ihr Vorhaben nicht erklären.

Mein Telefon klingelte.

Die Nummer auf dem Display war mir unbekannt. Es war eine Handynummer. Normalerweise erkannte ich die Anrufer an ihrer Nummer. Meine direkte Durchwahl hatten nur wenige. Gewöhnlich stellte die Redaktionsassistentin Anrufe nur nach Rückfrage an die Arbeitsplätze der Redakteure durch.

Ich hob ab.

Sie nannte ihren Namen nicht. Sie grüßte nicht. Sie sagte mit harscher Stimme: »Was soll das?«

Ich erkannte sie sofort. Das Gefühl, das mich beim Klang ihrer Stimme überkam, überraschte mich selbst: Mein Herzschlag beschleunigte sich. Doch es war kein erschrockenes Herzklopfen. Es war ein kurzer, mir unerklärlicher Anfall von Freude.

»Das könnte ich auch fragen«, sagte ich ruhig.

»Du wirst diesen Auftrag annehmen«, sagte Katharina Hermann. Es klang wie ein Befehl. Das machte mich ärgerlich. Sie hatte mir nichts zu befehlen. Gleichzeitig nahm ich amüsiert zur Kenntnis, dass sie mich wieder duzte. Diese Feststellung verleitete mich zu meinen nächsten Worten: »Du bist dir hoffentlich im Klaren darüber, dass alle Leitungen in diesem Haus abgehört und aufgezeichnet werden.«

Eine Pause entstand. Ich stellte mir vor, wie es in ihrem Kopf arbeitete. Wie sie versuchte, die Information einzuordnen und sie schließlich als das erkannte, was sie war: Unsinn. Ihre Stimme klang jedoch deutlich milder, als sie ihre Sprache wiedergefunden hatte.

»Hör auf damit. Es ist mir ernst: Ich möchte, dass du mich begleitest und über mich schreibst.«

»Warum?«

»Du kennst mich. Du weißt vieles über mich. Darum.« Ich war über die Ehrlichkeit ihrer Antwort überrascht. Dann fiel es mir wie Schuppen von den Augen.

Natürlich. Ich kenne ihr Geheimnis bereits, und deshalb bin ich eine geringere Gefahr für sie als jeder weitere Journalist, der ihrem Privatleben zu nahe kommt. Katharina Hermann bringt mich beim *Brennpunkt* unter und glaubt, dadurch zwei Fliegen mit einer Klappe geschlagen zu haben: Zum einen schließt sie aus, dass ein anderer Journalist zu viel über sie erfährt. Zum anderen will sie mich wohl ruhig stellen, indem sie mir wieder eine Stelle bei einem renommierten Medium beschafft.

Aber ich war nicht mehr die Theresa von damals, und meine Ambitionen waren nicht mehr dieselben. Das schien sie trotz ihrer Klugheit nicht begriffen zu haben.

»Ich will dieses Spiel nicht mehr. Ich habe mich für das Leben entschieden, das ich jetzt führe.«

Sie lachte. Es war ein bitteres Lachen mit einer Spur von Hohn.

»Ich habe dieses Spiel, wie du es nennst, nicht begonnen«, erinnerte sie mich und versetzte mir damit unwissentlich einen Stich. »Im Übrigen habe ich keine Zeit für Spielchen. Es ist mir ernst. Diese Reportage ist ein Ticket nach Berlin, und du wirst es annehmen.«

Ich schwieg und kritzelte mit der freien rechten Hand gedankenverloren ein weiteres Strichmännchen auf das von Blumen verzierte Schmierpapier. Ich wusste nicht, was ich dazu sagen sollte. Folglich überließ ich ihr das Reden.

»Bitte. Bitte sei nicht so stur. Ich will dich nächste Woche in Berlin sehen.«

Das war neu. Katharina Hermann *bat mich* um etwas. Das erstaunte mich mehr, als wenn sie mich angeschrien hätte.

»Nächste Woche schon?«, wiederholte ich ungläubig.

»Ja, ab Mittwoch im Justizministerium. Man wird dir die Details noch zukommen lassen.« Sie schöpfte Hoffnung. Ich merkte es an ihrer Stimme.

Ich hörte auf, Strichmännchen zu malen. Stattdessen schrieb ich nun die Handynummer auf dem Display auf ein *Post-It*. Irgendwann würde ich sie brauchen. Und es war davon auszugehen, dass diese Nummer in keinem Telefonbuch stand und bei keiner Auskunft zu erfragen war.

»Sehen wir uns dann jeden Tag?«, hörte ich mich fragen und biss mir anschließend auf die Zunge. Wie das klingt. Als würde ich mich über diese Vorstellung freuen. Dabei ist doch genau das Gegenteil der Fall.

Katharina Hermann überging meine Worte. »Also bis nächste Woche.« Ihre Stimme klang wieder sehr geschäftlich. »Und noch etwas, Theresa: Geh vorher einkaufen. Dein neuer Kleidungsstil ist unmöglich.« Ohne sich zu verabschieden, legte sie auf.

»Nun, einen neuen Verehrer an der Angel? Du hast so ein glückliches Grinsen auf dem Gesicht. Man könnte meinen, du hättest gerade mit Superman persönlich telefoniert!« Gitta war auf dem Weg zum Kaffeeautomaten an meinem Schreibtisch stehen geblieben.

Ich fühlte, wie mir das Blut in den Kopf schoss. Was war nur in mich gefahren?

»Oder stimmt dich die Aussicht auf deinen neuen Job so froh, dass wir dich bis zu deinem Abflug nach Berlin nur noch mit einem Dauergrinsen herumsitzen sehen?«

»Du weißt davon?« Ich war ehrlich überrascht.

»Ich weiß alles!«, erwiderte Gitta. »Ich war gestern Abend mit unserer holden Isolde auf einer Premierenfeier. Da hat sie mir die Geschichte brühwarm erzählt.« Sie trat hinter mich und klopfte mir auf die Schulter. »Du machst das schon, Theresa. Es ist höchste Zeit, dass du von hier wegkommst. Das ist kein Job für dich. Ich wünsche dir wirklich viel Glück in Berlin. Und ganz einsam wirst du ja nicht sein, nachdem du dort schon eine gute Freundin hast ...« Sie senkte die Stimme. »Eine Freundin, der aus mir noch unerfindlichen Gründen wohl sehr an deiner Karriere gelegen ist. Die ostbayerische Herkunft scheint jedenfalls über alle Landesgrenzen hinweg zu verbinden.«

Gitta wusste bei weitem nicht alles. Da ich mir da ganz sicher war, konnte ich sie beruhigt lächelnd zum Kaffeeautomaten begleiten.

Sie wird mir fehlen, dachte ich und war mit den Gedanken schon im Nirgendwo zwischen Zukunft und Vergangenheit.

Familienprobleme

Es war bereits 22 Uhr, als Theresa ihr Auto vor dem Haus ihrer Eltern parkte. Sie hatte insgesamt zwei große Artikel über den Borkenkäfer geschrieben und vom Ressortleiter viel Lob kassiert. Mehr noch: Er hatte in einer langen Rede ihren Fleiß, ihr Können und ihren Tatendrang gelobt und ihr angeboten, bezüglich eines Volontariats mit dem Verleger zu sprechen. Die für angehende Journalisten übliche zweijährige Ausbildung in der Redaktion bereits neben dem Studium zu absolvieren, fand Theresa eine gute Idee. Die Vorstellung, dass sie auf diese Weise schon als ›fertige‹ Redakteurin aus dem Studium gehen konnte, gefiel ihr. Immerhin hätte sie damit einen großen Vorsprung vor all ihren Kommilitonen gewonnen. Sie war sich bewusst, dass ihre Freizeit auf ein Minimum zusammenschrumpfen würde, doch das bereitete ihr im Grunde wenig Kopfzerbrechen. An ihrem beruflichen Werdegang zu arbeiten war ihr wichtiger, als sich mit den wenigen Schulfreunden zu treffen, die ihr aus ihrer Gymnasialzeit geblieben waren.

Theresa warf einen Blick in die Doppelgarage, ehe sie die Haustüre aufschloss. Der dunkelblaue Mercedes ihres Vaters stand an seinem Platz. Das rote Audi Cabriolet ihrer Mutter fehlte. Theresa sagte sich, dass das zu erwarten gewesen war, dennoch kämpfte sie mit einer Mischung aus Resignation und Widerwillen, als sie die Haustüre öffnete und eintrat. Aus dem Wohnzimmer drangen die Geräusche des laufenden Fernsehers. Theresa unterdrückte ein Seufzen. Die Energie, die sie trotz ihres langen und stressigen Arbeitstags verspürt hatte, wich zunehmend einer lähmenden Müdigkeit. Sie bereute, nicht länger in der Redaktion geblieben zu sein. Sie wäre dort nicht einmal alleine gewesen – der Redakteur, der Nachtdienst hatte, hätte sich gewiss über ihre Anwesenheit gefreut.

Im Wohnzimmer lümmelte sich Tommi in einem der beiden Polstersessel und knabberte Chips. Nebenbei zappte er von einem Kabelprogramm ins andere und blieb schließlich bei einem Action-

Thriller hängen. Als Theresa ins Wohnzimmer trat, gingen gerade drei Autos auf einmal in Flammen auf und ein Mann rannte wie eine lodernde menschliche Fackel die Straße entlang. Tommi hob kurz den Kopf und nuschelte eine Begrüßung, um sich sofort wieder dem Film zu widmen.

»Wo ist Papa?«

»Im Arbeitszimmer.«

»Mama?«

»War schon weg, als ich von der Videothek heimkam.«

»Solltest du nicht im Bett sein? Es ist nach zehn, und du hast morgen Schule.«

»Kümmer dich um deinen eigenen Kram, Tessa, okay?«

Theresa verstand sich selbst nicht. Wieso fragte sie ihn überhaupt? Sie versuchte, an etwas Positives zu denken, um sich nicht zu sehr über Tommis maulige Antwort zu ärgern, doch es gelang ihr nicht. Immerhin hatte sie sich so weit im Griff, dass sie jeglichen Kommentar hinunterschluckte. Sie ließ ihren vierzehnjährigen Bruder allein und ging stattdessen ins Arbeitszimmer ihres Vaters.

Sie fand ihn an seinem Schreibtisch sitzend, über eine medizinische Fachzeitschrift gebeugt. Neben ihm stand ein Glas Rotwein. Als sie eintrat, hob er sofort den Kopf.

»Na, Prinzessin, wieder ein paar große Reportagen geschrieben?«

Theresa ließ sich auf einen der zwei Besucherstühle fallen, die vor dem großen, schweren Eichenholzschreibtisch standen. Für was ihr Vater diese Stühle hatte, oder für was er sich überhaupt ein Arbeitszimmer eingerichtet hatte, war für Theresa eines der größten Rätsel ihrer Kindheit gewesen.

Reinhard Lackner war Chefarzt am örtlichen Kreiskrankenhaus. Er hatte diese Stelle, seit Theresa denken konnte, und seine Behandlungstätigkeiten spielten sich ausschließlich dort ab. Die Notwendigkeit eines Arbeitszimmers in seinem privaten Wohnhaus hatte er jedoch stets damit begründet, dass er einen Raum außerhalb der Klinik benötigte, in dem er Privatpatienten behandeln konnte. Aus diesem Grund gab es in seinem Arbeitszimmer nicht nur den Schreibtisch mit dem Chefsessel und den zwei Besucherstühlen sowie eine gewaltige Bücherwand voll von medizinischer Fachliteratur, sondern auch eine Behandlungsliege. Sie war so gut wie unbenutzt, abgesehen von den paar Malen, bei denen Theresa oder ihr jüngerer Bruder als Kinder vom Fahrrad gefallen und mit zerschundenen und blutenden Knien weinend ins Haus gelaufen, um von ihrem Vater professionell verarztet zu werden. Privatpatienten hatte Theresa nie gesehen.

Im Laufe der Jahre wurde ihr klar, dass sie in diesem Zimmer auch nie Patienten sehen würde. Reinhard Lackner war Chirurg und das Behandlungszimmer kein Operationssaal. Doch das Arbeitszimmer war ein optimaler Rückzugsort für ihn. Wann immer es zu Konflikten oder großen Familiendiskussionen gekommen war – Reinhard Lackner flüchtete nach kurzem Debakel ins Arbeitszimmer, schloß sich dort ein und kam erst Stunden später wieder hinaus, wenn sich die Lage beruhigt hatte. Theresa fragte sich so manches Mal, was ihr Vater eigentlich da drinnen machte, während Theresas Mutter vor seiner Tür Tränen vergoss oder wütend herumschrie. Sie war bis jetzt nicht dahinter gekommen und hatte ihn auch nie gefragt. Da es im Zimmer aber weder Fernseher noch Radio gab und das einzige Fenster Sicht auf den hinteren Teil des Gartens gab, war die einzige Erklärung, dass ihr Vater in dieser Zeit wohl nach und nach die vielen Bücher las.

Theresa berichtete ihm ausführlich von der Borkenkäfer-Plage. Ihre Bekanntschaft mit Paul Schwenker streifte sie nur am Rande; ihr Zusammentreffen mit Katharina Hermann behielt sie ganz für sich. Zudem wurde ihr bewusst, dass ihr Vater – wie so oft – gar nicht richtig zuhörte, denn nebenbei blätterte er immer noch in seiner Fachzeitschrift. Am Ende stellte er ihr eine Frage, die sie in ihrer Erzählung schon ausführlich beantwortet hatte. Aber sie wusste, dass es sinnlos war, ihn darauf anzusprechen. Er wollte sie sicher nicht verletzen. Sie erkannte seinen Versuch, Interesse an ihrer Tätigkeit zu zeigen. Er war einfach so, wie er war – mit den Gedanken ständig bei seinem Beruf, seinen Patienten und dem Krankenhaus.

Er fragte nach, ob er ihre Artikel morgen in der Zeitung lesen könne, sie sagte ja, er lobte ihren Fleiß und ihr Engagement, genauso, wie es Stunden zuvor der Ressortleiter getan hatte, und anders als jener fügte er noch hinzu, wie stolz er auf sie sei, dass sie ihren Weg gehen und sicher einmal Chefredakteurin der Regionalzeitung werden würde. Theresa lächelte mechanisch, ohne sich wirklich zu freuen. Sicher nicht, dachte sie.

Irgendwann würde die Prinzessin aus dem Schloss flüchten, weil ihr die Mauern zu eng geworden waren. Schon jetzt hielt sie das Leben hier kaum aus.

Sie sagte brav Gute Nacht und ging nach oben ins Badezimmer. Auf ihrem Weg dorthin nahm sie zur Kenntnis, dass ihr Bruder immer noch vor dem Fernseher saß. Sie hoffte, er würde zumindest ins Bett gehen, ehe ihre Mutter nach Hause kam. Erfahrungsgemäß liefen die Konfrontationen zwischen ihren Eltern und ihrem Bruder zu später Stunde nicht gerade harmonisch ab. Zumal, wenn ihre Mutter vorher ausgegangen war.

Dann wurde unten geräuschvoll die Haustüre aufgeschlossen. Das Echo kleiner, trippelnder Schritte, die auf dem Marmorboden im Eingangsbereich widerhallten, drang bis in den ersten Stock. Theresa putzte ihre Zähne eine Spur schneller. Sie wollte zu Bett, und zwar am besten von ihrer Mutter unentdeckt und so schnell wie möglich.

Während sie den Zahnpastaschaum ins Waschbecken spuckte, hörte sie ihre Mutter im Erdgeschoss reden. Ihre Stimme klang überschwänglich und voller Energie. Theresa entfernte mit einem Wattebausch und Reinigungsmilch die Reste ihres Make-ups und zählte mit, wie oft das Wort »wundervoll« in dem enthusiastischen Bericht ihrer Mutter vorkam. Alles war wundervoll: Der Abend insgesamt, das Lokal, das Essen, der Wein, die Tischdekoration, der Kellner, der Koch und natürlich auch ihr Begleiter, ein Rechtsanwalt mit eigener Kanzlei in der Kreisstadt. Theresa kannte ihn flüchtig: Er war unter den Gästen der Gartenparty gewesen, die im letzten August zum 50. Geburtstag ihres Vaters stattgefunden hatte. Eine Bekanntschaft aus dem Golfclub, hatte sie mitbekommen und sich nicht wesentlich für den braun gebrannten Sonnyboy, der gut zehn Jahre jünger war als ihre Mutter, interessiert. Sie gab ihm an diesem Abend in Gedanken den Namen »Grinser«. Unangebracht fand sie aber nicht nur sein künstliches Lächeln, sondern auch die Tatsache, dass er ständig um ihre Mutter herumschwänzelte und sie mit Komplimenten überhäufte. Doch da er nicht der erste war, wegen dem ihre Mutter von einer knapp über 40-jährigen Ehefrau zu einem albernen Teenager mutierte, schenkte sie ihm keine weitere Beachtung. Seit der Gartenparty jedenfalls ging ihre Mutter des Öfteren mit ihm aus. Sie tat es keineswegs hinter dem Rücken ihres Mannes. Sie erzählte von den gemeinsamen Unternehmungen mit dem Sonnyboy, als käme sie von einem Treffen mit ihrer besten Freundin. Sie schwärmte von ihrem Begleiter, als wäre er das Nonplusultra der Männerwelt. Sie lobte seinen Charme und seinen Witz, sein gepflegtes Aussehen und die Tatsache, dass er sie in die feinsten Lokale der Kreisstadt zum Essen ausführte. Und Reinhard Lackner hörte geduldig zu, sagte hin und wieder, dass es schön sei, wenn sie so einen netten Abend gehabt habe, und ging dann entweder ins Bett oder verzog sich in sein Arbeitszimmer.

Theresa hasste ihn dafür. Sie verstand nicht, wieso er es zuließ, dass sich ihre Mutter auf diese Art mit anderen Männern amüsierte. Sie legte es ihm als Schwäche aus, dass er, der Chefarzt eines Krankenhauses, ein Mann, der unmittelbar nach dem Studium bereits als Referent zu internationalen Vortragsreihen in ganz Europa geladen war, so mit sich umgehen ließ. Insgeheim wünschte sie sich, dass er irgendwann mit der Faust auf den Tisch schlagen und ihrer Mutter die Leviten lesen würde. Er sollte ihr in Erinnerung rufen, dass er es war, der ihr diesen Lebensstandard ermöglichte: das Skifahren in der Schweiz, Ostern in Rom oder in der Toskana und im Sommer einen mindestens zweiwöchigen Badeurlaub. Dazu Wellness-Wochenenden in der steirischen Thermenregion oder Erholungsurlaub auf Sylt. Von was sich ihre Mutter erholen musste, war Theresa ein Rätsel. Sie hatte nicht den Eindruck, dass Chiara Lackner mit dem Management eines Vier-Personen-Haushalts überfordert war. Aus diesem Grund gab es eine Putzfrau, und aus diesem Grund wurde die Wäsche nicht von Chiara Lackner, sondern standardgemäß von der Wäscherei gewaschen, gebügelt, ordentlich zusammen gelegt und per Botendienst ins Haus geliefert. In ihren Augen war es allein ihr Vater, der die Erholungswochenenden verdient hatte, schließlich war er es, der ständig Überstunden und Nachtdienste im Krankenhaus hatte.

Doch ihr Vater legte auf all diese Reisen anscheinend wenig Wert. In die Thermenregion und nach Sylt ließ er seine Frau regelmäßig alleine fahren, und auch nach Rom begleitete er sie in diesem Jahr an Ostern nicht, weil er Dienst hatte. Aber sie, Chiara, solle sich doch ein paar nette Tage mit ihrer Freundin Clarissa machen. Er sagte es und drückte ihr ein Bündel Hunderter in die Hand, damit sie sich ihre Shoppingwünsche erfüllen konnte. Ihre Mutter war ihm um den Hals gefallen, hatte ihn »Schatz« genannt und gefragt, ob sie nicht doch hier bleiben solle, es sei ja so traurig, wenn er Ostern schon wieder alleine verbringen müsse.

»Schon wieder« bedeutete: so wie im letzten Jahr, als sie mit Clarissa, der Ex-Frau des hiesigen Gymnasialdirektors, Ostern im schönen Kampen verbracht hatte, natürlich nur, weil die arme Clarissa ihre gerade vollzogene Scheidung emotional verarbeiten musste. »Schon wieder« bedeutete aber auch: so wie vor drei Jahren, als Chiara plötzlich zur Beerdigung eines Großcousins reisen musste, der ausgerechnet am Karfreitag zu Grabe getragen wurde. Theresa konnte sich nicht erinnern, dass ihre Mutter je von Cousin Gianni gesprochen, geschweige denn ihn je zuvor besucht hätte. Sehr präsent war dagegen die Erinnerung, dass ihre Mutter keineswegs mit dem ersten Flug nach Hause gekommen war, sondern unmittelbar nach der Beerdigung des mysteriösen Gianni noch eineinhalb Wochen auf Sardinien weilte. Ihr Vater hatte die Hotelrechnung gezahlt und keine Fragen gestellt. Auch Theresa fragte nicht nach. Sie steckte zu dieser Zeit mitten in den Abiturvorbereitungen und schluckte ihren Ärger herunter. Der Gedanke an das Studium und damit an den Auszug aus dem Elternhaus hatte ihr die Kraft und Energie gegeben, sich auf ihre Abiturfächer Latein, Deutsch, Geschichte und Biologie zu konzentrieren.

Theresa hatte sich eben ihren Pyjama angezogen, als sie hörte, wie Tommi und ihre Mutter in eine heftige Auseinandersetzung gerieten. Wie Theresa befürchtet hatte, fragte ihre Mutter nach den Hausaufgaben, bekam eine flapsige Antwort, sagte darauf etwas, was nach »Müllabfuhr« und »Fabrikarbeiter« klang, was wiederum Tommi zu weiteren Bemerkungen herausforderte. Theresa kannte die Geschichten hinter den Schlagworten.

In ihrem Falle hatte es zwar »Kassiererin« und »Putzfrau« geheißen, doch der Hintergrund war derselbe: Chiara Lackner führte diese Berufe immer ins Feld, wenn ihre Kinder schlechte Noten

nach Hause brachten. Bei Theresa war das zwar nicht oft vorgekommen, doch Tommi betrachtete die Schule anscheinend mehr
und mehr als langweiliges Übel.

Reinhard Lackner schaltete sich nun in den Konflikt zwischen
Mutter und Sohn ein. Ganz offensichtlich wollte er vermitteln.
Wie so oft geriet er dabei ins Kreuzfeuer: Er sei doch den ganzen
Abend zu Hause gewesen und hätte kontrollieren müssen, ob
Tommi seine Hausaufgaben erledigt hatte! Als Reinhard Lackner
jede Schuld von sich wies und sagte, er sei davon ausgegangen, sie,
Chiara, hätte Tommis Aufgaben schon am Nachmittag kontrol-
liert, wusste Theresa: Wenn sie nicht schleunigst dazwischen ging,
würde ein vehementer Streit zwischen den Eltern ausbrechen.
Anschließend würde ihre Mutter aufgelöst in ihr Zimmer kommen, ihr tränenüberströmt ihr Leid bezüglich Tommi klagen und
ihren Mann als verständnislosen Tollpatsch bezeichnen. Theresa
hatte diese Art von Gesprächen schon oft über sich ergehen lassen
müssen. Sie beschloss, lieber in die Offensive zu gehen, und lief
nach unten.

Ihre Mutter stand da wie ein sizilianischer Racheengel und funkelte aus dunklen Augen abwechselnd ihren Mann und ihren Sohn
an. Die Hände hatte sie in die Hüften gestemmt. Ihr Gesicht war
trotz Make-up und Sonnenbräune glühend rot. Aus ihrem Haar-
knoten hatten sich einige Strähnen gelöst; die schwarzen Locken
standen nun nach allen Seiten ab und untermalten ihre kämpferi-
sche Körperhaltung. Chiara Lackner war mit ihren knapp 1,65
Metern nicht groß, sogar einige Zentimeter kleiner als ihre Tochter, doch in diesem Moment wirkte sie wie eine wütende Riesin.

Es war höchste Zeit, einzugreifen: »Ich werde mit Tommi morgen Latein üben, wenn ich nach Hause komme. Und ich werde
seinen Hausaufsatz in Deutsch durchsehen und wenn nötig verbessern. Jetzt regt euch doch nicht unnötig auf. «

Reinhard Lackner nickte zufrieden, Chiara Lackner entspannte
sich sichtlich, aber Tommi maulte: »Du kommst immer so spät.
Meinst du, ich habe Bock, um halb zehn noch Latein zu pauken?«

»Bist du heute wieder so spät nach Hause gekommen?« Ihre
Mutter schüttelte abschätzig den Kopf. »Ich verstehe das nicht.
Was machst du nur so lange in dieser Redaktion. Wenn es we-

nigstens bei einer großen Zeitung wäre. Da würde sich der Aufwand zumindest lohnen. Aber bei diesen kleinen Sendern und Zeitungen ...«

Theresa schloss kurz die Augen, um ihren Ärger zu unterdrücken. Es hatte keinen Sinn, sich mit ihrer Mutter herumzustreiten. Es hatte auch keinen Sinn, ihr zu erklären, dass sie als Journalistikstudentin momentan keine Chance auf ein Praktikum bei einer Zeitung wie der *Süddeutschen* oder der *Frankfurter Allgemeinen* hatte. Sie hatte schon so oft versucht, ihrer Mutter klar zu machen, dass sie froh sein konnte, überhaupt eine Stelle bei einer seriösen Tageszeitung bekommen zu haben. Eine Stelle, die obendrein bezahlt wurde. Das war nicht selbstverständlich. Beim Lokalfernsehen hatte sie sechs Wochen lang umsonst gearbeitet.

Theresa entschied, dass es das Beste war, sich nun zurückzuziehen. Sie versicherte noch, am nächsten Tag für Tommis Lateinnachhilfe extra früher nach Hause zu kommen, wünschte eine gute Nacht und rettete sich in ihr Zimmer.

Ich hasse es, sagte sie zu sich selbst, während sie sich in ihr Bett kuschelte: ihre Eltern, ihren Bruder, die ständigen Spannungen, die Abwesenheit ihres Vaters und das Verhalten ihrer Mutter. Das einzig Gute an diesem Sommer war das Praktikum.

Morgen stand ein Termin beim Landratsamt auf dem Programm. Wieder eine Pressekonferenz. Es ging um die Stilllegung einer Bahnstrecke, die einige Dörfer des Landkreises mit der Kreisstadt verband. Die Bundesbahn hatte schon lange angekündigt, sie werde den Bahnverkehr auf dieser Strecke einstellen; er sei aufgrund der wenigen Fahrgäste nicht rentabel. Das Landratsamt dagegen versuchte mit allen Mitteln, die Einstellung des Bahnverkehrs zu verhindern. Man müsse an die Pendler denken und an all jene, die kein Auto haben, hieß es von dieser Seite. Letztendlich ging es darum, dass der Landrat die Gelegenheit nutzte, um seinen Einsatz für die Bewohner des Landkreises zu zeigen.

Theresa hörte durch die geschlossene Tür, wie ihre Mutter auf ihren Absatzschuhen die Treppe nach oben tänzelte und offenbar wieder von ihrem wunderbaren Abend schwärmte. Theresa war einerseits erleichtert, andererseits war sie traurig und wütend, weil ihre Eltern nur nach außen hin die Fassade einer glücklichen Familie aufrecht erhielten, und sie fühlte sich schuldig, weil sie nichts dafür tun konnte, auch die Situation hinter der Fassade zu verbessern.

Ihre Eltern waren zwei grundverschiedene Charaktere, die niemals hätten zusammentreffen dürfen: Sie die Tochter sizilianischer Immigranten und er der Arztsohn aus einem Dorf in Ostbayern. Theresa war ohnehin überzeugt davon, dass es zu dieser Heirat niemals gekommen wäre, wenn ihr Vater kein wohlhabender Arzt, sondern Automechaniker oder Tankwart gewesen wäre. Und die Tatsache, dass Chiara Lackner bereits vor der Hochzeit schwanger war mit ihr – und das mit knapp 19 Jahren –, gestaltete Theresas Verhältnis zu ihrer Mutter auch nicht gerade einfacher. Auf jeden Fall wollte Theresa niemals so zu werden wie sie.

Als Jugendliche hatte sie oft vor dem Spiegel gestanden, ihr schmales Gesicht, ihren dunklen Teint und die dunklen Locken betrachtet und realisieren müssen, dass sie ihrer Mutter zumindest äußerlich nicht unähnlich war. Deshalb war sie extrem darauf bedacht, sich zumindest mit ihrer Persönlichkeit entschieden von ihr abzuheben.

Das bedeutete: keine impulsiven Reaktionen, keine Wutausbrüche, keine unüberlegten, einer plötzlichen Laune entspringenden Bemerkungen. Und schon gar keine Dummheit oder Faulheit. Theresa schrieb genau diese beiden Eigenschaften ihrer Mutter zu: Dummheit wegen deren Mangel an Bildung und durchsichtigen Ambitionen, ihn zu überspielen. Darin scheiterte sie meist kläglich, und so hatte Theresa schon oft erleben müssen, dass ihre Mutter unfreiwillig komisch wirkte. Oftmals hatte sich Theresa gewundert, weshalb die peinlichen Äußerungen nur von ihr registriert wurden, im Bekanntenkreis aber unkommentiert blieben. Vor kurzem hatte sie allerdings durchschaut, dass die Arzt-, Rechtsanwalt-, Architekten- und Unternehmerfrauen, in deren Kreis sich ihre Mutter bewegte, ihren Status ebenso durch Heirat erreicht und selbst nicht viel Bildung genossen hatten. Und jene Männer, die die Gesellschaft ihrer Mutter suchten, taten dies nicht, um philosophische Diskussionen zu führen. Es war das sprühende Temperament und das südländische Aussehen, das viele Männer in ihren Bann zog.

Faulheit schrieb Theresa ihrer Mutter deshalb zu, weil sie nicht verstehen konnte, wie eine Frau, die nicht berufstätig war und die fast erwachsene Kinder hatte, sich trotzdem zu beschäftigt fühlte, um ihren Haushalt selbst zu managen. Für unverzeihlich hielt Theresa jedoch die Tatsache, dass ihre Mutter sich nicht die Mühe gemacht hatte, sie und Tommi zweisprachig zu erziehen.

Zum Glück bin ich nicht wie sie. Nicht wie sie, nicht wie mein Vater, nicht wie Tommi. Ich bin ich. Und ich bin besser.

Mit einer Selbstzufriedenheit, die sie noch nie zuvor verspürt hatte, dachte Theresa an das Foto von Katharina Hermann und der Gattin des Bürgermeisters. Sie war sich sicher: Bald würde die Landtagsabgeordnete den Verlust bemerken. Und dann war sie, Theresa, bereit. Sie würde ihr einen Deal anbieten, und Katharina Hermann würde in Anbetracht ihrer weiteren politischen Ambitionen darauf eingehen.

Als geoutete Lesbe wird sie es bei den Konservativen nicht weit bringen, war Theresas vorletzter Gedanke, ehe sie der Schlaf überkam. Der letzte galt ihrem Freund. Sie hatte Martin heute nicht angerufen. Er würde darüber nicht erfreut sein.

Doch sie war zu müde, um noch zum Handy zu greifen.

Im Ministerium

Ich konnte dieser Stadt noch nie viel abgewinnen – weder bei meinem ersten Aufenthalt, der immerhin mehrere Monate währte, noch jetzt. Es war einfach ein Gefühl, und dieses Gefühl sagte mir, dass Berlin nicht meine Stadt war. Vielleicht waren mir die Straßen zu breit, die Menschen zu laut, vielleicht war es der Schmutz, der mich störte, oder auch die vielen Baustellen, die es über zehn Jahre nach dem Fall der Mauer immer noch gab.

Man hatte mich in einer Pension im Stadtteil Tiergarten einquartiert. Die Unterkunft war ordentlich und sauber, die Umgebung weniger. Damit hatte ich auch nicht gerechnet, als mir vom Sekretariat des *Brennpunkt*-Chefredakteurs Karsten Egle die Adresse mitgeteilt wurde. Mir war die Gegend aus den Zeiten beim *Berliner Tagesspiegel* bekannt. Gewohnt hatte ich damals allerdings in Charlottenburg, einer weit besseren Gegend. Das gepflegte Territorium rings um Schloss Charlottenburg hatte mich allerdings auch nicht aus der depressiven Stimmung reißen können, die mich zu dieser Zeit ständig begleitete. Doch das war lange her.

Es gelang mir jedoch nicht, die Erinnerung an meinen früheren Berlin-Aufenthalt und alles, was damit im Zusammenhang stand, ganz zu verdrängen. Die Tatsachen, dass ich hier in einem Pensionszimmer und nicht in meinen eigenen vier Wänden wohnte, dass ich keine Freunde oder Bekannte in dieser Stadt hatte und dass mein Arbeitsumfeld eher der Kategorie »steif und frostig« zuzuordnen war, trugen nicht gerade dazu bei, meinen persönlichen Wohlfühlfaktor anzuheben. Ich war jetzt genau zwei Wochen in Berlin, und die letzten vierzehn Abende hatte ich damit verbracht, von meinem Bett aus nach den Höhepunkten des Kabelfernsehens zu suchen. Ich hatte diverse Spielshows und Quizsendungen über mich ergehen lassen, zwischen mehreren Spielfilmen, die ich meistens zuvor schon im Kino gesehen hatte, hin und her gezappt und aufmerksam die Nachrichten verfolgt. Darin sah ich auch erstmals seit meinem Aufenthalt die Frau, wegen der ich hier war: Katharina Hermann.

Zwar hatte sie mich bei meiner Ankunft kurz begrüßt und ihrem Mitarbeiterstab vorgestellt, doch eine persönliche Audienz bei ihr hatte ich noch nicht bekommen. Einstweilen verbrachte ich die Tage damit, mich mit den Abläufen im Justizministerium vertraut zu machen und ihre engsten Mitarbeiter kennen zu lernen, um eine Grundlage für weitere Recherchen zu schaffen. Das stellte sich als weit schwerer heraus, als ich gedacht hatte. Der lockere Umgangston, den ich von *Amiga* und anderen Redaktionen kannte, fehlte hier völlig. Man siezte sich, man kleidete sich stets mit Anzug und Krawatte, beziehungsweise mit Kostüm oder Hosenanzug, man sprach nie über Privates und setzte stets eine bitterernste Miene auf. Ich fragte mich manches Mal, ob einem das Lachen hier allmählich verloren ging oder ob die Mitarbeiter von vornherein daraufhin ausgewählt wurden, alles möglichst ernst zu nehmen und nie einen Scherz zu machen. Bis auf die Sekretärinnen hatte hier anscheinend auch jeder promoviert. Es gab selten einen Namen, bei dem der Doktortitel fehlte, und ich hatte in Gesprächen mit dem Mitarbeiter-Team oft den Eindruck, dass sie mich aufgrund des fehlenden Doktortitels von oben herab behandelten.

Trotz der einsamen Abende in der Pension und der kühlen Atmosphäre im Ministerium sagte mir meine neue Tätigkeit mehr zu, als ich erwartet hatte. Ich fühlte mich wesentlich erfüllter, wenn ich mich in das Grundsatzprogramm der Konservativen einarbeitete oder den Prozess der Gesetzgebung ansatzweise direkt mitverfolgen konnte, als wenn ich kleine Texte über Seifenschäume verfasste. Das überraschte mich selbst. Schließlich war ich jahrelang der Überzeugung gewesen, ein Job sei wie der andere, und die Zeiten, in denen ich mich wahrhaftig für etwas begeistern konnte, seien endgültig vorbei.

Auch über Katharina Hermann hatte ich mich inzwischen grundlegend informiert. Seit den Anfängen ihrer Karriere als Mitglied des Deutschen Bundestags hatte ich mich nicht mehr für sie interessiert. Daher war mir ein Teil ihrer beruflichen und politischen Entwicklung nicht so präsent, wie man von derjenigen, die eine große Reportage über sie schreiben sollte, hätte erwarten können. Ich schloss meine Informationslücke, indem ich im Online-

Archiv verschiedener Zeitungen nach Artikeln suchte und mich zudem von Presseattaché Wieland mit den offiziellen Unterlagen zum Werdegang versorgen ließ.

Zu meinem Erstaunen stieß ich auf vieles, was mir nicht bekannt war.

Katharina Hermann war das einzige Kind des Ehepaars Paul und Hanna Hermann, gebürtige Demmer. Paul und Hanna Hermann waren mit ihren Eltern als Jugendliche aus dem Osten nach Ostbayern gekommen – in einem Flüchtlingsstrom so genannter Sudetendeutscher aus dem Gebiet der jetzigen Tschechischen Republik. Über die Eltern Demmer war nichts bekannt außer, dass sie sich ebenso wie die Hermanns in der Kreisstadt niedergelassen hatten. Pauls Eltern eröffneten dort ein Friseurgeschäft, das es im Übrigen auch heute noch gab. Soviel mir bekannt war, wurde es von einem Cousin Katharina Hermanns betrieben und hatte sich mit dem Generationenwechsel zu einem ansehnlichen Salon entwickelt, in dem sich alle die Haare schneiden ließen, die sich zur High Society der Kreisstadt zählten.

Sohn Paul Hermann machte im heimischen Betrieb eine Lehre, schlug aber unmittelbar danach eine Laufbahn als Verwaltungsbeamter ein und arbeitete bis zur Pension bei der Stadt. Hanna Demmer hatte im Salon Hermann als Lehrmädchen angefangen, war nach der Heirat aber offensichtlich nicht mehr regelmäßig berufstätig.

Katharina wurde erst einige Jahre nach der Eheschließung ihrer Eltern geboren. Sie besuchte eine von Nonnen geführte Grundschule in der Innenstadt, wechselte mit Bestnoten auf das humanistische Gymnasium und übersprang dort eine Klasse aufgrund hervorragender Leistungen. Das Überspringen einer zweiten Klasse wurde ihr angeboten, jedoch lehnte sie ab. Für die Regionalzeitung, die auch damals schon das führende Blatt in Stadt und Landkreis gewesen war, reichte dieser Umstand aus, um einen kurzen Artikel mit der Schlagzeile »Musterschülerin will nicht mit 17 an die Uni« zu bringen.

Ich fand diesen alten Artikel ebenfalls im Internet, allerdings nicht in einem Archiv, sondern über eine Suchmaschine: Das Gymnasium, das Katharina besucht hatte, schmückte sich damit auf seiner Homepage. Aus dem Artikel ging hervor, dass Katharina Hermann es laut eigener Aussage »nicht zweckdienlich« fand, so früh Abitur zu machen und mit dem Studium zu beginnen. »Ich bin mit 18 ohnehin eine der jüngsten bayerischen Abiturientinnen«, erklärte sie im Artikel. »Ich möchte mich lieber auf meine Tätigkeit als Schulsprecherin konzentrieren, als all meine Energien in das Streben nach einem übereilten Schulabschluss zu stecken.« Im Artikel wurde noch erwähnt, dass Katharina Hermann nicht nur als Schulsprecherin aktiv war, sondern sich auch in der Jungen Abteilung, kurz JA, der Konservativen engagierte.

Katharina Hermann hatte dann Jura und BWL studiert, beides parallel und innerhalb der Regelstudienzeit, hatte sich schon bald eine führende Position in der JA erkämpft und es noch als Studentin geschafft, erstmals für ein Mandat als Landtagsabgeordnete zu kandidieren. Beim ersten Anlauf war sie jedoch mangels Bekanntheit gescheitert und hatte bis zum nächsten Wahltermin keine Mühen gescheut, um diesen Zustand zu ändern. Prompt gewann sie beim zweiten Anlauf, während sie nebenbei zielstrebig an ihrer Promotion in den Rechtswissenschaften arbeitete. Zugleich streckte sie ihre Fühler jedoch bereits in Richtung Berlin aus. Das war der Zeitpunkt, an dem ich in ihr Leben trat.

Als Mitglied des Bundestags tat sie sich weiterhin sehr hervor und knüpfte wohl auch gute und vorteilhafte Beziehungen. Sie übernahm diverse Posten innerhalb der Partei und wurde schließlich Justizministerin. Eines ihrer Lieblingsthemen war offensichtlich der Komplex Innere Sicherheit. Hierzu gab es etliche Interviews, in denen sie immer wieder betonte, wie wichtig es sei, die Justiz zu stärken und der Exekutive mehr Rechte zuzugestehen.

Wie mir Egle zugesichert hatte, sollte ich mich tatsächlich im unmittelbaren Umfeld der Ministerin bewegen. Die meiste Zeit verbrachte ich mit den fünf Mitarbeitern des so genannten »Büros der Ministerin«, einer Truppe akademisch ausgebildeter Assistenten – allesamt männlich –, die nichts anderes taten, als Katharina Hermann über das, was in ihrem Ministerium geschah und von den einzelnen Abteilungen erarbeitet wurde, auf dem Laufenden zu halten. Sie waren alle promovierte Juristen, schätzungsweise um die 40 Jahre alt und in schwarze Anzüge gekleidet.

Zusätzlich gab es zwei Sekretärinnen, Irma Heinrich und Gerlinde Hannemann-Anselm. Beide waren um die fünfzig. Irma Heinrich war hager, hatte viele Falten und einen Teint, der von zu vielen Aufenthalten im Sonnenstudio zeugte. Sie trug Lidschatten in den Farben pink bis grellgelb und kleidete sich in dazu passende Hosenanzüge. Inmitten der Schar dunkel gekleideter Damen und Herren am Justizministerium stach sie hervor wie ein Papagei. Ihr aschgraues Haar trug sie zu einem modischen Bob, den sie stets so nach hinten frisierte und mit Haarspray fixierte, dass der Blick auf ihre Ohrläppchen und damit auf zwei riesige golden schimmernde Ohrringe frei blieb.

Bereits am ersten Tag hatte ich zu spüren bekommen, dass sie über die Ministerin und ihr Büro wachte wie eine Bulldogge. Ich war an meinem ersten Tag im Ministerium von Presseattaché Wieland mutterseelenallein in das Büro der Ministerin geschickt worden mit dem Hinweis, ich solle mich hier im Sekretariat melden. Dort stand ich keine drei Sekunden, als Irma Heinrich auf mich zugeschossen kam und mich in einem Tonfall, der bei einem Zusammentreffen mit einem nachweislich verurteilten Schwerverbrecher wohl kaum hätte strenger klingen können, fragte, was ich hier zu suchen hätte.

Nachdem ich mich jedoch vorgestellt und meinen Presseausweis hergezeigt hatte, war sie sehr höflich und professionell und führte mich zwei Tage später sogar durch das gesamte Ministerium. Ich erfuhr, dass Irma Heinrich ausgebildete Fremdsprachenkorrespondentin für Englisch und Spanisch war und unter anderem für Frau Ministerin die Korrespondenz in diesen Sprachen erledigte. Das sei vor allem durch die Zusammenarbeit mit der Europäischen Union nötig, wurde ich auf Nachfrage informiert. Hier gebe es viele Gesetze und Gesetzestexte abzustimmen und anzupassen, und das mache den Schriftverkehr gerade auf Englisch erforderlich. Die Gesetzestexte selbst würden jedoch freilich nicht von ihr, sondern von einem staatlich geprüften und vereidigten Muttersprachler mit entsprechender juristischer Ausbildung übersetzt. Im Großen und Ganzen zeigte sich Irma Heinrich ansonsten allerdings eher sehr zugeknöpft und ließ sich sämtliche Informationen – vor allem, wenn sie die Ministerin betrafen – nur mühsam aus der Nase ziehen.

Gerlinde Hannemann-Anselm war offener. Im Gegensatz zu ihrer Kollegin strahlte sie Herzlichkeit und Wärme aus und erinnerte nicht zuletzt wegen ihrer rundlichen Figur an eine Mama, die für das Wohl der gesamten Schar sorgte. Mag sein, dass ich ihr diese Rolle aber auch hauptsächlich deshalb zuschrieb, weil zu ihren Aufgaben das Tee- und Kaffeekochen gehörte.

Während ich von sämtlichen Redaktionen, in denen ich gearbeitet hatte, Kaffee als ausschließliches Getränk kennen gelernt hatte, spaltete sich das Büro der Ministerin in hartgesottene Kaffeetrinker und jene, die nach feiner englischer Art ihren Five o'Clock Tea bevorzugten. Die Ministerin selbst, das hatte mir Gerlinde Hannemann-Anselm auskunftsfreudig erzählt, trank dreimal täglich eine große Tasse Grüntee. Sie weihte mich in die Arbeitszeiten der Ministerin ein: Wenn sie keine Außentermine hatte – was selten genug vorkam –, begann sie ihren Büroalltag um sieben Uhr früh und beendete ihn frühestens um neun Uhr abends. Die Arbeitszeiten des gesamten Teams der Ministerin passten sich den ihren an. Wie das mit Beamtenstatus, der 40-Stunden-Woche und einer Überstundenregelung zu vereinbaren war, hatte ich bisher noch nicht durchschaut. Fest stand jedenfalls, dass die Herren im Büro der Ministerin ebenso ehrgeizig schienen wie Katharina Hermann selbst.

Zwei von ihnen – ein gewisser Dr. Arno Wendereich und ein Dr. Rudolf Aschinger – unterstützten Katharina Hermann zusätzlich bei ihrer Kandidatur zur Bundeskanzlerin. Rudolf Aschinger war in den Fünfzigern, auffallend hoch gewachsen und hatte ebenso graue Haare wie Irma Heinrich. Die Arbeit im Ministerium war anscheinend keine Verjüngungskur. Ich hatte noch keine Gelegenheit gehabt, mit ihm zu sprechen, und seine strenge Miene, die immer ein wenig wirkte, als hätte er soeben in eine Zitrone gebissen, wirkte auch nicht sehr einladend. Anders war es mit Arno Wendereich. Ich schätzte ihn auf maximal 35 Jahre. Rein optisch war er ein Mann ganz nach meinem Geschmack: einen halben Kopf größer als ich, mit breiten Schultern, einer athletischen Figur, dunklem Teint und kurzen, dunklen Haaren, die trotz seines ansonsten stets gepflegten Erscheinungsbildes immer wirkten, als wäre er sich in der Früh lediglich einmal kurz mit den Händen durchgefahren. Dunkel waren auch seine Augen und seine dichten Augenbrauen. Im Gegensatz zu seinen Kollegen, von denen keiner Bartträger war, hatte er im Kinnbereich einige kräftige Stoppeln stehen gelassen, die unwillkürlich wirkten wie ein bewusst erhaltener Dreitagebart. Er wirkte nicht ganz so unnahbar und überheblich wie Rudolf Aschinger und die anderen Kollegen aus dem Büro der Ministerin. Als ich ihn an diesem Tag allein in der Kantine des Justizministeriums sitzen und in seinem Mittagessen herumstochern sah, ergriff ich daher die Gunst der Stunde. Ich balancierte mein voll beladenes Tablett durch die Schlange von Anzug- und Krawattenträgern, die alle zum Essen drängten, geschickt an seinen Tisch.

»Darf ich mich zu Ihnen gesellen?«

Arno Wendereich, der offenbar sehr auf das Zerlegen seines Hackbratens konzentriert war und mich nicht hatte kommen sehen, blickte überrascht auf. »Gerne«, sagte er. Es war ein unsicheres Gerne.

Ich beschloss, ihm diese Unsicherheit im Umgang mit mir – woher auch immer sie rührte – zu nehmen und sandte ihm eines meiner freundlichsten Lächeln entgegen. »Der Hackbraten ist wohl nicht besonders genießbar?«

»Ach so, das.« Er fühlte sich anscheinend ertappt. Ein zartes Rot überzog sein Gesicht.

Schüchtern, aber süß.

»Ich hasse Kapern, und dieser Hackbraten ist voll davon«, lieferte er die Erklärung für seine Zerlegungsaktivität.

»Ich bin auch kein Fan von Kapern, deshalb habe ich die Spaghetti all' Arrabiata genommen«, erwiderte ich und begann, Nudeln mit der Gabel zu rollen. Erst nachdem ich zwei Bissen in meinem Mund hatte verschwinden lassen, bemerkte ich, dass er mir fasziniert dabei zugesehen hatte.

»Stimmt etwas nicht?« Ich war irritiert.

Er lachte und gab eine Reihe strahlend weißer Zähne frei, an denen jeder Zahnarzt seine helle Freude gehabt hätte. »Nein, nein, alles in Ordnung, entschuldigen Sie bitte«, beeilte er sich dann zu sagen. »Man sieht nur so selten Leute, die richtig Spaghetti essen können. Ohne Löffel, meine ich. Meine Mutter ist Italienerin, und natürlich hat sie darauf geachtet, dass wir Spaghetti essen wie die Italiener – also ohne Löffel.«

Anscheinend hatten wir mehr Gemeinsamkeiten als die Abneigung gegen Kapern.

Das fängt gut an.

Da ich die Absicht hatte, ihn nicht nur beruflich und aus Gründen der Recherche über die Ministerin kennen zu lernen, sondern auch privat, erzählte ich, dass meine Mutter ihre Wurzeln in Sizilien hatte. Seine stammte aus Genua, erfuhr ich sogleich, und zwar in bestem Italienisch. So viel verstand ich noch – ein Italienischkurs in der 8. Klasse war nicht spurlos an mir vorbeigegangen, doch ich musste ihm anschließend leider meinen Mangel an weiteren Italienischkenntnissen offenbaren. Er war sichtlich überrascht. Die Erklärung für meine nicht vorhandene Zweisprachigkeit blieb ich ihm schuldig. Immerhin, das Eis war gebrochen. Während des Essens fragte ich ihn über seine berufliche Vergangenheit aus, seine politische Einstellung und über seine Arbeit im Ministerium. Die Antworten klangen teilweise so, als hätte er sie auswendig gelernt, was mich enttäuschte. Ich versuchte mich damit zu trösten, dass dies unser erstes Gespräch war und – hoffentlich – weitere folgten, in denen er vielleicht zunehmend lockerer werden würde. Er erzählte mir, dass er aus der Nähe von Frankfurt stammte und in Berlin Jura studiert hatte. Sein Schwerpunkt war Finanzrecht und er hatte nach dem Examen zwei Jahre lang als Jurist bei einer bekannten deutschen Fondsgesellschaft gearbeitet, ehe er ins Ministerium wechselte. Dort unterstützte er zunächst die Abteilung Handels- und Wirtschaftsrecht und wurde, als Katharina Hermann Justizministerin wurde, sofort in den engsten Beraterstab integriert.

»Warum?«, fragte ich und bekam eine überraschend selbstbewusste Antwort: »Weil ich gut war. Man war inzwischen auf mich aufmerksam geworden. Es war Frau Dr. Hermanns persönlicher Wunsch, dass ich in ihrem Büro arbeite.«

Arno Wendereich machte einen intelligenten Eindruck. Ich zweifelte nicht an seiner Qualifikation, jedoch stark an der Tatsache, dass gut sein allein genügte, um so rasch in den engsten Kreis der Justizministerin aufzusteigen.

»Sie sind nicht zufällig Mitglied der konservativen Partei?«, fragte ich und bemühte mich um einen nicht zu sarkastischen Tonfall. Schließlich wollte ich noch mit ihm ausgehen.

Er wirkte fast beleidigt, als er entgegnete: »Frau Lackner, Sie werden in dieser Ebene kaum jemanden finden, der nicht Mitglied der Konservativen ist. Aber meine Beförderung hat nichts damit zu tun.«

Ich hatte dazu eine andere Meinung, lenkte aber beschwichtigend ein. »Natürlich nicht. Ich frage nur, weil Sie ja auch zusätzlich Frau Dr. Hermann im Wahlkampf unterstützen. Quasi außerhalb Ihrer offiziellen Dienstzeit.«

Ich hatte meine Spaghetti inzwischen aufgegessen und machte mich über den Nachtisch her. Vanillepudding mit einem Sahnehäubchen. Gesunde Ernährung war momentan etwas in den Hintergrund gerückt. Ich hatte in meinem Pensionszimmer ja auch nicht einmal eine Kochgelegenheit. Was blieb mir anderes übrig, als werktags die Kantine aufzusuchen?

»Ja, ich mache das tatsächlich außerhalb meiner offiziellen Dienstzeit«, erklärte Arno Wendereich mit Nachdruck. »Es ist eine freiwillige Sache, die ich gerne mache.«

»Und was finden Sie an Katharina Hermann so toll, dass Sie sie so vorbehaltlos unterstützen?« Mein Interesse war ehrlich. In meinem Kopf reifte der Gedanke, in meiner Reportage auch jene zu Wort kommen zu lassen, die einen Großteil ihrer Energie darauf verwendeten, diese Frau an die Spitze zu bringen.

»Ich halte sie für eine gute zukünftige Kanzlerin, ganz einfach.«

Arno Wendereich erhob sich und griff nach seinem Tablett. Mit den Resten seines Hackbratens hatte er inzwischen den Tellerrand dekoriert. Seine Mutter hatte ihm zwar das Spaghettiessen, aber anscheinend keine weiteren Tischmanieren beigebracht. Trotzdem: Er gefiel mir äußerlich noch immer. Und er trug keinen Ehering. Das waren zwei gute Gründe, ihn jetzt nicht so einfach gehen zu lassen. Ein dritter waren meine einsamen Abende vor dem Fernseher, die allmählich auf meine Stimmung schlugen. »Herr Wendereich, hätten Sie nicht Lust, mich nach der Arbeit beim Inlineskaten zu begleiten?«

Arno Wendereich hielt in der Bewegung inne, als hätte ihn soeben der Blitz getroffen. Er starrte mich ein paar Sekunden lang sichtlich geschockt an und ich fragte mich, was ich nun schon wieder verbrochen hatte. Die Unsicherheit, mit der er unser Gespräch begonnen hatte, ergriff ihn wieder.

»Ach so, äh, Inlineskaten?«, wiederholte er ziemlich konfus und nahm entgegen meinen Erwartungen wieder Platz. Er senkte die Stimme, als müsste er auf ein unmoralisches Angebot meinerseits antworten. »Woher wissen Sie, dass ich Inlineskater bin?«

Volltreffer. Ich hatte es nicht gewusst. Es war ein Schuss ins Blaue. Ich lächelte charmant und blieb ihm die Antwort schuldig.

»Das hat mich noch keiner gefragt«, fuhr er fort, nachdem er realisiert hatte, dass von mir verbal nichts zu erwarten war. »Seit ich hier arbeite, hat mich noch niemand gebeten, ihn beim Inlineskaten zu begleiten.« Er wirkte noch immer völlig durcheinander.

»Das liegt vielleicht daran, dass hier insgesamt keine besonders kommunikative Atmosphäre herrscht.« Diese Bemerkung konnte ich mir nicht verkneifen. Ich ging noch einen Schritt weiter. Ich schenkte ihm nochmals ein tiefes Lächeln und ergänzte: »Kann aber auch an der Tatsache liegen, dass unter Ihren Kollegen bisher keine attraktive junge Frau war, die gerne mit Ihnen ausgehen wäre.« Ups. Heute war ich aber mal wieder sehr forsch unterwegs. Aber bekanntlich hat in solchen Angelegenheiten couragiertes Voranschreiten noch nie geschadet.

Für Arno Wendereich war meine Methode wohl doch etwas zu rasant. Er nahm die Farbe einer roten Tomate an und starrte verlegen auf sein Tablett. »Ich halte das für keine gute Idee«, sagte er schließlich.

Nochmals Ups. Auf eine Abfuhr war ich nicht eingerichtet gewesen. Als er mein perplexes Gesicht saß, fügte er hinzu: »Das Ausgehen, meine ich. Never fuck the office, lautet meine Devise.«

Es war nicht das erste Mal in meinem Leben, dass ich einen Korb bekam. Ich nahm das nicht persönlich. Jeder Eroberer – ob weiblich oder männlich war dabei völlig egal – musste hin und wieder eine Pleite in Kauf nehmen. Das war das Wesen des Eroberns. Und gewöhnlich ließ ich mich nicht erobern, sondern war selbst diejenige, die auf Beutezug ging. Bei einigen Männern kam das gut an. Es beeindruckte sie, dass eine Frau den ersten Schritt machte. Wenn Arno Wendereich so strikt zwischen Berufs- und Privatleben trennte, war das sein Problem. Außerdem war noch nicht aller Tage Abend, wie es so schön hieß. Vielleicht war der Mann einfach etwas schüchtern. Perplex war ich nur deshalb, weil ich einen Satz wie »Never fuck the office« nicht aus seinem Mund erwartet hätte.

»Ich will gar nicht mit Ihnen ins Bett.« Noch nicht. Kommt darauf an, wie sich die Dinge entwickeln. Ich lächelte ihn wieder freundlich an und dachte innerlich mit Grauen an meine trüben Abende. Das musste einfach ein Ende haben. »Inlineskaten und Ausgehen bedeutet nicht ... nun, Sie wissen schon.«

Arno Wendereich überlegte kurz. Er erhob sich wieder, fuhr sich mit einer Hand durch sein dunkles Haar – dies erklärte also seine immer etwas zerzauste Frisur – und griff dann erneut zu seinem Tablett. »Okay«, sagte er und wirkte wieder entspannter. »Wie wäre es mit morgen Abend, 19 Uhr, an der Spree entlang? Ich kenne da ein nettes Stück Weg.«

»Okay«, sagte ich, dann war er auch schon weg.

Seltsamer Mensch. Attraktiv, aber irgendwie ziemlich verspannt.

Für diesen Abend hatte ich zumindest eine Aufgabe: Ich musste mir Inlineskates zulegen.

Es gab einen, dem war ich ein Dorn im Auge. Es handelte sich dabei um niemand geringeren als Dr. Jan Wieland. Seine Abneigung gegen mich war vom ersten Tag an, den ich im Ministerium verbrachte, spürbar. Er behandelte mich mit einer derart herablassenden Art, dass ich innerhalb der letzten vierzehn Tage mindestens zehnmal versucht war, ihn direkt darauf anzusprechen. Doch das hätte wahrscheinlich nicht zu einem guten Einvernehmen mit dem Presseattaché der Ministerin beigetragen, und so unterließ ich es.

Ich hatte für mich beschlossen, mein Bestes zu geben. Ich war immer noch skeptisch, was den Auftrag anbelangte. Ich zählte Katharina Hermann noch immer zu jenem Teil meiner Vergangenheit, mit dem ich lieber abgeschlossen hätte. Doch ich hatte begriffen, dass es unabänderlich war: Ich musste diesen Job erledigen. Und ich würde es gut machen. In schwachen Momenten, in denen ich mich in meinem unbequemen Hotelbett wälzte und vor lauter Grübeln nicht einschlafen konnte, war ich hin und her gerissen zwischen der Möglichkeit, am nächsten Tag alles hinzuwerfen und fristlos zu kündigen und der Option, eine gute Reportage abzuliefern und nach Beendigung des Auftrags das Kapitel Katharina Hermann endgültig abzuschließen. Der Gedanke an die Überheblichkeit von Wieland und Egle, die beide offensichtlich von meinem journalistischen Versagen überzeugt waren, ließ mich die erste Möglichkeit jedoch immer wieder verwerfen. Ehrgeiz ergriff in diesen Momenten wieder Besitz von mir.

An Katharina Hermann heranzukommen war jedoch schwierig. Egle hatte mir versprochen, die Ministerin begleiten zu können. Die Realität sah anders aus. Katharina Hermann hetzte von Termin zu Termin. Und das ohne mich. Ich war nicht einmal über ihren Terminkalender informiert.

Natürlich versuchte ich, an diese Information zu gelangen, indem ich Irma Heinrich und Gerlinde Hannemann-Anselm höflichst um Auskunft bat, wann denn die Frau Minister in ihrem Büro war, beziehungsweise, wann sie grundsätzlich wo war. Irma Heinrich ließ mich mit den Worten »Tut mir Leid, Sie sind nicht auskunftsberechtigt« abblitzen; Gerlinde Hannemann-Anselm verwies mich in freundlichem, aber bestimmtem Tonfall an den Presseattaché. Und dieser erklärte barsch, wenn die Zeit für Begleitung vorgesehen sei, werde er mir ohnehin Bescheid geben. Bisher hatte ich nichts von ihm gehört und schloss daraus, dass die Zeit aus seiner Sicht noch nicht gekommen war. Falls sie überhaupt je kommen würde. Das einzige, was ich von Wieland in wahren Massen bekam, waren Reden, die Katharina Hermann irgendwann geschrieben und gehalten hatte – vielmehr: hatte schreiben lassen, und professionell aufbereitetes Pressematerial. Beides war bei weitem nicht ausreichend für eine Reportage. Die Reportage gilt als eine der schwierigsten Nachrichtenformen: Sie soll eine möglichst genaue verbale Beschreibung eines Handlungsablaufs wiedergeben und dabei in geschickter Weise Informationen über Hintergründe und über die Personen mit dem eigentlichen Sujet verbinden. Es gibt viele Journalisten, die glänzende Kommentare schreiben und Berichte wie aus dem Lehrbuch produzieren, aber in ihrem ganzen Leben keine vernünftige Reportage zu Papier bringen.

Im Studium war ich immer eine gute Reportagenschreiberin gewesen. Doch das war Jahre her. In meinem Berufsalltag hatte ich noch nicht viele Reportagen verfassen müssen. Gerade Tageszeitungen stellten hier immer weniger Platz und Redaktionspersonal zur Verfügung. Im journalistischen Alltag scheiterte vieles letztendlich am Geld und dadurch an den personellen Kapazitäten. Ich hatte mein Studium zu einer Zeit beendet, wo Redaktionsstellen knapp waren und die Redaktionen gerade bis auf das Nötigste ausgedünnt wurden. Jedes einzelne Redaktionsmitglied war so sehr damit beschäftigt, die tagesaktuellen Nachrichten zu bearbeiten, dass für blumige Reportagen keine Zeit blieb. Eine gute Reportage zu schreiben erforderte viel Zeit für Recherche. Um die Realität abzubilden, genügte es nicht, sich in ein paar Presseunterlagen zum Thema einzulesen. Man musste dabei sein. Am besten hautnah. Das hieß wiederum, dass die üblichen Redaktionstätigkeiten auf einen Kollegen übertragen werden mussten. Die wenigsten Zeitungen – auch die großen Qualitätszeitungen – hatten noch genügend Personal, um ihre Redakteure auf große Reportagen anzusetzen. Brauchte man doch etwas, wurde es meist von einem freien Journalisten zugekauft. Das kam letztendlich billiger.

Beim *Brennpunkt* war das nun anders. Erstens lebte das Nachrichtenmagazin von Reportagen oder, besser gesagt, von reportageähnlichen Geschichten. Der *Brennpunkt* war bekannt dafür, die herkömmliche Reportage in ihrer Vollendung noch eine Stufe weiter zu führen und beinahe ein eigenes Genre zu entwickeln. Es würde eine Herausforderung für ich werden, meine Schreibe dem vom *Brennpunkt* geforderten Stil anzupassen – eine Herausforderung, die mir wirklich Kopfzerbrechen bereitete. Zumal mir der direkte Weg zu Katharina Hermann versperrt war.

Es kam schließlich, wie es kommen musste: Karsten Egle begann, mir Druck zu machen. Zumindest empfand ich seinen Anruf so, der mich an diesem Tag nach dem Kantinenbesuch mit Arno Wendereich auf dem Firmenhandy, mit dem ich vom *Brennpunkt* ausstaffiert worden war, erreichte.

»Und, wie weit sind Sie mit Ihren Recherchen?«

Karsten Egle hielt es nicht für notwendig, sich namentlich zu melden, geschweige denn, mich zu begrüßen. Es war einer seiner Kontrollanrufe, die mich alle drei bis vier Tage erreichten. Sie lösten bei mir regelmäßig Ärger, Wut und ein leises Schuldgefühl aus – letzteres vor allem deshalb, weil ich bisher tatsächlich nicht genug bieten konnte, um ihn von meinem Können zu überzeugen.

»Es geht«, erwiderte ich vorsichtig, schob aber sogleich mit vorgetäuschtem Selbstbewusstsein nach: »Ich habe mich inzwischen wirklich gut eingearbeitet und einen guten Draht zu einem Mitarbeiter hergestellt, der die Ministerin auch bei der Kanzlerkandidatur unterstützt. Ich werde von ihm eine Menge Informationen erhalten über ...« Ich stockte. Tja, über was? Eine berechtigte Frage. »... über ihren Führungsstil, zum Beispiel«, erklärte ich nach dieser kleinen Pause. Etwas Besseres fiel mir im Moment nicht ein. Zumindest hatte ich nicht lügen müssen. Näheren Kontakt zu einem ihrer engsten Mitarbeiter hatte ich ja tatsächlich hergestellt.

Egle war kein bisschen freundlicher gestimmt. »Dann werden Sie sicher eine Menge schreiben können über die Stimmung im Ministerium, nachdem heute das vom Justizministerium ausgearbeitete Gesetz zur strengeren Bestrafung von Pädophilen erfolgreich vom Bundestag verabschiedet wurde.«

Alarm. Krise. Nein, Katastrophe. Welches verdammte Gesetz? Ich reagierte geistesgegenwärtig, doch in meinem Inneren tobte ein Wirbelsturm mit dem Namen »Panik«. »Oh, das ist schon über den Ticker gegangen?«, erkundigte ich mich mit perfekt gespielter Leichtigkeit.

»Vor einer Stunde schon«, erklärte Egle und hatte noch immer diesen gewissen aggressiven und herablassenden Tonfall in der Stimme. Hätte ich ihn nicht im Zwiegespräch mit Isolde Werkmann anders reden gehört, wäre mir allmählich der Verdacht gekommen, es sei sein normaler Umgangston. »Wir erwarten von Ihnen einen umfassenden Bericht über die Hintergründe. Deadline ist übermorgen, neun Uhr. Wir werden den Bericht in der nächsten Ausgabe bringen.« Pause. Dann der Zusatz: »Vorausgesetzt, er hat einen gewissen Mindeststandard an Inhalt und Qualität.«

Ich versuchte, trotz aller Umstände ruhig zu bleiben. Es gelang mir nicht ganz. »Ich bin ausgebildete Journalistin, Herr Dr. Egle, keine Stümperin. Ansonsten hätte mich der Verlag wohl kaum angestellt.« Ich war mir bewusst, dass mein Tonfall jetzt ebenso aggressiv klang wie der seine. Von ihm und seiner Arroganz hatte ich nun aber endgültig genug. Und nicht nur von ihm. Gleichzeitig keimte in mir das Gefühl auf, von Dr. Jan Wieland gefoppt zu werden. Ich wurde nicht informiert, hatte keinen Zugang zur Ministerin und sollte dennoch Großes leisten. Der Anforderung, eine glänzende Reportage zu schreiben, hätte unter diesen Umständen wohl nicht einmal ein Pulitzer-Preisträger gerecht werden können, außer er hätte sich auf illegale Weise Zugang zu hochbrisanten Unterlagen verschafft. Es war jedoch anzunehmen, dass dies nicht im Sinne des *Brennpunkt* gewesen wäre. Schließlich ging es nicht um einen Skandal, sondern darum, die Kanzlerkandidatin von möglichst vielen Seiten zu beleuchten. In Anbetracht dessen wäre ein nächtlicher Einbruch ins Ministerium mit investigativem Durchsuchen sämtlicher Datenbanken und Unterlagen weder zweckdienlich noch zu rechtfertigen gewesen.

»Ich warne Sie ja nur«, erklärte Egle kühl. »Sie werden nicht fürs Nichtstun bezahlt, Frau Lackner. – Also, übermorgen, neun Uhr, zweihundert Zeilen über das verschärfte Pädophilengesetz und die Einstellung dazu im Ministerium. Und lassen Sie sich von Wieland nicht mit irgendwelchen Pressetexten abspeisen. Wir sind nicht die dpa.«

Er legte auf. Ich sann über seine letzte Aussage nach und fühlte mich wieder einmal bestätigt. Egle war hoffnungslos arrogant. Wir sind nicht die dpa. Er sprach von der führenden deutschen Nachrichtenagentur, als handele es sich um ein Käseblättchen mit entsprechender personeller Besetzung.

Die Spaghetti drückten mit im Magen. Oder gab es eine andere Erklärung für dieses schmerzhafte Unwohlsein im Bauchraum, das von mir Besitz ergriff? Hier stand ich also in den Räumlichkeiten des Justizministeriums, auf einem hellen Gang abseits des geschäftigen Treibens, das Tag für Tag in diesem Gebäude herrschte, starrte auf mein Handy, als wäre es ein giftiges Insekt, und versuchte mir zusammenzureimen, von welchem Gesetz Egle gesprochen hatte.

Ich wusste: Der Rechtsstaat und im Besonderen der Polizeiapparat sowie die möglichst harte Bestrafung von Kriminellen lagen der Justizministerin am Herzen. Und für alles, was ihr am Herzen lag, setzte sie sich ein. Nicht immer waren rein ideelle Werte ihre Beweggründe, wie ich mir aus Erfahrung zu unterstellen erlaubte.

Zum Mitglied des Bundestags war sie beispielsweise unter anderem deshalb gewählt worden, weil sie damals ihr Herz für die ostbayerischen Land- und Forstwirte entdeckt hatte – ein großes Wählerklientel in einem weitgehend ländlich geprägten Wahlbezirk.

Von der Verschärfung des Pädophilengesetzes, die laut Egle vom Bundestag verabschiedet worden war, wusste ich nichts, aber zumindest eines war jetzt klar: Ein offenes Gespräch mit Wieland war fällig. Und zwar überfällig. So konnte es nicht weitergehen.

Ich nutzte die nächsten sechzig Minuten, um mich mittels Notebook und Wireless-LAN-Funktion ausführlich zu informieren. In den Online-Ausgaben der diversen deutschen Leitmedien wurde schon über die Inhalte des reformierten Gesetzes berichtet. Als ich wusste, wovon die Rede war, machte ich mich auf zum Pressebüro der Ministerin und verlangte mit einer Stimme, die in meinen eigenen Ohren sehr autoritär klang, nach Presseattaché Wieland.

Wieland hatte außer der Sekretärin, mit der ich sprach, noch drei Mitarbeiter – zwei Frauen mittleren Alters und einen etwas jüngeren Assistenten mit Mittelscheitel und Nickelbrille. Selbstverständlich wollte mich die Sekretärin an diesen etwas naiv blickenden Herrn verweisen, der aussah wie ein ehemaliger Chorknabe und sich streng an die Weisungen Wielands hielt. Mit Nachdruck beharrte ich darauf, über die Grundzüge der Zusammenarbeit zwischen Ministerium und *Brennpunkt* mit dem Kopf des Pressebüros persönlich zu sprechen. Meine Hartnäckigkeit machte sich bezahlt. Ich musste nicht lange warten, da wurde ich auch schon in sein Büro gebeten.

Er war über meinen Besuch weder besonders erfreut noch überrascht. Seine leicht gerümpfte Hakennase drückte pure Missbilligung aus. Trotzdem bat er mich höflich, ihm gegenüber Platz zu nehmen.

»Ich nehme an, Sie wollen Informationen zum heute verabschiedeten Gesetz«, eröffnete er das Gespräch und zückte eine Pressemappe im Layout des Justizministeriums. »Ich habe schon alles für Sie vorbreiten lassen. Hier finden Sie den Gesetzestext im Wortlaut, die Meldung, wie Sie an die Agenturen ging, ein kurzes Statement der Frau Ministerin. Damit dürfte Ihnen geholfen sein. Natürlich hätten Sie diese Mappe auch von meinem Assistenten,

Herrn Jonas, erhalten können. Wegen solch einer Angelegenheit müssen Sie sich nicht um einen Cheftermin bemühen. Für das nächste Mal.«

Die Bedeutung seiner Worte war mir wohl bewusst: Meine Störung kam ihm ungelegen. Er wünschte unangemeldetes Erscheinen nicht. Noch vor einer Woche hätte ich mir meinen Teil gedacht, hätte die Dinge akzeptiert, wie sie waren, und wäre mit den Unterlagen verschwunden. Doch die Gleichgültigkeit, die ich mir in den letzten Jahren erfolgreich antrainiert hatte, schwand seit meinem unfreiwilligen Zusammentreffen mit Katharina Hermann im *Park Hyatt* von Tag zu Tag. Das gefiel mir nicht, aber ich konnte nichts dagegen tun. Außerdem hatte ich bis zum nächsten Five o'Clock Tea zweihundert Zeilen zu füllen. Egle sollte nicht recht behalten mit seiner herablassenden Beurteilung meiner journalistischen Fähigkeiten.

»Herr Dr. Wieland, ich bin mir im Klaren darüber, dass Sie als Presseattaché vorrangig darauf bedacht sind, Ministerin Hermann von Journalistenanfragen freizuhalten, aber in meinem Falle funktioniert das nicht«, erklärte ich ohne Umschweife. »Sie wissen so gut wie ich, dass eine Reportage nur dann geschrieben werden kann, wenn ich sowohl zur Ministerin als auch zu ihrem Umfeld Zugang habe. Sie haben diese Kooperationsbereitschaft gegenüber dem *Brennpunkt* zugesagt. Und Sie wissen, dass ein gutes Einvernehmen zwischen mir, die ich über die Frau Ministerin schreiben werde, und Ihnen, der für das Image der Frau Ministerin in der Öffentlichkeit verantwortlich zeichnet, mehr als nur dienlich ist. Dazu gehört auch die frühzeitige Versorgung mit Informationen. Und die Betonung liegt auf frühzeitig, Herr Dr. Wieland.«

Die eiserne Miene, die Wieland stets zur Schau trug und ihm, wie ich vor kurzem in der Verbandszeitschrift des Journalistenverbandes gelesen hatte, den Ausdruck Mr. Pokerface einbrachte, verschwand für einen kurzen Augenblick. Wieland schluckte trocken, und sein Kehlkopf hüpfte dabei ruckartig auf und ab. Trotz der inneren Anspannung, die ich fühlte, ging mir der Gedanke durch den Kopf, dass dieser Mann für jeden Karikaturisten ein gefundenes Fressen sein musste. Schon weil er keinen Hauch von Selbstironie besaß.

»Gute Journalisten haben ihre Quellen auch außerhalb des Ministeriums«, konterte Wieland bissig, nachdem er sich von seiner ersten Überraschung erholt hatte.

»Aber nur schlechte Presseattachés würden zulassen, dass Informationen noch vor offizieller Bekanntgabe den Weg nach außen finden«, erwiderte ich. »Im Übrigen bekomme ich die Informationen lieber korrekt aus erster Hand, als sie mir aus diversen dubiosen Quellen zusammensuchen zu müssen. Fehlerhafte Berichterstattung zu Ungunsten des Ministeriums dürfte wohl kaum in Ihrem Interesse liegen.«

»Was wollen Sie also?« Wieland zog es vor, nicht auf meine Worte einzugehen.

»Ich will, dass die Zusicherung, die Sie Dr. Egle gegeben haben, endlich erfüllt wird«, erklärte ich bestimmt. »Das heißt im Klartext, ich will Frau Ministerin Hermann ab sofort zu verschiedenen Terminen begleiten und mehr Zeit mit ihr verbringen.« Das wollte ich persönlich eigentlich überhaupt nicht, doch im Sinne meiner Arbeit war es unvermeidlich.

Wieland beugte sich vor. Es war mehr sein unangenehmer Mundgeruch als die Schärfe in seiner Stimme, der mich dazu veranlasste, mich so weit wie möglich zurückzulehnen.

»Zeit ist Mangelware. Und Herr Dr. Egle hat keinerlei Zusicherung erhalten. Wir haben lediglich gestattet, dass Frau Ministerin Hermann journalistisch begleitet wird. Wir halten die Redakteurin einer Frauenzeitschrift allerdings nicht für eine gute Wahl.«

Seine Aussage überraschte mich nicht im geringsten. Er hatte von Anfang an zum Ausdruck gebracht, für wie inkompetent und ungeeignet er mich hielt. Hier war er offensichtlich mit Egle einer Meinung. Was das Wir in seinen Worten betraf, so war er allerdings gründlich auf dem Holzweg. Ich hatte einen Moment lang gute Lust, ihm zu erzählen, wie sehr mich Frau Ministerin doch nahezu angebettelt hatte, dass ich diesen Job übernehmen möge. Also hätte er sagen müssen: Ich halte die Redakteurin einer Frauenzeitschrift nicht für eine gute Wahl. Es sei denn, der andere Teil dieses Wir war nicht Katharina Hermann, sondern sein Mitarbeiterstab. Oder gab es etwa noch jemanden, der in dieser Angelegenheit ein Wort mitzureden hatte?

»Es ist nicht wichtig, was Sie persönlich von mir halten, Herr Dr. Wieland. Es ist wichtig, dass ich die Arbeit, die ich erledigen will, auch erledigen kann und dabei nicht von Ihnen sabotiert werde«, erklärte ich so höflich wie möglich. »Momentan habe ich den Eindruck, Sie hindern mich durch das Zurückhalten von Informationen daran, meinen Job zu machen. Das freut mich nicht und wirft kein gutes Licht auf das Ministerium und auf Ihre Position als Presseattaché.«

»Ich habe schon PR gemacht, da haben Sie gerade mal das ABC gelernt«, erwiderte Wieland herablassend. »Also belehren Sie mich nicht, was ich zu tun und zu lassen habe. – Kommen Sie meinetwegen morgen auf diesen Termin nach Potsdam mit, da geht es sowieso um das neue Gesetz.«

Er drückte mir eine weitere Unterlage in die Hand, eine Kartonkarte im Din-A-5-Format, die schwarz umrandet war. Sie sah aus wie eine Trauerkarte. Es war die Einladung zu einem offiziellen Pressetermin anlässlich des Todestages der kleinen Susi Berka. Ich betrachtete das Foto des kleinen blonden Mädchens mit den vielen Sommersprossen eingehend. An den Fall erinnerte ich mich: Susi Berka war im vergangenen Jahr in einem Waldstück bei Potsdam sexuell missbraucht und ermordet worden. Sie war gerade mal sieben Jahre alt. Ein Mann hatte sie ins Auto gezerrt, als sie auf dem Weg von der Schule zum Elternhaus war. Man fasste den Täter am Abend des nächsten Tages, als er die Grenze nach Polen überqueren wollte. Es stellte sich heraus, dass der Mann schon einmal wegen Vergewaltigung eines kleinen Mädchens gesessen hatte. Damals hatte er die Kleine mit schweren inneren Verletzungen auf der Wiese liegen lassen, auf der er sich an ihr vergangen hatte. Die Tatsache, dass er sie nicht ermordet hatte, ermöglichte es ihm, noch vor Abbüßung seiner Haftstrafe auf Bewährung entlassen zu werden. Als er Susi Berka vergewaltigte, war er just fünf Tage auf freiem Fuß.

Der Fall wurde von den Medien breitgetreten – nicht nur wegen der verbreiteten Meinung, dass Triebtäter lebenslang hinter Gitter gehörten, sondern auch weil Susi Berkas Eltern zur deutschen Prominenz zählten. Angelika Berka und Ludger Hassfeldt waren beide Schauspieler, keine Stars, aber in zahlreichen Vorabendserien und Krimis immer wieder vertreten. Der Krimi, in dem ihre Tochter auf bestialische Art und Weise starb, würde sie sicher ihr ganzes Leben verfolgen.

Morgen sollte an der Stelle, an der man ihre Leiche gefunden hatte, ein Gedenkgottesdienst abgehalten werden. Susis Vater würde hier zu Wort kommen, und, wie ich der Einladung entnahm, auch die Frau Justizministerin.

Es würde ein Medienspektakel werden. Beginn war um elf Uhr.

»Schön und gut«, sagte ich zu Wieland. »Aber mein Artikel muss bis morgen früh fertig sein, und ich brauche dazu ein Gespräch mit Katharina Hermann. Heute noch.«

Er schüttelte den Kopf. »Das ist nicht möglich. Ein Statement von ihr finden Sie in den Unterlagen. Das muss einstweilen genügen. Frau Dr. Hermann hat heute einen vollen Terminkalender, da ist nichts zu machen.« Er wies zur Türe. »Wenn ich Sie jetzt bitten dürfte. Bedauerlicherweise kann ich im Moment nicht mehr für Sie tun.«

Ich war wütend. Und verzweifelt. In diesem Augenblick war jedoch jedes weitere Wort Zeitverschwendung.

Am nächsten Tag um kurz vor elf fand ich mich auf einer Wiese abseits der Hauptstadt wieder. Hinter mir lag ein dichter Nadelwald, zu meiner Linken war in einiger Entfernung die nächste Bundesstraße zu erkennen, und auf der anderen Seite trennten mich rund zweihundert Meter von einem Landgasthof. Ich befand mich in einer idyllischen Wald-und-Wiesen-Gegend mit Wanderwegen, die den Bewohnern von Potsdam und Berlin als Naherholungsgebiet diente.

Zu dieser Stunde war an Erholung allerdings nicht zu denken. Ausflügler, die ihr Auto gewöhnlich an besagtem Gasthof parkten und von dort aus wanderten, standen heute vor verschlossenen Schranken: Die Gegend war weiträumig abgesperrt worden. Nur die namentlich genannten Mitglieder des Justizministeriums, die Familie Berka, einige geladene Gäste und eine wahre Heerschar akkreditierter Journalisten hatten heute Zugang zu diesem Ort. Der große Parkplatz am Gasthof war zugeparkt; zum Glück hatte ich Wielands Angebot genutzt, im Dienstwagen seines Mitarbeiters Andreas Jonas mit hierher zu fahren. Die Fahrt hatte alles in allem rund eine Stunde gedauert und ich wusste jetzt, dass Andreas Jonas Kommunikationswissenschaft in Kombination mit Jura studiert, unmittelbar nach dem Studium eine Kommilitonin geheiratet hatte und inzwischen stolzer Vater dreier Söhne war. Er sah sie allerdings nur am Wochenende. Jonas war nicht sehr kommunikativ und außerdem wägte er jedes Wort sorgfältig ab, ehe es ihm über die Lippen kam. Ich konnte ihm immerhin entlocken, dass er vergangenen Sommer in einem kleinen Ort in Mecklenburg-Vorpommern ein altes Fischerhaus gekauft hatte, das er und seine Frau nach und nach renovierten. In der Realität war es wohl eher seine Frau, ein Prototyp der studierten Hausfrau, die jetzt mit den drei kleinen Kindern und dem alten Anwesen die ganze Woche über partnerlos an der Ostsee weilte, Mauern verputzte, Wände strich und Handwerker dirigierte – und nebenbei darauf wartete, dass ihr Herr Gemahl, dessen Karriere immerhin bereits ins Pressebüro des Justizministeriums gemündet war, zumindest an den Wochenenden nach Hause kam.

So stellte ich mir das Szenario anhand von Jonas' Schilderung zumindest vor. Meine vorsichtige Frage, ob seine Frau denn nicht bedauere, nie gearbeitet zu haben, hatte er mit einem erstaunten »Aber wieso denn?« beantwortet und mir dann trotz sonstiger Wortkargheit in ein paar kurzen Sätzen erklärt, dass die wahre weibliche Berufung ohnehin die Familienarbeit sei und nicht das Herumsitzen in irgendeinem Büro. Er sehe den Mann nach wie vor als Versorger. Dieses Modell – Frau kümmert sich um die Kinder, Mann bringt das Geld nach Hause – habe schließlich über Generationen funktioniert.

Ich konnte nicht umhin, ihn provokativ zu fragen, wie sich seine Haltung damit vereinbaren ließe, dass er für eine Ministerin arbeitet, die weder Mann noch Kinder, sondern nur die Karriere im Sinn hat. Die Antwort war er mir schuldig geblieben. Er hatte geschwiegen und stattdessen das Radio – einen Klassiksender – so laut gedreht, dass jede weitere Unterhaltung hinfällig war.

Ich beschloss von da an, ihn nicht zu mögen.

Mehr noch: Ich beschloss, dass mir Typen wie Egle und Wieland trotz der Herablassung, mit der sie mich behandelten, tatsächlich lieber waren. Wenigstens gaben diese Herren keinen ultrakonservativen Schrott von sich und wirkten nicht wie Relikte aus vorvergangenen Zeiten.

Jetzt stand ich hier, zwischen Andreas Jonas und Irma Heinrich, der Sekretärin, und wartete auf den offiziellen Beginn der Veranstaltung. Dass sie mir nicht gefallen würde, ahnte ich jetzt schon. Ich fand es ziemlich pervers, am Fundort der Leiche eines geschändeten Kindes ein Event abzuhalten, das, als Trauergottesdienst und Gedenkstunde getarnt, in Wahrheit nichts anderes darstellte als eine Pressekonferenz. Es war eine Veranstaltung, bei der eine Ministerin die Gelegenheit nutzte, sich selbst für ein Gesetz zu loben, das sie entworfen und durchgesetzt hatte, und sich zusätzlich Öffentlichkeit zu verschaffen, um ihre Chancen auf das Bundeskanzleramt zu steigern. Dass das Ehepaar Berka sich dafür hergab, konnte ich mir ebenso leicht erklären: Als mittelmäßige Schauspieler waren sie auf einen bekannten Namen angewiesen und stets darauf bedacht, im Rampenlicht zu stehen. Offenbar gingen sie dabei sogar so weit, den Tod ihrer kleinen Tochter medienwirksam zu nutzen.

Was hätte ich getan, überlegte ich mir, während ich inmitten dieser rund zweihundert Leute stand. Was hätte ich getan, wenn ich eine Tochter gehabt hätte, die da mit durchschnittener Kehle und eindeutigen Unterleibsverletzungen aufgefunden worden wäre? Hätte ich nach einem Jahr die Kraft gehabt, ihren Tod öffentlich zu machen? Dieser Gedanke schien mir ebenso absurd wie die Vorstellung, eigene Kinder zu haben.

Ich war jetzt 32 Jahre alt. Sollte ich irgendwann Kinder haben wollen, blieb nicht mehr allzu viel Zeit, um dieses Vorhaben zu realisieren.

Seltsam, dass ich jetzt an etwas dachte, was mir im Grunde so fremd war. Ich hatte nicht einmal einen festen Partner. Und außerdem fühlte ich mich für diese Zwecke unreif wie eine zu früh geerntete Zitrone.

»So grüblerisch heute? An was denken Sie?« Eine bekannte Stimme meldete sich direkt hinter mir zu Wort. Ich drehte mich um und erblickte Arno Wendereich. Er trug Anzug und Krawatte – wie auch Jonas – und schwitzte darin offenbar heftig. Schweißperlen glänzten auf seiner Stirn. Es war ein heißer Tag im Frühsommer, und die Sonne brannte unbarmherzig auf die Wiese. Ich selbst trug ein langes rotes Sommerkleid und hielt dies für meine Position und die Veranstaltung an sich für ausreichend. Es wäre sinnlos gewesen, in einem langärmligen Kostüm dem Hitzetod entgegenzusiechen. Der Unterschied zwischen den anwesenden Journalisten und den Mitarbeitern des Ministeriums war leicht zu bemerken: Während die Juristen allesamt im Anzug schwitzten, erschienen die Journalisten und Fotografen zum Großteil in legerer und den hohen Temperaturen angepasster Kleidung.

Katharina Hermann stand in einiger Entfernung von mir, umgeben von Bodyguards, und trug ein weißes Kostüm mit großen Goldknöpfen. Sie hatte in Sachen Bekleidung eine Kompromisslösung vorgezogen. Der Rock reichte züchtig übers Knie. Die dazugehörige Jacke war kurzärmlig und relativ tief ausgeschnitten. Dr. Jan Wieland war an ihrer Seite. Als sie sich einmal kurz zu ihm umwandte, um ihm etwas ins Ohr zu flüstern, stellte ich überrascht fest, dass die Kostümjacke auch am Rücken Haut zeigte: Entlang der Wirbelsäule waren das linke und rechte Jackenteil lediglich mit einem dunkelblauen, geflochtenem Band zusammengehalten.

Raffiniert.

»Ich denke an Zitronen«, sagte ich zu Arno Wendereich. »Und ich denke daran, dass ich lieber in einen kühlen Badesee springen würde, als hier Zeugin eines makaberen Medienspektakels zu werden.«

»Sie sagen wohl immer, was Ihnen gerade durch den Kopf geht«, erwiderte Wendereich und grinste. Jonas, der meine Worte ebenfalls gehört hatte, fühlte sich bemüßigt, mich zurechtzuweisen. »Das ist eine wichtige Veranstaltung. Frau Ministerin Hermann hat schließlich viel geleistet, und dieser Todestag ist eine gute Gelegenheit, um Missstände der früheren Gesetzgebung anzuprangern. Wenn Sie lieber in einen Badesee springen wollen, Frau Lackner, dann lassen Sie sich nicht abhalten!«

Ah ja. Jonas war unverkennbar Wielands Mitarbeiter. »Ich denke, wir betrauern hier ein totes Kind«, konterte ich süffisant. »Es überrascht mich, dass Sie als öffentlicher Vertreter der Ministerin von einer guten Gelegenheit zur Präsentation sprechen.«

Jonas schluckte. »Verdrehen Sie mir nicht das Wort im Munde!«, entgegnete er dann spitz und entfernte sich in Richtung Wieland. Vielleicht wollte er ihn über meine bösen Spitzfindigkeiten in Kenntnis setzen.

»Er ist etwas verklemmt«, informierte mich Arno Wendereich nun und überraschte mich mit dieser Äußerung. Lästereien unter den Mitarbeitern des Justizministeriums? Nur zu ...

»Da ist er nicht der Einzige im Justizministerium«, erwiderte ich trocken und lächelte Wendereich kokett an.

Wie damals nahm sein Gesicht auch jetzt wieder die Farbe einer reifen Tomate an. »Ich bin nicht verklemmt«, sagte er mit gesenkter Stimme dicht neben meinem Ohr.

»Wie kommen Sie darauf, dass ich Sie gemeint habe?« Mein Lächeln vertiefte sich. Er war süß – aber wirklich sehr leicht in Verlegenheit zu bringen.

»Es klang wie eine Anspielung. Aber vielleicht haben Sie diesen gewissen Tonfall ja immer?«

»Gewissen Tonfall?«

Ich blickte ihm direkt in die Augen und sah darin Neugier. Eine positive Entdeckung. Ich war zufrieden. Sollte ich den Termin zum Inlineskaten am Abend tatsächlich einhalten können, konnte sich mein bisher oberflächliches Verhältnis zu Arno Wendereich nach diesem zarten Flirt nur besser entwickeln. Allerdings war ich mir mittlerweile gar nicht mehr sicher, ob ich abends tatsächlich mit Arno Wendereich entlang der Spree skaten konnte. Der Grund war die *Brennpunkt*-Reportage, die ich in Grundzügen begonnen hatte, die aber einer gründlichen Überarbeitung bedurfte. Druckreif war mein Entwurf jedenfalls noch nicht – und das lag nicht zuletzt daran, dass die Unterlagen, die mir Wieland so großzügig in seinem Büro überreicht hatte, für meine Zwecke nicht viel hergaben.

Die Veranstaltung begann. Zunächst hielt ein Weihbischof, der dem Anschein nach im Alter des Papstes sein mochte, einen Gedenkgottesdienst. Die Sonne strahlte, es gab keinen Schatten, und die einzigen, die sich hier offensichtlich wohl fühlten, waren die kleinen Stechmücken, die in Scharen die Wiese bevölkerten und in uns offenbar ihren Festschmaus sahen. Innerhalb einer Viertelstunde konnte ich zwei dieser listigen Blutsauger mit einem gezielten Schlag erledigen.

»Jetzt wissen Sie, weshalb ich einen geschlossenen Anzug trage«, flüsterte mir Arno Wendereich ins Ohr, und es klang fast ein wenig schadenfroh.

Da nun Programmpunkt Nummer zwei folgte – eine Ansprache von Susi Berkas Vater Ludger Hassfeldt –, verkniff ich mir jeglichen Kommentar. Es interessierte mich wirklich, was der Vater eines toten Kindes auf einer derartigen Veranstaltung zu sagen hatte.

Das Mikrophon gab einen schrillen Pfeifton von sich, als der hagere Mann mit dem kantigen, markanten Gesicht zu seiner Rede ansetzte. Im Hintergrund bemühten sich zwei eifrige Tontechniker sofort darum, die Übersteuerung in den Griff zu bekommen.

Ludger Hassfeldt bedankte sich bei den Anwesenden für ihr Kommen und begrüßte wichtige Persönlichkeiten wie die Justizministerin sowie den Bürgermeister von Potsdam, die Geistlichkeit und ein paar Anwesende der Lokalprominenz. Für meinen Geschmack verwendete er darauf zu viel Zeit.

Nachdem endlich genug begrüßt und gedankt worden war, gab er mit schmerzverzerrter Miene einen Abriss von Susis Verschwinden, seinen Gefühlen als Vater, als er zum Leichenfundort gerufen wurde, um sein totes Kind zu identifizieren, und seinen Gefühlen jetzt, wo sich das grausame Verbrechen jährte. Seine Darstellung war überzeugend: Sein Tonfall war der eines leidgeprüften Vaters und die verstohlenen Tränen, die er sich immer dann aus den Augen wischte, wenn seine vor Schmerz brüchige Stimme abriss, wirkten echt. Sicher war dieser Auftritt für ihn belastend. Als Hauptkommissar Lohberger in »Sie sehen dem Tod ins Auge«, einer 08/15-Vorabendkrimiserie mit wilden Verfolgungsjagden und hin und wieder einer Schießerei, die seit Jahren auf einem der Privatsender lief, machte er meiner Meinung nach eine weitaus bessere Figur als hier, auf dieser Wiese am Waldrand nahe Potsdam.

Angelika Berka stand die ganze Zeit neben ihrem Mann und weinte.

Mit jeder Minute fand ich die Veranstaltung furchtbarer und kämpfte nicht nur gegen die Stechmücken, sondern auch gegen meinen inneren Widerwillen.

Mein Blick wanderte zu Katharina Hermann. Sie stand mit versteinerter Miene neben Wieland, nahe dem Mikrophon, in der

Reihe der geladenen Gäste. Sie blickte starr in Hassfeldts Richtung und bewegte sich keinen Millimeter von der Stelle. Ich fragte mich, ob es pure Disziplin war oder ob den Stechmücken ihr Blut nicht schmeckte. Letzteres war unwahrscheinlich, denn alle anderen, die sich nicht vollständig mit Stoff bedeckt hatten, kämpften genauso gegen die Mücken wie ich. Und noch etwas fiel mir auf: Langsam, aber sicher, bekam die Justizministerin Sonnenbrand. Für sie als hellhäutigen Typ reichten die Minuten, die sie hier in der prallen Mittagssonne stand, um ihre Haut zu röten.

Etwas Sonnencreme würde nicht schaden.

Ich erinnerte mich daran, dass ich sogar eine Tube mit mir herumtrug: Als ich mir neulich eine Nachtcreme kaufte, schob mir die Verkäuferin ein Probepäckchen mit hohem Lichtschutzfaktor zu. Ich hatte es in meiner Handtasche verschwinden lassen und mir dabei noch gedacht, dass ich es ohnehin nicht bräuchte. Ich hatte die dunkle Haut meiner Mutter und bräunte schnell. Dafür wandte ich mich an Irma Heinrich, die noch immer in meiner Nähe stand und konzentriert Hassfeldts Rede zu verfolgen schien. »Frau Heinrich, die Ministerin bekommt Sonnenbrand.« Ich kramte die kleine Tube mit Sonnenschutz-Lotion aus meiner Tasche. »Wollen Sie ihr das vielleicht zukommen lassen?«

Irma Heinrich sah mich an, als hätte ich von ihr verlangt, sich hier inmitten aller Leute splitternackt auszuziehen und einen Purzelbaum zu schlagen.

»Das gehört nicht zu meinem Aufgabengebiet«, bemerkte sie spitz. Mir fehlten die Worte.

»Sind Sie nicht für die Betreuung der Ministerin hier?«, fragte ich, als ich die Sprache wiedergefunden hatte.

»Ja, in der Pause«, erklärte sie kurz angebunden. »Jetzt kann ich Sie nicht stören, die Frau Ministerin.«

»Also geben Sie ihr die Tube in der Pause?«

Laut Programm war zwischen Hassfeldts Ansprache und dem Vortrag der Justizministerin eine viertelstündige Unterbrechung geplant.

»Hören Sie«, begann Irma Heinrich und musterte mich wie eine Oberschullehrerin, die eine Schülerin zum Ausfragen an die Tafel zitiert hatte. »Wir sprechen hier von der Frau Justizministerin. Ich kann nicht so einfach zu ihr gehen und ihr den Rücken einschmieren, als wären wir beste Freundinnen am Badestrand. Das muss Ihnen doch klar sein.«

»Das heißt also, nur, weil sie die Justizministerin ist, können Sie sie nicht auf ihren Sonnenbrand aufmerksam zu machen?«, fasste ich ihre Aussage mit meinen Worten zusammen.

Irma Heinrich sagte nichts. Ich stellte fest, dass von ihr in dieser Hinsicht nichts zu erwarten war, und wandte mich an Arno Wendereich. »Pirschen Sie sich doch bitte an die Ministerin heran und geben Sie ihr die Sonnencreme.«

»Ich wüsste nicht, wie das gehen soll.«

»Ganz einfach: Sie bewegen sich in Richtung von Frau Dr. Hermann und geben ihr oder irgendeinem dieser schwarz gekleideten Security-Typen die Sonnencreme.«

»Ich halte das nicht für passend.«

Ich verdrehte die Augen. »Und warum bitte? Soll sie Sonnenbrand kriegen, weil Sie vor Ehrfurcht im Boden versinken?«

»Das hat nichts mit Ehrfurcht zu tun, sondern mit Respekt. Man kann eine Person wie sie nicht auf so etwas aufmerksam machen.«

Ich verdrehte zum zweiten Mal die Augen. Willkommen im rechtschaffenen Justizministerium und ein dreifaches Hurra auf all seine couragierten Mitarbeiter, die große Gesetze ausarbeiten, aber sich nicht trauen, ihre Chefin vor einem Sonnenbrand zu bewahren.

Hassfeldt beendete seine Rede, und ich sprintete los. Das war nicht einfach. Ich musste um diverse Journalisten und Fotografen Slalom laufen und kam dennoch nicht an die Ministerin heran. Umgeben von ihren Security-Leuten, bewegte sie sich auf das Gasthaus zu. Eine Vielzahl der Anwesenden folgte ihr. Auch ich reihte mich in die Menschenschlange ein. Im Gasthaus würde ich sicher ein Glas Wasser bekommen. Und eventuell konnte ich einem ihrer Bewacher die Tube zustecken.

Im Gasthof selbst war es eng, obgleich die Journalisten auf der Terrasse mit kühlen Getränken versorgt wurden. Zutritt in die Innenräume bekamen nur die Ministeriumsmitarbeiter und die übrige Prominenz. Auch ich durfte gnädigerweise hinein – Wieland gab den Security-Leuten ein kurzes Zeichen.

Drinnen war es dunkel, aber angenehm kühl. Ich sah Katharina Hermanns blonden Haarschopf in Richtung Damentoilette verschwinden.

Eine gute Gelegenheit. Ich drängte mich energisch durch die Anwesenden zum Toiletteneingang und wollte gerade die Türe aufstoßen, als sich mir eine große, schwere Hand auf die Schulter legte.

»Kein Zutritt.«

Einer der Securities versperrte mir den Weg.

»Bitte, was? Ich muss auf die Toilette!«

»Jetzt nicht. Die Ministerin ist gerade.«

Ich wurde ärgerlich – hauptsächlich deshalb, weil seine Hand noch immer auf meiner Schulter ruhte. Ich schüttelte sie ab und griff erneut nach der Klinke. »Es gibt dort mehrere Toiletten.«

»Hören Sie ...«

Was auch immer er mir im harschen Tonfall sagen wollte – er kam nicht dazu, denn die Türe öffnete sich einen Spalt und die Ministerin sagte: »Das ist okay. Lassen Sie sie herein.«

Ihr Bewacher machte gehorsam Platz.

Katharina Hermann stand am Waschbecken und tupfte sich mit einem feuchten Tuch die Stirn ab, als ich eintrat. Ihr ganzes Gesicht war gerötet.

»Kannst du die gebrauchen?« Ich reichte ihr die Sonnenlotion.

Sie nahm die Tube mit überraschtem Gesicht an sich und bedankte sich.

Ich lehnte mich gegen die gekachelte Wand und sah ihr zu, wie sie ihr Gesicht und die Arme eincremte. Die Kacheln waren angenehm kühl.

»Der Ort ist nicht unbedingt gut gewählt für eine Veranstaltung dieser Art«, sagte ich.

»Das ist noch vornehm ausgedrückt«, erwiderte sie. »Ich bin total zerstochen. Ich könnte Wieland erwürgen.«

Angesichts dieser absolut klaren und politisch unkorrekten Aussage konnte ich ein belustigtes Kichern nicht unterdrücken. Ihr wurde dadurch bewusst, mit wem sie gerade gesprochen hatte, und sie fügte hinzu: »Wenn Sie das in Ihrem Artikel zitieren, schaufeln Sie sich Ihr berufliches Grab.«

Ich kicherte erneut. Ich konnte sie jetzt, hier auf einer Toilette in einem Gasthof, der normalerweise niemals von einer Politikerin ihres Kalibers betreten worden wäre, einfach nicht ernst nehmen. Ich war selbst erstaunt, dass ich ihre Gegenwart ohne die innere Anspannung ertragen konnte, die mich noch bei unserem Zusammentreffen im *Park Hyatt* ergriffen hatte. Dann wurde ich ernst. Mir war der Gedanke gekommen, ihren Ärger auf Wieland, der als Presseattaché diesen öffentlichen Auftritt organisiert hatte, entsprechend ausnutzen.

»Immerhin wurde es mir von ihm jetzt zum ersten Mal gestattet, Sie zu begleiten. Zwei Wochen lang hat er Sie sorgfältig abgeschirmt. Das macht mir meine Arbeit nicht gerade leichter.«

Ich ging wieder dazu über, sie zu siezen, da es ihr offensichtlich in diesem Umfeld lieber war.

Sie drehte sich zu mir um. »Tatsächlich? – Ich habe mich schon gewundert, wo Sie sind. Wieland erklärte mir allerdings, Sie bräuchten ein wenig Zeit, um sich im Ministerium umzusehen und würden erst zu gegebener Zeit in meinem Umfeld auftauchen.«

Genauso hatte ich mir das vorgestellt. Wie gut, dass sich das jetzt ändern wird. Bye, bye, Wieland. Du wirst ab jetzt sicher höflicher mit mir umgehen.

»Nun, da hat Wieland offensichtlich etwas missverstanden«, sagte ich. Sie wandte sich wieder dem Spiegel zu und cremte ihr Dekolletee ein. Ich starrte auf die gerötete Haut auf ihrem Rücken, die unter dem geflochtenen Bändchen den Sonnenstrahlen ausgesetzt war.

»Du solltest dich auch hinten eincremen«, bemerkte ich. Es war schwierig, Ratschläge dieser Art an eine Person zu richten, die man siezte. Insofern musste ich Irma Heinrich fast Recht geben.

»Wenn ich Schlangenarme hätte, wäre das sicher kein Problem«, entgegnete sie, und ich entdeckte zum ersten Mal, dass sie Humor besaß. »Es sei denn, du wärst so freundlich ...?«

Auch sie hatte anscheinend Schwierigkeiten, beim Sie zu bleiben. Ich nahm ihr die Tube Sonnencreme ab und versuchte, mir die Verwunderung über ihr Ansuchen nicht anmerken zu lassen.

Ich trat hinter sie und betrachtete die modische Konstruktion ihrer Jacke. »Also, ähm, ich glaube nicht, dass ich durch diese Maschen —«

Sie unterbrach mich. »Sei bitte nicht so umständlich. Du kannst mit deinen Händen unter das Jackett fahren und ...«

Als sie das Grinsen sah, dass sich angesichts ihrer Worte auf meinem Gesicht breit machte, wurden ihre Lippen schmal. Sie fand die Anzüglichkeit, derer sie sich jetzt erst bewusst zu werden schien, offensichtlich keineswegs lustig.

»Mach schon!«, herrschte sie mich an. Ihr Tonfall überraschte mich.

Endlich. Kein aalglattes Verhalten inklusive Dauerlächeln mehr. Endlich habe ich einen Menschen vor mir, keine Politikerin.

»Bitte«, sagte ich deshalb amüsiert, beschloss dann aber, ihr die Peinlichkeit dieser Situation zu nehmen. Ich hatte eigentlich kein Problem damit, einer anderen Frau den Rücken einzucremen und mir noch nie irgendwelche Gedanken gemacht, wenn ich von anderen Frauen darum gebeten wurde. Aufgrund meines Wissens über Katharina Hermanns sexuelle Orientierung war es in diesem Fall anders.

»Ich finde dein neues Gesetz im Übrigen gut gemeint, aber sinnlos«, ließ ich sie wissen, während ich versuchte, mit meiner von Sonnencreme beschmierten Hand unter ihr enges Jackett zu gelangen – eine Unmöglichkeit, wie ich bald feststellte.

»Ich glaube, Sie müssen sich ausziehen, Frau Ministerin.«

Ich war überrascht, dass sie meiner Aufforderung Folge leistete. Wortlos legte sie ihr Jackett über den Händetrockner. Sie stand nun in trägerlosem dunkelblauen Satin-BH vor mir und vermied es, mich anzusehen. Es war ihr unangenehm. Aber noch unangenehmer war ihr der Sonnenbrand.

»Bereits in der Einführungsveranstaltung für Kriminalsoziologie erfährt man, dass es nichts bringt, Kriminelle und Triebtäter mit hohen Strafen abzuschrecken«, fuhr ich fort. Es war besser, über etwas Sachliches zu reden, während ich die Sonnencreme jetzt auf Katharinas entblößtem Rücken verteilte. »Denn gewöhnlich geht ein Straftäter immer davon aus, dass er nicht erwischt wird und seine Tat folglich ungesühnt bleibt. Selbst im Mittelalter, wo die Strafen bekanntlich auch im Abendland besonders hart waren, gab es eine Vielzahl von Gaunern, Mördern und Dieben. So, fertig.«

Ich schraubte die Tube zu, stellte dann aber fest, dass sie fast leer war, und warf sie in den Papierkorb.

»Vielen Dank für diese umfassende Abhandlung, Frau Lackner.« Katharina Hermann zog sich wieder an. »Natürlich haben wir diese Faktoren nicht bedacht, als wir das Strafmaß verschärften.« Ihre Stimme triefte vor Spott, doch das Flackern in ihren Augen verriet mir, dass sie mir meine Worte nicht übel nahm.

Es klopfte an die Tür. »Frau Ministerin, entschuldigen Sie die Störung, aber die Pause ist fast vorüber«, hörte ich von draußen Irma Heinrichs Stimme.

»Ich komme gleich«, erklärte Katharina Hermann mit lauter Stimme. Als sie an der Tür war, drehte sie sich nochmals zu mir um.

»Und wird Frau Lackner jetzt schreiben, dass die Hochsetzung des Strafrahmens politischer Nonsens ist?«

»Genau das wird Frau Lackner schreiben«, erwiderte ich. »Und Theresa wird außerdem in ihrem Artikel auch von Ihrem Sonnenbrand erzählen.«

»Wenn Sie das für ein so spannendes Thema halten«, meinte die Ministerin und lächelte amüsiert, ehe sie verschwand.

Was sie nicht ahnte, war, dass es mir damit völlig ernst war.

Das Spiel beginnt

Der Tag war ungewöhnlich heiß für Ende August. Wie ein drückender Schleier hatte sich die Hitze über ganz Ostbayern gelegt. Die Freibäder waren überfüllt und an den Ufern des einzigen Badesees nahe der Ortschaft, in der Theresa wohnte, lagen die Handtücher, Badematten und Luftmatratzen dicht an dicht.

Theresa war in der Früh von einem ehemaligen Schulfreund gefragt worden, ob sie ihn zum Baggerweiher begleiten wolle. Sie hatte Hannes absagen müssen. Es war zwar Samstag, auch bei der Zeitung ein freier Tag, doch sie hatte keine Zeit, um in der Sonne zu liegen und im Wasser zu planschen. Außerdem konnte es ihr Freund Martin nicht ausstehen, wenn sie sich allein mit anderen Männern traf. Auch dann nicht, wenn es sich um ehemalige Klassenkameraden handelte.

Theresa fand das zwar lächerlich, doch Martin beharrte darauf, Frauen hätten nur mit Frauen eng befreundet zu sein. Eine Freundschaft zwischen Mann und Frau sei insgeheim immer mit sexuellen Wünschen verbunden. Immer wieder versuchte Theresa ihm zu erklären, dass sie mit den Mädchen aus ihrer Klasse nicht viel anfangen konnte und schon immer eher mit Männern befreundet war. Da keiner von beiden die Meinung des anderen verstehen konnte, vermieden sie dieses Thema. Noch während der Schulzeit war Theresa dazu übergegangen, Martin nichts von den Treffen mit männlichen Schulfreunden zu erzählen. Dass er trotzdem davon erfuhr, war damals so gut wie ausgeschlossen: Er war zwei Jahre älter als sie und studierte jetzt in München Medizin. Nach Hause kam er seither nur an den Wochenenden und in den Semesterferien.

Sie waren seit sechs Jahren zusammen. Theresa war damals gerade 15 Jahre geworden, ging in die 9. Klasse des Gymnasiums, als eines Tages im Schulhof Martin Rasch auf sie zu kam und mit ihr ein belangloses Gespräch über den unbeliebtesten Mathe-Lehrer der Schule begann. Theresa war überrascht, als er sie ansprach. Er war zwei Klassen über ihr, und bis zu diesem Tag kannten sie sich lediglich vom Sehen. Martin Rasch war der Sohn von Holger Rasch, dem Architekten. Er wohnte im selben Ort wie Theresa, und da der Ort nicht groß war, lief man sich ständig über den Weg: beim Metzger, im Supermarkt, im Freibad und bei diversen festlichen Anlässen wie der Einweihung des neuen Feuerwehrhauses oder beim alljährlichen Weihnachtsmarkt. Bis zu diesem Tag, an dem er sie im Pausenhof ansprach, hatten Martin und sie allerdings kaum mehr zueinander gesagt als Hallo.

Von da ab sprach er sie jedes Mal an, wenn sie mit ihren Klassenkameraden im Pausenhof stand. Meist redeten sie über die Schule und die Lehrer. Irgendwann fragte er sie dann, ob sie ihn zu der Sommer-Schulparty begleiten wolle. Die Party fand jedes Jahr im Anschluss an das Sommerkonzert des Schulchors in der Aula und auf dem Pausenhof des Gymnasiums statt. Im vergangenen Jahr hatte sich Theresa dort bereits um 22 Uhr so gelangweilt, dass sie ihren Vater bat, sie abzuholen. Sie hatte weder Lust zu tanzen noch zu knutschen, und ihre erste Zigarette hatte sie bereits ein paar Wochen zuvor auf der Mädchentoilette geraucht. Und die eine hatte ihr gereicht, auch wenn sie von den rauchenden und als »hip« geltenden Mädchen ihrer Klasse nun als »völlig uncool« abqualifiziert wurde. Es war eine schwierige Zeit für Theresa. Sie fühlte sich weder den Tussis zugehörig, die während des Unterrichts BRAVO lasen und andauernd in unkontrollierte Kicheranfälle ausbrachen, noch den grauen Mäusen, die ihre Nase nur in Schulbücher steckten, Birkenstock-Sandalen und weit geschnittene Leinenhosen trugen. Allerdings war ihre größte Sorge, zur Birkenstock-Fraktion gezählt zu werden – auch wenn bezüglich ihrer Kleidung hierfür nicht der geringste Anlass bestand: Chiara Lackner liebte es, ihre hübsche Tochter mit den neuesten Kleidern auszustatten.

Jungen hatten Theresa in ihrem Leben bislang nicht gefehlt. Sie fand den Sohn des ortsbekannten Architekten nett und vorzeigbar. Er war kein Draufgänger-Typ, er gehörte nicht zur angesehenen Sportler-Clique ihrer Schule – aber er war intelligent, belesen und äußerst musikalisch. Martin Rasch spielte nicht nur Violine im Schulorchester, sondern sang auch noch im Schulchor und im

Vokalensemble, einem kleinen Kreis von überdurchschnittlich begabten Sängern, die die Bereitschaft zu bedingungslosem Einsatz für die musikalische Ausbildung an der Schule – auch an den Nachmittagen – mitbringen mussten. Martin Rasch sang mit Inbrunst Tenor. Obwohl mit seiner hellen Haut, den dunkelblonden Schneckchen-Locken, der Nickelbrille auf der kleinen, viel zu stupsig wirkenden Nase und der schlaksigen, hoch gewachsenen Figur rein äußerlich sicher kein Teenie-Schwarm, war er an der Schule doch bekannt, beliebt und von einigen Mädchen aus dem Schulchor sogar heiß begehrt.

Sie trafen sich vor dem Schulgebäude. Martin war von Theresa in ihrem weißen, eng anliegenden Sommerkleid mit den Spaghetti-Trägern und ihren damals fast bis zum Steißbein reichenden schwarzen Locken hingerissen und machte ihr den ganzen Abend über Komplimente. Theresa fühlte sich wie auf Wolken. Noch nie zuvor hatte ihr ein Mann gesagt, dass sie hübsch war, dass ihr Haar gut roch. Sie fühlte sich zum ersten Mal in ihrem Leben begehrt. Sie genoss die neidischen Blicke ihrer Klassenkameraden, als sie mit Martin eng umschlungen zu einem Schmusesong tanzte. Endlich war sie nicht mehr nur die Chefarzttochter mit den guten Noten, neben der jeder sitzen wollte, wenn es um die nächste Lateinklausur ging. Endlich war sie Theresa, eine südländische Schönheit mit brauner Haut und wallendem Haar, die von ihren Mitschülerinnen mit Neid, von den Mitschülern mit Bewunderung angesehen wurde.

Eine halbe Stunde bevor ihr Vater sie abholen wollte, gingen Martin und sie nach draußen, verzogen sich in eine dunkle Ecke des Schulhofes und knutschten. Punkt 24 Uhr stieg Theresa zu ihrem Vater ins Auto und bemerkte auf seine Nachfrage hin, die Party sei »ganz nett« gewesen. Kurz darauf stand sie ihrer Mutter gegenüber, die in sarkastischem Tonfall bemerkte, Theresa solle doch künftig darauf achten, dass ihr Make-up nicht derart außer Form geriete. Vom Knutschen sei ihr Lippenstift ganz verwischt. Theresa hätte sie am liebsten erwürgt. Leider musste sie sich bei einem Blick in den Spiegel eingestehen, dass ihr nicht gerade sparsam aufgetragener Lippenstift durch Martins Küsse tatsächlich auf Stellen ihres Gesichts verteilt worden war, an denen er nichts verloren hatte.

Von da an gingen sie offiziell miteinander. Zwei Monate später begannen sie, miteinander zu schlafen. Zuvor hatte Chiara Lackner ihre Tochter allerdings zum Frauenarzt geschleppt und dafür gesorgt, dass ihr die Pille verschrieben wurde. Es war nicht nur für Theresa das erste Mal, sondern auch für Martin. Sie war auch seine erste Freundin.

Jetzt, an diesem heißen Sommertag sechs Jahre später, saß sie bei Martins Familie auf der Terrasse und versuchte tapfer, das Stück Schokoladentorte zu bewältigen, das ihr soeben aufgetischt worden war. Eigentlich war sie noch vom Mittagessen gesättigt. Hier hatte ihr Martins Mutter den Teller mit Schweinekoteletts, verschiedenen Grillsaucen, Pommes frites, Tomaten-, Gurken- und Krautsalat vollgeladen. Das war vor zwei Stunden gewesen.

Theresa schob den zweiten Bissen Schokoladentorte in ihren Mund, kämpfte gegen die aufkommende Übelkeit und fragte sich, warum bei Raschs jede Familienfeier in ein Fressgelage ausarten musste und warum sie anscheinend die einzige war, die diese Mengen an Essen nicht genüsslich in sich hineinschaufeln konnte. Martins Eltern, Holger Raschs Bruder Heinrich, der am selben Ort eine Baufirma besaß, und dessen Frau Gerda verzehrten bereits das zweite Stück Torte. Auch Martin schielte bereits nach dem Gugelhupf, der neben der Torte ebenfalls zum Kaffee serviert wurde.

Theresas Mutter kochte entweder gar nicht – dann musste sich jeder selbstständig mit dem versorgen, was der Kühlschrank noch hergab –, oder servierte einmal am Tag ein Essen, das aus einem zarten Stück Pute oder Huhn ohne Fettrand und einem gemischten Salat bestand. Manchmal ließ sie auch die Haushälterin kochen; allerdings nicht, ohne ihr strikte Anweisungen zu erteilen. Das hieß: prinzipiell nichts mit viel Fett, keine Mehlspeisen und nicht mehr als eine Beilage. Und auf keinen Fall im Übermaß. Theresa war es daher gewohnt, wenig zu essen, ohne jedoch jemals hungrig vom Tisch aufgestanden zu sein. Kulinarische Orgien wie bei Raschs gab es im Haus ihrer Eltern selbst dann nicht, wenn Gäste da waren.

Doch Christa Rasch war nicht Chiara Lackner. Unterschiedlicher hätten die beiden Frauen nicht sein können: Während Theresas Mutter auf ihre Figur und ihr äußeres Erscheinungsbild sehr bedacht war, trug Christa Rasch Größe 46 und sah zehn Jahre älter aus, als sie tatsächlich war. In Theresas Augen wirkte sie mit dem bereits ergrauten Haar, das sie stets zu einem lockeren Dutt hochgesteckt trug, wie eine übergewichtige Großmutter. Auch Holger Rasch und sein Bruder hatten einige Kilo zu viel auf den Rippen. Heute, da der Architekt bei der Familienzusammenkunft im heimischen Garten auf ein Jackett, das ihm im Berufsalltag stets ein herrisches Aussehen verlieh, verzichtet hatte, wölbte sich sein Bauch unter einem viel zu eng anliegendem T-Shirt deutlich hervor. Theresa hatte diesen Anblick nicht das erste Mal vor sich, fragte sich aber trotzdem wieder einmal mit skeptischem Seitenblick auf Martin, ob ihr Freund später auch einmal die Ausmaße seiner Eltern annehmen würde. Dieser Gedanke jagte ihr trotz der Hitze einen kalten Schauder über den Rücken. In der Tat war Martins Tante Gerda abgesehen von Theresa die einzig Schlanke am Tisch. Sie spachtelte zwar genauso wie ihre angeheiratete Verwandtschaft, aber Theresa wusste mittlerweile, dass sich Martins Tante nach jedem Essen die Seele aus dem Leib kotzte. Gerda Raschs Bulimie war ein beliebtes Thema von Christa Rasch, sobald sich die Türe hinter Schwager und Schwägerin geschlossen hatte.

»Schade um das schöne Essen«, pflegte sie nach solchen Familienzusammenkünften stets zu sagen. »Landet ja doch alles in der Toilette.« Dann sah sie Theresa immer auffordernd an und schob nach: »Ist es nicht so, Theresa?«

Theresa hatte anfangs versucht, Christa Rasch zu erklären, dass Bulimie eine Erkrankung war, die aus psychischen Problemen und geringem Selbstwertgefühl resultierte, und dass eine Therapie die einzige Chance auf Heilung war. Doch nachdem Christa Rasch zweimal mit einer abfälligen Handbewegung erwidert hatte, das sei ja alles Blödsinn und Gerda bräuchte sich »nur ein wenig zusammenzureißen«, sah Theresa jede Diskussion als zwecklos an.

Je häufiger sie ein derart opulentes Mahl bei Raschs einnehmen musste, desto öfter verspürte sie danach das Bedürfnis, Gerda Rasch auf die Toilette zu folgen und sich ebenfalls den Finger in den Mund zu stecken – aus heilloser Übersättigung.

Es war Holger Raschs 47. Geburtstag, der an diesem Tag gefeiert wurde. Da die Raschs nichts mehr liebten als kleine Familienzusammenkünfte mit viel Essen, bedeute Feiern: von mittags um zwölf bis mindestens elf Uhr nachts, um einen Tisch herum sitzen. Zwischen Mittagessen, Kaffeepause und Abendessen war es den Gästen allenfalls gestattet, auf die Toilette zu gehen, Christa Rasch beim Abräumen zu helfen oder – an heißen Sommertagen wie diesem – in den kleinen Swimmingpool zu hüpfen, den sich Raschs vor drei Jahren im Garten angelegt hatten. Theresa musste zugeben, dass sie den Familienfeiern bei Martins Familie seit der Existenz des Pools ein wenig mehr abgewinnen konnte als zuvor. Zumindest gab es die Aussicht, sich im kühlen Nass zu erfrischen und dem Geplauder der Tischgesellschaft eine Weile zu entkommen.

Für Theresa war nämlich nicht nur das viele Essen ungewohnt, sondern auch das rege Geplauder. Bei ihr zu Hause verliefen die Gespräche zu Tisch eher schleppend. Allenfalls gab Chiara Lackner ein paar neue Klatschgeschichten aus dem Golfclub zum besten oder erzählte von der letzten Shopping-Tour in München. Chiaras Vater kommentierte ihre Erzählungen lediglich mit einem freundlichen Brummeln, Theresa schwieg und Tommi fiel dadurch auf, dass er an den unpassendsten Stellen von Chiara Lackners Erzählungen über die Qualität der aufgetischten Diätlimonade oder das Nichtvorhandensein eines kohlensäurearmen Mineralwassers zu philosophieren begann. Meistens arteten diese Episoden in einen Streit aus. Chiara Lackner beklagte, dass Mann und Sohn sich nicht für sie und ihr Leben interessierten. Schon oft war es vorgekommen, dass sie nach einem kurzen hitzigen Ausbruch mit Tränen der Wut vom Tisch aufgesprungen und in ihr Schlafzimmer geeilt war. Das war der Punkt, an dem Theresa stets mit einem resignierten Seufzen ihr Essen ebenfalls zur Seite schob, Vater und Bruder einen vorwurfsvollen Blick zuwarf und sich zu ihrer Mutter begab, um sie zu beschwichtigen und den Rest der Erzählung anzuhören. Aus diesem Grund war Theresa fast schon erleichtert, wenn ihr Vater mittags im Krankenhaus war, ihre Mutter einen Obsttag einlegte und Tommi im Wohnzimmer vor dem Fernseher eine aufgebackene Fertigpizza verschlang.

Auch bei Raschs wurde ab und zu heftig gestritten. Allerdings rannte hier niemand tränenüberströmt weg. Die Debatten drehten sich um kleine Details, z.B. ob es an Holgers und Christas Hochzeit vor 25 Jahren Reh- oder Hirschbraten gegeben hatte oder ob die Busfahrt von Heinrich und Gerda im Sommer vor fünf oder vor sechs Jahren an die Amalfi-Küste gegangen war. Jeder beanspruchte bei diesen lautstarken Auseinandersetzungen das beste Erinnerungsvermögen für sich, und Theresa staunte jedes Mal wieder, weshalb man sich über solche Nebensächlichkeiten überhaupt den Kopf zerbrechen wollte.

Martin verstand Theresas Verwunderung nicht. Für ihn waren diese Diskussionen selbstverständlich und keinesfalls nebensächlich. Er begriff auch nicht, weshalb Theresa so wenig über ihre Familie sprach. In sechs Jahren war es zweimal vorgekommen, dass Theresa mitten in der Nacht zu ihm gefahren war. Sie lag dann neben ihm im Bett, sagte kein Wort, aber aus ihren Augen strömten lautlose Tränen wie Sturzbäche. Er hatte es aufgegeben, nach dem Grund zu fragen, da er nie eine Antwort bekam. Er hatte keine Ahnung, was da vor sich ging.

Chiara Lackner begrüßte ihn jedes Mal mit herzlicher Überschwänglichkeit, die er auf ihre italienische Herkunft zurückführte, und mit Reinhard Lackner hatte er schon manches Bierchen getrunken. Theresas Vater war es ja auch gewesen, der ihn darin bestärkt hatte, Medizin zu studieren, und daher war der Chefarzt sein geheimes Vorbild geworden. Geheim deshalb, weil er seinen Vater nicht enttäuschen wollte – hatte dieser doch nur schwer einsehen können, dass sein einziger Sohn kein Interesse an der Übernahme des Architektenbüros hatte. Längst stand für Martin fest, dass er Chirurg werden wollte – genauso wie der Vater seiner Freundin.

Theresa hatte den letzten Bissen Schokotorte bezwungen. Ihr war schlecht und der Bund ihres Rocks spannte um ihre schmale Taille. Gerade noch konnte sie verhindern, dass Christa Rasch ihr ein Stück Gugelhupf auf den Teller legte. Sie schielte in Richtung Pool, fühlte sich aber im Augenblick noch zu voll, um sich zu erheben. Holger Rasch lobte Christas selbst gebackenen Kuchen, Heinrich Rasch schenkte sich eine vierte Tasse Kaffee ohne Milch und Zucker ein und seine Frau erkundigte sich nun, wie es denn ihr, Theresa, bei der Zeitung ginge. Ob sie denn auch schon einen Artikel geschrieben hätte.

Theresa konnte sich nur mühsam beherrschen – hatte sie doch seit Beginn ihres Praktikums unzählige Artikel verfasst, die alle unter ihrem Namen in der Regionalzeitung erschienen waren. Sie wusste, dass auch Heinrich und Gerda Rasch die Zeitung am Frühstückstisch liegen hatten. Quasi jeder im Dorf las das Blatt. An Gerda Rasch gingen die Berichte aus der Region Ostbayern sowie aus dem gesamten Landkreis anscheinend spurlos vorüber. Sie las wohl ausschließlich die wenigen Seiten über ihre Ortschaft.

Theresa erzählte höflich von ein paar Themen, über die sie geschrieben hatte, und genoss auf einmal die volle Aufmerksamkeit von Martins Familie. Der Alltag bei einer Zeitung war Neuland für die Raschs. Sie hatten reges Interesse an Theresas Tätigkeit und stellten viele Fragen, von denen Theresa wusste, dass ihr Vater sie aus dem Stegreif hätte beantworten können – und zwar, ohne je bei einer Zeitung gearbeitet zu haben. »Und wie kommen die Artikel auf die Zeitungsseiten?« »Hast du eine Vorgabe, wie lang der Artikel sein darf?« »Ich finde es ja bewundernswert, dass du einfach so drauflos schreiben kannst«, sagte Gerda Rasch. Ihre Begeisterung war ehrlich. »Ich muss schon überlegen, wenn ich aus dem Urlaub eine Postkarte schreibe.«

Deshalb werde ich eine erfolgreiche Journalistin und du bleibst immer nur die Frau vom Chef der Baufirma Rasch, dachte sich Theresa und lächelte höflich. Das Herumsitzen machte sie nach einiger Zeit nervös. Zumal sie gedanklich bei der Deutschen Bundesbahn war. Noch immer war das Thema über die Einstellung der Bahnlinie aktuell. Sie war inzwischen diejenige in der Redaktion, die sich am besten damit auskannte und deshalb die gesamte Berichterstattung übernommen hatte. Am Montag würde sie zum wiederholten Male ein Gespräch mit dem Landrat haben. Diesmal ging es darum, ob der Landkreis die notwendigen finanziellen Mittel für einen Schienenersatzverkehr zur Verfügung stellen würde.

»Deine zukünftige Frau wird noch eine ganz fleißige Zeitungsschreiberin«, sagte Heinrich Rasch zu Martin, der noch immer Gugelhupf aß.

»Hmm, so fleißig, dass sie jetzt kaum mehr Zeit für mich hat«, brummte Martin. »Nicht wahr, Tessa?«

Theresa wurde ärgerlich. Nicht nur, dass sie die Bezeichnung

»Zeitungsschreiberin« sehr geringschätzig fand. Auch die Selbstverständlichkeit, mit der wieder einmal davon ausgegangen wurde, dass sie und Martin heiraten würden, ging ihr auf die Nerven. Sie kam sich angesichts dieser Familienplanung jedes Mal überrollt vor. Schließlich hatte sie erst vor kurzem ihren 22. Geburtstag gefeiert. An Heirat wollte sie jetzt noch nicht denken.

Und musste Martin ihre Probleme hier im Kreise seiner Eltern, Tante und Onkel anschneiden? Sie hatten an den vergangenen Wochenenden schon viel darüber diskutiert. Er hatte ja Recht: Selbst am Wochenende war sie zeitweise unterwegs oder saß in ihrem Zimmer am Computer, um die Reportage für die nächste Woche zu tippen. Das nächste, was ihr die Laune verdarb, war, dass er sie »Tessa« nannte. Der alte Kosename war allein ihrer Familie vorbehalten. Ihr Bruder hatte als Kleinkind ihren Namen lange nicht richtig aussprechen können. »Tessa« war das, was bei seinen ersten Versuchen herauskam. Tommi nannte sie noch immer so, ihre Eltern hin und wieder. Seit Martin das zufällig mitbekommen hatte, benutzte auch er diesen Kosenamen. Während es sie bei Tommi und ihren Eltern allerdings nicht störte, mochte sie von ihm nicht so genannt werden. Martin war ihr Freund, nicht ihr Bruder.

Theresa verzichtete darauf, jetzt und hier eine Diskussion zu beginnen. Es hätte sie ohnehin keiner verstanden.

Als Martin ihr vorwarf, sie hätte keine Zeit mehr für ihn, sagte sie deshalb nur schulterzuckend: »Es ist nicht einfach.« Sie hoffte, damit sei das Thema vom Tisch, und hatte Glück: Christa Rasch begann, den Kaffeetisch abzuräumen. Theresa erhob sich und war dankbar, dass sie sich ein wenig Bewegung verschaffen konnte, indem sie ihr half. Martins Mutter protestierte freilich, doch im Grunde erwartete sie, dass sie ihr zur Hand ging, da war sich Theresa sicher.

Theresas Verhältnis zu Christa Rasch war gespalten: Einerseits mochte sie sie. Martins Mutter war herzlich, meistens gut gelaunt, sie lachte viel und strahlte Wärme aus. Andererseits war ihre eventuell künftige Schwiegermutter der Prototyp der ostbayerischen Hausfrau: Jeden Tag putzte sie das Haus von oben bis unten, alle zwei Wochen wurden sogar die Fenster geputzt. Natürlich war Christa Rasch nicht berufstätig, wies aber stolz darauf hin, dass sie ja in der Firma ihres Mannes beschäftigt sei. Theresa hatte schnell durchschaut, dass diese Beschäftigung nur auf dem Papier bestand und dazu diente, Christa Rasch eine eigenständige Rente zu sichern. In Wahrheit ließ sich die Architektenfrau nur ein- bis zweimal im Monat im Büro ihres Mannes sehen.

Als Fünfzehnjährige hatte Theresa einmal erzählt, dass es bei ihnen zu Hause auch mal nur eine große Salatschüssel zu Mittag gebe. Christa Rasch war entsetzt, und Theresa vermutete, dass sie die Urheberin des im Dorf kursierenden Gerüchts war, dass Chiara Lackner ihre Familie hungern ließ.

»Nein, nur einen Salat, das würde mein Holger nie akzeptieren!«, hatte Christa Rasch damals ausgerufen und hinzufügt: »Ein Mann braucht eine richtige Mahlzeit.«

Theresa dachte des Öfteren an diesen Satz. Er löste bei ihr jedes Mal das ungute Gefühl aus, Christa Rasch erwarte von ihr eine entsprechende Versorgung für ihren Sohn. Theresa hatte allerdings keinesfalls vor, opulente Mahlzeiten zuzubereiten, während Martin als Arzt Karriere machte.

Christa Rasch war eine große Sammlerin: Sie sammelte kleine Porzellanhäuschen, in denen man Kerzen aufstellen konnte, Glasfiguren und Silberteller. Das Wohnzimmer der Raschs war voll davon. Und immer wieder kam ein neues Porzellanhäuschen, eine Glasfigur oder ein seltener Silberteller hinzu. Dann führte Christa Theresa ins Wohnzimmer und zeigte ihr stolz das neu erworbene Stück. Theresa konnte sich weder für die Porzellanhäuschen begeistern noch den Glasfiguren und Silbertellern etwas abgewinnen, doch sie zeigte nach Kräften Interesse. Für Christa Rasch war das Balsam für die Seele. Ihr Mann ließ ihr zwar ihr Hobby, schenkte ihm aber wenig Beachtung. Und Martin konnte sich ein paar flegelhafte Bemerkungen nicht verkneifen, wenn seine Mutter mit dem 121. Silberteller ins Haus kam.

»Wenn man wenigstens davon essen könnte!«, lautete sein lakonischer Kommentar. Christa Rasch sah in Theresa deshalb eine Seelenverwandte, und ihr Lieblingssatz war: »Wenn ich mal sterbe, wird Theresa meine Sammlungen bekommen. Die weiß sie wenigstens zu schätzen.«

Martin kannte Theresa besser und hatte, sobald sie alleine waren, schon oft zu ihr gesagt: »Sei doch wenigstens mal ehrlich und tu nicht so, als könntest du diesen Sachen wirklich etwas abgewinnen. Du siehst ja, was dabei herauskommt: Irgendwann werden wir uns mit diesem ganzen Krempel herumschlagen müssen. Wenn du gleich sagst, es interessiert dich nicht, wird sie das Zeug unter ihren Sammlerfreunden verteilen und wir sind den Ärger los.«

»Du weißt doch, wie sie daran hängt«, sagte Theresa dann nur. »Warum sollen wir ihr unnötig das Herz brechen?«

»Du und dein Zwang zur Harmonie«, erwiderte Martin dann kopfschüttelnd. Er konnte nicht begreifen, weshalb seiner Freundin das Wohlbefinden seiner Mutter so am Herzen lag. Was machte es schon, wenn man ihr klipp und klar sagte, das Sammeln sei nun mal ihr Hobby und man selbst interessiere sich nicht dafür? Dann wäre sie vielleicht kurze Zeit eingeschnappt, doch bald darauf würde sie sich beruhigen und das Thema wäre für immer vom Tisch.

Auch an diesem Tag führte Christa Rasch Theresa ins Wohnzimmer. Sie hatte – ganz günstig, wie sie beteuerte – eine Porzellankirche für ihr Porzellanhäuschen-Dorf erstanden, das sie kunstvoll auf der großen gekachelten Oberfläche des Kamins aufgebaut hatte. Sie wollte Theresa gerade im Detail beschreiben, wo und wie sie das Stück gekauft hatte, als Martin hereinkam und ankündigte, er werde jetzt in den Pool springen. »Hast du auch Lust, Tessa?«

Theresa war froh um die Möglichkeit, seiner Mutter zu entkommen, schlüpfte schnell in Martins Zimmer in ihren Bikini und sprang vom Beckenrand in das kühle Nass. Dennoch fühlte sie sich angespannt. Während sie Martin mit den Füßen Wasser ins Gesicht spritzte und dann spielerisch vor ihm flüchtete, um nicht getaucht zu werden, kreisten ihre Gedanken schon wieder um die Bundesbahn, den Landrat und den Pressesprecher der Ortsgruppe der Grünen, der alles darauf anlegte, in ihrem Artikel als Schützer von Natur und Umwelt zitiert zu werden und für seine Partei Werbung zu machen.

Sie hatte sich gerade aus Martins sanfter Umklammerung unter Wasser befreit und war wieder aufgetaucht, um an der Oberfläche kräftig Luft zu holen, als Christa Rasch über den Rasen auf sie zu eilte. Sie hielt Theresas klingendes Handy in der Hand.

In der Vermutung, dass ihre Mutter sie sprechen wollte,

schwamm sie rasch zum Beckenrand. Das Display hatte einen anonymen Anruf angezeigt – wie auch immer dann, wenn vom Apparat ihrer Eltern aus angerufen wurde.

Doch es war nicht ihre Mutter. Und auch nicht ihr Vater. Es war Katharina Hermann. Sobald die Anruferin ihren Namen genannt hatte, begriff Theresa, worum es ging. Sie hatte mit diesem Anruf gerechnet. Jeden Tag hatte sie erwartungsvoll und besorgt zugleich auf das Display geschaut, wenn das Handy klingelte. Es war ihr so klar gewesen, dass sich die Landtagsabgeordnete irgendwann bei ihr melden würde. Sie hatte in Gedanken oft durchgespielt, wie eine erneute Begegnung oder ein Telefongespräch mit ihr ablaufen könnte. Sie hatte sich genau überlegt, was sie sagen würde. Sie wusste, was sie wollte. Und sie war sich im Klaren darüber, dass es ein äußerst heikles Gespräch werden würde.

Dass sie der ersehnte Anruf auf der Familienfeier ihres Freundes erreichte, passte ihr ganz und gar nicht.

»Rufen Sie doch später wieder an«, versuchte sie die Anruferin nach Namensnennung gleich abzuhängen. Christa Rasch und Sohn Martin standen nämlich mit gespitzten Ohren in ihrer Nähe. Es würde sich nicht vermeiden lassen, Klartext zu reden. Dafür brauchte sie keine Zeugen.

»Nein!« Katharina Hermanns Stimme klang schneidend. »Wir müssen uns unterhalten. Sofort. Sie wissen, worum es geht. Sie werden sich jetzt Zeit nehmen, jetzt sofort. Wir werden uns treffen.« Sie nannte einen Parkplatz auf der Strecke zwischen Theresas Dorf und der Kreisstadt. »Ich werde Sie dort erwarten. Seien Sie in einer halben Stunde da. Es ist in Ihrem Interesse, dass Sie dort erscheinen.«

Sie legte auf.

Theresa starrte auf das Handy. In ihrem Kopf überschlugen sich die Gedanken. Keine Frage, sie musste zu diesem Treffpunkt. Sie wollte endlich ihren Vorteil aus dem Wissen ziehen, dass sie seit ihrem Besuch in Katharina Hermanns Wohnung hatte. Gleichzeitig wusste sie, dass man es ihr äußerst übel nähme, wenn sie plötzlich aufbrechen würde. Doch sie hatte keine Wahl.

»Ich muss weg«, sagte sie zu dem verdutzten Martin und seiner nicht minder überraschten Mutter. Sie gab keine Erklärung. Sie trocknete sich ab und hastete in Martins Zimmer, um in ihre Kleider zu schlüpfen. Gerade hatte sie sich ihr Trägerhemd über den Kopf gezogen, als Martin mit nasser Badehose eintrat.

»Sag mal, Tessa, was soll das? Wieso musst du weg? Und wohin?«

Sie bürstete sich ihr nasses langes Haar und suchte nach einer Erklärung, die passend schien und ihren plötzlichen Aufbruch rechtfertigte. Sie konnte ihm nicht sagen, was los war. Sie hatte ihm nichts von Katharina Hermann und dem Foto erzählt. Sie hatte niemandem davon erzählt.

»Ein Notfall bei der Zeitung«, erwiderte sie schließlich und steckte ihre nassen Locken mit einer breiten Haarspange zusammen.

»Was für ein Notfall?«, wollte Martin wissen und war völlig verwirrt. Es war doch Samstag; die Redaktion war geschlossen. Und wieso war seine Freundin, die dort ja nur Praktikantin war, auf einmal so unentbehrlich, dass sie wegen eines Notfalls kontaktiert wurde?

»Ich erkläre dir später alles «, erwiderte Theresa, packte ihre Tasche und war schon auf dem Weg nach unten und nach draußen.

Der Parkplatz lag abseits der Straße. Eine dichte Hecke von Eibensträuchern diente als Sichtschutz zwischen der Kreisstraße und dem Parkplatz. Keiner würde sie sehen.

Was ist, wenn sie mich umbringt, ging es Theresa durch den Kopf, als sie ihren Wagen auf den einsamen Parkplatz lenkte. Auch das würde hier niemand sehen.

Doch sie verwarf den Gedanken sogleich. Es war blödsinnig, so etwas zu denken. Katharina Hermann strebte eine große politische Karriere an. Das ließ sich mit einer Verurteilung wegen Mordes nicht gut verbinden.

Die Sonne brannte unerbittlich auf den Teer. Theresa blieb fünf Minuten im Wagen sitzen, stieg dann aber aus. Ihr Auto hatte keine Klimaanlage. Es vergingen weitere fünf Minuten, dann rollte ein großer dunkler BMW vor. Theresa erkannte die Frau am Steuer. Ihr Herz klopfte bis zum Hals.

Die Landtagsabgeordnete hielt mit quietschenden Reifen, sprang aus dem Wagen und schritt hastig auf Theresa zu. Sie trug trotz der Hitze und dem Umstand, dass Wochenende war, ein vollständiges, allerdings ärmelloses Kostüm. Auf ihren hohen Absatzschuhen wirkte sie größer, als sie in Wahrheit war, und baute sich jetzt wie eine Riesin vor Theresa auf. »Sie haben etwas, das mir gehört. Bestehlen Sie immer andere Leute? Ist das der Dank dafür, dass ich Ihnen damals mit einem spontanen Statement aus der Patsche geholfen habe?«

Es war nicht nur am Tonfall herauszuhören, dass die junge Politikerin aufgebracht war. Die bebte am ganzen Körper.

Theresa hoffte, dass man ihr selbst ihre Anspannung nicht anmerkte, und zwang sich trotz ihres pochenden Herzens zu einer möglichst ruhigen Stimmlage. »Wir können über alles reden«, sagte sie.

»Ich könnte Sie anzeigen!«, tobte Katharina Hermann weiter. »Ihnen ist hoffentlich klar, dass das Diebstahl ist? Sie können nicht einfach etwas mitgehen lassen, wenn Sie irgendwo sind!«

»Ich bin sicher, dass Sie mich nicht anzeigen werden«, sagte Theresa ruhig und fühlte sich auf einmal völlig überlegen. Sie hatte alle Trümpfe in der Hand.

Katharina Hermann machte ein paar Schritte auf Theresa zu. Sie schien unsicher zu werden. Ihre Stimme klang unschlüssig und bedrohlich zugleich, als sie sagte: »Was, zum Teufel, wollen Sie eigentlich? Wie viel Geld erwarten Sie sich für die Herausgabe des Fotos und Ihr Schweigen?«

Theresa hatte damit gerechnet, dass ihr Geld angeboten werden würde. Sie hatte kurz mit dem Gedanken gespielt, sich bezahlen zu lassen. Doch das wäre eine verschenkte Chance gewesen. Sie brauchte nicht notwendigerweise Geld. Ihr Vater überwies ihr eine monatliche Summe, die für ihre Bedürfnisse mehr als nur ausreichend war.

»Ich will kein Geld«, sagte sie deshalb und brachte Katharina Hermann, die anscheinend fest mit Forderungen dieser Art gerechnet hatte, völlig aus dem Konzept.

»Was denn bitte schön dann?«

Theresa begann zu reden. Sie hatte sich alles genau überlegt. Jedes ihrer Worte war mit Bedacht gewählt. Sie erklärte ihr, dass ihr ein Verhältnis zu beider Nutzen vorschwebe. Katharina Hermann hatte Kontakte. Kontakte zu wichtigen Leuten, zu denen eine junge Journalistin wie sie keinen Zugang hatte. Katharina Hermann hatte Quellen. Sie hatte Einsicht in Dokumente, die der Öffentlichkeit vorenthalten waren. Sie hatte Informationen, die zuerst eine Agentur oder ein Nachrichtenmagazin zu Gehör bekommen würden – und sicherlich nicht die Regionalzeitung. Und wenn doch, dann jedenfalls nicht eine Mitarbeiterin, die in diesem Jahr ihr erstes redaktionelles Praktikum absolvierte. Katharina Hermann sollte in Zukunft wissen, dass ihre erste Ansprechpartnerin bei der für den Landkreis äußerst bedeutsamen Tageszeitung Theresa Lackner hieß. Denn Theresa zweifelte ob des Lobs, das ihr in der Redaktion und vom Verleger entgegengebracht wurde, keine Sekunde daran, dass sie nach Ablauf des Praktikums weiterbeschäftigt werden würde. Zu welchem Thema auch immer – Katharina Hermann sollte zukünftig dafür sorgen, dass ihr jegliche wertvolle Information zugänglich war und dass ihr immer der richtige Interviewpartner zur Verfügung stand. Sie selbst konnte diese Interviewpartnerin sein – und hier kam der beidseitige Nutzen ins Spiel. Denn Theresa bot ihr dadurch eine Möglichkeit, im Landkreis und in ganz Ostbayern regelmäßig zitiert zu werden. Sie verhalf Katharina Hermann dadurch zu mehr Öffentlichkeit. Und diese Öffentlichkeit waren Wähler – wertvolle Wähler, deren Stimmen sie für die erfolgreiche Kandidatur als Mitglied des Bundestags brauchen würde.

Obendrein verfüge Katharina Hermann doch gewiss über gute Kontakte zu anderen Medien, setzte Theresa ihre Rede fort. In weiterer Folge ihres Deals könnte Frau Hermann ja dafür sorgen, dass sie, Theresa, dort eine gute Stelle bekam. Es war schließlich in Zeiten wie diesen, wo ein Überangebot an jungen und qualifizierten Journalisten bestand, nicht einfach, bei einem renommierten Medium unterzukommen. Und Beziehungen – sprich: Vitamin B – hatten da doch nie geschadet.

Theresa schaute ihr Gegenüber erwartungsvoll an. Es fiel ihr schwer, eine Reaktion aus dem versteinerten Gesicht abzulesen. Die Sonnenbrille, die die Landtagsabgeordnete trug, verdeckte ihre Augen.

»Sie sind ja verrückt«, sagte Frau Hermann dann und bewegte sich auf ihr Auto zu. »Ich werde mich auf diesen Kuhhandel auf keinen Fall einlassen. Ich werde Sie anzeigen.«

Theresa wusste, dass die Politikerin genau das niemals tun würde. Sie blieb nach außen ruhig, obwohl ihr Herz immer noch klopfte wie nach einem Marathonlauf. Sie führte Katharina Hermann vor Augen, wie leicht ihr Outing als Lesbe ihre Karriere bei der konservativen Partei zerstören könne. Sie erklärte ihr, dass sie auch wusste, wer die andere Frau auf dem Foto war, nämlich Gabriele Parcher, die Frau des Bürgermeisters der Kreisstadt. Sie malte ihr aus, wie sich die Boulevardmedien um dieses Foto reißen würden: Eine ostbayerische Landtagsabgeordnete mit der Bürgermeistergattin nackt im Bett. Theresa nahm kein Blatt vor den Mund. Katharina Hermann war blass wie ein Leintuch.

Im Nachhinein fragte Theresa sich oft, wie sich Katharina Hermann den Verlauf des Gesprächs vorgestellt hatte. Offensichtlich hatte sie angenommen, Theresa sei nichts weiter als eine junge übereifrige Praktikantin, die sie mit ein paar Hundertern zum Schweigen und zur Herausgabe des Fotos bewegen konnte.

»Sie erpressen mich«, stellte Katharina Hermann schließlich fest.

»Nein, ich biete Ihnen ein Abkommen an«, stellte Theresa klar.

Katharina Hermann lachte. Es war ein bitteres Lachen.

»Nennen Sie es, wie Sie wollen. Es ist Erpressung. Nicht mehr und nicht weniger. – Wir werden sehen, ob Ihr Plan funktioniert.«

»Das heißt, Sie willigen ein?«

»Es bleibt mir angesichts der Umstände wohl nichts anderes übrig. Wir können es zumindest versuchen.«

»Es wird funktionieren«, erklärte Theresa selbstsicher. »Es wird funktionieren, solange Sie kooperieren.«

Katharina Hermann lachte nochmals. »Sie sehen offenbar zu viel fern, Frau Lackner. Ihre Wortwahl deutet darauf hin, dass Sie zu viele drittklassige Gangsterfilme gesehen haben. – Ich werde kooperieren, aber geben Sie mir jetzt das Foto zurück.«

Sie streckte fordernd die Hand aus.

Theresa bewegte sich nicht vom Fleck. Stattdessen war sie es jetzt, die lachte. Ihr Lachen war echt. »Für wie dumm halten Sie mich? Das Foto bleibt natürlich bei mir. Ich werde wohl kaum mein Druckmittel aus der Hand geben.«

Katharina Hermann drehte sich wortlos um, stieg in ihr Auto und knallte wütend die Türe zu. Sie fuhr haarscharf an Theresa vorbei, kurbelte das Fenster herunter und zischte ihr zu: »Hoffentlich erstickst du irgendwann an deinem schlechten Gewissen, du Mistkröte.«

Der Wahlkampf

Ich war Dr. Egles »Frau Kollegin« geworden. Mein Artikel über den makabren Medientermin in Potsdam nebst Katharina Hermanns Sonnenbrand hatte in der Politikredaktion des *Brennpunkt* eingeschlagen wie eine Bombe. Schon lange hatte ich nicht mehr so viel Lob bekommen. Zum ersten Mal seit langer Zeit fühlte ich mich wieder gut, wenn ich an meine journalistische Arbeit dachte.

Auf meine Leistung war ich selbst stolz: Es war mir gelungen, die Absurdität der Veranstaltung zu verdeutlichen, ohne dabei die Eltern von Susi Berka bloßzustellen oder zu verletzen. Ludger Hassfeldt beschrieb ich als leidenden Familienvater, der den Tod seines Kindes zu verkraften hatte, aber auch als Schauspieler und Familienvater, für den das Leben weitergehen musste. Ob er wollte oder nicht.

Auch über die Mitarbeiter des Ministeriums hatte ich geschrieben – allerdings, ohne Namen zu nennen. Schließlich sollte ich hier noch mehrere Wochen verweilen, und an einem schlechten Arbeitsklima und Anfeindungen war ich nicht interessiert. Ich hatte so humorvoll wie möglich beschrieben, wie die Ministerin in der Sonne immer röter wurde und ihr Mitarbeiterstab sich aus Ehrfurcht, Scham und Obrigkeitsgehorsam nicht bemüßigt fühlte, etwas dagegen zu unternehmen. Arno Wendereich ging mir daraufhin ein paar Tage aus dem Weg; er erkannte sich in einer der beschriebenen Personen wieder und war darüber alles andere als glücklich. Ich fing ihn bei der nächsten Gelegenheit ab und lud ihn auf ein Gläschen Wein nach Dienstschluss ein. Indem ich ihm erklärte, dass meine Schilderung freilich überspitzt war und dass er als Profi doch wisse, dass dies ein journalistisches Stilmittel sei, brachte ich die Sache wieder ins Lot.

Wendereich gab sich mit meiner Erklärung zufrieden und lud mich zu zwei weiteren Gläsern Wein ein. Etwas beschwipst und nun per du verließen wir das Lokal in Berlin-Charlottenburg.

Es war uns trotz zweier getroffener Verabredungen noch nicht gelungen, tatsächlich Inlineskaten zu gehen. Immer war kurzfristig etwas dazwischen gekommen: Bei unserer ersten Verabredung hatte ich meinen Artikel schreiben müssen. Unsere zweite Verabredung rund eine Woche später scheiterte daran, dass Arno Richtlinien aufbereiten musste, die die persönliche Haftung von Vorstands- und Aufsichtsratmitgliedern gegenüber der Gesellschaft regelten. Nach zwei Gläsern Wein konnte ich ihm entlocken, dass Katharina Hermann in ihrer Position als Justizministerin für eine Verbesserung des Klagerechts von Anlegern eintreten wollte.

Ich war überrascht, dass die konservative Politikerin plötzlich ihre Liebe zu den kleinen Aktionären entdeckte. Aber es war Wahlkampf, und im vergangenen Jahr waren zwei größere Konzerne aufgeflogen, die durch falsche Angaben von Unternehmenszahlen zahlreiche Anleger – darunter auch viele Kleinanleger – geprellt hatten. Katharina Hermann griff hier zweifelsohne ein Thema auf, das für Diskussionen sorgte und bei geschickter Taktierung Wählerstimmen einbringen konnte. Denn die Sozialdemokraten sahen bisher keinen Handlungsbedarf, an der bestehenden Regelung über Haftungsfragen etwas zu ändern. Sie richteten ihr Engagement auf die Themen »Bekämpfung der Arbeitslosigkeit« und »Gesicherte Pensionen für alle«, wie den Plakaten zu entnehmen war.

Was mein Verhältnis zu Arno Wendereich betraf, so musste ich mir leider eingestehen, dass er einen Teil seines Sexappeals für mich verloren hatte. Irgendwas irritierte mich an ihm und hielt mich davon ab, offensiver zu werden. War es die Tatsache, dass er sich bei all meinen Flirtversuchen immer wieder in sein Schneckenhaus zurückzog? War es sein ständiges Erröten, wenn ich mit ihm flirtete? Oder war es nur die Tatsache, dass unsere Gespräche trotz weinseligem Abend allzu sehr an der Oberfläche blieben? Ich beschloss abzuwarten und mich, was die Männer betraf, gegebenenfalls umzuorientieren.

Ich war ein schlechter Single und wusste das. Nicht wesentlich besser war ich allerdings darin, eine Beziehung zu führen. Meine Ex-Freunde hatten es immer wieder geschafft, mich binnen kurzer Zeit zu nerven.

Vielleicht bin ich nicht für das herkömmliche Beziehungsleben geschaffen.

Da das Justizministerium kein unerschöpflicher Quell für attraktive männliche Single-Fische war, gab es im Moment außer Arno Wendereich keinen, auf den ich meine Bemühungen hätte konzentrieren können. Entweder waren die Männer zu alt, zu unattraktiv, zu arrogant oder sie trugen demonstrativ einen dicken Ehering am Finger. Ich hatte vor zwei Jahren ein Verhältnis mit einem verheirateten Mann gehabt, einem Bademeister. Er war jung, er hatte einen knackigen Hintern, er war braun gebrannt – doch er hatte drei Jahre zuvor einer Blondine namens Corinna das Jawort gegeben. Nicht, dass ich Ambitionen gehabt hätte, ihn zu heiraten. Aber so hatten wir dieses Zeitproblem: Hatte ich abends frei, erwartete ihn Corinna zu Hause mit Gemüseeintopf. War Corinna abends beim Aerobic oder unterwegs mit ihren Freundinnen, hatte er Zeit und wollte sofort zu mir kommen. Sex nach Terminplan ist aber absolut nicht mein Ding. Nach acht Wochen zog ich den Schlussstrich.

In meinem Artikel gab es übrigens auch eine strahlende Heldin. Es war nicht meine Absicht gewesen, Lobhudelei zu betreiben, doch ich wollte und musste gerecht sein. Wenn jemand bei dieser unsagbaren Veranstaltung ein gutes Bild abgab und verhinderte, dass diese Farce zur politischen Bruchlandung wurde, so war es Katharina Hermann. Ich war beeindruckt davon, wie sie trotz glühender Hitze in ihrem Vortrag eine elegante Verknüpfung zwischen dem Tod der kleinen Susi Berka und der Verschärfung des Strafgesetzes für Pädophile fand. Ihre Wortwahl war überlegt, aber nicht ohne Emotionalität. Wer die Justizministerin an diesem Tag hörte, musste zwangsläufig zu dem Schluss kommen, dass Katharina Hermann auch als Kanzlerin Großes vollbringen würde.

Somit blieb die Rolle des Bösewichts letztendlich an dem Organisator der Veranstaltung hängen. Da ich schonungslos vom »Pressesprecher der Justizministerin« schrieb, war klar, um wen es sich handelte. Wieland war unter Presseleuten kein Unbekannter. Er war zuvor Chefredakteur einer großen deutschen Boulevardzeitung gewesen, hatte in verantwortlicher Position bei der *Welt*, dem *Stern* und bei einer internationalen Nachrichtenagentur gearbeitet und dann den Wechsel vom Journalisten zum PR-Referenten vollzogen. Er hatte zwei deutsche Wirtschaftsbosse gecoacht, hatte dann in der Pressestelle der konservativen Partei gearbeitet und war schließlich ins Justizministerium gewechselt, wo er seither Katharina Hermann zur Seite stand. Er unterstützte sie bei ihrer Kandidatur zur Bundeskanzlerin und hielt auch hierfür die Fäden der Öffentlichkeitsarbeit in der Hand. Selbstverständlich war Wieland Parteimitglied der Konservativen.

Nachdem mein erster und für ihn wenig schmeichelhafter Artikel im *Brennpunkt* erschienen war, zitierte mich Wieland zu sich und ließ – in höfliche Worte verpackt – verlauten, dass er mit dem Tenor meiner Ausführungen nicht zufrieden sei. Er habe mich schließlich sehr umfassend unterstützt – da könne er wohl ein wenig Entgegenkommen erwarten?

Ich war auf eine derartige Konfrontation vorbereitet und erwiderte, dass für ihn als Presseattaché doch die Darstellung der Ministerin im Vordergrund stehen müsse und nicht seine eigene. Und Katharina Hermann wäre schließlich als sehr kompetent dargestellt worden.

Wielands schmale Lippen kräuselten sich vor unterdrückter Wut. Ich wusste, dass er mich am liebsten mit einer schnellen Handbewegung weggefegt hätte wie ein lästiges Insekt. Da ich aber nicht nur den Rückhalt der Ministerin, sondern inzwischen auch die Unterstützung von Egle genoss, war das nicht möglich. Seither begegnete er mir mit kühler, distanzierter Höflichkeit.

Manchmal tat er mir fast schon Leid. Es musste schrecklich für ihn sein: Katharina Hermann, die sich ansonsten überwiegend an seine Ratschläge und Anordnungen hielt, überging ihn bei Entscheidungen über meine Anwesenheit oder Nichtanwesenheit bei Terminen oder Sitzungen völlig. Wäre es nach Wieland gegangen, hätte ich allenfalls bei offiziellen Presseterminen dabei sein dürfen. Seit ich Katharina Hermann jedoch vor stärkerem Sonnenbrand bewahrt hatte, konnte ich sie fast überall hin begleiten. Jetzt war es so, wie ich es mir von Beginn an vorgestellt hatte: Ich durfte ihr wie ein zweiter Schatten von Termin zu Termin, von Besprechung zu Besprechung folgen. Wielands Widerworte interessierten sie nicht.

Sie vertraute mir, zumindest bis zu einem gewissen Grad. Immer öfter dachte ich über die Vergangenheit nach – mehr, als mir gut tat. Ich merkte, wie ich wieder dazu überging, sie zu einem Fixpunkt meines Lebens zu machen. Mein erster Gedanke morgens nach dem Aufwachen galt ihr; mein letzter Gedanke vor dem Einschlafen ebenfalls. So war es schon einmal gewesen. Katharina Hermann war eine charismatische Person. Damals war ich diesem Charisma erlegen. Heute war ich älter und reifer. Ich sollte inzwischen besser in der Lage sein, ihrer Faszination zu widerstehen.

Rational war mir klar, weshalb ich die Reportage über sie schreiben sollte. Jeder andere Journalist würde in ihrem Privatleben herumstochern und unangenehme Fragen stellen: Mit wem teilte die Kanzlerkandidatin ihr Bett?

Längst wurde das Privatleben von Politikern in diversen Illustrierten, TV-Magazinen oder Radio-Formaten durchleuchtet. Die Zeiten, in denen sich Altbundeskanzler Kohl einmal jährlich mit seiner Frau Hannelore am Wolfgangsee ablichten ließ, um der Presse idyllische Familienfotos zu liefern, waren längst vorbei. Die deutschen Politiker hatten erkannt, dass es in der Mediengesellschaft von heute durchaus von Vorteil sein konnte, sich als »Mensch wie du und ich« zu präsentieren. Also ließen sie Heerscharen von Journalisten zu sich nach Hause kommen und inszenierten Familienglück. Die Folge waren Beiträge, die entweder mit Schlagzeilen wie »So leidet der Bundespräsident: Ehefrau Marianne schwer krebskrank!« Eingang in die Regenbogenpresse fanden oder die innenarchitektonisch so eindrucksvoll waren, dass sich Magazine wie »Schöner wohnen« die Finger danach leckten. Problematisch war, wenn ein Politiker diese Einblicke in sein Privatleben *nicht* geben wollte. Denn die Öffentlichkeit und die Medienvertreter waren inzwischen gewöhnt daran, dass nichts privat war, und forderten ihr Anrecht auf Einblicke ins Privatleben führender Köpfe aus Politik, Kultur und Wirtschaft rigoros und kompromisslos ein.

Was von Katharina Hermann niemand wissen durfte, war mir schon lange bekannt. Sie ging davon aus, dass ich niemals darüber schreiben würde. Wir hatten ein Abkommen geschlossen, dass für sie anscheinend immer noch Gültigkeit hatte. Sie hatte mich von *Amiga* zum *Brennpunkt* gebracht. Jetzt erwartete sie zweifelsohne, dass ich meinen Teil der damaligen Vereinbarung erfüllte und Stillschweigen bewahrte.

Ich stand vor einer Herausforderung: Egle saß mir im Nacken. »Folgen Sie ihr bis ins Schlafzimmer«, lauteten seine Worte. »Decken Sie auf, ob sie wirklich die eiserne Jungfrau ist, für die man sie hält! Das interessiert das Volk!«

Ich hatte nicht vor, sie bloßzustellen. Also suchte ich krampfhaft nach einer Lösung, die sowohl Egle als auch die Justizministerin zufrieden stellen würde. Es schien mir unmöglich.

Zu meiner Verwunderung musste ich feststellen, dass die Frage, mit wem die zukünftige Bundeskanzlerin ihr Bett teilte, auch ihre Wahlkampfhelfer enorm beschäftigte. Alle waren sich darüber im Klaren, dass dieses Thema umso bedeutsamer wurde, je näher der Wahltermin rückte. Es wurde derzeit viel über Katharina Hermann geschrieben. Egles Rede von der »eisernen Jungfrau« war nicht seiner eigenen Phantasie entsprungen. Den Ausdruck hatte die Boulevardpresse für die Justizministerin kreiert.

Es war auf einem der regelmäßigen Treffen ihrer engsten Helfer, als das Thema erstmals offen auf den Tisch gebracht wurde. Arno Wendereich war dabei, der steife Rudolf Aschinger, Irma Heinrich, die sich ebenfalls dem Wahlkampf-Team angeschlossen hatte, Andreas Jonas aus der Pressestelle und natürlich Jan Wieland.

»Es werden Fragen kommen«, begann Wieland. »Wir müssen darüber reden, ehe es zu spät ist.« Ihm wurde bewusst, dass ich zwei Stühle von ihm entfernt saß, und er sagte seinen Lieblingssatz auf: »Frau Ministerin, das ist eine interne Besprechung. Ich halte es nicht für ratsam, dass eine Journalistin dabei ist.«

»Ich habe nicht vor, hier etwas zu erörtern, was nicht an die Öffentlichkeit darf«, wurde er von Katharina Hermann scharf in die Schranken gewiesen. Ich musste unweigerlich schmunzeln. Wieland sandte einen grimmigen Blick in meine Richtung. Arno, der neben mir saß und mein Schmunzeln ebenfalls bemerkt hatte, gab mir einen leichten Tritt gegen das Schienbein, den ich nicht zu deuten vermochte.

Jonas ergriff das Wort. »Die Fakten sind die: Der Spitzenkandidat der Sozialdemokraten wartet derzeit in einigen Medien mit seiner gesamten Familie auf.« Er griff sich aus den Illustrierten, die er mitgenommen hatte, eine heraus und schlug die vorgemerkte Seite auf. »Hier zum Beispiel: Körniges zum Frühstück bei Kanzlerkandidat Körnigge.«

Arno unterdrückte ein Grinsen.

»Auf fünf weiteren Seiten erfahren wir, dass es bei den Körnigges zum Frühstück Müsli gibt, dass Kathrin Körnigge ihren Job als Lehrerin nicht aufgeben will, wenn ihr Mann Kanzler wird, dass Sohn Michael im Schulorchester die erste Geige spielt und das Töchterlein Rita lieber ins Judotraining geht als zur Reitstunde. Kurzum, eine nette, moderne und sympathische deutsche Familie!« Er holte tief Luft. »Darauf müssen wir kontern!«

Es wird schwer für Katharina sein, plötzlich eine Familie aus dem Ärmel zu schütteln.

»Es wäre anzuraten, dass Sie sich ein klein wenig der Wählerschaft öffnen«, erklärte Wieland und stieß dabei ins selbe Horn wie sein Mitarbeiter mit dem konservativen Familienmodell, das er ja bei sich selbst zu Hause vorzüglich zu praktizieren schien. »Es tut mir Leid, Ihnen das sagen zu müssen, Frau Ministerin, doch die Presse bezeichnet Sie bereits als ›eiserne Jungfrau‹. Das ist nicht von Vorteil.«

Ich beobachtete Katharina. Sie saß an der Frontseite des Tisches. Wie so oft hatte ihr Gesicht jene maskenhaften Züge, denen nicht zu entnehmen war, was in ihr vorging. Ich konnte mir jedoch vorstellen, dass das, was hier diskutiert wurde, nicht zu ihren Lieblingsthemen gehörte.

»Es muss kein Nachteil sein«, schaltete sich zu meinem Erstaunen Arno Wendereich ein. »Ministerin Hermann steht für etwas völlig anderes als Udo Körnigge. In meinen Augen wäre es ein Fehler, dieselbe Strategie zu fahren wie der Kandidat der Sozialdemokraten. Wenn sich Körnigge gern ins Schlafzimmer schauen und ins Frühstücksei spucken lässt, bitte sehr, soll er! Aber die Konservativen stehen für Werte und Ideale. Wir müssen uns nicht derart billig verkaufen. Die Öffentlichkeit soll in unserer Kandidatin eine Frau sehen, die selbstständig ist, die eigene Wege geht, die sich voll und ganz ihrer Aufgabe widmet – ohne dass sie sich mit Judostunden herumschlagen und den Ansprüchen eines Partners gerecht werden muss. Wenn im Staat etwas drunter und drüber geht, müssen Körnigges Kinder trotzdem pünktlich ins Bett und Gattin Kathrin zufrieden gestellt werden. Frau Dr. Hermann dagegen kann sich voll und ganz darauf konzentrieren, das Chaos in den Griff zu bekommen. Sie ist frei von familiären Verpflichtungen und kann sich voll und ganz der Politik widmen.«

»Sie sind bei der falschen Partei«, konterte Jonas. »Die Konservativen stehen nun mal für Tradition. Und Tradition hat immer mit Familie zu tun.«

Arno Wendereich zuckte mit den Schultern. »Das sehen Sie so, Herr Jonas. Entscheidend ist aber, ob das unsere Wähler auch so sehen.«

Rudolf Aschinger, der Mann, der immer so aussah, als hätte er gerade in eine Zitrone gebissen, ergriff das Wort. Er sprach langsam, bedächtig und rollte das R so stark, dass ich seine geografische Herkunft ohne Mühe erriet. Er war zweifelsohne in Franken aufgewachsen.

»Die Partei hat sich für Frau Dr. Hermann entschieden, weil sie die bestqualifizierte Person für das Amt des Bundeskanzlers ist. Sie hat in der Vergangenheit schon oft bewiesen, dass sie klug und überlegt handelt und auch in schwierigen Situationen die richtigen Entscheidungen trifft. Deshalb sitzen wir hier, meine Herren, und unterstützen sie. Wenn wir jetzt fragen, ob ein Familienvater der bessere Kandidat ist, hätten wir in Wahrheit schon bei der Nominierung von Frau Dr. Hermann einen gravierenden Fehler gemacht. Dem muss ich aber entschieden widersprechen. Im Gegenteil, wir Konservativen schlagen die Sozialdemokraten mit ihren eigenen Waffen und präsentieren etwas, wonach sie sich alle Finger lecken würden – wenn sie es denn in ihrer Partei hätten. Wir, meine Herren, präsentieren eine Wunderwaffe: Eine junge Dame mit zielstrebigem Lebenslauf, eine Frau mit großer politischer Erfahrung, eine, die – und hier muss ich dem Kollegen Wendereich zustimmen – eben nicht durch familiäre oder partnerschaftliche Bindungen von ihrer Verantwortung als Bundeskanzlerin abgelenkt ist. Meine Herren, wir präsentieren etwas noch nie Dagewesenes in der Geschichte der BRD, und darauf sollten wir stolz sein!«

Er war es gewohnt zu reden. Das war unschwer zu erkennen. Dass er für Katharina Hermann gesprochen hatte, machte ihn direkt sympathisch.

Moment mal!

Hatte ich das wirklich gerade gedacht? Ich, die seit Jahren tapfer die Sozialdemokraten und einmal aus Wut sogar die Grünen wählte, ganz in der Routine meines Berufsstands? Ich, die keinen Mann und keine Kinder hatte und dem Familienmodell, das die Konservativen propagierten, nichts abgewinnen konnte? Ein paar Wochen im Ministerium, und schon schlug ich mich unkritisch auf die Seite der konservativen Kanzlerkandidatin. Was war nur mit mir los?

»Die Familienstrategie fährt trotzdem gut«, verteidigte sich Jonas, wirkte aber schon wesentlich kleinlauter als zuvor. »Wenn etwas Vergleichbares wie Körnigges Porträt mit Frau und Kindern nicht machbar ist, würde ich doch empfehlen, dass Ihr Herr Vater ...«

»Nein!«

Katharina Hermanns Nein war fast ein Entrüstungsschrei. Jonas hatte offensichtlich ein Tabu-Thema berührt. »Das kommt nicht in Frage«, erklärte sie jetzt kühl. Jonas zog den Kopf ein und wirkte wie ein getadelter Schulbub. Ich fand ihn in diesem Augenblick noch unsympathischer als seinen Chef. »Mein Vater hat damit nichts zu tun und wird deshalb aus diesem Medienzirkus herausgehalten. Das ist eine Anweisung.«

»Mit Verlaub, Frau Ministerin, sollten Sie die Wahl gewinnen, wird Ihr Vater unweigerlich ins Rampenlicht rücken. Die Boulevardmedien lassen sich hier nicht bremsen«, wies Wieland hin. »Er muss darauf vorbereitet werden.«

»Wenn die Zeit gekommen ist, wird das geschehen«, erklärte Katharina Hermann. Ihre Stimme klang immer noch kühl. »Was die eigentliche Diskussion betrifft, so übertrage ich Ihnen, Herr Wieland und Herr Jonas, die Aufgabe, für Fragen dieser Art ein entsprechendes Statement zu kreieren. Dazu sind Sie doch hier. Lassen Sie uns jetzt zum nächsten Tagesordnungspunkt übergehen, der Stärkung der Unternehmensintegrität. Die Fakten sind ...«

Ich schaltete ab. Katharina Hermann war eine gute Rednerin, die sich darauf verstand, Sachverhalte gut aufbereitet vorzutragen. Doch hier schwirrte es von Paragraphen, die mir nicht das geringste sagten, und Fachtermini rund um die Bilanzierungsanforderungen der deutschen Aktiengesellschaften, mit denen ich ebenfalls nichts anfangen konnte. Ich kam mir vor wie bei meiner ersten Kreisratssitzung im Landratsamt, damals, am Ende meines ersten

Sommerpraktikums bei meiner Heimatzeitung. Katharina Hermann hatte mir damals unter die Arme gegriffen und mir einen der Kreisräte vermittelt, der mir die besprochenen Themen in einer Art Privatissimum noch einmal im Detail erläuterte. Sie hatte es nicht aus Nächstenliebe getan, natürlich nicht. Ich schrieb einen glänzenden Artikel über meine erste Kreisratssitzung, der Chefredakteur, Ressortleiter und Verleger in Erstaunen versetzte, und Katharina durfte sich in einem meiner nächsten Artikel – wieder einmal – für die ostbayerischen Bauern stark machen und gegen die aufgrund von EU-Auflagen niedrigen Getreidepreise wettern.

Fast zehn Jahre später hatte unser Abkommen immer noch Gültigkeit. Der Pakt mit dem Teufel ist wohl etwas, was sich nicht so einfach abschütteln lässt. Ich sah mich als rote Teufelin mit schwarzen borstigen Haaren in der hinteren Ecke des Besprechungsraums sitzen und fühlte mich schlecht.

Ich möchte einmal eine Leistung vollbringen, auf die ich wirklich stolz sein kann. Etwas, was ich mir ehrlich und aus eigener Schaffenskraft verdient habe, ohne Tricks. Doch meine Karriere funktionierte nur dann, wenn *sie* sich einschaltete. Allein brachte ich es zu nichts außer ...

Die depressiven Gedanken fraßen sich in meinen Körper. Ich fühlte, wie mir der Schweiß ausbrach. Meine Gleichgültigkeit war weg und dafür war dieses Gefühl wieder da. Dieses Gefühl der Niederlage und des Versagens. Dieses Gefühl von Schuld und Schmerz. Dieses Gefühl, das ich mir selbst zuzuschreiben habe und mit dem ich wohl für immer leben muss.

Ich wurde aus meinen Gedanken gerissen, weil Katharina Hermanns Redestrom plötzlich abriss. Ich hob den Kopf und erschrak: Sie starrte mich an. Ihre Augen waren weit aufgerissen, sie sah aus wie eine Autofahrerin, die ein Reh auf der Fahrbahn sah und nicht mehr bremsen konnte. Ich starrte zurück und war sicher nicht minder erschrocken als sie. Woher ihr Schreck resultierte, war mir allerdings unklar. Unser Starren dauerte nur Bruchteile von Sekunden. Dann senkte sie ihren Kopf, raschelte in ihren Unterlagen und ergriff wieder das Wort. Die Unterbrechung hatte für alle anderen wie eine kleine Pause gewirkt, die zum Luftholen diente. Mein Herz aber schlug bis zum Hals. Ich fühlte mich nahezu entblößt. Mir war, als hätte sie in diesem Moment in die Tiefen meiner Seele gesehen.

Ich wollte hier raus! Aber wie hätte das ausgesehen? Und meine Knie fühlten sich an wie Gummi. Ich blieb sitzen und wartete das Ende der Sitzung ab.

Gerlinde Hannemann-Anselm, die Sekretärin, die für den reibungslosen Ablauf des Tagesplans der Ministerin verantwortlich war, trat in das Besprechungszimmer. »Frau Ministerin, wir haben jetzt eine halbe Stunde Mittagspause geplant. Anschließend haben Sie das Gespräch mit Frau Lackner, und um drei Uhr müssen Sie zum Reichstag wegen der Gedenkfeier für die Opfer des Nationalsozialismus. Der Wagen wird um halb drei Uhr hier sein.«

Katharina Hermann nickte. »Gut, Dankeschön. Es gibt aber eine kleine Terminänderung. Ich werde die Mittagspause und den Termin mit Frau Lackner verbinden. Bitte lassen Sie zwei Portionen in mein Büro bringen.«

Auf unserem Weg nach draußen blieben Wieland und ich gleichzeitig wie angewurzelt stehen. »Ich denke nicht, dass das Gespräch mit Frau Lackner so viel Zeit in Anspruch nehmen wird, Frau Ministerin«, kam es prompt aus seinem Mund. »Wir haben Frau Lackners Fragen sicher binnen zwanzig Minuten abgeklärt.«

Kotzbrocken. Abgeklärt. Das heißt, er drückt mir wieder ein paar vorgefertigte Presseunterlagen in die Hand.

Dennoch war ich ihm fast dankbar für seinen Einwurf. Die Aussicht, mit Katharina Hermann allein in ihrem Büro zu speisen, bereitete mir Unbehagen, besonders nach dem Zwischenfall von vorhin. Ich hatte Angst, dass sie irgendwann über die Vergangenheit reden würde, und zugleich war ich nervös, weil sie es nicht tat.

»Danke, Herr Wieland, aber das ist nicht nötig. Sie können Ihre Mittagspause ruhig wahrnehmen. Ich kläre das mit Frau Lackner alleine.«

Wieland gab nicht auf. »Mit Verlaub, Frau Ministerin, ich halte es für durchaus vorteilhaft, wenn ich bei diesem Gespräch anwesend bin. Es geht hier sicherlich um Fragen, die –«

Sie unterbrach ihn. Sie war sehr freundlich. Es war jene aalglatte Freundlichkeit, die sie immer dann zur Schau trug, wenn sie ihre wahren Empfindungen besonders stark unterdrückte. Ich kannte sie gut genug, um zu wissen, dass ihr Wielands Aufdringlichkeit missfiel.

»Danke, Herr Dr. Wieland, aber wie ich bereits sagte: Das ist nicht nötig. Ich werde das mit Frau Lackner alleine klären.«

»Ich hoffe, Sie unterrichten mich über den Verlauf des Gesprächs«, bemerkte Wieland, warf mir einen unfreundlichen Blick zu und verschwand.

Wenig später fand ich mich in Katharinas Büro wieder. Es war groß, es war hell, und es war mehr als nur zweckmäßig eingerichtet. Zum Inventar gehörten ein großer Schreibtisch, ein Sekretär, eine Bibliothek, eine Couchgarnitur mit Teetisch und ein Esstisch mit Stühlen. Gerlinde Hannemann-Anselm hatte dafür gesorgt, dass uns ein kleines Menü mit Kartoffelcremesuppe zur Vorspeise und Schweinemedaillons in Pfefferrahmsoße mit Reis und Erbsen-Karotten-Gemüse serviert wurden. Ich musste zugeben, es war besser als das Essen in der Kantine.

Worüber würden wir jetzt reden?

Katharina Hermann benahm sich ganz zwanglos. Sie zog ihr Jackett aus, hängte es über den Stuhl und machte eine lockere Bemerkung über den verheißungsvollen Geruch des Essens.

»Wollen Sie nicht auch Ihr Jackett ablegen, Frau Lackner? Es muss Ihnen doch sicher genauso warm sein wie mir.«

Da mir tatsächlich ziemlich warm war – die Temperaturen lagen bei knapp 30 Grad im Schatten –, entledigte ich mich nur zu gerne meines Jacketts. Ich hatte mir für meine Tätigkeit im Justizministerium drei neue Hosenanzüge und ein Kostüm zugelegt, um einigermaßen salonfähig auftreten zu können. Ich vermisste allerdings meine bequemen weiten Leinenhosen, Pullis und Jeans, mit denen ich fünf Jahre lang in der *Amiga*-Redaktion aufgekreuzt war.

Zu Beginn meiner journalistischen Karriere war es für mich undenkbar gewesen, ohne Blazer oder gar in Jeans im Büro oder bei einem Termin zu erscheinen. An einem entscheidenden Wendepunkt meines Lebens änderte sich nicht nur meine Einstellung zum Leben, sondern auch mein Kleidungsstil. Ich lernte die Vorteile weit geschnittener Klamotten zu schätzen. Hier wäre ich damit allerdings aufgefallen wie ein bunter Hund, also kehrte ich zurück zum Businesslook.

Ich nahm gegenüber von Katharina Hermann an der gedeckten Tafel Platz. Wir wünschten uns guten Appetit und begannen, die Suppe in uns hineinzulöffeln. In Gedanken suchte ich nach einem geeigneten Konversationsthema, das sich als Beilage zum Mittagessen eignete. Das Schweigen zwischen uns war mir unangenehm.

»Sie haben ein hübsches Oberteil an. Es steht Ihnen gut«, sagte die Ministerin jetzt unvermittelt.

Oh, ein Kompliment. Wie unerwartet. »Danke«, sagte ich automatisch und fühlte mich nicht entspannter als zuvor. Im Gegenteil: Der Umstand, dass mein enges weinrotes Trägertop Katharina Hermanns Aufmerksamkeit erregt hatte, trug zu meiner zunehmenden Verunsicherung bei.

Warum sitze ich hier mit ihr beim Mittagessen? Was will sie?

Ich beschloss, zur Sache zu kommen – jenem Thema, das Anlass für meine Bitte um einen Gesprächstermin mit ihr gewesen war.

»Im nächsten *Brennpunkt* werden wir über Ihre Herkunft schreiben«, informierte ich sie und ging von der Suppe zum köstlich riechenden Hauptgang über. »Gerade im Zuge der EU-Erweiterung ist es interessant, dass die Kanzlerkandidatin der Konservativen sudetendeutsche Wurzeln hat. Wie komplex ist der Spagat, den Sie hier machen müssen zwischen den Interessen der immer noch aktiven Vertriebenenverbände und dem modernen Europa?«

»Sehr komplex«, sagte Katharina Hermann und ließ ihr Besteck sinken. Sie sah mich mit leicht resigniertem Blick an. »Und deshalb werde ich das auch nicht jetzt beim Essen besprechen. Zumindest 30 Minuten dieses Tages will ich einmal ein Gespräch führen, das sich weder um die Kandidatur noch um die Politik noch um irgendein Gesetz dreht. Nach dem Dessert können wir gerne darüber sprechen. Nicht jetzt. Es ist schon genug, dass mich meine PR-Berater heute wieder einmal mit dieser ewigen Ehe- und Familienfrage gequält haben. Selbst als künftige Bundeskanzlerin muss ich mich ständig für meine Karriere rechtfertigen und mich entschuldigen, dass ich nicht mit Mann und Kindern aufwarten kann. Kannst du verstehen, wie das an den Nerven zehrt?«

Von dieser plötzlichen Offenheit war ich ziemlich überrascht.

Daran, dass sich eine Frau für ihre Karriere rechtfertigen muss und ab einem gewissen Alter ständig gefragt wird, warum sie keinen Ehemann und keine Kinder hat, ist deine Partei nicht ganz unschuldig, Katharina.

Ehe ich meine kritischen Gedanken zur konservativen Politik laut äußern konnte, wurde sich die Ministerin bewusst, dass sie mit einer Journalistin gesprochen hatte, und sie setzte – wie schon Tage zuvor bei unserer Sonnenbrandepisode – rasch hinzu: »Das werden Sie aber nicht schreiben.«

»Du solltest dich nicht nerven lassen«, hörte ich mich sagen. »Ich stimme Wendereich und Aschinger zu: Wir müssen nicht dieselbe Strategie fahren wie Körnigge. Die perfekte Antwort auf die Frage, warum du selbst weder Mann noch Kinder hast, aber für eine Partei kandidierst, die für Familienpolitik eintritt, ist ganz einfach. Sie lautet: Weil ich eine 100-Prozent-Frau bin. 100 Prozent meiner Tagesenergie widme ich der Politik und dem Allgemeinwesen. Ich setze mich in meiner Position als Bundeskanzlerin dafür ein, dass die nötigen Rahmenbedingungen geschaffen werden, damit junge Frauen zukünftig Familie und Beruf besser vereinbaren können. Der Gedanke an eine Familie muss daher vorerst in meinem eigenen Leben hinten anstehen.«

Katharina hatte mir aufmerksam zugehört. »Das ist eine ausbaufähige Grundlage«, sagte sie dann langsam, ohne den Blick von mir zu wenden. »Vielleicht hätte ich dich als meine Beraterin heranziehen sollen.«

»Vielleicht hättest du das, ja«, sagte ich lahm und die Vorstellung rief jäh die Vergangenheit in mir wach. Ich war schockiert über mich selbst. Ich konnte nicht fassen, was ich da gesagt hatte. Jetzt legte ich ihr auch noch die Worte für ihre Öffentlichkeitsarbeit in den Mund.

»Selbstverständlich wärst du meine erste Wahl gewesen für die Leitung meiner Öffentlichkeitsarbeit, nicht Wieland«, fuhr Katharina Hermann mit einer Ernsthaftigkeit fort, die mir Gänsehaut bereitete. »Doch anstatt dich für diese Stelle entsprechend zu qualifizieren, hast du dich ja bei diesem Frauenblatt verkrochen.«

Ich sagte nichts. Es gab nichts zu sagen. Ich konzentrierte mich darauf, das Erbsengemüse mit dem Messer auf die Gabel zu befördern. Das war besser, als ihr jetzt in die Augen zu schauen – zumal ich aus den Augenwinkeln bemerkte, dass sie mich immer noch fixierte. Sie fuhr mit einer für sie untypisch sanften Stimme fort: »Es gefällt mir, wie du dein Haar trägst. Die offenen Haare machen dein Gesicht weicher.«

Mir fiel die Gabel aus der Hand. Die Erbsen verteilten sich schwungvoll quer über dem Tisch. Oh mein Gott. Sie wird denken, ich sei zu einem Kleinkind mutiert.

»Theresa«, sagte sie. Ihre Stimme hatte den eigentümlichen Klang verloren. Ein amüsantes Lächeln umspielte ihre Lippen, als sie meine Bemühungen verfolgte, den Tisch mit der Serviette oberflächlich in Ordnung zu bringen. Wir hatten beide noch die Hälfte unserer Hauptmahlzeit und ein Dessert vor uns. Mit unserer Konversation konnte es unmöglich in diesem Stil weitergehen.

»Okay«, sagte ich und atmete tief durch. Ich sah ihr kerzengerade in die Augen. Sie hielt meinem Blick stand, und ihr Lächeln vertiefte sich. Unwillkürlich musste ich jetzt ebenfalls grinsen.

»Zwei Komplimente innerhalb so kurzer Zeit verkrafte ich nicht«, erklärte ich scherzhaft. »Erst erwähnst du das Oberteil, dann mein Haar – du musst verstehen, dass mich das aus der Bahn wirft.«

»Ah ja?« Sie lächelte mich noch immer an. »Ich nahm an, du bist an Komplimente gewöhnt. Oder gibt es etwa niemanden, der dir welche macht?«

Du lieber Himmel! »Wenn du wissen möchtest, ob ich in einer Beziehung lebe, kannst du auch direkt fragen«, erklärte ich freundlich. »Die Antwort lautet nein. Nein, ich bin nicht liiert. Und es überrascht mich ehrlich gesagt, dass du dich für mein Liebesleben interessierst.«

Sie zuckte mit den Schultern. »Da interpretierst du etwas, was definitiv nicht so ist«, erklärte sie und wirkte dabei betont gleichgültig. Zu betont. »Wir unterhalten uns ja nur – wie das zwei alte Bekannte eben tun.«

»Natürlich«, erwiderte ich und fühlte mich wie ein dreizehnjähriger Teenager, der in der Turnstunde vor den Augen aller einen schmalen Balken entlangbalancieren musste: Unsicher. Hier saß ich also mit der eventuell späteren Bundeskanzlerin und plauderte beinahe über Intimitäten.

Ich füllte das Schweigen, das sich jetzt wie ein schwerer Mantel über uns legte, schließlich mit belanglosen Kommentaren über die Kantine und die Qualität des Essens. Katharina stieg darauf ein. Wir beherrschten beide die Kunst, viel zu reden, ohne wirklich etwas zu sagen.

Nach dem Dessert sprachen wir auch noch über den »Verbund der Vertriebenen« und über Katharinas sudetendeutsche Wurzeln. Es war ein sachliches Gespräch, doch ich spürte die ganze Zeit diese Mischung aus Beklemmung und Verunsicherung. Sicher spürte Katharina sie auch. Es herrschte nicht die lockere Atmosphäre zwischen uns, die bei einem Gespräch zwischen zwei »alten Bekannten« zu erwarten war. Dazu wogen die Umstände unserer Bekanntschaft zu schwer.

Katharina hatte mich mit dem gemeinsamem Essen und ihren Komplimenten sehr verwirrt. Ehe ich ihr Büro verließ, verwirrte sie mich noch mehr: »Ich wünschte, du würdest mit mir reden, Theresa.«

Ihre Stimme klang sanft und bittend. Sie sah mir fest in die Augen. Ich war überrascht, darin die gleiche Verunsicherung zu sehen, die ich fühlte.

Diesmal konnte ich ihrem Blick nicht standhalten. Was will sie von mir, dachte ich für mich, war aber nicht in der Lage, ihr die Frage zu stellen. Ich nahm an, dass sie das auch nicht wusste. »Ich kann nicht«, erwiderte ich ehrlich.

Sie sagte nichts mehr.

Nachmittags hatte ich einen Termin mit dem Vorsitzenden des Bunds der Vertriebenen, einem 80-Jährigen, der in Siebenbürgen geboren worden war. Ich hörte ihm zu, machte mir Notizen und war mit meinen Gedanken bei Katharina.

Mein Verhältnis zu ihr war komplexer, als ich mir jemals eingestanden hatte.

Wie lange würde ich die Schatten meiner Vergangenheit noch verdrängen können?

Ich hatte Angst – Angst vor dem Schmerz, der mich schon einmal in die Knie gezwungen hatte.

Ruhelos

Sie hatte fünf Stunden geschlafen. In den Nächten davor waren es wenig mehr als vier gewesen. Die Müdigkeit hing ihr bleiern in den Knochen. Sie vermied es seit langem, in den Spiegel zu schauen, denn ihre Augenringe waren inzwischen so stark, dass sie sich selbst erschreckte. Ruhe und Schlaf hatten für sie in den letzten drei Jahren an Bedeutung gewonnen. Die Zeiten, in denen sie einfach nur ein unterhaltsames Buch lesen, im Swimmingpool planschen oder in der Sonne liegen konnte, waren längst vorbei.

Kostbar und selten waren jene Momente, in denen sie einmal nicht im Auto, vor dem Computer, vor einem Interviewpartner oder einem Fachbuch saß. Ihr Leben bestand aus Terminen und Pflichten.

Theresa konnte sich nicht mehr daran erinnern, wie es war, nichts zu tun und nichts zu denken. In ihrem Kopf kreisten ständig mehrere Gedanken auf einmal: Da waren die drei Seminararbeiten, die sie bis Semesterende zu schreiben hatte, die nächste Klausur, Tommi, mit dem sie für die nächste Lateinarbeit lernen musste, das nächste Interview, der Fünfspalter, dessen Deadline in ein paar Stunden ablief ...

Manchmal fühlte sie, dass ihr Körper streikte. Etwa dann, wenn sie die Nacht durchgearbeitet hatte, oder auch, wenn Martin mit ihr schlafen wollte. Es war in letzter Zeit des Öfteren vorgekommen, dass ihr beim Sex die Augen zugefallen waren oder dass sie sofort in tiefen Schlaf versank, kaum dass sie in Martins Armen lag. Sie hasste ihren Körper für seine Schwäche und setzte alles daran, ihn zu überlisten. Neuerdings nahm sie deshalb sogar Koffeintabletten.

Zwanzig Minuten hatte sie für diesen Mensa-Besuch veranschlagt. Zwanzig Minuten, um sich mit paniertem Seelachsfilet, getränkt in Unmengen fettiger Remouladensoße, und einer Portion lauwarmer Kartoffeln ohne nennenswerten Eigengeschmack den Magen zu füllen. Zwanzig Minuten, in denen sie zusätzlich drei Telefonate führen musste.

Die erste Anruferin war die stellvertretende Ressortleiterin. Sie war in Panik. Das kam öfter vor; Theresa kannte sie gut genug, um zu wissen, dass ihr Nervenkostüm nicht so stabil war, wie man angesichts ihrer Position hätte erwarten können. Ob Theresa nicht zur Kreisratssitzung gehen könne, es ginge da um den Abfallskandal, über den sie neulich geschrieben hätte. Das Problem sei nur: Die Kreisratssitzung beginne bereits in einer Stunde.

Theresa erklärte, dass das leider völlig unmöglich sei, sie befände sich ja gerade in der Universität, rund 150 Kilometer von der Heimat entfernt, und löste dadurch bei ihrer Chefin mittelschweres Entsetzen aus. Sie müsse dann wohl selbst hin zu dieser Sitzung, aber, oh je, leider fehle es ihr im Moment völlig an Hintergrundinformationen. Also referierte Theresa ihre Rechercheergebnisse, während der Seelachs langsam, aber sicher erkaltete.

Kaum hatte sie aufgelegt, meldete sich ein Mitarbeiter aus ihrer Redaktion. Wo sie denn den Dreispalter über den Beginn der Musikfestwochen abgespeichert hätte? Und, tja, eigentlich würde sich da noch ein Infokasten anbieten über die langjährige Tradition der Festwochen – den bräuchte er bis 17 Uhr. Sie sei doch ohnehin auf dieser Pressekonferenz gewesen. Da wäre es doch sicher ein Leichtes, noch ein paar Zeilen zu schreiben. Sie sagte zu, weil ihr nichts anderes übrig blieb. Seit ihr als erster Praktikantin seit Bestehen des Verlags genehmigt worden war, ihr Volontariat studienbegleitend zu absolvieren, hatte sie kaum die Möglichkeit, Aufträge abzulehnen. Dann fragte der Redakteur noch, ob sie denn wisse, unter welchem Namen der Kommentar zum Apothekerstreik im Landkreis abgespeichert sei, den die stellvertretende Ressortleiterin gestern geschrieben hatte. Spätestens jetzt war der Zeitpunkt gekommen, wo Theresa innerlich einem Schreikrampf nahe war. Wie hatte diese Redaktion jemals arbeiten können, bevor sie hier ihr Praktikum absolvierte? Sie unterdrückte diesen Gedanken und erklärte stattdessen ruhig, dass es wohl besser sei, die stellvertretende Ressortleiterin selbst zu fragen, sie säße doch nur ein Büro weiter. Nein, sie sei nicht auf Außenterminen, sie habe ja soeben mit ihr gesprochen. Der Redakteur nuschelte etwas von »Wäre mir lieber gewesen, du könntest das mit ihr klären« und setzte zu guter Letzt noch hinzu: »Zum Glück ist in zwei Tagen wieder Freitag. Die Tage ohne dich sind doch sehr stressig. Man muss sich aufteilen zwischen den vielen Terminen, hat dann abends trotzdem keinen geeigneten Aufmacher, und überhaupt geht alles drunter und drüber.«

Theresa war längst über den Punkt hinweg, an dem sie sich davon geschmeichelt gefühlt hätte. Inzwischen fand sie die Redaktion nur chaotisch und wusste nur zu gut, dass die besten Aufmacher tatsächlich von ihr kamen. Von welchen »vielen Terminen« der Redakteur sprach, war ihr allerdings rätselhaft, denn Pressekonferenzen waren in ganz Ostbayern eher rar. Es passierte nicht viel in einer der randständigsten Regionen Deutschlands – es sei denn, man bekam einen wertvollen Tipp. So wie Theresa.

»Sie sind die Beste, die wir jemals hatten«, hatte der Chefredakteur sie vor ein paar Monaten gelobt. »Das ist schon bewundernswert, wenn eine so junge Journalistin wie Sie an Themen herankommt, die den meisten alten Hasen verborgen bleiben. Mein Kompliment.« Er setzte hinzu: »Sie sind so gut, dass Sie nach Abschluss Ihres Studiums wohl kaum bei uns bleiben werden. Das ist die Schattenseite.«

Sei froh, sonst wärst du deinen Job bald los, ging es Theresa durch den Kopf, doch sie entgegnete liebenswürdig, dass sie noch nicht wisse, was nach dem Studium sei, es würde ja noch ein Jahr bis zum Abschluss dauern. Damit wollte sie sich die Möglichkeit offen halten, beim Scheitern anderer Optionen doch als Redakteurin bei der Regionalzeitung unterzukommen.

Sie aß drei Bissen vom inzwischen kalten Seelachsfilet und eine Kartoffel, da läutete das Handy zum dritten Mal. Die zwei Studienkolleginnen, mit denen sie in die Mensa gegangen war, verdrehten genervt die Augen. Sie löffelten inzwischen das Dessert. Schokoladenpudding.

»Geh nicht ran – iss jetzt erst mal«, sagte die eine, und die andere fügte hinzu: »Du kannst das Ding doch mal abschalten. In zehn Minuten beginnt das Medienrecht-Seminar, und dein Teller ist noch voll. Bist du denn so wichtig?«

Theresa hatte keine Zeit, die flapsige Bemerkung zu kommentieren. Die Nummer auf dem Display kannte sie inzwischen auswendig. Sie versprach wichtige Neuigkeiten. Die Anruferin wusste, dass es nicht nötig war, ihren Namen zu nennen, und kam daher gleich zur Sache.

»Fragen Sie beim Landratsamt nach, wie sich Eigentumsverhältnisse und Nutzungsdefinition für das Grundstück an der Ostbundesstraße zwischen Donau und der alten Textilfabrik geändert haben. Möglicherweise bahnt sich da etwas an. Rufen Sie mich dann wieder an.«

»Ich melde mich morgen früh«, sagte Theresa. »Neun Uhr.«

»Nein, auf keinen Fall, das ist zu spät. Jetzt. Es muss sofort erledigt werden, sonst ist es umsonst.«

Theresa wusste: Es war die letzte Medienrecht-Stunde vor der Klausur. Daher war es sicherlich von erheblichen Nachteil, das Seminar zu schwänzen. Sie wusste aber auch, dass ihrer Anruferin dieser Umstand ziemlich egal war. Obendrein ahnte sie, dass sich hinter dem Hinweis, sie solle sofort beim Landratsamt anrufen, eine heiße Geschichte verbarg – so heiß und skandalträchtig wie alle anderen Geschichten, auf die sie aufgrund von Katharina Hermanns Hinweisen gestoßen war.

»Okay«, sagte sie langsam und überlegte sich bereits, wie sie ihren beiden Kommilitoninnen ihre Abwesenheit in der letzten Stunde so freundlich erklären konnte, dass die beiden zum wiederholten Male bereit waren, ihr ihre Mitschriften zu überlassen. Es war in der letzten Zeit sehr häufig vorgekommen, dass sie andere um Unterlagen bat. Vorlesungen hatte sie ohnehin schon längst von ihrer To-Do-Liste entfernt; es war einfach keine Zeit dafür. Das Wissen, dass hier vermittelt wurde, eignete sie sich im Eigenstudium aus diversen Fachbüchern an. Es reichte, um die Klausuren mit zufriedenstellendem Ergebnis zu bestehen.

»Wir sprechen uns in einer halben Stunde«, sagte Katharina Hermann und legte auf.

Es gab an der Ostbundesstraße ein leeres Fabrikgebäude. Erbaut worden war es in den fünfziger Jahren, ein einfacher zweistöckiger Ziegelbau. Seit zehn Jahren stand er leer. Der Standort war unrentabel geworden. Max Krahnich, der Inhaber von »Krahnich Textilien«, hatte seine Produktion längst ins geografisch nahe Tschechien verlegt. Seither verfiel das Gebäude. Die Fensterscheiben waren zerbrochen oder von randalierenden Jugendlichen nach feuchtfröhlichen Feiern eingeschlagen worden.

Hinter dem Fabrikgebäude, direkt an der Donau, lagen rund sieben Hektar Grünfläche. Regelmäßig trat der Fluss über die Ufer und überflutete die Wiesen. Auch die Textilfabrik hatte mit dem Hochwasser zu kämpfen gehabt: Rund ein Dutzend Mal hatte es innerhalb der Jahrzehnte, in denen sie hier ihren Standort hatte, so viel geregnet, dass die sieben Hektar große Wiesenlandschaft zu einem einzigen See geworden war. Auf der anderen Seite der Donau erstreckte sich weites, fruchtbares Ackerland, das intensiv landwirtschaftlich genutzt wurde. Mais, Gerste, Hafer und Zuckerrüben waren durch eine steile Böschung vor Überschwemmung geschützt. In den Jahren, in denen es enormes Hochwasser gegeben hatte, war es auch hier sehr feucht gewesen, die kleinen Seen, die sich wie Pfützen über die Felder erstreckten, hatten sich jedoch relativ schnell wieder verflüchtigt. Das meiste Wasser war stets von den Wiesen aufgenommen worden. Seit Jahren waren die Wiesen in einem Wiesenbrüter-Schutzprogramm fixiert und durften deshalb nur zu bestimmten Terminen gemäht werden.

All das erfuhr sie bei ihrem Anruf im Landratsamt, wo sie als Journalistin der Regionalzeitung schon längst namentlich bekannt war. Darüber hinaus berichtete man ihr, dass das Wiesenbrüter-Schutzprogramm für besagte Wiesen in drei Monaten auslief und vom Besitzer der Wiesen, der Familie Krahnich, eine Nutzungsänderung beantragt worden war. Darüber sollte demnächst auf der Kreisratsitzung beraten werden. Die Sachgebietsabteilung »Flächennutzung« sei schon dabei, ein entsprechendes Guthaben zu erstellen, anhand dessen über die Umwandlung der landwirtschaftlichen Nutzfläche in ein Baugebiet entschieden werden sollte.

»Baugebiet?«, wiederholte Theresa ungläubig, als sie mit dem Leiter der Flächennutzung telefonierte. »Ist das Gebiet nicht hochwassergefährdet?«

»Es werden entsprechende Maßnahmen ergriffen, um künftige Überflutungen dieses Gebiets zu verhindern«, lautete die Antwort des Sachverständigen, und er ließ mit seiner Aussage keinen Zweifel darüber offen, dass sein Guthaben zugunsten der angestrebten Nutzungsänderung ausfallen würde.

Theresa ließ sich ihre Verwunderung nicht anmerken, legte auf und tippte die Nummer des Landratsamts erneut – diesmal mit anderer Durchwahl.

»Ich haben eine Frage zu der geplanten Siedlung an der Ostbundesstraße«, begann sie scheinheilig das Gespräch mit dem Leiter der Abteilung Bauverwaltung. »Steht schon fest, bis wann das Projekt realisiert wird?«

Nichts ahnend tappte ihr Gesprächspartner in die Falle. »Siedlung? – Ach so, Sie meinen dieses Vorhaben vom Steindl, diese Freizeitpark-Geschichte. Das ist ja noch nicht spruchreif.«

Steindl, ging es Theresa durch den Kopf. Es gab viele Steindls im Landkreis. »Dann hat der Johann Steindl also ein bisschen übertrieben mit dem Termin«, log Theresa ins Blaue hinein. »Oder ich hab das auch falsch verstanden?«

Ihr Plan ging auf. Sie wurde gleich verbessert. »Sie meinen den Josef Steindl. Haben Sie denn schon mit dem gesprochen?«

»Oh danke, ich meinte natürlich Josef Steindl, nicht Johann. Da kommt man ja ganz durcheinander mit den Namen«, erwiderte Theresa. »Ja, wir haben vor kurzem darüber gesprochen, es war mehr beiläufig, ich wollte nur mal nachfragen, ob das schon aktuell ist.«

Der Beamte war überaus freundlich und diensteifrig. Zu diensteifrig gegenüber einer Journalistin, aber das war ihm nicht bewusst. »Wenn das Verfahren durch ist, wird es sowieso eine große Pressekonferenz geben. Der Landrat und der Steindl setzen Sie sicher persönlich davon in Kenntnis. Wird ja eine große Sache für den Landkreis, der Freizeitpark.«

Was Theresa nach diesem und einem weiteren Gespräch mit der Abteilungsleiterin von »Umweltschutz und Wasserrecht« begriffen hatte: Sobald die Nutzungsänderung erfolgt war – und da bestand nicht einmal von Seiten des Umweltschutzes, der unter anderem für die Ausweisung von Hochwassergebieten zuständig war, der leiseste Zweifel –, würde ein gewisser Josef Steindl auf den derzeitigen Wiesen mit dem Bau eines riesigen Freizeitparks beginnen.

Theresa fand die Selbstverständlichkeit, mit der hier über sämtliche Hochwasserbedenken hinweggegangen wurde, merkwürdig.

Sie rief Katharina Hermann an und erstattete ihr über die Ergebnisse ihrer Recherche Bericht.

Die Landkreisabgeordnete pfiff durch die Zähne, als Theresa geendet hatte, wirkte aber nicht sonderlich überrascht. »Ich habe fast erwartet, dass es so läuft«, erwiderte sie, ohne detaillierte Erklärungen abzugeben. Theresa vermutete, dass sie wahrscheinlich von einem Dritten vage Informationen bekommen und sie – wie so oft – unter dem Deckmantel journalistischer Recherche benutzt hatte, um an Detailwissen heranzukommen. Wieder einmal fand Theresa, dass im Grunde Katharina Hermann diejenige war, die die Oberhand in ihrer »Zusammenarbeit« gewonnen hatte. Sie hatte ausgezeichnete Kontakte, kam schnell an Informationen und wusste sie entsprechend einzusetzen.

Theresa war schnell klar geworden, dass die Landtagsabgeordnete nicht nur über enormes Wissen und über eine bemerkenswerte Intelligenz und Eloquenz verfügte, sondern auch ein PR-Profi in eigener Sache war. Theresa konnte nicht umhin, sie dafür still und heimlich zu bewundern. Nach außen hin gab sie sich kühl und überlegen. Ihr Verhältnis zu Katharina Hermann beruhte schließlich auf einer Erpressung. Diese Tatsache stand zwischen ihnen und verhinderte eine persönliche Beziehung. Wenn sie telefonierten oder sich trafen, begegneten sie sich wie Geschäftspartnerinnen.

Theresa war überzeugt, dass Katharina Hermann sie aus tiefster Seele verabscheute. Auch wenn der Grundstein dazu von ihr selbst gelegt worden war und sie damals, vor zweieinhalb Jahren auf dem Parkplatz, dabei nicht einmal mit der Wimper gezuckt hatte, kamen ihr anfänglich bei der Umsetzung ihres Plans Zweifel. Würde ein Verhältnis zu »gegenseitigem Nutzen« in der Praxis tatsächlich funktionieren? Außerdem hatte sie zunächst bei jedem Telefonat und jeder Begegnung Herzklopfen vor Aufregung, weil sie befürchtete, es käme der Tag, an dem die Politikerin zum Gegenschlag ausholen würde.

Ihre Befürchtungen waren umsonst. Katharina Hermann war stets distanziert, unpersönlich und kühl, aber niemals unfreundlich oder gar beleidigend. Daran, dass sie ihre Sätze meistens im Imperativ formulierte, und an ihre Erwartungshaltung, dass die Journalistin ihren Hinweisen sofort und umgehend nachging, hatte sich Theresa schnell gewöhnt.

»Treffen Sie sich mit Steindl«, sagte Katharina Hermann jetzt. »Fragen Sie ihn nach seinen exakten Plänen. Wenn Sie mit ihm gesprochen haben, rufen Sie mich nochmals an.«

»Was ist, wenn Steindl nicht mit mir über seine Pläne sprechen will?«, gab Theresa zu bedenken – in erster Linie deshalb, weil ihr die Vorstellung, jetzt sofort von der Uni zurückzufahren, absolut nicht gefiel. Am nächsten Tag war die Medienrecht-Klausur. Sie musste noch dafür lernen, und sie musste auch noch einige Zeilen über die Tradition der Festspielwochen zu Papier bringen.

Katharina Hermann lachte. Es klang verächtlich. »Machen Sie sich da keine Sorgen. Er wird begeistert sein.«

Drei Stunden später konnte sich Theresa selbst davon überzeugen, dass die Landtagsabgeordnete Recht hatte. Sie traf Josef Steindl, seines Zeichens Event-Manager und Inhaber einer mäßig bekannten Event-Agentur mit Sitz in der Kreisstadt. Er sprühte vor Enthusiasmus, als er Theresa von seinen Plänen erzählte. Theresa sprach ihn auf das Thema Hochwasser mit keiner Silbe an. Sie hatte inzwischen eine vage Vorstellung davon, auf was Katharina Hermann bei dieser Geschichte hinauswollte. Es kam ihr sehr gelegen, dass ihr Steindl in aller Offenheit von möglichen Sponsoren erzählte, die das Projekt »Freizeitpark« finanzieren wollten, und ihr zu guter Letzt sogar konkrete Pläne zur Gestaltung des Geländes zeigte. Theresa fiel besonders der meterhohe Graswall auf, der einem Deich gleich das Gelände von der Donau trennte. Sie machte von Steindl und dem Plan ein Foto mit ihrer Spiegelreflexkamera, fokussierte jedoch mehr den Plan als ihn. Er zweifelte nicht daran, dass sein Vorhaben vom Landratsamt genehmigt würde, so viel war sicher.

So viel Selbstsicherheit veranlasste Theresa zu ausgiebiger Recherche. Sie verzichtete vorerst darauf, Katharina Hermann anzurufen. Vielleicht würde sie ihr noch mehr bieten können, sagte ihr die Intuition. Sie begab sich in die Redaktion, wurde dort überrascht, aber erwartungsgemäß freudig empfangen und konnte sich nur mit Mühe dem Schreiben der Polizeimeldungen und Redigieren der zugelieferten Artikel freier Mitarbeiter entziehen.

»Jetzt hätten Sie ja doch selbst auf die Sitzung gehen können«, sagte die stellvertretende Ressortleiterin. »Sie wollten doch eigentlich gar nicht kommen?«

»Es hat sich anders ergeben«, erwiderte Theresa knapp und verschanzte sich hinter einem freien PC. Im Internet fand sie heraus, dass die Krahnich-Werke mittlerweile dem Sohn von Max Krahnich gehörten, Friedrich Krahnich. Friedrich Krahnich hatte seinen Hauptwohnsitz in der Nähe von Prag. Verheiratet war er mit einer gewissen Anna-Maria, geborene Hofmüller. Anna-Maria war die Cousine von Peter Hofmüller, dem Leiter des Baureferats am Landratsamt – und der wiederum war der Schwager von Ludwig Zauber, Landtagsabgeordneter der Konservativen. Es galt momentan als abgemacht, dass Zauber bei den Bundestagswahlen im Herbst als Vertreter des Wahlbezirks erster Listenkandidat der Konservativen werden würde. Er, der ehemalige Zuckerbäcker und Nebenerwerbslandwirt, hatte drei Jahrzehnte seines 50 Jahre währenden Lebens darauf hingearbeitet. Katharina Hermann würde auf Listenplatz 2 stehen.

Theresa begriff das Potential dieser Information sofort. Als sie sich ihrer Sache hundertprozentig sicher war, verzog sie sich mit ihrem Handy in eine ruhige Ecke des Verlagsgebäudes und informierte die Politikerin über alles. Sie konnte ihr mehr liefern, als diese erwartet hatte.

»Sie haben die Überschrift zu Ihrem nächsten Artikel: Aus mit dem Zauber!«, sagte Katharina Hermann. Unterdrückte Freude und Aufregung war aus ihrer Stimme herauszuhören. Offensichtlich hatte sie nicht damit gerechnet, dass sich hinter dem Tipp, den sie erhalten hatte, die einmalige Chance verbarg, ihren Parteigenossen von Platz 1 ins Abseits zu bugsieren.

»Rufen Sie beim Bund Naturschutz an. Sprechen Sie mit dem Vorsitzenden. Lassen Sie sich nicht abwimmeln. Er weiß sicherlich noch nichts von diesen Plänen, also schildern Sie ihm die Tatsachen. Tun Sie das so wertfrei wie möglich. Er wird wissen, was zu tun ist. – Geht der Artikel noch heute in Druck?«

Theresa bejahte. Sie legte auf und war nicht minder aufgeregt als Katharina Hermann. Plötzlich fühlte sie sich mächtig. Sie begriff nun, warum die Medien als vierte Macht im Staat bezeichnet wurden.

Sie kündigte der Ressortleiterin ihren Aufmacher an.

»Für den Landkreis-Teil«, sagte die Ressortleiterin. »Im Ostbayern-Teil erscheint der Bericht über den Apotheker-Streit.«

»Nein«, widersprach Theresa mit Bestimmtheit. »Rücken Sie den nach hinten. Ich biete Ihnen etwas, was heute nur wir haben und was morgen in allen bayerischen, wenn nicht sogar bundesweit verbreiteten Zeitungen zu finden ist.«

Es war das erste Mal in der Geschichte des Verlagshauses, dass sich eine Ressortleiterin nach den Anweisungen einer Volontärin richtete. Doch Theresa sollte mit ihrer Einschätzung Recht behalten: Die Medien stürzten sich auf die Geschichte, die eine mittelständische Regionalzeitung ans Tageslicht gebracht hatte. Es war ein Fall von Vetternwirtschaft in Reinform.

Die Schlüsselfigur war ein in der Region einflussreicher Politiker namens Zauber, der durch seine verwandtschaftlichen Verbindungen dafür garantieren konnte, dass das Vorhaben von der Errichtung eines Freizeitparks weder an einer missglückten Nutzungsänderung noch an Hochwasserschutzbestimmungen scheiterte. Da wurde eine Wiese, die bis jetzt als Auffangbecken bei Überschwemmungen gedient hatte, flugs in Bauland umdeklariert. Dass die landwirtschaftlich genutzten Felder am anderen Flussufer bei Errichtung eines Schutzdamms für das Freizeitparkgelände zukünftig doppelt so hart von Überflutungen getroffen werden würden, was den Landwirten erhebliche Einbußen brächte, wurde glücklicherweise und wohl überlegt von der jungen Konservativen Katharina Hermann ins Spiel gebracht, die die Angelegenheit als empörend bezeichnete und sich entrüstet über ihren politischen Gegenspieler äußerte: »Ich bin enttäuscht, dass Herr Zauber unsere ostbayerischen Landräte auf diese Weise verrät. Sein Portmonee füllt sich auf Kosten der Bauern, die mit dem Schrecken ständiger Überflutung und sinkender Ernteerträge rechnen müssen.«

Richtig ins Rollen kam die Geschichte vor allem durch den Bund Naturschutz, der nach Theresas Anruf die sofortige Pressemitteilung herausgab, dass ein bestimmter, vom Aussterben bedrohter Sumpfkäfer auf besagten Wiesen heimisch war und durch eine Nutzungsänderung ausgerottet werden würde. Es war nicht Theresa, sondern der Bund Naturschutz, der sich an die Vorsitzende der Kommission

»Land- und Forstwirtschaft« im Bayerischen Landtag wandte, um eine Stellungnahme der Vertreterin dieses Landkreises einzufordern, die obendrein noch Vorsitzende des Kreises »Landwirtschaft und Umwelt« am Bayerischen Landtag war.

Am Abend war Theresa völlig erschöpft. Sie verließ die Redaktion gegen 21 Uhr. Eineinhalb Stunden Fahrt zu ihrem Studienort hätte sie nicht mehr bewältigt. So fuhr sie zum Haus ihrer Eltern. Sie traf sie im Wohnzimmer an. Beide waren vor dem laufenden Fernseher eingeschlafen und schreckten aus dem Schlaf, als die Tochter ins Zimmer trat. Sie waren überrascht. Mit ihrem Kommen hatte niemand gerechnet. Theresa erklärte kurz, dass sie etwas für die Zeitung hatte schreiben müssen. Um was es ging, erwähnte sie nicht. Sie wusste, ihr Vater würde sagen: »Bravo, Prinzessin. Aus dir wird noch mal was ganz Großes!«, und ihre Mutter würde den Mund verziehen: »Dieser ganze Aufwand für eine mickrige Dorfzeitung! Wenn du wenigstens für die *Süddeutsche* schreiben würdest!«

Gemeinsam mit ihren Eltern sah sich Theresa die Nachrichten an. Es überraschte sie selbst, wie schnell das Thema »Vetternwirtschaft« von den Medien aufgegriffen wurde. Im Bayerischen Fernsehen brachten sie die Meldung mit einem kurzen Statement von Katharina Hermann. Ein Kamerateam des Bayerischen Rundfunks hatte sich offensichtlich unmittelbar nach Herausgabe der Pressemitteilung des Bund Naturschutz auf den Weg zu der Landtagsabgeordneten gemacht.

Sie hatten sie im Maximilianeum gefilmt. Sie stand vor einer Säule, aufrecht, mit vorgerecktem Kinn. Ihr Erscheinungsbild war wie immer tadellos, ihre Worte gewählt. Sie wirkte energisch, tatkräftig und ließ es in ihren Worten nicht an Emotionalität fehlen, als sie ihr Mitgefühl für die ostbayerischen Landwirte ausdrückte, die der Landtagsabgeordnete Zauber aus Gründen der Selbstbereicherung ihrer Existenzgrundlage berauben wollte.

Theresa konnte sich dem Charisma, das Katharina Hermann selbst von einem Fernsehbildschirm aus ausstrahlte, kaum entziehen. Sie war eine Person mit Führungsqualitäten, ein Mensch, dem man Vertrauen schenkte.

»Sie hat sich in letzter Zeit enorm emporgearbeitet, diese Hermann«, sagte Theresas Vater nach dem Beitrag. »Ich bin sicher, sie bringt es in politischer Hinsicht noch sehr weit.«

»Das ist eine von diesen Emanzen«, sagte Chiara Lackner dagegen abfällig. Sie war mit 19 schwanger geworden und hatte geheiratet. Jede Frau, die einen anderen Lebensweg wählte, erschien ihr verurteilenswert. Theresa war sicher, dass ein unbewusster Neid dahinter steckte. Frauen wie Katharina Hermann hatten etwas, was ihrer Mutter fehlte: Sie waren selbstständig und unabhängig. Sie mussten keinen Ehemann um Geld bitten, wenn sie sich ein neues Kostüm zulegen oder ein Wellnesswochenende buchen wollten.

Wie Theresa ließ auch Reinhard Lackner die Aussage seiner Frau unkommentiert. Bestimmt hatte er ihr nicht einmal zugehört. Sie hatte besonders in letzter Zeit häufig beobachtet, dass ihr Vater abschaltete, sobald ihre Mutter den Mund aufmachte.

»Diese Hermann – hast du die nicht auch schon interviewt?«, fragte ihr Vater beiläufig.

»Mhmmm«, erwiderte Theresa. »Ab und zu laufen wir uns über den Weg.«

Ihr Vater fragte nicht weiter. Darüber war sie erleichtert. Aus ihrem Privatleben wollte sie Katharina Hermann sorgfältig ausklammern.

Kaum lag Theresa im Bett, als sie das Knattern eines Leichtmotorrads hörte. Sekunden später vernahm sie das Öffnen und Zuschlagen der Haustür. Ihr Bruder war nach Hause gekommen. Es dauerte nicht lange, da begann ihre Mutter zu schreien. Es ging um zu viel Alkohol, das Motorradfahren und die Frage: »Wo bist du schon wieder gewesen?« Tommi schrie zurück. Selbst durch die Wände konnte Theresa hören, dass er lallte. Der Ausbruch ihrer Mutter war also gerechtfertigt – zumal es nicht das erste Mal war, dass Tommi alkoholisiert gefahren war.

Theresa schloss die Augen. Diesmal würde sie nicht nach unten gehen. Sie hatte ihre Rolle als Streitschlichterin satt. Und sie war unendlich müde und schlief schnell ein.

Bei der Medienrecht-Prüfung am nächsten Tag fiel sie durch. Sie fühlte nichts als Leere – nicht nur im Kopf, sondern in ihrem gesamten Inneren. Katharina Hermann hatte mehr Erfolg. Sie, Tochter eines Beamten und einer gelernten Friseurin, hatte sich durch ihre geschickte Positionierung ein für allemal die Sympathien ihrer ländlichen Wählerschaft gesichert. Ludwig Zauber trat von seinem Amt zurück. Als künftiges Mitglied des Bundestags kam er nicht mehr in Frage. Katharina Hermann rückte vor auf Listenplatz Nummer eins und gewann die Wahl.

Ihr Zweitwohnsitz verlagerte sich nun von München nach Berlin. Die Wohnung in der Kreisstadt behielt sie. Wie jede Bundestagsabgeordnete, hielt auch sie regelmäßige Sprechstunden für die Bürger ihres Wahlbezirks ab. Sie war deshalb nicht seltener in ihrer Heimat als während ihrer Zeit als Landtagsabgeordnete.

Das Abkommen zwischen den beiden Frauen funktionierte weiterhin. Die Geschichte mit Ludwig Zauber war ihr erster großer Coup. Es folgten weitere, die Theresa in journalistischer, Katharina Hermann in politischer Hinsicht nach vorn brachten.

Überraschungen

89 Prozent aller Einwohner Deutschlands wussten, dass Katharina Hermann die Kanzlerkandidatin der Konservativen war. Weitere fünf Prozent hatten zumindest ihren Namen schon gehört. 80 Prozent hiervon verbanden diesen Namen spontan mit dem breiten Segment »Politik«, aber nur drei Prozent konnten Katharina Hermann das Amt der Bundesjustizministerin zuordnen. 10 Prozent derer, die den Namen schon einmal gehört hatten, waren der festen Überzeugung, es handle sich um eine Schauspielerin. 0,03 Prozent waren sich sicher, Katharina Hermann sei eine verurteilte Massenmörderin – sie glaubten sich zu erinnern, den Namen im Zusammenhang mit Strafvollzug gehört zu haben.

72 Prozent aller Frauen und 60 Prozent aller Männer zwischen 30 und 40 hielten Katharina Hermann für kompetent und fähig, das Amt der Bundeskanzlerin voll und ganz auszufüllen. Bei den über 50-Jährigen setzten 60 Prozent aller Frauen, aber nur 40 Prozent aller Männer ihr Vertrauen in eine weibliche Kanzlerkandidatin. Bei den unter 30-Jährigen gaben über 40 Prozent aller Frauen mit Hochschul- oder Fachhochschulabschluss an, dass Katharina Hermann als Kanzlerkandidatin eine Fehlbesetzung sei. Dezidierte Nachforschungen brachten ans Licht, dass sie sie für durchaus kompetent hielten, ihre Interessen als junge Frauen von ihr aber nicht vertreten sahen. Dagegen waren 78 Prozent der männlichen Jungakademiker der festen Überzeugung, die Nominierung einer Frau für das Bundeskanzleramt sei ein deutliches Signal, dass die Gleichberechtigung der Geschlechter auch in der Politik aktiv umgesetzt werde.

Mit solchen oder ähnlichen Ergebnissen verschiedener Marktforschungsinstitute, die aus freien Stücken oder im Auftrag der Konservativen die Stimmung im Lande ausloteten, wartete Presseattaché und Öffentlichkeitsstratege Dr. Jan Wieland bei den Treffen der engsten Mitarbeiter des Wahlkampf-Teams nun immer häufiger auf. Es folgten stets lange, bis in die Nacht hinein reichende Diskussionen, in denen jeder eine andere Theorie äußerte, um diese Ergebnisse zu erklären oder kritisch zu hinterfragen. Im selben Zuge wurden Lösungen erarbeitet, mit denen man den einen oder anderen Umfragewert vor dem Wahltag in eine positivere Richtung lenken konnte.

Das gesamte Team sammelte hier Vorschläge und Ideen, was Katharina Hermann zu tun und zu lassen habe, wie sie sich präsentieren und was sie künftig sagen solle, um möglichst viele Sympathien zu sammeln. Wieland war derjenige, der letztendlich entschied, was das beste für die Kanzlerkandidatin sei. Er fertigte seitenlange Manuskripte an, die er Katharina Hermann am Anfang oder am Ende einer derartigen Strategiebesprechung vertraulich zuschob. Ich hatte selbst noch nicht das Vergnügen, in einem dieser Werke zu schmökern – weiterhin ließ mich der Presseattaché spüren, dass ich in seinen Augen eine »persona non grata« war. Am liebsten hätte er mich von allen Sitzungen ausgeschlossen und aus dem unmittelbaren Umfeld der Ministerin verbannt. Doch das gelang ihm nicht.

Katharina Hermann schien zunehmenden Wert auf meine Anwesenheit zu legen. Ich begleitete sie inzwischen sehr häufig zu öffentlichen Auftritten, Parteisitzungen – sofern Journalisten zugelassen waren –, Besprechungen und allen Terminen, die im Zusammenhang mit dem Wahlkampf standen. Ich lernte dadurch unzählige Politiker kennen, die ich früher nur wie jeder »Normalbürger« im Fernsehen zu Gesicht bekommen hatte. Ein paar davon erinnerten sich sogar an meinen Namen, wenn wir uns ein zweites Mal über den Weg liefen. Das Medium, für das ich arbeitete, war aufgrund seiner hohen Auflage und seines Anspruchs eben nicht uninteressant. So mancher sah in mir das Sprachrohr zur Öffentlichkeit. Während der Wochen an Katharinas Seite bekam ich beispielsweise mehrere Anrufe von Abgeordneten, die versuchten, mich für das ein oder andere Thema zu gewinnen. Wenn ich es zeitlich mit meinem eigentlichen Auftrag vereinbaren konnte und Egle, der *Brennpunkt*-Chefredakteur, für das Thema zu begeistern war, stellte ich Recherchen dazu an. Zeigte sich hier wirklich ein interessanter Aspekt oder bemerkenswerter Konflikt, verfasste ich einen Artikel, und Egle entschied im Anschluss, ob das Thema den Sprung ins nächste Heft schaffte. Fünf Artikel waren auf diese Art und Weise zustande gekommen, zwei davon abgedruckt worden.

Stunden für Recherche zu verwenden und weitere Stunden damit, eine hübsche Nachrichtengeschichte zu schreiben, die letztendlich in den Reißwolf oder den virtuellen Papierkorb am Desktop des PC wandert, ist deprimierend. Doch so war nun einmal die Realität. Ich versuchte, gescheiterte Themen nicht als persönlichen Misserfolg zu sehen, doch ganz gelang mir das nicht. Hätte ich die Geschichte anders aufziehen sollen? Hatte ich vielleicht einen Aspekt übersehen, der das Thema bedeutsamer gemacht hätte? Oder lag es an meiner vielleicht ungenügenden Schreibe? An Tagen, an denen ich erfuhr, dass mein Artikel nicht ins Heft kam, fühlte ich mich stets ein wenig niedergeschlagen. Egle, zu dem ich inzwischen ein passables Verhältnis aufgebaut hatte, versuchte mich dann in väterlicher Manier zu trösten: »Aber Frau Lackner, nehmen Sie das nicht übel, Sie waren doch dieses Jahr schon im Heft, und das sogar mit insgesamt sechs namentlich gekennzeichneten Artikeln innerhalb von drei Monaten! Da sollten Sie doch wirklich zufrieden sein. Eine große Reportage steht schließlich auch noch an!«

Rational gesehen hatte Egle völlig Recht: Tatsächlich bestand kein Anlass zu Selbstzweifeln. Es gab tatsächlich alt gediente Redakteure beim *Brennpunkt*, die monatelang nur recherchierten, recherchierten, recherchierten – und dann Glück hatten, wenn einmal pro Jahr ein Artikel mit ihrem Namen im Magazin abgedruckt wurde. Sicher: Seit im Journalismus allerorts der Rotstift angesetzt wurde und Personaleinsparungen griffen, war die Anzahl derer, die für den Müllkorb recherchierten und schrieben, stark zurückgegangen. Trotzdem, es gab immer noch einige, die sich glücklich schätzen konnten, wenn ein- oder zweimal im Jahr ein paar Zeilen aus ihrer Feder in Druck gingen. Das lag nicht etwa daran, dass es sich um lausige Redakteure handelte. Wer es schaffte, beim *Brennpunkt* unterzukommen, hatte sich gewöhnlich jahrelang bei anderen Magazinen profiliert. Meist handelte es sich in solchen Fällen um eine Verkettung unglücklicher Umstände: ein Thema, dass sich erst nach umfassender Recherche als Flop entpuppte, mittelmäßige Interviewpartner, fehlende Informanten, vorzeitiges Aufgegriffenwerden durch andere Medien oder das Pech, dass kurz vor Druckunterlagenschluss ein absolut hochbrisantes Thema so aktuell war, dass die weniger aktuellen Themen schnell über den Haufen geworfen wurden, um Seiten frei zu bekommen. Diese Artikel waren dann in der Woche darauf erst recht nicht mehr aktuell und fielen unter den Tisch. Manchmal gerieten sie auch einfach in Vergessenheit. Es gab Redakteure, die vom Pech verfolgt wurden. Im Verlagshaus geisterte die Anekdote herum, dass einmal die Ehefrau eines derart von Misserfolg Geplagten bei Chefredakteur Egle vorsprach: Er solle doch bitte, bitte einen Artikel von ihrem Mann abdrucken. Ihr Gatte kämpfe aufgrund seines journalistischen Scheiterns mit schweren Depressionen und er leide an Impotenz. Ihre Ehe sei zum Scheitern verurteilt, wenn das berufliche Selbstbewusstsein ihres Mannes nicht bald wiederhergestellt würde.

Ungewiss ist, wie Egle sich entschied und um wessen besorgte Ehefrau es sich hier gehandelt hatte ...

Angesichts solcher Geschichten konnte ich über meine Abdruckquote wirklich erfreut sein. Andererseits war sie der Grund für mein brach liegendes Sexualleben. Ich war jetzt zwangsläufig schon drei Monate als Single und ohne Sex ausgekommen. Meine Beziehung zu dem einzigen Mann am Justizministerium, mit dem ich mich auch privat traf, war nach wie vor durch und durch asexueller Natur. Da mein Tag analog zu Katharina Hermanns Terminkalender sehr ausgefüllt war, hatte ich auch wenig Gelegenheit, Personen außerhalb des Ministeriums oder des beruflichen Umfelds kennen zu lernen.

Seltsamerweise vermisste ich nichts. Es gab Momente, abends, in meinem Pensionszimmer, da sehnte ich mich nach Gesellschaft. Ich wünschte mir jemanden, der mich kannte, jemanden, mit dem ich meine Gedanken und Gefühle hätte teilen können. Doch gleichzeitig wusste ich, dass eine Beziehung keine Lösung gewesen wäre. Ich konnte mich nicht erinnern, je mit einem meiner Freunde Gedanken und Gefühle geteilt zu haben. Selbst mit Martin hatte ich am Schluss nichts mehr geteilt. Es war mir nicht danach. Er wusste nichts von meinem Leben, wusste nicht, was wirklich in mir vorging. Martin kannte gegen Ende unserer Beziehung nur noch die überarbeitete Theresa, die nie Zeit für ihn hatte und die aufgrund ihrer psychischen und physischen Überlastung den Tränen stets näher war als dem Lachen. Seine Nachfolger kannten mich gar nicht. Die meisten begannen eine Art Beziehung mit mir – im engeren Sinne waren es wohl nur kürzere oder längere Affären –, weil sie mich attraktiv, unkompliziert und witzig fanden.

»Das Tolle an dir ist, dass du dasselbe willst wie ich: Fun, Fun, Fun!«, hatte Erik, der Sommelier, nach unserem zweiten Treffen und dem damit verbundenen ersten Sex gesagt. »Du machst keinen Stress bezüglich Zukunft und so weiter wie all die anderen Weiber.«

»Wir leben jetzt und hier«, hatte ich erwidert und gewusst, dass ich nicht in ihn verliebt war und ihn auch nie lieben würde. Er war ein Zeitvertreib, eine Episode, ein Mittel gegen Einsamkeit und Langeweile – genauso wie Daniel, der Sportstudent, dessen Lieblingsfloskel »Easy going« fast an jede seiner verbalen Äußerungen angehängt wurde und der erst nach drei Wochen gefragt hatte, mit was ich meinen Lebensunterhalt verdiente.

Ich nahm diesen Männern ihr Desinteresse nicht einmal übel. Ich war an ihrem Leben und ihrer Vergangenheit nicht viel mehr interessiert. Genau deshalb waren sie meine Freunde, Liebhaber oder Bettgenossen: Sie berührten mein Innerstes nicht, wühlten mich nicht auf, ließen mich einfach in Ruhe und stellten keine Fragen. Ich musste keine potenziellen Schwiegereltern kennen lernen und Sonntag früh im Bett keine Überlegungen anstellen, wie wir unser erstes, zweites und drittes Kind nennen würden. Es war eine sehr einfache Art zu leben. Ich hatte in all den Jahren nichts vermisst.

Gegen meinen Willen kam nun jedoch alles wieder in Bewegung. Ich hatte schon geahnt, dass es nicht gut wäre, tagtäglich mit der Vergangenheit konfrontiert zu werden. Das war einer der Hauptgründe gewesen, weshalb ich diesen Job keinesfalls hatte annehmen wollen. Denn alles, was ich damals so erfolgreich verdrängt hatte, kam mehr und mehr in mein Bewusstsein zurück. Die Schutzmauer, die ich um mich errichtet und sorgsam gepflegt hatte, bekam Risse. Das Mauerwerk begann immer dann zu bröckeln und zu wanken, wenn ich mit Katharina Hermann allein war. Sie nahm sich sehr häufig Zeit für mich – meist aus eigenem

Antrieb. Wann immer sie eine Minute frei hatte, war ich es, die die Gunst ihrer Aufmerksamkeit genießen durfte. Es hatte bereits mehrere gemeinsame Mittagessen gegeben, nachmittägliche Gespräche bei einer Tasse Tee und kurze Treffen zwischen zwei Terminen in ihrem dicht gedrängten Tagesablauf. Inzwischen sprachen wir mehr und mehr über Politik. Die Wahlen waren Mitte Oktober, jetzt war bereits Ende August. Auch wenn sich die Kanzlerkandidatin nach außen hin gelassen und professionell wie eh und je gab, entging meiner Wahrnehmung nicht, dass sie innerlich sehr angespannt war. Besonders stark spürte ich diese Anspannung, wenn Wieland wieder einmal seine aus Meinungsumfragen herrührenden Erkenntnisse auf den Tisch legte, wie die deutsche Wählerschaft Katharina Hermann sah, was sie an ihr vermisste und wie dieser Missstand behoben werden konnte.

Auf dringendes Anraten Wielands wurde so aus einem mehr oder minder privaten Golftermin am Sonntag ein offizieller Pressetermin. Der Öffentlichkeit sollte vermittelt werden, dass die zukünftige Kanzlerin auch ein Privatleben hatte und sich nicht nur hinter dem Schreibtisch verschanzte oder für offizielle Hand-Shakes posierte.

Also wurde die Kanzlerkandidatin auf einen Golfplatz in Niedersachsen zwischen Elbe und Weser geflogen, um mit ihrem Bekannten Victor von Dahlen, Gründer der Von Dahlen-Werke in Frankfurt, dessen Frau Eva und der schönen 17-jährigen Tochter Jacqueline eine Golfpartie abzuhalten. Ich hatte das zweifelhafte Vergnügen, diesem Termin beizuwohnen und verstand Katharinas vertraulichen Kommentar am Ende dieses Tages, sie hätte noch niemals so ein anstrengendes Golfspiel hinter sich gebracht. Das lag nicht an der Schwierigkeit des Geländes oder Intensität des Spiels, sondern an den Rahmenbedingungen. Sie musste im Angesicht der Fotografen und laut Regieanweisungen rund zehnmal in allen möglichen Haltungen einer passionierten Golfspielerin posieren, nebenbei noch ein glückliches und entspanntes Gesicht machen und freundliche Konversation mit ihren Bekannten Victor und Eva von Dahlen machen, die den Fototermin ebenso anstrengend zu empfinden schienen wie sie. Tapfer hielten sie jedoch durch.

Die einzige, die zumindest ein bisschen Gefallen an dem Aufgebot von Fotografen und Journalisten fand, war Jacqueline, ein zerbrechlich wirkendes Wesen mit goldblondem Haar und Wespentaille, das die Nähe der Kamera suchte. Den Grund dafür bekam ich beiläufig in einem kurzen Gespräch mit, das die Siebzehnjährige mit einem der Fotografen führte: »Darf ich Ihnen mein Setbook zukommen lassen? Wissen Sie, ich bin Model und ...«

Den Rest des Gesprächs hatte ich mir erspart.

Katharina Hermann jedenfalls war definitiv kein Model und am Ende dieses mehrstündigen Fotoshootings sichtlich erschöpft. Ich hörte, dass sie sich von Victor von Dahlen mit den Worten »Danke, Victor, dass du das für mich getan hast« verabschiedete.

Der Industrielle Victor von Dahlen wurde von Journalisten gefragt, ob und warum er Katharina Hermanns Kandidatur unterstütze, und er versicherte, dass er das auf jeden Fall täte: Es gebe keinen Menschen, der besser für dieses Amt geeignet sei als seine langjährige Freundin und Bekannte Katharina Hermann. »Eine hochkompetente Frau mit enormen Führungsqualitäten«, versicherte er im Brustton der Überzeugung den anwesenden Journalisten und fügte im Anschluss hinzu: »Hätte sie sich nicht für die Politik entschieden – ich würde ihr sofort einen Vorstandsposten in meinem Unternehmen geben!«

Eva von Dahlen, die den Typus einer klugen, routinierten Society-Lady verkörperte, hielt einen enthusiastischen Monolog über Katharina Hermanns wichtige Rolle in Sachen »Frauenpolitik«. Sie könne sich keine bessere Vorreiterin für die Gleichberechtigung von Mann und Frau auf dem politischen Parkett vorstellen, erklärte sie. Katharina Hermann sei »durch und durch Frau« und spiegle das deutlich in ihrer politischen Linie wieder, ohne dabei in die Rolle einer Emanze zu fallen. Sie sehe in der Kandidatur von Katharina Hermann ein sicheres Zeichen dafür, dass die Konservativen keineswegs die Partei seien, die sich Frauen zurück an den Herd wünsche – ein Vorurteil, das ihr leider hartnäckig anhaftete.

Ich nahm an, dass Eva von Dahlen zuvor von Wieland gebrieft worden war. Ihre Wortwahl erinnerte mich so sehr an die Pressetexte, mit denen ich regelmäßig vom Pressebüro der Ministerin gefüttert wurde. Wie auch immer, sie machte ihre Sache gut, und das Medienecho war zufrieden stellend.

Nichtsdestotrotz kam ich mir immer mehr vor wie beim Wahl-kampf eines US-Präsidenten. Jeder Auftritt vor den Medien war inszeniert bis ins Detail und eine einzige Show. Manchmal fragte ich mich, ob es bei dieser Wahl überhaupt noch um Politik ging oder eher darum, wer von beiden Kandidaten sich besser verkaufen konnte: Udo Körnigge oder Katharina Hermann.

Ich hatte Verständnis für den Widerwillen, den sie mehr und mehr gegen die ihrem Image angeblich zuträglichen Maßnahmen entwickelte. Während Wieland sich intensiv dieser Aufgabe wid-mete, hatte sein Mitarbeiter Andreas Jonas eine neue Leidenschaft entwickelt: Er und eine weitere Mitarbeiterin hatten sich intensiv mit dem Umfeld Körnigges befasst und suchten hier nach Wider-sprüchen zu der politischen Linie, die er nach außen vertrat. Es waren wahre Freudenfeste im Pressebüro, wenn das Team hier fündig wurde.

»Kathrin Körnigge fährt einen Mercedes!«, verkündete Jonas eines Tages und seine Augen leuchteten, als schwebe er zwischen Genie und Wahnsinn. »Und nicht nur irgendeinen Mercedes, sondern einen Mercedes SLK!« Er sprach es aus, als handle es sich dabei um etwas besonders Unanständiges. »Ich habe diese Informa-tion gleich ein paar geeigneten Redaktionen zugespielt«, berichtete er der Ministerin stolz. »Man stelle sich vor: Die Frau des Kanzler-kandidaten einer Partei, die stets als Sprecher der Armen und Schwachen auftritt, fährt eine Limousine!«

Deutschlands meist gelesene Zeitung – jene mit den großen Überschriften, den vielen Fotos und dem Minimum an Text – nahm die Nachricht tatsächlich begeistert auf, ebenso wie die Information, dass Körnigges Kinder Rita und Michael eine Waldorf-Schule besuchten. Das war an sich ja nichts Außergewöhnliches, doch Jonas hob besonders hervor, dass diese Schule privat finanziert wurde und Körnigge doch stets betonte, welch herausragende Quali-tät die öffentlichen Schulen in Deutschland hätten.

Das Pressebüro der Sozialdemokraten war währenddessen auch nicht untätig. Auch hier gab es einen findigen Kopf, der Katharina Hermanns Leben durchforstete. Bereits eine Woche später brach-ten andere Boulevardzeitungen die Meldung, dass Katharina Her-mann, deren Partei sich als christlich verstand, in der Schule zwei

Jahre lang statt Religion Ethik belegt hätte. Katharina Hermann war in diesen beiden Schuljahren 16 und 17 Jahre alt gewesen. »Heuchlerin oder Atheistin?«, lautete die Überschrift in einer dieser viel gelesenen Zeitungen, die sicher die katholische Landbevölkerung vor den Kopf stieß und ins Zweifeln brachte, was Katharina Hermanns Kandidatur betraf.

Wieland kreierte nach einem intensiven Gespräch mit ihr ein Statement, das ihre Entscheidung für den Ethikunterricht mit dem häufigen Ausfall der Religionsstunden begründete. Das war leicht nachzuweisen: An Katharina Hermanns Gymnasium wurde der Religionsunterricht damals von einem katholischen Pfarrer gegeben, der sich nebenbei um seine Gemeinde kümmern musste. Da es hier häufig zu Terminkollisionen kam und er sich den Gemeindeaufgaben in höherem Ausmaß verpflichtet fühlte als dem Religionsunterricht, entfielen tatsächlich viele dieser Unterrichtsstunden. Die Streberin Katharina wählte Ethik, belegte zwei Jahre später, als durch einen neuen Religionslehrer für regelmäßigen Unterricht gesorgt war, aber wieder Religion.

»Dem Christentum kommt eine besondere Bedeutung für die Wertorientierung unserer Gesellschaft zu«, sagte Katharina Hermann in einer Pressemitteilung. »Als Katholikin bin ich mir dieser besonderen Bedeutung bewusst. Religion ist ein unverzichtbarer Bestandteil unserer Gesellschaft und eine für unsere Kultur wesentliche Basis.«

Was zwischen den beiden Kandidaten – beziehungsweise deren Öffentlichkeitsstrategen – ablief, war zeitweise eine Schlammschlacht. Das Ausgraben von vermeintlichen Fehltritten des Gegners und die Inszenierung eines medialen Debakels kostete Energien, Zeit und Geld.

Wäre es nach Wieland gegangen, hätte ich von allen Fäden, die im Hintergrund gezogen wurden, nicht einmal etwas geahnt. Katharina Hermann jedoch setzte mich in einem vertraulichen Gespräch über die Aktivitäten ihres Pressebüros in Kenntnis oder sorgte dafür, dass ich bei den Besprechungen des Wahlkampfteams zugegen war. Was ich hier hörte, fand nie den Weg ins Blatt. Ich wusste meine Sonderposition zu schätzen. Ich war klug genug, sie mir nicht zu verspielen. Katharina wusste das und vertraute mir.

Ich sammelte Informationen, die andere Journalisten niemals erreichten und zog daraus meine eigenen Schlüsse.

Je näher der Wahltermin rückte, um so mehr versuchte Wieland, die Kanzlerkandidatin nach seinen Vorstellungen öffentlichkeitswirksam in Szene zu setzen. Immer häufiger gerieten sie aneinander.

Die Meinungsverschiedenheiten zwischen ihr und ihrem PR- und Wahlkampfstrategen verschärften sich in Etappen. Zunächst äußerte sie mit Nachdruck ihre Einwände. Widersprach Wieland, bekam ihre Stimme einen deutlich schärferen Tonfall und ihre Mundwinkel zuckten verräterisch – für mich, die ich sie länger kannte als jeder andere in ihrem jetzigen Umfeld, das untrügliche Zeichen, dass sie innerlich bereits vor Wut bebte. Brach Wieland seine Überzeugungsversuche dann immer noch nicht ab, kam kurze Zeit später der Punkt, an dem sie sehr beherrscht und mit eiserner Miene alle Anwesenden – inklusive mir – darum bat, das Zimmer kurz zu verlassen, sie müsse mit Wieland unter vier Augen reden. Salopp gesagt: Bei diesen Gesprächen schienen wirklich die Fetzen zu fliegen. Einmal blieb ich in der Nähe des Besprechungszimmers. Bis auf den Gang hinaus war zu hören, dass sich die beiden anschrieen. Bisher war das zweimal geschehen. Beim ersten Mal hatte Wieland Katharina wieder einmal zu überreden versucht, mit ihrem Vater gemeinsam vor der Kamera zu posieren. Ein wenig Familienidylle könnte ihren Sympathiewert bei den Männern über 50 steigern, war sich Wieland sicher: Eine Kanzlerin, die so familienorientiert war und sich aufopfernd um ihren alten Vater kümmerte. Auch Jonas war für diese Idee Feuer und Flamme. Katharina keineswegs. Sie behielt ihre Linie bei, ihren Vater von offiziellen Terminen fern zu halten. Das Fotoshooting fand nicht statt.

Im zweiten Fall war das Image der »Eisernen Jungfrau« der Auslöser. Wieland griff wieder einmal das heikle Thema auf, dass Katharina Hermann seiner Meinung nach nicht das verkörperte, was die breite Masse sich von ihr als Kanzlerin wünschte: Wenn schon eine Frau, dann eine, die in »geordneten Verhältnissen« lebte. Seine Wortwahl brachte Katharina in Rage. Ich konnte sie verstehen.

»Bei mir ist nichts ungeordnet«, zischte sie, und ihre Nasenflügel bebten vor Empörung über seine Äußerung. »Weder lebe ich in wilder Ehe noch gebe ich Anlass zu sonstigen Phantasien, meine Herren!« Sie wandte sich an die gesamte Runde. Sie verzog keine Miene, aber ihre Augen versprühten Funken. Jeder sah betreten zu Boden oder auf die Seite. Außer Wieland.

»Frau Ministerin, es geht nicht darum, ob Sie tatsächlich in geordneten Verhältnissen leben oder nicht. Es geht darum, dass Ihr Status als unverheiratete Frau Anlass zu Spekulationen gibt.«

»Welcher Art von Spekulationen?« Ihre Stimme hatte wieder diese gewisse Schärfe, die nichts Gutes verhieß.

»Sie könnten ein Verhältnis haben«, antwortete Wieland. »Zum Beispiel mit einem verheirateten Mann. So etwas macht sich nicht gut nach außen.«

»Sie wissen, dass das Unsinn ist!«

»Und Sie wissen, dass es darum geht, was man aufgrund ihrer Heimlichtuerei bezüglich ihres Privatlebens annimmt!«

Das war der Zeitpunkt, an dem sie uns mühsam beherrscht bat, den Raum zu verlassen. Was die beiden dort ausdiskutierten, blieb mir verborgen. Die Sitzung wurde an diesem Tag nicht fortgesetzt. Wieland sah ich eine Stunde später mit hochrotem Kopf in sein Büro eilen; über Katharina Hermann hieß es, sie habe das Haus verlassen, zwei Verabredungen abgesagt und erst ihren Abendtermin wieder wahrgenommen. Am nächsten Tag war »business as usual«, das Zusammentreffen der beiden verlief diszipliniert und ohne Aggressionen. Anscheinend hatten sie eine Lösung gefunden, mit der beide leben konnten.

In letzter Zeit hatte ich mich des Öfteren gefragt, ob sie wohl derzeit eine Freundin oder Lebensgefährtin hatte. Ich war zu dem Schluss gekommen, dass es in ihrem derzeitigen Leben keinen Platz dafür gab. Ihr Tag war sorgfältig geplant. Sie stand zunehmend unter Druck. Sie arbeitete bis spät in die Nacht hinein, war ständig auf Außenterminen und mindestens zwei Tage pro Woche überhaupt nicht im Ministerium, sondern in irgendeinem Teil Deutschlands auf Wahlkampf. Ich war bisher nur zweimal dabei gewesen. Auch der *Brennpunkt* hatte Geld nicht im Überfluss. Ständige Flugreisen waren ein Luxus, der mir nicht vergönnt war, und das Privileg, im Privatjet der Kandidatin der Konservativen mitzufliegen, genoss ich nicht. Das war nicht Katharinas Entscheidung. Angeblich gab es hier einen Paragraphen in irgendwelchen Richtlinien, der die Mitnahme von Journalisten in den vom Steuerzahler finanzierten Flugreisen versagte, sofern die Reisen nicht ausdrücklich als Pressereisen deklariert waren.

Im Grunde war es ohnehin sinnlos, sie auf jeden Termin von Buxtehude bis Wanne-Eickel zu begleiten. Die Abläufe waren immer dieselben: Es gab aus irgendeinem Anlass einen Menschenauflauf – zum Beispiel wegen der Einweihung eines für die jeweilige Stadt äußerst bedeutsamen Gebäudes – und als Ehrengast war Katharina Hermann geladen, die eine mitreißende Laudatio auf die Stadt hielt und gleichzeitig geschickt die Politik der Konservativen als Allerweltsheilmittel anpries.

Es war angenehm und verführerisch ihr zuzuhören. Ihre Argumentationen waren so überzeugend und klar strukturiert, dass ich nach jeder Rede sofort für die Konservativen gestimmt hätte, wäre unmittelbar im Anschluss an ihren Vortrag der Wahltermin gewesen. Erst, wenn ich später – bevorzugt in der Ruhephase vor dem Einschlafen – ihre Rede in Gedanken noch einmal durchging, kamen mir allerlei Einwände in den Sinn. Die Politik der Konservativen war nun einmal nicht mein Fall und würde es auch nie werden. Ohne Katharina Hermann hätte ich weder ihrem Grundsatzprogramm noch ihrem Wahlkampf jemals so viel Beachtung geschenkt.

Was ihre letzte Diskussion mit Wieland betraf, so musste ich mir eingestehen, dass sie mir unheimlich Leid tat. Die Auseinandersetzung mit ihrem Status als unverheiratete Frau, der bei den Konservativen offensichtlich doch ein deutlicher Makel war, ging ihr sichtlich an die Nieren. Ich hatte mich lange gefragt, ob sie Wieland gegenüber jemals offen gewesen war und ob er von ihrer sexuellen Orientierung wusste, doch nach den jüngsten ausufernden Debatten war mir klar, dass er so unwissend war wie jeder andere.

Das Schlagwort »eiserne Jungfrau«, das tatsächlich in einigen Medienberichten im Zusammenhang mit ihr gefallen war, war obendrein wenig schmeichelhaft. Ich konnte mir vorstellen, dass es für sie eine schmerzliche Kränkung sein musste. Eine Kränkung, die meiner Meinung nach auch jeder Grundlage entbehrte: Katharina Hermann war eine attraktive Frau. Lediglich ihr strenges

Gesicht verlieh ihr eine gewisse Unnahbarkeit. Ganz sicher war sie nicht mit Attributen wie »liebreizend« oder »süß« in Verbindung zu bringen. Trotzdem: Sie hatte Ausstrahlung und Charakter. Allein deshalb war die Bezeichnung, von der ich annahm, dass sie die Kreation eines frustrierten männlichen Redakteurs in der Midlife-Crisis gewesen war, absolut unangebracht.

Als ich daher in der Mittagspause beim Spaziergang zum Ministerium an einem Kiosk die neueste Ausgabe der Zeitschrift *Star* mit Katharinas Abbild erblickte und dem Titel: SO SEXY IST DIE (VIELLEICHT) ZUKÜNFTIGE KANZLERIN!, zögerte ich nicht, gleich ein Exemplar zu kaufen.

»*Star* hat 100 deutsche Politikerinnen auf ihren Sexappeal getestet«, las ich meinem Begleiter Arno Wendereich laut vor. Wir hatten an diesem Tag ausnahmsweise nicht in der Kantine des Ministeriums gegessen, sondern in einer Pizzeria in der näheren Umgebung. Den sonnigen Tag hatten wir zumindest mittags auf der Terrasse, nicht in einem geschlossenen Gebäude verbringen wollen. »Das Ergebnis: Katharina Hermann, Bundeskanzlerkandidatin der Konservativen, ist Deutschlands heißeste Wunderwaffe!«

»Oh mein Gott«, stöhnte Arno und schlug sich grinsend mit der Hand gegen die Stirne. »Deine Zunft verwendet wirklich viel Energie darauf, puren Schwachsinn zu verbreiten.«

Ich räusperte mich mit gespielter Entrüstung. »Ich muss doch sehr bitten! Etwas mehr Respekt vor meinem Berufsstand. – Und was heißt da Schwachsinn? Findest du sie etwa nicht attraktiv?«

Er ging nicht auf die Frage ein, sondern erwiderte stattdessen: »Ich frage mich gerade, ob es in Deutschland überhaupt 100 Politikerinnen gibt.«

»Sicher nicht, wenn man sich nur in den Reihen der Konservativen umschaut«, entgegnete ich schlagfertig. »Ihr habt ja lange Jahre erfolgreich dafür gesorgt, dass die Durchschnittsfrau genau wusste, wohin sie gehört: An den Herd.«

»Jetzt muss ich doch sehr bitten! Das ist wohl maßlos fehlinterpretiert!«, widersprach Arno.

Wir setzten unser Geplänkel noch einige Zeit fort. In den vergangenen Wochen waren wir so etwas wie Freunde geworden. Wir diskutierten oft über Politik, ich nutzte ihn als Informanten, ohne dass er es bemerkte, und war froh, dass es jemanden gab, mit dem ich abends hin und wieder ein Glas Wein trinken gehen konnte. Unsere Gespräche blieben allerdings immer an der Oberfläche; ich wusste nur wenig über sein Privatleben, und er wusste fast nichts über mich. Er fragte auch nie. Deshalb war die Bekanntschaft mit ihm wunderbar einfach – etwas, was ich über mein Verhältnis zu Gitta nie hatte sagen können. Gitta war neugierig und dadurch manchmal auch eine Nervensäge. Sie wollte immer alles wissen, und am besten ganz genau. Es war angenehm, dass Arno in dieser Hinsicht komplett anders war.

»Du hast doch nicht etwa vor, diesen Artikel ernsthaft durchzulesen?«, fragte Arno mit leichtem Entsetzen, als wir vor dem Ministerium angekommen waren.

Ich dachte nicht weiter nach, als ich spontan antwortete: »Aber ja. Und nicht nur das: Ich werde ihn Katharina Hermann zeigen. Schließlich ist das der beste Beweis, dass ihr Eiserne-Jungfrauen-Image nicht der allgemeinen medialen Wahrnehmung entspricht.«

Er lachte herzhaft. »Aber natürlich. Servier ihn ihr auf einem Silbertablett. Aber pass auf, dass sie dich nicht damit erschlägt.«

»Quatsch. Sie wird sich freuen. Es tut ihr sicher gut zu wissen, dass nicht ganz Deutschland sie für eine verknöcherte alte Jungfer hält«, sagte ich locker. »Sie ist doch auch nur ein Mensch, und du musst zugeben, dass es sehr entwürdigend ist, wenn man ständig so persönlich angegriffen wird wie sie in den letzten Wochen.«

Arno Wendereich blieb wie angewurzelt stehen. Er starrte mich entgeistert an. »Das ist ein Scherz, oder?«

»Was?« Ich verstand nicht, worauf er hinauswollte.

»Du willst nicht ernsthaft zu unserer Ministerin marschieren und ihr mit diesem Schmierblatt unter der Nase herumwedeln?«

Mein Gesichtsausdruck gab ihm die Antwort.

»Theresa, ich halte das für absolut unangebracht. Wir sprechen hier von der zukünftigen Kanzlerin. Es ist respektlos, sie damit zu brüskieren. Sie über das Medienecho zu informieren ist außerdem Sache der Presseabteilung.«

Nachts vor dem Einschlafen dachte ich über seine Worte nach. Mir wurde dabei bewusst, wie sehr sich unsere Positionen unterschieden. Er sah in Katharina Hermann seine Vorgesetzte: kompetent und unerreichbar. Für mich dagegen war sie einfach Katharina Hermann, ein Mensch, den ich sehr lange kannte.

Ich musste mir eingestehen, dass ich sie mittlerweile mochte. Das einzige, was zwischen uns stand, war die Vergangenheit. Sie legte sich wie ein dunkler Schatten über das zarte Band der Sympathie, das uns jetzt verband.

Doch was geschehen war, konnte wohl nie wieder gutgemacht werden. Jetzt tat es mir Leid. Vielleicht wären Katharina Hermann und ich gute Freundinnen geworden – zu einer anderen Zeit, in einem anderen Leben. So verband uns nur eine fragwürdige, amoralische Geschäftsbeziehung.

Katharina Hermann war frustriert und gestresst. Nach außen hin wirkte sie professionell wie eh und je, doch ich konnte ihre innere Anspannung fühlen, als ich neben ihr stand. Es musste wohl an dem Thema liegen, über das sie sich soeben in einer Sitzung mit ihren Parteigenossen auseinander setzen musste: Der Adoption von Kindern durch gleichgeschlechtliche Paare.

Was die Konservativen von Homosexuellen im Allgemeinen hielten, ging nicht nur deutlich aus ihrem Grundsatzprogramm hervor – »Der Schutz von Ehe und Familie ist für die Partei vorrangige Prämisse« –, sondern auch aus der Tatsache, dass sie ihnen Steine in den Weg legten, wo immer es ging. Hätten sie die Möglichkeit gehabt, die von den Sozialdemokraten beschlossene Regelung zum Lebenspartnerschaftsgesetz abzuschaffen, wäre das sicherlich schon geschehen. Warum Homosexuelle nicht ein Leben führen sollten, in dem sie die gleichen Rechte und Pflichten hatten wie Heterosexuelle, war für mich nicht nachvollziehbar. Selbst mir als gewöhnlicher Heterosexueller gingen intolerante Reden des noch amtierenden konservativen Kanzlers, dessen Nachfolge Katharina Hermann antreten sollte, auf die Nerven: »Die Grundlage der Ehe ist immer noch die Absicht, eine Familie zu gründen. Die Ehe ist eine Institution zwischen Mann und Frau, und die Familie demzufolge die Grundlage und das Ergebnis dieser Institution. Willentlich Alleinerziehende, Kommunen, wilde Ehen oder gar Partnerschaften zwischen Homosexuellen können von Natur aus nie unter den Begriff der Familie fallen. Homosexuellen Paaren dieselben Rechte und Pflichten zu gewähren wie den Bünden zwischen Mann und Frau, spricht nicht nur gegen die christlich-abendländische Weltanschauung, sondern drängt die traditionelle Familie, die seit Jahrhunderten die Keim- und Kernzelle unserer Nation darstellt, systematisch in den Hintergrund. Unschuldige Kinder zum Opfer dieser roten Politik zu machen, wäre ein Vergehen mit enormen gesellschaftlichen Auswirkungen für die Zukunft – ein Vergehen, dass wir Konservativen mit aller Kraft zu verhindern suchen!« Das war die Argumentation, die in meinen Ohren verlogen und intolerant klang. Mit jedem Wort bestätigte sie mir, dass meine Entscheidung, bei der letzten Wahl die Linken zu wählen, die richtige gewesen war. Intoleranz gehörte zu den Dingen, die ich nicht ertragen konnte.

Ich fragte mich des Öfteren, wie Katharina Hermann für die Prinzipien dieser Partei eintreten konnte – speziell für dieses Prinzip. Da wir dieses Thema jedoch sorgfältig mieden, konnte ich ihr diese Frage nicht stellen.

Dass sie sich bei und nach solchen Reden ihrer Parteigenossen jedoch nicht wohl fühlte, war für mich offensichtlich. Wurde sie unmittelbar nach einer derartigen Debatte angesprochen, schwang immer eine gewisse Gereiztheit in ihrem Tonfall mit.

Es ergab sich, dass ich nach einer dieser anregenden Diskussionen mit Katharina Hermann in ihrer Limousine zurück zum Justizministerium fahren durfte. Eingestiegen war ich unter dem misstrauischen Blick von Wieland, der sich noch immer nicht daran gewöhnt hatte, dass seine Vorgesetzte auch ohne seine ständige Anwesenheit mit mir plauderte. Jetzt war ich mit ihr allein. Vom Chauffeur trennte uns eine schalldichte Plexiglasscheibe.

Katharina starrte aus den getönten Scheiben nach draußen, während ich das Innere der Limousine begutachtete und mich amüsierte, dass ich Teil eines Szenarios war, das ich bisher nur auf der Kinoleinwand verfolgt hatte. Es war eine dieser Szenen, in denen man die beste Freundin anrief und fröhlich ins Telefon trällerte: Du *ahnst* nicht, wo ich mich gerade befinde!

Doch abgesehen davon, dass so etwas nicht meine Art war, hätte ich nicht einmal gewusst, wen ich anrufen sollte. Die einzigen Personen, die mir in meinem derzeitigen Leben emotional etwas näher standen, waren Gitta Grothe, Arno Wendereich und – das musste ich mir selbst eingestehen – Katharina selbst. Meine frühere *Amiga*-Kollegin meldete sich hin und wieder telefonisch, erzählte mir den neuesten Klatsch aus der Redaktion und fragte mich über meine Tätigkeit im Ministerium aus. Ich ging auf ihre Fragen, sofern sie auf meine Beziehung zur Justizministerin abzielten, nicht näher ein, sondern lenkte das Gespräch in andere Richtungen. Gitta war nett und herzlich, aber berufsbedingt zu neugierig. Aus diesem Grund schied sie aus dem Kreis der anrufbaren Personen ohnehin aus, ebenso wie Arno, der an einer Fahrt in der Limousine der Ministerin sicher nichts besonderes finden konnte.

Eine Einzelgängerin war und blieb ich also. Nicht sentimental werden, Theresa.

Ich fühlte in mir dieses dumpfe Gefühl von Leere und Schmerz aufkommen, das mir von früher vertraut war. Ich hasste es. Es raubte mir Energie und nahm mir den Biss, der für meinen Job nötig war. Das Gefühl sollte mich nicht auffressen. Die Atmosphäre im Auto, dieses beklemmende Schweigen, in dem jede von uns ihren eigenen Gedanken nachhing, hielt ich nicht aus.

»Weißt du, dass du Deutschlands heißeste Wunderwaffe bist?«

»Wie bitte?« Katharina fuhr herum und starrte mich an.

Ich kramte den Artikel aus meiner Tasche, den ich aus dem Magazin herausgetrennt hatte und seitdem mit mir herumschleppte. Ich reichte ihr die fünf Seiten inklusive abgetrenntem Titelblatt und sah zu, wie sie die Zeilen überflog.

»Besonders amüsant ist das Schulnotensystem, das zur Beurteilung deiner einzelnen Körperteile angewendet wurde«, schaltete ich mich ein, um die Stimmung aufzulockern. »Dein Bauch hat eine 1,5 bekommen, deine Nase eine 1,4 und deine Beine wurden sogar mit 1,0 bewertet. Gar nicht so schlecht schneiden übrigens auch deine Taille und dein Busen ab. Immerhin haben die Redakteure deine Oberweite mit einer –«

»Theresa!« Sie unterbrach mich empört, aber ein amüsiertes Lächeln relativierte ihren Tadel. »Das ist wirklich ein ..., nun ja, ein aufschlussreicher Artikel.« Sie gab mir die Seiten zurück.

»Du kannst ihn gerne behalten.«

»Richtig, du hast ihn ja offenbar auswendig gelernt«, schmunzelte sie.

»Es war mir ein Vergnügen«, konterte ich scherzhaft. »Schon allein dein Titelbild war so unheimlich ansprechend und sexy.«

Katharinas Gesicht verfinsterte sich schlagartig. Die ausgelassene Stimmung kippte von einer Sekunde auf die andere. Ihre Miene wurde wieder so hart und undurchdringlich wie bei der vorangegangenen Sitzung mit ihren Parteigenossen.

Ich biss mir auf die Lippen.

Sexy. Es ist das Wort sexy, das ihr die Laune verdirbt. Warum?

Ich sollte damit aufhören, mit ihr zu reden wie mit einer guten Freundin. Ich durfte mir nichts vormachen. Wir hatten eine Geschäftsbeziehung, keine private Freundschaft. Geschäftspartnerinnen und Bundeskanzlerinnen in spe als sexy zu bezeichnen, war definitiv unpassend.

»Entschuldige bitte«, sagte ich schließlich in die beklemmende Stille hinein, die nicht einmal vom Verkehrslärm, der um uns herum herrschen musste, durchbrochen wurde. Die Fenster der Limousine waren nicht nur blickdicht, sondern dazu auch schalldicht.

Katharina blickte mich unverwandt an. Es war, als würde sie durch mich hindurchschauen. »Es gibt nichts zu entschuldigen«, sagte sie kurz angebunden.

Es war offensichtlich, dass sie das Gespräch nicht fortsetzen wollte. Ich unterdrückte ein Seufzen.

Warum war das Leben so kompliziert? Warum konnte es für mich nicht so geruhsam weitergehen wie bei *Amiga*? Warum befand ich mich in einem emotionalen Chaos und einem kontinuierlichen Spannungsverhältnis zu der Person, die mir derzeit am nächsten stand?

Moment, was denke ich da? Warum bezeichne ich Katharina Hermann als die Person, die mir am nächsten steht? Ich bin verwirrt, ich bin nicht ich selbst, ich bin ... was bin ich?

Ich riss mich gewaltsam aus meinen Gedanken. Es hatte keinen Sinn zu grübeln. Mit sachlicher Miene wandte ich mich in Katharinas Richtung und zuckte unmerklich zusammen: Katharina starrte auf meine Beine. Der Rock, den ich trug, war etwas nach oben gerutscht und gab dadurch knapp zwei Drittel meiner Oberschenkel preis.

Automatisch zupfte ich ihn zurecht.

Katharina fuhr auf und starrte mich entsetzt an. Eine zarte Röte schoss ihr ins Gesicht. Ich sagte nichts. Ich konnte nichts sagen. Meine Kehle war trocken.

Wir wechselten auf dieser Fahrt kein einziges Wort mehr und vermieden bewusst jegliches Blickkontakt.

Ich war nie besonders sportlich gewesen. Ehe ich Arno Wendereich damals, an einem meiner ersten Tage im Ministerium, zum gemeinsamen Inlineskaten animierte, hatte ich höchstens drei Mal auf Inlinern gestanden. Und es waren nicht einmal meine eigenen. Einer meiner zahlreichen Ex-Freunde hatte sich damals eingebildet, ich, eine blutige Anfängerin, müsste ihn am Hamburger Blade-Day begleiten – einer Veranstaltung, bei der die Straßen für den normalen Verkehr gesperrt und anschließend von tausenden Skatern unsicher gemacht wurden. Er lieh mir die Skates seiner Schwester. Wir trainierten zweimal vor der Veranstaltung. Danach war ich gerade einmal soweit, dass ich mich halbwegs fortbewegen konnte, Bremsen dagegen gehörte noch nicht zu meinen Fähigkeiten.

Inzwischen war ich schon ein paar Mal mit Arno Wendereich, einem geübten Skater, unterwegs gewesen und hatte unter seiner Aufsicht technisch ausgefeilte Bremsübungen absolviert. Eine Meisterin war ich allerdings bei weitem noch nicht.

Wir fuhren mit den Inlineskates den Grunewalder Königsweg entlang, eine beliebte, wenngleich auch nicht besonders lange Strecke in der Nähe des Wannsees. Es war viel los an diesem Sommerabend. Wir waren nicht die einzigen Skater, und obendrein mussten wir uns den Weg auch noch mit Radfahrern und Spaziergängern teilen. Arno, in salopper Adidas-Sportkleidung, fuhr mit eleganten Hüftschwüngen voran, ich rollte in kurzen Jeans und einem T-Shirt, in das ich beinahe zweimal hineingepasst hätte, weit weniger elegant hinter ihm her. Zwei gut aussehende junge Männer, der eine etwas größer und blond, der andere kleiner und mit dunkelbraunem halblangem Haar, kamen uns auf Inlineskatern entgegen. Sie bremsten scharf ab, als sie Arno erblickten. Auch er bremste, und ich, die ich noch einen wesentlich längeren Bremsweg benötigte, wäre beinahe gegen ihn gefahren. Millimeter hinter seinem Rücken kam ich zum Stehen.

»Hi, Arno! Cool, dich hier zu treffen! Wir haben schon gedacht, du bist vollends in der Politik versunken«, sagte der größere von beiden in scherzhaftem Tonfall, und sein Begleiter warf mit unüberhörbarem schwäbischen Akzent ein: »Wir haben auch schon vermutet, die Konservativen hätten dich inzwischen doch noch umgepolt!«

Arno Wendereich nahm die Farbe einer überreifen Tomate an, während ich wie das fünfte Rad am Wagen hinter ihm stand und einzuordnen versuchte, um was es bei diesem Gespräch überhaupt ging.

»Ähm« war das einzige, was Arno über die Lippen brachte. Er sah sich nach mir um und lenkte so die Blicke seiner Bekannten auf mich.

»Hallo, ich bin Stefan«, sagte der kleinere von beiden und reichte mir spontan die Hand. »Ich kenne den Arno noch aus Frankfurt. Das hier ist Bernd, mein Freund und Lebensgefährte.«

»Hi«, sagte Bernd, und Arno sah aus, als würde er gleich in Ohnmacht fallen.

»Hallo, ich bin Theresa«, sagte ich automatisch, während es mir wie Schuppen von den Augen fiel: Arno Wendereich, überzeugter Konservativer, war schwul! Auf einmal war alles klar: Sein seltsames Verhalten mir gegenüber, seine Reaktionen auf meine anfänglichen Flirt-Versuche, seine Reserviertheit, sobald es um sein Privatleben ging. Es war nur zu deutlich, wie unangenehm ihm das Zusammentreffen mit Stefan und Bernd war. Die beiden bemerkten anscheinend nicht, dass er am Rande des innerlichen Zusammenbruchs stand, oder ignorierten es bewusst.

»Bist du eigentlich noch mit Marc zusammen?«, fragte Bernd ungeniert.

»Ich rufe euch an«, erwiderte Arno knapp, ohne die Frage zu beantworten. »Wir müssen weiter.«

Ohne ein Wort des Abschieds fuhr er los. Mir blieb nichts anderes übrig, als ihm nachzueilen. Immerhin konnte ich den beiden netten Jungs, denen wahrscheinlich gar nicht bewusst war, was sie angerichtet hatten, noch ein Tschüß zurufen.

Arno fuhr in einem Tempo, bei dem ich kaum mithalten konnte. Irgendwann ließ er sich auf eine Bank fallen, die am Wegrand stand. Er verbarg sein Gesicht in den Händen und sagte erst einmal nichts. Ich nahm neben ihm Platz.

Ich hatte zuvor noch nie an einem Schwulen Gefallen gefunden. Aus meiner Hamburger Zeit kannte ich einige Homosexuelle – erstens, weil Schwule in der Medienszene überproportional häufig vertreten sind, zweitens durch Gitta, von der ich ja netterweise in ihren großen Bekanntenkreis aufgenommen worden war. Doch bei allen, die ich bisher kennen gelernt hatte, war es offensichtlich gewesen, dass ihr Interesse ausschließlich Männern galt.

»Theresa. Dir ist hoffentlich klar, dass ich von dir Stillschweigen erwarte.« Sein Tonfall war bitterernst, seine Miene kalt. Ich hatte ihn noch nie zuvor so gesehen.

Ärger keimte in mir auf. Und dieser Ärger wurde zur Wut. Ich unterdrückte mit großer Selbstbeherrschung das Bedürfnis, ihn zu ohrfeigen. »Ich kann das einfach nicht glauben, Arno! Was soll das? Du lebst ein Doppelleben: Du bist der smarte aufstrebende Konservative, dessen Partei gegen die Gleichstellung Homosexueller wettert, und dabei bist du selbst schwul! Entschuldige bitte, dass ich es dir unverblümt sagen muss, aber du hast eine Meise.«

»Du bist hetero, Theresa, du kannst das nicht verstehen«, war sein Kommentar darauf.

»Hetera, wenn schon«, verbesserte ich automatisch. Selbst in dieser Situation stellten sich mir alle Nackenhaare auf, wenn jemand lateinische Endungen missbrauchte. Im Übrigen war ich mir über den Wahrheitsgehalt seiner Aussage in letzter Zeit mehr als unsicher. Doch das war ein anderes Thema. »Erklär mir, was du da treibst. Im Moment denke ich nur, dass du spinnst. Und bitte komme jetzt nicht auf die blödsinnige Idee, dass das mit deiner sexuellen Orientierung zu tun hat. Die ist mir nämlich an sich ziemlich egal. Weniger egal ist mir aber, wenn ich über Wochen gefoppt werde, indem du mir den charmanten Heterosexuellen vorspielst.«

»Ich bin nie auf deine Flirtversuche eingestiegen«, verteidigte er sich.

»Das ist Ansichtssache«, erwiderte ich sachlich. »Sag mir bitte eines: Wie vereinbarst du diese Gegensätze? Du bist schwul und du bist Mitglied einer Partei, die Menschen mit deiner sexuellen Orientierung diskriminiert!«

»Das kann man so nicht sagen«, widersprach er. Es klang lahm.

»Homosexuellen Paaren dieselben Rechte und Pflichten zu gewähren spricht nicht nur gegen die christlich-abendländische Weltanschauung, sondern drängt die traditionelle Familie, die Keim- und Kernzelle unserer Nation, in den Hintergrund«, zitierte ich frei aus der Rede des derzeitigen Kanzlers.

»Das ist die Meinung des Kanzlers«, erwiderte er. »Und ja, du hast sicherlich Recht damit, dass die Konservativen gewisse Vorbehalte in dieser Hinsicht haben. Aber das ist nur ein winzig kleiner Teil dessen, was die Partei ist und für was sie steht. Es gibt für mich so viele Aspekte am Parteiprogramm, hinter denen ich voll und ganz stehe. Das ist der einzige Part, der konträr zu meiner eigenen Lebensweise ist. – Ich trenne Privates und Berufliches, Theresa. Aus diesem Grund gibt es keine Zwiespältigkeit in meinem beruflichen Leben.«

Ich schüttelte ungläubig den Kopf und stand auf. »Lass uns weiterfahren. Du hast Recht: Ich verstehe deine Haltung wirklich nicht. Aber ich bin mir sicher, es hat nicht damit zu tun, dass ich heterosexuell bin.«

Ich fuhr los. Er folgte mit leichter Verzögerung, war aber im Nu neben mir. »Bitte schreib nichts darüber. Es wäre sehr schädlich für alle: für mein Umfeld, für die Kanzlerin, für den Wahlkampf. Und kein Wort im Ministerium darüber! Sollte je etwas herauskommen, werde ich alles abstreiten.«

»Ihr habt ja alle einen kompletten Knall«, entfuhr es mir. »Eure Partei ist eine einzige Farce. Sie zwingt euch ein Doppelleben mit Doppelmoral auf. Ich weiß nicht, wie ihr mit dieser Belastung leben könnt!«

»Ihr? Du sprichst im Plural? Wer noch außer mir, Theresa?«

Verdammt. Meine Zunge war schneller als mein Verstand.

Der Schreck fuhr mir durch alle Glieder.

»Niemand«, antwortete ich, und es klang ebenfalls lahm. Im selben Moment wechselte der Bodenbelag von feinem in grobkörnigen Asphalt. Unkonzentriert und in Gedanken sah ich die kleine Schwelle zwischen den zwei Belägen zu spät. Ich blieb mit dem rechten Inliner hängen, verlor das Gleichgewicht und landete mit beiden Knien auf dem steinharten Asphalt. Ein schmerzhaftes Stechen fuhr durch meinen Körper. Ich unterdrückte mühsam einen Schrei.

Arno war sofort da. Besorgt kniete er sich zu mir. Meine offenen, blutenden, schmerzenden Knie sahen nicht nur übel aus, sondern taten beißend weh. Die Wunden waren tiefer, als sie zunächst aussahen. Blut rann mir von den Knien auf die Schienbeine hinab.

»Hier.« Arno reichte mir eine Packung Taschentücher, half mir auf die Beine und zog mich sanft zur nächsten Bank. Jeder Zentimeter auf den Skates war eine Qual. Obwohl ich es zu verhindern suchte, traten mir Tränen in die Augen. Dankbar ließ ich mich auf die Bank sinken.

»Das sieht wirklich nicht gut aus«, fasste Arno in Worte, was mir durch den Kopf ging. »So kannst du nicht zurück zum Parkplatz fahren. Ich skate zum Auto und hole dich hier ab.«

»Du darfst hier nicht hereinfahren«, widersprach ich mit zusammengebissenen Zähnen.

»Unter diesen Umständen ist mir das egal«, sagte er und hetzte los.

Ich sah ihm nach. Als er außer Sichtweite war, begann ich zu heulen. Ich spürte die verwunderten und neugierigen Blicke der Personen, die auf Skates, auf Rädern und zu Fuß an mir vorbeizogen. Ich konnte nicht aufhören. Es war nicht nur der körperliche Schmerz, der mich zum Weinen brachte, sondern auch diese tiefe Gefühlsverwirrung, die seit Tagen tief in meinem Inneren schlummerte und hin und wieder zum Ausbruch kam. Ich hasste mich selbst für diesen Ausbruch. Ich hatte mich nicht mehr unter Kontrolle. Jahrelang war es gut gegangen. Jetzt brach alles wieder hervor – alles, was ich lieber vergessen hätte.

Die Wahrheit ist, dass ich mit Problemen in meinem Leben immer noch nicht umgehen kann und es auch nie lernen werde. Der einzige Weg, den ich kenne, ist der der Vermeidung. Aber wie kann ich etwas vermeiden, womit ich Tag für Tag konfrontiert werde? Und ich weiß nicht einmal, ob mein Innerstes diese Vermeidung tatsächlich will. Ich ahne, dass sich ein verwirrter Teil in mir nach etwas sehnt, wovon ich nicht weiß, was es ist und wie es ist. Aber meine Rationalität sagt mir, dass ich mich damit noch tiefer in den Abgrund stürzen würde.

Als Arno wenig später mit dem Auto kam und mir auf den Beifahrersitz half, hatte ich mich glücklicherweise wieder etwas unter Kontrolle. Er sah meine vom Heulen roten Augen und mein verwischtes Make-up und nahm an, es handle sich um die Folgen meines schmerzhaften Sturzes.

»Ich fahre dich in ein Krankenhaus«, erklärte er mir, während wir das Naherholungsgebiet verließen und in Richtung Innenstadt rollten. Mein Protest wurde ignoriert. Daher fand ich mich eine halbe Stunde später tatsächlich in der Notaufnahme eines Berliner Krankenhauses wieder. Während wir darauf warteten, dass mein Name aufgerufen wurde, versuchte Arno eifrig, unser gutes Verhältnis wiederherzustellen und mir nebenbei doch noch klar zu machen, wie wichtig die Verheimlichung seiner sexuellen Orientierung für seine weitere Karriere im Staatsdienst sei. Dass diese zwei Anliegen schwer unter einen Hut zu bringen waren, weil ich diese Heuchelei einfach absurd fand, ging ihm dabei nicht auf. Ich stoppte ihn schließlich, indem ich ihm erklärte, dass ich angesichts meiner schmerzenden und blutenden Knie andere Sorgen hätte als seine Homosexualität.

Als unser Schweigen peinlich zu werden drohte, kam eine junge Schwester auf uns zu. Ich schätzte sie auf 23, 24, keineswegs älter. Sie war die einzig Farbige im Wartezimmer – für das zunehmend multikulturelle Berlin ungewöhnlich – und auffallend hübsch. Sie war von zierlicher Statur, nicht besonders groß und hatte ein schmales Gesicht in cremefarbenem Teint und dunkle, große Augen mit bemerkenswert langen Wimpern.

»Sie sind Theresa Lackner?«

Sie sprach völlig akzentfreies Deutsch; es war unschwer zu erkennen, dass sie entweder bereits hier geboren war oder zumindest den Großteil ihrer Kindheit in Deutschland verbracht hatte.

»Ach, ich komme schon dran? Das geht hier aber schnell.«

Angesichts der überfüllten Notaufnahme hatte ich mich auf eine längere Wartezeit eingestellt.

»Nein, das nicht.« Sie musterte mich prüfend, holte dann tief Luft und sagte: »Ich bin eigentlich nicht für Sie zuständig, aber ... ich habe die Chipkarte mit Ihrem Namen bei meiner Kollegin an der Anmeldung gesehen, und ... da wollte ich Sie eben sehen.« Sie blickte mir offen ins Gesicht. Die Selbstsicherheit in ihren Augen passte nicht zu der Unsicherheit, die in ihren stockenden Sätzen zum Ausdruck kam. Ich hatte keine Ahnung, worauf sie hinauswollte und wartete daher ab.

»Sind Sie Journalistin von Beruf?«

Aha, ein Fan. Oder ein Anti-Fan meiner Berichte. Es ist mir bisher noch nie passiert, dass ich von einer Leserin angesprochen wurde.

»Ja, bin ich«, erwiderte ich wahrheitsgemäß. »Sie lesen *Amiga*?«

Ich bezweifelte, dass sie eine eingefleischte *Brennpunkt*-Leserin war.

»Nein, ich habe noch nie etwas von Ihnen gelesen.« Sie lächelte, und mir war unklar, ob es ein amüsiertes Lächeln über meine journalistische Selbstherrlichkeit war. Wie konnte ich auch nur annehmen, dass mein Name einen derartigen Erinnerungseffekt bei irgendjemandem hervorrief?

»Ich ... ich habe schon viel von Ihnen gehört. Ich weiß, dass Sie eine Streberin waren, ich weiß, dass Latein Ihr Lieblingsfach war, ich weiß, dass Sie kein Zitroneneis mögen und ich weiß, dass ihr erstes Auto ein VW Golf war. – Ich kenne Ihren Bruder. Ich bin Jasmina Negrilo. Meine Schwester Florence ist mit Ihrem Bruder Tommi verheiratet.«

Jetzt wusste ich, was Arno bei seinem unfreiwilligen Outing am Königsweg empfunden haben musste. Über Herzrasen, Übelkeit und Aufregung vergaß ich meine schmerzenden Knie.

Tommi. Mein Bruder. Sie war seine Schwägerin.

Er lebte noch. Und das offensichtlich mit einer Frau an seiner Seite.

Tommi

Martin versuchte sein Bestes. Doch die Küsse, mit denen er seit zwanzig Minuten ihr Dekolletee bedeckte, und seine Zunge, die ab und zu um ihre Brustwarzen kreiste, bewirkten nicht das Geringste. Er lag auf ihr, sie fühlte sein steifes Glied, hörte sein Stöhnen an ihrem Ohr.

Theresa fühlte nichts außer bleierne Müdigkeit und Verzweiflung. Sie verstand selbst nicht, was mit ihr los war. Seit Monaten fühlte sie dieses Unbehagen, wenn Martin sie leidenschaftlich küsste oder mit ihr schlafen wollte. Früher hatte sie Sex mit ihm genossen. Früher war lange her. Den letzten Orgasmus hatte sie vor rund zwei Jahren gehabt. Vor einem halben Jahr hatte sie Martin ihren letzten Höhepunkt vorgetäuscht. Jetzt fehlte ihr selbst dazu die Energie.

Sie war froh, wenn sie zumindest halbwegs feucht wurde, wenn er in sie eindrang. Sie konnte sich nicht erklären, weshalb ihr Körper nicht mehr auf Martins Zärtlichkeiten reagierte. Irgendwann hatte sie aufgehört zu fühlen. Sie fühlte sich wie eine lebendige Leiche, wenn sie auf Martins Bett lag und wie durch einen Nebelschleier registrierte, dass er mit ihr Sex hatte.

Sie fühlte sich schuldig. Sie wusste, dass es nicht an ihm lag. Sein Verhalten hatte sich nicht geändert. Er behandelte sie lieb, respektvoll, fürsorglich – ganz wie am Anfang ihrer Beziehung. Sie dagegen distanzierte sich mehr und mehr. Martins Mutter sprach schon lange nicht mehr davon, dass sie ihre Schwiegertochter werden würde. Theresa spürte, dass Christa Rasch ihr inzwischen nicht mehr viel Sympathie entgegenbrachte. Vor Kurzem hatte Theresa unbeabsichtigt ein Gespräch zwischen Martins Eltern angehört. Christa Rasch hatte sie darin als »karrieregeil« und »gefühllos« bezeichnet und im Übrigen fiele der Apfel eben nicht weit vom Stamm. Theresa werde immer mehr wie ihre Mutter, und jeder im Dorf wisse ja, dass Chiara Lackner eine billige, gefühlskalte Italo-Hure sei, die alles darauf angesetzt hätte, sich einen reichen Mann aus gutem Hause zu angeln.

Holger Rasch hatte seine Frau korrigiert: Billig sei Chiara Lackner nicht. Es sei schließlich auch allgemein bekannt, dass die Dame für ihren Einkaufsbummel auf der Münchner Maximilianstraße Tausenderbündel vom Konto ihres Mannes abhob.

Was für ein Schwachsinn, dachte sich Theresa, die bei geöffnetem Fenster auf Martins Bett lag, während er im Badezimmer unter der Dusche stand. Es stimmte, dass ihre Mutter in Geschäften einkaufte, die die ostbayerische Durchschnittsfrau nur aus den Hochglanzzeitschriften kannte, die beim Friseur auslagen. Doch die Geschichte mit den Tausendern war maßlos übertrieben. Dazu reichte selbst ein Chefarztgehalt nicht aus.

Die Beschimpfung als »Italo-Hure« traf sie dagegen sehr. Aufgrund ihres südländischen Aussehens hatte sie die gesamte Schulzeit über aus der Schar ihrer hellhäutigen und blonden oder braunhaarigen Klassenkameradinnen hervorgestochen. Sie hatte sich schon damals gewünscht, dass ihre Mutter keine Italienerin wäre.

Trotzdem nahm sie den Raschs ihre Worte nicht übel. Sie sprachen nur aus, was das ganze Dorf dachte. Und sie wünschte ihnen eine bessere Schwiegertochter, als sie selbst es jemals sein würde.

Wie hielt Martin es nur mit ihr aus? Vielleicht lag es daran, dass sie sich so selten sahen. Vielleicht hätte er schon längst mit mir Schluss gemacht, wenn er meine innere Leere und Kälte tagtäglich zu spüren bekäme, überlegte sie sich.

Dass er sie liebte, glaubte sie ihm nicht. Wie konnte er eine Frau lieben, die nie Zeit für ihn hatte? Eine Frau, die oftmals vergaß, dass es ihn überhaupt gab. Die sich manchmal tagelang nicht aus eigenem Antrieb bei ihm meldete und die ihm seit Jahren nicht gesagt hatte, dass sie ihn liebte.

Martin nestelte jetzt an ihrem Reißverschluss herum. Sein Stöhnen war heftiger geworden. Theresa stellte sich auf das unangenehme Eindringen seines Glieds ein und schaltete innerlich ab. Sie konnte ihm nicht schon wieder sagen, dass sie ihre Periode hatte.

In dem Moment ertönten aus Richtung des Schreibtischs die ersten Takte aus Mozarts Kleiner Nachtmusik. Theresa erschien es wie ein Zeichen des Himmels, dass ihr Handy läutete. Sie befreite sich von Martin, der sie seufzend freigab, und nahm den Anruf an. Sie hatte nicht auf das Display geschaut, rechnete aber mit Katharina

Hermann. Sie irrte sich. Ihr Vater war am Apparat. Seine Stimme klang ernst.

»Theresa, komm bitte nach Hause. Es ist etwas mit deinem Bruder.«

Theresa fühlte, wie gnadenlose Angst und Beklemmung von ihr Besitz nahmen. In Sekundenschnelle breitete sich Kälte von ihrem Herzen bis in die Zehenspitzen aus. Gleichzeitig brach ihr der Schweiß aus.

»Was?« Ihre Stimme war fast tonlos. Es war verwunderlich, dass ihr Vater sie überhaupt verstand.

»Komm nach Hause. Es lässt sich nicht am Telefon bereden.«

Auf dem Weg von Martin zu ihren Eltern – es handelte sich um eine Strecke von maximal fünf Minuten Fahrzeit – zerbrach sie sich den Kopf, was wohl mit Tommi geschehen war. Sie sah ihn im Straßengraben liegen, blutüberströmt, sie sah ihn auf der Intensivstation des Krankenhauses, sie sah sein zerbeultes Motorrad und sie sah ihn tot. Sie hatte Mühe, sich auf das Fahren zu konzentrieren. Da es bereits gegen zehn Uhr abends war, musste sie sich zumindest nicht auf starken Verkehr konzentrieren. In dem Ort, in dem ihre Eltern und ihr Freund wohnten, war um diese Zeit nichts mehr los. Und erst recht nicht in einer nebligen Novembernacht wie dieser.

Sie parkte den Wagen mit quietschenden Reifen, sprang aus dem Auto und hastete nach oben. Ihr Vater öffnete ihr die Tür, noch ehe sie selbst aufschließen konnte. Sein Gesicht war ernst und müde. Theresas Angst steigerte sich ins Unermessliche. Tommi musste tot sein. Eine andere Erklärung gab es nicht.

Als sie ins Wohnzimmer trat und Tommis schlaksige Gestalt unversehrt auf der Couch erblickte, war sie verärgert und erleichtert zugleich. Er war lebendig und ohne einen Kratzer, wirkte jedoch alles andere als glücklich. Mit hängenden Schultern kauerte er am äußersten Rand des Polsters, hatte dabei aber nichts von der Sturheit und dem Trotz eingebüßt, die Theresa seit seinem Eintritt in die Pubertät an ihm kannte. Kurz und abweisend sah er Theresa an.

Ihre Mutter stand in einer Ecke des Wohnzimmers und weinte. Es waren Tränen der Wut und der Enttäuschung. Chiara Lackner weinte niemals nur aus Trauer und Verzweiflung. Immer war ein gewisses Maß an Trotz dabei, und darin ähnelten sie und ihr Sohn sich mehr, als ihnen beiden lieb war.

Reinhard Lackner trat auf seine Frau zu. Er legte ihr unbeholfen die Hand auf die Schulter. Seit Jahren hatte Theresa nicht mehr gesehen, dass sich ihre Eltern berührten. Chiara Lackner schüttelte seine Hand ab wie ein nasser Hund die Wassertropfen.

»Es ist deine Schuld!«, schluchzte sie. »Du hättest dich mehr um deinen Sohn kümmern müssen! Wenn du öfter zu Hause gewesen wärst anstatt an deine Karriere zu denken, hätten wir diese Probleme nicht! Thomas wäre dann nicht in diese schlechten Kreise geraten.«

»Jetzt hör aber auf«, erwiderte Reinhard Lackner steif. Er erhob nicht einmal die Stimme. Es war, als würden die Worte seiner Frau nicht zu ihm durchdringen. »Irgendwer im Hause muss ja das Geld verdienen.«

»Du machst mir immer nur Vorwürfe«, schluchzte Theresas Mutter nun und funkelte ihn mit ihren dunklen Augen zornig an. »Du demütigst mich. Ich habe genug. Immer tust du so, als müsstest du mich ernähren.«

»Ich ernähre dich ja auch«, erwiderte Reinhard Lackner, und seine Stimme klang so monoton und emotionslos wie zuvor.

Chiara Lackner spuckte ihm einen Ausdruck auf Italienisch ins Gesicht, den Theresa auch ohne tiefere Sprachkenntnisse verstand. Die Bemerkung ihrer Mutter verletzte auch sie, obwohl sie rational wusste, dass sie damit nichts zu tun hatte. Es traf sie, dass ihr Vater selbst auf diese Bemerkung nur mit gleichgültigem Schulterzucken reagierte. Es war eindeutig: Er hatte völlig resigniert. Was immer ihre Mutter sagte oder tat, er reagierte nicht darauf. Theresa fühlte sich von seiner passiven Haltung ebenso angewidert wie vom theatralischen Gebaren ihrer Mutter.

Sie fürchtete, die Situation würde eskalieren. Also tat sie, was sie immer getan hatte. Sie schritt ein. »Was ist denn los? Was ist passiert? Warum holt ihr mich mitten in der Nacht?« Sie zwang sich zur Ruhe, doch das Beben ihrer Stimme ließ sich nicht so einfach unterdrücken.

»Es schadet nicht, wenn du die Nacht einmal hier verbringst anstatt bei diesem Architektensöhnchen«, erwiderte Chiara Lackner.

Theresa kommentierte ihre Bemerkung mit Schweigen.

»Dein Bruder ist mit Drogen erwischt worden«, erklärte Reinhard Lackner nun. Seine Stimme war brüchig. Theresa bemerkte hinter seiner zur Schau gestellten Gleichgültigkeit doch Emotionen – zumindest, wenn es um seine Kinder ging. »Die Polizei hat ihn nach Hause gebracht. Es gab eine Razzia bei den Grabenstetters. Ludwig Grabenstetter ist sogar verhaftet worden.«

Theresa fühlte Übelkeit in sich aufkommen. Drogen. Und das in ihrem Heimatort. Und ihr Bruder mittendrin. Sie suchte Tommis Blick. Er wich ihr aus.

»Welche Drogen?« Ihre Stimme klang mindestens genauso brüchig wie die ihres Vaters. Sie hoffte inständig, es handele sich allenfalls um Marihuana. Ein Joint war in ihren Augen nicht der Einstieg in die Drogensucht, auch wenn sie selbst davon Abstand nahm. Die Antwort ihres Vaters beraubte sie jeder Illusion. Tommi war mit Gras erwischt worden. Aber nicht nur. Er und seine Clique hatten auch Heroin und Fixerbesteck bei sich.

»Schau dir das an!«, schrie Chiara Lackner und griff nach Tommis Arm. Er wehrte sich nicht, als sie sein Shirt nach oben schob und den Blick auf zahlreiche kleine Einstiche freigab. »Dein Bruder ist ein Junkie!«

Theresas Knie wurden zu Gummi. Sie musste sich setzen. Dem Impuls, einfach fortzulaufen, konnte sie allein aus diesem Grund nicht folgen.

Sie hatte es nicht gewusst.

Sie hatte es nicht bemerkt.

Sie hatte mitbekommen, dass ihr Bruder sich mit Leuten herumtrieb, die schon in der Grundschule negativ aufgefallen waren. Ludwig Grabenstetter, der Sohn des hiesigen Schreibwarenhändlers, war einer der Schlimmsten gewesen: Mit sechs hatte er seine Mitschüler grün und blau geschlagen, mit zehn hatte er Erstklässlern ihr Pausenbrot oder ihr Taschengeld abgenommen. Auf der Hauptschule hatte er seine Energie lieber darauf verwendet, die Handkasse aus dem Sekretariat zu klauen und Raufereien anzuzetteln, statt auf den Qualifizierten Hauptschulabschluss hinzuarbeiten. Er war mit 16 von der Schule gegangen, nach einer Ehrenrunde und mit einem Zeugnis, das jeden potenziellen Arbeitgeber zwangsläufig abschrecken musste. Jeder im Ort wusste das.

Als er keine Lehrstelle fand, wurde er schließlich von seinen Eltern als Lehrling angestellt. Er verkaufte Kugelschreiber, karierte und linierte Hefte und nahm hin und wieder einen Lottoschein entgegen. Höflich war er zu den Kunden nie. Er ließ keinen Zweifel daran, dass er seinen Job hasste. Rita Grabenstetter, seine Mutter, hatte während seiner Kindheit immer Entschuldigungen oder Rechtfertigungen für das Verhalten ihres Sohnes gefunden. Und sie war auch heute noch um Erklärungen nie verlegen. Der Bub hat eine schlechte Phase, das vergeht, behauptete sie oft. Ihre stets rot geweinten Augen verrieten, dass sie selbst nicht daran glaubte.

Jener Ludwig Grabenstetter hatte inzwischen eine ganze Clique von schrägen Typen um sich gesammelt. Theresa hatte vor einigen Monaten bereits mit Stirnrunzeln zur Kenntnis genommen, dass ihr Bruder offensichtlich auch zu diesem Kreis gehörte. Unter den Schulabbrechern und erfolglosen Berufs- und Hauptschülern schien er sich wohler zu fühlen als in seiner Gymnasialklasse.

Theresa fühlte sich schuldig.

Warum hatte sie nie mit Tommi gesprochen? Warum hatte sie ihn nie gefragt, was in ihm vorging? Sie hatte die Anzeichen seines Absturzes erkannt und ignoriert. Sie hatte gewusst, dass sich seine Noten kontinuierlich verschlechterten, dass er sich fast ausschließlich für blutige Action- und Gewaltfilme interessierte, dass er auch unter der Woche nächtelang fortblieb und ihre Eltern seinem Verhalten gegenüber machtlos waren. Doch sie hatte nie mit ihm darüber gesprochen.

Sie kämpfte gegen die Tränen. Um nicht zu weinen, stellte sie mit zittriger Stimme eine der wenigen Fragen, die ihr durch den Kopf gingen: »Tommi, was passiert jetzt? Du wirst doch eine Entziehungskur machen, oder?«

Ihr Bruder starrte sie unverwandt an. Er sah einem Greis ähnlicher als dem Siebzehnjährigen, der er biologisch war. Er sah krank aus. Seine Haut war bleich, ein fettiger Glanz lag auf ihr. In letzter Zeit hatte er eine entzündete rote Akne entwickelt. Das strähnige lange Haar, das ihm bis über die Schultern fiel, roch selbst auf diese Entfernung nach Rauch und Alkohol.

»Ich mache nichts«, sagte Tommi jetzt patzig. »Nichts, was man mir aufzwingt.«

»Thomas, du wirst es machen! Schon alleine deshalb, weil du wegen dieses Drogendelikts ohnehin vor das Jugendgericht kommst! Und dort werden sie dir das zur Auflage machen!«

Reinhard Lackners Stimme klang für seine Verhältnisse ungewöhnlich scharf. Theresa war froh darüber. Endlich bezog ihr Vater klar Position. Ihrer Meinung nach hätte er in Sachen Tommi schon viel früher das Wort ergreifen müssen, statt die Augen zu verschließen.

»Den Teufel werde ich tun!«, zischte Tommi und sah dabei selbst aus wie der Leibhaftige. Seine Augen funkelten. Theresa erinnerte sein Blick unweigerlich an ihre Mutter. Sie sah genauso aus, wenn sie kurz vor einem Wutausbruch war. Doch in Tommis Augen lag noch mehr: Aggression und Wildheit. Als er jetzt aufsprang und mit weiteren Flüchen aus dem Zimmer verschwand, wagte sie daher nicht, ihn zurückzuhalten, und auch ihre Eltern unternahmen nichts. Sie hörte, wie er die Treppe nach oben polterte und seine Zimmertüre zuknallte.

Chiara Lackner brach wieder in jenes hysterische Heulen aus, das Theresa besonders verabscheute. Sie fühlte sich selbst elend. Sie stand auf und verließ ebenfalls das Zimmer.

Leise klopfte sie an Tommis Tür. Tommi stand im dunklen Zimmer und starrte hinaus auf die Straße, wo es nichts zu sehen gab außer dem undurchdringlichen Nebel, der sich wie ein weißer Schleier über den Ort gelegt hatte.

Theresa trat vorsichtig neben ihn.

Ihr Bruder überragte sie um einen ganzen Kopf.

Sie starrten beide lange aus dem Fenster, ohne ein Wort zu wechseln.

»Mich kotzt das Leben hier an«, sagte Tommi plötzlich. Er sah sie dabei nicht an. Es schien Theresa, als würde er zu sich selbst sprechen. »Ich sehe hier keine Zukunft. Alles wiederholt sich. Jedes Fest, jedes Ereignis, jede Veranstaltung und sogar Mamas Affären. Sie haben nicht einmal mehr neue Dinge, über die sie sich streiten könnten. Es ist immer dasselbe. Immer und immer wieder.«

»Sie streiten nicht«, korrigierte Theresa mit leiser Stimme. »Sie schweigen.«

»Selbst das wiederholt sich«, erwiderte ihr Bruder.

Wieder sagten sie eine Weile nichts.

Theresa sinnierte über die Perspektivlosigkeit, die Tommi im Moment zu quälen schien. »Es gibt eine Zukunft, Tommi. Irgendwann wirst du das Abitur haben, und dann kannst du hier weggehen und studieren. Schau, ich –«

»Du!«, rief er verächtlich. Zum ersten Mal sah er sie an. In seinen Augen loderte wieder das zügellose Feuer, das Theresa schon im Wohnzimmer an ihm bemerkt hatte. »Sieh dich an, Tessa! Das letzte, was ich will, ist dein Leben zu führen.« Er packte sie an den Schultern und schüttelte sie so kräftig, dass Theresa sich schließlich gewaltsam aus seinem Griff befreite und unwillkürlich zwei Schritte zurücktrat. Sein Blick machte ihr Angst. »Du hast Abitur, Tessa, und du studierst. Du hättest weggehen können. Aber du hast es nicht getan. Du sitzt im nächstbesten Kaff, in dem du Journalistik studieren konntest, ohne ans andere Ende von Deutschland zu müssen, und du arbeitest ausgerechnet bei unserem heimatlichen Käsblatt. Du könntest ins Ausland gehen. Bis jetzt hast du es nicht getan und du wirst es auch nicht tun. Und ich weiß schon lange, warum das so ist: Weil du abhängig bist. Du bist so abhängig von all diesem Mist hier, du kannst gar nicht ohne dieses ständige Auf und Ab, dieses ganze verdammte Theater und diese verfluchte Routine hier leben! Du bist noch hier, weil du süchtig bist nach Mamas Tränen und Papas Schweigen und nach diesem tödlich langweiligen Dorf!« Er senkte die Stimme zu einem Flüstern. »Du kommst hier nie weg, Tessa.«

Theresa schluckte trocken. Tommis Worte trafen sie. Sie konnte ihm nicht zustimmen, doch sie konnte seine Vorwürfe auch nicht rational widerlegen.

»Du willst es, Tessa, aber du kannst nicht. Weil du dich so wichtig nimmst, dass du denkst, alles bricht zusammen, wenn du hier verschwindest. Und weil du hier der Star bist. Weil du auch genau weißt, dass du anderswo eben kein Star bist.«

Theresa war kurz davor, ihn einfach stehen zu lassen. Seine Äußerungen waren schwer zu ertragen. Aber sie wollte wissen, was in ihrem Bruder vor sich ging. »Ich weiß nicht, was du damit meinst. Ich bin kein Star, Tommi, und ich fühle mich auch nicht so.«

»Doch, das bist du!«, begehrte er heftig auf. Seine Stimme war lauter als gewöhnlich. Theresa zuckte unwillkürlich zusammen. Hatte sie Angst vor ihrem eigenen Bruder? »Du warst die mit den guten Noten. Du bist die, die immer fleißig ist, die, von der alle sagen, dass sie ihren Weg schon gehen wird. Über mich hat das nie jemand gesagt. Ich war immer nur dein kleiner Bruder, der in allem schlechter war und ist als du. In dieser Familie bist du der Star, nicht ich! Ich bin nur der kleine missratene Bruder!«

»Ach, Tommi.« Theresa seufzte. Sie versuchte zu begreifen, dass ihr Bruder sich ihr gegenüber zurückgesetzt fühlte und von tiefem Neid auf sie erfüllt war. Sie hatte nicht geahnt, was in den letzten Jahren und vielleicht sogar schon von Kindheit an in ihm vorgegangen war.

»Ich will hier weg, Tessa. Ich will es nicht nur, ich werde es auch tun. Ich bin anders als du. Mir ist scheißegal, ob hier alles zusammenbricht. Der Crash kommt hier sowieso, niemand hält ihn auf. Auch du nicht.«

Dann begann Tommi zu weinen. Auch Theresa konnte sich nicht länger beherrschen. Tränen liefen ihr über das Gesicht. Sie fielen sich in die Arme und weinten, weil ihre Familie ein emotionales Trümmerfeld war.

Am nächsten Morgen war Tommis Bett leer. Er war abgehauen.

Zwei Tage später brachte ihn die Polizei zurück. Er hatte es per Autostopp bis nach Frankfurt geschafft. Es sollte nicht bei diesem einen Mal bleiben. In den folgenden zwei Monaten riss er noch insgesamt fünf Mal aus. Einmal wurde er in Köln aufgegriffen, einmal in Mannheim, einmal in Düsseldorf. Einmal fand man ihn in der Nürnberger Drogenszene.

Beim nächsten Mal holte ihn keiner zurück.

Chiara und Reinhard Lackner hatten resigniert. Sie verzichteten auf eine Vermisstenanzeige. Sie hatten ihre eigenen Probleme, für die sich keine Lösung abzuzeichnen schien.

Tod des Vaters

Katharina Hermann tourte quer durch Deutschland und rührte die Werbetrommel für sich und ihre Partei. Ich war nicht immer mit von der Partie. Das war auch nicht nötig. Ob die Orte Amberg, Treuchtlingen, Birkenwerda oder Wenningstedt hießen – Auftritte dieser Art verliefen immer nach dem gleichen Muster.

Ich selbst führte mittlerweile ein Nomadendasein zwischen Hamburg und Berlin. In Katharinas Abwesenheit arbeitete ich rege an diversen Themen aus der Politszene, die mir großteils sogar von Dr. Karten Egle persönlich aufgetragen worden waren. Hin und wieder bestellte mich der *Brennpunkt*-Chefredakteur nach Hamburg, um die weitere Arbeit mit mir zu besprechen. Er behandelte mich nicht mehr so herablassend wie früher. Zu viel Sympathie durfte ich mir freilich auch nicht erwarten. Egle war nun einmal mit Leib und Seele Chefredakteur, und Chefredakteure sind schwierige Charaktere. Er sagte es nie direkt, doch ich merkte, dass er von mir im positiven Sinne überrascht war. Rückblickend hatte ich alle Chancen auf meiner Seite gehabt, als ich für den *Brennpunkt* zu schreiben begann: Egle hatte mich für eine Fehlbesetzung und Niete gehalten, also keinerlei Erwartungen in mich gesetzt. So konnte ich nur in seiner Gunst aufsteigen.

Ich musste mir eingestehen, dass ich wieder Spaß an meinem Job hatte. Es war mir gelungen, in Berlin innerhalb weniger Monate ein kleines Netzwerk von Informanten aufzubauen. Bei meinem ersten Berlin-Aufenthalt hatte ich das für völlig undurchführbar gehalten. Damals war ich mit allem überfordert gewesen: mit dem, was von mir als Jungredakteurin verlangt wurde, aber auch mit dem Leben im Allgemeinen. Heute erfüllte ich alle beruflichen Erwartungen, ohne dass ich mich in besonderem Maße anstrengen musste, aber mit dem Leben wurde ich noch immer nicht fertig. Auch das musste ich mir eingestehen.

Je länger ich in Berlin war, je öfter ich mit Katharina zusammentraf, desto größer wurde diese unerklärliche Unruhe in mir. Seit Tommi so unerwartet und plötzlich wieder in mein Leben getreten war, hatte sich dieser Zustand zusätzlich verschlimmert. Nachts überfielen mich die Erinnerungen an meine Vergangenheit wie eine Horde grauenvoller Schreckgestalten. Der Verdrängungsmechanismus, der jahrelang bestens funktioniert hatte, versagte allmählich. Verwirrende Gefühle und schmerzende Erinnerungen kamen wieder in mir hoch.

Wenn ich abends allein in meiner Wohnung in Hamburg oder dem Pensionszimmer in Berlin saß, gelang es mir kaum mehr mich abzulenken. Ich grübelte und ohne Unterlass rannen mir Tränen aus den Augen. Mit Unmengen von Taschentüchern verbrachte ich Stunde um Stunde. Leider war ich viel zu oft allein, besonders in Berlin. Arno Wendereich ging mir seit seinem unfreiwilligen Outing aus dem Weg. Ich fand sein Verhalten kindisch und unangebracht. Ich hatte versucht, ihn zur Rede zu stellen, doch er wehrte ab; er habe eben aufgrund des Wahlkampfes viel zu tun und weniger Freizeit.

Mit Tommi konnte ich auch nicht reden. Zwischen uns standen viele Jahre und Ereignisse. Tommi war mir damals, als er süchtig wurde und ich es erst bemerkte, als es bereits zu spät war, emotional entglitten. Inzwischen war mein Bruder clean und führte ein halbwegs geregeltes Leben, doch unsere Werte, Lebenseinstellungen und Lebensweisen wichen so sehr voneinander ab, dass eine wirklich gute Kommunikationsbasis fehlte.

Tommi wohnte in einem Altbau in Kreuzberg, bei dem seit Jahrzehnten eine Sanierung überfällig war. Das einzige, was an dem Gebäude nicht herunterbröckelte, waren der übliche Graffiti-Mix im Stile von »Anarchie statt Diktatur«, »Ausländer raus« und »Scheiß Nazis«. Im Hausinneren roch es nach Kohl, nach gekochten Kutteln, Knoblauch und allen möglichen Gewürzen. Es war offensichtlich, dass die Hausbewohner einen sehr internationalen Hintergrund hatten. Tommis Wohnung bestand aus zwei Zimmern, einer kleinen Küche und einem noch kleineren Bad. Übergewichtige hätten hier wohl auf das Zähneputzen und Duschen verzichten müssen. Die Wohnung hatte maximal 40 Quadratmeter. Es war sicher keine schlechte Wohnung, doch was mich wirklich abschreckte, war der Schmutz überall.

Im Gang türmten sich leer getrunkene Weinflaschen. In den Regalen waren CDs neben DVDs und Videobändern wild durcheinander gestapelt, die wenigen freien Stellen bedeckte eine dicke Staubschicht. Die ganze Wohnung war voller Sperrmüllmobiliar; auf jedem Möbelstück stand etwas, was meiner Meinung nach an einem anderen Ort besser aufgehoben gewesen wäre: eine leere Saftflasche, zwei schmutzige Weingläser, eine aufgerissene Chipstüte, ein Stapel mit Werbeprospekten einer großen Elektrohandlung sowie einiger Supermärkte und Großdiscounter, ein in seine Einzelteile zerlegtes Handy und einige unbeschriftete CD-Rohlinge ohne Hülle.

Die Küche, die ich im Rahmen meiner kaum zwei Minuten dauernden Wohnungsbesichtigung auch zu sehen bekam, war keineswegs sauberer. Überall stand schmutziges Geschirr herum, obwohl es sogar einen kleinen Geschirrspüler gab. Die Kacheln hatten Sprünge, aber offensichtlich noch nie ein Reinigungsmittel gesehen.

Tommis Frau hieß Florence. Sie sah der Krankenschwester Jasmina sehr ähnlich: Beide waren zierlich und hübsch, beide hatten ein schmales Gesicht und den gleichen cremefarbenen Teint. Florence allerdings fehlte die Sanftmut, die ihre Schwester ausstrahlte. Sie hatte einen energischen Zug um den Mund, und in ihrem Blick lag manchmal etwas Unerbittliches, Unnachgiebiges. Tommi und sie hatten sich vor rund eineinhalb Jahren in einer Entzugsklinik kennen gelernt. Florence hatte dort als Krankenschwester gearbeitet. Anders als ihre Schwester hatte sie allerdings vor einem halben Jahr ihren Job an den Nagel gehängt und arbeitete jetzt in einem Piercing-Studio. Nebenbei bastelte sie an einer Karriere als Sängerin, wie sie mir erklärte. Der Arbeitsplatz meines Bruders war eine Videothek zwei Straßen weiter. Er war derjenige, der die Videobänder und DVDs für Ausleihwillige in Hüllen packte und bei der Rückgabe wieder entgegennahm.

Rein äußerlich hatte er sich wenig verändert. Tommi hatte als knapp 25-Jähriger noch die gleiche schlaksige Figur wie als Teenager. Sein Haar trug er weiterhin lang und zu einem legeren Zopf gebunden. Aber seine Gesichtszüge hatten nichts Kindliches mehr. Sie waren kantiger geworden.

Jasmina hatte das Treffen zwischen uns arrangiert. Sie wollte mich sofort nach ihrem Dienstschluss mit dorthin schleppen, doch ich lehnte ab. Es war für mich Schock genug, dass mein Bruder so unerwartet und plötzlich wieder in meinem Leben auftauchte – ich musste diese Nachricht erst verarbeiten. Wahrscheinlich ging es ihm nicht anders. Obendrein hatte sich der einzige Mann, der hier in Berlin mein Interesse erweckt hatte, gerade als Schwuler ent-puppt. Auch das wollte ich erst einmal überschlafen, ehe ich mich in das nächste Abenteuer stürzte.

Jasmina bereitete Tommi und ihre Schwester unterdessen auf meinen Besuch vor. Als ich zwei Tage später bei ihnen auf einem altersschwachen Sofa saß – man hatte es mit einem blauen Über-wurf aufzupeppen versucht –, kam ich mir trotz aller Gastfreund-lichkeit, die mir entgegengebracht wurde, deplaziert vor. Ich hatte den Eindruck, so gar nicht in Tommis neues Leben und diese Wohnung hineinzupassen. Ich saß da, in meinem grauen Hosen-anzug mit der weißen Bluse und meinen italienischen Designer-schuhen, und kam mir unglaublich spießig und alt vor. Unser Gespräch, das anfangs stockend verlief, wurde mit der Zeit immer-hin flüssiger. Meistens redete Florence.

Sie erzählte, wie sie Tommi kennen gelernt hatte, wie sie sich ineinander verliebt und dann verhältnismäßig schnell geheiratet hatten. »Bei uns war das Liebe auf den ersten Blick«, erklärte sie mir lächelnd und umarmte meinen Bruder, der ihre Zärtlichkeit liebevoll erwiderte. Ich hätte mich für Tommi freuen sollen, doch stattdessen verspürte ich einen kurzen Anflug von Neid. Mein Bruder hatte anscheinend etwas geschafft, was ich nicht auf die Reihe brachte: Er hatte einen Menschen gefunden, den er liebte und der diese Liebe offensichtlich erwiderte.

Ich blieb rund drei Stunden bei ihnen. Wir sprachen über vieles, klammerten aber die Vergangenheit aus. Ich nahm an, dass Tommi genauso ungern darüber sprach wie ich.

Ich erzählte ihm, dass ich für den *Brennpunkt* schrieb.

»Da wolltest du immer hin«, sagte er. »Es freut mich, dass du das geschafft hast. Ich dachte, du wärst aus anderen Gründen hier.«

Warum überging ich diese Bemerkung? – Ich hinterfragte sie nicht, da Florence in diesem Moment mit einem Teller Backofen-Pommes frites aus der Küche kam und ich mit mir kämpfte: Ich hatte die Küche gesehen. Sollte ich trotzdem davon essen? Mein Hunger überwog schließlich und ich nahm mir ein heißes, fettiges Kartoffelstäbchen.

Am Ende des Abends tauschten wir Handy-Nummern und versicherten uns, in Kontakt zu bleiben.

Ich hatte meinen Bruder wiedergefunden.

Nach ihrem Rückflug von einer Wahlveranstaltung in Saarbrücken stand auf Katharina Hermanns engem Terminplan eine Brainstorming-Sitzung zur geplanten Strafrechtsreform. Da dieses Thema die Öffentlichkeit und damit auch die *Brennpunkt*-Leserschaft berührte, setzte ich gegenüber Wieland durch, dass ich dem Meeting als stille Beobachterin beiwohnen durfte. Es war eine verhältnismäßig große Sitzung: Außer dem engen Kreis um die Ministerin, der sie begleitete wie ein Schatten, waren heute noch die Leiter jener Abteilungen anwesend, die sich mit der Causa »Strafrechtsverschärfung« seit Monaten befassten.

Katharina nickte mir kurz und unpersönlich zu, als sie mich in den hinteren Stuhlreihen entdeckte. Es stand mir als Journalistin nicht zu, am Besprechungstisch Platz zu nehmen.

Es steht mir wohl auch nicht zu, von Katharina Hermann mehr zu erwarten als ein kurzes Kopfnicken zur Begrüßung.

Die Terminkalender der Ministerin war voll. Es war gut eineinhalb Wochen her, dass ich das letzte Mal mit ihr gesprochen hatte. Dieses Gespräch hatte kaum zehn Minuten gedauert und bezog sich ausschließlich auf Fragen zur aktuellen Innenpolitik. Katharina Hermann war mir sehr sachlich gegenübergetreten. Diese plötzlich fehlende Vertrautheit versetzte mir einen Stich und machte mich zugleich wütend.

Einmal redet sie unbefangen mit mir, dann gibt sie sich wieder kühl und distanziert ... Aber was erwarte ich eigentlich?

Die Sitzung hatte kaum begonnen, als Gerlinde Hannemann-Anselm nach kurzem Klopfen das große Besprechungszimmer betrat. Sie nahm zielstrebig Kurs auf die Ministerin, beugte sich dicht zu ihr und flüsterte ihr etwas ins Ohr.

Katharina Hermanns linker Mundwinkel zuckte. Hätte ich sie nicht so gut gekannt, wäre ich überzeugt gewesen, sie unterdrücke ein Lachen. Ich wusste, dass das Gegenteil der Fall sein musste. Sie hatte sich schnell im Griff. Sie richtete sich kerzengerade auf. Ihr Gesicht hatte wieder jene maskenhaften Züge, hinter die niemand zu dringen vermochte.

»Meine Damen, meine Herren, entschuldigen Sie bitte – die Sitzung muss an dieser Stelle unterbrochen werden. Frau Hannemann-Anselm wird einen neuen Termin bekannt geben.«

Bemerkte nur ich das unterdrückte Beben ihrer Stimme? Unwillkürlich suchte ich ihren Blick. Sie sah mich nicht. Es war, als wäre sie gedanklich an einem anderen Ort. Ich begriff, dass etwas Schwerwiegendes geschehen war – etwas, was sie nahezu aus der Bahn warf.

Der Sitzungssaal leerte sich rasch. Ich war unter den letzten, die hinausgingen.

»Kümmern Sie sich bitte um einen Flug. Spätestens morgen am frühen Nachmittag. Und für heute keine Termine mehr«, hörte ich die Ministerin im Vorübergehen zu der Sekretärin sagen. Dann verschwand sie in Richtung Büro.

»Was ist passiert?« Ich rechnete nicht wirklich mit einer Antwort von Gerlinde Hannemann-Anselm, unternahm aus beruflich antrainierter Neugierde und echtem persönlichen Interesse aber dennoch einen Versuch.

»Es tut mir Leid.« Sie sah mich mit aufrichtig bedauerndem Gesichtsausdruck an. »Es obliegt mir nicht, darüber zu sprechen. Frau Ministerin wird den Grund für diesen abrupten Abbruch sicherlich noch heute offiziell bekannt geben.« Sie senkte die Stimme. »Es dürfte für Ihre Redaktion sowieso nicht von Interesse sein. Es hat nichts mit der Politik zu tun.«

»Also etwas im Privatleben?« Angesichts ihres dicht gedrängten Terminkalenders hatte ich die Vorstellung, dass Katharina Hermann auch ein Leben außerhalb der Politik haben könnte, völlig verdrängt.

»Ich bedaure ...« Gerlinde Hannemann-Anselm schüttelte den Kopf und eilte davon. Ich stand eine Weile unschlüssig vor dem Sitzungszimmer herum, spazierte dann ein paar Schritte auf und ab und wusste nicht so recht, was ich jetzt tun sollte. Der Ausfall der Sitzung hatte nicht nur meinen persönlichen Terminplan torpediert, sondern mich auch psychisch völlig durcheinander gebracht. Dazu gehörte im Moment freilich nicht viel. Ich befand mich ohnehin in einer instabilen Phase.

Ich wünschte, ich könnte bei ihr sein.

Was dachte ich da nur wieder? Wieso sollte jetzt ausgerechnet ich bei ihr sein?

Mein Handy klingelte, und ich war dankbar für die Ablenkung.

Ich hatte die Nummer, die auf dem Display angezeigt wurde, schon einmal gesehen, vermochte sie im Moment aber nicht einzuordnen. Ich nahm den Anruf an.

»Theresa. Kommst du in die Tiefgarage, bitte.«

Es war Katharinas Privathandy. Sie hatte mich schon einmal angerufen – damals, im Frühling, in der *Amiga*-Redaktion. Daher kannte ich die Nummer. Ihre Stimme klang belegt. Da ich über ihren Anruf einigermaßen überrascht war, erwiderte ich nicht sofort etwas. Sie interpretierte das auf ihre Weise.

»Gut. Entschuldige bitte. Ich habe kein Recht dazu.« Ihr Tonfall klang bitter, gleichzeitig bekam ich unwillkürlich den Eindruck, dass sie versuchte, ein Schluchzen zu unterdrücken. Ich spürte ihren Schmerz, als wäre es mein eigener. Was mochte wohl passiert sein?

»Ich bin gleich bei dir«, sagte ich und bemühte mich, meiner Stimme einen beruhigenden Unterton zu geben. Innerlich versuchte ich nebenbei zu realisieren, dass sie tatsächlich mich anrief, wenn es ihr schlecht ging. »Wo genau bist du?«

Sie nannte mir die Nummer eines Garagenplatzes. Ich fuhr mit dem Lift in die Untergeschosse des Ministeriums. Da ich noch nie in der Tiefgarage gewesen war, dauerte es ein paar Minuten, bis ich mich durch den ministerialen Fuhrpark gefunden hatte. Sie saß auf der Fahrerseite eines silberfarbenen Mercedes. Sie hatte sich nach vorne über das Lenkrad gebeugt und ihr Gesicht in den Händen verborgen. Als ich an die Beifahrertüre klopfte, schreckte sie hoch. Offenbar hatte sie nicht damit gerechnet, dass ich so schnell bei ihr sein würde. Sie beugte sich sofort nach rechts und öffnete mir die Türe von innen.

Ich nahm im Wagen Platz und verstaute meine Handtasche zu meinen Füßen. Dann wandte ich mich ihr zu. Sie war aschfahl im

Gesicht. Ihre Hände zitterten. Sie sah mich an und suchte nach Worten, doch ihre Stimme brach nach den ersten Silben immer wieder ab. Das Zittern ihrer Hände wurde stärker, während ihr Gesicht noch immer hinter jener unsichtbaren Maske verborgen lag, die jegliche Mimik verhinderte.

Ich griff spontan nach ihren zitternden Händen und nahm sie in meine.

»Theresa«, flüsterte sie. Eine einzelne Träne rollte aus ihrem Auge. Sie befreite eine Hand aus meiner sanften Umklammerung und wischte sie sich rasch weg. Ich wusste, dass es ihr unangenehm war, Schwäche zu zeigen.

Sie holte tief Atem. »Mein Vater ist gestorben. Ein Schlaganfall. Man hat ihn tot im Garten gefunden.«

Sie legte die Hand, die sie mir zuvor entzogen hatte, wieder in meine. Ich spürte ihren Puls. Er raste.

Ich sagte nichts. Das, was man in so einer Situation zu sagen pflegte, kam mir in diesem Moment falsch und abgedroschen vor.

»Sie sagen, es sei gestern Abend schon passiert. Er lag dort also die ganze Nacht. Mein Cousin hat ihn heute früh gefunden. Er ist vorbeigefahren, weil mein Vater nicht ans Telefon ging.«

Ihr Körper bebte. Sanft strich ich mit dem Daumen über die Oberfläche ihrer Hände. Ich konnte fühlen, was in ihr vorging.

»Ich habe gestern noch mit ihm telefoniert«, schluchzte sie jetzt auf. »Da war alles ganz normal. Er hatte nur ein bisschen Kopfweh. Ansonsten war alles wie immer.«

»So etwas kann schnell gehen«, sagte ich leise. »Niemand kann das verhindern.«

Sie nickte. Ihre Lippen zitterten. »Ich kann nicht fassen, dass er nicht mehr hier ist«, flüsterte sie. Ihre Fingernägel krallten sich jetzt in meine Handflächen. Mit größtmöglicher Selbstbeherrschung versuchte sie weitere Tränen zu verhindern. »Er war ein wichtiger Mensch für mich. Er hat alles für mich getan ... alles. Er hat mich in jeder Hinsicht gefördert, er hat mich immer unterstützt ... er war so stolz auf mich. Ich habe so sehr gewünscht, dass er miterlebt, wie ich ...«

Sie vollendete den Satz nicht. Das war auch nicht nötig. Es war mir klar, was sie sagen wollte. Katharina war fest davon überzeugt, dass die Konservativen die Wahl gewinnen und sie Kanzlerin werden würde. Ihre Selbstsicherheit in einem Moment wie diesem überraschte mich. Ich hatte mich schon oft gefragt, ob sie nicht manchmal, in schwachen Augenblicken, an sich selbst zweifelte. Ich hatte bisher gedacht, jeder Mensch hätte diese Momente des Selbstzweifels. Im Falle von Katharina Hermann hatte ich soeben eine andere Erfahrung gemacht.

»Er starb sicherlich in dem Bewusstsein, dass du es schaffen wirst«, sagte ich. Es war natürlich reine Spekulation. Ich hatte Paul Hermann, den gelernten Friseur, der sich durch eine Beamtenlaufbahn gekämpft hatte, niemals kennen gelernt.

»Ich werde morgen nach Hause fliegen«, sagte Katharina nun. Ich spürte immer noch das rasende Pochen ihres Pulses an meinen Händen. »Ich werde ein paar Tage dort bleiben. Ich muss mich um alles kümmern. Es wird eine Beerdigung geben. Ich muss allein sein.«

Es fehlte die logische Konsequenz in ihren Aussagen, doch in einem Moment wie diesem war das verzeihlich. Ich verstand, was sie meinte.

»Möchtest du auch jetzt alleine sein?«, fragte ich vorsichtig. Ich wollte nicht gehen.

»Nein. Jetzt will ich nicht allein sein.« Sie sah mich an. Sie schien mit sich zu ringen. Es war offensichtlich, dass sie eine Bitte an mich richten wollte, doch es fiel ihr sichtlich schwer, sie zu formulieren.

»Es wäre mir lieb, wenn du mich nach Hause begleitest.«

Mir stockte im ersten Moment der Atem. Ich ließ unwillkürlich ihre Hände los, um zu vermeiden, dass sie bemerkte, wie jetzt zur Abwechslung meine Hände zu zittern begannen.

Ich muss endlich einsehen, dass ... nichts so ist wie früher.

Wieder sorgte mein Zögern für ein Missverständnis.

»Entschuldige. Du hast keine Veranlassung. Du hast sicher andere Pläne.« Katharinas Worte klangen steif; sie hatte ihren Blick von mir abgewandt und starrte in die nur notdürftig beleuchtete menschenleere Garage.

Warum sind wir Frauen so kompliziert?

Ich wollte in diesem Moment nicht kompliziert sein. Sie tat mir Leid in ihrer Trauer. Ich verspürte das Bedürfnis, sie zu trösten und bei ihr zu sein. Es kam mir vor, als wäre ich der einzige Mensch auf Erden, den sie zumindest ein bisschen an sich heranließ.

»Katharina. Wenn mir andere Pläne wichtiger wären, würde ich wohl kaum hier sitzen. Ich werde dich jetzt in deine Wohnung fahren und mich nicht von der Stelle bewegen, ehe du mich hinauswirfst. Gib mir also den Autoschlüssel und wir brechen auf.«

»Das ist ein Dienstwagen«, sagte sie.

»Das ist mir ziemlich egal«, erwiderte ich mit unbewegtem Gesicht. Ich hatte nicht vor, sie in diesem Zustand ans Steuer zu lassen. »Wir tauschen jetzt die Plätze, du gibst mir den Schlüssel und wir fahren.«

Sie widersprach nicht, sondern tat exakt das, was ich ihr aufgetragen hatte.

Sie war wie gelähmt vor Trauer.

Die Justizministerin und vielleicht auch künftige Bundeskanzlerin wohnte standesgemäß: Ihre Wohnung lag in einem topsanierten Altbau im Berliner Stadtteil Charlottenburg in der Nähe des Ägyptischen Museums. Eine Besonderheit für mich, die ich an derartigen Luxus nicht gewöhnt war, stellten der Portier und die Überwachungskameras am Eingang des Domizils dar, an deren scharfen Augen wohl niemand unbemerkt vorbeikam. Katharina Hermann war nicht die einzige namhafte Persönlichkeit in diesem Gebäude. Wie ich auf Nachfrage von ihr erfuhr, wohnten ein Staatssekretär, zwei Bundestagsabgeordnete, ein hochrangiger Diplomat und sogar eine alternde deutsche Schauspielerin, die ihre Glanzzeit zu UFA-Zeiten gehabt hatte, im selben Haus.

Katharina bewohnte 190 Quadratmeter. Die Räume waren groß und hell. Der Parkettboden war alt, aber in einwandfreiem Zustand. Auf Katharinas Aufforderung hin unternahm ich selbstständig einen Rundgang durch die Wohnung. Ich erinnerte mich an ihre kleine Unterkunft in der Kreisstadt und begann unwillkürlich damals und heute zu vergleichen, obwohl es – objektiv betrachtet – nichts zu vergleichen gab. Ihr Einkommen hatte sich schlagartig um ein Vielfaches erhöht, und vom gemütlichen IKEA-Flair von damals fehlte hier jede Spur. Die Möbel waren stilvoll und unverkennbar teuer. Sie waren aus dunklem Holz, schlicht, aber schwer, und wirkten in der großen, sehr spärlich möblierten Wohnung zum Teil verloren. Die Einrichtung war interessant, aber nicht nach meinem Geschmack. Ich konnte mir nicht vorstellen, dass man sich hier wirklich zu Hause fühlte. Es war eine Wohnung wie aus einem Prospekt von »Schöner wohnen«, aber kein Zuhause, in dem es sich gut leben ließ. Als ihre PR-Verantwortliche hätte ich ihr schon allein aus diesem Grund dringend davon abgeraten, eine Reportage im Stil von »Zu Hause bei Udo Körnigge« zu machen. Die Fotos aus Udo Körnigges Wohnung, die damals abgedruckt worden waren, zeigten Räume, in denen tatsächlich gelebt wurde – eine Atmosphäre, die bei den Lesern das Gefühl von »Der künftige Kanzler wohnt auch nicht anders als wir« und dadurch hohe Sympathiewerte erzeugten. Bei Katharina Hermann hätte eine Reportage dieser Art sicherlich das Gegenteil bewirkt. Für eine Einzelperson war die Wohnung zudem viel zu groß. Ich war versucht, sie darauf anzusprechen, doch ich unterließ es, als ich Katharina in sich zusammengesunken auf ihrer schwarzen Ledercouch sitzen sah. Ich nahm unaufgefordert neben ihr Platz und legte ihr vorsichtig die Hand auf die Schulter.

Wie lauten die passenden Worte in einem Moment wie diesem? Ich war noch nie gut darin, andere zu trösten.

»Möchtest du einen Tee?« Etwas besseres fiel mir in diesem Augenblick nicht ein.

Sie reagierte erst nicht, nickte dann aber doch. »Du findest alles in der Küche«, flüsterte sie. »Ich hoffe, du kennst dich aus ...«

Ihre Küche war geräumig und sah aus wie frisch aus dem Möbelhaus. Sie war weiß und passte zu dem schwarz-weiß gefliesten Küchenboden. Es fehlte in dieser Designerküche nicht an Lichtblenden, Beleuchtungssystemen, Silbergriffen, Schubladen, großzügiger Arbeitsfläche und anderen Details, doch auf der Suche nach Tee stellte ich schnell fest, dass die Schränke großteils leer und die wenigen Dinge, die sich darin befanden, noch original verpackt waren. Ich entdeckte Grüntee in Beuteln, setzte Wasser auf und nahm zwei der glattweißen, großen Becher aus einem der Fächer.

Eine Wohnung, in der nicht gewohnt wird, eine Küche, in der nicht gekocht wird – was für ein Leben ...

Katharina hatte ihre Stellung nicht verändert, als ich mit zwei

Tassen dampfenden Tees in ihr Wohnzimmer zurückkam. Ich stellte die Tassen auf den Glastisch und war ratlos. Ich wusste einfach nicht, was ich hier und jetzt tun konnte. Sie sprach nicht, sie weinte nicht, sie registrierte mich scheinbar nicht einmal. Fünf Minuten saßen wir auf diese Weise schweigend nebeneinander.

Plötzlich hob sie den Kopf. Ich sah, dass sie geweint hatte. Ihre Augen waren rot, ihr Make-up verwischt.

»Ich fühle mich so schuldig«, flüsterte sie. »Ich fühle mich schuldig, dass ich nicht bei ihm war, als es passierte. Ich war in den letzten Jahren kaum mehr bei ihm. Ich glaube, er war einsam.«

»Was ist mit deiner Mutter?«

»Sie ist schon vor Jahren gestorben. Herzversagen. Meine Familie wird nicht alt. Wahrscheinlich werde auch ich früh sterben.«

Wenn du weiterhin so hart und ambitioniert arbeitest, mit Sicherheit.

Ich behielt meine Gedanken für mich und sagte stattdessen:

»Du hast mir selbst erzählt, dass ihn dein Cousin gefunden hat. Also hatte er Verwandtschaft in der Nähe. Er war gar nicht so einsam. Und es ist nicht ungewöhnlich, dass Kinder irgendwann weit weg von ihren Eltern wohnen. Ich bin überzeugt davon, dass dein Vater Zeit seines Lebens wahnsinnig stolz war auf dich. Er hätte gar nicht gewollt, dass du noch immer bei ihm wohnst und versauerst. Er konnte in der Gewissheit sterben, dass seine Tochter kurz davor ist, die allererste Bundeskanzlerin in der Geschichte der BRD zu werden.«

»Ich weiß nicht, wie ich das alles noch durchstehen soll ohne ihn«, sagte sie wie zu sich selbst. »Er war der einzige Mensch, dem ich voll und ganz vertraut habe. Es ist, als hätte man mir den Boden unter den Füßen weggezogen.«

Eine einzelne Träne floss ihre Wange entlang. Eine Träne, die sie sich rasch mit dem Ärmel wegwischte. Vor mir zu weinen war ihr peinlich.

»Manchmal kommt mir alles so sinnlos vor«, flüsterte sie jetzt. »Manchmal fühle ich mich, als wäre ich mindestens 100 oder älter.«

Wie gut, dass nur ich das höre. Mit solchen Aussagen dürfte sie sich einige Chancen, gewählt zu werden, verspielen.

»Diese Momente haben wir alle«, erwiderte ich.

»Du wohl kaum«, sagte sie, und ich glaubte, eine Spur bitteren Sarkasmus aus ihrer Stimme herauszuhören. »Du manövrierst dich immer auf der Überholspur durch das Leben, auch, wenn du hin und wieder mal bremsen oder einen nicht legitimen Weg wählen musst.«

Ihre Worte verletzten mich. Mein Herz begann schneller zu schlagen – aus Wut und Enttäuschung über ihre Bemerkung, die mir wirklich nahe ging.

Es steht also immer noch zwischen uns. Wie hatte ich nur hoffen können, dass die Ausgangsbasis unserer Bekanntschaft einmal in Vergessenheit geriete!

Mir fiel keine passende Antwort ein. Ich fühlte mich jetzt genauso elend wie sie. Wie konnte ich ihr jemals klar machen, dass ich an Reue damals beinahe zu Grunde gegangen wäre? Ich konnte nicht sprechen, fühlte mich wie erschlagen und hatte den Wunsch, davonzulaufen. Ich hätte sie nicht hierher begleiten dürfen. Ich hätte wissen müssen, dass irgendwann der Punkt kommen würde, an dem die Vergangenheit zur Sprache kam.

Die Stille, die minutenlang zwischen uns herrschte, wurde von einem leisen Schluchzen unterbrochen. Katharina begann zu weinen. Sie weinte erst leise, dann, als ich behutsam den Arm um sie legte, hemmungslos. Sie vergrub ihr Gesicht an meiner Schulter. Ich fühlte, wie ihre Tränen mein Shirt durchnässten.

»Mach es dir bequem«, sagte ich leise. »Versuch, dich zu entspannen.« Ich half ihr aus ihrem Blazer und zog sie, die sich nicht wehrte, an mich heran. Sie legte sich auf das Sofa, zog die Beine an und schluchzte schließlich in meinen Schoß. Mit meinen Fingern fuhr ich tröstend durch ihr blondes Haar und strich ihr sanft über den Rücken.

Sie soll wissen, dass ich da bin. Dass ich immer da sein werde.

Während sie weinte, malte mein Finger kleine Kreise und Spiralen auf ihren Rücken, glitt über ihren Nacken, spielte mit den helleren Strähnen in ihrem Haar. Meine andere Hand fuhr ihre Taille entlang. Ich streichelte sie lange und intensiv, während meine Gedanken auf einem Parkplatz waren, irgendwo in Ostbayern, wo einst eine junge ehrgeizige Journalistin einen Pakt inszeniert hatte, den sie wohl ihr Leben lang bereuen sollte. Wie wäre alles gekommen, wenn ich damals anders gehandelt hätte? Wenn ich nicht nur an mich gedacht hätte?

Dann wäre ich jetzt wohl nicht hier.

Es ist absurd. Bin ich Feindin oder Freundin? Was auch immer – ich sollte diesen Augenblick niemals vergessen.

Nie wieder werde ich ihr so nahe kommen wie jetzt, ging es mir durch den Kopf. Es wäre ein guter Zeitpunkt, zu sagen, was ich zu sagen hatte. Doch ich hatte solche Angst – Angst, das bisschen Nähe zwischen uns zu zerstören.

Angst, dass du dich abwendest von mir, Katharina. Ich habe mich geändert, Katharina, alles hat sich bei mir geändert ... seit ich damals begreifen musste, dass es für uns beide besser war, getrennte Wege zu gehen, hat sich so vieles bei mir geändert. Ich kann dir das Wort Reue in mindestens fünfzehn Sprachen buchstabieren. Seit wir uns wiedergetroffen haben, vergeht kein Tag, an dem ich nicht mindestens hundert Mal bereue, dass ich dich damals erpresst und benutzt habe. Wir hätten von Anbeginn an Freundinnen sein können. Und nicht nur das. Als ich dich endlich kennen lernen konnte, als ich dich dann wirklich *kannte*, da hat sich so vieles in mir geändert und diese Wahrheit, deren ich mir nach und nach bewusst wurde, hat mich völlig überrollt. Katharina, die Wahrheit ist: Ich ...

»Theresa!« Katharina fuhr auf und starrte mich schockiert an. Ich war nicht minder erschrocken, als ich realisierte, was passiert war.

Wir starrten uns an wie hypnotisierte Kaninchen.

Katharinas Unterlippe zitterte leicht.

Ich war unfähig zu irgendeiner Reaktion. Ich konnte nicht einen klaren Gedanken fassen. Ich war völlig durcheinander.

Als Katharina sagte, es wäre besser, wenn ich jetzt ginge, nickte ich nur wortlos. Jede Minute mehr, die ich hier verbrachte, würde uns beide unweigerlich einer Katastrophe entgegentreiben.

Ich erhob mich, verabschiedete mich förmlich und wie in Trance. Ich kam erst wieder zu mir, als ich auf der Straße stand. Der kühle Wind, der an diesem Tag wehte und ein eindeutiger Vorbote des herannahenden Herbstes war, brachte mich zur Besinnung.

Die Wahrheit ist: Ich hatte sie nicht gestreichelt, um ihr Trost zu spenden. Ich sehnte mich danach, sie zu fühlen, ihre nackte Haut zu spüren. Deshalb war meine Hand unter ihre Bluse geglitten, deshalb hatte ich sie so fest umklammert.

Die Wahrheit ist: Ich begehre dich, Katharina.

Am Ende der Straße

Sie hatte zwei Stunden lang das Appartement geputzt. Sogar die Fenster waren jetzt makellos, und die Staubschicht, die sich auf ihren Regalen und hinter ihren Büchern angesammelt hatte, war verschwunden. Zuvor hatte sie etwas getan, zu dem sie sich seit Bezug des Appartements erst zweimal überwinden konnte: Sie hatte sich in ihrer kleinen Drei-Quadratmeter-Küche ein Essen gekocht. Eine halbe Stunde hatte sie damit totgeschlagen, in ihrem selbst zubereiteten Risotto mit Maiskörnern, Tomaten und Sahnesoße herumzustochern, um dann einzusehen, dass sie keinen Bissen herunterbrachte. Der Gedanke an die Medienrecht-Klausur, die ihr bevor stand, raubte ihr jeglichen Appetit.

Sie hätte diese Klausur schon vor einigen Semestern ablegen sollen. Doch seit sie beim ersten Anlauf durchgefallen war, hatte sie dieses Übel immer vor sich her geschoben. Jetzt, kurz vor dem Diplom, war ihr klar geworden, dass das Prüfungsamt den Schein verlangen würde. Ohne bestandene Klausur konnte sie die Zulassung zur Diplomprüfung vergessen. Günstigerweise legten die Fünftsemester die Medienrecht-Prüfung in zwei Tagen in schriftlicher Form ab. Der Professor hatte ihr angeboten, bei diesem Klausurtermin mitzuschreiben und somit die versäumte Prüfung nachzuholen. Theresa hatte eingewilligt, sich aber gleichzeitig gefragt, wie sie das alles schaffen sollte: In zwei Monaten begannen die Diplom-Prüfungen. Innerhalb von zwei Wochen würde sie dann in insgesamt fünf Fächern geprüft werden – sowohl schriftlich als auch mündlich. Das bedeutete, sie musste sich auf insgesamt zehn Prüfungen vorbereiten. Allein die Vorstellung war grauenvoll genug. Doch letztendlich war sie ja nicht die einzige, die dieses Pensum zu bewältigen hatte. Was sie jedoch von ihren Kommilitonen unterschied, war der Umstand, dass sie nebenbei noch in gewohnter Weise für die Zeitung arbeiten sollte und obendrein unter größten Konzentrationsschwierigkeiten litt. Sobald sie an ihrem Schreibtisch saß, glitten ihre Gedanken ab zu Tommi. Sie versuchte sich vorzustellen, wo er sich gerade herumtrieb und wie es ihm ging. Bilder drängten sich ihr auf: Tommi als Suchtkranker an einem Bahnhof, Tommi als Stricher in einer U-Bahn-Toilette, Tommi tot mit zerstochenen Unterarmen. Wenn es ihr einmal für kurze Zeit gelang, nicht an Tommi zu denken, klingelte garantiert ihr Telefon und sie musste sich die Klagen ihrer in Tränen aufgelösten Mutter anhören.

Theresa konnte ihre Verzweiflung nachvollziehen. Schließlich war sie selbst wegen Tommis Drogenkonsum und seinem Verschwinden am Boden zerstört. Doch inzwischen hatte sie kaum mehr die Kraft, auch noch ihre Mutter psychisch aufzurichten. Es kam ihr so vor, als riefe ihre Mutter nicht an, weil sie Trost suchte, sondern um ihren Kummer bei Theresa abzuladen und sie mit in ein tiefes seelisches Loch hinabzuziehen.

Wann immer Theresa an ihre Mutter dachte, ergriff sie ein zwiespältiges Gefühl von pflichtgemäßer Zuneigung und unterschwelliger Wut. Chiara Lackners rasch wechselnde Stimmungen machten ihr von Kindheit an zu schaffen. Schwarz oder weiß, unten oder oben, dick oder dünn, gut oder böse, grenzenlose Liebe oder grenzenloser Hass – Grauzonen oder einen Mittelweg gab es im Leben ihrer Mutter nicht.

Einen Großteil ihrer Teenagerzeit hatte Theresa darüber gegrübelt, woher diese Unzufriedenheit resultierte und wie sie ihre Mutter glücklicher machen konnte. Ihre guten Noten in der Schule, ihr Fleiß, ihr Bestreben, bei Familienstreitigkeiten für Harmonie zu sorgen – dies alles waren vergebliche Versuche, die mütterliche Laune auf einem durchweg hohen Niveau zu halten. Irgendwann hatte sie erkennen müssen, dass sie an dieser selbst gestellten Aufgabe gescheitert war und wohl immer neu scheitern würde. Nichtsdestotrotz hatte sie ihre Rolle als potenzielle Streitschlichterin noch nicht völlig ablegen können.

Deine Mutter liebt das Leid wie eine Motte das Licht, hatte ihr Vater vor Jahren einmal zu ihr gesagt. Es war das erste und einzige Mal, dass er sich ihr gegenüber über seine Frau äußerte.

Jetzt, da Tommi verschwunden war und ihre Mutter täglich weinend anrief, erinnerte sie sich an diesen Satz – allerdings nicht, ohne ihn in Gedanken zu ergänzen. Meine Mutter liebt das Selbstmitleid, lautete ihre Version. Es machte sie wütend, dass deren Leiden das einzige Thema bei all den Telefongesprächen war, die sie nahezu jeden Tag miteinander führten. Kein einziges Mal hatte Chiara Lackner gesagt, dass sie sich um Tommi Sorgen mache. Kein einziges Mal hatte sie sich gefragt, wo er wohl steckte und ob es ihm gut ginge. Stattdessen klagte sie darüber, dass ihr einziger Sohn sie so sehr enttäuscht habe, dass er ihr jede Lebensfreude genommen hätte, dass ihr Leben sinnlos geworden sei. Sie hatte sich doch immer alles anders vorgestellt, setzte sie ihre Klage fort. Sie hatte sich vorgestellt, dass ihre Kinder Karriere machen würden, dass sie heiraten, sie zur Großmutter machen würden. Dass sie mit 80 Jahren in ihrem Lehnstuhl einschlafen könnte – inmitten ihrer Enkel und Urenkel. Doch das sei ihr nicht vergönnt, schluchzte sie am Ende jedes Telefongesprächs. Denn ihre Kinder seien schließlich nur eine maßlose Enttäuschung für sie. Sie habe all ihre Energie in ihre Kinder investiert, um aus Tommi und ihr, Theresa, anständige Menschen zu machen. Doch offensichtlich war jede Mühe umsonst gewesen. Tommi war in die Drogenszene abgeglitten und Theresa bringe es weder fertig zu heiraten noch richtig Karriere zu machen.

»Das bisschen Geschreibsel für dieses billige Heimatblättchen ist nichts, worauf du stolz sein musst«, »Was ist mit deiner Studienkollegin, dieser Christine? Schreibt sie nicht für die *Süddeutsche*? Warum schreibst du nicht für die *Süddeutsche*?«, »Kümmere dich endlich um eine richtige Stelle, dein Studium ist bald zu Ende ... oder willst du so enden wie dein Bruder?«, »Was ist das schon mit dir und Martin? – Ich kann wirklich nicht verstehen, wie du an diesem Architektensohn hängen bleiben konntest.«

Es waren Sätze wie diese, die Theresa innerlich zur Weißglut brachten und jedes Gefühl von Mitleid in blanken Hass umwandelten. Die Dinge, die ihr ihre Mutter an den Kopf warf, entbehrten nicht nur jeglicher Grundlage, sondern verletzten sie auch tief. Sie hatte schon oft bereut, überhaupt erzählt zu haben, dass ihre ehrgeizige Kommilitonin über Vitamin B – in dem Fall über den Freund ihres Onkels, der Leiter der Anzeigenabteilung war – eine Stelle als »feste Freie« in der Wirtschaftsredaktion der *Süddeutschen Zeitung* bekommen hatte. Ihre Mutter hatte damals nicht viel dazu gesagt, doch in schlechter Verfassung brachte sie das Thema stets zur Sprache, um Theresa Versagen vorzuwerfen. Anfangs hatte Theresa versucht, ihr klar zu machen, dass sie immerhin die einzige ihres Semesters war, die mit dem Studium auch ihr Volontariat abschloss. Dass alle anderen das zweijährige Volontariat erst im Anschluss an das Studium absolvieren mussten. Dass sie somit ihren Kommilitonen ein gutes Stück voraus war.

Es war vergebens. »Was ist schon die Regionalzeitung im Lebenslauf, wenn es doch die *Süddeutsche* oder die *FAZ* hätte sein können!«, wiederholte ihre Mutter einfältig.

Im Übrigen war sich Theresa durchaus darüber bewusst, dass sie sich um eine Fixanstellung nach ihrem Volontariat kümmern musste. Doch es überschritt im Moment ihre Kräfte, für das Diplom zu lernen, ihren Aufgaben bei der Zeitung nachzukommen, Katharina Hermann zuzuarbeiten, ihre Mutter wieder seelisch aufzurichten (oder es zumindest zu versuchen) und dann noch Bewerbungen zu schreiben. Sie fühlte sich mit alldem überfordert. Zudem vertraute sie insgeheim darauf, dass die Heimatzeitung sie nach Volontariatsende mit Handkuss weiterbeschäftigen würde. Die Stellen waren zwar knapp und es war längst nicht mehr selbstverständlich, Volontäre als Redakteure zu übernehmen, doch hatte sie nicht jahrelang unermüdliches Engagement mit überdurchschnittlichen Leistungen bewiesen?

Theresa sah kein Problem darin, nach dem Studium noch ein paar Monate als Redakteurin für die Heimatzeitung zu arbeiten und sich aus gesicherter Position heraus bei anderen Blättern zu bewerben. Zusätzlich hoffte sie auf Unterstützung von Katharina Hermann. Schließlich gab es zwischen ihnen ein Abkommen, das nicht an Gültigkeit verloren hatte – ein Abkommen, das die passionierte Lateinerin, die Theresa noch immer war, »pacta utriusque beneficio« nannte, den Vertrag zu gegenseitigem Nutzen.

Katharina Hermann verbrachte einen Großteil ihrer Zeit in Berlin. Sie trafen sich selten, telefonierten aber mindestens einmal die Woche, um Informationen auszutauschen. Es herrschte ein sachlicher Ton zwischen ihnen. Sie sprachen niemals über die Grundlage ihres Abkommens. Darüber war Theresa froh. Sie hatte das Foto, das sie damals entwendet hatte, in ihrem Schmuckkästchen verstaut und seitdem nicht mehr angeschaut.

Unlängst hatte sie Katharina Hermann in der Tagesschau gesehen. Sie war zwar nur eine Randfigur im Beitrag über eine geplante rechtliche Neuerung bei der Verteilung von Sozialhilfe, aber immerhin präsent. Für Theresa ein deutliches Signal, dass die junge Bundestagsabgeordnete in der Hierarchie ihrer Partei kontinuierlich nach oben rückte. Sie stand dieser Tatsache zwiespältig gegenüber: Einerseits hatte sie das wohltuende Gefühl, durch ihre Berichterstattung den Grundstein zu Katharina Hermanns Karriere gelegt zu haben. Andererseits konnte sie sich inzwischen des Eindrucks nicht erwehren, dass ihr die Dinge entglitten.

Katharina Hermann war ein Name, der inzwischen auch in anderen Medien präsent war, und das ganz ohne Theresas Zutun. Da die Bundestagsabgeordnete zudem meist in Berlin und weniger in ihrem Heimatwahlkreis war, boten sich immer weniger Gelegenheiten, sie in die Berichterstattung der Regionalzeitung einzuflechten. Umgekehrt versorgte sie Theresa aber weiterhin mit prägnanten Informationen, aus denen sie diverse einschlägige Artikel basteln konnte. Theresa nahm dieses Ungleichgewicht wahr und sah ihren »pacta utriusque beneficio« in Gefahr.

Als sie Katharina Hermann damals erpresst hatte, war ihre oberste Absicht freilich gewesen, selbst von dem Pakt zu profitieren. Doch in den Jahren der Zusammenarbeit musste sie sich eingestehen, dass sie sich weitaus besser fühlte, wenn sie dabei nicht nur selbst gewann.

Theresa erinnerte sich heute ungern daran, dass ihre Zusammenarbeit aus einer Erpressung resultierte. Damals hatte sie sich selbst genial gefunden, weil ihr die Idee gekommen war, das zufällig entdeckte Foto für ihre Karrierezwecke zu nutzen. Inzwischen hatte ihre damalige Selbsteinschätzung von der eigenen Genialität leisen moralischen Zweifeln Platz gemacht. Sie war nicht mehr die blutjunge Studentin, die so geprägt war von der Konservativität ihres Elternhauses und ihrer ländlichen Umgebung, dass ihr Homosexualität als fremdartig oder gar verurteilenswert schien.

Im Laufe ihres Studiums war Theresa mit vielen verschiedenen Strömungen und Lebensstilen konfrontiert worden. Und mit der Intoleranz hatte sie ihre eigenen Erfahrungen gemacht: Aufgrund ihres südländischen Aussehens erfuhr sie in ihrer Kindheit am eige-

nen Leib, was es bedeutete, »anders« zu sein. Sie hatte in der Grundschule und noch in der Unterstufe des Gymnasiums darunter gelit-
ten, wenn ihre Mitschüler sie mit Zurufen wie »Itaker-Kindl« und
»Spaghetti-Fresserin« neckten. Sie fand nichts lustig daran, wenn ihre
so genannten Freundinnen im Freibad neben ihr lagen und irgendwann ausriefen: »Du bist ja so braun wie ein Neger!« Erst als Teenager realisierte sie, dass ihre Mitschülerinnen sie um ihr südländi-
sches Aussehen und ihren dunklen Teint beneideten. Und es dauerte
noch weitere Jahre, bis sie begriff, dass ihr Erscheinungsbild unge-
ahnte Anziehungskraft auf Männer ausübte, die in ihr eine aus-
geprägte Schönheit sahen. Trotz allem, die Kindheit in Ostbayern,
das sich damals durch einen extrem niedrigen Anteil von Migranten
auszeichnete, hatte sie geprägt. Sie wusste nur zu gut, was es bedeutete, aus dem üblichen Schema herauszufallen.

Theresa hatte nie mit jemanden darüber gesprochen, wie es ihr
in der Schulzeit ergangen war – weder als Kind noch später als
Teenager. Sie fühlte, dass ihre Mutter kein offenes Ohr dafür hatte.
Was es bedeutete, als einzige der Klasse schwarze Haare und einen
dunkleren Teint zu haben, wusste ihre Mutter aufgrund ihrer eigenen Kindheitserfahrungen sehr wohl. Doch sie war eine Meisterin
der Verdrängung und wollte sich nicht erinnern. Theresa kam es so
vor, als hätte ihre Mutter durch die Heirat mit ihrem Vater ihre
eigene Vergangenheit und die damit verbundenen Erinnerungen
an ein Leben als Kind italienischer Immigranten begraben. Sie war
jetzt nur noch Chefarztfrau.

Mit ihrem Vater über derartige Dinge zu sprechen, schien Theresa ebenfalls unmöglich – sie hatte den Eindruck, sein Interesse an
ihr konzentriere sich vorwiegend auf ihre schulischen Leistungen
und später auf ihr Vorwärtskommen in Studium und Beruf. Sie
konnte sich nicht erinnern, mit ihm jemals ein tiefes persönliches
Gespräch geführt zu haben. So wenig wie sie wusste, was in ihm
vorging, so wenig wusste er von ihren innersten Gefühlen und
Gedanken. Auch mit ihrem Bruder hatte sie sich nie über die erfahrenen Demütigungen austauschen können. Tommi hatte dunkles Haar, aber er war insgesamt kein dunkler Typ und hatte unter
dem Spott, wie ihn Theresa hatte erdulden müssen, nie zu leiden
gehabt.

Tommi und Theresa waren damit aufgewachsen, dass dunkelhäutige Menschen »Neger« hießen und dass es völlig ausgeschlossen war, sich in Schwarze zu verlieben oder sie gar zu heiraten. Ging es um Kinder aus diesen Beziehungen, sprach Chiara Lackner von »den armen Mischlingskindern, die nicht wissen, wohin sie gehören« – ohne zu realisieren, dass das nur so war, weil Leute wie sie selbst durch ihre intolerante Haltung maßgeblich dazu beitrugen. Ihre Einstellung gegenüber Homosexuellen war ähnlich gelagert. »Was für bedauernswerte Menschen. Das ist so widernatürlich«, hatte sie zu Theresa gesagt, als sie bei einem Einkaufsbummel in München zwei Schwule sahen, die Händchen haltend die Fußgängerzone entlanggingen. Das war nun ganze zehn Jahre her, doch es bestand kein Grund zu der Annahme, dass sich ihre Einstellung geändert hatte.

Theresa hatte sich von ihrer Mutter mittlerweile distanziert. Sie hatte in den vergangenen Jahren begriffen, dass deren Vorurteile teils aus der Unzufriedenheit mit ihrem eigenen Leben, teils aus Überheblichkeit und teils aus Unwissenheit resultierten. Vor Tommis Verschwinden hatte Theresa viel Zeit damit verbracht, sich den Kopf zu zerbrechen, weshalb ihre Mutter derart unzufrieden war. Hatte sie nicht alles, was sie sich wünschen konnte? – Seit Tommis Drogenabhängigkeit offiziell und die Familie zerbrochen war, sah Theresa erstmals einen Funken Berechtigung in den depressiven Stimmungsschwankungen, die ihre Mutter immer häufiger mit aller Macht überfielen.

Nichtsdestotrotz: Die Situation war belastend, und das Selbstmitleid ihrer Mutter machte nichts einfacher.

Theresa war froh, dass sie ihr Studentenappartement hatte. Hier konnte sie sich zumindest zurückziehen. Vor Tommis Verschwinden hatte sie überlegt, das Appartement im letzten Semester ihres Studiums aufzugeben. Sie hatte keinerlei Vorlesungen mehr; auf das Diplom hätte sie sich genauso gut von zu Hause aus vorbereiten und sich damit das Geld für die Miete sparen können. Jetzt aber war das Appartement ihr Zufluchtsort. Sie tat sich hier schon äußerst schwer, sich auf das Lernen zu konzentrieren. In ihrem Kinderzimmer im Hause ihrer Eltern wäre es unmöglich gewesen.

Als ihre Mutter zwei Tage vor der Medienrecht-Klausur, die sie unbedingt bestehen musste, unerwartet mit zwei Koffern vor der Türe stand, hoffte Theresa daher, es handle sich nur um einen besonders schlimmen Alptraum. Doch spätestens als ihre Mutter unaufgefordert eintrat, sich auf Theresas Bett niederließ und in Tränen ausbrach, begriff sie, dass es hier kein Erwachen gab.

Tommi ist tot, war Theresas erster Gedanke. Sie ist gekommen, um mir zu sagen, dass Tommi auf einer Bahnhofstoilette gefunden wurde. Dass er sich den goldenen Schuss gegeben hat.

Angesichts dieser Befürchtung schien ihr das, was ihre Mutter dann als Grund für ihr Kommen und ihren Tränenausbruch angab, im ersten Augenblick wie eine Lappalie.

»Dein Vater hat eine Geliebte! Er betrügt mich!«

Theresa, froh darüber, dass es nicht wieder um Tommi ging, starrte ihre Mutter zunächst nur fragend und überrascht zugleich an. Sie konnte keinen klaren Gedanken fassen. Als sie vage realisierte, was ihre Mutter da gesagt hatte, fragte sie mit sichtlicher Irritation: »Bist du sicher?«

Dass ihr viel beschäftigter Vater Zeit für eine Geliebte haben sollte, kam ihr völlig absurd vor.

»Ich weiß es! Ich habe Beweise! Und ich weiß, wer es ist!« Chiara Lackner begann, wie besessen ihre Handtasche zu durchwühlen. Da sie das, was sie suchte, zunächst nicht fand, räumte sie schließlich den Inhalt ihrer Tasche komplett aus. Zwei Lippenstifte, Kamm, Ohrringe, Taschentücher, Lidschatten, Kajalstift, Mascara, ein Parfümflakon, eine ESCADA-Sonnenbrille, ihr Handy, ein goldenes Armband, ein Frischhaltetuch, Gesichtspuder, zwei Tampons, Wattestäbchen, eine Packung Pfefferminzbonbons und ein Kondom verteilten sich quer über Theresas Bett. Bevor Theresa dazu kam sich zu fragen, ob es das Kondom war, das als »Beweismittel« für den vermeintlichen Seitensprung ihres Vaters dienen sollte, ließ ihre Mutter selbiges wieder in ihrer Handtasche verschwinden und stürzte nun auf den ersten ihrer beiden Koffer. »Ich habe es doch eingesteckt, es muss irgendwo sein«, sagte sie zu sich selbst und kramte in seinem Inhalt. Kulturbeutel, Kostümjacken, Röcke und Hosen wurden auf Theresas Boden geschichtet. Dann war der Koffer leer. Mit verzweifeltem Gesichtsausdruck und in aufgebrachtem Tonfall sagte ihre Mutter: »Ich weiß, dass ich es dabei habe! Dann ist es wohl hier ...«

Sie begann den zweiten Koffer auszuräumen. Unterwäsche, Socken, Seidenstrümpfe, Blusen und Pullover verteilten sich in dem kleinen Studentenappartement. Theresa bereitete das Tohuwabohu, das ihre Mutter in ihrer Behausung anrichtete, Magendrücken. Das Appartement war mit seinen 18 Quadratmetern ohnehin schon winzig. Nachdem Chiara Lackner ihre Besitztümer querbeet verteilt hatte, gab es noch weniger Bewegungsfreiheit als zuvor.

Im zweiten Koffer, zuunterst, fand sie aber schließlich das, wonach sie gesucht hatte. Es handelte sich um ein dickes Kuvert im Din-A-5-Format. Chiara Lackner leerte den Inhalt auf Theresas Bett. Theresa sah, dass es sich um Rechnungen und Quittungen handelte.

»Hier. Sieh dir das an.« Chiara Lackner hielt ihrer Tochter eine der Rechnungen unter die Nase. »Fünf Tage in Lausanne. Im Doppelzimmer. Die Rechnung ist auf zwei Personen ausgestellt. – Mir hat dein Vater gesagt, er sei auf einem medizinischen Fachkongress in der Schweiz. Stattdessen hat er sich mit seiner Geliebten vergnügt.«

Sie redete sich in Rage. Rote Flecken zeigten sich auf ihrer Haut. Wahllos griff sie nach einer weiteren Rechnung. »Und hier: Drei Tage Barcelona. Ich wusste davon nichts, Tessa! Dieser Bastard hat mir diese Urlaube komplett verschwiegen. Die Person, die mit ihm im Doppelzimmer war und die mit ihm den Champagner aus der Zimmerbar geleert hat, der hier gelistet ist, kann also nicht ich gewesen sein! – Er betrügt mich! Ich bin noch nie betrogen worden! Niemand betrügt Chiara Lackner! Ich werde ihn zugrunde richten, ich ...« Sie brach erneut in hysterisches Weinen aus.

»Ich habe ihn so geliebt«, schluchzte sie. »Wie konnte er mir das nur antun?«

Theresa fühlte einen Kloß in ihrem Hals, der immer dicker wurde, während sie die Rechnungen durchsah. Es handelte sich vorwiegend um Hotelrechnungen. Fast immer wurde ein Doppelzimmer für zwei Personen berechnet. Sie musste erkennen, dass der Verdacht ihrer Mutter nicht unbegründet war. Das Schluchzen zehrte jedoch an ihren Nerven.

»Mama, das kann banale Gründe haben«, sagte Theresa, obwohl auch ihr spontan keine überzeugenden Erklärungen einfielen. »Wo hast du sie überhaupt her?«

»Von den Buchhaltungsunterlagen im Arbeitszimmer deines Vaters.«

»Na siehst du. Wahrscheinlich hat er die Belege mit einem Kollegen getauscht, um in den Genuss von steuerlichen Vorteilen zu kommen«, meinte Theresa besänftigend, ohne im Geringsten vom Wahrheitsgehalt ihrer eigenen Äußerung überzeugt zu sein.

Chiara Lackners Stimmung schlug von einer Sekunde auf die andere in Wut um. »Bist du so naiv oder tust du nur so?«, fauchte sie. »Oder hältst du mich für so dämlich, dass ich dir so etwas abnehme? Du willst nur wieder deinen Vater schützen. Schon als ihr klein wart, habt ihr euren Vater mehr geliebt als mich. Für dich und Tommi war schon immer alles schlecht, was ich getan habe.«

Theresa fühlte, wie ihr Tränen in die Augen schossen. »Das ist nicht wahr«, verteidigte sie sich matt. »Wir hatten euch beide immer gleich lieb.«

Genauer gesagt hatten wir dich lieber, Mama, dachte Theresa. Denn Papa kannten wir kaum.

Doch Chiara Lackner fuhr wutentbrannt fort: »Was bist du nur für ein grauenvoller Mensch, Tessa. Warum habe ich dich überhaupt geboren?«

Theresa zitterte inzwischen am ganzen Körper.

Du bist meine Mutter und du solltest mich lieb haben, hämmerte es in ihrem Kopf, während ihr nun die Tränen über die Wangen liefen. Stattdessen behandelst du mich wie ein Stück Dreck!

»Ich werde mich scheiden lassen«, wechselte Chiara Lackner bereits wieder das Thema. »Dieser Mistkerl wird bluten: Er wird sich dumm und dämlich zahlen. Ich kenne einen Anwalt, der macht ihn fertig. Zum Glück ist es so, dass das Gesetz aufseiten der betrogenen Ehefrau steht.«

»Das stellst du dir zu einfach vor«, erwiderte Theresa tonlos. »Zumal du selbst ja nicht –«

»Für was hältst du mich? Für ein Flittchen? Ich war eurem Vater immer treu. Ich wäre ihm treu gewesen bis in den Tod!«, rief Chiara Lackner aufgebracht. Dann begann sie wieder zu heulen. »Ich bin verzweifelt. Du bist meine Tochter. Ich dachte, dass du auf meiner Seite stehst. Stattdessen werde ich immer weiter enttäuscht. Aber du wirst auch noch merken, wie es ist, betrogen zu werden. Du glaubst doch nicht, dass dir dein Martin immer treu sein wird? So sind die Männer. Und welcher Mann ist schon langfristig glücklich mit einer Frau wie dir? Du hast ja nur deine Karriere im Kopf, die in Wahrheit keine ist. Du kümmerst dich nicht genug um ihn. Ich dagegen habe mich immer um deinen Vater gekümmert. Ohne mich wäre er ein gesellschaftliches Nichts. Und als Dank für all das betrügt er mich mit dieser Hexe!«

Theresa wurde übel. Bitte lass meine Beziehung aus dem Spiel, dachte sie. Aber sie sagte nichts. Ihre Mutter würde begeistert in diesem wunden Punkt herumstochern, um ihr eigenes Leid zu kompensieren. Theresa war sich sicher, dass Martin keine andere hatte, doch sie fühlte, dass zwischen ihnen eine Kluft entstanden war. Anfangs hatte Martin häufig von seiner Famulatur in verschiedenen Münchner Krankenhäusern und dem Medizinstudium erzählt. Theresa dagegen war mit Schilderungen aus ihrem beruflichen Alltag immer schon sehr zurückhaltend. So hatten sie sich inzwischen kaum mehr etwas zu sagen. Sie fühlte, dass ihre Beziehung an einem Tiefpunkt angekommen war.

Einige Abendstunden und zwei Flaschen Chianti später lag sie in ihrem Bett und wälzte sich unruhig hin und her. Wenn sie jetzt eines nicht gebrauchen konnte, dann ihre Mutter. Sie musste sich auf die Medienrecht-Prüfung vorbereiten!

Chiara Lackner hatte sich bei ihrer Tochter einquartiert. Sie nahm sogar in Kauf, auf einer Luftmatratze zu nächtigen. Während Theresa neben sich den gleichmäßigen Atem ihrer Mutter vernahm, raubten ihr die kaputte Ehe ihrer Eltern und die bevorstehende Klausur den Schlaf. Sie musste *dringend* lernen! Theresa knipste das Licht an, stieg vorsichtig über ihre fest schlafende Mutter und holte sich von ihrem Schreibtisch zwei Bücher. So lautlos wie möglich kletterte sie zurück in ihr Bett und schlug das erste Buch auf. Sie begann zu lesen und versuchte, sich die Paragraphen einzuprägen. Es war halb drei. Wahnwitzig, um diese Uhrzeit und nach mehreren Gläsern Wein Medienrecht zu lernen, doch es war ebenso wahnwitzig zu glauben, dass sie am nächsten Tag Ruhe dazu haben würde.

Allem Anschein nach hatte ihre Mutter keinesfalls vor, schnell wieder zurück nach Hause zu fahren. Theresa blätterte um. Die Buchstaben verschwammen vor ihren Augen. Sie war müde und unkonzentriert. Sie dachte an Tommi. Tränen traten ihr in die Augen. Die Paragraphen versanken in einem nassen Schleier.

Nicht weinen. Du willst das schaffen. Du musst das schaffen!

Sie griff nach der Packung Taschentücher, die auf ihrem Nachtkästchen lag, und schnäuzte sich so leise wie möglich – doch ihre Mutter schlug prompt die Augen auf.

»Ich mache diesen Bastard klein«, waren ihre ersten Worte. Dann bemerkte sie Theresas aufgeschlagene Bücher. »Kannst du dich nicht tagsüber auf deine Prüfungen vorbereiten, so wie das normale Leute tun? Muss das jetzt sein, mitten in der Nacht? Das Licht stört mich. Ich kann so nicht schlafen.«

Chiara Lackner begriff nichts.

Sie hatte ein leeres Blatt abgegeben. Lediglich ihr Name rechts oben auf dem Deckblatt bezeugte, dass sie die Aufgaben überhaupt in den Händen gehalten hatte. Als sie die Fragen las, wurde sie von bleierner Müdigkeit und Resignation überfallen. Sie wusste, dass ihr Wissen nicht ausreichte. Eine Weile starrte sie auf das Papier, dann stand sie auf und gab es ohne ein Wort bei der Klausuraufsicht ab. Sie schloss sich in der Toilette ein und weinte.

Theresa war am Ende.

Ziellos trieb sie sich auf dem Campus herum, weil sie nicht in ihr Appartement zurückwollte. Da saß ihre Mutter, weinte oder führte rege Gespräche mit dem Scheidungsanwalt, einem Freund aus dem Golfclub. Sie hatte damit bereits um acht Uhr früh begonnen, und Theresa war unweigerlich Zeugin der ersten Gespräche geworden. Chiara Lackner hatte dem Anwalt lang und breit geschildert, was sich Theresa schon wiederholt hatte anhören müssen.

Irgendwann klingelte ihr Handy. Es war das Sekretariat ihres Instituts. Sie solle sich in einer Stunde bei ihrem Professor einfinden, es sei dringend. Sie ging zu dem Termin, ohne zu wissen, was man von ihr wollte. Im Büro fand sie sich nicht nur ihrem Professor im Hauptfach Kommunikationswissenschaften gegenüber, der ihre Diplomarbeit betreut hatte, sondern auch dem Professor, bei dem sie die Medienrecht-Klausur hätte schreiben sollen. Die beiden kamen ohne Umschweife zur Sache. Sie machten sich Sorgen um sie. Es könne nicht sein, dass sie, die alle anderen Prüfungen gut und beim ersten Anlauf schaffte und die bei allen praktischen Übungen unter den Besten war, wegen einer einzigen Medienrecht-Prüfung am Diplom scheiterte. Sie habe das Blatt leer abgegeben – hatte sie denn überhaupt nichts mehr gewusst? Hatte sie sich nicht vorbereitet?

Theresa wusste nicht, was sie darauf sagen sollte. Sie sah ihr Diplom und damit die Chance auf eine steile Karriere dahinschwinden.

Doch die beiden Professoren waren keine Unmenschen. Sie sahen vor sich eine junge Studentin, die viel zu mager war, um körperlich gesund zu wirken, eine Studentin mit tiefen Augenringen und eingefallenen Wangen, und sie schlossen daraus, dass Theresa sich in einer Krisensituation befinden musste. Sie wollten diese Krise nicht verschlimmern. Aus diesem Grund hatten sie nach einer Sonderregelung gesucht und diese im umfangreichen Regelwerk des Prüfungsamts auch gefunden: Theresa würde zu einem komplex konstruierten Medienrecht-Fall einen Aufsatz schreiben müssen. Sie käme so um die Klausur herum und könnte trotzdem den erforderlichen Schein erwerben.

Theresa nahm das Angebot dankbar an. Sie sah wieder Licht am Ende des Tunnels. Doch als sie nach dem Verlassen des Büros die Aufgabenstellung las, überkamen sie erneut Übelkeit und Verzweiflung. Wie sollte sie eine Lösung finden, wenn sie nicht einmal die juristische Problematik erkannte?

Als sie zurück in ihr Appartement kam, wartete eine Überraschung auf sie. »Ich werde mich nicht scheiden lassen«, eröffnete Chiara Lackner ihrer Tochter, kaum, dass diese zur Tür hereingekommen war. »Ich werde um meine Ehe kämpfen. Ich werde nicht zulassen, dass irgendeine dahergelaufene Schnepfe mir meinen Mann wegschnappt! Ich liebe deinen Vater. Ich möchte mit ihm alt werden.«

Theresa zog verwundert die Augenbrauen hoch, setzte sich auf ihr Bett und hörte den Ausführungen ihrer Mutter zum Thema Ehegelübde, Treue bis in alle Ewigkeit und ähnlichem mit halbem Ohr zu. Sie kombinierte schnell, dass der Anwalt offensichtlich in

Anbetracht aller Tatsachen von der Scheidung abgeraten oder zumindest darauf hingewiesen hatte, dass ihre Mutter nicht notwendigerweise lukrativ aus ihrer Ehe aussteigen würde.

In Chiara Lackners Redeschwall hinein klingelte Theresas Festnetztelefon. Sie hob ab und hatte ihren Vater am Apparat, der sich steif danach erkundigte, ob sie von ihrer Mutter gehört habe.

»Mama ist hier bei mir«, sagte Theresa emotionslos und setzte in Gedanken hinzu: Und ich hätte nichts dagegen, wenn du sie so bald wie möglich abholst und ihr die Sache zu zweit in eurem Haus klärst.

»Dann gib sie mir ans Telefon«, sagte Reinhard Lackner nun – ohne ein persönliches Wort an seine Tochter zu richten. Theresa zögerte einen Moment lang. Sie kämpfte mit sich. Zu gerne hätte sie ihren Vater gefragt, ob das, was ihre Mutter von einer Geliebten gesagt hatte, wirklich den Tatsachen entsprach. Doch ihre Angst vor der Realität überwog. Sie wollte nicht hören, dass alles, was ihre Mutter gesagt hatte, wahr war. Sie wollte nicht, dass ihr Bild von ihrem Vater zerstört wurde. Sie wollte sich auch nicht vorstellen müssen, dass ihr Vater tatsächlich mit einer Frau schlief, die nur sechs Jahre älter war als sie selbst. Also übergab sie den Hörer schließlich ihrer Mutter.

Sobald Chiara Lackner ihren Ehemann am Telefon hatte, entbrannte eine heftige Diskussion zwischen den beiden. Theresa ging in ihre kleine Küche, um ein wenig Distanz zu bekommen. Doch die Küche war nur durch einen Vorhang vom Rest der Wohnung getrennt, so dass sie letztendlich Wort für Wort verstand, was ihre Mutter ihrem Vater an den Kopf warf. Theresa kämpfte gegen den Würgreiz. Sie wollte nicht mitanhören müssen, was im Bett ihrer Eltern vor sich ging und was nicht vor sich ging. Irgendwann legte ihre Mutter auf.

»Dieser Mistkerl will die Scheidung!«, schrie Chiara Lackner nun aufgebracht. »Dein idiotischer Vater will mich loswerden! Er hat sich für diese Nutte entschieden! Nach all den gemeinsamen Jahren!«

»Das meint er nicht ernst«, versuchte Theresa ihre Mutter zu beruhigen. Sie hatte solche Angst – Angst, dass es tatsächlich wahr sein könnte. Die Vorstellung, dass ihre Eltern sich scheiden ließen, war immer so fern gewesen.

»Oh doch! Er meint es ernst! Du kannst ihn ja fragen!«

Theresa hatte keine Lust, mit ihrem Vater zu sprechen. Sie wollte nur noch eines: weg. Weg von ihrer Mutter. Weg vom Trennungskrieg ihrer Eltern. Weg aus ihrem Appartement, in dem sie keinen klaren Gedanken mehr fassen konnte. Als Chiara Lackner sagte, sie brauche jetzt dringend etwas zu trinken, und zwar etwas stärkeres als Wein, fasste sie blitzschnell einen Fluchtplan.

Sie schickte ihre Mutter zum Supermarkt. Noch nie hatte sie so schnell gepackt wie jetzt: Sie räumte ihren Schrank komplett leer, stopfte die Kleidungsstücke in alle vorhandenen Plastiktüten, die sie in ihrer Wohnung fand, nachdem ihr Koffer schon übervoll war, packte in Windeseile ihre wichtigsten Bücher ein und räumte alles samt ihrem Notebook und den vielen Ordnern in ihr Auto. Sie rechnete sich aus, dass sie maximal zwanzig Minuten Zeit hatte, bevor ihre Mutter zurückkam. Nach fünfzehn Minuten war Theresa fertig. Alles war möglich, wenn es denn sein musste.

Und es musste sein. Sie hinterließ ihrer Mutter einen Zettel: Ich halte es nicht mehr aus. Ich muss weg.

Mitternachtsgespräche

Das Audimax der Alexander-von-Humboldt-Universität war bis auf den letzten Platz gefüllt, als Katharina Hermann mit Gefolge – darunter auch mir – eintrat. Während sich die Security-Kräfte links und rechts an den Eingängen platzierten, geleitete uns ein Herr im schwarzen Anzug zur ersten Reihe, die ausschließlich für das Team der Bundeskanzlerkandidatin reserviert worden war. Ich ließ Wieland, Jonas und den anderen fünf Begleitern den Vortritt und ließ mich ganz am Rande, direkt neben Arno Wendereich, nieder.

Katharina stand vorne und tauschte mit drei älteren Herren einen Händedruck aus. Arno informierte mich, dass es sich bei den Herren um den Dekan der Universität, einen namhaften Professor aus dem Gebiet der Politikwissenschaften und den Vorsitzenden einer den Konservativen nahe stehenden studentischen Partei der Universität handelte.

Auch Medienvertreter waren vor Ort. Je näher der Wahltermin rückte, desto stärker stand Katharina im Visier der Kameras und Fotoapparate. Ich bewunderte sie für ihre Disziplin und ihr Auftreten. Die Beerdigung ihres Vaters war erst zehn Tage her. Kaum, dass ihr Vater unter der Erde war, kam sie auch schon wieder zurück nach Berlin und nahm ihre Termine wahr, als wäre nichts gewesen. Seit unserer Zusammenkunft in ihrer Wohnung hatte es kein weiteres separates Treffen oder längeres Gespräch zwischen uns gegeben. Wenn wir uns begegneten, dann nur im Beisein anderer Personen. Unsere Begegnungen waren daher von höflicher Distanz geprägt, ganz so, wie es von einer *Brennpunkt*-Journalistin im Umgang mit der eventuell späteren Bundeskanzlerin erwartet wurde.

Katharina hatte mittlerweile fast täglich ein bis zwei Stunden Medientraining. Zwei Größen aus der Medienbranche verbesserten ihren Sprachstil, ihre Artikulation und ihre Gestik vor laufender Kamera. Ich hatte diesem Training nur einmal kurz beigewohnt und mich dabei gefragt, was es hier eigentlich noch zu verbessern gab. Für mich war sie schon immer Profi im Umgang mit den Medien gewesen. Ihr Training zielte in erster Linie auf die große Podiumsdiskussion mit Udo Körnigge ab, der sie sich in rund zwei Wochen stellen musste. Die Sendung war von der ARD initiiert und galt als wichtiges Instrumentarium, um Wählerstimmen zu gewinnen. Immerhin war es für viele unentschlossene Wähler die einzige Möglichkeit, die zwei Spitzenkandidaten und ihre Aussagen unmittelbar miteinander zu vergleichen.

Doch auch der Auftritt vor den Studierenden war – obgleich im Vergleich zur ARD-Übertragung vor einem verhältnismäßig kleinen Publikum – nicht ganz unwichtig. Die Rede Udo Körnigges, der vor wenigen Tagen ebenfalls hier gesprochen hatte, war von mehreren Offenen Kanälen und einem überregionalen Studentensender übertragen worden. Offene Kanäle waren ein Spezifikum, das es in Bayern nicht gab, in vielen anderen deutschen Bundesländern aber sehr beliebt war. Hier konnten Bürger in eigener Verantwortung und bei Bedarf mit Unterstützung der Landesmedienanstalten Hörfunk- und Fernsehprogramme produzieren. Die Offenen Kanäle wurden meistens von Hobby-Reportern, bestimmten Interessensgruppen sowie Studierenden genutzt. Letztere nutzten die Offenen Kanäle oftmals als Plattform für ihre politischen Anliegen und um selbst journalistische Erfahrungen zu sammeln. Auch wenn damit keine Publikumsmassen erreicht wurden, waren sie von ihrem Wirkungsgrad her auch nicht zu unterschätzen. Immerhin bedienten sie ein Publikum, das im öffentlich-rechtlichen Rundfunk und Fernsehen ein vom Staat gelenktes und politisch gefärbtes Instrumentarium sah und das Programm der Privaten grundsätzlich ablehnte, da es ihnen zu konsumorientiert war. Natürlich wäre es vermessen gewesen zu hoffen, dass das Stammpublikum der Offenen Kanäle rein aus potenziellen Wählern der Konservativen bestand. Wohl eher das Gegenteil war der Fall: Wörter wie »Basisdemokratie« waren hier gängige Vokabeln. Die Zuschauer und Zuhörer wählten – wenn sie wählten – mehrheitlich links.

Katharina Hermann würde es nicht leicht haben. Im Zentrum ihrer Rede sollte die Globalisierung stehen. Eine undankbare Aufgabe. Die Studenten, die hier saßen, setzten sich großteils für fairen Handel ein, demonstrierten gegen Kinderarbeit in Westafrika und nahmen an Kundgebungen gegen die Globalisierung teil. Diese Uni war keine bayerische Uni, an der sich mindestens vierzig Prozent junge Konservative tummelten. Die Mehrheit der hier Versammelten lehnte die Konservativen sogar aus Prinzip ab.

Auch Körnigge hatte über Globalisierung gesprochen. Ich hatte seine Rede gelesen. Die Sozialdemokraten wollten die Chancen der Globalisierung so nutzen, dass die Armutsbekämpfung Vorrang hatte, und sie wollten die Grundlagen für eine globale Partnerschaft zwischen Nord und Süd schaffen. Die Globalisierung solle vor allem gerecht sein, so Körnigges Kernaussage. Meines Wissens nach hatte er sich vor dem Wahlkampf jedoch auf diesem Gebiet nie in besonderem Maße politisch hervorgetan. Aber Politik im Allgemeinen und Wahlkampf im Besonderen waren nun einmal keine sonderlich saubere und ehrliche Sache. Meine tieferen Einblicke in die Wahlkampfvorbereitungen der Konservativen hatten mich nicht von dieser Einsicht abgebracht.

Katharina Hermann hatte für ihren Auftritt vor den Studenten ihre Globalisierungsrede, die sich inhaltlich nicht wesentlich von den Positionen der Sozialdemokraten unterschied, im Rahmen des Medientrainings einstudiert. Jede Geste, die sie machen würde, bis hin zur Bewegung ihrer Gesichtsmuskeln, jede Intonation – alles war sorgfältig einstudiert und auf seine öffentlichkeitswirksame Wahrnehmung hin geprüft worden. Was jetzt daran authentisch wirken würde, war in Wirklichkeit nichts als eine große Show, zu der es unzählige Trainingseinheiten und eine Generalprobe gegeben hatte. Ich hatte einen kurzen Einblick in das Skript der Rede bekommen. Auch die Konservativen sprachen sich dafür aus, die Chancen der Globalisierung zu nutzen. Sie definierten die Bewahrung von Freiheit und Frieden als oberstes Ziel ihrer Außen- und Sicherheitspolitik, wollten Demokratie und Rechtsstaatlichkeit sowie die wirtschaftliche Entwicklung in allen Regionen der Welt fördern und riefen zu konstruktiver Mitarbeit an der Lösung drängender globaler Probleme auf wie beispielsweise der Achtung der Menschenrechte, dem Kampf gegen Armut und ungehemmtes Bevölkerungswachstum sowie dem Aufbau einer auf den Regeln der Sozialen Marktwirtschaft basierenden Wirtschaftsordnung.

»Wir sind der Meinung: Die Globalisierung muss allen Menschen zugute kommen – auch den Armen der Welt«, sagte Katharina Hermann im Brustton der Überzeugung, als ich ihr Medientraining einmal verfolgte. »Für uns ist es eine ethische Verpflichtung, den armen Ländern der Welt zu helfen. Unser Ziel ist es daher, Massenarmut zu bekämpfen und die natürlichen Lebensgrundlagen aller Völker zu bewahren und für kommende Generationen zu sichern.«

Auch wenn ihre Gestik und ihr Tonfall nicht an Überzeugungskraft zu wünschen übrig ließen, hegte ich meine Zweifel. Jeder wusste, dass unter dem Wählerklientel der Konservativen sehr viele Unternehmer und Wirtschaftstreibende waren. Ich unterstellte diesen Wählern keinesfalls, dass ihnen Armut und Menschenrechte völlig egal waren. Doch für mich tat sich da eine deutliche Kluft zwischen Wunsch und Realität auf. Wer ein Wirtschaftsunternehmen führte, lebte nun einmal von Gewinnen und hervorragenden Bilanzen. Und diese resultierten in der Regel nicht aus der Verteilung von Geldern an die Armen dieser Welt. Man würde es ihr nicht abnehmen, da war ich mir ziemlich sicher. Ich hatte kein gutes Gefühl.

Bevor wir das Audimax betreten konnten, kam es zu einer Verzögerung: Die Security-Männer der Ministerin bestanden darauf, dass der Gang vom Eingangsportal der Universität zum Hörsaal geräumt wurde. Nur so könnten sie für die Sicherheit der Kanzlerkandidatin garantieren. Während dafür gesorgt wurde, dass die Studenten kurzfristig von den Gängen verschwanden, unterhielt sich Katharina mit ihren Begleitern. Ich stand etwas abseits – als externe Journalistin fühlte ich mich dieser Gruppe nicht zugehörig und wartete auf die Fortsetzung unseres Marsches in Richtung Audimax. Katharina ließ ihren Blick unruhig über die Anwesenden und die Eingangshalle schweifen. Wieland hatte dafür gesorgt, dass die Medienvertreter allesamt im Audimax auf die Kanzlerkandidatin warteten. Er wusste, dass die Ministerin Blitzlichtgewitter auf dem Weg zu einem Vortragsort nicht besonders schätzte.

Unsere Blicke trafen sich.

Ich lächelte ihr kurz zu. Ich wollte nicht, dass sie mir aufgrund der Vorkommnisse in ihrer Wohnung nach dem Tod ihres Vaters aus dem Weg ging. Es war mir selbst klar, dass ich zu weit gegangen war. Es würde nicht wieder vorkommen. Zu meinem Erstaunen kam sie auf mich zu.

»Frau Lackner, was halten Sie von meinem Thema heute?«

Sie siezte mich, weil es nicht völlig ausgeschlossen war, dass uns andere hörten. Doch sie hatte sehr leise gesprochen, und keiner schenkte uns Beachtung.

Ich war über die Frage erstaunt, antwortete jedoch wahrheitsgemäß: »Ich habe meine Zweifel.«

Sie sagte zunächst kein Wort. Sie fuhr sich mit der Zunge über die Lippen, sah kurz zu Boden und dann wieder zu mir. »Es war Wielands Idee«, sagte sie.

»Er ist Ihr Pressesprecher«, erwiderte ich automatisch.

Sie nickte. Wieder fuhr sie sich mit der Zunge über die Lippen – eine typische Geste, wenn sie sich unwohl fühlte. »Danke«, sagte sie nur und ging dann zurück zu ihrer Gruppe, die sich bald darauf in Bewegung setzte.

Jetzt stand sie vor dem Publikum. Meine Augen wanderten durch den Saal, in den mittleren und hinteren Reihen sah ich bereits einige Zuhörer mit Transparenten: »Nieder mit den Ausbeutern!« und »Wer JA! zur Globalisierung sagt, sagt JA! zur Armut«. Ich sah zu Wieland, der ein paar Sitze von mir entfernt selbstgefällig die offizielle Begrüßung durch den Dekan verfolgte. Schon als der Katharina Hermann als »vielleicht künftige Bundeskanzlerin« vorstellte, ertönten aus den Reihen einige lautstarke Buh-Rufe. Die Mehrheit klatschte jedoch brav.

Katharina trat vor das Mikrofon und wartete darauf, dass Ruhe im Saal einkehrte. Ich fragte mich, ob die Studenten Katharina Hermann in diesem Augenblick ähnlich wahrnahmen, wie ich es tat. Wie sie da vor dem Mikrophon stand und ihren Blick über die Anwesenden gleiten ließ, wirkte sie selbst mehr wie eine Studentin denn wie eine Frau von knapp 40 Jahren. Dazu musste sie nicht einmal Jeans tragen, wie es Körnigge bei seinem Auftritt vor dem jungen Publikum getan hatte. Katharina trug, was man von einer Ministerin und künftigen Kanzlerin erwartete: einen eleganten Hosenanzug. Der Farbton war in seriösem Königsblau gehalten, der Kragen ihrer weißen Bluse war sorgfältig über den Abschluss ihres Jacketts geschlagen. Sie hatte auf jegliche Accessoires verzichtet. Vielleicht untermalte das die Jugendlichkeit, die sie ausstrahlte.

Im Saal war es still geworden. Ich fühlte die zunehmende Spannung, mit der der Beginn ihrer Rede erwartet wurde. Doch Katharina sagte noch immer kein Wort. Sie stand unbeweglich vor dem Mikrophon und betrachtete ihr Publikum. Auf Wielands schmalem Gesicht zeigten sich erste Schweißperlen.

Ich nahm es mit Amüsement zur Kenntnis. Ich mochte Wieland noch immer nicht. Deshalb genoss ich den Anflug von Panik, der sich auf seinen Gesichtszügen abzeichnete. Im selben Maße schmeichelte mir die Tatsache, dass ich Katharina Hermann besser kannte als jeder andere hier.

»Was hat sie?«, flüsterte Arno neben mir und fuhr sich nervös durchs Haar. Ich musste unwillkürlich schmunzeln. Anscheinend war ich die einzige, die wusste, was hier passierte: Katharina Hermann stellte die Machtverhältnisse klar. Sie war die Rednerin. Also bestimmte sie auch, wann sie ihren Vortrag beginnen würde.

Plötzlich straffte sie die Schultern, lächelte und bog sich mit einer geübten Handbewegung das Mikrophon zurecht.

»Ich danke Ihnen für Ihr zahlreiches Erscheinen und Ihr Interesse an der Politik«, begann Katharina Hermann und Wielands Gesichtszüge entspannten sich. Ich war überzeugt, seine Erleichterung würde nur von kurzer Dauer sein. Denn noch ehe sie das Wort ergriff, wusste ich: Sie würde hier und jetzt nicht über Globalisierung sprechen.

»In Zeiten, in denen die Medien immer von der Politikverdrossenheit junger Leute schreiben, ist es für mich eine sehr erfrischende Feststellung, dass es doch eine Vielzahl zu geben scheint, die sich sehr dafür interessiert, welche Regierung dieses Land bekommen wird.« Sie machte eine kurze Pause. »Sie haben vom Kanzlerkandidaten der Sozialdemokraten bereits gehört, dass es sinnvoll ist, die Chancen der Globalisierung zu nutzen – dies aber nicht zum Nachteil der Dritten Welt, der Menschenrechte und benachteiligter Minderheiten. Ich weiß, dass einige von Ihnen zu diesem Thema eine andere Meinung haben. Ich respektiere Ihre Meinung. Jede Münze hat bekanntlich zwei Seiten, und so verhält es sich auch mit der Globalisierung. Wie es die Sozialdemokraten bereits treffend formuliert haben, geht es darum, in der Umsetzung die Vorteile der Globalisierung zu nutzen und die Nachteile so gering wie möglich zu halten. Ich möchte Ihnen nicht dasselbe erzählen, was Sie unlängst schon gehört haben. Ich habe daher beschlossen, mit Ihnen über ein Thema zu sprechen, das Sie alle unmittelbar berührt und mit dem Sie sich unweigerlich auseinandersetzen müssen: Beschäftigungspolitik.«

Wieland sah aus, als hätte ihn der Blitz getroffen. Im Saal breitete sich unschlüssiges Gemurmel aus. Anscheinend wusste niemand, was von dieser plötzlichen Änderung zu halten war. Die Zuhörer mit den Transparenten sahen besonders verstört aus. Offensichtlich waren sie nun völlig aus dem Konzept gebracht.

»Die dezidierte Meinung meiner Partei zur Globalisierung möchte ich Ihnen selbstverständlich nicht vorenthalten. Sie finden die Rede, die ich ursprünglich für diesen Abend vorgesehen hatte, in spätestens zwei Stunden auf meiner Homepage zum Download. – Doch jetzt lassen Sie uns über Ihre Aussichten reden, zu wirtschaftlich nicht ganz einfachen Zeiten wie diesen einen Job zu finden.«

Sie sprach völlig frei. Sie nannte Arbeitslosenzahlen, das Bruttoinlandsprodukt, das Wirtschaftswachstum. Ich war fasziniert, wie viele Fakten sie griffbereit hatte. Sie ging auf das Bevölkerungswachstum ein, nannte Versäumnisse aus der Vergangenheit ungeniert beim Namen und zögerte nicht, auch ihre eigene Partei zu kritisieren. Es ging ihr ausschließlich um sich selbst. Sie wollte eine Personenwahl. Die Wähler sollten nicht die Konservativen wählen, weil sie von der Partei überzeugt waren, sondern sie sollten konservativ wählen, damit sie, Katharina Hermann, Kanzlerin werden würde. Mir wurde bewusst, dass sie nur so lange mit den Prinzipien ihrer Partei konform ging, wie es für ihren persönlichen Aufstieg vonnöten war. Was würde kommen, wenn sie wirklich Kanzlerin wurde?

Katharina Hermann sprach von neuen Beschäftigungsformen, Flexibilisierung, Selbstständigkeit und den Vorteilen eines Sabbatical. Sie diskutierte mit jenen Studenten, die ihre Bedenken vorbrachten, und widerlegte deren Einwände mit geschickter Argumentation.

Ich hörte zu und konnte mich der Faszination ihres Auftretens nicht entziehen. Sie war eine der begabtesten Rednerinnen, die ich je gehört hatte.

In den Beifallssturm klatschender Hände, der nach ihren letzten Worten losbrach, reihte ich mich vorbehaltlos ein. Arno neben mir war aufgesprungen und klatschte ebenso begeistert wie ich.

Plötzlich sah er mich an. Seine Augen leuchteten. Ich hatte ihn noch nie so enthusiastisch gesehen. »Du hast mich einmal gefragt, warum ich für Katharina Hermann arbeite. Erinnerst du dich? Du warst erst wenige Tage im Ministerium, und wir waren ...«

»Ich erinnere mich.«

»Jetzt weißt du, warum ich für sie arbeite. Sie ist in jeder Hinsicht genial.« Seine Augen sprühten Funken vor Begeisterung.

Ich musste schmunzeln und hoffte, dass mir die Begeisterung über Katharinas Auftritt nicht im selben Ausmaß ins Gesicht geschrieben stand. In meinem Inneren tobten die Emotionen: eine seltsame Mischung aus Bewunderung, Stolz, Sympathie und einem anderen Gefühl – einem Gefühl, das mir Angst machte und das von Tag zu Tag stärker wurde.

Der Dekan und einige andere Persönlichkeiten, die offensichtlich auf irgendeine Art und Weise zur Universität gehörten, gratulierten der Kanzlerkandidatin. Der Dekan überreichte ihr einen Blumenstrauß. Sie bedankte sich lächelnd.

Auf einmal war sie umringt von zahlreichen Studentinnen und Studenten, die ihr persönlich die Hand schütteln wollten. Ich kannte diesen Typus aus meiner eigenen Studienzeit: Auch in meinem Semester hatte es einige ehrgeizige Wichtigtuer gegeben, die die Nähe zu prominenten und einflussreichen Persönlichkeiten suchten, wann immer sich die Gelegenheit bot. Anscheinend hegten sie die Hoffnung, vom Glanz dieser Personen zu profitieren. Unter den wachsamen Augen der Sicherheitskräfte schüttelte Katharina die Hände, die sich ihr entgegenstreckten.

Arno schwärmte mir jetzt wortreich von einzelnen Passagen ihrer Rede vor; ich war fasziniert, dass er sich vieles fast wortwörtlich gemerkt hatte, hörte ihm aber nur mit halbem Ohr zu. Meine Aufmerksamkeit galt vor allem Katharina. Ich war erfüllt von dem Wunsch, mit ihr zu sprechen, ohne mir im Klaren zu sein, was ich ihr sagen wollte. Es war dieser unerklärliche, verwirrende Drang, ihr nah zu sein.

Inmitten der Danksagungen und Begrüßungen, mit denen sie

von allen Seiten konfrontiert wurde, sah Katharina plötzlich zu mir. Sekundenlang schauten wir uns in die Augen. Ihr Blick war ernst und durchdringend. Ich vermochte ihn nicht zu deuten. Dann lächelte sie flüchtig.

Mein Herz begann zu rasen.

Am Abend fand ich mich auf einer Party wieder, auf der ausschließlich Leute zu Gast waren, mit denen ich fast nichts gemeinsam hatte. Es war die Geburtstagsparty meines Bruders.

Bereits als er mich einlud, kam mir der Gedanke, dass es mir dort nicht sonderlich gefallen würde. Die Party fand in Tommis Wohnung statt. Als ich ankam, drängten sich bereits rund 20 Personen im Wohnzimmer und auf dem schmalen Gang. Auf der Couch bot sich keine Sitzgelegenheit mehr, also gesellte ich mich mit leichtem Widerwillen zu jenen, die auf dem Boden knieten oder kauerten und offenbar nichts dabei fanden.

Eine Vorahnung hatte mich zum Glück dazu bewogen, statt einer meiner eleganteren Stoffhosen jene weite Khakihose mit den aufgenähten Seitentaschen zu wählen, die ich am Tag des unverhofften Wiedersehens mit Katharina Hermann getragen hatte. Immerhin war diese Kleidung weniger empfindlich als die Hosenanzüge und Kostüme, die allmählich wieder den Großteil meiner Garderobe ausmachten. Die weite Leinenbluse, die ich dazu trug, ähnelte jener, die ich damals getragen hatte. Doch als ich mich kurz vor meinem Aufbruch zu Tommis Wohnung im Spiegel betrachtete, kam ich mir in der Kleidung, die während meiner *Amiga*-Zeit zu meinem Alltag gehört hatte, auf einmal fremd vor. Ich konnte mir nicht erklären, woran es lag, aber der saloppe Stil schien mir jetzt nicht mehr passend. Hatte ich mich in den paar Monaten, die ich hier in Berlin war, so verändert? Oder lag es nur an der Tatsache, dass ich mein Haar nicht mehr zu Zöpfen geflochten trug, sondern aufwändig hochgesteckt hatte?

»Du siehst gut aus«, sagte Jasmina zur Begrüßung. Tommis Schwägerin saß im Schneidersitz auf dem fleckigen Teppichboden neben mir, trank Rotwein und futterte Popcorn. »Willst du auch ein Glas?«

Sie deutete auf die Flasche neben sich. Ich nickte, ohne das Flaschenetikett zu betrachten, und sah mich um. Von den rund 20 Gästen waren es genau drei, die keine ausgewaschene oder ausgefranste Jeans in Kombination mit einem schwarzen Heavy-Metal-T-Shirt trugen. Außer mir selbst hatten sich lediglich Jasmina und ein blasser junger Mann mit roten Locken, die wirr nach allen Seiten abstanden und unweigerlich an Pumuckl erinnerten, diesem Einheitsoutfit entzogen. Jasmina wirkte in ihrem kurzen pinkfarbenen Stretchröckchen mit dem bauchfreien Trägerhemd in türkis mehr wie ein Bonbon als die Südsee-Schönheit, die sie hätte sein können; und der Kobold trug ein dunkelgrünes Sweatshirt mit der Aufschrift »Der Tod ist nah!«, das so weit geschnitten war, dass seine spindeldürre Gestalt mindestens viermal hineingepasst hätte. Wie schon bei meinem ersten Besuch kam ich mir overdressed und deplatziert vor.

Konversation schien zudem nicht angesagt in Tommis Freundeskreis. Nicht nur, dass die auf Hochtouren dröhnende Stereoanlage mit ihren Hardrock-Klängen und dem alles übertönenden Schlagzeugbeat jegliche Unterhaltung erschwerte, auch ansonsten war alles auf dieser Party darauf ausgerichtet, sich ohne ein Wort zu amüsieren. Die zwei Fernseher waren eingeschaltet: Auf einem lief lautlos MTV, den anderen nutzten Tommi und ein paar Gäste für Videogames. Andere hatten sich um Tommis Computer geschart und suchten offenbar bei diversen Tauschbörsen im Internet nach einem bestimmten Musiktitel zum Download. Florence verteilte währenddessen Chipstüten und füllte die Schüsseln mit Popcorn auf.

Bei dem Wein, den mir Jasmina so freundlich angeboten hatte, handelte es sich um Lambrusco, die einzige Weinsorte, die ich definitiv verabscheute. Tapfer brachte ich den ersten Schluck hinter mich und schmeckte die unangenehme Süße an meinem Gaumen.

Ich wechselte ein paar Worte mit Jasmina, die aber schon bald von einem dieser langhaarigen Burschen aus Tommis Freundeskreis vor das Gerät mit den Videospielen gezogen wurde. Also wandte ich mich dem Kobold zu und versuchte mich – trotz lauter Musikkulisse – im Small Talk. Der Kobold schien dankbar, dass ich mich seiner angenommen hatte, und stieg bereitwillig auf das Gespräch ein. Er kannte die anderen Gäste fast gar nicht. Wie ich erfuhr, administrierte er das EDV-System in der Videothek, in der Tommi arbeitete; die Bekanntschaft der beiden war wohl eher beruflich als privat. Der Kobold war erst 22, so dass ich mir neben ihm wie eine Großmutter vorkam. Er hatte einen Hang zu Monologen, ganz offensichtlich wurde er nicht häufig angesprochen. Denn jetzt, da ich ihm meine Aufmerksamkeit schenkte, war er kaum mehr zu bremsen und erging sich in Details über seine aufreibende Tätigkeit als selbstständiger IT-Administrator. In allen Einzelheiten schilderte er mir, mit welchen »Tools« er einzelne Systeme synchronisierte oder aufrüstete. In seinem Mitteilungsdrang fiel ihm nicht auf, dass ich bereits nach den ersten zwei Sätzen und dem damit verbundenen Computerchinesisch völlig ausgestiegen war. Da ich nicht wusste, was ich sonst tun konnte, simulierte ich Interesse an seinen Erzählungen. Innerlich erging ich mich in Grübeleien über mein Leben.

Ich war nicht nur auf Tommis Party gegangen, weil ich ihm damit nach all den Jahren der Trennung eine Freude machen wollte. Ich war auch deshalb gekommen, weil ich hoffte, hier dem Strom meiner Gedanken entrinnen zu können, der mich gewaltsam in die Tiefe riss, sobald ich alleine war. Jetzt, da ich hier war, fühlte ich mich jedoch aufgewühlter als je zuvor.

Ich dachte die ganze Zeit nur an eine Person, und dies mit so starken Gefühlen, wie ich es nie für möglich gehalten hatte. Diese Gefühle riefen in mir gleichzeitig eine vehemente Sehnsucht und Verzweiflung und Angst hervor. Das, was ich mit aller Kraft zu verdrängen versuchte, ließ mich nicht mehr los: Ich liebte sie. Es war nicht jene unbeschwerte Verliebtheit, die ich als Fünfzehnjährige für Martin empfunden und die sich dann allmählich zu einem stärkeren Gefühl entwickelt hatte. Und im Gegensatz zu damals, wo nichts meiner Liebe zu Martin im Wege stand, taten sich hier wahre Ozeane als Hindernisse auf.

Ich war mir nicht mehr im Klaren, was ich war, wer ich war, warum ich so empfand. Das Bild, das ich von mir selbst hatte, inklusive meiner sexuellen Identität, verschwamm vor meinem inneren Auge. Zudem brachen immer mehr Erinnerungen in mir auf, Erinnerungen an ein Leben, mit dem ich abgeschlossen zu haben glaubte.

Am unerträglichsten jedoch war die Sehnsucht nach dem Menschen, dem meine Liebe galt. Ich konnte mir vorstellen, von diesem Menschen dauerhaft fasziniert zu sein, und hatte gleichzeitig die Gewissheit, dass diese Faszination nicht sein konnte und durfte; und dass meine Liebe schon deshalb geheim bleiben musste, weil sie mit Sicherheit nicht auf Gegenseitigkeit beruhte.

Meine Situation war ausweglos.

Während sich der Kobold weiterhin detailliert über das Updaten von Netzwerken ausließ, fühlte ich jene Schuldgefühle in mir, die dazu beigetragen hatten, dass meine Karriere beim *Berliner Tagesspiegel* scheiterte, ehe sie richtig begonnen hatte. Schuldgefühle, die einzig und allein aus meinem Fehlverhalten resultierten.

Florence gesellte sich zu mir und brachte den Kobold charmant zum Schweigen, indem sie ihm eine Tüte Erdnussflips in die Hand drückte. Ich plauderte mit ihr über ihre Ambitionen, eine erfolgreiche Sängerin zu werden, sie fragte mich oberflächlich über meinen Alltag als Journalistin aus. Wie viele Leute hatte sie aus verschiedenen Fernsehserien ein etwas verzerrtes und naives Bild von der Tätigkeit eines Redakteurs oder Reporters gewonnen. Nachdem ich ihr erzählt hatte, dass ich keineswegs im Watergate-Stil in Büros einbrach und mich mit anonymen Informanten des Nachts in abgelegenen Seitengassen traf, stand sie auf einmal auf, packte meine Hand und zog mich ebenfalls auf die Beine.

»Komm mit«, sagte sie energisch.

Ohne zu wissen, was die Frau meines Bruders von mir wollte, folgte ich ihr in das winzige Badezimmer. Zu zweit hatten wir nur mit Mühe zwischen Duschkabine, Waschbecken und Toilette Platz. Da ein Großteil der Gäste die Toilette inzwischen schon mehrmals aufgesucht hatte, war der Geruch nicht besonders appetitlich. Warum schleppte mich Florence gerade hierher?

Sie blieb mir die Antwort auf meine unausgesprochene Frage nicht lange schuldig: »Hier ist der einzige Platz in unserer Wohnung, an dem wir beide mal in Ruhe ein paar persönlichere Worte wechseln können«, begann sie. Sie wirkte dabei so entschlossen und selbstsicher, dass ich mir neben ihr wie ein verschüchtertes Schulmädchen vorkam. Ich rechnete instinktiv damit, dass sie mit mir über Tommi reden wollte. Umso überraschter war ich über das, was sie stattdessen sagte. »Also, Tessa, ich beobachte dich schon den ganzen Abend. Ich kenne dich noch nicht lange und weiß nicht, wie du wirkst, wenn du rundherum glücklich bist; aber eines kann ich mit Sicherheit sagen: So, wie du jetzt herumhängst, bist du alles andere als zufrieden und glücklich. Du schleppst etwas mit dir herum, und das macht dich fertig. Ich weiß nicht, was es ist, und du musst es mir auch nicht sagen, aber du solltest es zumindest mit dir selbst klären. Unaufgearbeitete Probleme sind der schnellste Weg in die Sucht.«

Auch, wenn mich ihre Worte peinlich berührten – sie hatte ja sozusagen den Nagel auf den Kopf getroffen –, musste ich aufgrund ihrer letzten Worte doch schmunzeln. »Mach dir keine Sorgen, Florence, ich werde sicher nicht suchtkrank.«

Sie sah mich scharf an. Ich konnte mir in diesem Moment vorstellen, dass sie eine sehr strenge Krankenschwester gewesen sein musste.

»Gut. Vielleicht nicht süchtig, aber trotzdem krank. Unzufriedenheit macht krank. Und Seelenballast sowieso. Du und dein Bruder, ihr tragt da einen ganzen Berg von seelischem Müll mit euch herum. Tommi hab ich ja inzwischen soweit, dass er darüber sprechen kann. – Aber mach dir keine Sorgen, mit dir wird das auch noch gut!«

Da stand sie nun, Tommis Frau, die ich zum zweiten Mal in meinem Leben sah und mit der ich keine andere Gemeinsamkeit hatte als die Zuneigung zu meinem Bruder, und behandelte mich wie ihre Patientin. Zunächst war ich unschlüssig, ob ich mich über ihre offensiven Bemühungen um mich ärgern oder freuen sollte.

Was weiß sie schon von mir?

»Die meisten Probleme resultieren aus Liebe«, fuhr Florence nun ernsthaft fort. »Man liebt zu viel, man liebt zu wenig, man fühlt sich ungeliebt oder von Liebe erdrückt. All das ist genauso ätzend, und oft kann man nichts daran ändern. In einem Fall ist es allerdings zu ändern, und zwar dann, wenn man im Stillen liebt und dem anderen damit nicht mal die Chance gibt, dieses Gefühl zu erwidern.«

In dieser Frau schien eine wahre Hellseherin zu schlummern. Plötzlich sah ich in Florence trotz ihrer Aufmachung und ihrer

Jugendlichkeit eine junge Frau, die mir in vieler Hinsicht voraus zu sein schien. Die Frau meines Bruders hatte nicht nur Tommis Leben im Griff – und für mich stand außer Frage, dass er jemanden brauchte, der die Zügel für ihn in der Hand hielt –, sondern zweifelsohne auch ihr eigenes. Es stand für mich außer Frage, dass Florence nach ihren eigenen Lebensweisheiten lebte.

Vielleicht war es genau jene Authentizität an ihr, die mich zum Reden verleitete.

»Als ich jung war, habe einen schrecklichen Fehler gemacht«, hörte ich mich zu meinem eigenen Erstaunen sagen. »Und mit diesem Fehler werde ich tagtäglich konfrontiert.«

»Wir alle machen Fehler«, sagte Florence. »Besonders, wenn wir jung sind. Und ich nehme an, du wirst nicht mit dem Fehler an sich tagtäglich konfrontiert, sondern mit einer bestimmten Person, die damit in Verbindung steht. Womit wir wieder bei der Liebe wären.«

Das Thema wurde mir nun doch zu heiß. Nicht auszudenken, wenn Florence erfahren würde, um wen es sich handelt ...

»In meinem konkreten Fall hat das nichts mit Liebe zu tun«, beeilte ich mich schnell zu sagen. »Nur mit Reue.«

Florence lächelte ein vielsagendes Lächeln, das mir deutlich zeigte, dass sie an dem Wahrheitsgehalt meiner Aussage starke Zweifel hegte. Doch sie bohrte nicht nach, und ich war ihr dankbar dafür.

»Ein erster Schritt zur Besserung deiner Laune wäre es sicher, diesen Fehler auf irgendeine Art und Weise wieder gutzumachen.«

»Das geht nicht. Was ich getan habe, ist leider irrever ...« Ich brach mitten im Wort ab, »... ist leider nicht rückgängig zu machen.«

Auf Florences hübschem Gesicht breitete sich ein Lächeln aus. »Keine Sorge, liebe intelligente Tessa, auch ich verstehe das Wort irreversibel, und das ganz ohne Diplom und Redakteursstelle.«

Ich fühlte mich ertappt.

Was für eine hochnäsige Gans ich doch in ihren Augen sein musste. Ich stammelte eine Entschuldigung und kam mir dabei ziemlich dumm vor.

Florence zuckte mit den Schultern. Sie war offensichtlich kein bisschen beleidigt, sondern nahm meine Worte mit Belustigung zur Kenntnis.

»Du magst vielleicht nicht in der Lage sein, Fehler rückgängig zu machen, aber du kannst dich zumindest dafür entschuldigen. Du wirst sehen, danach fühlst du dich viel besser!« Sie sperrte die Badezimmertür wieder auf und nahm mich bei der Hand. »Und mit dem Vorsatz, dich zu entschuldigen, kannst du diese Party jetzt wesentlich besser genießen. Auch, wenn du es nicht gewohnt bist, auf dem Boden zu sitzen und billigen Fusel zu trinken.«

Auweia. Ich fühle mich so ertappt. Florence schien in mir zu lesen wie in einem offenen Buch.

Ich setzte wieder zu einer Entschuldigung an, doch Florence knuffte mich stattdessen mit dem Ellbogen in die Rippen und brachte mich zum Schweigen. »Komm schon, amüsier dich!«

Auch, wenn es mir nach diesem Gespräch deutlich besser ging als zuvor: Das mit dem Amüsieren gelang mir leider nicht besonders gut. Ich versuchte mich an einem Videogame, hatte darin aber so wenig Übung, dass ich die Punkteanzahl des Teams, das mich aufgenommen hatte, maßlos nach unten drückte. Keiner der Spielejunkies nahm mir das übel. Doch da ich zu unkonzentriert war, ließ ich es schließlich sein.

Florences Worte gingen mir nicht mehr aus dem Kopf.

Ich hatte nie mit Katharina über die Grundlage unserer Beziehung gesprochen. Jedes Mal, wenn ich mit ihr alleine war, schlummerte dafür in mir die Furcht, sie würde auf meine Erpressung zu sprechen kommen. Mehr noch: ich krankte daran, dass meine Anwesenheit im Ministerium und meine Stellung beim *Brennpunkt* letztendlich auf nichts anderem beruhten als dem schlimmsten Fehler, den ich je begangen hatte. Während sich um mich herum alle prächtig amüsierten, focht ich innerlich einen der schwersten Kämpfe meines Lebens aus. Gegen Mitternacht kam ich zu dem Entschluss, mich der Vergangenheit zu stellen. Ungeachtet der Uhrzeit beschloss ich, Katharina gleich anzurufen. Es gab in meinem Leben derzeit genügend Lasten, die ich mit mir herumschleppte – zumindest eine wollte ich loswerden: die, die mich am meisten quälte.

Ich suchte dazu erneut das Bad auf. Die Toilette war inzwischen nicht eben hygienischer geworden; der Geruch nach Urin und nach Erbrochenem stach mir bereits beim Eintreten in die Nase und verursachte mir Übelkeit.

Angesichts mangelnder Alternativen – auf dem Hausgang des Altbaus war mir die Echowirkung meiner Worte zu groß – blieb ich hier und setzte mich auf den Toilettendeckel, der ein bedenkliches Ächzen von sich gab. Ich ignorierte es beharrlich und suchte im elektronischen Telefonbuch meines Handys Katharina Hermanns Nummer. Ich hatte sie unter dem Kürzel KH abgelegt, weil es mir zu riskant schien, ihren Namen auszuschreiben. Ein Handy konnte leicht in falsche Hände geraten. Mit zittrigen Fingern drückte ich den Knopf, der den Wählvorgang in Gang setzte.

Ich war erleichtert, dass sich nicht die Mailbox einschaltete. Zumindest hatte sie ihr Privathandy eingeschaltet. Dennoch, es verging eine qualvolle Ewigkeit, bis schließlich abgehoben wurde.

Sie nannte nicht ihren Namen, sondern sagte nur: »Ja?« Sogar aus diesem kurzen Wort war eine große Portion Skepsis herauszuhören.

Ich schluckte trocken. »Hier ist Theresa.«

»Das weiß ich. Ich habe deine Nummer abgespeichert.«

Ihre Stimme klang sachlich. Doch die Skepsis blieb.

»Wie geht es dir?« Jetzt, da ich ihre Stimme hörte, war es noch schwieriger als erwartet, das heikle Thema anzusprechen.

Sie antwortete zunächst nicht. Hätte ich nicht ihr Atmen gehört, wäre ich angesichts der Stille am anderen Ende der Leitung ins Zweifeln gekommen, ob sie überhaupt noch dran war.

»Theresa. Du willst mir nicht sagen, dass du um Mitternacht bei mir anrufst, um dich nach meinem Befinden zu erkunden. – Also, was willst du?«

Ihre Stimme klang nicht unfreundlich, aber bestimmt.

»Ich ... ich ...«, begann ich zu stammeln, kam mir dann aber selbst dumm vor. Also nahm ich allen Mut zusammen und sagte, was ich zu sagen hatte: »Ich möchte dir sagen, dass es mir von Herzen Leid tut. Ich bereue das alles sehr und wenn ich es rückgängig machen könnte ... ich würde alles tun. Ich schäme mich dafür und ... es tut mir wirklich sehr, sehr Leid.«

Ich schwieg. Mein Herz klopfte zum Zerspringen. Ich hatte Angst vor dem, was sie sagen würde.

Auch am anderen Ende der Leitung herrschte Schweigen.

Die Furcht vor ihrer Reaktion raubte mir fast den Atem. Mein ganzer Körper zitterte. Der Klodeckel ächzte noch mehr.

Ich spielte einen Moment lang tatsächlich mit dem Gedanken, das Handy in der Kloschüssel zu versenken. Plötzlich ertönte Katharinas Stimme wieder an meinem Ohr.

»Theresa, wovon sprichst du?«

Hätte sie mir Schimpfworte an den Kopf geworfen oder eine Szene gemacht – der Schock und die Verletzung hätten nicht größer sein können.

Da offenbare ich dieser Frau, was mein Herz belastet, was ich schon seit Ewigkeiten mit mir herumschleppe – und sie weiß nicht, worum es geht?!

Die Vorstellung brachte mich kurz zum Lachen. Es war ein hysterisches Lachen. Plötzlich schien Katharina zu dämmern, von was ich sprach.

»Bitte, sag mir jetzt nicht, dass dich das schlechte Gewissen packt«, sagte sie mit einer Stimme, die so sachlich klang wie die Wettervorhersage nach der Tagesschau.

»Doch«, flüsterte ich und kämpfte gegen die Tränen. Ich war froh, dass sie mich nicht so sehen konnte: mit Tränen in den Augen auf einem stinkigen Klo irgendwo in Berlin-Kreuzberg und innerlich bebend vor Schmerz und Anspannung.

Wieder hörte ich eine Weile nichts. Ich war kurz davor einfach aufzulegen, weil ich diese Ungewissheit und Anspannung nicht mehr zu ertragen glaubte, als Katharina doch noch etwas sagte. Ihre Stimme klang ungewöhnlich weich.

»Das ist irgendwie ... süß. Nach all den Jahren.«

Sie brauchte nicht mehr zu sagen. Der Klang ihrer Stimme brach in mir alle Dämme. Plötzlich sprudelte alles aus mir heraus: meine Beweggründe für den Foto-Diebstahl und die anschließende Erpressung; wie sich mein Verhältnis zu ihr allmählich fast zum Freundschaftlichen hin wandelte; wie ich irgendwann erkannte, dass ich ihr so viel zu verdanken hatte. Da es wenig Sinn machte, die Rahmenumstände außen vor zu lassen, tat ich etwas, was ich immer sorgfältig vermieden hatte. Ich erzählte von meiner Familie. Mein Redefluss war so wenig zu bremsen wie der des Kobolds Stunden zuvor – mit dem Unterschied, dass es bei mir um weit komplexere Dinge ging als das Synchronisieren von PC-Netzwerk-Systemen. Es ging um mein Leben.

Ich sprach von meinen Eltern, ihren ständigen Streitigkeiten, die mich die gesamte Kindheit über begleitet hatten, ich sprach von der Zügellosigkeit meiner Mutter und von meinem Vater, der uns verlassen hatte wegen einer Frau, die nur wenig älter war als ich selbst. Ich erzählte ihr von Martin: dass wir uns auseinander gelebt hatten und dass ich tat, was getan werden musste. Ich berichtete ihr, wie fremd ich mich dann in Berlin gefühlt hatte und wie schlecht es mir ging. Ich sprach vorsichtig an, dass ich mich elend gefühlt hatte, weil sie nach meinem Umzug in die Hauptstadt nichts mehr von sich hören ließ.

Ich erzählte ihr vieles aus meinem Leben, über das ich gewöhnlich niemals sprach. Doch alles konnte ich ihr nicht offenbaren. Die Hintergründe über Martins Tod und meine Gefühle für sie klammerte ich sorgfältig aus.

Während ich sprach, wurde ich ruhiger.

Katharina hörte einfach nur zu. Sie kritisierte nichts, stellte nichts in Frage, sondern ließ mich reden. Ich redete über eine Stunde ohne Unterbrechung. Vor lauter Reden registrierte ich nicht einmal, dass mittlerweile mindestens fünf Leute den vergeblichen Versuch unternommen hatten, die Toilette aufzusuchen. Wie ich später von Florence erfuhr, wichen die Verzweifelten schließlich auf die Kneipe gegenüber aus, um ihrem Harndrang nachzugeben. Als ich schließlich endete, fühlte ich mich genauso, wie es Florence prophezeit hatte: erleichtert.

Eine leichte Anspannung empfand ich allerdings, als sich Katharina schließlich am anderen Ende der Leitung zu Wort meldete.

Zunächst räusperte sie sich.

»Also ...«, begann sie, und ich spürte, dass sie zögerte. Offensichtlich fiel es ihr ebenso schwer wie mir, über dieses Thema offen zu sprechen. »Ich möchte nicht lange über die Vergangenheit reden. Was geschehen ist, ist geschehen. Aber ich will dir sagen, wie ich heute über meine Bekanntschaft mit dir denke: Ich bin froh dich zu kennen, denn ich schätze dich als Journalistin und als Mensch. Dies und kein anderer Grund war für mich entscheidend, dich hierher zu holen.«

Es dauerte einige Sekunden, bis ich den Sinn ihrer Worte begriff, doch als dies geschehen war, fühlte ich mich leicht und frei wie ein Vogel.

Sie ist mir nicht böse. Sie mag mich!

Ich wagte einen vorsichtigen Schritt nach vorne. »Ich meine, angesichts aller Umstände, unter Einbeziehung dessen, was du gerade gesagt hast ... hältst du es für möglich – oder zumindest nicht für ausgeschlossen –, dass wir eventuell so etwas werden könnten wie ... Freundinnen?«

Wieder sagte sie nicht sofort etwas. Es konnte manchmal sehr zäh sein, mit ihr ernste Gespräche zu führen. Sie dachte mindestens fünfmal nach, ehe sie sich zu einer konkreten Äußerung hinreißen ließ – es sei denn, sie stand auf der Bühne der Politik, da war sie so gut wie nie um eine Antwort verlegen.

Was Katharina dann sagte, löste in mir fast einen Freudentaumel aus, schwungvoll warf ich meinen Oberkörper nach hinten. »Wie können wir etwas werden, was wir aus meiner Sicht schon lange sind?«

Das letzte Wort ging im Tosen der Toilettenspülung unter, die ich durch meine enthusiastische Bewegung versehentlich betätigt hatte.

Die Spülung war so laut, dass sogar Katharina das Geräusch einwandfrei identifizieren konnte.

»Theresa, sitzt du etwa auf dem Klo?«

Angesichts ihres leicht entsetzten Tonfalls musste ich kichern. Ich erklärte ihr kurz die Situation.

»Du lieber Himmel«, sagte sie nur, um dann zu ergänzen: »Ich würde nichts lieber tun, als dich jetzt sofort zu mir einzuladen. Das wäre ein netterer Ort, um Gespräche wie diese zu führen.«

Mein Herz schlug schneller – diesmal vor Freude. War das tatsächlich eine Einladung?

»Ich würde sofort kommen«, sagte ich rasch, um keine Zweifel aufkommen zu lassen.

Ich konnte nahezu hören, wie Katharina Hermann lächelte. Ich hätte sie in diesem Moment gerne vor mir gesehen.

»Ich bin heute und morgen nicht in Berlin«, sagte sie. »Ich bin gerade in einem Hotelzimmer in Bonn. – Es würde mich allerdings freuen, wenn du mich übermorgen Abend besuchen würdest.«

Ich glaubte meinen Ohren kaum zu trauen. Das war mehr, als ich erwartet hatte.

Als ich das Badezimmer verließ, traf ich prompt auf Florence.

»Wir haben uns schon gefragt, ob du versehentlich in der Kloschüssel ertrunken bist«, scherzte sie. »So lange, wie du da drinnen gesteckt hast ...«

Ich war in diesem Moment so voller Euphorie und Freude, dass ich ihr nur in die Arme fiel und ein Dankeschön flüsterte.

Ich werde Katharina treffen.

Oase des Friedens

Theresa ging vom Marienplatz zum Stachus, zum zweiten Mal an diesem Tag, und sie wusste, dass sie auch wieder vom Stachus zurück zum Marienplatz gehen würde, und das wäre das dritte Mal innerhalb weniger Stunden. Ihr Gang war ziellos, sie nahm die vielen Menschen um sich herum kaum wahr, betrat keines der zahlreichen Geschäfte. Der einzige Grund, weshalb sie sich in der Münchner Fußgängerzone herumtrieb, war der, dass sie nicht wusste, wohin sie sonst gehen sollte. Von Stunde zu Stunde nagte das schlechte Gewissen immer mehr an ihr: Sie musste unbedingt lernen. Die Diplom-Prüfungen rückten näher. Doch abgesehen davon, dass ihr jegliche Motivation fehlte, war ihr Gedächtnis wie ein Sieb. Immer glitten ihre Gedanken zu Tommi, von dem es kein Lebenszeichen gab, zu ihren Eltern, die sich bekriegten, und zu Martin, der ihr die Situation nicht im Geringsten erleichterte.

Martins Zimmer war zu eng für zwei, das Bett zu schmal und zu unbequem, das Studentenheim generell zu laut. Martin wohnte seit vier Jahren auf diesem Stockwerk. Er kannte seine Zimmernachbarn sehr gut. Ständig wurde an die Tür geklopft und dieser oder jener Freund stand dort, um eine Plauderei zu beginnen oder sich irgendetwas auszuleihen. Martin hatte zwar mit seiner Doktorarbeit begonnen, war damit aber lange nicht so intensiv beschäftigt wie Theresa mit den Vorbereitungen zur Diplomprüfung. Sie hatte außerdem mehr und mehr den Eindruck, dass Martin weit weniger konzentriert arbeiten konnte als sie selbst.

Sie hatten bisher noch nie zusammen gewohnt. Entweder hatten sie sich bei Martins Eltern oder auch in ihrem Elternhaus getroffen, und zwar um ihre Freizeit miteinander zu verbringen, und nicht um zu lernen oder zu arbeiten. Folglich kante sie diese Seite an ihm so wenig, wie er ihren Arbeitsstil einschätzen konnte. Für ihn war es überraschend, dass Theresa tatsächlich vorhatte, von morgens sieben bis abends elf zu lernen, unterbrochen von nur wenigen Pausen. Er selbst zog es vor, zwei oder drei Stunden konzentriert zu arbeiten, dann mindestens eine Stunde etwas anderes zu tun und sich dann entspannt wieder hinter seine Bücher zu setzen. Er hatte auch den Eindruck, dass Theresa trotz der Intensität und Ausdauer, mit der sie lernte, nicht mehr behielt als er selbst mit seiner Methode.

In Theresas Augen verlor Martin dagegen immer mehr an Achtung. Weshalb spielte er nachmittags ohne Gewissensbisse mit Freunden Basketball, verabredete sich zum Kino oder tauschte im Aufenthaltsraum seines Stockwerks mit in paar Zimmernachbarn die neuesten Gerüchte aus? Wie konnte er das tun, ohne an seine noch unfertige Doktorarbeit zu denken? Warum investierte er nicht jede Minute in die Fertigstellung? Weshalb sah er es nicht als schlimm an, noch ein Semester länger als nötig an der Uni zu verweilen?

Jetzt, da sie sich ein Zimmer mit ihm teilte, war Martin ihr fremder als je zuvor. Was wusste sie eigentlich noch von ihm? Ihre Entfremdung war ein schleichender Prozess gewesen, dessen sie sich erst jetzt bewusst wurde. Die Erkenntnis tat ihr weh. Martin war ein so fester Bestandteil ihres Lebens, dass es unvorstellbar war, ohne ihn zu sein. Allein die Tatsache, dass er existierte und dass er ihr Freund war, gab ihr einen gewissen Halt.

Als sie vor rund einer Woche mit ihren Koffern und Ordnern vor seiner Tür stand, als sie in Tränen aufgelöst war, weil sich ihre Eltern scheiden lassen wollten, als sie am Boden zerstört war, weil ihre Familie ein einziges Trümmerfeld darstellte – da hatte sie versucht, mit ihm zu reden. Sie hatte sich auf sein Bett gesetzt und geweint, und er hatte den Arm um sie gelegt und ihr ins Ohr geflüstert, dass alles gut werden würde. Dass er ja bei ihr sei.

In diesem Moment begriff Theresa, dass er nichts von dem verstand, was in ihr vorging. Durch ihren Tränenschleier sah sie in sein Gesicht und bemerkte darin nichts als Ratlosigkeit. Sie spürte, wie Wut in ihr zu brodeln begann – Wut, weil er nicht die richtigen Worte fand, weil er ihr etwas sagte, wovon er selbst nicht überzeugt schien, weil er mit der Situation, seine Freundin richtig zu trösten, völlig überfordert war.

Nachts lag sie neben ihm, er hatte den Arm um sie gelegt. Seine Bartstoppeln rieben an ihrer Schulter. Sie fand keinen Schlaf, dachte an den fehlenden Medienrechtschein und die Schmach, wenn sie nicht zur Diplomprüfung zugelassen würde – ausgerechnet sie, Theresa Lackner, die Streberin, die alle beneideten wegen des Volontariats, das sie nebenbei absolvierte. Die Situation war jener ähnlich, die sie während ihrer Schulzeit zu erleiden hatte: Sie stand wieder einmal am Rande einer Gemeinschaft von Gleichaltrigen. Anfangs hatte sie Parties besucht und sich zu Lagerfeuer-Runden dazugesellt. Doch die anderen waren so anders als sie: so heiter, so unbeschwert. Theresa kannte diese Unbeschwertheit nicht, verstand nicht, worüber ihre Kommilitonen lachten. Sie fühlte sich nie wirklich wohl. Dann begann sie ihr Volontariat und hatte fortan ohnehin keine Zeit mehr für Freizeitaktivitäten dieser Art. Sie war dankbar gewesen, sich in ihre Arbeit vertiefen zu können. Sie hatte so viel zu tun, dass keine Zeit für Freundschaften blieb. Daher musste sie sich auch nicht bemühen, danach suchen.

Martin schlief offensichtlich gut neben ihr. Ihn störte weder das schmale Bett, noch bemerkte er Theresas Schlaflosigkeit. Theresa fragte sich, wie sie einmal denken hatte können, mit Martin ihr Leben zu verbringen. Im Augenblick schien ihr das völlig absurd. Sie sah ihre streitenden Eltern vor sich und war von Widerwillen erfüllt. Alles an Martin begann sie zu stören: Seine Art, sich die Zähne zu putzen, dieses rabiate Bearbeiten seines Zahnfleisches mit einer unprofessionellen Putzmethode, die Art, wie er den Kugelschreiber hielt, so ungelenk und unelegant, sein ratloses Gesicht, wenn ihr die Tränen über die Wangen liefen, ja, sogar sein Atem störte sie, wenn er neben ihr lag und sie den warmen, gleichmäßigen Luftstrom auf ihrer Haut spürte.

Sie sagte sich des Öfteren, er hätte eine bessere als sie verdient – ein nettes unkompliziertes Mädchen aus einer Bilderbuchfamilie, das ihn nach dem Studium heiraten und glücklich machen würde. Theresa wurde immer klarer, dass sie dieses Mädchen nie sein konnte. Sie mochte Martin sehr gerne. Er war ein fester Bestandteil ihres Lebens. Der Gedanke, dass er plötzlich nicht mehr da wäre, schien ihr im Moment ebenso abwegig wie die Vorstellung, mit ihm zu schlafen.

Sie war um sieben Uhr aufgestanden, hatte sich an den Schreibtisch gesetzt und versucht, sich mit den Rundfunkurteilen auseinander zu setzen. Wenig später stand Martin auf, putzte sich geräuschvoll die Zähne, rasierte sich und setzte Wasser im Teekocher auf. Das Wasser wurde heißer, der Teekocher rauschte, das Rauschen war laut, und noch ehe es kochte, explodierte sie: »Ich kann bei solch einem Lärm nicht arbeiten!«, herrschte sie ihn an. »Kannst du das nicht in der Küche machen? Wie soll ich mich da konzentrieren!«

Martin hatte ausgeschaut wie ein begossener Pudel. Er hatte den Teekocher ausgeschaltet, sich wortlos angezogen und war gegangen. Jetzt hätte sie sich konzentrieren können, doch stattdessen fühlte sie sich schuldig und war aufgewühlt. Sie hielt es keine Sekunde länger in den vier Wänden von Martins Zimmer aus, schlüpfte in ihren Mantel und verließ das Studentenheim, ohne ein konkretes Ziel zu haben. Sie setzte sich in die U-Bahn und stieg schließlich am Marienplatz aus, weil es einer der wenigen Orte in München war, wo sie sich auskannte, und weil sie hoffte, die zahlreichen Geschäfte würden ihr Abwechslung verschaffen.

Der kalte Januarwind trieb ihr die Tränen in die Augen. Sie wickelte sich ihren Schal noch enger um den Hals, doch die Kälte blieb. Sie beschloss schneller zu gehen in der Hoffnung, dass es ihr dadurch wärmer würde. Ohne Ziel hastete sie die Fußgängerzone entlang, auf und ab, während ihr Inneres ein einziges Knäuel von Gedanken war.

Im Nachhinein konnte sie nicht sagen, wie lange sie dieser sinnlosen Beschäftigung noch nachgegangen wäre, hätte nicht ihr Handy geläutet. Sie dachte zunächst an Martin, dann an ihre Mutter oder ihren Vater, und sie reagierte nicht. Sie hatte keinem von ihnen etwas zu sagen. Doch das Klingeln hörte nicht auf, und Theresa kam auf einmal die aberwitzige Idee, es könne Tommi sein. Aus Angst, sie könnte den Anruf ihres Bruders versäumen, blieb sie stehen und kramte eilig das Handy aus ihrer Tasche hervor.

»Ich habe einen Auftrag für Sie«, sagte Katharina Hermann. »Wir müssen uns sprechen, und zwar heute noch. Können Sie in spätestens vier Stunden hier sein?«

Theresa brauchte keine vier Stunden, um in der Kreisstadt anzukommen. Sie ärgerte sich kurzzeitig darüber, dass Katharina Hermann von einem »Auftrag« sprach. Wer gab hier wem Aufträge? Laut ihrem Deal hatte die Bundestagsabgeordnete Informationen zu liefern, nicht Aufträge zu verteilen. Doch im Grunde war Theresa dankbar für den Anruf. Als sie ihren Autoschlüssel aus dem Studentenheim holte, war Martin immer noch nicht da. Theresa war froh darüber. Sie wollte jetzt nicht mit ihm sprechen. Sie wusste, es wäre ein längeres Gespräch geworden, und sicher auch ein unangenehmes Gespräch. Für ernsthafte Unterhaltungen dieser Art fehlte ihr im Moment die Energie. In der Hoffnung, dies werde sie von ihren Grübeleien ablenken, machte sie sich rasch auf den Weg – obwohl sie sich in den Wochen vor der Diplomprüfung eigentlich von der Heimatzeitung hatte beurlauben lassen.

Die Bundestagsabgeordnete zog es vor, nicht öfter als unbedingt notwendig mit Theresa in der Öffentlichkeit gesehen zu werden.

Als Treffpunkt hatten sie deshalb Katharina Hermanns Wohnung ausgemacht. Längst waren sämtliche Fotos – auch die gerahmten Familienfotos – aus dem Bücherregal entfernt worden; es war komplett mit Fachbüchern gefüllt. Und noch etwas hatte sich seit Theresas erstem denkwürdigen Besuch in den Räumlichkeiten der damaligen Landtagsabgeordneten geändert: Katharina Hermann ließ sie niemals mehr nur eine Minute in ihrer Wohnung allein.

Als sie gegen vier Uhr nachmittags vor der Wohnungstüre stand, war es draußen schon fast dunkel. Es war noch kälter als in München, was nicht verwunderlich war, denn in Ostbayern lagen die Temperaturen gewöhnlich immer ein paar Grad tiefer als im restlichen Süddeutschland. Theresa fror, aber sie spürte, dass es nicht nur an den Minustemperaturen draußen lag, sondern auch an der inneren Kälte, die sie erfüllte.

»Wie sehen Sie denn aus?«, fragte Katharina Hermann, als Theresa im Vorraum ihren Mantel ablegte. Auf ihre Aufforderung hin nahm Theresa auf dem Sofa Platz. Katharina Hermanns Blick ruhte prüfend auf ihr. Theresa fühlte sich unbehaglich und starrte auf die gläserne Tischplatte.

»Möchten Sie eine Tasse Tee?«

Theresa hob überrascht den Kopf. Es war schon lange nicht mehr vorgekommen, dass Katharina Hermann ihr etwas zu trinken angeboten hatte. Sie sagte: »Ja, gerne«, und die Bundestagsabgeordnete verschwand in der Kochnische, die zum Wohnzimmer hin offen war. Theresa hörte bald den Wasserkocher rauschen und erinnerte sich daran, dass dieses Geräusch in der Früh der Auslöser für ihre Flucht aus Martins Nähe gewesen war. Sie unterdrückte mit Mühe ein Seufzen und bemühte sich um einen neutralen Gesichtsausdruck, als Katharina Hermann mit einem Tablett zurückkam, auf dem sich neben einer Kanne mit Früchtetee und zwei Teegläsern auch ein Teller voller Lebkuchen befand.

Katharina Hermann schenkte ihr ein, ließ sich ebenfalls auf der Couch nieder und kam gleich zur Sache. Sie präsentierte Theresa ein paar Fakten, die sich mit etwas journalistischem Geschick zu einem Umweltskandal hochstilisieren ließen. Während sie ihre Strategie erläuterte, starrte Theresa auf die Lebkuchen. Eigentlich war sie nicht besonders versessen auf Süßes, doch sie hatte an diesem Tag noch nichts gegessen. Sie verspürte gierigen, zügellosen Hunger. Katharina Hermanns Worte erreichten sie kaum.

»Nehmen Sie sich doch bitte einen Lebkuchen – sie sind ja da, um gegessen zu werden. Stattdessen starren Sie sie an wie eine Schlange das Kaninchen, ehe sie zuschnappt!«

Es blieb nicht bei einem. Während Katharina Hermann weitersprach, verschlang Theresa in hungriger Gier alle sechs Lebkuchen.

Dann wurde ihr übel.

Sie hatte in den letzten Tagen kaum etwas gegessen. Ihr Magen war an größere Nahrungszufuhr nicht mehr gewöhnt.

Theresa spürte, dass ihr Mageninhalt kurz davor war, sich seinen Weg nach außen zu suchen. Sie sprang auf, rannte ins Badezimmer. Keine Sekunde zu früh klappte sie den Klodeckel nach oben, um sich zu übergeben.

Sie fühlte sich sterbenselend. Noch ehe sie sich den Mund ausspülen konnte, erblickte sie Katharina Hermanns schlanke Gestalt am Türrahmen.

Theresa wollte etwas sagen, wusste aber nicht was. So war es Katharina Hermann, die das Wort ergriff. »Was ist mit Ihnen los, Theresa?«

Ihr Tonfall war nicht mitleidig, sondern klang interessiert.

Theresa fühlte, wir ihre Augen sich mit Tränen füllten; sie dachte daran, einfach wegzulaufen, doch stattdessen hörte sie sich schließlich selbst sagen: »Meine Eltern lassen sich scheiden.«

»Ich habe davon gehört«, sagte Katharina Hermann mit unbewegter Miene. Theresa fragte sich, warum auf dem Land nichts geheim war, warum alles so schnell die Runde machte, dass sogar eine Bundestagsabgeordnete, die die meiste Zeit in Berlin weilte, davon erfuhr, wenn der Chefarzt eines der Krankenhäuser im Landkreis die Scheidung einreichte. »Aber daran können Sie sicher nichts ändern, indem Sie sich zu Tode zu hungern.«

Theresa konnte die Tränen nicht mehr aufhalten. Sie schämte sich, dass sie hier vor ihrer Vertragspartnerin stand und heulte wie ein kleines Kind. Was für eine Genugtuung musste es für Katharina Hermann sein, dass sie, die kalte Erpresserin von damals, jetzt eine tiefe seelische Krise durchmachte.

»Ich werde das Diplom nicht bestehen«, brach es dennoch aus ihr hervor. »Ich kann nicht lernen, ich kann mich nicht konzentrieren. Meine Mutter belagert mein Appartement, mein Vater spricht überhaupt nicht mit mir, mein Bruder ist verschollen, mein Freund versteht mich nicht ...«

Sie heulte noch mehr und sie schämte sich immens dafür, dass sie ihre Emotionen nicht in den Griff bekam.

»Kommen Sie mit«, sagte Katharina Hermann mit ruhiger Stimme. Theresa folgte ihr, nahm wieder auf dem Sofa Platz, griff sich eines der Taschentücher, die ihr die Politikerin nun reichte, und wünschte sich auf eine einsame Insel. Das Szenario, das sie hier bot, hätte sie sich nicht einmal in ihren schwärzesten Träumen vorgestellt: ein Bündel Elend neben Katharina Hermann, die ihr mit unergründlicher Miene beim Heulen zusah.

»Es läuft nicht immer alles so, wie wir es uns wünschen«, sagte die Bundestagsabgeordnete schließlich, und Theresa suchte vergeblich eine Spur Sarkasmus in der Stimme. »Sie können nicht für Ihre Eltern über gut und richtig entscheiden, und das wissen Sie auch. Also versuchen Sie sich auf das Wesentliche zu fokussieren, nämlich Ihr eigenes Leben.«

Theresa schniefte in ihr Taschentuch. Sie wagte nicht, ihr Gegenüber anzusehen.

»Und unternehmen Sie etwas gegen Ihre Essstörung. Sie sind nur noch Haut und Knochen. Das ist unschön. Mit leerem Magen können Sie sich außerdem gewiss nicht auf Ihre Arbeit konzentrieren.«

Theresa sagte nichts, weil es darauf nichts zu sagen gab, aber ihr Tränenstrom versiegte allmählich. Sie wusste, dass Katharina Hermann Recht hatte: Sie konnte es sich nicht leisten, alles schleifen zu lassen. Ihre Eltern würden sich ohnehin scheiden lassen. Selbst wenn Sie sich zu Tode hungern würde – nicht absichtlich, sondern aus Appetitlosigkeit –, würden ihre Eltern deshalb nicht zusammen bleiben. Theresa konnte sich sogar vorstellen, dass sie nichts besseres zu tun hätten, als sich gegenseitig die Verantwortung für ihren Tod zuzuweisen.

»Hier. Essen Sie.«

Während Theresa sich ihren Hungertod und seine Folgen gedanklich ausgemalt hatte, war die Politikerin in der Küche tätig geworden. Sie kam mit einem Teller Nudelsuppe und einem Stück Brot zu Theresa zurück und stellte beides vor sie hin.

Theresa schaute überrascht auf, sah die offensichtliche Besorgnis in Katharina Hermanns Blick, und nun schämte sie sich nicht nur wegen ihrer Tränenflut, sondern auch wegen der Tatsache, dass ihr von der Person, die sie erpresst hatte, so viel Nettigkeit widerfuhr.

Langsam begann sie ihre Nudelsuppe zu löffeln. Es war nur eines dieser Fertigprodukte, die mit Wasser aufgegossen werden, doch sie schmeckte Theresa auf ihren geschädigten Magen erstaunlich gut. Katharina Hermann saß währenddessen schweigend neben ihr und las ein Fachbuch. Weitere Worte zu Theresas Problemen waren auch nicht von ihr zu erwarten.

Während sie das Brot aß, fuhr Theresa der Gedanke durch den Kopf, dass Katharina Hermann wenigstens nicht gesagt hatte, dass alles gut werden würde. Sie hatte diesen Spruch in den letzten Tagen von Martin oft genug gehört.

»Ich bin nicht dafür, Lebensfrust in Alkohol zu ertränken, aber vielleicht würde Ihnen ein Schluck Walnuss-Schnaps gut tun.«

Theresa dachte daran, dass sie noch Auto fahren musste, und wollte protestieren, doch schon stand ein gefülltes Schnapsglas vor ihr. Vorsichtig setzte sie das Glas an ihre Lippen und kostete die ihr unbekannte Flüssigkeit. Sie trank normalerweise keine hochprozentigen alkoholischen Getränke, doch dieses schmeckte ihr. Sie fragte sich, wo sie eigentlich hinfahren konnte, jetzt, wo ihre Mutter ihr

Appartement blockierte und sie aus Martins Studentenheimzimmer geflüchtet war.

Eigentlich bin ich obdachlos, kam es ihr in den Sinn, und dieser Gedanke beunruhigte sie so sehr, dass ihr gleich noch einmal nach einem Walnuss-Schnaps zumute war. Das erste Gläschen hatte bereits ihre Hemmschwelle gelockert. Also fragte sie direkt: »Kann ich noch ein Glas haben?«

Katharina Hermann kräuselte amüsiert die Lippen. »Wenn er Ihnen so gut schmeckt, gerne. Das ist übrigens ein Eigenprodukt, selbst gebrannt, von meinem Vater.«

Theresa war erstaunt, dass sie das erwähnte. Heute schienen ihre Gespräche auf einer grundsätzlich anderen Ebene abzulaufen.

»Trinken Sie nichts mit?«

»Nein, ich habe noch zu tun.«

Ich eigentlich auch.

Theresa seufzte und leerte das zweite Glas. Dann starrte sie auf die Tischplatte; ihre Gedanken fuhren Karussell.

Ich kann nicht zu Papa nach Hause. Besser gesagt, ich will es nicht. Da ruft Mama ständig an, und wenn sie herausfindet, dass ich bei meinem Vater bin, bricht die Hölle los. In ihrer kranken Phantasie unterstellt sie mir sicher, ich hätte mich mit ihm gegen sie verbündet.

Theresa fühlte sich unendlich müde. Sie konnte nicht länger so steif auf der Couch sitzen. Sie vergaß, wo sie war. Ihr Rücken schmerzte, ihre Glieder fühlten sich schwer an. Sie kämpfte darum, ihre Augen offen zu halten. Sie streifte ihre Schuhe ab, zog die Beine an und legte sich seitlich und mit angewinkelten Knien, um Katharina Hermann nicht zu treten, auf das Sofa. Müde ließ sie ihren Kopf in eines der Sofakissen sinken. Sie bemerkte nicht einmal mehr den amüsierten Blick, mit dem die Politikerin sie betrachtete. Ihre Augen waren schon zugefallen.

Sie war in ihrem Elternhaus und lag auf der Couch im Wohnzimmer. Doch das Wohnzimmer sah nicht aus wie sonst: Die Polstercouch war nicht hellbraun, sondern beige. Die Regale waren aus hellem Birkenholz. Die große dunkle, schwere Schrankwand fehlte völlig, und die Bilder an der Wand waren andere.

Was ist mit unserem Wohnzimmer passiert, wollte sie fragen, und sie wandte sich an die Person, die zu ihren Füßen saß: Martin. Martin öffnete die Lippen, sie sah seinen Mund auf- und zugehen, hörte Laute aus seinem Kehlkopf kommen, doch sie verstand nicht, was er sagte. Sprach er plötzlich eine andere Sprache?

Da ging mit einem Ruck die Tür auf. Ihre Mutter kam ins Wohnzimmer. Ihre Gesichtszüge waren wutverzerrt, das Haar stand nach allen Seiten ab.

Du Verräterin, schrie sie. Immer hältst du zu deinem Vater. Du und dein Bruder, ihr habt mich schon immer gehasst.

Prinzessin, aus dir wird einmal etwas ganz Großes, erklang da ganz unerwartet die Stimme ihres Vaters. Theresa hob den Kopf und sah, dass er auf einem der Ikea-Regale saß. Er fand dort spielend leicht Platz, denn offensichtlich war er über Nacht geschrumpft; er war kaum größer als eine Puppe. Das kam Theresa seltsam vor, doch ehe sie fragen konnte, wie der Schrumpfprozess ihres Vaters zustande gekommen war, stürzte sich ihre Mutter mit den Worten: Ich mache dich fertig! auf ihren geschrumpften Vater, der kichernd das Bücherregal entlanglief und vor seiner zornigen Frau flüchtete. Dann waren die Regalbretter zu Ende, ihr Vater konnte nicht weiterlaufen, er begann zu schlottern und nun lachte ihre Mutter. Sie zog ein Messer, holte aus und wollte offensichtlich auf ihren Mann einstechen, als wieder die Türe aufging und Tommi hereinkam. Er war noch blasser als sonst, aus seinen Ohren krochen Würmer und Maden, und in seinem Gesicht begann sich bereits die Haut von den Knochen zu lösen. Ich bin tot, sagte er mit einer Stimme, die keine Zweifel aufkommen ließ. Ich werde euch alle mitnehmen in mein Reich, fuhr er fort.

In welches Reich, fragte Martin, und Tommi erwiderte: In mein Totenreich natürlich. Frag nicht so blöd.

Schimpf nicht mit ihm, hörte sich Theresa sagen. Er ist so naiv, er kann es nicht ändern.

Hört auf zu streiten, mischte sich Theresas Mutter nun ein. Das Messer glänzte noch immer in ihrer Hand. Ich kann mich nicht konzentrieren. Ich muss meinen Mann töten, er hat mich betrogen, das müsst ihr doch verstehen. Mir bleibt keine Wahl.

Plötzlich tauchte Katharina Hermann auf.

»Theresa«, flüsterte sie und schüttelte sie sanft an der Schulter. »Ich werde jetzt fahren. In der Küche sind zwei Semmeln, Marmelade und Schinken. Nehmen Sie das als Frühstück.«

Irgendetwas unterschied Katharina Hermanns Gestalt von den anderen Personen im Raum. Mit einem Ruck fuhr Theresa auf.

»Ich wollte Sie nicht erschrecken«, sagte die Bundestagsabgeordnete. Sie stand tatsächlich direkt neben dem Sofa; von den anderen Personen jedoch fehlte jede Spur. Theresa rieb sich schlaftrunken die Augen. Sie realisierte allmählich, dass sie nicht im Wohnzimmer ihrer Eltern war, sondern in Katharina Hermanns Wohnung. Offensichtlich hatte sie geträumt. Was sie entsetzte, war die Tatsache, dass es taghell war.

Ihre Verwirrung musste ihr offenbar ins Gesicht geschrieben sein: »Sie sind hier gestern eingeschlafen. Ich hielt es für wenig sinnvoll, Sie aufzuwecken, denn mit zwei Schnaps im leeren Magen Auto zu fahren, ist nicht empfehlenswert.«

»Oh!«, entfuhr es Theresa. Ohne nachzudenken setzte sie hinzu: »Ich hätte sowieso nicht gewusst, wo ich hätte hinfahren können. – Danke.«

Katharina Hermann setzte sich auf die Lehne des Sofas und bedachte Theresa mit einem nachdenklichen Blick.

»Und wie soll das jetzt weitergehen? Wie wollen Sie Ihr Diplom schaffen, wenn Sie nicht einmal eine Bleibe haben?«

Theresa zuckte mit den Schultern. Sie war selbst völlig ratlos.

Katharina Hermann seufzte. Sie schien nachzudenken. Nach einer Weile meinte sie: »Sie können hier bleiben. Ich bin sowieso nicht da. Die meiste Zeit bin ich in Berlin, ich komme höchstens an den Wochenenden oder alle 14 Tage, um meine Bürgersprechstunde abzuhalten. Wenn Sie also wollen, können Sie bis zu Ihrer Diplomprüfung hier wohnen.«

Theresa starrte Katharina Hermann mit großen Augen an. Ein derartiges Angebot war das letzte, was sie erwartet hätte. Unter anderen Umständen hätte sie den Vorschlag gewiss dankend abgelehnt. Sie wollte die absurde Beziehung, die sie mit Katharina Hermann verband, nicht weiter vertiefen. Doch sie wusste, dass sie keine andere Wahl hatte und dass dieses Angebot der Rettungsanker war, den sie in ihrer Situation dringend benötigte. Also sagte sie dankend zu.

Während Katharina Hermann nach Berlin zurückflog, fuhr Theresa nach München, beruhigte Martin, der sich die ganze Nacht um sie gesorgt hatte, packte ihre Koffer, ihr Notebook und die Bücher und verstaute alles zum zweiten Mal in ihrem Auto. Ehe sie abfuhr, führte sie mit Martin ein sehr ernstes Gespräch. Es musste sein. Sie sagte Martin, dass sie sich bis zum Diplom nicht sehen würden. Sie sah an seinem Gesicht, dass er es nicht verstand und dass es ihn verletzte.

»Ich brauche Ruhe. Ich muss mich konzentrieren. Mir ist das alles zu viel. Mir ist im Moment auch eine Beziehung zu viel«, erklärte sie.

»Das heißt, du willst Schluss machen?«, fragte Martin. Seine Stimme zitterte. Theresa schüttelte den Kopf. Sie war sich nicht sicher, was sie wollte. Sie konnte ihm nichts versprechen, aber genauso wenig konnte sie ihm mit Bestimmtheit sagen, dass sie auf eine Beziehung zu ihm keinen Wert mehr legte. Die Streitigkeiten ihrer Eltern, das Verschwinden ihres Bruders, ihr Diplom – all das beanspruchte sie derzeit so sehr, dass sie eine solche Entscheidung nicht treffen konnte und wollte.

»Bitte, Martin, ich bin in einer Krise. Ich muss nachdenken.«

Der Schmerz über ihre Worte war deutlich in seinen Augen zu lesen. Theresa wurde bewusst, wie sehr er sie liebte, und ihr war auch klar, dass sie diese Liebe im Moment nicht erwiderte. Doch das konnte sie ihm nicht sagen, denn in den Tiefen ihrer Seele schlummerte die Hoffnung, dass sich alles wieder ändern würde. Vielleicht war sie ja wirklich nur verwirrt.

»Bitte gib mir Zeit bis nach dem Diplom«, sagte sie. »Ich will dich nicht verlassen, aber ich brauche eine Pause. Mir ist einfach alles zu viel.«

Martin war unglücklich, doch er sagte, ja, er verstehe sie. Theresa wusste, dass es nicht so war, aber sie war dankbar für sein Bemühen.

»Darf ich dich zumindest anrufen?«, fragte er zum Abschied.

»Mir wäre es lieber, wenn du es nicht tust.«

»Wo wirst du wohnen?« Aus seinen Worten schwang deutlich die Sorge heraus, sie könne bei einem anderen sein, während er auf sie wartete.

»Bei einer Freundin«, erwiderte sie knapp. Er wusste, dass sie keine Freundinnen hatte – nicht, seit sie bei der Zeitung arbeitete und jede freie Minute mit Recherchen oder Schreiben beschäftigt war.

»Ich könnte es nicht ertragen, wenn du mich betrügst«, sagte Martin. »Ich liebe dich, Theresa.«

»Ich bin bei keinem anderen Mann«, erwiderte Theresa und hatte die Türklinke schon in der Hand.

Sex ist das letzte, wonach mir der Sinn steht.

Katharina Hermanns Wohnung wurde für Theresa in den nächsten Wochen zu einer Oase des Friedens. Zunächst holte sie all den Schlaf nach, den sie in den letzten Wochen versäumt hatte, und gleichzeitig kam ihr Appetit zurück. Sie hatte ihrem Vater und ihrer Mutter eine SMS geschickt: Macht euch keine Sorgen. Bin in Sicherheit. Muss lernen. Melde mich nach dem Diplom. Danach hatte sie ihr Handy abgeschaltet.

Ihr Tagesrhythmus in Katharina Hermanns Wohnung pendelte sich allmählich ein. Sie stand zeitig auf, setzte sich diszipliniert hinter ihre Bücher, machte gegen Mittag eine eineinhalbstündige Pause, in der sie sich etwas nicht allzu Aufwändiges zu essen kochte, und lernte dann weiter bis abends um sechs. Sie aß zu Abend und tat anschließend etwas, wofür sie seit Ewigkeiten keine Zeit mehr gefunden hatte: Sie schaute regelmäßig drittklassige Vorabendserien, die sie zwar nicht begeisterten, die aber als Ablenkung ihren Zweck erfüllten. Anschließend setzte sie sich wieder an den Schreibtisch.

Auch wenn sie froh war, in Katharina Hermanns Wohnung einen ruhigen Zufluchtsort gefunden zu haben – schon nach kurzer Zeit fühlte sich Theresa, als führe sie ein Eremitendasein. Sie hatte niemanden, mit dem sie sprechen konnte, niemanden, der für Abwechslung sorgte. Sie genoss sogar die kurzen Besuche im Supermarkt – so froh war sie, lebendige Menschen zu sehen, auch wenn es Fremde waren.

Nach rund zwei Wochen, es war ein Freitag, saß sie vor ihren Büchern, starrte auf die Buchstaben und fühlte sich schrecklich einsam. Sie dachte an ihren Bruder, der vielleicht gar nicht mehr am Leben war, an ihre Eltern, die sich gegenseitig kaputtmachten, und an Martin. Sie fühlte sich schuldig, weil sie alle im Stich gelassen hatte, obwohl sie genau wusste, dass es für ihr eigenes Fortkommen nötig war. Sie weinte. Tränen tropften auf ihre Unterlagen und bildeten nasse kleine Flecken, und da sie ohnehin allein war, machte sie sich gar nicht erst die Mühe, lautlos zu weinen.

»Machen Sie auch einmal etwas anderes als weinen?«

Theresa fuhr herum.

Katharina Hermann stand hinter ihr. An der Tür hatte sie ihren Koffer abgestellt, der noch die Flughafen-Plakette trug. Sie legte ihren Mantel ab und rieb sich die Hände.

»Kalt ist es draußen. – Wie kommen Sie mit dem Lernen voran?«

Theresa war es sehr unangenehm, wieder einmal in Tränen aufgelöst gesehen zu werden. Sie nahm sich ein Taschentuch und schnäuzte sich verschämt.

»Es geht ganz gut«, antwortete sie dann höflich. »Ich wusste nicht, dass Sie kommen.« Sie machte eine Pause und setzte dann völlig zusammenhanglos hinzu: »Es war so still hier.«

»Na, daran wird sich wohl nichts ändern«, Katharina Hermann lächelte amüsiert. »In den vier Tagen, in denen ich hier bin, habe ich auch genug zu tun. Ich werde Sie nicht durch stundenlange Gespräche von Ihrem Lernpensum abbringen. Wir werden uns in diesen Tagen perfekt aus dem Weg gehen, und jede von uns kann das tun, was sie tun muss.«

Theresa war die Vorstellung unheimlich, mit ihrem Erpressungsopfer auf engstem Raum zu wohnen. Doch schließlich gehörte die Wohnung Katharina Hermann und nicht ihr. Sie konnte sie folglich nicht verbannen.

Der Plan, einander aus dem Weg zu gehen, erwies sich letztlich als abwegig. Theresa schlief auf der Couch, Katharina Hermann in ihrem Bett. Das war klar. Doch schon am zweiten Tag war es für beide selbstverständlich, gemeinsam zu frühstücken. Anfangs redeten sie nur über Belanglosigkeiten, dann über ihre Arbeit. Zur selben Zeit, da sich Theresa auf ihr Diplom vorbereitete, schrieb Katharina Hermann ihre zweite Dissertation. Nachdem sie bereits eine »Dr. jur.« war, verfolgte sie jetzt ihre Promotion in ihrem Zweitstudium BWL zu einem Thema, mit dem Theresa wenig anfangen konnte: »Die Kontingenztheorie im Spannungsfeld zwischen Management und Mitarbeiterstab unter Berücksichtigung systemtheoretischer Effekte«, lautete der vollständige Titel. Theresa erkundigte sich zunächst höflich, was sie sich darunter vorstellen durfte. Genauso höflich setzte Katharina Hermann zu einer Erklärung an, sah aber schon nach vier Sätzen, dass Theresas Mimik ein einziges Fragezeichen war. Da sie beide begriffen, dass jede Erklärung zwecklos war, mussten sie unwillkürlich lachen. Theresa fand in diesem Augenblick, dass es einfach herrlich war, mit Katharina beim Frühstück zu sitzen, zu lachen und zu plaudern. Es blieb nicht beim gemeinsamen Frühstück. In den vier Tagen, in denen die Abgeordnete in ihrer Heimatstadt war, nahmen sie auch das Mittag- und Abendessen gemeinsam ein. Die Mahlzeiten wurden zu Fixpunkten in ihrem Tagesablauf.

Am Tag von Katharina Hermanns Abreise war Theresa traurig. Sie dachte an die Einsamkeit, die nun wieder auf sie wartete. Während die Politikerin ihren Koffer packte, stand Theresa unschlüssig an der Schlafzimmertür und sah ihr zu.

»Kommen Sie nächstes Wochenende wieder?«, fragte sie schließlich zögernd.

»Vielleicht«, sagte Katharina Hermann. »Ich weiß noch nicht.«

Dann nahm sie von sieben Blusen, die sie gerade eingepackt hatte, drei wieder aus dem Koffer. Zusammen mit zwei Hosen legte sie sie zurück in den Schrank.

»Wahrscheinlich schon.«

Reise in die Vergangenheit

Was hatte ich erwartet, als Katharina mich zu sich nach Hause einlud? Stellte ich mir ein romantisches Candle-Light-Dinner vor, mit Filet Wellington und Prinzessbohnen, und dazu ein edler Tropfen aus einem namhaften deutschen Weinkeller? Vor allem, was sollte dann passieren, wenn das Filet und die Bohnen verzehrt waren?

Als ich zwei Tage nach meinem emotionalen Telefonat in Katharinas Wohnung eintraf, war ich dennoch enttäuscht. Das Telefonat hatten wir in guter Stimmung beendet; wir waren Freundinnen. Jetzt schien uns wieder eine unsichtbare Barriere auf Distanz zu halten. Katharina wirkte ausgesprochen nervös. Ihre Gestik fahrig. Wir redeten über das enorme Medienecho, das ihr improvisierter Vortrag an der Humboldt-Universität ausgelöst hatte, und über die positive Bewertung seitens der Studierenden. Doch es kam mir vor, als höre sie mir gar nicht richtig zu.

Ich erzählte gerade von einem Kommentar in der *FAZ*, in dem sie als »Bayerische Powerlady« bezeichnet wurde, als sie mir plötzlich mitten ins Wort fuhr: »Gabi Parcher lässt sich scheiden.«

Hätte sie gesagt: »Ab morgen ist das Gras nicht mehr grün, sondern blau« – ich hätte kein dümmeres Gesicht machen können. Denn der Name Gabi Parcher sagte mir im ersten Moment überhaupt nichts. Während mein Gedächtnis auf Hochtouren arbeitete, begann Katharina unruhig im Zimmer auf- und abzugehen. Der Parkettboden knarrte unter ihren Schritten.

»Ausgerechnet jetzt«, murmelte sie vor sich hin. »Jetzt, so kurz vor den Wahlen. Das ist ein Drama.«

Natürlich. Gabriele Parcher, die Frau des damaligen Bürgermeisters der Kreisstadt. Katharina Hermanns ehemalige Geliebte.

Ich wusste nicht, welche Reaktion sie von mir erwartete. Ich war überrascht, diesen Namen zu hören, nach all den Jahren. Und ich nahm mit Verwunderung zur Kenntnis, dass er bei ihr anscheinend einen Anflug von Panik auslöste. Ich hatte mich früher manchmal gefragt, wie lange dieses Verhältnis zwischen den beiden dauerte, ob sie sich noch heimlich trafen. Doch spätestens seit den Wochen, in denen ich in Katharinas Wohnung gelebt hatte, war mir klar, dass sie den Kontakt zueinander offensichtlich abgebrochen hatten. Nichts deutete darauf hin, dass sie sich noch sahen oder gar miteinander ein Verhältnis hatten.

»Die Frau kann mich zerstören«, flüsterte Katharina jetzt mit Grabesstimme und ließ sich erschöpft auf den Stuhl fallen, der mir am nächsten stand. Sie machte ein Gesicht, als würde sie zum Schafott geführt.

»Weshalb sollte sie dich zerstören wollen?«

»Weil sie mich hasst, deshalb«, erwiderte Katharina und starrte auf die Tischplatte. »Das hätte nie passieren dürfen. Ich habe geahnt, dass mich diese Sache einmal alles kosten würde. Wenn nicht wegen dir, dann wegen ihr.«

Plötzlich hob sie den Kopf und sah mich an. Etwas Wildes, Unberechenbares flackerte in ihren Augen.

»Dieses Foto. Hast du dieses Foto noch?«

Katharina Hermann und Gabriele Parcher eng umschlungen und nackt. Gabriele Parchers Lippen auf Katharinas Wange. Katharina, die erschrocken in die Kamera schaute.

»Nein. Ich habe das Foto nicht mehr.« Ich sagte die Wahrheit. Um keine Irrtümer aufkommen zu lassen, setzte ich rasch hinzu: »Das Foto existiert nicht mehr. Ich habe es irgendwann vernichtet.«

Ich erwartete Erleichterung von ihrer Seite. Doch stattdessen erhob sie sich und trat direkt vor mich. Sie wirkte sehr entschlossen.

»Theresa. Hör zu. Du musst mir einen Gefallen tun, bitte. Es gibt noch ein Foto. Ein Foto mit fast dem gleichen Motiv. Wir hatten damals zwei Fotos gemacht. Eines davon hatte ich, ehe du ...« Sie machte eine bedeutungsvolle Pause, um dann aber in gleichem Tonfall fortzufahren. »... Ehe du es an dich genommen hast. Das andere Foto hat Gabi. – Theresa, du musst mir dieses Foto besorgen. Wenn es so kurz vor den Wahlen an die Öffentlichkeit käme, wäre ich erledigt, das ist dir doch klar.«

»Ich soll dir dieses Foto besorgen? Wie stellst du dir das vor? Soll ich in ihre Wohnung einsteigen, mit Taschenlampe und Strumpfmaske, und ihre Schubladen durchwühlen?«

Sie starrte mich entgeistert an. »Das würdest du tatsächlich für mich tun?«

Sie konnte unmöglich bei Sinnen sein.

»Nein, das würde ich sicherlich nicht für dich tun«, sagte ich mit fester Stimme, obgleich ich mir im Grunde meines Herzens nicht einmal sicher war, ob ich es nicht doch tun würde, wenn ihr Glück davon abhing.

Wenn Gefühle zu stark sind, schaltet sich der Verstand aus.

»So meinte ich es ja auch nicht.« Katharina hatte sich wieder im Griff. »Ich möchte dich bitten, einfach deine Arbeit zu tun. Du bist doch sowieso dabei, ein umfassendes Porträt über mich zu schreiben. Und dazu musst du recherchieren, das bedeutet zwangsläufig: Du musst in meiner Vergangenheit herumwühlen. Zufällig bist du da auf Gabriele Parcher gestoßen, weil du herausgefunden hast, dass die Frau des damaligen Bürgermeisters und ich uns häufig auf irgendwelchen Empfängen getroffen und anscheinend ganz gut verstanden haben. Also tust du, was jeder Journalist tun würde: Du suchst Gabriele Parcher auf und fragst sie ein bisschen über mich aus. Lass durchblicken, dass dein Medium bereit ist, für brisante Informationen über mein Privatleben Geld springen zu lassen. Wenn Sie nicht gleich einwilligt, erhöhe den Betrag. Du wirst sehen —«

»Mein Medium betreibt keinen Scheckbuch-Journalismus«, unterbrach ich sie. »Mir steht auch kein Budget für derartige ›Gespräche‹ zur Verfügung.«

»Wenn du mich ausreden ließest ...«

»Bitte sehr.«

Ich ergab mich in mein Schicksal und hörte ihr weiter zu. Im Grunde hielt ich alles, was sie sagte, für machbar, aber auch für absurd.

»Du wirst sehen, dass Sie irgendwann darauf anspringt. Diese Frau hat sich von ihrem Mann getrennt. Sie lässt sich scheiden. Wenn es um Geld geht, wird sie nicht Nein sagen. – Und, Theresa: Ich weiß sehr gut, dass der *Brennpunkt* dir kein Scheckheft in die Hand gedrückt hat. Aber ich muss verhindern, dass deine Konkurrenz Gabriele Parcher genau das anbietet. Also wirst du dir nur anhören, welche Summe sie sich vorstellt, und dann wirst du sagen, dass sie das Geld bekommt. Und zwar von mir. Privat. Gegen Aushändigung des Fotos und gegen ihr Schweigen.«

Ich war einen Moment lang sprachlos. Ich konnte nicht glauben, was ich da hörte: Hatte Katharina Hermann, promovierte Juristin, Justizministerin dieses Landes, tatsächlich vor, sich Gabriele Parchers Schweigen zu erkaufen – sogar ohne dass danach verlangt wurde? Ihr schienen weder das Gesetz noch ihr Kapital viel wert zu sein, wenn es darum ging, ihr Liebesleben geheim zu halten.

»Sie hat jahrelang geschwiegen«, sagte ich schließlich zögernd. Es fiel mir immer noch schwer, Katharinas Panikreaktion nachzuvollziehen. »Wieso sollte sie denn gerade jetzt reden?«

»Das hab ich dir doch gesagt.« Katharinas Stimme klang extrem ungeduldig. »Sie lässt sich jetzt scheiden. Früher konnte ich davon ausgehen, dass sie am Fortbestand ihrer Ehe interessiert war. Wenn Parcher dahinter gekommen wäre, dass sie eine Affäre hat – er wäre ausgerastet. Gabi war es immer sehr wichtig, dass alles diskret verläuft. Aber jetzt haben sich die Rahmenbedingungen entschieden geändert.«

Und in euer Beziehung ging es um nichts weiter als um Diskretion? Wie armselig.

Laut sagte ich: »Mal abgesehen von Gabi Parcher – jede deiner Ex-Geliebten könnte an die Öffentlichkeit gehen. Das wirst du nie ausschließen können. Gerade die Boulevardmedien bieten wirklich viel Geld, wenn es um derartige Informationen geht, und ich könnte mir vorstellen, dass da selbst verheiratete Frauen in Versuchung kommen. Willst du etwa jede deiner Ex-Geliebten bestechen?«

Katharina sagte nichts. Ihr Gesicht erstarrte. Sie drehte sich von mir weg und ging langsam zum Fenster. Die schweren, langen weinroten Vorhänge waren schon zugezogen – schließlich war es Abend und dunkel draußen. Sie schob einen der Vorhänge beiseite und starrte hinaus auf die von Straßenlaternen erleuchtete Straße, ohne ein Wort zu sagen.

Auch ich sagte nichts. Nachdenklich betrachtete ich Katharina.

Eigentlich muss sie der Traum aller Männer sein. Schlank, aber doch mit Kurven, blondes Haar, markantes Gesicht ...

Ich unterdrückte den Impuls, aufzustehen und zu ihr zu gehen. Denn Katharinas Nähe löste bei mir mittlerweile nicht nur Emotionen aus. Die Erinnerung daran, wie sie reagiert hatte, als wir zusammen auf ihrer Couch saßen und ich sie nicht nur mit Worten über den Verlust ihres Vaters tröstete, ließ mich ahnen, dass Körperkontakt mit mir nicht das war, was sie wollte.

Wieso nur verlangt es mich danach, eine Frau zu umarmen, zu streicheln, zu küssen ...? Ich bin schließlich nicht lesbisch.

»Es gibt keine weiteren Ex-Geliebten.« Katharinas Stimme zerschnitt die Stille, die zwischen uns für Minuten geherrscht hatte, wie ein Messer. Sie drehte sich zu mir um. »Gabi Parcher war die einzige.«

Ich konnte meine Ungläubigkeit nicht verbergen.

»Du meinst, in all den Jahren war sie wirklich die einzige Frau, mit der du etwas hattest? Warst du ansonsten mit Männern zusammen?«

»Nein. Ich hatte nie etwas mit Männern, das weißt du doch.«

Woher soll ich das wissen? Wir haben nie darüber gesprochen ...

Katharina betrachtete mein Gesicht aufmerksam, sah darin die Ungläubigkeit und bemerkte nun in bissigem Tonfall: »Anders als in deinem Leben ist für mich Sex nicht das wichtigste. Mein Tag ist sehr ausgefüllt. Auch ohne. Ich kann darauf verzichten, und das sehr gut.«

Sie gab mir mit ihren Worten mehr preis, als sie erahnte. Und sie tat mir weh. In dem langen Telefonat, das wir am Abend von Tommis Party geführt hatten, hatte ich ihr von meinen zahlreichen Affären erzählt, die es nach Martins Tod in meinem Leben gegeben hatte – zwar nicht von allen und auch nicht im Detail, aber vieles hatte ich ihr anvertraut. Es verletzte mich, dass sie mich nun darstellte, als wäre ich ein triebhafter, weiblicher Sexmaniac, dessen Lebensinhalt es war, möglichst viele Männer ins Bett zu zerren. Gleichzeitig offenbarte sie mir, dass sie selbst Sex wohl nicht besonders genießen konnte. Doch das ging mich letztendlich nichts an. Die seelische Verletzung, die sie mir zugefügt hatte, nahm mich mehr in Anspruch als ihr Sexualleben.

Ich habe dir vertraut. Deshalb habe ich dir von meinen Männergeschichten erzählt. Ich habe dir damals am Telefon gesagt, dass diese Affären eine einzige Flucht vor der Vergangenheit und vor mir selbst waren. Vielleicht wollte ich eine andere sein – cool und tough, emanzipiert und unabhängig. Frei von jeglichen Gefühlen. Weil Gefühle nur weh tun und einen hinabziehen können in einen Abgrund, in dem ich vor Jahren beinahe umgekommen wäre. Ich war nie mehr verliebt, ich habe für meine Freunde nur Sympathie empfunden. Und sogar die verflog schnell wieder, weil sie mich langweilten. Aber im Gegensatz zu dir bin ich zumindest noch fähig, etwas zu empfinden. Das könnte ich dir sagen. Doch ich werde es nicht sagen. Denn den Menschen, den ich liebe, werde ich nicht bewusst verletzen.

Ich erhob mich von meinem Stuhl und griff nach meiner Handtasche.

»Ich gehe jetzt.«

Mit ein paar schnellen Schritten war Katharina bei mir. Die Verwirrung stand ihr ins Gesicht geschrieben. »Was ist denn? Wieso willst du jetzt so plötzlich gehen?«

Du begreifst nichts, Katharina. Aber vielleicht ist das auch besser so.

»Ich habe noch einen Termin«, log ich. Die Lüge war so absurd, dass es auch ihr auffiel, doch sie akzeptierte sie. Sie brachte mich zur Wohnungstür. Ehe sie mir öffnete, sagte sie: »Wirst du mir helfen mit Gabi Parcher? – Bitte, Theresa, hilf mir.«

Ihre Stimme klang sanft. Sie sah mich an. In ihren Augen lag ein unausgesprochenes Flehen.

Ich nickte wortlos. Ich konnte sie nicht abweisen.

Zwei Tage später war ich auf dem Weg in die Stadt, in der ich meine ersten journalistischen Erfahrungen gesammelt hatte – jene Stadt, in der die Wurzeln meiner ganzen Probleme liegen. Während des Fluges von Berlin nach München wurde mir klar, dass sich in mir wieder eine fundamentale Lebenskrise anbahnte. Die Situation war ähnlich wie vor fünf Jahren: Ich war verliebt, verwirrt, verletzt. Verliebt in eine Person, zu der ich ein gespaltenes Verhältnis hatte. Verwirrt über meine Gefühle. Verletzt, weil ich von dieser Person niemals das bekam, was sich mein Herz wünschte. Damals war es ähnlich gewesen. Es hatte zusätzlich noch Umstände gegeben, die mir den Boden unter den Füßen wegzogen. Vorausgesetzt, ich hatte jemals auf einem soliden seelischen Fundament gestanden, als ich nach dem Diplom nach Berlin zog.

Die Landschaft zog an mir vorüber. Ich sah die Bäume, die Felder, die kleinen sauberen Dörfer mit den blitzsauberen Häusern und Höfen. Es nieselte leicht. Kleine Regentropfen sammelten sich am Zugfenster und verloren sich durch den Fahrtwind fast so schnell, wie sie sich gebildet hatten. Ich starrte nach draußen in diese andere Welt, die meine Vergangenheit war, und fühlte mit jedem zurückgelegten Kilometer das Unbehagen in mir wachsen.

Ich war lange nicht mehr hier gewesen. Ich hatte jeglichen Kontakt zu meiner früheren Heimat gemieden. Zu viele Erinnerungen schlummerten hier. Es waren Erinnerungen, die auch jetzt noch schmerzten. Ich dachte an meine Kindheit als Außenseiterin, an meine Teenagerzeit, in der ich Martin kennen lernte, an den schmutzigen Scheidungskrieg meiner Eltern und an Tommi. Auch, wenn sich zumindest das Schicksal meines Bruder letztendlich zum Guten gewendet hatte: Eine Familie hatte ich nicht mehr. Ich war allein. Tommi hatte Florence. Mein Vater hatte eine neue Frau. Wahrscheinlich hatte er Tommi und mich längst vergessen. Was mit meiner Mutter war, konnte ich nur ahnen. Als ich das letzte Mal mit ihr telefonierte, war sie mit einem fünfzehn Jahre jüngeren Italiener zusammen und wohnte in der Toskana. Ich konnte mir nicht vorstellen, dass diese Beziehung von Dauer war. Sicher war nur, dass sie nicht alleine sein würde. Meine Mutter konnte nicht allein sein. Sie brauchte einen Mann an ihrer Seite wie jeder Mensch Luft zum Atmen. Wenn es nicht dieser Mann war, dann eben ein anderer.

Alleine war nur ich: ohne Familie, ohne Partner. Immerhin hatte ich jetzt einen repräsentativen Job. Ich dachte an meine Studienkollegen und wie sich ihre Gesichter grün vor Neid färben würden, wenn sie wüssten, dass ich geschafft hatte, was sich alle während des Studiums erträumten: für ein renommiertes und international bekanntes Magazin wie den *Brennpunkt* zu schreiben. Wahrscheinlich wussten es einige von ihnen sowieso schon. Es waren ja schon genügend Artikel mit meinem Namen erschienen.

Eigentlich müsste ich glücklich sein. Es ist auch mein Traum gewesen. Und der Traum wurde wahr. Aber ich bin nicht glücklich.

Ich sah auf die Uhr. In zwanzig Minuten würde ich ankommen.

Wie wäre es gewesen, wenn ich mit Martin zusammengeblieben wäre?

Ich stellte mir vor, wie ich leben würde: in einem Haus in der Ortschaft, in der wir aufgewachsen waren, gebaut von seinen Eltern, wahrscheinlich in der gleichen Straße. Er würde am hiesigen Krankenhaus arbeiten. Und ich? Würde ich geduldig in der Früh nach München pendeln, wie es viele hier in der Gegend taten, um mein tägliches Zeilenpensum bei einer Zeitung wie der *Süddeutschen* abzuliefern? Oder wäre ich Ressortleiterin bei meiner Heimatzeitung? Oder würde ich gar nicht mehr arbeiten, weil ich mich mittlerweile um zwei bis drei Kinder zu kümmern hatte, die ihren Vater kaum kannten und die ihre Mutter fürchteten, weil sie täglich schlecht gelaunt war und ein einziges falsches Wort genügte, um sie zum Explodieren zu bringen? Sie hätten eine Kindheit wie die meine. Jeden Tag müssten sie einen Balanceakt vollführen zwischen ihrem eigenen Willen und den Launen ihrer Mutter, die von Jahr zu Jahr tiefer in einem Sumpf von Frustration versänke, aus dem es kaum einen Ausweg gab.

Martin hätte nicht sterben dürfen. Vielleicht fehlt mir die Gabe, glücklich zu sein, egal, welchen Weg ich wähle. Aber er hätte glücklich sein können. Mit einer anderen Frau an seiner Seite.

Ich dachte an seinen Tod und wie es dazu gekommen war. Sofort überkamen mich diese Gefühle von unsagbarer Schuld, Verzweiflung und Wut, die mich bis nach Berlin begleitet hatten, in Hamburg verflogen waren und jetzt, da mich die Vergangenheit immer mehr einholte, wieder von mir Besitz ergriffen. Ich zwang mich, an etwas anderes zu denken.

Ich dachte an Katharina. Das war kein guter Gedanke, aber der einzige, der stark genug war, um mich von Martin abzulenken.

Ein paar Stunden später stand ich vor der Tür eines kleinen Reihenhauses in einer Siedlung am Ortsrand der Kreisstadt. Die Häuser waren neu; das frisch gestrichene Weiß der Fassaden hob sich im schwachen Herbstlicht, das nur mühsam durch die Wolkendecke drang, wie Schnee von dem matten Grün der Rasenflächen ab. Gegenüber der Hausreihe, in der Gabriele Parcher wohnte, stand ein Kran. In der Siedlung wurde noch gebaut. Es hatte dieses Viertel noch nicht gegeben, als ich vor rund fünf Jahren das letzte Mal hier war. Die Straßen waren nach bekannten Komponisten benannt. Gabriele Parcher wohnte im Chopinweg.

Katharina hatte mir keine aktuelle Privatadresse von ihr geben können. Gabriele Parcher hatte die Villa im Stil der Jahrhundertwende, die sie mit ihrem Mann jahrelang bewohnt hatte, verlassen. Auch bei meinen Eltern war der Mann im Haus verblieben, die Frau dagegen ausgezogen. Es lag wohl daran, dass sich Frauen nach der Trennung von ihren gut verdienenden Männern große Häuser allein nicht leisten können.

Zumindest konnte mir Katharina aber den Name der Firma sagen, für die Gabriele Parcher arbeitete. Sie war als Werbefachfrau für eine Agentur tätig, die Merchandising-Artikel für Unternehmen vertrieb. Der Umstand, dass sie dort erst seit drei Jahren tätig war, verriet mir, dass Katharina ihre ehemalige Geliebte stets im Auge behalten hatte – auch, wenn es zwischen den beiden keinen Kontakt mehr gab. Über ihre Arbeitsstätte hatte ich sie kontaktiert. Ich hatte ihr die Geschichte aufgetischt, die mir Katharina in den Mund gelegt hatte, und nicht nur ihr, sondern auch meinem Vorgesetzten, Karsten Egle. Er hatte mir die Dienstreise anstandslos genehmigt.

Wohl fühlte ich mich nicht, als ich auf die Haustürglocke drückte.

Ein schriller Klingelton ertönte gefolgt von lautem Hundegebell.

»Still! Platz!«, hörte ich eine helle Frauenstimme rufen. Der Hund bellte weiter.

Die Tür ging auf. Das erste, was ich sah, war dieser immens große Hundekopf, der sich durch den Türspalt schob. Ein Bernhardiner. Ich wich vorsichtig zurück. Als mich der Hund direkt vor sich sah, hörte er sofort auf zu bellen und streckte mir vertrauensvoll die Schnauze entgegen. Ich streichelte ihm kurz über den Kopf.

Dann erst wandte ich meine Aufmerksamkeit der zierlichen Person zu, die im Türrahmen stand. Gabriele Parcher war um die 40, mit einer großen Nase und schmalen Lippen, was ihr Gesicht nicht hübsch, aber interessant machte. Ich hatte sie erst zweimal gesehen, und zwar auf Wohltätigkeitsempfängen, zu denen sie ihren Mann begleitete und über die ich als Journalistin zu berichten hatte.

Trotzdem fiel mir gleich ihr neuer Haarschnitt auf. Meines Wissens hatte sie das Haar immer bis zum Kinn getragen. Doch jetzt war es auf maximal vier Zentimeter Länge geschnitten, schimmerte in warmem Rot und untermalte das freche, dynamische Bild, das ich von ihr gewann. Sie trug eine eng anliegende Jeans mit einem modischen schmalen Gürtel im Kroko-Look, dazu eine kurzärmelige hellblaue Bluse. Unwillkürlich erinnerte sie mich an Gitta – auch, wenn ich die Klatschkolumnistin von *Amiga* noch nie in Jeans gesehen hatte.

Sie musterte mich genauso wie ich sie. Sie sah eine Frau, einige Jahre jünger als sie selbst, in einem eleganten Hosenanzug und Absatzschuhen, mit streng zurückfrisierten Haaren. Ich hatte absichtlich ein professionelles Outfit gewählt, auch wenn mir Blazer und Stöckelschuhe auf Reisen unbequem waren. Doch ich hatte keine Wahl. Nichts sollte darauf hindeuten, dass dies ein privater Besuch war.

Endlich streckte sie mir die Hand entgegen. Ihr Händedruck war fast nicht zu spüren – das schätzte ich gewöhnlich nicht besonders.

»Bitte, kommen Sie doch rein.«

Ihre Stimme hingegen war angenehm. Am Telefon hörte sie sich an wie eine höchstens Neunzehnjährige. Ich drängte mich an dem Hund vorbei, der schwanzwedelnd an der Türschwelle stand. Der Vorraum war mit hellen Kacheln gefliest. Ein Garderobenbrett hing auf der linken Seite, ähnlich dem, das in meinem Studentenappartement an der Wand angebracht gewesen war. Ein heller Ikea-Kasten stand an der Wand gegenüber; darauf thronte ein simples schwarzes Telefon.

Ich hatte nichts abzulegen, also führte sie mich gleich in den nächsten Raum, eine große Wohnküche. Links vom Esstisch, an dem wir jetzt Platz nahmen, führte eine Wendeltreppe nach oben. Durch eine breite Fensterfront schaute ich in einen kleinen Garten mit Terrasse. Es nieselte noch immer; der Himmel war grau. Die Möbel wirkten wie eben aufgestellt. Neu und billig. Sie schien tatsächlich nicht viel Geld zu haben.

Der Bernhardiner legte mir seine große feuchte Schnauze auf den Oberschenkel.

»Bitte, schieben Sie ihn weg, wenn es Ihnen zu viel wird. Er ist immer sehr aufdringlich, wenn Besuch kommt.«

Sie lächelte entschuldigend. Ihre Augen lächelten nicht. Ich merkte, dass sie nervös war. Was mochte ihr wohl durch den Kopf gehen?

»Darf ich Ihnen eine Tasse Kaffee bringen?«

»Ja, gerne.« Nach dem Flug und der fast zweistündigen Bahnfahrt war das sicherlich keine schlechte Idee.

Während sie den Kaffee aufsetzte, streichelte ich den Hund und sah mich verstohlen um. Vom Vorraum aus war nur eine weitere Tür abgegangen; ich nahm an, dass sich dahinter die Toilette befand. Oben lagen wahrscheinlich Schlaf- und Badezimmer. Für einen Single war dieses Reihenhaus ideal. Ein Pärchen hätte wenig Abstand voneinander nehmen können, und bereits mit einem Kind wäre es zu klein gewesen.

Ich fragte mich, was Gabriele Parcher und Katharina Hermann wohl verbunden hatte. Katharinas Regale standen voller Fachbücher. Hier sah ich Romane von Rosamunde Pilcher neben Büchern wie »Schlank und fit durch Nordic Walking«. Auf dem kleinen Wohnzimmertisch, der vor der Dreiercouch rechts von mir stand, lag die neueste Ausgabe von *Amiga*.

Katharina hätte die *Amiga* niemals freiwillig gelesen. Die Themen, die dort diskutiert wurden – Selbstbewusstsein stärken mit Tai Chi, Einrichten nach Feng Shui und Kochen wie in der Toskana – interessierten sie nicht.

Gabriele Parcher servierte den Kaffee. Sie schenkte mir großzügig ein. Ich nahm mir Milch und Zucker. Sie selbst trank ihren Kaffee schwarz. Ich dachte daran, dass Katharina immer viel Milch nahm. Hatte sie die Wahl, bevorzugte sie allerdings stets Tee. Nicht einmal das haben sie gemeinsam, fuhr es mir durch den Kopf.

»Sie wollen also mit mir über die zukünftige Kanzlerin sprechen«, sagte Gabriele Parcher nun.

»Über die *vielleicht* zukünftige Kanzlerin«, erwiderte ich. »Wir wissen ja noch nicht, ob sie Kanzlerin wird.«

»Sie wird es«, sagte Gabriele Parcher mit fester Stimme.

»Was macht Sie da so sicher?«

»Sie erreicht immer alles, was sie sich vorgenommen hat. Sie ist sehr entschlossen. Sie ist intelligent, strahlt Führungsstärke aus, hat Charisma – und sie hat die Wählerstimmen vieler Frauen auf ihrer Seite. Warum sollte sie es also nicht werden?«

Sie erwartete keine Antwort. Ich zog meinen Notizblock aus der Handtasche und zückte den Kugelschreiber. Schließlich war ich offiziell aus rein beruflichen Gründen hier. Eine Journalistin machte sich in der Regel Aufzeichnungen.

»Sie kennen sie also gut?«

Ich lächelte ein professionelles journalistisches Lächeln, das sie ermuntern sollte, mehr zu erzählen.

Gabriele Parcher starrte zunächst auf die Tischplatte, dann auf ihre Hände. Plötzlich sah sie auf und blickte mir direkt ins Gesicht. Ärger blitzte in ihren graublauen Augen.

»Ersparen Sie uns bitte diese Farce. Sie wissen, dass ich sie gut kenne – wenn man sie überhaupt gut kennen kann. Ich weiß, wer Sie sind, Frau Lackner. Ich bin nicht dumm. Auch, wenn mich Katharina dafür hält.«

Ich war verwirrt und erschrocken. Meine Wangen begannen zu glühen. Ich neigte normalerweise nicht dazu rot zu werden. Dennoch merkte ich jetzt an der Temperatur meiner Wangen, dass mir das Blut in den Kopf schoss. Unser Gespräch versprach äußerst unangenehm zu werden.

Ich weiß, wer Sie sind. Der Satz hallte in mir nach.

Wer bin ich denn?

»Katharina schickt Sie, nicht wahr?«

Gabriele Parcher durchbohrte mich mit ihrem Blick.

Ich wollte entschieden verneinen. »Na ja ...«, kam es mir stattdessen kläglich über die Lippen.

»Was will sie?«

Ihr stechender Blick ruhte immer noch auf mir. Der Hund spürte die Nervosität seines Frauchens. Er wandte sich von mir ab und stupste Gabriele Parcher an. Die streichelte ihm kurz über den Kopf, so wie ich es zuvor getan hatte.

Was sollte ich tun? Darauf war ich nicht vorbereitet gewesen. Ich hatte in Gedanken x-mal durchgespielt, wie unser Gespräch ablaufen könnte: was sie sagen würde, wie ich reagieren würde. Doch mit einer Enttarnung hatte ich nicht gerechnet. Katharina hatte sie unterschätzt.

Nachdem ich nichts sagte, erhob sich Gabriele Parcher plötzlich. Sie eilte die Wendeltreppe nach oben, nahm dabei zwei Stufen auf einmal. Der Bernhardiner folgte ihr im Eiltempo. Ich kam nicht dazu, mich zu fragen, was sie dort oben wohl machte, denn so schnell, wie sie verschwunden war, war sie auch wieder bei mir.

Sie legte etwas auf den Tisch. Es war ein Foto. Es war *das* Foto. Ich streckte unwillkürlich die Hand danach aus, doch Gabriele Parcher zog es rasch zu sich.

»Nein!« Ihre Stimme klang entschieden. »Das ist die einzige Erinnerung, die ich an sie habe. Ich denke nicht daran, es aus den Händen zu geben. Selbst, wenn sie einen Kopfstand macht.«

Ich beschloss, ehrlich zu sein. »Sie würde dafür zahlen.«

Gabriele Parcher schüttelte ungläubig den Kopf. Sie lachte. Es klang bitter und enttäuscht. »Das ist typisch. Katharina denkt immer, dass sich alles durch Geld regeln lässt. Das müssten Sie eigentlich am besten wissen, Frau Lackner. Schließlich hat sie Ihnen ja auch Geld geboten für das andere Foto, ist es nicht so?«

Ich war perplex. Gabriele Parcher wusste davon? Hatte Katharina ihr damals alles erzählt? Warum hatte mich Katharina nicht vorgewarnt, warum hatte sie mich so blindlings in die Falle tappen lassen?

»Sie hat Ihnen nicht erzählt, dass sie mich von Ihrem – nun ja, sagen wir Diebstahl – in Kenntnis gesetzt hat?«

Mein Schweigen war Gabriele Parcher Antwort genug. »Katharinas Fehler ist, dass sie andere Menschen für dumm verkauft«, bemerkte sie. »In diesem Fall hat sie uns beide für dumm verkauft. Sie schickt Sie zu mir, ohne Sie über meinen Kenntnisstand zu informieren; mir bietet sie Geld für ein Foto – das einzige Foto, das ich von ihr habe. Es ist überhaupt ein Wunder, dass es dieses Foto gibt. Katharina war nicht zu überreden, sich gemeinsam mit mir in dieser Situation ablichten zu lassen. Letztendlich gelang mir das nur in einem Überraschungsmoment. Natürlich mit Selbstauslöser.«

Aha. Der »Überraschungsmoment« erklärte Katharinas leicht erschrockenen Blick.

Und dann erzählte mir Gabriele Parcher ihre Geschichte. Es war die Geschichte einer Frau, deren Wurzeln seit Generationen in Ostbayern lagen. Die Geschichte einer Frau, die studieren wollte, es aber nicht durfte, denn: »Kind, du bist ein Mädchen, und aus Mädchen werden Frauen. Und Frauen heiraten und kriegen Kinder, so ist das nun mal, warum also Geld für ein Studium ausgeben?« In dem Landstrich, in dem ich aufgewachsen war, wurde diese Meinung sogar heute noch häufig vertreten. Gabriele Parcher ging also auf die Realschule, schloss die Mittlere Reife als Beste ihres Jahrgangs ab und machte anschließend eine Lehre als Bürokauffrau. Ihr jüngerer Bruder bekam Nachhilfeunterricht, schaffte mit Mühe das Abitur und wurde nach fast zwanzig Semestern trotzdem Arzt.

»Ich war ein hübsches Mädchen, mir liefen die Männer immer nach«, erzählte sie. »Mit 16 hatte ich meinen ersten Freund, Sebastian. Sie kennen ihn vielleicht: Er sitzt im Kreisrat. Sein Nachname ist Winter. Er hat eine große Landwirtschaft in der Nähe Ihres Heimatorts.«

Ich erinnerte mich dunkel an den Namen, nicht an den Menschen.

»Sie wissen ja, wie das ist in diesem Alter. Da gehen Beziehungen rasch auseinander. Mit Sebastian war ich sogar ein Jahr zusammen, danach kamen andere. Für mich war meine Jugend in dieser Hinsicht okay. Wahrscheinlich wäre es einfach so weitergegangen, bis mich einmal einer geheiratet hätte. Ich hätte in einem Büro gesessen, hätte für einen fünfzigjährigen Chef mit Bierbauch die Tippse gemacht. Aber dann starb mein Vater. Jetzt, da er nichts mehr dagegen sagen konnte, verwirklichte ich mir einen Traum. Ich zog nach München, arbeitete tagsüber in einem Büro und machte in der Abendschule das Abitur nach. Von meinem Ersparten leistete ich mir danach eine Marketing-Ausbildung an einem privaten Institut. Das war eine sehr bewegte Zeit damals.«

Sie erzählte mir von einer gewissen Johanna, einer Kollegin am Marketing-Institut. Die beiden freundeten sich an. Johanna hatte einen Freund. Der war Student und auf Auslandssemester. Johanna hatte viel Zeit. Johanna war allein. Gabi war allein. Die beiden wurden engste Freundinnen, verbrachten fast jede freie Minute gemeinsam.

»Irgendwann ist es dann passiert«, sagte Gabriele Parcher. »Johanna und ich hatten den Abend in einem Club verbracht. Wir hatten beide viel getrunken. Es war so spät, dass die U-Bahnen nicht mehr fuhren. Johanna hatte ein Appartement in der Sendlinger Straße. Ihre Eltern waren ziemlich wohlhabend. Ich übernachtete bei ihr. In dieser Nacht haben wir uns zum ersten Mal geküsst, gestreichelt ... und mehr. Von diesem Tag wusste ich, dass mir Männer allein nicht genügen.«

Trotzdem heiratete sie drei Jahre später Josef Parcher, einen soliden Finanzbeamten mit politischen Ambitionen. Theresa war verblüfft.

»Ich war anfangs nicht unglücklich in meiner Ehe«, erklärte sie. »Ich habe meinen Mann geliebt. Aber es hat mir etwas gefehlt. – Auf einem Empfang der Konservativen traf ich dann das erste Mal Katharina.« Sie seufzte. »Was soll ich sagen? – Ich war vom ersten Augenblick an von ihr fasziniert. Ich begann, mit ihr zu flirten. Es ist ausgeschlossen, dass das jemand außer ihr selbst bemerkt hat. Für zwei miteinander flirtende Frauen ist die Gesellschaft in unserer Region nicht sensibilisiert; es fällt ihnen nicht auf. Katharina und ich haben uns dann bald schon privat getroffen, bei ihr. Mein Verhältnis zu ihr dauerte etwas über vier Monate. Es waren stressige Monate. Wir waren beide an Diskretion interessiert. Ich wollte meinem Mann nicht wehtun. Doch ich habe Katharina geliebt.«

Sie sah mich ernst an. »Ich habe sie mehr geliebt als meinen Mann. Wegen ihr hätte ich mich scheiden lassen. Aber mit mir zusammenzuleben war jenseits ihrer Vorstellungskraft. Für sie war Diskretion noch wichtiger als für mich. Sie hatte panische Angst, dass ihre politische Karriere daran kaputtgehen würde. In der Öffentlichkeit wagte sie mich nicht mehr anzuschauen. Ehe wir begonnen hatten, miteinander zu schlafen, galten wir als gute Bekannte. Wenn wir uns auf diesen Parteiveranstaltungen über den Weg liefen – ich begleitete meinen Mann sehr häufig –, haben wir uns immer gut unterhalten. Je länger unser Verhältnis dauerte, desto größer wurde ihre Sorge aufzufliegen. Sie tat plötzlich so, als würde sie mich nicht kennen. Sie ignorierte mich. Das war nicht nur maßlos übertrieben, sondern auch schmerzhaft für mich. Es ging mir ziemlich schlecht. Sie wollte mir nicht wehtun; sie bemerkte nicht einmal, dass ich unter ihrer Paranoia litt. – Tja, und dann kamen Sie ...«

Laut Gabriele Parcher hatte Katharina das Verschwinden des Fotos schon kurz nach meinem Besuch festgestellt. Sie hatte Gabi angerufen, war völlig aufgebracht gewesen. Auch Gabriele Parcher war beunruhigt. Sie hatte zwar weniger Angst davor, als Lesbe geoutet zu werden, doch sie wollte ihren Mann nicht verletzen. Sie überlegte bereits, ob sie ihm die Beziehung zu Katharina Hermann gestehen sollte, damit er es von ihr erfuhr und nicht aus anderen Quellen. Sie sagte sich, vielleicht sei das ganze ein Wink des Schicksals, der Katharina zu einem Coming-out zwang und ein gemeinsames Leben mit ihr ermöglichte. Doch als sie ihr diese Hoffnung andeutete, reagierte die harsch und panisch: Ein gemeinsames Leben käme nicht in Frage, ein Coming-out sei ausgeschlossen, sie werde die Sache mit dieser Journalistin auf ihre Art regeln, und überhaupt – es sei aus. Katharina beendete ihre Affäre mit Gabi Parcher unmittelbar und unwiderruflich.

»Sie hat nicht einmal geweint«, erinnerte sich Gabi Parcher. »Ich glaube, das tat mir am meisten weh: Diese Sachlichkeit und Kälte, mit der sie den Schlussstrich zog. Ich habe ihr in meiner Verzweiflung schlimme Dinge an den Kopf geworfen. Ich meine: Ich habe sie aufrichtig geliebt, und in dem Moment, wo sie so kaltblütig mit mir Schluss machte, habe ich begriffen, dass meine Liebe zu keinem Zeitpunkt erwidert worden war. Ich weiß bis heute nicht, um was es ihr eigentlich ging, wenn sie mit mir zusammen war.«

Sie nippte zum ersten Mal, seit sie sich zu mir an den Tisch gesetzt hatte, an ihrem Kaffee. Er musste inzwischen kalt sein. Ich hatte meine Tasse bereits ausgetrunken.

»Vielleicht ging es ihr um Sex«, warf ich zaghaft ein. Solche Vermutungen standen mir nicht zu, aber Gabriele Parcher hatte jetzt zwanzig Minuten ununterbrochen geredet, und ich hatte das Bedürfnis, mich auch am Gespräch zu beteiligen.

»Nein, sicher nicht.« Gabi Parcher schüttelte den Kopf und sah mich wieder ernst an. »Sie können nicht erahnen, welche Schuldgefühle sie stets hatte. Sie kommt mit sich selbst überhaupt nicht klar – was *das* betrifft. Katharina Hermann will immer perfekt sein. Die Tatsache, dass sie lesbisch ist, zerstört ihr gesamtes Selbstbild. Sie kämpft dagegen an. Sie können mir glauben: Es war nie leicht mit ihr. Wann immer wir zusammen waren, standen diese Schuldgefühle wie eine Mauer zwischen uns. Ich bin nie richtig an sie herangekommen.«

»Anders als in deinem Leben ist für mich Sex nicht das wichtigste.« Katharinas Worte hallten in meinem Gedächtnis wider.

»Aber was ist mit Ihnen?« Gabriele Parcher sah mich auffordernd an. »Sie stehen ihr zweifelsohne nahe, sonst hätte sie Sie nicht zu mir geschickt. Sie vertraut Ihnen. – Lieben Sie Katharina?«

»Bitte, was?« Der Schreck über ihre Frage fuhr mir durch alle Glieder. »Nein, natürlich nicht«, sagte ich dann schnell – vielleicht eine Spur zu schnell. »Das ist ja völlig abwegig.«

Gabriele Parcher betrachtete mich aufmerksam. »Ich finde nichts daran abwegig«, sagte sie langsam, ohne den Blick von mir abzuwenden. »Immerhin, Sie haben damals wochenlang bei ihr gewohnt.«

Sie weiß davon?

Mein Gesicht musste Bände sprechen. Jedenfalls beantwortete Gabriele Parcher meine Frage, ohne dass ich sie laut aussprechen musste.

»Viele wussten davon. Die Stadt hier ist wie ein Dorf, das müssen Sie doch wissen. Man sah Sie ein- und ausgehen. Ich habe auch davon erfahren. Die Hermann hat ja jetzt ihre Wohnung untervermietet an diese Journalistin, haben die Leute damals erzählt. Aufgefallen ist es, aber natürlich hat sich keiner was dabei gedacht. Anders als ich. Ich dachte mir: Warum sie und nicht ich? – Es tat mir weh.«

»Völlig grundlos«, entgegnete ich. »Da war nichts.«

Jedenfalls nichts, was in irgendeiner Form erwidert wurde.

Sie zuckte mit den Schultern.

»Heute ist es mir auch egal. Wenn Sie sie lieben, dann lieben Sie sie. Ich bin bald geschieden. Und ich bin froh darüber. Das hat allerdings nichts mit Katharina zu tun, sondern einzig und allein mit mir selbst. Ich habe Katharina von ganzem Herzen geliebt, aber es ist lange her. Ich war wütend auf sie – wie das halt so ist, wenn eine Beziehung auf diese Art zerbricht. Doch ich wünsche ihr nur das Allerbeste, in jeder Hinsicht. Ich weiß, dass es immer ihr Traum war, Karriere zu machen. Sie hat es geschafft. Ich bin die letzte, die ihr das kaputtmachen will. Ich wünsche ihr wirklich nur Gutes. Aber das Foto gebe ich nicht heraus. Es ist meine einzige Erinnerung an eine Zeit, die schön und schmerzhaft zugleich war. Bitte richten Sie ihr das aus.«

Ich nickte und fragte mich, ob Katharina damit zufrieden sein würde. Wahrscheinlich nicht. Dennoch, ich hatte keine Lust mehr, mich damit auseinander zu setzen. Es war Katharinas Problem, nicht meines. Ich vertraute Gabriele Parcher. Mehr noch: Sie war mir sympathisch. Ich hatte mich anfangs gefragt, was Katharina wohl an ihr gefunden haben mochte, doch nach diesem Gespräch musste ich zugeben, dass allein Gabriele Parchers Offenheit eine gewisse Attraktivität in sich barg. Ich war bisher nicht vielen Menschen begegnet, die einem so schonungslos Einblick in ihr Leben gewährten.

Dennoch fühlte ich mich deprimiert, als ich ihr Haus verließ. Es hatte inzwischen zu nieseln aufgehört. Die Wolkendecke begann sich zu lichten. Ich sah auf die Uhr. Es war fast vier. Vielleicht würde es doch noch ein schöner Nachmittag im Frühherbst werden. Ich rief ein Taxi und ließ mich zum Bahnhof bringen. Mein Flieger zurück nach Berlin ging abends um acht Uhr dreißig. Ich hatte geplant, die Zeit bis dahin in München mit einem Einkaufsbummel zu verbringen. Doch nach dem Besuch bei Gabriele Parcher war mir die Lust darauf vergangen. Stattdessen stieg ich in den Regionalzug, der mich in das Dorf brachte, in dem ich aufgewachsen war.

Der Zug war nachmittags fast menschenleer. Er wurde in der Früh von Schülern und Pendlern, mittags nur von Schülern und abends nur von Pendlern genutzt. In der Zeit dazwischen ließen sich lediglich ein paar Hausfrauen und Rentner, die kein Auto hatten, in die Kreisstadt bringen. Die Bahnstrecke war unrentabel. Noch immer wurde diskutiert, ob man den Zugverkehr hier nicht generell einstellte, und immer wieder fand der Landkreis überzeugende Argumente und Wege, die Strecke zu erhalten. Ich erinnerte mich an die unzähligen Artikel, die ich als angehende Journalistin zu diesem Thema geschrieben hatte.

Warum tat ich es mir an, nach all diesen Jahren in dieses Dorf zurückzukehren? Ich wusste es nicht. Vielleicht war es Neugierde, vielleicht hatte ich einen Hang zur Selbstzerstörung. Ich ging vom Bahnhof aus zu Fuß zu meinem Elternhaus. Ich traf unterwegs niemanden, den ich kannte. Es war, als wäre die Zeit stehen geblieben: Ein paar Häuser waren frisch gestrichen, doch ansonsten hatte sich nichts verändert. Am Marktplatz gab es noch immer die Metzgerei, das Schreibwarengeschäft, die Sparkasse, den Bastelladen, das Blumengeschäft und den Optiker. Als ich in die Siedlung kam, in der ich meine Kindheit verbracht hatte, verrieten mir die Bewegungen hinter den Gardinen, dass sich auch die Leute nicht geändert hatten. Wieso sollten sie auch? Hier war früher nichts passiert, hier passierte jetzt nichts – abgesehen von den kleinen oder größeren Skandalen, die sich in den vier Wänden im Kreis der Familie ereigneten, die irgendwie immer nach außen drangen und über die das ganze Dorf tratschte. Die Leute waren dankbar um jede Abwechslung. Fremde, die durch die Siedlung marschierten, und das im Business-Look und Stöckelschuhen, boten nicht nur Abwechslung, sondern auch Anlass, darüber zu rätseln, wer dies nur sein könnte.

Meine Eltern hatten genug Gründe geliefert, dass rege über sie getratscht wurde. Meine Mutter zog die Konsequenz und verließ das Dorf. Mein Vater blieb und heiratete die Frau, mit der er meine Mutter betrogen hatte.

Es war mir nach wie vor unverständlich, wieso er nicht ebenfalls gegangen war. Aber er mit seiner stoischen Ruhe und der leicht phlegmatischen Art überging das Getratsche der Leute sicherlich, ohne dass es ihn tangierte, lebte sein Leben weiter, wie er es wollte, und ließ die Zeit für sich arbeiten. Spätestens dann, wenn ein neuer Pseudoskandal wie beispielsweise eine abgesagte Hochzeit oder ein offensichtlicher Ehebruch öffentlich wurde, vergaßen die Leute, was zuvor wochen- oder monatelang ihre Gemüter erhitzt hatte.

Ich war nicht hierher gekommen, um meinen Vater zu sehen. Ich hatte keinerlei Verlangen, ihn zu treffen. Bis zu dem Zeitpunkt, an dem mir klar wurde, dass er lange nicht nur der brave, treue Familienvater gewesen war, hatte ich ihn innerlich trotz seiner ewigen Abwesenheit stets in Schutz genommen. Doch als ich von seinem Verhältnis zu dieser Krankenhaus-Verwaltungsangestellten erfuhr, war er in meinen Augen nicht mehr besser als meine Mutter. Ich wollte zu beiden keinen Kontakt mehr – weder zu ihm noch zu ihr.

Ich war gekommen, um endgültig Abschied zu nehmen von diesem Haus, von diesem Dorf, von dieser Region, sagte ich mir, während ich mich meinem Elternhaus näherte.

Von weitem hörte ich Kindergeschrei.

Zunächst konnte ich nicht genau orten, aus welchem der Gärten es kam, doch als ich die letzte Kurve genommen hatte, bestand kein Zweifel mehr, dass es aus unserem Garten kam. Ich blieb in einiger Entfernung stehen. Die Hecke, die als natürlicher Zaun diente und die offensichtlich neu gepflanzt worden war, war nicht besonders hoch. Wenn ich etwas Abstand hielt, konnte ich mühelos in den Garten blicken.

Zwei kleine Mädchen, etwa fünf oder sechs Jahre alt, spielten auf dem Rasen Ball. Sie trugen beide den gleichen roten Regenmantel und dazu gelbe Gummistiefel. Ihre blonden Zöpfe baumelten beim Laufen hin und her. Sie warfen sich gegenseitig den Ball zu, lachten und quietschten vor Lebensfreude. Es waren Zwillinge.

Wohnte mein Vater also gar nicht mehr hier? Eine neue Familie musste eingezogen sein.

Ich betrachtete die beiden Mädchen, als plötzlich der Ball über die Hecke und direkt gegen mein Schienbein flog. Ich hörte die hellen Kinderstimmen. Sie stritten, wer den Ball holen musste. Schließlich gingen sie beide. Ich hörte das Quietschen des Gartentors, sah sie zusammen kommen. Sie waren so damit beschäftigt, sich gegenseitig die Schuld zuzuweisen, wer den Ball nun zu weit geworfen hatte, dass sie mich erst in letzter Sekunde sahen. Wie angewurzelt blieben sie stehen und starrten mich mit großen Augen an. Wahrscheinlich hatten ihnen ihre Eltern eingeschärft, sich vor Fremden in Acht zu nehmen.

Ich setzte ein Lächeln auf, das sie beruhigen sollte, und streckte ihnen den Ball entgegen.

»Hallo. Ich glaube, der gehört euch«, sagte ich freundlich.

Die beiden rührten sich nicht vom Fleck, betrachteten mich jetzt aber neugierig.

»Hallo«, sagte eine von den beiden schließlich. Und ihre Schwester fragte: »Wer bist du?«

»Ich hab hier mal gewohnt«, sagte ich wahrheitsgemäß. »In eurem Haus.«

»Wirklich?« Die Frage klang skeptisch, aber interessiert.

Zögernd kam eines der Mädchen näher und nahm mir den Ball ab.

»Wie lange wohnt ihr schon hier?«, fragte ich.

»Schon immer«, sagte das Mädchen, das den Ball geholt hatte.

Für Kinder ist wohl alles »schon immer«.

»Elodie! Elisa!«, ertönte jetzt eine Frauenstimme.

»Das ist Mama«, sagte das andere Mädchen jetzt. »Wir müssen wieder in den Garten. Wir dürfen nicht auf der Straße spielen.«

»Elodie, Elisa!« Die Stimme kam näher. »Wir müssen den Papa vom Krankenhaus abholen!«

Eine Frau bog um die Ecke. Sie war schlank, nicht besonders groß, hatte eine sportliche Figur und trug Jeans und eine saloppe Jacke. Ihr blondes Haar war zu einem lockeren Zopf geflochten. Sie war älter geworden, wie wir alle, doch ich erkannte sie sofort: Es war *sie* – *sie*, die Frau, die der Ehe meiner Eltern den letzten Todesstoß versetzt hatte. Ich fühlte, wie mir der Schweiß ausbrach.

Ich sah die zwei kleinen Geschöpfe, die vor mir standen, plötzlich mit anderen Augen. Eigentlich wollte ich die Wahrheit nicht hören. Doch ich musste Gewissheit haben.

»Wie heißt ihr mit Nachnamen?«

»Lackner«, sagte das Mädchen mit dem Ball. »Mein Papa ist der Chefarzt vom Krankenhaus.«

Mir wurde fast schwindlig.

Die Frau hatte mich nun erblickt und kam auf mich zu. Noch war sie zwanzig Meter von mir entfernt.

Ich konnte nicht mit ihr sprechen. Ich wollte es auch nicht.

Nur weg hier.

Ich drehte mich rasch um und entfernte mich mit schnellen Schritten.

»Elodie, Elisa, wer war das? Wer hat da mit euch gesprochen?«

Die Stimme der Frau klang jetzt schrill. Ich konnte ihre Nervosität in meinem Rücken fühlen.

»Ach, nur so eine Frau«, sagte eines der beiden Mädchen. »Die hat gesagt, sie hat mal in unserem Haus gewohnt.«

Ich hörte Schritte, die mir folgten. Ich beschleunigte. Mein Herz schlug wie wild gegen meine Brust.

»Theresa!«, rief die Frau, mit der ich noch nie ein Wort gewechselt hatte. »Theresa, warte! Bitte!«

Ich drehte mich nicht um. Ich wollte nicht, dass sie mich weinen sah.

Ich kam um elf Uhr nachts in Berlin an und fühlte mich erschöpft und ausgelaugt. Zur Niedergeschlagenheit, die ich seit dem Verlassen von Gabriele Parchers Wohnung in mir trug, war der Schock über meine beiden kleinen Schwestern hinzugekommen.

Mein Vater hat nicht nur eine neue Frau, sondern auch neue Kinder. Kein Wunder, dass er mich und Tommi vergessen hatte.

Die Erkenntnis fraß sich in mein Herz und trieb mir noch während des Fluges die Tränen in die Augen. Ich hatte nach dem Einchecken kurzzeitig überlegt, ob ich meinen Bruder anrufen und ihm diese schlimme Neuigkeit mitteilen sollte. Ich ließ es dann aber sein. Noch hatten wir uns nicht wieder so einander angenähert, dass ich derartige Gespräche über unsere Familie mit ihm führen wollte. Was hätte ich auch sagen sollen? »Tommi, wir haben zwei Schwestern. Sie leben mit Papa und seiner ehemaligen Geliebten in unserem Haus und sind glücklicher, als wir es jemals waren.« Was würde ich damit bei Tommi auslösen? Möglicherweise einen Rückfall in die Drogensucht?

Und dann Gabriele Parcher, diese Person, die nicht wusste, ob sie lieber mit einem Mann oder einer Frau zusammen war. Das Gespräch über ihr Verhältnis mit Katharina Hermann war mir an die Nieren gegangen. Ich hatte Dinge über sie erfahren, die ich lieber nicht gewusst hätte.

Ich saß im Taxi vom Flughafen zu meiner Wohnung, als das Handy klingelte. Es war Katharina.

»Und, wie ist es gelaufen? Hast du das Foto?«

Wie gewöhnlich kam sie ohne Einleitung zur Sache.

»Ich kann jetzt nicht reden. Ich sitze im Taxi.« Meine Stimme klang unwirsch. Ich konnte es nicht verhindern. Ich fühlte mich wie erschlagen, meine Glieder schmerzten von der Zugfahrt und der Zeit im Flugzeug.

»Gut, dann komm bei mir vorbei.«

»Jetzt?«, fragte ich ungläubig. Das war das letzte, was ich wollte. Ich hatte das Bedürfnis, allein zu sein und zu verarbeiten, was ich an diesem Tag gesehen und gehört hatte. Das Bild meiner kleinen Schwestern ließ mich nicht mehr los. Elodie und Elisa. Diese Namen. War das eine Idee meines Vaters gewesen?

»Natürlich jetzt«, sagte Katharina in einem Tonfall, der keinen

Widerspruch duldete. Hätte sie es dabei belassen – ich hätte definitiv Nein gesagt. Doch sie wechselte unvermittelt die Strategie. Ihre Stimme klang sanft und weich, als sie ins Telefon flüsterte: »Bitte, Theresa, ich will dich sehen.«

Ich teilte dem Taxifahrer das neue Fahrtziel mit und stand zehn Minuten später vor ihrer Wohnungstüre. Sie wartete bereits im Türrahmen, als ich die letzten Stufen erklomm. Der Pförtner hatte mein Kommen gemeldet.

Die Türe schloss sich hinter uns.

»Möchtest du ein Glas Wein?«

Ehe ich etwas erwidern konnte, stand ein Glas Rotwein vor mir. Ich hatte auf der Ledercouch Platz genommen und mein Jackett abgelegt.

Katharina schenkte sich ebenfalls ein. Ich wartete auf ein »Zum Wohl!«, wie sie es gewöhnlich zu sagen pflegte, doch sie ließ ihr Weinglas stehen und schaute mich erwartungsvoll an.

Ich erinnerte mich, weshalb ich so dringend herkommen musste: damit ich ihr Bericht erstattete. Also tat ich es. Ich ließ Gabriele Parchers Ausschmückungen weg und gab nur das Wesentliche wieder, nämlich ihre Aussage, dass sie sie sehr geliebt hatte, ihr nur das Allerbeste wünschte und das Foto nicht herausrücken würde, da es ihre einzige Erinnerung an sie war.

Katharina sagte zunächst nichts. Sie starrte auf die gläserne Tischplatte und schien nachzudenken.

»Ich hoffe, sie ändert ihre Meinung nicht«, sagte sie dann zweifelnd. »Das wäre eine Tragödie.«

Wie wäre es mit einem Dankeschön? Danke, Theresa, dass du für mich in die Vergangenheit gereist bist und dir dabei selber wehgetan hast, und das alles nur für mich? Ich weiß das wirklich zu schätzen, Theresa, du bist eine wahre Freundin ...

Doch es kam nicht ein Wort des Dankes. Ich fühlte Ärger in mir. Ärger, der zugleich mit Enttäuschung gepaart war. Ich war enttäuscht darüber, dass sie niemals das sagte, was ich mir erhoffte.

»Weißt du, was eine Tragödie ist?«, platzte es plötzlich aus mir heraus. »Eine Tragödie ist, dass mein Vater mit seiner neuen Frau zwei neue Kinder hat.«

»Zwei neue Kinder?« Angesichts meiner Formulierung verzog

sich Katharinas Gesicht zu einem amüsierten Grinsen. Ich konnte nichts Lustiges an dieser Situation finden.

»Es sind Zwillinge«, sagte ich stattdessen mit dumpfer Stimme. »Ich habe zwei Halbschwestern. Und sie heißen Elisa und Elodie.«

»Was für kreative Namen.«

Katharina amüsierte sich immer noch über meine Reaktion. Ich sah ihr Lächeln und das Unverständnis über mein Verhalten in ihren Augen, und ich konnte mich nicht länger beherrschen.

»Du hast überhaupt keine Ahnung!«, fuhr ich sie wütend an. »Du weißt nicht, wie schlimm das alles für mich ist! Du hattest ja immer deine Familie, die dich geliebt und gefördert hat, und alles war immer bonbonrosa! Du warst intelligent, begehrt und einmalig, überall beliebt und erfolgreich! Sogar deine Ex-Geliebte trauert dir noch nach und singt in gewisser Weise Lobeshymnen auf dich. Kannst du dir eigentlich vorstellen, wie es in meinem Leben aussieht?«

Katharina betrachtete mich. Der Schalk in ihren Augen hatte Verwunderung Platz gemacht. So hatte sie mich noch nie erlebt.

»Nein«, sagte sie mit ruhiger, fester Stimme. »Ich kann mir nicht vorstellen, wie es in deinem Leben aussieht.« Sie nahm ihr Weinglas und trank es, ohne mir vorher zuzuprosten, mit schnellen Schlucken restlos aus. Dann schenkte sie sich nach. »Die Scheidung deiner Eltern, dein Bruder, der Tod deines Verlobten – davon hast du mir freilich einiges erzählt. Zweifelsohne ist das alles nicht leicht für dich gewesen. Aber es ist Vergangenheit. Sachlich betrachtet ergibt sich in der Gegenwart ein völlig undramatisches Bild: Dein Bruder ist weg von den Drogen und lebt mit einer netten Frau zusammen, dein Vater ist anscheinend glücklich mit seiner ehemaligen Geliebten und hat zwei süße kleine Töchter. Von deiner Mutter weist du nicht, ob sie glücklich ist, aber deinen Erzählungen zufolge ist sie der Typus Mensch, der niemals zufrieden sein wird. Da kannst du nichts dran ändern. Dein Verlobter ist tot, und das ist für seine Familie sicherlich ein Leben lang sehr schmerzhaft. Aber du solltest damit abgeschlossen haben. Du bist du, aber kein Teil seiner Familie. Lebenslängliche Trauer wird von Witwen heutzutage nicht erwartet. Obendrein bist du nicht einmal eine Witwe.«

Was sie sagte, war rational sicher richtig. Aber meine Seele fühlte anders, und dagegen war ich anscheinend machtlos.

Als ich nichts sagte, erhob sie sich und ließ sich direkt neben mir nieder. Sie saß so dicht bei mir, dass sich unsere Knie berührten. Mein Herz schlug schneller.

»Du hast einen tollen Job, Theresa, du bist eine gute Journalistin«, setzte Katharina ihre Rede fort. »Du bist eine attraktive Frau im besten Alter. Du hast dir nichts vorzuwerfen. Du solltest dein Leben leben und glücklich sein wie dein Bruder und dein Vater.«

Ich weiß, dass ich das sein sollte, aber ich schaffe es nicht. Und: Ich habe nicht alles, was ich will.

Wir saßen nebeneinander und sagten beide eine Weile nichts. Jede von uns hing ihren eigenen Gedanken nach.

Und plötzlich fühlte ich ihre Hand, die sich auf meinen Oberschenkel legte. Mein Herz raste.

»Was ist mit dir, Theresa? Welche Last schleppst du mit dir herum?«

Ihre Stimme klang so unglaublich sanft. So hatte sie noch nie zuvor mit mir gesprochen. Wir sahen uns in die Augen. Ich sah in diese grau-grünen Katzenaugen, spürte die hypnotisierende Wirkung, die von ihnen ausging. Ihre Hand auf meinem Oberschenkel glühte. Ihr Gesicht war dicht vor meinem. Der Drang, sie zu berühren, wurde stärker als die Furcht vor Abweisung. Ich hob meine Hand und berührte ihre Wange. Sie zuckte nicht zurück, wandte ihren Blick nicht von mir ab.

»Theresa«, flüsterte sie. Sie nahm die Hand, die ihre Wange gestreichelt hatte, und umschloss sie mit ihren beiden Händen. Dann zog sie meine Finger an ihren Mund und drückte einen sanften Kuss darauf. Ein angenehmes Prickeln fuhr durch meinen Körper. Ihr Gesicht kam näher. Mein Herz raste so sehr, dass ich das Gefühl hatte, es würde meinen Brustkorb sprengen. Unsere Lippen berührten sich.

Unser erster Kuss war zurückhaltend, sanft. Ich genoss die dezente Berührung ihrer Lippen, die Weichheit ihrer Haut, das sanfte Aufeinandertreffen unserer Zungen. Meine Knie zitterten. Ich hätte nicht stehen können. Je länger der Kuss andauerte, desto schwerer fiel es mir sogar zu sitzen. Ich ließ mich auf dem Sofa zurückfallen und zog Katharina auf mich. Sie war fern davon, Widerstand zu leisten. Wir konnten uns nicht voneinander lösen.

Unser Kuss wurde intensiver und mein Atem heftiger. Als ich Katharinas Hand unter meiner Bluse fühlte, schaltete sich mein Verstand vollständig aus. Ich wollte nicht an das Morgen denken. Ich wollte nur noch lieben.

Weichenstellung

Theresa schlief so gut wie seit Jahren nicht mehr. Sie konnte sich konzentrieren und hatte abends, wenn sie zu Bett ging, stets das Gefühl, tatsächlich etwas geleistet zu haben. Die Gedanken an ihre zerstrittenen Eltern, an ihren Bruder und vor allem an Martin rückten immer mehr in den Hintergrund. Im Vordergrund stand ihr Diplom und damit die Aussicht, ihr Studium endlich erfolgreich abzuschließen. Im Vordergrund stand aber auch Katharina Hermann. Sie hatten jetzt schon drei lange Wochenenden gemeinsam verbracht. Theresa hatte das Zusammenwohnen anfangs mit Skepsis betrachtet, doch inzwischen war das einzige Gefühl, das sie bei Katharinas Ankunft empfand, Freude. Sie besprachen nicht viele persönliche Dinge miteinander. Doch allein die Tatsache, dass sie da war, trug dazu bei, dass Theresa besser lernen konnte. Denn auch Katharina Hermann verbrachte die Tage in ihrer Wohnung und hinter Büchern. Sie gönnte sich sehr wenig Zeit zur Entspannung. Sie hatte fast ständig zu tun. Theresa bewunderte die Fähigkeit der Bundestagsabgeordneten, so ruhig, ausdauernd und konzentriert ihre Ziele zu verfolgen.

Am Abend zuvor hatten sie sogar zusammen Wein getrunken. Katharina Hermann hatte ein wichtiges Kapitel ihrer Doktorarbeit vollendet und war mit einer geöffneten Flasche Merlot zu Theresa ins Wohnzimmer gekommen: »Das haben wir uns verdient – falls Sie auch mal einen Abend lang pausieren können?« Gewöhnlich arbeitete die Politikerin an ihrem Schreibtisch im Schlafzimmer, während sich Theresa im Wohnzimmer ausbreitete. Dort schlief sie auch auf der Couch – zumindest bis zu diesem Tag. Nachdem sie die erste Flasche Wein geleert und eine zweite geöffnet hatten, verschüttete Katharina Hermann in einem unachtsamen Moment ein gutes Drittel davon über dem beigefarbenen Sofa, und sie machten sich beide eiligst daran, den Rotwein sofort mit Wasser und Fleckentferner zu beseitigen. Trotzdem ließ es sich nicht vermeiden, den Couchbezug abzuziehen und in die Waschmaschine zu befördern. Da auch das Sitzpolster noch nass vom Wein war, konnte Theresa ihr übliches Nachtquartier nicht beziehen. So teilten sie sich Katharina Hermanns Bett.

Theresa war nicht mehr in der Lage, sich Gedanken darüber zu machen, ob es nicht doch zu intim war, das Bett mit ihrer Geschäftspartnerin zu teilen. Angeheitert und müde kuschelte sie sich auf die rechte Seite des Bettes, und als Katharina Hermann im Schlafanzug aus dem Badezimmer kam, waren ihr bereits die Augen zugefallen.

Jetzt befand sie sich in dieser Phase zwischen Schlaf und Erwachen, in der ihr langsam dämmerte, dass etwas Entscheidendes passiert war: Sie hatten zusammen getrunken, gelacht und über alles Mögliche geredet. Sie duzten sich. Sie hatten sich verhalten wir sehr gute Freundinnen, die sich schon lange kannten.

Und sie lag in jenem Bett, in dem Katharina Hermann höchstwahrscheinlich ihr Liebesnest mit der Frau des Bürgermeisters gehabt hatte. Als ihr das in den Sinn kam, war ihr komisch zumute: Jetzt war sie an dem Platz, den Jahre zuvor Gabriele Parcher eingenommen hatte – freilich mit dem gewaltigen Unterschied, dass es zwischen ihr und Katharina Hermann nie zu Berührungen kommen würde.

Theresa überlegte sich, wie es sich wohl anfühlte, eine Frau zu lieben. Ihre Phantasie reichte dazu nicht aus. Sie hatte als Teenager heimlich, unter der Bettdecke und mit Taschenlampe, Anaïs Nin gelesen. In einer dieser erotischen Kurzgeschichten ging es um lesbische Liebe. Sie war damals schon mit Martin zusammen gewesen und hatte der Geschichte, die nicht an Details geizte, keine große Beachtung geschenkt.

Jetzt, wo sie kaum eine Armlänge von Katharina trennte, fragte sie sich unwillkürlich, wie es sich wohl anfühlen würde, von Katharina berührt zu werden. Ob sie etwas empfände? Ob eine Frau bei ihr Gefühle und Reaktionen hervorrufen konnte? Mit Martin hatte es in letzter Zeit überhaupt nicht mehr geklappt. Schlimmer konnte es mit einer Frau wohl kaum sein. Während sie über all dies nachdachte, drängte sich ihr die Vorstellung auf, Katharina könnte die Gelegenheit nutzen und sie verführen. Theresa war überrascht davon, wie wenig Unbehagen ihr der Gedanke verursachte, von der Politikerin geküsst zu werden.

Sie hörte neben sich das Rascheln der Bettdecke. Katharina war offensichtlich aufgewacht. Theresa spürte am Beben der Matratze, dass sie sich aufsetzte. Da es nach ihrem eigenen Zeitgefühl höchstens halb sieben war, kuschelte sie sich tiefer in ihre Laken. Die Idee, an einem Sonntag so früh aufzustehen, lag ihr fern.

»Theresa, es ist viertel nach sechs. Die Bücher warten.«

Theresa stellte sich schlafend. Sie wunderte sich, wie jemand aufwachen und sofort an Bücher denken konnte.

Und dann passierte etwas, das Theresas Meinung und Einstellung zu ihrer eigenen Sexualität von einer Sekunde zur anderen ins Wanken brachte: Katharina Hermann beugte sich zu ihr hinunter und küsste sie sanft auf die Wange. Es war nur eine kurze, flüchtige Berührung, fast schwesterlich – und doch fühlte Theresa, wie das Blut heiß durch ihre Adern schoss.

Sie schlug die Augen auf und gähnte. Katharina fuhr zurück, als wäre sie soeben bei etwas Verbotenem ertappt worden.

»Ich will nicht aufstehen«, protestierte Theresa.

Katharina Hermann zog ihr lachend die Decke weg und riss das Fenster zum Lüften auf. Als die kühle Winterluft ins Zimmer strömte, verließ Theresa eilig Bett und Schlafzimmer.

Nach dem Frühstück quälte sie sich mit ihrem Medienrecht-Hausaufsatz. Ende der Woche musste sie die Fragestellung, die man ihr aufgegeben hatte, umfassend beantwortet an den zuständigen Professor schicken. Sie hatte sich mit zehn Büchern rund um medienrechtliche Fragen eingedeckt, und obwohl sie inzwischen alle gelesen hatte, hatte sie genauso wenig Durchblick wie vorher. Sie focht einen inneren Kampf mit sich aus, ob sie es wagen konnte, die promovierte Juristin im Zimmer nebenan zu Rate zu ziehen. Dann entschied sie, dass es allemal besser war, das Risiko einer Abfuhr einzugehen als noch weitere Zeit damit zu verbringen, über einer für sie schier unlösbaren Aufgabe zu brüten. Zögernd klopfte sie an die Schlafzimmertür und trat ein, als sie von drinnen Katharinas kräftiges Ja hörte.

Katharina saß vor ihrem Laptop. Ihre Finger flogen über die Tasten. Theresa beneidete sie darum, dass sie offensichtlich vor Gedanken schier zu bersten schien. Unschlüssig setzte sie sich auf die Bettkante.

Ihr Gegenüber unterbrach die Arbeit und musterte Theresa fragend.

»Nun?«

Theresa seufzte. Die Politikerin um Hilfe zu bitten, fiel ihr noch schwerer, als sie erwartet hatte. »Ich habe da ein medienrechtliches Problem.«

Sie legte das Blatt mit der Aufgabenstellung auf den Schreibtisch. Katharina nahm den Papierbogen in die Hand und überflog die Aufgabenstellung. Theresas Intention war ihr klar.

»Ich kann das auch nicht aus dem Stegreif beantworten«, sagte sie schließlich. »Mit medienrechtlichen Fragestellungen habe ich kaum zu tun. Ich müsste mich da erst einarbeiten, und das braucht Zeit – Zeit, die ich nicht habe.«

Theresas Hoffnungen zerfielen zu Staub. Sie sah ihr Diplom in weite Ferne rücken. Enttäuschung und Verzweiflung standen ihr ins Gesicht geschrieben, denn Katharina las die Aufgabenstellung nochmals durch und meinte dann: »Ich bräuchte schätzungsweise einen halben Tag. Ich würde es machen, aber dann musst du meine Rede schreiben. Ich bin Mitglied in einem Ausschuss für Wirtschaft und Arbeit, es geht da um Verbesserungsmaßnahmen für die regionale Wirtschaftspolitik. Mein Redebeitrag darf zwanzig Minuten nicht überschreiten. Hier sind die Unterlagen.« Sie deutete auf den kleinen Stapel Kopien neben ihrem Notebook.

Theresa verglich den Papierstapel mit den zehn dicken Fachbüchern.

»Okay«, stimmte sie Katharina Hermanns Angebot zu, obwohl sie sich noch nie mit regionaler Wirtschaftspolitik befasst hatte. »Aber – was ist deine Meinung zu diesen Verbesserungsmaßnahmen? Bist du dafür oder bist du dagegen? Wie soll ich wissen, was du dazu zu sagen hast?«

»Es geht erst einmal darum, relevante Fakten zusammenzutragen. Eine konkrete Meinungsäußerung ist im Moment nicht erforderlich.« Sie schmunzelte. »Wenn du etwas zur Verteilung von Geldern sagst, lass anklingen, dass die mittelständischen Unternehmer zwar unbedingt gefördert werden müssen, aber nicht auf Kosten der Landwirte.«

Die Landwirtschaft war immer noch ein großes Anliegen der Bundestagsabgeordneten. Daran würde sich sicher nichts ändern, solange sie diesen Wahlkreis betreute, in dem ein Großteil der Einwohner direkt oder indirekt von der Landwirtschaft lebte oder aus einem landwirtschaftlichen Betrieb stammte.

Theresa hatte noch nie eine Rede geschrieben, sah ihre neue Aufgabe aber als Herausforderung. Mit entsprechend großem Eifer vertiefte sie sich in die Unterlagen und fügte die wichtigsten Fakten zu einem Kurzreferat mit Schlussplädoyer zusammen. Katharina legte ihr einen vierseitigen Aufsatz bereits nach drei Stunden auf den Tisch. Theresa brauchte zwei Stunden länger, ehe sie ihre Gegenleistung präsentieren konnte. Sie war sehr zufrieden mit dem, was sie zu Papier gebracht hatte. Mit leichter Nervosität beobachtete sie Katharina beim Lesen der ausgedruckten Rede. Einige Male sah sie Katharina Hermanns Mundwinkel zucken, und sie fragte sich leicht verärgert, was an ihrem Redemanuskript so amüsant sein mochte.

Katharina Hermann ließ sie nicht lange darüber im Unklaren.

»Das ist sehr gut«, sagte sie, nachdem sie die letzte Zeile gelesen hatte. »Im Großen und Ganzen entspricht das wirklich dem, was ich zu sagen habe. Allerdings ...« Sie suchte gezielt nach jenen Passagen, die sie zum Schmunzeln gebracht hatten. »Audiatur et altera pars – es möge auch die andere Seite gehört werden, pacta sunt servanda – Verträge müssen eingehalten werden, salus publica suprema lex – das öffentliche Wohl ist das höchste Gesetz ... deine Leidenschaft für Latein in allen Ehren, auch ich hatte Leistungskurs Latein, aber du kannst davon ausgehen, dass dir nicht jedes Ausschussmitglied folgen kann. Zumal du ja keine deutschen Übersetzungen mitgeliefert hast.«

»Man kann doch wohl davon ausgehen, dass dieses Publikum einen gewissen Bildungsstandard hat«, verteidigte Theresa ihre Zitate.

Katharina Hermann lachte kurz auf. »Oh, Theresa, ich glaube, ich muss dich desillusionieren: einen gewissen Bildungsstandard mit Sicherheit. Aber das heißt noch lange nicht, dass jeder Abgeordnete eine umfassende humanistische Ausbildung hat. – Ich kann dir sagen, du wärest manchmal erstaunt, was da an Aussagen kommt. Da kann man sich teilweise wirklich fragen, ob man an einem Dorfstammtisch sitzt oder im Bundestag.«

Theresa staunte nicht nur über die Aussage, sondern auch über die Offenheit, mit der sie vorgebracht wurde. Wenn sie sich eine Bundestagsabgeordnete vorstellte, hatte sie automatisch immer Katharina Hermann mit ihrem Doppelstudium, ihrer rhetorischen Versiertheit und ihrem stets perfekten Auftreten vor Augen gehabt.

»Das heißt, sie sind nicht alle so wie du?«, entfuhr es Theresa unwillkürlich. Noch ehe sie die Frage vollendet hatte, fiel ihr auf, wie naiv ihre Formulierung klang. Außerdem gab sie damit gleichzeitig unfreiwillig mehr preis, als sie sagen wollte.

»Vielen Dank für das Kompliment«, erwiderte Katharina lachend. »Nein, sie sind nicht alle so wie ich. Und das ist ja auch ganz gut so, oder nicht?«

Theresa konnte den Ehrgeiz in den blauen Augen aufblitzen sehen. Ihr wurde in diesem Moment erstmals bewusst, dass sie es hier mit einer Frau zu tun hatte, deren Karriere nicht als x-beliebiges Bundestagsmitglied und in der Regionalpolitik enden würde. Vielleicht würde es Katharina Hermann tatsächlich schaffen, einen Ministerposten zu ergattern?

»In der Politik geht es weniger um den IQ als um die Fähigkeit, sich gut zu verkaufen«, sagte Katharina dann ernst. »Hat man beides, stehen die Chancen natürlich weitaus besser, nach oben zu kommen. Die wirklich klugen Köpfe sitzen allerdings hinter den Kulissen. Du siehst sie nicht. Es sind all jene, die die Fakten zusammentragen, die die Reden und Vorträge schreiben, die Politiker dann vor Publikum halten. Ohne Backoffice wäre so mancher Politiker völlig hilflos.«

»Wer schreibt deine Reden?«, fragte Theresa. Sie war neugierig geworden. »In den seltensten Fällen ich selbst«, gab Katharina Hermann offen zu. »Auch in meinem Büro gibt es sehr kluge Leute, die das perfekt erledigen. Diese Sache, die du heute übernommen hast, ist eine Ausnahme. Nichtsdestotrotz: Ich bin durchaus in der Lage, meine Fakten selbst zu recherchieren und daraus ansprechende Vorträge zu basteln. Das unterscheidet mich sicherlich von so manchem Kollegen.«

»Was sind das für Leute, die für dich arbeiten?« Katharinas Mitarbeiterstab hatte Theresas Interesse geweckt.

»Sie kommen aus verschiedenen Bereichen. Politologen, Soziologen, PR-Fachleute ... einer kommt auch aus dem Journalismus.«

»Tatsächlich?« Theresa war hellhörig geworden. Die Möglichkeit, für ein Mitglied des Deutschen Bundestags zu arbeiten, war ihr bisher noch gar nicht in den Sinn gekommen, klang aber nicht uninteressant.

»Höre ich da etwa ein gewisses Interesse heraus?« Katharina zwinkerte ihr belustigt zu, wurde dann aber gleich wieder ernst. »Ich glaube, du bist im Journalismus besser aufgehoben als im Büro eines Abgeordneten.«

Theresa war sich da auf einmal nicht mehr so sicher.

Zwei Wochen später schrieb Theresa ihre erste Diplomprüfung. In den folgenden 14 Tagen legte sie sieben weitere Prüfungen ab, davon drei mündlich. Sie war gut vorbereitet und mit ihren Resultaten zufrieden. Das Prüfungsamt arbeitete auf Hochtouren. Bereits zehn Tage nach ihrer letzten Prüfung wurden die Diplomzeugnisse offiziell verliehen.

Zu Beginn ihres Studiums hatte sie diesen Tag bereits herbeigesehnt und konkrete Vorstellungen gehabt, wie sie sich fühlen würde: mit dem Diplomzeugnis in der Hand, umgeben von ihren stolzen Eltern und natürlich Martin. Jetzt, da es soweit war, hätte sie die offizielle Diplomübergabe lieber ausgelassen. Ihr war nicht nach Feiern zumute. Nichts würde an diesem Tag so sein, wie sie es einst erträumt hatte. Ihre Eltern hatten ihre eigenen Probleme, und was Martin betraf: Sie hatte sich wochenlang nicht bei ihm gemeldet und verspürte seltsamerweise auch nicht das Bedürfnis, ihn zu sehen.

Sie stand nun in einem eleganten dunklen Kostüm und hochgesteckten Haaren inmitten ihrer Kommilitonen, die fröhlich plaudernd in Gruppen auf den offiziellen Beginn der Veranstaltung warteten. Es war üblich, die Diplomfeier für den Studiengang Journalistik im barocken Hauptgebäude der Universität stattfinden zu lassen, in einem Saal, der sich Kaminzimmer nannte und der Zeugnisübergabe eine ebenso feierliche wie auch familiäre Note verlieh. Sie sah die stolzen und gut gelaunten Gesichter der anwesenden Mütter und Väter, Freunde und Freundinnen. Obwohl sie froh war, dass die Diplomprüfungen vorbei waren, verspürte sie in diesem Moment den bitteren Geschmack von Enttäuschung. Sie hatte freilich nicht mit der Anwesenheit ihrer Eltern gerechnet. Im Grunde war genau das sogar das letzte, was sie sich wünschte. Ihre Enttäuschung resultierte vielmehr aus zwei Gesprächen mit Katharina, die sie vor einigen Tagen geführt hatte.

Sie hatten sich in den gemeinsamen Wochen so gut verstanden. Die anfängliche Distanz hatte einem vertrauten Umgangston Platz gemacht. Katharina hatte sie vor jeder Diplomprüfung angerufen – oft von Berlin aus – und ihr Glück gewünscht. Theresa hatte lange mit sich gerungen, ob sie ihr die Frage, die ihr auf dem Herzen lag, stellen konnte. Doch sie nahm all ihren Mut zusammen und bat Katharina schließlich, sie zu ihrer Diplomverabschiedung zu begleiten. Tatsächlich hätte sie an diesem für sie wichtigen Tag keinen Menschen lieber an ihrer Seite gehabt als jene Frau, die ihr in den letzten Wochen allein durch ihre Existenz und sporadische Anwesenheit so viel emotionale Unterstützung hatte zukommen lassen.

Katharinas Antwort kam prompt und unmissverständlich. »Nein, Theresa, das ist unmöglich. Wie stellst du dir das vor? Alle kommen mit ihren Eltern und du mit einer Abgeordneten?«

»Manche kommen auch in Begleitung ihrer Bekannten«, warf Theresa vorsichtig ein. Sie wusste, dass dies nicht stimmte: Allenfalls kamen ihre Kommilitonen mit ihren engsten Freunden, niemals mit Bekannten. Doch sie wagte nicht, das Wort Freundin im Zusammenhang mit der Frau, die sie einst erpresst hatte, in den Mund zu nehmen.

»Nein.« Damit war das Gespräch für Katharina Hermann mit Nachdruck beendet.

Auch ein zweites Gespräch verlief nicht so, wie es sich Theresa vorgestellt hatte. Während der Vorbereitung auf ihre Diplomprüfungen hatte sie sich schon oft gefragt, wie es mit ihrer Karriere weitergehen würde. Seit ihrer Rede für Katharina Hermann war ihr bewusst geworden, dass sie einen anderen Weg gehen könnte, als sie bislang angenommen hatte: Warum nicht die Branche wechseln und für einen Politiker arbeiten? Im Gegensatz zu den Medien, die alle den Sparstift ansetzen mussten, winkten hier Festverträge, weitgehend geregelte Bürozeiten und ein Gehalt, dass Theresas Annahme zufolge um etliches höher lag als das, was ihr eine Zeitung zahlen würde. Zumindest waren das jene Gründe, mit denen sie ihre Überlegungen vor sich selbst rechtfertigte. Tief in ihrem Inneren wusste sie, dass sie allein die Vorstellung reizte, im engsten Umfeld von Katharina Hermann zu arbeiten. Sie war es, für die sie einen Wechsel aus dem Journalismus in die PR – wenn man die Backoffice-Stelle so nennen konnte – wagen würde.

Theresa hatte, als sich die Gelegenheit bot, die Sprache auf dieses Thema gebracht und ihr Interesse an einer derartigen Stelle im Büro der Politikerin signalisiert. Katharinas heftige Reaktion war für Theresa ein Schock.

»Nein, es gibt keinen Platz in meinem Team«, sagte Katharina Hermann unwirsch. »Das geht nicht. Das ist völlig ausgeschlossen.« Als sie Theresas Verwirrung ob ihrer radikalen Ablehnung sah, fügte sie milder hinzu: »Du bist Journalistin, Theresa, keine Redenschreiberin. Wenn du eine Stelle suchst, gibt es da andere Möglichkeiten.« Zwei Tage später überraschte sie Theresa mit der Aussage, sie solle ihre Bewerbungsunterlagen doch einem Herrn Soundso vom *Berliner Tagesspiegel* zukommen lassen. Sie habe gehört, er suche jemanden für die Politikredaktion. Ohne es auszusprechen, ließ sie doch durchblicken, dass sie ihre Beziehungen hatte spielen lassen. Theresa war getroffen von ihrer klaren Ablehnung, sie in ihr Backoffice-Team aufzunehmen. Doch sie überlegte, dass eine Stelle beim *Berliner Tagesspiegel* eine vorerst zufrieden stellende Alternative wäre – als Redakteurin in der Politikredaktion hatte sie Gründe genug, den engen Kontakt mit Katharina Hermann aufrechtzuerhalten. Also kopierte sie ihre besten Artikel der letzten Jahre, aktualisierte ihren Lebenslauf und schickte beides nebst der Anmerkung, dass ihre Diplomurkunde nachgereicht werde, nach Berlin.

Theresa sah die glücklichen Gesichter um sich herum und unterdrückte ein Seufzen. Warum war das Leben aller anderen um so viel einfacher als das ihre?

»Hallo, Prinzessin.« Sie fuhr herum. Ihr Vater stand hinter ihr; im Anzug und mit einem Strauß weißer Rosen in der Hand. Sein plötzliches Erscheinen brachte Theresa völlig aus dem Konzept. Sie war so verwirrt, dass sie zunächst nur ein gestottertes Hallo über die Lippen brachte. Sie hatte nicht mit seiner Anwesenheit gerechnet. Seit ihre Mutter ihr Appartement in Beschlag hielt, hatte sie ihn nicht mehr gesprochen, geschweige denn gesehen. Sie hätte damals nicht gewusst, was sie zu ihm sagen sollte, und sie wusste es jetzt nicht.

»Ich dachte nicht, dass du kommst«, sagte sie schließlich, um das peinliche Schweigen zu brechen.

Reinhard Lackner überreichte ihr den Blumenstrauß. »Ich habe durch das Internet von der Diplomübergabe erfahren. Auf der Homepage der Universität ist der Termin genannt. Ich wollte doch dabei sein, wenn meine Tochter ihren Studienabschluss feiert. Und nachdem du mir nicht selbst Bescheid gesagt hast ...«

In seiner Stimme schwang ein leiser Vorwurf mit, was Theresa verärgerte. Er besaß kein Recht, ihr irgendetwas vorzuwerfen. Schließlich hatte er zum Zerfall ihrer Familie einen wesentlichen Teil beigetragen.

Nach den Reden der Professoren, einer Lobhudelei des Studiengangsprechers auf die gute Ausbildung an der Universität, einer Laudatio des Vorsitzenden des Absolventenclubs auf den journalistischen Nachwuchs und der Überreichung der Diplomzeugnisse zu den Klängen des anwesenden Streichquartetts fand sich Theresa zum Abendessen in einem Restaurant ihrer Universitätsstadt wieder, in dem sie aufgrund der gehobenen Preise nie zuvor gewesen war. Jetzt zahlte ihr Vater.

Ihr Appetit war nicht besonders groß, doch anstandshalber stocherte sie nun in Rinderfilet mit Serviettenknödeln und karamellisiertem Karottengemüse herum. Sie beobachtete nebenbei aus den Augenwinkeln ihren Vater, der mit sichtlichem Appetit die gefüllte Entenbrust mit Kartoffelknödeln und Blaukraut verzehrte und sich von den Obern großzügig Wein nachschenken ließ. Er hatte sich verändert. Seine Wangen glänzten rosig im gedämpften Licht des Restaurants. Solange Theresa denken konnte, hatten seine Mundwinkel selbst in entspannten Augenblicken stets nach unten gewiesen. Jetzt schien ein leichtes Lächeln seine Lippen zu umspielen. Bei genauerem Hinsehen entdeckte sie, dass sich um seinen Mund sogar Grübchen gebildet hatten. Sie war schockiert und fragte sich zugleich, wieso sie ihrem Vater sein Glück nicht gönnen konnte. Es störte sie, dass er nicht aussah wie ein vom Scheidungskrieg geläuterter Mann, dass er vielmehr so glücklich schien wie noch nie zuvor, während ihre Mutter dagegen litt und weinte.

»Seid ihr schon geschieden?«, platzte es plötzlich aus Theresa heraus. Sie konnte es nicht länger ertragen, dass er so tat, als wäre nichts.

Ihr Vater legte das Besteck zur Seite, tupfte sich mit der Serviette die Mundwinkel ab legte seine Hand auf die ihre. »Prinzessin«, meinte er ernst. »Heute ist dein großer Tag. Lass uns über etwas anderes reden als über deine Mutter und mich. Damit hast du nichts zu tun. Ich trenne mich von eurer Mutter, nicht von meinen Kindern.«

»Nein, Papa. Ich möchte darüber reden. Es ist mir wichtig.« Theresa konnte die Vorstellung nicht ertragen, dass dieses Thema totgeschwiegen wurde. Zu viel war in ihrer Familie schon geschwiegen worden.

Und dann erzählte Reinhard Lackner von der Frau, die er liebte. Eva Trautmann arbeitete im Krankenhaus in der Verwaltung – in dieser Hinsicht war Chiara Lackner gut informiert gewesen. Sie war tatsächlich nur fünf Jahre älter als Theresa – was diese entsetzte –, und sie hatte bereits einen Sohn aus erster Ehe, der sechs Jahre alt war und René hieß.

»Sie ist eine tolle, tatkräftige Frau«, sagte ihr Vater. »Sie ist witzig, unkompliziert, natürlich – du würdest sie mögen.«

Theresa konnte sich das beim besten Willen nicht vorstellen, also schwieg sie.

Ihr Vater zog ein Foto aus seiner Brieftasche. Theresa betrachtete die Person mit den blonden langen Haaren, die fröhlich in die Kamera lächelte.

So sieht also eine Frau aus, die anderer Leute Familie zerstört, ging es ihr durch den Kopf, und sie wusste im selben Moment, dass sie nicht gerecht war. Die Ehe ihrer Eltern war schon lange kaputt gewesen. Sie hat nicht einmal gezupfte Augenbrauen, suchte Theresa nach Argumenten, die gegen Eva Trautmann sprachen. Und sie trägt einen handgestrickten Pullover.

»Ich werde das Haus behalten«, fuhr ihr Vater fort. »Ich werde deine Mutter auszahlen.«

Theresa schwieg noch immer. Jetzt bereute sie bereits, dass sie darüber hatte reden wollen. Was ihr Vater so locker erzählte, als handele es sich um eine Selbstverständlichkeit, bedeutete das Ende ihrer Familie. Sie wünschte sich, hier nicht mit ihrem Vater zu sitzen und diese unangenehmen Dinge zu hören. Sie wünschte, es wäre Katharina Hermann, die hier mit ihr saß.

»Deine Mutter wohnt derzeit bei Verwandten in der Toskana«, klärte sie ihr Vater auf, ohne dass sie danach gefragt hatte. »Wenn du möchtest, kann ich dir ihre Telefonnummer geben. Sie hat sich Sorgen um dich gemacht. Wir beide haben uns Sorgen um dich gemacht. Wo um Himmels Willen hast du die ganze Zeit gesteckt? In deiner SMS warst du nicht besonders auskunftsfreudig.«

Sein Blick blieb ernst auf sie gerichtet. Theresa rutschte unruhig auf ihrem Stuhl hin und her. Das Rinderfilet und die Serviettenknödel schmeckten ihr immer weniger.

»Mamas Wurzeln liegen in Sizilien, nicht in der Toskana.« Es war das Beste, was sie in diesem Augenblick zu sagen wusste, um ihrem Vater die Frage nach ihrem Aufenthaltsort nicht zu beantworten.

»Das ist unerheblich. Sie hat da einen Cousin dritten Grades, hat sie mir gesagt, und bei ihm wohnt sie. In Regello, das ist in der Nähe von Florenz.«

»Ich habe von diesem Cousin noch nie etwas gehört«, sagte Theresa, um nicht über ihr eigenes Leben sprechen zu müssen. Ihr Vater ging nicht darauf ein.

»Wie ich schon sagte, es ist unerheblich. Deine Mutter und ich sind bald geschieden. Jeder von uns geht seine eigenen Wege. Ob der Mann, bei dem sie wohnt, ihr Cousin ist oder nicht, geht mich nichts mehr an. – Also, wo hast du in diesen Wochen gesteckt? Bei Martin warst du jedenfalls nicht.«

»Ich war bei einer Freundin«, erwiderte Theresa knapp und vermied es dabei, ihren Vater anzusehen.

»Kennen wir sie?«

Theresa unterdrückte das Bedürfnis ihn anzuschreien. Jahrelang hatte er sich nicht für ihr Leben interessiert. Jahrelang hatte er sich lediglich nach ihren Schulnoten und später ihren Leistungen in der Uni erkundigt. Er brüstete sich am Ärztestammtisch mit ihren Artikeln und stellte vor seinen Golffreunden gerne seine schöne

Tochter zur Schau. Doch tiefer gehende private Gespräche hatten sie nie geführt. Die Tatsache, dass er jetzt plötzlich an ihrem Leben interessiert war, empfand Theresa daher unweigerlich als Eingriff in ihre Intimsphäre.

Sie zwang sich zur inneren Ruhe. Ihre Mutter hätte geschrien. Sie wollte nicht so sein wie ihre Mutter. »Nein«, sagte sie daher in ruhigem Tonfall. »Ihr kennt sie nicht.«

Ihr Vater nickte, doch sein Blick spiegelte Zweifel wider bezüglich ihrer Antwort. Es war für ihn offensichtlich, dass sie ihm etwas verheimlichte.

»Tessa, Prinzessin, ich weiß, es war eine schwere Zeit für dich«, begann er. »Aber das alles hat nichts mit dir zu tun. Deine Mutter und ich lieben dich nach wie vor. Du bist nicht allein auf dieser Welt. Wir werden dich immer unterstützen, wenn du Hilfe brauchst. Ich bin sehr stolz auf dich.«

Sie spürte diesen Kloß in ihrer Kehle, der ihr das Sprechen und Schlucken fast unmöglich machte. Mit ihrem Vater über Emotionen zu sprechen war fremdes Terrain, auf dem sie sich nicht wohl fühlte.

Sie war froh, als er wieder sachlich wurde.

»Was wirst du jetzt machen, nach dem Diplom? Hast du schon Pläne?«

Sie erzählte ihm, dass sie nach Berlin gehen würde. Sie sagte nichts vom *Berliner Tagesspiegel*. In ihr schlummerte immer noch die Hoffnung, Katharina werde es sich anders überlegen und sie in ihr Büro holen. Sie wollte mit ihr zusammen arbeiten, nicht nur gelegentlich darauf hoffen, dass sich ihre Wege kreuzten. Die Vorstellung, sie jetzt, da sie so viel Zeit auf engstem Raum miteinander verbracht hatten, nur mehr sporadisch zu sehen, bedrückte sie. Doch davon konnte sie ihrem Vater nichts erzählen. Davon konnte sie niemandem erzählen. Sie fragte sich selbst, wie sie sich innerhalb kurzer Zeit so sehr an einen Menschen hatte gewöhnen können, dass sie ihn sogar vermisste, wenn er nicht da war. Theresa hatte nie eine beste Freundin gehabt und schob ihre neu entdeckten Gefühle dem Umstand zu, dass sie sich offensichtlich mit ihrer Geschäftspartnerin mehr angefreundet hatte, als es dem »Pacta beneficio utriusque« zufolge jemals vorgesehen war.

»Berlin also«, sagte ihr Vater und wirkte nachdenklich. »Das ist weit weg. – Tommi ist in Berlin. Er hat sich vor rund zwei Wochen gemeldet.«

»Tommi?« Theresa wurde hellhörig. »Wie geht es ihm?«

Ihr Vater zuckte mit den Schultern. Die Grübchen an den Wangen waren jetzt nicht mehr zu sehen. Einen Moment lang war er wieder der Mann, den Theresa kannte: verschlossen, ernst und wortkarg.

»Er treibt sich irgendwo am Bahnhof herum. Er lässt sich nicht helfen. Diese Drogen werden ihn irgendwann umbringen.«

Eine Weile schwiegen sie beide.

Dann ergriff Reinhard Lackner wieder das Wort. »Ich habe Tommi erzählt, dass du ebenfalls verschwunden bist. Da sagte dein Bruder etwas Seltsames. Er meinte: Bestimmt ist Tessa auch in Berlin.«

»Nein, ich war nicht in Berlin«, erwiderte Theresa und nahm nun erstmals einen Schluck aus ihrem Weinglas. Die Aussage ihres Bruders verwunderte sie. Wie kam er bloß darauf?

»Und dann meinte Tommi noch: Wenn nicht in Berlin, dann sicher in eurer Nähe. Mach dir keine Sorgen um Tessa, ich bin überzeugt, ihr geht es prächtig.«

Theresa verschluckte sich fast an dem Wein. Der Schreck über Tommis Worte fuhr ihr durch alle Glieder. Was ging nur in ihrem Bruder vor? Hatte er doch mehr Anteil an ihrem Leben genommen, als sie je angenommen hatte?

»Du und Martin, seid ihr noch zusammen?«

Prinzipiell war Theresa ein Themenwechsel mehr als willkommen, doch diese Frage war mindestens genauso unangenehm wie die Frage nach ihrem Aufenthaltsort.

»Ja, sind wir«, antwortete sie einigermaßen wahrheitsgemäß, vermied es dabei aber, ihren Vater anzusehen. Sie hatte Angst, er würde die Unsicherheit in ihren Augen entdecken.

»Betrügst du ihn?«

Theresa fiel vor Schreck das Besteck aus der Hand. Gabel und Messer landeten klirrend auf dem Tellerrand, und einige der anwesenden Gäste drehten sich neugierig zu ihr um. Reinhard Lackners Blick ruhte auf seiner Tochter. Er hätte gerne gewusst, was in ihr vorging. Sie schirmte sich ab vor ihm; fast schien es ihm, als wolle sie seine Fragen nicht beantworten. In ihn keimte der Verdacht auf, dass er mit seiner Frage einen Volltreffer gelandet hatte – ihre Reaktion sprach seiner Meinung nach Bände.

Theresa hatte sich rasch wieder unter Kontrolle. Sie nahm das Besteck wieder auf und machte sich demonstrativ über den Rest ihres Essens her. Auf keinen Fall sollte ihr Vater aus ihrer unbeabsichtigten Reaktion falsche Schlüsse ziehen.

»Ich betrüge ihn nicht«, erwiderte sie. »Und ich habe ihn noch nie betrogen.« Sie erzählte von dem kleinen Studentenheimzimmer, in dem sie aufgrund der räumlichen Enge nicht zusammen wohnen konnten, und von ihrer Vereinbarung, sich während der Vorbereitungsphase auf ihre Diplomprüfungen nicht zu sehen. Sie hoffte, ihr Vater würde diese Entscheidung nachvollziehen können.

»Prinzessin.« Er legte zum zweiten Mal an diesem Abend seine Hand auf die ihre. »Wenn du ihn nicht mehr liebst, solltest du ihm das sagen. Martin möchte dich heiraten, das weißt du doch. Er rechnet fest damit. Er ist ein toller Junge, er ist fleißig, er ist intelligent – er hat bestimmt eine große Zukunft vor sich als Mediziner. Ihr seid schon sehr lange zusammen, das verbindet. Aber, Tessa ...« Sein Blick wurde noch eine Spur ernster, und er sah sie lange an. Theresa wich ihm aus und fixierte eines der Weingläser am Nebentisch. Sie fühlte sich bei diesem vertraulichen Gespräch immer unwohler. »Das alles sind keine Gründe, ihn zu heiraten. Der einzige Grund, den es dafür geben sollte, ist Liebe. Binde dich nicht an einen Menschen, weil du denkst, dieser Mensch würde gut in dein Leben passen. Damit bist du nicht fair dir selbst gegenüber – und auch nicht fair dem anderen gegenüber.«

»Ja, Papa.« Mit einem gequälten Lächeln entzog sie ihrem Vater die Hand. Ihr war auf einmal eiskalt. Theresa legte sich das Jackett, das sie zum Essen ausgezogen hatte, um die Schultern und dachte an Martin. Sie stellte sich vor, dass er über seiner Doktorarbeit brütete und auf ihren Anruf wartete. Sie hatte ihm versprochen, sich zu melden, wenn das Diplom vorbei war.

Schweigend aß sie ihr Essen zu Ende und auch noch das Dessert, das ihr Vater unaufgefordert für sie bestellt hatte. Dann traten sie nach draußen in die kühle Winterluft. Es war Zeit, sich zu verabschieden.

»Du kannst mit nach Hause fahren«, schlug ihr Vater vor. Sie schüttelte den Kopf. Ihr Elternhaus war nicht mehr ihr zu Hause. Sie konnte die Vorstellung nicht ertragen, dort möglicherweise Eva Trautmann über den Weg zu laufen.

»Prinzessin, wenn alles vorbei ist – lerne Eva doch mal kennen«, sagte ihr Vater und drückte ihr zum Abschied einen Kuss auf die Wange. Sie ließ es geschehen. Ehe er ins Auto stieg, sagte sie Lebewohl und nicht Auf Wiedersehen. Er begriff nichts, sondern startete den Motor. Sie wusste, er war in Gedanken schon längst bei seiner Blondine. Nun stand sie auf dem Parkplatz vor dem Restaurant und zog fröstelnd den Mantel enger zusammen. Die Kirchturmuhr am Dom schlug zehn Uhr. In einer halben Stunde würde in einer Bar in der Fußgängerzone die Diplomparty beginnen, die ihre Kommilitonen anlässlich des Studienabschlusses organisiert hatten. Sie hatte keine Lust, dorthin zu gehen. Sie kannte die Leute nur aus Vorlesungen und Seminaren, es waren nicht ihre Freunde. Sie hatte keine Freunde. Sie hatte nur eine Freundin, die sich selbst sicher nicht als solche bezeichnete.

Theresa sehnte sich nach Katharinas Gesellschaft. Sie stellte sich vor, mit ihr in ihrem Wohnzimmer zu sitzen, in der netten gemütlichen Wohnung mit Blick auf den von Efeu umrankten Innenhof. Sie verspürte das Bedürfnis, über ihren Vater und Eva Trautmann zu reden. Katharina hätte ihr zugehört.

Zögerlich kramte sie ihr Handy aus der Handtasche und rief die Politikerin an. Sie ließ es lange läuten, probierte es im Abstand von mehreren Minuten viermal. Dreimal landete sie nach langem Läuten in der Mobilbox, beim vierten Mal sofort. Katharina Hermann hatte abgeschaltet.

Theresa verspürte bittere Enttäuschung. Sie fühlte sich betrogen und im Stich gelassen. Es war offensichtlich, dass Katharina nicht mit ihr sprechen wollte.

Eine Gruppe von Leuten verließ das Restaurant. Es waren zwei von Theresas Kommilitonen mit ihren Eltern und Geschwistern. Ein einziges Stimmengewirr, durchtränkt von schallendem Gelächter, umgab sie. Sie stiegen in zwei nebeneinander geparkte Autos und fuhren ab. Theresa sah den Autos hinterher und dann in den sternenklaren Himmel.

Irgendwo unter diesem Himmel war Katharina Hermann und wollte nicht mit ihr sprechen.

Irgendwo unter diesem Himmel war Tommi und dachte nicht an sie, sondern an seine Drogen.

Irgendwo unter diesem Himmel war ihre Mutter und amüsierte sich mit ihrem Cousin dritten Grades.

Irgendwo unter diesem Himmel fuhr ihr Vater in Richtung seines Heimatorts und freute sich auf eine durchschnittlich aussehende Blondine im Norwegerpulli.

Irgendwo unter diesem Himmel stand sie, Theresa, und war ganz allein.

Sie konnte dieses Gefühl nicht ertragen. Sie wollte nicht weinen. Sie wollte nicht länger auf diesem Parkplatz stehen und frieren.

Sie wollte in die Arme genommen werden und nette Dinge gesagt bekommen.

Entschlossen lief sie durch die kalte Nacht zum Parkplatz der Universität zurück, wo ihr Auto stand. Sie hatte eine Entscheidung getroffen. Sie fuhr zu Martin, weil er der einzige Mensch war, der immer für sie da sein würde.

Liebesleiden

Ein hartnäckiger, schriller Piepston, der in rhythmischen Abständen erklang, dann drei Sekunden verstummte, um erneut noch eine Spur lauter anzuschlagen, riss mich aus dem traumlosen Schlaf, in den ich gefallen war. Ich schlug die Augen auf. Missmutig blinzelte ich in die Dunkelheit. Es war nicht das erste Mal, dass ich in einem fremden Bett aufwachte. Ich versuchte mich zu orientieren und an den vergangenen Abend zu erinnern. Ich fühlte mich wie gerädert. Ich hatte nicht viel geschlafen in dieser Nacht.

Neben mir raschelte eine Bettdecke. Das Licht ging an, und auf einmal war die Erinnerung an die letzte Nacht präsent: Ich war bei Katharina, und wir hatten uns fast die ganze Nacht geliebt.

Katharina setzte sich auf und rieb sich den Schlaf aus den Augen. Ich betrachtete sie still, ließ meinen Blick über ihren nackten Oberkörper gleiten, über ihr blondes Haar, das im Schein der Nachttischlampe glänzte, und über ihr ebenmäßiges Gesicht. Sie war nicht nur ein schöner Anblick. Ich fand sie obendrein hocherotisch. Ich fühlte ein unbeschreibliches Glücksgefühl in mir. Das, was ich nie für möglich gehalten hatte, war passiert. Ich hatte Katharina berührt, war von ihr berührt worden, hatte sie erregt und war erregt worden, hatte sie endlich küssen können und war geküsst worden an Stellen, von denen ich nie erwartet hätte, dass sie einmal in Berührung kämen mit den zarten Lippen einer Frau.

Ohne jeden Zweifel, es war der beste Sex, den ich je hatte.

Ich rutschte zu Katharina und umschlang sie von hinten mit beiden Armen. Meine Brüste berührten ihren nackten Rücken, und ich fühlte Hitze in mir aufsteigen. Ihre Haut war elektrisierend.

»Liebes«, flüsterte ich sanft in ihr Ohr und versuchte, an ihrem Ohrläppchen zu knabbern. Sie drehte den Kopf zur Seite, rutschte an die äußerste Bettkante und erhob sich. Ohne mich anzusehen ging sie zum Schrank und suchte sich ihre Bekleidung für den Tag heraus.

Mein Blick glitt auf den Digitalwecker, der auf ihrem Nacht-kästchen stand. Ich traute meinen Augen kaum. Die Ziffern zeig-ten 4:32 Uhr an.

Kein Wunder, dass ich mich so kaputt fühlte.

Ich verließ schwerfällig das Bett und trat neben Katharina, die aus einem der Schrankfächer eine zum ausgewählten Kostüm pas-sende Bluse zog.

»Stehst du immer so früh auf?«, fragte ich neugierig.

»Ja, immer.« Ihre Stimme klang abweisend und kalt.

Ich umschlang sie erneut mit beiden Armen. Sie bewegte sich nicht. Ich legte mein Gesicht auf ihre Schulter, bedeckte ihren Rücken mit Küssen. Meine rechte Hand glitt über ihr blondes Schamhaar zwischen ihre Beine.

»Bitte, Theresa! Ich habe zu tun.« Ich zuckte unwillkürlich zu-sammen, als ich ihre genervte Stimme hörte. Sie drehte sich um, nahm ihre Kleidungsstücke und ging mit energischen Schritten in Richtung Badezimmer. Verdutzt sah ich ihr nach. Was war nur los?

Vor ein paar Stunden noch hatte sie nicht genug von mir krie-gen können, jetzt behandelte sie mich wie einen Störfaktor.

Unschlüssig, wie ich mich verhalten sollte, folgte ich ihr ins Ba-dezimmer. Als ich eintrat, stand Katharina bereits unter der Du-sche. Ich suchte nach einem Kamm und bändigte mein Haar zu einem Zopf. Ich betrachtete mich im Spiegel und sah in zwei Au-gen, die plötzlich gar nicht mehr so glücklich wirkten, wie sie es hätten tun können. Das Glücksgefühl von vorhin wurde von einer bedrückenden Schwere überlagert, die mehr und mehr von mir Besitz ergriff.

Irgendetwas stimmt nicht.

Oder täuschte ich mich?

Vielleicht ist sie ein Morgenmuffel. Nicht jeder ist unmittelbar nach dem Aufstehen frisch und munter und gut gelaunt. Vor allem um diese Uhrzeit.

Andererseits: Meiner Erinnerung nach war Katharina in unserer gemeinsamen Zeit in ihrer Wohnung vor meinen Diplomprüfun-gen nie ein Morgenmuffel gewesen.

Die Duschkabine ging auf. Katharina nahm sich ihr Handtuch vom Haken und schlang es um ihren Körper.

»Du solltest dich anziehen«, sagte sie knapp, als sie mich nackt vor ihr stehen sah. »Oder möchtest du auch duschen?«

Sie ging an mir vorbei und öffnete ihr Badezimmer-Kästchen. Sie holte eine Sprühflasche heraus und verteilte Schaumfestiger in ihrem Haar. Gedankenverloren sah ich ihr dabei zu.

»Du musst gehen«, sagte sie plötzlich und unterbrach ihre Tätigkeit. »Der Pförtner unten beginnt in einer halben Stunde seinen Dienst. Ich möchte nicht, dass er dich jetzt erst das Haus verlassen sieht.«

»Was?« Ich starrte sie entgeistert an.

»Ich kann mir Gerüchte nicht leisten«, fuhr sie fort, ohne mich dabei anzusehen. »Gerade jetzt nicht.«

»Aber ...«, stotterte ich verwirrt, ohne überhaupt zu wissen, was ich darauf erwidern wollte. Es gab hierzu nichts zu sagen. Katharina schaltete den Fön ein und beachtete mich nicht weiter. Ich erkannte, dass sämtliche Kommunikationsversuche momentan sinnlos waren, ging zurück ins Schlafzimmer und sammelte meine Kleidungsstücke ein, die um das Bett herum verteilt Zeugen einer leidenschaftlichen Nacht gewesen waren. Ich zog mich an. Wenn ich in einer halben Stunde ihre Wohnung verlassen haben sollte, blieb zum Duschen sowieso keine Zeit. Ich war enttäuscht und auch ärgerlich. Ein solch abrupter Rausschmiss nach einer stürmischen Liebesnacht war mir noch nie passiert. Bisher hatte mir jeder Mann, bei dem ich übernachtet hatte, zumindest ein Frühstück angeboten. Oder besser gesagt: Es hatte bisher keinen einzigen gegeben, der es bei einem One-Night-Stand belassen wollte – was mir letztendlich den leidigen Part zuschob, die Grenzen meiner Zuneigung radikal und unmissverständlich aufzuzeigen. Für alle, die nach Martin gekommen waren, hatte ich nichts Tiefergehendes empfunden. Es wäre mir insofern gleichgültig gewesen, wie sie mich behandelten. Doch mit Katharina war es anders. Ich empfand zu viel für sie, als dass ich es so einfach hätte verkraften können, nach einer Nacht wie dieser abserviert zu werden.

Katharina kam aus dem Badezimmer. Sie war vollständig angekleidet, hatte ihr Haar zurechtgefönt und bereits Make-up aufgelegt. Sie gab sich kühl und distanziert. Ich sah sie an und hoffte auf eine liebe Geste, auf ein Wort der Zuneigung – etwas, das mich hoffen ließ, dass ihr Verhalten nur eine vorübergehende Laune war. Sie wich meinem Blick zunächst aus, kramte in ihren Schubladen herum und fand endlich das, was sie suchte: ihre Armbanduhr. Während sie sie anlegte, wandte sie sich schließlich doch mir zu.

»Das hätte nie passieren dürfen.«

»Was?!« Das Entsetzen fuhr mir durch alle Glieder.

Sie bereut diese Nacht? Auf einmal? Diese Nacht, in der sie einen Höhepunkt nach dem anderen erlebte?

Sie sah mich ernst an. »Theresa. Du kennst meine Situation. Manches darf eben nicht sein.«

Ich schluckte. Ich konnte nicht glauben, was ich da hörte: Sie, die gestern noch voller Leidenschaft auf mir gelegen und in meinen Armen gezittert hatte, zog jetzt entschieden und radikal den Schlussstrich?

»Ich verstehe dich nicht«, erwiderte ich. Es sollte energisch und ebenfalls abweisend klingen. Doch meine Stimme hörte sich selbst in meinen eigenen Ohren nur kläglich an. »Niemand weiß davon. Es gibt hier nur dich und mich. Bitte, Katharina, mach nicht alles kaputt, ehe es angefangen hat. Von mir wird es niemand erfahren, und von dir sowieso nicht. Das ist eine Sache zwischen mir und dir. Nichts wird nach außen dringen.«

»Du weißt selbst, dass sich auf Dauer nichts verheimlichen lässt. Dein Berufsstand ist bekanntlich schlimmer als eine Horde Wühlmäuse. Eine lesbische Bundeskanzlerin ist undenkbar. Das weißt du so gut wie ich.«

Ich dachte unweigerlich an Gitta. Ihr Metier war es, die kleinen und größeren privaten Geheimnisse der Prominenz ans Licht der Öffentlichkeit zu zerren. Damit verdiente sie ihr Geld. Kollegen wie Gitta gab es viele. Katharinas Aussage war nicht realitätsfern. Dennoch, ich konnte sie so nicht akzeptieren. Ich spürte Ärger aufsteigen.

»Ob du nun mit mir schläfst oder nicht, ändert nichts an der Tatsache, dass du lesbisch bist.«

Ihre Lippen wurden schmal. Ihr Gesicht bekam jenen maskenhaften Zug, den ich an ihr hasste. Es war unmöglich, an ihrer Miene abzulesen, was in ihr vorging.

»Geh jetzt«, sagte sie mit kalter Stimme, und setzte dann hinzu: »Es wird nie wieder passieren.«

Nur knapp acht Stunden später dachte Katharina offensichtlich ganz anders darüber. Sie ließ mich in ihr Büro kommen, wies ihre Sekretärinnen an, auf keinen Fall zu stören und schloss die Türe sogar von innen ab, was ich mit überraschtem Blick quittierte. Ehe ich mich versah, drückte sie mich gegen die Wand und suchte nach meinen Lippen. Mit der rechten Hand entfernte sie den Haargummi, der meine Locken zusammenhielt.

»Ich liebe dein Haar«, flüsterte sie. »Es ist so sexy. – Ich bin so geil auf dich, Theresa.«

Ich wusste nicht, was mich in diesem Augenblick mehr überraschte: die Worte »geil« und »sexy«, die ich in Katharinas Vokabular nicht einmal erahnt hatte, oder die Tatsache, dass sie trotz ihrer Aussage am Morgen nun nahezu über mich herfiel.

Ich hatte in der Frühe ihre Wohnung verlassen und war voller Ärger gewesen – Ärger auf mich selbst, die ich eindeutig zu viele Emotionen in diese Sache investierte, und Ärger auf Katharina. Es war schließlich nicht meine Schuld, dass sie lesbisch war. Ich war nicht die erste Frau, mit der sie geschlafen hatte. Ich war auch keine routinierte Verführerin, die täglich – oder nächtlich – eine Frau in ihr Bett zerrte. Wenn jemand von uns beiden die Verführte war, dann wohl ich. Schließlich war mein Sexualleben früher rein heterosexuell verlaufen, und abgesehen von Katharina interessierte mich bisher auch keine andere Geschlechtsgenossin. Ich hatte mit Katharina geschlafen, weil meine Gefühle für sie viel tiefer gingen als Freundschaft, nicht nur um meine Lust zu befriedigen. Als ich nach meinem Rausschmiss mit einer der ersten U-Bahnen zu der Pension fuhr, in der ich noch immer einquartiert war, war ich unendlich traurig. Ich kam mir abserviert und ausgenutzt vor. Warum hatte Katharina mit mir geschlafen, wenn sie es schon am nächsten Tag so sehr bereute? Was empfand sie für mich? War ich einfach nur zur passenden Zeit am passenden Ort gewesen?

So schön die Nacht mit ihr auch gewesen war – damit war die zarte Freundschaft, die sich ganz offiziell zwischen uns entwickelt hatte, zerstört. Nie wieder würden wir unbefangen miteinander reden können. Nie wieder würde sie mich zu sich nach Hause einladen. Sobald mein Auftrag für den *Brennpunkt* beendet war, würden sich unsere Wege wieder trennen, und ich wäre in ihren

Augen das, was Gabi Parcher war: ein potenzieller Risikofaktor, der ihre Karriere zerstören könnte, sollte jemals etwas über die intime Verbindung offiziell werden. Vielleicht würde dann auch bei mir in ein paar Jahren, wenn sie erneut kandidierte, eine Journalistin, Assistentin oder sonstige Person ihres Vertrauens bei mir auftauchen und mir für mein Schweigen Geld anbieten.

Dieser Gedanke machte mich schwindlig. Ich konnte nachempfinden, wie sich Gabi Parcher bei meinem Besuch gefühlt haben musste: gedemütigt. Dass ein Mensch, den man liebt oder zumindest einmal geliebt hat, von einem selbst nur das Schlechteste dachte und einem Verrat zutraute, war alles andere als schmeichelhaft.

Du bist Journalistin, sagte ich mir schließlich. Du bist hier, weil du eine Reportage über sie schreiben sollst. Gefühle haben da nichts zu suchen.

Ich nahm mir vor, Katharina künftig mit berufsbedingter Professionalität zu begegnen und darauf zu hoffen, dass diese Nacht, die sie scheinbar nicht wiederholen wollte, vielleicht doch einmal in Vergessenheit geriet.

Mein Vorsatz war spätestens dann Schall und Rauch, als sie jetzt ihre Hand unter meinen Rock gleiten ließ.

»Ich habe dich den ganzen Tag so vermisst«, raunte sie mir ins Ohr. Ihre Stimme klang heiser und erregt. Ich spürte ihre körperliche Nähe, fühlte ihre Hand, die meinen Oberschenkel entlangglitt und sich schließlich zwischen meine Beine schob. Ich atmete den Duft ihres Parfums ein, ließ meine Finger durch ihr Haar gleiten und meine Lippen über ihren Hals nach unten wandern. Mein Verlangen nach ihr war stärker als mein Verstand. Mein Körper reagierte auf ihre Liebkosungen, wie er es auch schon Stunden zuvor getan hatte. Die Erregung ließ mich fast vergessen, wo wir uns befanden.

»Schsch ... nicht so ... laut.« Erst Katharinas brüchiger Hinweis holte mich von meinem Höhenflug auf den Boden der Tatsachen zurück. Erschöpft und mit klopfendem Herzen lehnte ich mich gegen ihren warmen Körper. Ich konnte ihren Herzschlag fühlen. Wir verharrten in enger Umklammerung, bis sich unser beider Atem wieder beruhigt hatte.

»Das ist so wundervoll«, sagte ich leise und küsste sie zärtlich auf den Mund. »Ich hätte nicht gedacht, dass ich so darauf anspreche. Ich wusste das bisher nicht. Du bist die erste ...«

»Das will ich hoffen«, erwiderte sie mit einem angedeuteten Lächeln. Ihr Tonfall klang sehr sachlich, als sie mich nun losließ und ihren Rock glatt strich. »Ich habe jetzt einen Termin mit Wieland. Wir werden uns trennen.«

»Wie, was?« Im ersten Moment bezog ich den Satz auf mich. Wir würden uns trennen – genauso kalt und kurz wie heute frühmorgens? Als sie meinen verwirrten Gesichtsausdruck bemerkte, setzte sie hinzu: »Überrascht dich das wirklich? Ich werde ihn feuern. Seine und meine Vorstellungen klaffen immer weiter auseinander. Wir finden keine gemeinsame Linie – weder in Bezug auf die politischen Inhalte, die ich kommunizieren will, noch darüber, wie ich mir mein Auftreten in der Öffentlichkeit vorstelle. Die Auseinandersetzungen mit ihm zehren an meinen Nerven. Da er eisern an seinen Prinzipien festhält und mir zudem ständig das Gefühl vermittelt, als künftige Kanzlerin sowieso fehl am Platz zu sein, ist wohl die sofortige Trennung die einzige Lösung.«

Jetzt begriff ich, dass sich ihre Worte auf Wieland bezogen hatten. Ich war erleichtert – noch so eine Verabschiedung wie Stunden zuvor hätte ich nur schwer verkraftet.

»Hältst du es wirklich für gut, deinen Kommunikationschef so kurz vor den Wahlen zu feuern?«, fragte ich vorsichtig.

»Es kommt nicht darauf an, was ich für gut halte«, entgegnete sie. »Es ist notwendig, das ist alles. Ich kann und will keinen Tag länger mit diesem Mann zusammenarbeiten.«

Letzteres konnte ich nachvollziehen – es hatte mich seit jeher gewundert, wie sie ihn aushielt. Trotzdem stand ich ihrer Idee, sich jetzt des Kommunikationschefs und damit sicherlich auch dessen Strategie zu entledigen, äußerst skeptisch gegenüber. Ich dachte dabei nicht nur an die Wirkung auf die Öffentlichkeitsarbeit, sondern auch an mich persönlich. Mit Wieland glaubte ich mich mittlerweile arrangiert zu haben – so gut es eben möglich war. Zwischen uns herrschte keinesfalls Sympathie, doch zumindest hatte er begriffen, dass es ihm nicht gelang, mich von der Politikerin fern zu halten.

»Warum hast du ihn je eingestellt?«, stellte ich die Frage, die mich schon lange beschäftigte.

Katharina lachte kurz auf. »Für wie dumm hältst du mich? – Ich habe ihn niemals eingestellt. Ich hatte keine andere Wahl. Die Partei hat ihn mir aufs Auge gedrückt, ich wollte ihn nie. Außerdem: Fachlich ist er gut. Er weiß, was er tut, aber es ist nicht das, was ich mir vorstelle. Für einen Pressesprecher ist er mir außerdem zu machtbesessen. Wieland wäre am liebsten an meiner Stelle. Du weißt, dass er Parteimitglied ist?«

Ich nickte und fügte hinzu: »Jonas aber auch. Der gesamte Kreis derer, die dich unterstützen, ist doch in der Partei. Ich dachte, das sei üblich.«

»Wieland ist zu machthungrig, und er ist nicht von mir überzeugt«, wiederholte Katharina, ohne auf meine Bemerkung einzugehen. »Leute, die ständig nur Fehler an mir suchen, kann ich nicht brauchen. Wer mich unterstützt, muss vollständig von mir überzeugt sein. Ich erwarte absolute Loyalität.«

Mir fiel Arno Wendereich ein. Er war wirklich ein Musterbeispiel dessen, was sie sich erwartete: loyal und vollkommen von ihr überzeugt. Dennoch hielt ich ihre Erwartungen für ziemlich hoch gegriffen. Nicht jede Kritik ist ein Beweis für Illoyalität.

»Es wird schwer sein, auf die Schnelle jemanden zu finden, der deine Prinzipien kommunikationstechnisch nach außen vertritt und dein Image weiter aufbaut«, warf ich ein. »Außerdem bedarf es doch einiger Einarbeitung in die Materie, deine Grundsätze in Reden einzuarbeiten und entsprechende Statements zu kreieren.«

»Ich vertrete mich selbst kommunikationstechnisch, wie du es nennst, nach außen, und mein Image ist aufgebaut«, erklärte Katharina. »Außerdem gibt es noch Jonas und die zwei Mitarbeiterinnen. Mein Pressebüro steht und fällt nicht mit Dr. Jan Wieland. Jonas habe ich vor die Entscheidung gestellt, sich meiner Linie vollständig unterzuordnen oder zu gehen. Er hat sich entschieden zu bleiben. Der Mann hat Familie, und seine Frau arbeitet nicht. Er ist also Alleinverdiener. Er braucht sein monatliches Gehalt. Eigene Ideologien kann er sich nicht leisten. Tja ... und was die Reden und Statements angeht ...« Sie lächelte mich an. »Da habe ich schon einen idealen Nachfolger für Wieland gefunden.«

»Oh, tatsächlich?« Ich war überrascht. Offensichtlich hatte sie schon seit längerem die Augen nach einer geeigneten Person offen gehalten.

Sie trat auf mich zu und hauchte mir einen dezenten Kuss auf die Lippen. Ohne dass ich es hätte verhindern können, lief mir ein angenehmes Prickeln durch den Körper. Ich konnte fühlen, wie meine Brustwarzen steif wurden, als sie ihre Hand sanft über meinen Oberkörper gleiten ließ. Ich wollte sie näher an mich heranziehen, doch Katharina löste sich mit sanfter Gewalt aus meiner Umarmung.

»Nicht wahr, Liebes?«

Sie sah mich an.

Liebes. Dieses eine Wort ließ mein Herz schneller schlagen.

Womöglich hat sie doch mehr für mich übrig, als es heute morgen den Anschein erweckte.

Ihr Blick ruhte auf mir, und selbst als sie jetzt auffordernd sagte: »Nun?«, begriff ich noch immer nichts.

Ihr Lächeln vertiefte sich.

»Schau in den Spiegel«, flüsterte sie mit einer Stimme, die mir eine Gänsehaut verursachte. Gleichzeitig traf mich die Erkenntnis, was sie damit sagen wollte, wie der Blitz.

»Nein«, entfuhr es mir. »Bist du verrückt? – Ich kann das nicht, du weißt, ich bin im Auftrag des *Brennpunkt* hier, ich arbeite seit Monaten an einer Reportage über dich, die haben mich nicht hierher geschickt, damit ich den Job so kurz vor Druckunterlagenschluss hinschmeiße. Weißt du, wie viel allein mein Pensionszimmer hier gekostet haben mag bis jetzt? Und mein Gehalt? Ich bin vertraglich gebunden. Ich kann nicht einfach alles hinwerfen und zu dir wechseln. So gern ich es möchte ... ich kann das nicht bringen, das wäre mein journalistischer Ruin, ich würde –«

Sie unterbrach mich.

»Theresa. Wer sagt denn, dass du alles hinwerfen sollst?« Sie lächelte immer noch, doch einen Bruchteil von einer Sekunde wirkte sie auf mich wie eine Raubkatze kurz vor dem Angriff. »Du wirst diese Reportage über mich natürlich schreiben. Wer könnte das besser als du? Du wirst für mich arbeiten, und du wirst für den *Brennpunkt* arbeiten. So einfach ist das.«

Sie muss verrückt sein.

»Das werden Egle und Rowendson nie zulassen«, erwiderte ich ernsthaft. Ich stellte mir vor, wie ich vor den *Brennpunkt*-Chefredakteur und den Verleger trat und ihnen klar zu machen versuchte, dass es kein Problem journalistischer Objektivität gebe, wenn ich gleichzeitig für eines der wichtigsten meinungsbildenden Magazine Deutschlands und als Pressesprecherin der künftigen Bundeskanzlerin agierte. Wahrscheinlich würden sie mich bereits nach dem zweiten Satz mit einem verbalen Fußtritt vor die Türe katapultieren. Oder mir zumindest raten, mich auf meinen Geisteszustand untersuchen zu lassen. Beides waren keine guten Aussichten.

»Warum so kompliziert, Theresa? – Sie werden nichts davon erfahren. Jonas wird die Galionsfigur sein, die nach außen vertritt, was wir beide zuvor gemeinsam erarbeitet haben. Die einzigen, die davon wissen, sind du und ich. – Hast du mir das heute früh nicht selbst gesagt?«

Sie fuhr mit ihrem Zeigefinger meinen nackten Hals entlang.

Ich schluckte trocken.

Was macht sie nur mit mir? Wenn sie mich berührt, dann … bin ich fast nicht mehr fähig, klar zu denken.

»Das heute früh war nicht nett«, sagte ich und klang dabei wie eine Fünfjährige, die sich soeben bei ihrer Kindergärtnerin beschwerte, weil man ihr Spielzeug entwendet hatte.

»Du weißt doch, wir sind ein tolles Team«, flüsterte Katharina in mein Ohr. Sie ging nicht auf meine Bemerkung ein. Ich fühlte ihre Hand unter meiner Bluse, auf meinem nackten Bauch, auf meinem Busen. Meine Brustwarzen drückten hart gegen meinen BH. »Wir könnten gemeinsam meine Statements erarbeiten für das Rededuell gegen Körnigge. Wir würden uns jeden Abend sehen – fast so wie in alten Zeiten.« Sie spielte auf die Zeit vor meinen Diplomprüfungen an, in der wir die Wochenenden gemeinsam in ihrer Wohnung zubrachten. Die Erinnerung an die Abende, an denen wir zusammen kochten, anschließend bei einem guten Essen und manchmal auch einer Flasche Wein zusammensaßen, um anschließend wieder hinter unseren Büchern zu sitzen und auf unsere Ziele hinzuarbeiten, waren keineswegs unangenehm. Ich hatte mich nach dieser Zeit mit Katharina selten wieder so wohl gefühlt.

»Es gibt diesmal allerdings zwei Unterschiede gegenüber früher«, hauchte sie jetzt in mein Ohr, während ihre Hände erst über und dann unter meinen Spitzen-BH glitten und mein Innerstes zum Glühen brachten. »Wir haben ein gemeinsames Ziel. Und nach dem Abendessen gibt es ein Dessert der besonderen Art.«

Ihre Lippen glitten über mein Dekolletee und ließen keinen Zweifel daran, welche Nachspeise sie mir anbieten würde. In mir kämpfte die Lust gegen den Verstand. Meine Vernunft sagte mir, dass ich mich darauf nicht einlassen durfte. Ich konnte nicht gleichzeitig Journalistin und PR-Strategin sein.

Nicht auszudenken, wenn das bekannt würde. Ich könnte als Journalistin nicht mehr Fuß fassen. Und auch in der PR-Branche würde man mir die Jobangebote nicht hinterherwerfen.

Katharina begann, meine Bluse langsam aufzuknöpfen.

»Theresa, Liebes, überleg nicht lange.« Ihre Stimme beschleunigte meinen ohnehin schon rasenden Puls noch mehr. »Du wirst sehen, unsere Kooperation wird vorzüglich harmonieren. Und keiner wird davon erfahren. – Ich brauche dich, Liebling.«

Mit dem Wort »Liebling« fiel meine Entscheidung endgültig.

»Okay, versuchen wir es«, sagte ich und wollte auch ihre Bluse aufknöpfen. Ich war gierig nach ihrem Körper. Ich wollte ihre Haut spüren, wollte nochmals das erleben, was vor knapp einer Viertelstunde geschehen war. Doch zu meiner Verwunderung ließ sie abrupt von mir ab. Während in mir ein Sturm unbefriedigten Verlangens tobte, hatte sie sich nach wenigen Augenblicken anscheinend wieder völlig unter Kontrolle.

»Gut. Dann sehen wir uns um 20 Uhr bei mir.«

Sie ging zu ihrem Schreibtisch und drückte eine Taste.

»Frau Hannemann-Anselm, bitte schicken Sie Herrn Dr. Wieland jetzt zu mir. Meine Besprechung mit Frau Lackner ist zu Ende.«

Sie legte auf und sperrte die Bürotüre auf. »Also. Bis später.«

Unschlüssig verharrte ich auf der Stelle. Meine Bluse hatte ich inzwischen wieder zugeknöpft, doch innerlich war ich zu aufgewühlt um zu gehen. Schon wieder diese Distanz, von einer Sekunde zur anderen.

Als ich bemerkte, dass von ihr kein Kommentar mehr zu erwarten war und sie bereits die Türe ausladend öffnete, verließ ich mit einem Seufzen den Raum. Auf dem Gang kam mir Wieland entgegen. Er ignorierte mich, als er schnellen Schrittes und mit verbissenem Gesichtsausdruck an mir vorbei zu seinem Termin mit der Ministerin eilte. Als ich um die Ecke zu den Büroräumen bog, begegnete ich Arno Wendereich. Ich war mit ihm mittagessen gewesen, hatte mich dann aber rasch verabschiedet mit dem Hinweis, dass ich eine Besprechung mit Katharina Hermann hatte.

Er blieb stehen, als er mich sah, und betrachtete mich mit nachdenklicher Miene.

Erschrocken griff ich auf meinen Hals.

Um Himmels Willen – hoffentlich hat mir Katharina keinen Knutschfleck gemacht!

Meine plötzliche Handbewegung entging ihm nicht. Er legte den Kopf schräg, betrachtete mich noch eingehender und grinste schließlich.

»Gibt es irgendetwas Interessantes an dir, was ich nicht sehen soll?«

Wieder einmal war ich dankbar um meinen dunklen Teint, der jegliches Erröten erfolgreich kaschierte. Ich ließ meine Hand sinken und hoffte, dass es da nichts zu sehen gab.

»Es ist wegen deinem Haar«, sagte Arno nun. »Vor deinem Termin bei unserer zukünftigen Kanzlerin hattest du eine Frisur. Jetzt trägst du es offen. Steht dir gut, aber ... mir drängt sich doch die Frage auf: Macht ihr da drinnen so eine Art Beauty-Check, du und die Ministerin? So von Frau zu Frau? Ersetzt du vielleicht demnächst ihre Stylistin?«

Sein Grinsen wurde noch breiter. Ich glaubte ihn inzwischen besser zu kennen. Seit sich unser Verhältnis nach den anfänglichen Spannungen wegen seines unfreiwilligen Outings beim Inlineskaten normalisiert hatte, nutzten wir fast jede Gelegenheit, uns auf subtile Weise gegenseitig zu necken. Wie er Katharina Hermann mit absoluter Überzeugung als »unsere nächste Kanzlerin« bezeichnete und ich darauf stets korrigierte: »unsere *vielleicht* nächste Kanzlerin« war eines dieser Rituale, die sich bei unseren Gesprächen regelmäßig zutrugen.

Nachdem ich mich von meinem kurzzeitigen Schreck erholt

hatte, antwortete ich jetzt betont locker: »Ein zweites Standbein könnte ja in wirtschaftlich schwierigen Zeiten wie diesen nicht schaden!«

»Kosmetikstudio *Chez Thérése*, diplomierte Journalistin und Top-Stylistin«, scherzte Arno zurück und ließ mich erleichtert aufatmen.

Klippe umschifft.

Wir wechselten noch ein paar Worte über die Sitzung im Bundestag, an der wir vormittags beide als stille Beobachter teilgenommen hatten, ehe ich mich verabschiedete. Wenn ich abends zu Katharina wollte, musste ich mir jetzt einen ruhigen Ort suchen, um an meiner Reportage weiterzuarbeiten. Es waren nur mehr knapp vier Wochen bis zur Deadline.

»Bis bald«, sagte ich zu Arno und ging an ihm vorbei. Ich drehte mich um, als er mich beim Namen rief.

Er sah sich um. Wir waren alleine auf dem Gang.

Er trat nochmals auf mich zu. Sein Tonfall war ernst, als er sagte: »Theresa. Sei vorsichtig – bei allem, was du tust.«

Er vollführte die gleiche Handbewegung an seinem Hals, mit der ich zuvor versucht hatte, eventuelle Knutschflecke zu verdecken. Ich war zu erschrocken, um etwas darauf zu erwidern. Ich ließ ihn stehen und suchte die nächste Toilette auf. Sorgfältig begutachtete ich meinen Hals im Spiegel. Er war frei von jeglichen Rötungen oder anderen verräterischen Spuren. Ich war nur teilweise erleichtert.

Ich konnte mich des Verdachts nicht erwehren, dass Arno Wendereich begriffen hatte, welcher Art die Besprechung zwischen Katharina und mir gewesen war. Ich war nervös, doch eines war mir klar: Katharina durfte von diesem Zwischenfall nichts erfahren.

Unser Verhältnis wäre zu Ende, ohne dass es richtig begonnen hatte. Wenn sie nur den geringsten Verdacht hätte, dass jemand von uns wissen könnte – sie würde jeglichen Kontakt zu mir abbrechen, um ihre Karriere nicht zu gefährden.

Dieser Gedanke machte mich nicht glücklich.

Es folgten zehn turbulente Tage und Nächte. Die Tage waren turbulent, weil ich mich fast zerriss zwischen Recherchen, dem Schreiben meiner Reportage und den Neuigkeiten aus der deutschen

Innenpolitik, mit denen ich Chefredakteur Egle zusätzlich versorgte. Ich war kaum mehr im Ministerium, sondern hauptsächlich auf Terminen mit Politikgrößen oder anderen Prominenten, die Katharinas Kandidatur unterstützten. Katharina Hermann hatte ein gutes Netzwerk von Bekannten – Professoren, Unternehmer und Parteifreunde, nicht zu vergessen der Kardinal, der sich auch öffentlich stets lobend über sie und ihre politische Linie äußerte.

Wenn ich nicht auf Terminen war, saß ich vor meinem Notebook und tippte. Ich hatte noch nie so lange nach treffenden Formulierungen gesucht. Selbst der dramaturgische Aufbau der Reportage kostete mich Stunden, nein, Tage. Es lag schlichtweg daran, dass ich noch nie mit einer Mammutaufgabe wie dieser betraut gewesen war. Jetzt konnte ich die anfängliche Skepsis von Egle verstehen. Es war etwas anderes, maximal vierspaltige Berichte oder Kurzmeldungen zu bestimmten Aspekten der deutschen Innenpolitik zu Papier zu bringen oder gar die Beauty-Seiten eines Frauenmagazins zu gestalten, als eine umfangreiche Reportage zu schreiben. Aus einem Berg von Recherchematerial, das ich seit Monaten gesammelt hatte, sollte ich erstmals eine zusammenhängende, gut strukturierte Reportage schreiben. Hier musste jedes Wort sitzen, jedes Detail stimmen. Gerade kritische Fakten mussten fundiert beweisbar sein. Ich schrieb für den *Brennpunkt*, ein Magazin mit einer Auflage von über einer Million Exemplare und einer Leserschaft, die nicht nur in Deutschland, sondern bis hin zur deutschsprachigen Gemeinde in Argentinien beheimatet war. Es war eine große Verantwortung.

Meine Arbeit wurde immens dadurch erschwert, dass ich in den Abendstunden mit Katharina an treffenden und prägnanten Statements zu allen möglichen gesellschaftskritischen Themen feilte. Das Nachrichtenmagazin *Brennpunkt* definierte sich selbst als »aktuell, modern, faktentreu, kritisch«. Besonders der Aspekt »kritisch« bereitete mir Probleme. Ich sollte die Aussagen der Kanzlerkandidatin unter die Lupe nehmen, Wort für Wort zerlegen. Das Makabere daran war, dass es sich ab sofort um Aussagen handelte, die ich selbst mit Fingerspitzengefühl und wohlüberlegt formuliert hatte. Ich stand also vor der Herausforderung, das, was meinem eigenen Geist entsprungen war, kritisch zu hinterfragen. Es war absurd. Ich kam mir vor wie eine gespaltene Persönlichkeit: Die eine Theresa sollte voll und ganz hinter den Prinzipien einer Katharina Hermann und ihrer konservativen Politik stehen, die andere Theresa musste eben diese Politik mit berufsbedingtem Argwohn hinterfragen.

Manchmal glaubte ich, an meinen beiden Jobs zu verzweifeln. Doch die Nächte, die auf die arbeitsamen Tage folgten, entschädigten mich für alle Mühen. Von zehn Nächten verbrachte ich immerhin acht mit Katharina. Ich genoss es in vollen Zügen. Sie brauchte mich nur flüchtig zu berühren, und schon spielte mein Körper verrückt. Im Gegensatz zu den meisten Männern, mit denen ich im Bett gelandet war, wusste Katharina ziemlich genau, worauf ich ansprach – und das ganz ohne Regieanweisung. Ich erinnerte mich an den Abend mit Gitta und einigen ihrer Freunde in dieser Hamburger Szenebar an der Alster, in der wir Heterosexuellen eindeutig in der Unterzahl gewesen waren. Während Gittas schwule Freunde – drei semiprominente Tänzer einer Ballettgruppe – Bekannte begrüßten und nach interessanten Männern Ausschau hielten, lehnten Gitta und ich an der Bar und klagten uns gegenseitig unser Leid: Von all den schönen, gepflegten Männern um uns herum war keiner an uns interessiert. Wir lenkten uns ab, indem wir einen Cocktail nach dem anderen bestellten und sahen schließlich einem lesbischen Pärchen, das in unmittelbarer Nähe stand, beim Küssen zu.

»Also, ich kann mir wirklich nicht vorstellen, was daran gut sein soll«, sagte Gitta nachdenklich, ohne ihre Augen von den beiden abzuwenden. Als sie meinen überraschten Blick bemerkte, fügte sie rasch hinzu: »Nicht, dass ich etwas dagegen hätte. Ganz und gar nicht. Leben und leben lassen. Ich kann es mir nur für mich selbst nicht vorstellen, das ist alles.«

Ich dachte in diesem Moment unwillkürlich an Katharina. Salopp erwiderte ich: »Du kannst sie ja fragen, was daran gut ist. Für was bist du Journalistin?«

Es sollte ein Scherz sein, der mir auch aufgrund meines übermäßigen Alkoholkonsums leicht über die Lippen kam. Ich hatte vergessen, dass Gitta erstens spontaner und selbstbewusster war als ich selbst und zweitens noch beträchtlich mehr getrunken hatte.

»Na, das ist eine gute Idee, das mache ich«, entgegnete sie begeistert und trat auf die beiden zu. Sie tippte die maskuliner wirkende Dame auf die Schulter und sagte frech: »He du, ich bin Journalistin und hab da mal eine Frage: Ist der Sex mit Frauen besser als mit Männern?«

Ich wäre am liebsten vor Scham im Erdboden versunken. Die beiden Frauen schauten erst etwas verdutzt, lachten dann aber beide.

»Probier's doch aus«, meinte die Angesprochene, und ihre langhaarige Freundin erwiderte lächelnd: »Ich formuliere das mal so, Frau Journalistin: Warum sollte ich VW Käfer fahren, wenn ich auch einen Porsche haben kann?«

Jetzt, da ich mit Katharina schlief, dachte ich oft an diese Worte. Treffender hätte es die Langhaarige nicht formulieren können. Sex mit Männern war nicht grundsätzlich schlecht, aber nichts im Vergleich zu dem, was ich mit Katharina erlebte.

Manchmal fragte ich mich, ob es für sie auch so wunderbar war wie für mich. Es gefiel ihr, daran zweifelte ich nicht. Doch oft schien es mir, als empfände sie nicht das gleiche wie ich. Während für mich die Welt nach einer Reihe von sexuellen Höhepunkten eine halbe Ewigkeit auf dem Kopf stand, hatte sie sich stets sehr schnell wieder im Griff. Wenn ich in ihren Armen lag und ihre Nähe spürte, war mir manchmal, als wären wir miteinander verschmolzen, als wären sie und ich eine Person. Ich wollte all meine Gedanken mit ihr teilen, Positives wie Negatives, wollte ihr alles anvertrauen, sie in mein Innerstes schauen lassen. Ich hatte das Bedürfnis, ihr zu sagen, was ich für sie empfand – dass ich sie liebte.

Doch ich tat es nie. Ich unterdrückte mein Mitteilungsbedürfnis mit aller Macht. Es schien mir, als wolle sie nichts davon hören. Auch wenn ich überzeugt war, dass es von meiner Seite Liebe und nicht nur bloße Verliebtheit war, so konnte dennoch ein schwärmerisches Liebesgeständnis unglaubwürdig klingen. Schließlich hatten wir erst seit ein paar Tagen ein Verhältnis, auch wenn es mir schien, als wäre ich schon ein halbes Leben mit ihr zusammen. Sie war mir so vertraut. Doch es war anzunehmen, dass sie darüber anders dachte und auch anders empfand. Ich hatte nach der vierten Nacht einen Vorstoß in Richtung Liebesgeständnis gewagt, hatte ihr nach einem langen, leidenschaftlichen Kuss tief in die Augen gesehen und gesagt: »Ich habe dich so unendlich lieb.« Das war aus meiner Sicht weit unverfänglicher als die drei kritischen Worte. »Lieb haben« war nicht identisch mit »lieben«. Es war eine Vorstufe davon.

Katharinas Gesicht bekam diesen maskenhaften Zug, der keine Gefühlsregung verriet, und sagte – einfach gar nichts. Es war fast schlimmer, als wenn sie mir direkt ins Gesicht gesagt hätte, sie wolle nur Sex. Ich wusste nicht, woran ich bei ihr war, und das verunsicherte mich durch und durch.

Es wurde zur Gewohnheit, dass mich der Wecker um 4.30 Uhr aus dem Schlaf riss. Ich nahm in Kauf, dass ich spätestens bis um fünf Uhr Katharinas Haus verlassen haben musste, damit ich dem Pförtner nicht über den Weg lief und ihm Grund zu Spekulationen gab. An was ich mich jedoch nicht gewöhnen konnte, war ihr seltsames Verhalten nach dem Aufwachen. Wir schliefen als Liebespaar ein und wachten Seite an Seite als Fremde auf. Wenn sie sich aufsetzte und zu ihrem Kleiderschrank ging, sprach sie kaum ein Wort mit mir. Auch dann, wenn wir zusammen im Badezimmer waren, gab sie sich wortkarg und verschlossen. Wenn ich sie umarmte, blieb sie oft steif wie eine Schaufensterpuppe. Sie war niemals unfreundlich, stieß mich auch nicht grob weg – sie verhielt sich nur völlig passiv.

Oft saßen wir bei unserer gemeinsamen Arbeit an ihren Statements für das Rededuell mit ihrem Gegenkandidaten Udo Körnigge dicht nebeneinander vor dem Notebook. Da ihre Nähe diese immensen Gefühle bei mir auslöste, konnte ich mich anfangs nicht beherrschen und versuchte, sie zu verführen. Nach einigen vergeblichen Versuchen unterließ ich es. Es hatte keinen Sinn. Wenn Katharina Hermann ihre Arbeit und ihre Karriere im Visier hatte, war sie für Reize dieser Art nicht empfänglich. Etwas anderes war es, wenn wir unser Tagespensum erledigt hatten und die Initiative von ihr ausging. Ich war so gierig nach ihr, dass ich immer bereit war, auf ihre Verführung einzusteigen – weil es die einzige Art und Weise war, wie ich ihr nahe sein konnte.

Fast jedes Mal, wenn ich Katharina morgens verließ, hatte ich ein komisches Gefühl in der Magengegend. Irgendetwas lief nicht richtig, wusste ich dann. Auf dem Weg zu meiner Wohnung zerbrach ich mir den Kopf, warum sie sich so seltsam verhielt. Hatte ich etwas falsch gemacht? Gefielen ihr unsere Liebesnächte möglicherweise doch nicht? Was empfand sie für mich? Empfand sie überhaupt etwas? Ich war verliebt und hätte glücklich sein sollen, doch statt auf rosaroten Wolken zu tanzen, war es mir, als würde ich auf einem schmalen Steg über eine dunkle Schlucht balancieren. Jedes Wort gegenüber Katharina musste wohlüberlegt sein. Leicht konnte ich auf diesem Steg ausrutschen und in die Tiefe stürzen, wenn ich sie mit Worten belästigte, die sie offensichtlich nicht hören wollte. Wie zum Beispiel mit dem Wort »Liebe«.

Ich sagte mir: Theresa, du erwartest zu viel. Es sind erst zehn Tage, zehn lächerliche Tage. Manche Leute brauchen länger, um Gefühle aufzubauen.

Ich tröstete mich: Es gibt Menschen, die tun sich schwer, Emotionen zu zeigen. Katharina Hermann ist halt ein solcher Mensch.

Ich schalt mich selbst wegen meiner Ungeduld und meiner überzogenen Erwartungen. Doch was auch immer ich mir sagte – dieses Gefühl, dass meine Liebe nicht erwidert wurde, blieb und machte mich traurig.

Am Abend des zehnten Tages gingen wir noch einmal sämtliche Fragen durch, die sie beim Rededuell gegen Körnigge erwarten mochten. Sie beherrschte ihre Antworten und brachte sie flüssig und überzeugend hervor, ohne dass sie auswendig gelernt klangen. Der Inhalt war stimmig, ihre Rhetorik ausgezeichnet. Ich durfte mir dieses Resultat nicht selbst zuschreiben. Das Konzept hatte im Grunde schon bestanden, ehe ich ins Spiel gekommen war. Wieland hatte insgesamt gute Arbeit geleistet. In einigen Punkten war Katharina jedoch inhaltlich nicht zufrieden gewesen – beispielsweise mit ihrer Positionierung als Frau. Wir überarbeiteten ihre Aussage gründlich und verwendeten sehr viel Sorgfalt auf die passende Wortwahl. Ihr Frauenbild intelligent zu transportieren, kostete uns ganze drei Abende.

Nach ihrer Generalprobe tat Katharina etwas, was sie seit unserer ersten gemeinsamen Nacht nicht mehr getan hatte: Sie öffnete eine Flasche Wein. Und eine zweite. Sie trank mehr als ich. Sie war nicht betrunken, aber angeheitert. Und plötzlich war sie ein ganz anderer Mensch. Die Maske, die sich regelmäßig über ihr Gesicht legte, war an diesem Abend völlig verschwunden. Sie küsste mich begierig, sie umarmte mich stürmisch, sie konnte nicht genug von mir kriegen und nannte mich »mein Liebstes«. Ich schlief in ihren Armen ein, getragen von der Hoffnung, sie werde endgültig die Katharina bleiben, die sie an diesem Abend gewesen war. Am nächsten Morgen aber war alles ganz genauso wie an den anderen Tagen.

Am Abend saß ich mit einer Gruppe von Menschen, die mir inzwischen allesamt sehr vertraut waren, in einer blauen Kuppel am Berliner Breitscheidplatz. Die blaue Kuppel war einer der auffälligsten Paradebauten aus den achtziger Jahren und ursprünglich als Kino gedacht. Nachdem die Betreiber allerdings nach geraumer Zeit pleite gegangen waren, stand die Kuppel eine Weile leer. Dann entdeckte die ARD das eigenwillige Bauwerk für sich. Die wöchentliche Talkshow von Sabine Christiansen wurde hier aufgenommen. Sowohl Körnigge als auch Katharina Hermann waren bereits vor Monaten bei ihr zu Gast gewesen – in verschiedenen Sendungen. Heute sollten sie einen gemeinsamen Auftritt haben, und zwar in Form des von allen heiß erwarteten TV-Spektakels, bei dem die Kanzlerkandidaten gegeneinander antraten. Für die beiden großen Parteien war es *das* Forum schlechthin, um dem breiten Publikum ihre Ideale, Grundsätze und Vorstellungen kompakt und im direkten Vergleich zur politischen Konkurrenz zu präsentieren.

Ich saß in einem Hinterzimmer des Studios auf einer breiten roten Couch zwischen Arno Wendereich und Rudolf Aschinger. Den weißhaarigen Bayern hatte ich anfangs für spießig gehalten und war von seiner stets strengen Miene abgeschreckt gewesen. Inzwischen konnte ich ihn gut leiden. Ich schätzte, dass er auch bei heftigen Debatten Ruhe bewahrte und unerschütterlich zu Katharina hielt, ohne dabei den Anschein eines Schleimers zu erwecken. Auf einem grünen Polstersessel saß in einem dunkellila Hosenanzug mit gelbem Halstuch Katharinas hagere Fremdsprachenkorrespondentin Irma Heinrich. Mit ihr und ihrer etwas überheblichen Art war ich noch immer nicht warm geworden, mit ihrer Kollegin, der rundlichen Gerlinde Hannemann-Anselm, dafür umso mehr. Erst vor zwei Monaten hatte sie sich dem Wahlkampfteam angeschlossen, dann aber mit vollem Engagement. Auch sie war heute in die blaue Kuppel gekommen und tat, was sie auch im Ministerium als ihre vorrangige Aufgabe betrachtete: Sie sorgte für unser Wohlbefinden, diesmal mit kleinen Tüten Popcorn und Chips. »Ich dachte, das ist für so einen Fernsehabend genau das Richtige«, erklärte sie mit fürsorglicher Miene. Arno und ich schmunzelten unweigerlich. Wir fühlten uns dadurch tatsächlich wie bei einem Videoabend im heimischen Wohnzimmer.

Auch Dr. Andreas Jonas, Wielands ehemaliger Stellvertreter und jetzt offizieller Leiter der Pressestelle, war selbstverständlich mitgekommen. Er tanzte wie ein aufgeschrecktes Huhn um Katharina herum, zupfte ihr angestecktes Mikrophon zurecht, gestikulierte wild mit den Händen und redete auf sie ein. Was er sagte, konnten wir nicht verstehen, denn dieses Schauspiel fand bereits im Studio statt und wurde via Kamera auf den Monitor in unser Fernsehzimmer übertragen – allerdings noch ohne Ton. Das Rededuell begann erst in zwanzig Minuten. Katharina war schon vor zwei Stunden in die blaue Kuppel gekommen. Sie hatte viel Zeit in der Maske verbracht. Ich war ihr kurz vorher auf dem Weg zur Toilette begegnet und war entsetzt zurückgewichen, als ich das viele Make-up in ihrem Gesicht bemerkte. Allerdings wusste ich, dass Personen, die vor der Kamera agierten, immer sehr kräftig geschminkt wurden – nur so kam ihr Teint frisch und natürlich zur Geltung. Fehlte das Make-up oder war es zu dezent, wirkte die gefilmte Person krank und blass. Katharina interpretierte meine Miene richtig und lächelte nur flüchtig.

Wir wechselten kein Wort miteinander. Es waren zu viele Personen um uns herum, und seit wir ein Verhältnis hatten, waren wir noch bemühter als zuvor, jegliche Vertraulichkeit in Anwesenheit anderer zu vermeiden. Es gab Augenblicke, da kostete es mich sehr viel Selbstbeherrschung, diese Distanz zu ihr zu wahren. Doch ich wusste, wie wichtig es für sie war.

Während Jonas vor Nervosität schon rote Flecken im Gesicht hatte, wirkte Katharina äußerlich völlig ruhig und gelassen. Ein Lächeln lag auf ihrem Gesicht; fast sah es so aus, als freue sie sich auf das Rededuell.

»Jonas ist aufgeregter als die zukünftige Kanzlerin selbst«, flüsterte mir Arno zu.

»Die vielleicht zukünftige Kanzlerin«, verbesserte ich automatisch, obwohl ich inzwischen auch daran glaubte, dass die Konservativen die Wahlen gewinnen würden. Ich versuchte mir vorzustellen, was wohl in Katharina vorging. Sah sie dem Rededuell tatsächlich so erwartungsvoll und entspannt entgegen, wie es schien, oder konnte sie ihre innere Unruhe nur besser verbergen als ihr Gegenkandidat? – Udo Körnigge stand wenige Meter von ihr entfernt; auch er war offensichtlich schon in der Maske gewesen, doch die Visagistinnen ließen ihn nicht aus der Hand. Zwei Damen mit Pinseln, Puder und einem Tuch versuchten, seinen Schweißausbrüchen Herr zu werden. Sein Make-up wurde von den Schweißperlen, die sich auf seiner Stirn bildeten, stark in Mitleidenschaft gezogen. Er lächelte auch, doch sein Lächeln war verkrampft.

»Er wirkt gegen sie wie eine Witzfigur«, bemerkte Irma Heinrich nun von ihrem Sessel aus.

»Ach, das arme Jüngelchen. So eine Sache wie diese macht man halt nicht alle Tage. Deshalb ist er so zappelig«, nahm ihn Gerlinde Hannemann-Anselm in mütterlichem Tonfall in Schutz. Sie hatte sich inzwischen neben Rudolf Aschinger auf das Sofa gequetscht, was dazu führte, dass ich fast auf Arnos Schoß saß. Meine Nähe hatte ihn ja schon immer kalt gelassen. Jetzt konnte ich selbiges umgekehrt auch von mir behaupten. Ich dachte an Katharinas weichen, warmen Körper; ich dachte an ihre Haut, die sich so unglaublich sanft anfühlte.

»Wer in so einer Situation die Nerven wegschmeißt, sollte nicht Kanzler werden wollen«, bemerkte Rudolf Aschinger trocken, und Arno meinte: »Er wird sowieso nicht Kanzler. Der Job ist so gut wie vergeben.«

Ich hielt mich raus, da mir der Kanzlerkandidat der Sozialdemokraten in diesem Augenblick Leid tat. Dass er nicht unfähig war, hatte er bereits im Laufe seiner politischen Karriere bewiesen. Insofern hielt ich die Kommentare, die hier fielen, nicht für gerechtfertigt.

Freilich konnte ich nichts anderes erwarten – schließlich saß ich mit Katharinas engsten Wahlkämpfern zusammen. Im Nebenzimmer wartete Körnigges Gefolgschaft auf den Beginn des Rededuells und zog in diesem Augenblick wahrscheinlich genauso über Katharina her wie die hier Anwesenden über Körnigge.

Ins Studio kam jetzt Bewegung. Klaus von Borgh, der Moderator, kam herein. Er war um die 40, moderierte seit Jahren unzählige Politdiskussionen und hatte eine eigene TV-Sendung namens »Politik am Sonntag«, die am siebten Tag der Woche zwischen zehn und elf Uhr vormittags lief und in der Politiker aller Parteien aktuelle Themen diskutierten. Zuvor hatte er jahrelang für die »Tagesschau« gearbeitet. Ich hatte ihn sogar einmal persönlich kennen gelernt: Da er Absolvent meiner Universität war und einer der erfolgreichsten des Studiengangs Journalistik, war er während meiner Studienzeit einmal eingeladen worden, einen Vortrag über »Politik und TV-Kultur« zu halten. Klaus von Borgh war Vollprofi. Er beherrschte sein Handwerk als Moderator und hatte obendrein ein ausgezeichnetes politisches Wissen.

Die Kandidaten begaben sich jetzt auf ihre Plätze hinter zwei Stehpulten, die sich gegenüberstanden. Klaus von Borgh stellte sich zwischen den beiden in Position. Plötzlich hatten wir Ton. »Dreißig Sekunden bis zum Sendestart«, erklang eine gesichtslose Stimme aus dem Off.

Gebannt starrten wir auf den Monitor. Im Hintergrund wurde der Countdown gezählt. Dann begann die Sendung. In unserem Zimmer wurde es totenstill. Wir waren angespannter als Katharina selbst. Jonas gesellte sich zu uns, trat hinter das Sofa und trommelte nervös auf die Lehne, bis sich Arno mit einem verärgerten Stirnrunzeln zu ihm umdrehte.

Nach der Begrüßung leitete Klaus von Borgh zum ersten Themengebiet über: Wirtschaftspolitik. Mit einem galanten »Ladies first« übergab er Katharina das Wort. Wir hatten damit gerechnet, dass sie den Anfang machen würde. Und wie zu erwarten nutzte Körnigge die Ausgangssituation, um gleich in die Offensive zu gehen. Er warf ihr »Sozialraubbau« vor und nannte sie eine »Politikerin der reichen Leute«. Die Kanzlerkandidatin konterte, indem sie ihm eine kurzsichtige Wirtschafts- und Arbeitsmarktpolitik vorwarf. Sie nannte eine Reihe von Zahlen, die die Entwicklungen am Arbeitsmarkt beleuchteten, bezeichnete seine geplanten Maßnahmen als unternehmerfeindlich und betitelte seine Ausführungen als »sozialdemokratische Milchmädchen-Rechnung«.

Körnigge war kurz aus dem Konzept; es dauerte ein paar Sekunden, bis er entsprechend konterte. Auf uns wirkte er dabei wenig überzeugend.

»Eins zu null für unsere Kandidatin«, bemerkte Arno Wendereich und griff in die Popcorntüte. »Es lebe die sozialdemokratische Milchmädchen-Rechnung.«

In der folgenden Stunde debattierten Katharina Hermann und Udo Körnigge über Bildungspolitik, Strafrechts- und Steuerreformen, Umweltschutz, die zukünftige Rolle der BRD in der EU-Außen- und Sicherheitspolitik und über die Grundsätze des modernen Sozialstaats. Beide Kandidaten waren erwartungsgemäß rhetorisch und inhaltlich versiert. Je länger das TV-Duell dauerte, desto mehr erinnerte die Stimmung in unserem Fernsehzimmer an die Atmosphäre bei einem Fußballspiel. Auch das Vokabular, das Arno Wendereich und Rudolf Aschinger benutzten, glitt mehr und mehr in diese Richtung ab. »Das war schon wieder ein klares Tor für uns«, kommentierte Aschinger Katharina Hermanns Ausführungen zur Bildungspolitik. Die Konservativen planten die Einführung von Studiengebühren auch für das Erststudium – das Zweitstudium wurde bereits kostenpflichtig, als ich noch studiert hatte – und setzten sich für die Schaffung von Eliteuniversitäten ein. Deutschland sollte auch hinsichtlich Forschung und Lehre zukünftig eine führende Rolle im internationalen Vergleich einnehmen, lautete die Begründung. Die geplanten Eliteuniversitäten sollten Hochbegabten mit Stipendium sowie Kindern besonders zahlungskräftiger Schichten zugänglich sein. An diesem Punkt ging die Meinung von Katharina und mir entschieden auseinander. Ich hielt nichts von Eliteuniversitäten, da sie meiner Meinung nach zu einer akademischen Zwei-Klassen-Gesellschaft beitrügen, und von Studiengebühren noch weniger – auch wenn ich selbst aus einem Elternhaus stammte, in dem genug Geld vorhanden war. Nicht das Einkommen der Eltern darf über den Besuch einer Universität entscheiden, sondern nur die eigene Leistung, lautete meine Überzeugung. Darin stimmte ich mit Körnigge und seiner Partei völlig überein. In dieser TV-Diskussion aber stellte Katharina ihre Ideen so geschickt als einzig mögliche Lösung zur Sicherung eines hohen Ausbildungsniveaus dar, dass sogar dem am Existenzminimum lebenden Lieschen Müller einleuchten musste, dass Studiengebühren unumgänglich waren.

Schließlich kam Klaus von Borgh zum heikelsten Thema des Abends: der Familienpolitik. Auch ich hatte hier meine Bedenken. Es war offensichtlich, dass Katharina Hermann nicht das verkörperte, was ihre Partei seit Jahrzehnten propagierte. Freilich sagten die Konservativen nicht, dass Frauen zurück an den Herd sollten. Eine solche Aussage konnte sich heutzutage wohl keine Partei mehr leisten. Dennoch zielte ihr Maßnahmenkatalog zur Familienpolitik unter dem Deckmantel »Familienförderung« darauf ab, Frauen nach der Geburt ihres Kindes möglichst lange aus dem Berufsleben herauszuhalten. Familien, in denen die Mütter in den ersten drei Jahren nach der Geburt zu Hause blieben, sollten mit deutlich höherem Kindergeld belohnt werden.

Körnigge griff Katharina an, indem er ihrer Partei »reaktionäre Gegen-Emanzipation« vorwarf. Katharina konterte, im Grundgesetz sei der Schutz von Ehe und Familie festgelegt. Man könne als Partei wohl kaum behaupten, familienfreundlich zu handeln, wenn man Frauen mangels finanzieller Unterstützung zum raschen Wiedereinstieg in die Arbeitswelt und damit zur Abgabe ihrer erst wenige Monate alten Babys in Kinderkrippen zwang. Dies sei keine Frage der Emanzipation, sondern bringe nur den Zerfall der Familie mit sich. Bevor Körnigge etwas erwidern konnte, schaltete sich Klaus von Borgh in seiner Funktion als Moderator in das Rededuell ein, er richtete das Wort nun direkt an Katharina: »Frau Dr. Hermann, Ihre Partei propagiert ein eher traditionelles Familienmodell. Sie selbst sind eine Frau, haben keine Familie und leben damit konträr zu dem, was Ihre Partei propagiert. Wie beurteilen Sie diesen Widerspruch zwischen den Grundsätzen Ihrer Partei und Ihrer eigenen Person?«

Wir hielten alle die Luft an. Katharinas Gesicht nahm Bruchteile von Sekunden jenen steifen, undurchdringlichen Gesichtsausdruck an, den ich an ihr verabscheute. Katharina war auf Angriffe dieser Art vorbereitet. Doch sie waren unangenehm. Daran gab es nichts zu rütteln.

»Jetzt hat er sie«, grummelte Aschinger neben mir. »Wenigstens konnte sie vorher punkten.«

»Gegen Ende der Sendezeit sind Schwächen wie diese fatal«, kam es von Jonas. Er hatte Recht: Negatives, das am Anfang eines

Rededuells zur Sprache kam, konnte im Laufe des Rededuells wieder ausgebügelt werden und geriet in Vergessenheit. Doch in nicht einmal zehn Minuten war die Sendung zu Ende, und dem Publikum würde das in Erinnerung bleiben, was es zuletzt hörte.

Katharina lächelte jetzt freundlich. Die Maske war verschwunden. Sie wirkte sehr offen, fast heiter.

»Herr von Borgh, Sie haben ganz offensichtlich unser Parteiprogramm nicht richtig gelesen, sonst würden Sie mir diese Frage nicht stellen«, erwiderte sie in ausgesucht höflichem Tonfall, brachte von Borgh aber kurzfristig dazu, nervös an seiner Krawatte herumzunesteln. Er wirkte etwas verärgert, was ich verstehen konnte: Wer ließ sich schon gerne Versäumnisse unterstellen?

»Zunächst muss ich Sie darauf hinweisen, dass meine Partei weder ein traditionelles Familienmodell propagiert noch meine Person im Kontrast zu den Grundsätzen meiner Partei steht. Während andere Parteien Frauen in die Berufstätigkeit drängen, indem sie Hausfrauen und Mütter konstant gesellschaftlich abwerten, lassen wir Frauen offen, welchen Weg sie wählen. Wir fördern Mütter, die sich um ihre Kinder kümmern wollen, und daran ist absolut nichts Schlechtes. Gleichzeitig soll aber jede Frau, die sich für einen anderen Lebensweg entscheidet, diesen Weg auch gehen können. Wenn unsere Partei tatsächlich ein traditionelles Frauenbild propagieren würde, stünde ich heute nicht hier. Doch meine Partei hat mich, eine Frau, für diese verantwortungsvollste politische Funktion vorgesehen, weil sie eben *nicht* in traditionellen Schablonen denkt. Und weil ich – verzeihen Sie den Ausdruck – eben der beste ›Mann‹ bin, den dieses Land derzeit für das höchste Amt im Staate bieten kann.«

Körnigge lachte hier gekünstelt und machte den Mund auf, doch Katharina ließ ihn nicht zu Wort kommen. »Ich sehe meine Aufgabe darin, mich für Familien einzusetzen – für Mütter und für Väter und auch für Frauen, die Berufstätigkeit und Kinder unter einen Hut bringen müssen oder wollen. Mein oberstes Anliegen als zukünftige Bundeskanzlerin ist es, die nötigen Rahmenbedingungen zu schaffen, damit junge Frauen und Familien ihre persönlichen Entscheidungen auch umsetzen können. Dafür verzichte ich auf eine eigene Familie: Ich bin eine 100-Prozent-Frau. 100 Prozent meiner

Tagesenergie widme ich der Politik und dem Allgemeinwesen. Was die Situation vieler junger Familien und besonders junger Frauen betrifft, kann ich Ihnen eines versprechen: Ich werde mich zu 100 Prozent für sie einsetzen.«

»100-Prozent-Frau«, wiederholte Arno neben mir. Ein ungläubiges Grinsen breitete sich auf seinem Gesicht aus. »Das ist genial. *Sie* ist genial.«

»Eine ausgezeichnete PR-Schiene«, sagte Aschinger und drehte sich zu Jonas um. »Ist das von Ihnen, Herr Kollege, oder stammt das noch von Ihrem ehemaligen Vorgesetzten, dem großen Wieland?«

Jonas nuschelte etwas Undefinierbares, gab aber dann deutlich hörbar zu: »Von Wieland und mir ist es nicht. Es muss wohl von ihr selbst stammen.«

»Genial. Einfach genial. Eine 100-Prozent-Frau.«

Arnos Begeisterung schmeichelte mir. Schließlich war es allein meine Formulierung. Wieland hatte eine andere Antwort auf diese brisante Frage für sie vorbereitet, doch Katharina hatte sich hier klar für meinen Vorschlag entschieden. Ich freute mich über das Lob, das dieser Einfall erntete. Der einzige Wehmutstropfen dabei war, dass ich meine Freude nicht zeigen durfte. Was Körnigge zum Thema »Familie« noch sagte, ging in der freudigen Erregung, die jetzt in unserem Zimmer herrschte, völlig unter. Als die Abmoderation erfolgt war und uns der Ton wieder abgedreht wurde, ging die Türe auf und die junge Assistentin, die uns in das Zimmer hineingeleitet hatte, teilte mit, das Studio sei jetzt geöffnet. Wir drängten uns fast alle auf einmal durch die Türe und stürzten uns auf Katharina, die sich von ihrem Mikrophon befreite. An der anderen Seite des Studios gratulierte Körnigges Team ihrem Kandidaten auf ähnlich begeisterte Weise wie wir.

Die Distanz, die ansonsten zwischen der Kanzlerkandidatin und ihrem Team geherrscht hatte, war in diesem Augenblick vergessen. Arno Wendereich und Irma Heinrich umarmten die Politikerin als erste und gratulierten ihr zum gelungenen Auftritt. Gerlinde Hannemann-Anselm stand mit einem Blumenstrauß parat, den sie ihr zusammen mit Rudolf Aschinger überreichte. Auch Jonas ließ es sich nicht nehmen, die Politikerin kurz zu umarmen und ihr seine Anerkennung auszusprechen.

In mir tobte ein Sturm der Emotionen. Ich hatte das Gefühl, vor Stolz und Freude platzen zu müssen. Und ich fühlte diesen Stolz und diese Freude noch intensiver, wenn ich daran dachte, dass ich es war, die diese wunderbare Person in den Armen hielt, ich und niemand sonst. Mein Herz schlug schneller.

Als Jonas beiseite getreten war und Katharina in dieser Traube von Menschen erstmals ohne direkten Gesprächspartner dastand, konnte ich mich nicht länger zurückhalten. Ich flog in ihre Arme. Sie erwiderte meine Umarmung leicht und drückte mich dann sanft und unmerklich von sich weg.

»Herzlichen Glückwunsch«, sagte ich. »Das war wirklich gut.«

»Es freut mich, wenn Sie als unabhängige Journalistin so darüber denken«, erwiderte Katharina mit einem distanzierten Lächeln und wies mich damit in meine Schranken. Ich unterdrückte ein Seufzen und tröstete mich mit dem Gedanken, dass ich ihr nachts inniger zu ihrem Erfolg gratulieren würde.

Den Fotografen, die mit in den Saal gekommen waren und Bilder von den Kandidaten nach dem Auftritt schossen, hatte ich keine größere Beachtung geschenkt.

Die folgende Nacht mit Katharina überbot alles bisher Erlebte. Wir liebten uns lange, leidenschaftlich und sehr intensiv.

»Du bist so wunderbar«, flüsterte ich, als sie irgendwann erschöpft in meinen Armen lag. »Du bist eine geniale Politikerin, du bist eine wahnsinnig intelligente Person, du bist eine fabelhafte Liebhaberin. Du wirst eine wundervolle Bundeskanzlerin sein.«

Sie lachte leise und zog mich eng an sich. Ich roch den Duft ihres Haares, ein Aroma aus Pfirsich- und Mangoessenzen.

»Ich bin froh, dass es dich gibt«, sagte Katharina plötzlich.

Ich fühlte, wie ein unbeschreibliches Glücksgefühl durch meine Adern strömte. Es war kein »Ich liebe dich« gewesen, das nicht. Aber es war zweifelsohne das Netteste, was sie mir jemals gesagt hatte.

Vielleicht braucht sie nur ein wenig mehr Zeit. Vielleicht wird sie mich irgendwann so lieben wie ich sie. Vielleicht liebt sie mich jetzt schon und bringt es einfach nicht über die Lippen.

Ich vergrub mein Gesicht in ihren Haaren und schloss die Augen.

Ich war glücklich.

In der Hauptstadt

Verlobt. Verlobung. Verlobter. Mein Verlobter.

Die Wörter schienen in Theresas Kopf Tango zu tanzen: Sie hüpften in kleinen Hebefiguren auf und ab, drehten schwungvolle Kreise, verharrten dann sekundenlang bewegungslos auf der Stelle, um kurze Zeit später im nächsten Kreisel zu wirbeln. Theresa bekam Kopfschmerzen.

Sie saß inmitten von Umzugskartons und Koffern in dem Zimmer, das sie seit zwei Tagen bewohnte, und sann darüber nach, weshalb ihr alles, was mit ihrer Verlobung zu tun hatte, körperliche Schmerzen verursachte. Mal hatte sie Kopfweh, dann Magendrücken, aber nie jenes Glücksgefühl, das sie sich erwartet hatte, als sie auf Martins Heiratsantrag Ja gesagt hatte, an jenem Abend wenige Tage nach ihrer Diplomübergabe, in dem noblen Ristorante hinter der Bayerischen Staatsoper.

Das war jetzt knapp zwei Wochen her.

Diese zwei Wochen waren sehr stressig gewesen: Sie hatte ihr Studentenappartement gekündigt, einen Nachmieter gefunden, ihre Bücher, Ordner und Klamotten aus Katharinas Wohnung entfernt, hatte sich beim *Berliner Tagesspiegel* vorgestellt, im Anschluss an das Gespräch den Vertrag als Jungredakteurin unterschrieben und noch am selben Tag ein Zimmer gesucht. Sie hatte sich dafür entschieden, zunächst in einer Wohngemeinschaft zu leben. Schließlich kannte sie in dieser Stadt niemanden. Sie hatte sich vorgenommen, künftig mehr soziale Kontakte zu pflegen, jetzt, wo ihre Doppelbelastung durch Studium und Job vorbei war und sie nach der Arbeit ohne zusätzliche Verpflichtungen an die Abendgestaltung gehen konnte. Eine WG, so hatte sie gedacht, war dafür sicherlich ideal: Über ihre Mitbewohner hätte sie die Möglichkeit, andere Leute kennen zu lernen.

Sie hatte nur drei Wohnungen besichtigt und sich schließlich für ein Zimmer in einer WG in Berlin-Charlottenburg entschieden. Das Zimmer war knapp zwanzig Quadratmeter groß, hell und mit einem Erker versehen. Der Parkettboden war relativ neu und die Wände nach Auszug des Vormieters frisch ausgemalt worden. Ihre Mitbewohnerinnen hießen Ute und Silvia. Ute studierte Psychologie im siebten Semester, Silvia besuchte die Berliner Schule für Schauspiel. Sie waren beide ein Jahr jünger als Theresa. Sie wirkten kommunikativ und aufgeschlossen.

Am Vorabend hatten die beiden in der Küche gesessen. Theresa hörte sie miteinander plaudern, gesellte sich aber nicht dazu. Sie hatte sich genauso niedergeschlagen gefühlt wie jetzt und einfach nicht die Energie aufgebracht, die Chance zur Kontaktaufnahme zu nutzen. Sie war nicht einmal motiviert genug, ihre Umzugskisten zu leeren. Glücklicherweise hatte die Umzugsfirma ihre Möbel nicht nur nach Berlin transportiert, sondern gegen einen Aufpreis auch die Montage der Möbel übernommen. Sie selbst wäre dazu weder körperlich noch psychisch fähig gewesen.

Mit Martin war in dieser Hinsicht nicht zu rechnen. Seit sie ihm das Ja-Wort gegeben hatte, war er wieder mit vollstem Eifer in seine Doktorarbeit vertieft. Er wolle möglichst schnell fertig werden, hatte er ihr gesagt, denn sobald er das Studium samt Promotion abgeschlossen hätte, würden sie heiraten. Theresa hatte ihm wortlos zugehört und gleichzeitig an Katharina gedacht.

Sie hatte die insgesamt zwei Wochen, die sie nach ihrem Diplom überwiegend mit ihrem zukünftigen Mann verbracht hatte, durchaus genossen. Nachdem der Diplomstress weg war, fühlte sie sich auch in Martins Gegenwart wieder wohl. Theresa war froh gewesen, zu ihm zu können, als sie an jenem Abend nach dem Essen mit ihrem Vater nach München gefahren war. Sie hatte sich so allein gefühlt.

Sein Heiratsantrag hatte sie nicht überrascht. Sie hatte Ja gesagt, weil es ihr als logische Konsequenz von zehn Jahren Beziehung schien und weil Martin der einzige war, der jetzt für sie da war.

Ihren Vater hatte sie seit der Verabschiedung nach dem gemeinsamen Abendessen nicht mehr gesprochen. Von ihrer Mutter hatte sie zwei Tage später einen Anruf erhalten. Chiara Lackner erklärte ihr selbstmitleidig, dass ihr Leben ein einziger Horror sei, dass ihre Kinder und ihr Mann sie enttäuscht hätten und dass sie am liebsten sofort sterben würde. Theresa hatte betont locker gemeint, sie werde ihr Leben schon wieder auf die Reihe bringen, schließlich sei sie eine starke Frau. Erst als sie auflegte, vergoss sie einige Tränen. War es nicht die Pflicht jeder Tochter, sich um ihre Eltern zu kümmern?

Martin nahm sie nach dem Telefonat in die Arme und sagte, sie solle sich keine Gedanken machen, ihre Mutter werde sich schon wieder stabilisieren und überhaupt träfe Theresa keinerlei Schuld an der Lebenskrise ihrer Eltern. Sie solle sich endlich von der Vorstellung lösen, für den Erhalt der Harmonie in ihrer Familie zuständig zu sein. Außerdem: Sie gehöre jetzt zu ihm und hätte doch eine Familie, nämlich ihn und seine Eltern. Theresa lehnte sich an ihn, unterdrückte jedoch mühsam einen Aufschrei. Christa und Holger Rasch sah sie höchstens als Schwiegereltern, nicht als Eltern.

Martin war nicht begeistert, dass sie nach Berlin ging. »Warum muss es ausgerechnet der *Berliner Tagesspiegel* sein?«, jammerte er. »Warum kannst du nicht als Redakteurin bei der Regionalzeitung arbeiten? Oder am besten hier in München, bei der *Süddeutschen* zum Beispiel?«

»Es geht nicht anders«, hatte Theresa darauf geantwortet. Sie konnte ihm nicht erzählen, dass Katharina Hermanns Verbindungen in die Chefredaktion des *Berliner Tagesspiegel* führten und zufälligerweise nicht zur *Süddeutschen*, sie konnte ihm nicht erzählen, dass sie selbst nach Berlin wollte, um ihren Vertrag mit der Bundestagsabgeordneten weiterhin aufrecht zu erhalten, und sie konnte ihm auch nicht erzählen, dass die Regionalzeitung nicht einmal daran interessiert gewesen wäre, sie zu übernehmen. Statt Worten des Bedauerns hatte der Chefredakteur ihr zwar ein glänzendes Arbeitszeugnis mit auf den Weg gegeben, aber sie mit dem Kommentar entlassen: »Es ist immer bedauerlich, wenn sich eine junge Journalistin von Politikern zu sehr instrumentalisieren lässt. Man sollte sich in diesem Beruf doch so gut es geht als Kritiker verstehen, nicht als Hofberichterstatter bestimmter Personen.« Theresa wurde schlagartig klar, dass ihr Engagement für Katharina Hermann zumindest redaktionsintern aufgefallen war, und zwar negativ. Sie bedankte sich steif für die langjährige Zusammenarbeit, schüttelte jedem einzelnen ihrer früheren Kollegen zum Abschied die Hand und schwor sich, nie wieder eine Zeile für diese Zeitung zu schreiben.

Wenn sie an den Beginn ihrer Kooperation mit Katharina Hermann dachte, fühlte sie sich zunehmend unbehaglicher. Erst jetzt wurde ihr richtig bewusst, wie übel sie sich verhalten hatte. Es war schäbig gewesen, den Umstand, dass Katharina Hermann Frauen liebte, auf diese Art auszunützen. Ihr schlechtes Gewissen wurde noch erdrückender, weil sich die Abgeordnete ihr gegenüber im Gegenzug nicht nur stets korrekt und höflich verhalten hatte, sondern ihr auch noch unentgeltlich eine Unterkunft zur Verfügung gestellt hatte. Theresa sah Katharina Hermann seit der gemeinsamen Zeit nur noch im positiven Licht.

Unter normalen Umständen wären wir Freundinnen, sagte sie sich und verspürte einen Stich in ihrem Herzen, wann immer sie daran zurückdachte, wie merkwürdig ihre Verabschiedung abgelaufen war. Katharina war da gewesen, als Theresa ihre letzten Bücher und Kleidungsstücke aus der Wohnung holte. Obgleich Martin in München auf sie wartete, schmerzte sie die Vorstellung, dass sie nicht mehr mit Katharina frühstücken, dass sie wohl nicht so bald wieder mit ihr auf dem Sofa sitzen und Wein trinken würde und dass es wohl vorerst keine Gelegenheit zu Diskussionen über römische Redner und griechische Philosophen mehr gäbe – Themen, über die sie sich gegen Ende ihres Zusammenwohnens stundenlang hatten austauschen können.

Was bewog Theresa dazu, Katharina von der Verlobung mit Martin zu erzählen? Sie tat es und bereute es sogleich. Die Bundestagsabgeordnete erwiderte: »Dann gratuliere ich. Wann wird die Hochzeit sein?«, doch ihre Stimme klang kühl.

Nie! Ich will diese Hochzeit nicht! – Das war Theresas erster Gedanke, doch laut sagte sie: »Ich weiß es nicht. Martin will sein Studium noch beenden.«

Später standen sie im Flur vor der Wohnungstüre neben Theresas Koffern, Katharina mit verschränkten Armen und einer Miene, die keine Emotionen verriet.

Theresa war zum Heulen zumute. Sie verstand das selbst nicht.

Tapfer unterdrückte sie ihre Empfindungen und erlaubte sich als einzige Gefühlsäußerung, Katharina Hermann zum Abschied zu umarmen. Es war das erste Mal, dass sie ihr körperlich so nahe kam, und sie stellte überrascht fest, wie angenehm sich diese Umarmung anfühlte – auch, wenn Katharina sie kaum erwiderte.

»Ich danke dir für alles«, sagte sie leise. »Wir sehen uns dann in Berlin.«

»Lebe wohl«, sagte Katharina Hermann und öffnete ihr die Türe. »Soll ich dir beim Tragen helfen?«

Theresa schüttelte den Kopf und beeilte sich, mit ihrem Hab und Gut aus dem Haus zu kommen. Um ihre Selbstbeherrschung war es geschehen. Auf dem Weg zum Auto vergoss sie unzählige Tränen, weinte noch während der Autofahrt und schaffte es erst beim Ortsschild München, ein halbwegs überzeugendes Lächeln für Martin aufzusetzen.

Jetzt, als sie in ihrer neuen Bleibe auf einer der Bücherkisten saß, dachte sie wieder an Katharina Hermann. Sie hätte ihr gern von ihrem ersten Arbeitstag beim *Berliner Tagesspiegel* erzählt, der gerade hinter ihr lag.

»Es war okay«, hätte sie gesagt, obwohl das nicht wirklich ihren Empfindungen entsprach. Sie hatte sich fremd gefühlt in dieser Redaktion, unheimlich fremd. Sie war dem Ressort »Innenpolitik« zugeteilt worden, was sie nicht überraschte. Schließlich hatte sie Politikwissenschaften studiert und damit gerechnet, dass Katharina ihrer Kontaktperson nahe gelegt hatte, sie in diesem Bereich einzusetzen.

»In der Redaktion sind zwölf Redakteure und zwei Redakteurinnen«, hätte sie Katharina erzählt. »Und eine dieser Redakteurinnen bin ich. Es herrscht ein totaler Männerüberschuss in diesem Ressort. Ich hätte das nicht in dem Ausmaß erwartet. Es war alles recht fremd. So viele Namen, so viele neue Gesichter. Ich habe an diesem ersten Tag noch nicht viel getan. Überhaupt soll ich in den ersten Wochen mit einem Redakteur mitgehen – mitgehen zu den Bundestagssitzungen, mitgehen zur Bundespressekonferenz, mitgehen zu irgendwelchen Terminen mit den Pressesprechern diverser Abgeordneter. Ich soll mich über die Gesundheitsreform schlau machen und mich in das aktuelle Pensionssystem einarbeiten, hat mir der Chefredakteur aufgetragen. In dieser Redaktion hat jeder ein Spezialgebiet. Meines sollen die deutschen Rentner und ihre Pensionen werden, haben sie mir gesagt. Ehrlich gesagt, es interessiert mich nicht wirklich, aber was bleibt mir schon übrig? Ich weiß, es ist eine große Chance, bei einer Zeitung wie dieser zu

arbeiten, und Innenpolitik bei einer Tageszeitung ist das Sprung-
brett zu Magazinen wie *Brennpunkt* und *Spiegel*, aber momentan
fühle ich mich total überfordert. Ich bin dort mit Abstand die
Jüngste. Sogar die beiden Volontäre sind älter als ich. Diese Stadt
ist außerdem ein einziger Dschungel. Mir graut schon vor dem
Tag, an dem sie mich mit einem Redaktionsauto losschicken. Die
Vorstellung, auf diesen breiten Straßen nach dem richtigen Weg zu
suchen, ist momentan einfach nur grauenvoll für mich. Außerdem
wage ich es kaum, den Mund aufzumachen. Um mich herum
sprechen alle Hochdeutsch; bisher nahm ich an, ich sei dazu auch
in der Lage. Doch verglichen mit der Aussprache der anderen wirkt
mein süddeutscher Akzent holprig und bäuerlich. Ich komme mir
vor, als wäre ich dem Kuhstall entsprungen, und habe den Eindruck, die anderen sehen mich aufgrund meines gerollten r, meiner
verschluckten Endungen und weichen Aussprache genauso – als
bayerisches Bauerntrampel. Wenn ich hier in eine Bäckerei gehe,
fühle ich mich wie im Ausland. Die Semmeln heißen Brötchen, die
Krapfen Berliner, und dann gibt es noch Stullen und eine Menge
anderer Bezeichnungen, mit denen ich nichts verbinde. Und diese
Stadt ist so schmutzig. Ich habe eben bisher noch nicht wirklich in
einer Großstadt gelebt, von den paar Wochen bei Martin in München abgesehen. Ging es dir anfangs in Berlin genauso? Hast du
dich auch erst eingewöhnen müssen? – Ich würde dich gerne besuchen, du hast hier ja auch eine Wohnung, wir könnten zusammen
kochen oder auch einfach nur so auf ein Gläschen Wein irgend-
wohin gehen.«

Sie hatte ihr fiktives Gespräch mit Katharina kaum zu Ende ge-
sponnen, als sie sich schon fragte, ob das nicht alles zu kindisch
klang. Was hatte sie denn erwartet vom Arbeitsbeginn in einer
neuen Redaktion? Es ist völlig logisch, dass ich mir fremd vor-
komme, versuchte sie sich zu beruhigen. In spätestens einem halben Jahr werde ich mich hier zu Hause fühlen.

»Du wirst maximal zwei Jahre in Berlin bleiben, nicht wahr?«,
hatte Martin zu ihr gesagt und sie hoffnungsvoll angesehen. »Du
weißt doch, wenn ich mit meiner Doktorarbeit fertig bin und mein
Examen in der Tasche habe, will ich eine Facharztausbildung als
Chirurg machen – am besten unter der Leitung deines Vaters. Wir

könnten dann in der Nähe meiner Eltern zu bauen anfangen. In Miete wohnen zahlt sich schließlich langfristig nicht aus. Und wir wollen doch beide ein Haus haben. Das ist ja auch sinnvoll wegen der Kinder.«

Sie hielt es nicht länger aus. Sie vermisste Katharina. Es ist normal, dass man Freunde vermisst. Sie sagte sich diesen Satz einige Male in Gedanken, ehe sie zu ihrem Handy griff. Hektisch wählte sie Katharinas Mobilnummer und flehte innerlich, dass sie abheben würde. Am Vortag hatte sie es schon zweimal vergeblich versucht und war in der Mobilbox gelandet, ohne jedoch eine Nachricht zu hinterlassen. Was hätte sie auch sagen können? Katharina, ich wollte mit dir plaudern? Ich vermisse dich? Katharina hätte darauf nicht reagiert.

Theresa ließ es läuten – einmal, zweimal, dreimal, viermal … Beim siebten Mal landete sie in der Mobilbox. Sie hörte Katharinas klare Stimme, die nicht ihren Namen, aber ihre Handynummer nannte. Als sie dazu aufgefordert wurde, Namen und Telefonnummer zu hinterlassen, gefolgt von der Anmerkung: »Im Bedarfsfall rufe ich Sie zurück«, entschied Theresa, dass sie nicht länger warten konnte. Sie war ein Bedarfsfall, weil sie das Bedürfnis hatte, mit ihr zu sprechen. Trotzdem musste sie kräftig schlucken und ihren ganzen Mut zusammennehmen, als der Piepton erklang.

»Hier ist Theresa«, sagte sie und bemühte sich, ihrer Stimme einen festen Klang zu geben. »Ich bin ja jetzt hier in Berlin und ich wollte hören, wie es dir geht. Ich habe gedacht, wir könnten uns vielleicht mal treffen? Ich würde mich freuen …«

Da sie nicht wusste, was sie noch hätte sagen können, ohne peinlich zu wirken, ließ sie die letzten Worte unvollendet im Raum stehen und legte auf. Ihre Hand zitterte. Was war nur los mit ihr? Sie legte das Handy auf die Kiste neben jener, auf der sie saß, und starrte es an. Würde Katharina zurückrufen, wenn sie ihre Nachricht abhörte?

Theresa verharrte regungslos auf ihrer Kiste, bis eine ihrer Mitbewohnerinnen an die Türe klopfte und fragte, ob sie mit ihr Spaghetti essen wolle. Theresa nahm das Angebot dankend an. Sie verspürte nur wenig Hunger, sah in dem gemeinsamen Essen jedoch eine Chance, die Bekanntschaft mit ihrer Mitbewohnerin zu vertiefen. Sie saßen am Esstisch in der Küche und tauschten Oberflächlichkeiten aus. Theresa ließ sich über die besten Clubbinglocations informieren, obgleich sie Massenveranstaltungen verabscheute. Sie hatte noch nicht einmal die Hälfte ihrer Spaghetti Bolognese gegessen, als ihr Handy läutete.

Katharina, durchfuhr es sie freudig. Sie ließ ihre Gabel fallen und stürzte in ihr Zimmer, wo ihr Handy immer noch auf der Kiste lag. Atemlos und erwartungsvoll nahm sie den Anruf an.

Es war Martin. Er wollte sich erkundigen, wie ihr erster Arbeitstag war.

»Es war okay«, sagte sie, bemüht, ihre Enttäuschung zu verbergen. Ihr Bericht über die Redaktion war ganze drei Sätze lang. Danach ließ sie Martin reden, ohne ihm zuzuhören. Nebenbei malte sie mit einem Kugelschreiber kleine traurige Schmollmundgesichter auf den Umzugskarton. Als Martin nach einer halben Stunde auflegte, waren ihre Spaghetti kalt. Theresa war froh darüber. Nun hatte sie die passende Ausrede, um sie im Müllkorb zu entsorgen. Ihr Hungergefühl war völlig verschwunden. Stattdessen war ihr speiübel.

In den vergangenen Wochen hatte Theresa nicht mehr an Tommi gedacht. So schmerzvoll sein Abrutschen in die Drogenszene für sie auch war – sie hatte das Gefühl, nichts daran ändern zu können. In den ersten Tagen nach ihrem Umzug nach Berlin hatte sie manches Mal daran gedacht, wie es wäre, ihm plötzlich gegenüberzustehen. Schließlich hatte ihr Vater erwähnt, er habe sich aus Berlin gemeldet. Sie hatte sich selbst dabei ertappt, wie sie die Augen offen hielt, wenn sie zur U-Bahn ging oder in einer der größeren U-Bahn-Stationen eine Gruppe Obdachloser oder Junkies sah. Doch ihre eigenen Probleme gewannen allmählich so die Oberhand, dass sie Tommis Existenz völlig verdrängte. Wenn sie nicht in der Redaktion war, schloss sie sich in ihrem Zimmer ein. Meistens legte sie sich auf ihr Bett, starrte an die Decke, grübelte über ihr Leben und hoffte, dass ihr Handy läuten würde. Ihre Hoffnung sank von Tag zu Tag mehr.

Es war ein Samstagvormittag Mitte März, als sich ein Demonstrationszug aufgebrachter Sozialhilfeempfänger zum Bahnhof Berlin-Friedrichstraße bewegte. Im Bundestag wurde derzeit über die Kürzung unterstützender Leistungen diskutiert, und allein die Aussicht, dass dies tatsächlich eintreten könnte, brachte die Leute auf die Straße. Theresa sollte mit einem Kollegen gemeinsam einen Artikel darüber verfassen. Sie hatten sich die Arbeit aufgeteilt: Während ihr Kollege im Bundestag mit verschiedenen Persönlichkeiten sprach, sollte sie mit dem »Mann von der Straße« reden. Sie war wenig begeistert davon, hatte jedoch keine Chance, etwas daran zu ändern. Lieber hätte sie sich zum Bundestag begeben, viel lieber. Vielleicht wäre sie sogar Katharina begegnet?

Theresa sprach mit einigen der Demonstranten und hörte sich an, dass die Regierung eine Räuberbande sei, dass alle Politiker im Luxus lebten und am besten an die Wand gestellt gehörten und dass die kleinen Leute immer die Fehler der Großen auszubaden hätten. Einige der Demonstranten erklärten ihr auch, dass eine Revolution her müsse, nur so könne Gerechtigkeit wiederhergestellt werden. Die Leute waren wütend, einige hatten zu viel getrunken, die Stimmung war aufgebracht, und Theresa fror sich in ihren sommerlichen Pumps, dem einzigen Paar Schuhe, das zu ihrem bordeauxfarbenen Kostüm passte, die Füße ab. Sie wurde nicht nur wegen ihrer eleganten Kleidung von den Demonstranten misstrauisch beäugt, sondern hatte auch das Problem, dass sie einige von ihnen aufgrund des Dialekts fast nicht verstand. So notierte sie auf ihrem kleinen weißen Block zumindest das, was sie heraushörte, heuchelte Verständnis, um noch mehr aus ihnen herauszukitzeln, und war zugleich von Abscheu erfüllt. Sie wollte mit Leuten wie diesen nichts zu tun haben.

Zusammen mit dem Fotografen, der sie begleitet hatte, machte sie sich auf den Rückweg in die Redaktion. Sie warteten auf die U-Bahn, als es geschah: Jemand legte ihr von hinten die Hand auf die Schulter.

Erschrocken fuhr sie herum.

»Tommi!« Ihre erste Freude über das unerwartete Erscheinen ihres Bruders machte Bruchteile von Sekunden später blankem Entsetzen Platz. Ihr Bruder war erschreckend mager geworden. Seine knochige Gestalt erinnerte mehr an ein Skelett als an einen jungen Menschen von knapp 19 Jahren. Sein dunkles Haar hing ihm strähnig und fettig ins Gesicht; seine Haut war bleich, fleckig und mit eitrigen Aknepusteln übersät. Er trug eine zerschlissene Jeans mit einem großen Riss am Knie, der nicht aussah, als wäre er ein Modegag, und dazu ein schwarzes, verwaschenes Sweatshirt. Mit seinen rot geäderten Augen und den farblosen Lippen erinnerte er Theresa an eine jener Horrorgestalten, die in den Videos, die sich ihr Bruder neben Actionfilmen bevorzugt angesehen hatte, aus Gräbern stiegen oder von Geisterjägern verfolgt wurden. Tommi roch nach einer Mischung aus Alkohol, Schweiß und Urin. Unwillkürlich wich sie vor ihm zurück.

»Hast du den Absprung von daheim jetzt doch geschafft, Schwesterherz?« Er grinste sie an. Seine Zähne schimmerten gelblich. Der Fotograf, der sie begleitet hatte, sah neugierig zu ihr und ihrem Bruder hinüber. Theresa konnte sich vorstellen, was er dachte: Wie passt das zusammen, die neue Redakteurin und dieser Junkie?

Es war ihr unangenehm, mit jemandem gesehen zu werden, der so aussah wie Tommi.

»Wir können uns mal treffen, Tessa. Jetzt, wo du hier bist.«

Theresa konnte sich nicht vorstellen, was sie mit ihm unternehmen sollte. Sie spürte den interessierten Blick des Fotografen auf sich ruhen. Ihr Unbehagen wuchs.

»Du siehst toll aus. Wie immer«, meinte Tommi jetzt. Es klang unbeholfen.

Sie hatte bis jetzt geschwiegen. Es war an der Zeit, auch etwas zu sagen.

»Brauchst du Geld?« Es war das einzige, was ihr in diesem Moment einfiel.

Er verzog den Mund. Theresa fragte sich, ob es ein Grinsen sein sollte.

»Klar. Kohle kann ich immer brauchen.« Er streckte fordernd die Hand aus. Theresa wünschte sich, der Erdboden würde sich unter ihr auftun und sie verschlucken – stand sie doch hier mit einem Junkie inmitten dieser Leute, in der Nähe ihres Arbeitskollegen, und wurde um Geld angebettelt!

Da sich der Erdboden nicht auftat, beschloss sie, die Situation selbst zu beenden. Sie zückte ihren Geldbeutel und drückte ihm einen Fünfziger in die Hand.

»Oh danke. Wie großzügig.« Der Sarkasmus triefte aus seiner Stimme. Theresa sagte nichts. Das war auch nicht nötig. Denn im selben Augenblick fuhr die U-Bahn ein. Sie wandte sich wortlos von Tommi ab und stieg ein.

Der Fotograf stellte keine Fragen. Theresa war einerseits froh darüber. Sie hatte keine Lust, über ihre Familienverhältnisse zu reden. Andererseits schockierte sie das Desinteresse, das er ihr damit entgegenbrachte. Er verhielt sich wie alle Kollegen, mit denen sie in ihrem beruflichen Alltag beim *Berliner Tagesspiegel* Umgang hatte: professionell und distanziert.

Der Schock über die Begegnung mit Tommi saß ihr noch in den Gliedern, als Martin anrief. Sie telefonierten jeden Abend. Wenn ihr Handy läutete, sah Theresa hoffnungsvoll auf das Display. Jedes Mal, wenn sie Martins Namen darauf entdeckte, spürte sie eine gewisse Enttäuschung. Jedes Mal nahm sie den Anruf an, da sie wusste: Wenn sie jetzt nicht abhob, würde er es die ganze Nacht im Zehn-Minuten-Takt versuchen, und sie müsste auch noch eine Ausrede erfinden, weshalb sie zuvor nicht abgehoben hatte.

Sie erzählte Martin, dass sie Tommi getroffen hatte und wie er aussah. Sie solle nicht über ihren Bruder nachdenken, erwiderte er, sie könne ihn nicht ändern. Dann erzählte er ihr ausschweifend von den Proben des Studentenchors, in dem er als Tenor glänzte.

Theresa dachte an das, was ihr Vater ihr nach der Diplomübergabe gesagt hatte. Sei fair dir selbst gegenüber. Binde dich nicht an einen Menschen, nur weil du denkst, er würde gut in dein Leben passen. Sie stellte sich den Bauplatz in ihrem Heimatort vor, auf dem Martin ihr gemeinsames Haus errichten würde. Es schien ihr ausgeschlossen, in unmittelbarer Nachbarschaft zu ihren konservativen Schwiegereltern zu wohnen. Sie wollte auch nicht Eva Trautmann, der Geliebten ihres Vaters, beim Einkaufen über den Weg laufen. Sie bekam Gänsehaut, wenn sie daran dachte, wie die Leute in ihrem Heimatort über sie reden würden: Das ist die Tochter vom Chefarzt, der früher mit dieser Italienerin verheiratet war. Sie geht schon sehr in die Richtung ihrer Mutter, schaut sie nur an. Sie ist ja nun mit dem Martin verheiratet, dem Sohn vom Architekten

Rasch. Ja, der Martin, ein fleißiger Bub, Arzt ist er geworden, arbeitet ja jetzt bei uns am Krankenhaus. Da ist ihm schon zu wünschen, dass seine Frau ein bisschen anders ist als ihre Mutter. Sie soll ja für die Zeitung geschrieben haben, ehe die Kinder da waren ...

So ein Leben will ich nicht.

Andererseits – was blieb als Alternative? In dieser Stadt fühlte sie sich nicht wohl. Und sie war allein.

Warum kann Martin nicht so sein wie Katharina?

Sie erschrak. Und plötzlich hatte sie es begriffen. Sie musste ihre Verlobung auflösen. Sie konnte Martin unmöglich heiraten. Sie musste es ihm sagen.

Ungewisse Aussichten

Es heißt oft, die Geschichte wiederholt sich. In meinem Fall bewahrheitete sich der Spruch: Damals hatte ich auf einen Anruf von Katharina gewartet, und heute tat ich es wieder. Drei Tage waren seit unserer letzten gemeinsamen Nacht vergangen. Wir hatten uns seitdem nicht mehr gesehen und nicht mehr gesprochen. Das lag nicht an mir. Ich war noch immer mit der Reportage über die Kanzlerkandidatin beschäftigt, doch ich hätte alle Hebel in Bewegung gesetzt, um sie zu treffen. Sie war es, die keine Zeit für mich hatte. Ihr Terminkalender war voll. Sie war teilweise in Bonn und auch einen halben Tag lang in München. Sie saß in Sitzungen, Gremien und Ausschüssen, stand unter der Aufsicht von Dr. Andreas Jonas der Presse Rede und Antwort. Ich hatte mehrmals versucht, sie auf ihrem Privathandy anzurufen, war jedoch immer in der Mobilbox gelandet. Anders als vor sechs Jahren zögerte ich diesmal nicht, ihr eine Nachricht zu hinterlassen. Ich sagte ihr, dass ich sie vermisste und mich über einen Anruf freuen würde.

Was ich bekam, war Stunden später eine Kurzmitteilung, in der sie schrieb: Habe genug um die Ohren. Sorry. Keine Zeit. Liebe Grüße.

Ihre SMS machte mich nicht glücklicher. Ihre Worte vermittelten mir, dass sie mich im Moment nicht brauchen konnte. Außerdem vermisste ich den persönlichen Bezug. Wenn sie mir schon nicht sagen konnte, dass sie mich liebt, warum konnte sie nicht zumindest etwas Liebevolles schreiben? Mit allem wäre ich zufriedener gewesen als mit dieser unpersönlichen Nachricht, die sich im Grunde an jeden richten konnte – an jemanden wie Arno Wendereich oder Rudolf Aschinger genauso wie an mich, die Frau, mit der sie schlief.

Ich versuchte, mich selbst zur Vernunft zu rufen: Diese Frau will Kanzlerin werden. In zehn Tagen sind Wahlen. Es ist ganz normal, dass sie jetzt anderes im Sinn hat, als mit mir zu telefonieren.

Dennoch: Mein Herz wollte ihr Verhalten nicht einsehen. Ich machte mir zunehmend Gedanken über die Zukunft. Ich konnte nicht einschätzen, wie es mit mir und Katharina weitergehen würde. Ich wusste mit hundertprozentiger Sicherheit, dass ich mit ihr zusammen sein wollte. Sie war der Mensch, nach dem ich mich immer gesehnt hatte. Ich hatte mich in den Wochen, die ich mit Katharina Hermann in ihrer Wohnung verbrachte, in sie verliebt. Anders als heute hatte ich diese Gefühle lange verleugnet. Ich hatte mich vor mir selbst geschämt: Eine Frau zu lieben, schien mir undenkbar. In jenem Moment, als ich Martin mit Katharina verglich, war mir bewusst geworden, welchen Stellenwert sie für mich einnahm. Ich hätte mir aber lieber die Zunge abgebissen, als dies offen einzugestehen. Ich hatte zwar begriffen, dass ich Martin unter diesen Umständen nicht heiraten konnte, doch ich sah mich noch lange nicht als Lesbe. Später hatte ich nur Männer gehabt. Katharina war die erste Frau in meinem Bett. Nach der ersten Nacht mit ihr hatte ich mich tatsächlich gefragt, ob ich jetzt lesbisch war. Inzwischen war mir diese Frage zu trivial. Ich hatte keine Probleme mit meiner sexuellen Identität. Ich genoss den Sex mit ihr über alle Maßen, aber ich fand Männer nicht grundsätzlich unattraktiv. Ich schämte mich nicht für meine Gefühle. Von mir aus hätte die ganze Welt davon erfahren können.

Manchmal stellte ich mir vor, wie es wohl wäre, wenn Katharina Hermann eine ganz durchschnittliche Person wäre. Sie würde vielleicht in einer Werbeagentur arbeiten, so wie Gabriele Parcher, in irgendeiner Großstadt. Es bestünde kein Grund für Heimlichtuerei. Wen interessierte es in Hamburg, Berlin, Köln oder München schon, ob jemand schwul oder lesbisch war? Nach meinen Erfahrungen aus dem Medienbereich war die Zeit der Vorurteile und Diskriminierung weitgehend vorbei. Ich hätte mit Katharina ein ganz normales Leben führen, mit ihr ganz offiziell eine gemeinsame Wohnung bewohnen und einen gemeinsamen Bekanntenkreis pflegen können. Ich hätte mich in der Öffentlichkeit nicht ständig zusammenzureißen müssen, um ihr bloß nicht zu nahe zu kommen.

Stattdessen musste ich sie siezen, sie wagte mich kaum anzusehen und behandelte mich wie eine Fremde. Mir war klar, dass das sein musste, um ihre Kandidatur nicht zu gefährden. Andererseits gab es Momente, in denen ich die gesamte konservative Partei und ihr auf die traditionelle Familie abzielendes Grundsatzprogramm zum Teufel wünschte. Ich konnte einfach nicht begreifen, weshalb Katharina sich mit Leib und Seele einer Partei verschrieben hatte, die ganz offensichtlich keinerlei Sympathie hegte für die Rechte Homosexueller. Warum konnte sie sich nicht bei den Grünen engagieren?

Freilich, die Antwort lag klar auf der Hand: Weil es ihrer Einstellung nicht entsprach. Und weil sie nach oben wollte, ganz nach oben. Die Grünen gewannen von Wahl zu Wahl mehr Wählerstimmen, doch sie waren weit davon entfernt, als stärkste Partei den Kanzler zu stellen.

Wie sollte es weitergehen mit uns, wenn sie tatsächlich Kanzlerin werden würde? Welche Rolle hätte ich in ihrem Leben? Wäre ich die heimliche Geliebte, jener Schandfleck in ihrem sonst so makellosen Leben, der nie öffentlich werden durfte? Ich konnte mir schwer vorstellen, dass ich dies eine ganze Legislaturperiode durchhalten würde.

Als an diesem Nachmittag mein Handy klingelte, hoffte ich erneut, es wäre endlich der ersehnte Anruf von Katharina. Doch es war mein Bruder, der sich meldete. Er wolle sich mit mir treffen, sagte er und klang sehr fröhlich. Ob ich jetzt gleich Zeit hätte?

Da ich froh über eine Unterbrechung war, ließ ich die Reportage Reportage sein und schaltete mein Notebook aus.

Eine dreiviertel Stunde später saßen wir uns in einem gepflegten Café an der Spree gegenüber. Als Tommi mir den Treffpunkt vorgeschlagen hatte, war mir unweigerlich die Frage durch den Kopf gegangen, wie sich mein Bruder in diesem eher gediegenen Ambiente ausmachen würde. Ich kannte das Café. Blümchenstoff, rosarote Vorhänge und alte Damen mit Hut und Schoßhündchen prägten sein besonderes Flair. Und obwohl es zunehmend auch für Leute unter 30 interessant wurde, hatte ich Heavy-Metal-Fans wie meinen Bruder dort noch nicht gesehen.

Zu meiner großen Überraschung erschien Tommi an diesem Tag in akzeptablem Outfit, nämlich mit einer makellosen Jeans und einem dunkelblauen Wollpullover. Seine langen Haare hatte er zu einem Zopf zusammengebunden.

»Hallo, Tessa.« Er umarmte mich zur Begrüßung und bestellte für uns beide Cappuccino. Mir fiel auf, dass er nicht mehr so blass war wie sonst; auch sein Körper erschien mir weniger schlaksig. Ich sprach ihn darauf an.

Er grinste. »Tja, wir haben uns jetzt doch eine Weile nicht mehr gesehen. Es hat sich einiges getan in den letzten Wochen.«

»Zum Beispiel?« Veränderungen in Tommis Leben stand ich seit seinem Absturz mit einer gewissen Skepsis gegenüber.

»Ich arbeite nur noch am Samstagabend in der Videothek und ansonsten auf dem Bau. Außerdem gehe ich auf eine Abendschule und lasse mich zum Krankenpfleger ausbilden.«

Mein Erstaunen stand mir ins Gesicht geschrieben. Tommi grinste noch breiter. »Da staunst du, was? Dein abgefuckter Bruder scheint es doch noch zu was zu bringen ...«

»Ich habe nie gesagt, dass du abgefuckt bist«, widersprach ich, allerdings mit wenig Überzeugungskraft in der Stimme. Tommi grinste noch immer und tätschelte besänftigend meine Hand.

»Ganz ruhig, Schwesterchen. Kein Grund zur Aufregung. – Lass mich dir lieber eine frohe Botschaft verkünden: Du wirst Tante.«

Entgeistert starrte ich ihn sekundenlang an. Hatte er mir tatsächlich mitgeteilt, dass er und Florence ein Kind bekommen würden?

»Aber ... Florence wollte doch eine Karriere als Sängerin starten«, platzte es aus mir heraus.

Tommi zuckte mit den Schultern. »Das kann sie ja immer noch. Jetzt hat erst mal das Baby Vorrang.«

Ich stellte mir Tommis Wohnung vor: das schmutzige Badezimmer, die leeren Weinflaschen, der ständig flimmernde Fernseher und der permanent laufende Computer. Die Vorstellung, dass inmitten dieser chaotischen Enge eine Wiege mit einem Baby stehen sollte, löste in mir Skepsis aus.

»Eure Wohnung ist doch viel zu klein«, warf ich ein.

»Ach, für den Anfang geht das schon«, erwiderte mein Bruder gelassen. »Ein Baby braucht erst mal nicht viel Platz. Und wenn ich meine Ausbildung fertig habe und richtig im Job bin, können wir uns ja irgendwann eine größere Wohnung mieten. In den Ostbezirken gibt es große Wohnungen für verhältnismäßig wenig Geld.«

»Ja, Plattenbauten«, meinte ich mit wenig Begeisterung in der Stimme. Keine zehn Pferde würden mich in einen so hässlichen Bau bringen.

»Tessa.« Das Grinsen war aus Tommis Gesicht verschwunden. Er schaute mich ernst an. »Kannst du dich denn gar nicht für mich freuen?«

»Ich weiß einfach nicht, ob es in eurer Situation gut ist, ein Kind zu bekommen«, entgegnete ich wahrheitsgemäß. »Ich meine, du bist erst 25, du hast keinen gescheiten Job, Florence ist sogar noch jünger als du, ihr lebt in unorthodoxen Verhältnissen ...«

»Bitte, was?« Der Ärger in Tommis Stimme war unüberhörbar. »Unorthodoxe Verhältnisse, was soll das schon wieder heißen? Das ausgerechnet von dir zu hören, ist wirklich der Abschuss. So einen traditionellen Lebensstil lebst du ja nun wirklich nicht, dass du dir das Recht herausnehmen kannst, über andere zu urteilen.«

»Ich lebe in gesicherten finanziellen Verhältnissen«, entgegnete ich steif. Warum wollte Tommi mich einfach nicht verstehen?

Er schnaubte verächtlich. »Ich meine nicht deine Finanzen, das weißt du ganz genau. Ich meine Kathari –«

»Nicht so laut!«, entfuhr es mir. Sekundenlang war ich gelähmt vor Entsetzen. Ich schloss die Augen und wünschte mich weit weg.

Woher weiß Tommi davon?

Katharina wird ausrasten.

Als ich die Augen wieder öffnete, grinste Tommi wieder.

»Es ist nicht schlimm, Tessa«, meinte er. »Mir ist egal, mit wem du zusammen bist. Ich wollte dir nur klarmachen, dass du nicht so scheinheilig tun musst. Ich will dieses Kind, und ich freue mich darauf und Florence ebenso. Also hör auf, alles schlecht zu machen. Du kannst mir mal ein bisschen Glück gönnen.«

»Ich gönne dir ja dein Glück«, erwiderte ich zaghaft.

Vielleicht ist es wirklich falsch, ihn und seinen Lebensstil zu verurteilen. Schließlich gibt er sich ja Mühe, für dieses Kind zu sorgen. Aber trotzdem, diese Wohnung und das wenige Geld, das sie zur Verfügung haben ...

Ich sah ihn jetzt mit der gleichen Ernsthaftigkeit an, mit der er mich angesehen hatte. »Bitte, Tommi. Was du da eben gesagt hast – ich bitte dich inständig, kein Wort darüber zu verlieren. Es wäre das Ende ihrer Karriere, wenn da etwas nach außen dringt. Auch kein Wort zu Florence. Ich bitte dich.«

Die Bedienung servierte unseren Cappuccino. Wir nahmen beide einen Schluck aus unseren Tassen. Nach diesem Schock tat die Koffeinzufuhr gut.

»Wie kannst du mit diesen Heimlichkeiten leben?«

Tommis Interesse war echt. Ich beschloss, ihm offen darauf zu antworten. »Ich weiß es nicht. Es läuft noch nicht lange.«

»Tatsächlich?« Tommi runzelte die Stirn. »Ich nahm an, es läuft schon seit über zehn Jahren. Deshalb hat es mich nicht weiter gewundert, dass du noch immer – oder wieder – in Berlin bist. Erinnerst du dich, dass ich bei unserem ersten Treffen in meiner Wohnung überrascht war, dass du für den *Brennpunkt* schreibst? Ich war total überzeugt davon, dass du für sie arbeitest.«

Ich starrte meinen Bruder ungläubig an. »Man könnte meinen, du hast hellseherische Fähigkeiten«, stellte ich fest. »Wie kommst du auf das alles?«

Er erzählte mir, schon als Teenager sei ihm aufgefallen, dass sie in meinen Artikeln gehäuft vorkam. »Erinnerst du dich an diesen Abend, wo wir mit Mama und Papa vor dem Fernseher saßen und die Hermann in den Nachrichten zu sehen war? Du bist so demonstrativ ausgewichen, als Papa fragte, ob du sie schon mal interviewt hast, dass mir irgendwie klar war, dass du sie besser kennst.« Von einem Freund, der in der Kreisstadt wohnte, hatte er schließlich über Umwege erfahren, dass ich während meines Abtauchens vor den Diplomprüfungen bei ihr wohnte. »Wenig später hast du mit Martin Schluss gemacht«, schloss er seinen Bericht. »Dann war mir alles klar.«

»Wohl klarer als mir selbst«, sagte ich und rührte gedankenverloren in meinem Cappuccino. An das Ende meiner Beziehung zu Martin und dessen Folgen erinnerte ich mich nicht gerne. Die alten Schuldgefühle meldeten sich sofort wieder und verursachten mir Magendrücken.

Du hast Schuld am Tod meines Sohnes. Du hast ihn in den Tod getrieben! Die Worte, die mir Christa Rasch bei der Beerdigung ihres Sohnes nahezu ins Gesicht gespuckt hatte, schmerzten noch immer. Tommi schien aus meinen Gesichtszügen herauszulesen, was in mir vorging.

Er nahm meine Hand in die seine. Mein Vater hatte dasselbe getan, als er mich nach meiner Diplomübergabe zum Essen einlud. Anders als ihm entzog ich meinem Bruder die Hand nicht. Ihre Wärme hatte etwas Tröstendes.

»Du kannst nichts dafür. Kein Mensch weiß, ob er absichtlich gegen diesen Baum gefahren ist. Es kann wirklich ein Unfall gewesen sein. Dass es Selbstmord war – diese Idee verbreitet nur Christa Rasch.«

Ich seufzte. Es reicht, dass ich es weiß, Tommi. Es ist eine schlimme Last, mit der ich leben muss.

Laut sagte ich: »Was mich wundert: Woher kennst du diese Details, Tommi? Du bist seit vielen Jahren hier in Berlin. Das alles ist passiert, als du schon lange nicht mehr in Bayern gelebt hast.«

Tommi antwortete in einem Tonfall, der an Belanglosigkeit nicht zu überbieten war. »Papa hat mir alles erzählt.«

Ich verschluckte mich beinahe an dem Cappuccino. Ich konnte nicht glauben, was ich da gehört hatte. »Papa?«, wiederholte ich fassungslos. »Du hast noch Kontakt zu ihm?«

»Na klar. Wir telefonieren regelmäßig. Ich hab ihm auch erzählt, dass du wieder aufgetaucht bist, du abtrünnige Schwester!«

Er drehte mein Handgelenk um und fuhr mit dem Zeigefinger über die kleine, quer verlaufende Narbe am Übergang zwischen Arm und Hand. Er wusste also auch davon. Ich vermied es ihn anzusehen. Mein Vater hatte ihn anscheinend umfassend über mich informiert – soweit er selbst Bescheid wusste. Ich war dankbar, dass Tommi mir die Erklärung für sein Detailwissen lieferte, anstatt auf das Ereignis von damals zu sprechen zu kommen. Ich wollte nicht darüber reden. Es war schließlich vorbei.

»Nach meiner Entziehungskur habe ich Papa angerufen und ihm gesagt, dass ich clean bin. Seitdem haben wir Kontakt. Wir haben uns getroffen, als er vor ein paar Monaten hier in Berlin auf einem Ärztekongress war. Die Kinder waren auch dabei.«

»Du kennst Elisa und Elodie?«, fragte ich fassungslos. Ich konnte einfach nicht glauben, dass mein Bruder so engen Kontakt zu unserem Vater und seiner neuen Familie pflegte.

Tommi nickte. »Ja, ich hatte unsere süßen Schwestern sogar schon auf dem Schoß – die eine auf dem linken Knie, die andere auf dem rechten. René, das ist der Sohn von Eva aus ihrer ersten Beziehung, war auch dabei. Netter Junge. Geht inzwischen auf das Gymnasium und hat teilweise dieselben Lehrer wie wir.«

Ich schüttelte entsetzt den Kopf.

»Ich verstehe nicht, wie du das alles so hinnehmen kannst, Tommi. Ich meine: Papa hat uns verlassen! Wegen dieser Eva. Er hat eine neue Familie und wir sind ihm völlig egal. Ich kann einfach nicht begreifen, weshalb du so tust, als wäre alles in Ordnung.«

»Für mich ist alles in Ordnung.« Mein kleiner Bruder wirkte plötzlich um Jahre älter und reifer als ich selbst. Seine Stimme klang erwachsen und ernst. »Papa hat nicht uns verlassen, sondern Mama. Er spricht oft von dir und er bedauert zutiefst, dass du offensichtlich keinen Kontakt mehr zu ihm willst. Ich habe ihm deine Handynummer gegeben, aber er traut sich nicht, dich anzurufen, weil er glaubt, dass du ihn abweisen würdest. Das tut ihm echt weh, Tessa. – Im Übrigen hat er Mama auch nicht wegen Eva verlassen. Eva war nur zur richtigen Zeit am richtigen Ort. Er war schon lange mit Mama unglücklich, und Mama mit ihm. Ihre Trennung war schmutzig, okay, aber jetzt sind sie geschieden, beide haben neue Partner, und beide sind glücklich. Es gibt also keinen Grund, aus der Lacknerschen Familiengeschichte ein ewig währendes Drama zu machen und darunter zu leiden.«

»Mama ist nicht glücklich«, warf ich ein. »Als ich das letzte Mal mit ihr telefonierte ...«

Er unterbrach mich und klang wiederum sehr sarkastisch, als er sagte: »Das muss vor Jahren gewesen sein. Da bist du offensichtlich nicht auf dem neuesten Stand. Denn seit eineinhalb Jahren lebt unsere Mutter mit einem italienischen Performance-Künstler zusammen, und seit etwas über einem Jahr vertreibt sie italienische Delikatessen an deutsche Feinkostgeschäfte. Ich telefoniere ab und zu auch mit ihr; sie ist immer noch schwierig, aber weitaus umgänglicher als früher. Von dir spricht sie nicht, weil sie dir übel nimmt, dass du sie vergessen hast, aber ich bin sicher: Würdest du dich bei ihr melden, wäre das Schnee von gestern. So ist das, und nicht anders.«

Tommi erhob sich und legte ein paar Münzen auf den Tisch. »Entschuldige mich, Tessa, ich treffe mich jetzt mit Florence. Ich begleite sie zum Frauenarzt; sie hat eine Voruntersuchung. – Tessa. Die meisten Probleme in deinem Leben machst du dir selbst. Weil du nicht loslassen und verzeihen kannst. Ich kann dir nur raten: Lebe dein Leben. Sei glücklich.«

Er lächelte mir zu und wandte sich zum Gehen. Doch ehe er sich in Bewegung setzte, drehte er sich nochmals zu mir um. Er trat dicht an mich heran und senkte die Stimme. »Und wenn dich ein heimliches Verhältnis mit der Kanzlerkandidatin glücklich macht, soll es so sein. Aber wenn es dich nicht glücklich macht, lass es. Das Leben ist zu kurz, um es sich zu verpfuschen. Ich habe das auch kapiert, Tessa. Jetzt ist es an der Zeit, dass du umdenkst.«

Er zwinkerte mir zu und ließ mich allein.

Ich starrte ihm benommen hinterher.

Mein Bruder. Wie selbstverständlich habe ich angenommen, er sei der verlorene Sohn. Und nun stellt sich heraus, dass er schon lange wieder zur Familie zurückgekehrt ist und ich diejenige bin, die sich jahrelang ausgegrenzt hat.

Die Erkenntnis war überraschend und schockierend zugleich.

Ich dachte auch darüber nach, dass er ausgesprochen hatte, was nie jemand hätte erfahren dürfen: dass Katharina Hermann, die vielleicht zukünftige Kanzlerin, und mich mehr verband als nur ein platonisches Verhältnis. Ich musste Katharina verschweigen, dass mein Bruder darüber Bescheid wusste. Seltsamerweise fühlte ich mich erleichtert.

Endlich hatte ich jemanden gefunden, dem ich mich anvertrauen konnte, wenn es mir schlecht ging.

Und angesichts dessen, dass ich noch immer vergeblich auf einen Anruf wartete, konnte ich mich allmählich des Gefühls nicht erwehren, dass sich die Dinge nicht so entwickelten, wie ich sie gerne gehabt hätte.

Egles Anruf erreichte mich am nächsten Tag, drei Stunden nachdem ich ihm meine fertige Reportage über die Kanzlerkandidatin per Mail hatte zukommen lassen. Mein Artikel erstreckte sich über fünf Din-A-4-Seiten und ließ nach meiner Ansicht keinen Aspekt über Katharina Hermann offen. »Folgen Sie ihr ins Schlafzimmer!«, hatte mir Egle damals aufgetragen. Abgesehen davon, dass ich seinen Auftrag wörtlich genommen hatte – was ich natürlich nicht preisgeben konnte –, hatte ich Katharina Hermann als die karriereorientierte 100-Prozent-Frau hingestellt, als die sie sich mit meiner Hilfe selbst positionierte. Ich hatte die Reportage mindestens fünfzigmal durchgelesen, hatte sie auf Stil, Rechtschreibfehler und Grammatik überprüft. Obgleich ich mit meinen eigenen Texten selten zufrieden war – bei diesem Werk war es anders. Ich hatte monatelang mein gesamtes Herzblut in diese Arbeit gesteckt und wochenlang daran geschrieben. Das Ergebnis sollte perfekt sein.

»Sind Sie online?«, war Egles erster Satz, und ich merkte bereits an seiner Stimme, dass seine Laune nicht besonders gut war.

Zufällig war ich tatsächlich online. Mein Notebook war mit Wireless-Lan ausgestattet, und ich befand mich in meinem Berliner Pensionszimmer.

Egle trug mir auf, zu *Spiegel Online* zu surfen. Mein Blick fiel sofort auf das größte Foto der Startseite: Ich selbst war dort zu sehen. Ich war zusammen mit Katharina abgebildet. Der Fotograf hatte just in dem Augenblick abgedrückt, als ich sie nach dem TV-Duell im Studio umarmte. Die Bildunterschrift lautete: Eine Mitarbeiterin des Wahlkampfteams der Konservativen gratuliert Kanzlerkandidatin Hermann zum Auftritt im »TV-Duell«.

»Ich kann nichts dafür, wenn der Kollege vom *Spiegel* nicht weiß, wer ich bin«, verteidigte ich mich. Das Foto war mir unangenehm, doch ich sah auf den ersten Blick nichts Verwerfliches dabei. Ich war nicht die einzige gewesen, die Katharina Hermann an diesem Abend umarmt hatte.

»Wie soll der Kollege vom *Spiegel* das auch wissen, wenn Sie sich genauso verhalten wie eine Mitarbeiterin des Wahlkampfteams?«, konterte Egle, und im selben Augenblick war mir klar, auf was er hinaus wollte: Auf mangelnde Distanz. In den nächsten zehn Minuten musste ich mir einen Vortrag über mein offensichtlich falsches Rollenverständnis als Journalistin anhören: Meine Aufgabe sei es, kritisch zu berichten, das hätte ich nur unzulänglich getan, der gesamte Artikel sei Schönfärberei, ich sei zu wenig in die Tiefe gegangen, hätte die Kanzlerkandidatin zu wenig hinterfragt, das Ganze lese sich teilweise wie ein PR-Text aus dem Pressebüro des Justizministeriums, ich würde Katharina Hermanns politische Leistungen zu hoch bewerten und das Foto bestätige deutlich, dass ich mich als Journalistin lieber mit der Kanzlerkandidatin verschwestert hätte, als meine Rolle als kritische und objektive Beobachterin zu erfüllen. Er redete sich in Rage und verzichtete sogar auf Punkt und Komma. Seine Rede war eine einzige Anklage. Gegen Ende seines Monologs hielt ich das Handy zwanzig Zentimeter von meinem Ohr weg, um Trommelfellschäden zu vermeiden. Egle schrie mich regelrecht an.

Obwohl ich mir ins Bewusstsein rief, dass Chefredakteure nun einmal schwierige Charaktere und in den seltensten Fällen zufrieden zu stellen waren, begannen meine Knie zu zittern. Ich war schon lange nicht mehr von einem Vorgesetzten so heruntergeputzt worden.

Vielleicht hätte mich Egles Standpauke weniger berührt, wenn er im Unrecht gewesen wäre. Doch in diesem Fall war er der Wahrheit näher, als er selbst ahnte. Ich hatte tatsächlich keine Distanz zu Katharina Hermann. Wie sollte ich auch Distanz haben zu der Frau, die ich liebte?

Als Egle geendet hatte, dachte ich, das Schlimmste sei überstanden. Das erwies sich als Irrtum. Denn Egle trug mir auf, meine Koffer zu packen – er erwarte mich am nächsten Tag in der Hamburger Redaktion. Meine Zeit in Berlin sei vorbei, teilte er mir unumwunden mit.

Ich musste mich setzen. In meinem Kopf drehte sich alles. Ich wusste, dass mein Aufenthalt in Berlin zeitlich begrenzt war. Ich hatte allerdings nicht mit einem so abrupten Ende gerechnet.

Ich hatte vorgehabt, am nächsten Abend Katharina zu treffen. Ob sie es wollte oder nicht. Ich wusste, sie würde in der Stadt sein und ausnahmsweise keinen Abendtermin haben. Das hatte mir Gerlinde Hannemann-Anselm verraten. Dass Egle mich ausgerechnet jetzt nach Hamburg zurückbeorderte, durchkreuzte meine Pläne.

Ich versuchte einen Tag Aufschub für meine Rückkehr in die *Brennpunkt*-Zentrale zu erwirken. Meine Bitte hörte sich an wie sinnloses Gestammel. Ich war zu durcheinander, um rational und strukturiert zu argumentieren.

»Ich erwarte Sie morgen um spätestens 15 Uhr in meinem Büro!« waren Egles letzte Worte, ehe er den Hörer auf die Gabel knallte.

Ich legte mein Handy weg und starrte benommen zu Boden. Die Tatsache, dass er meine Reportage ganz offensichtlich nicht ebenso gelungen fand wie ich selbst, erschütterte mich weit weniger als die Vorstellung, Katharina nicht zu sehen. Ich war verzweifelt. Ich malte mir aus, wie es wäre, mit Katharina eine Fernbeziehung zu führen. Ich hatte gehofft, dass meine journalistische Leistung so gut ankam, dass ich komplett ins Innenpolitik-Ressort, Redaktionsvertretung Berlin, wechseln konnte. Ich hätte dann zwar endgültig umziehen müssen in eine Stadt, für die ich noch immer nicht viel übrig hatte, doch ich wäre zumindest in Katharinas Nähe gewesen. In Hamburg zu sein hieße hingegen, Katharina allenfalls an jenen Wochenenden zu sehen, an denen ich weder Sonntagsdienst hatte noch die vielleicht künftige Kanzlerin auf irgendwelchen Terminen war.

Ich muss mit Katharina sprechen.

Mit zitternder Hand griff ich nach meinem Handy und rief an. Ich landete sofort in der Mobilbox.

»Bitte ruf mich zurück«, sagte ich. Meine Stimme klang kläglich.

Noch kläglicher fühlte ich mich, als ich meine Koffer packte und ein Flugticket nach Hamburg organisierte.

Schlussstrich

Sie wusste, er hatte sich das Treffen anders vorgestellt. Er hatte sich gefreut, als sie ihm mitteilte, sie werde am Wochenende nach München fliegen. Er hatte Pläne geschmiedet: Am Samstag würden sie in die Neue Pinakothek gehen und abends ins Theater. Ein Kulturtag also, den hatte sie sich doch immer schon mal gewünscht. Und am Sonntag könnten sie ausschlafen. Er würde ihr Frühstück ans Bett bringen. Theresa ließ ihn am Telefon reden. Knapp 600 Kilometer lagen zwischen ihnen, doch sie spürte seine Angst, als würde er neben ihr stehen. Seine Bemühungen, ihr ein vollendetes Wochenendprogramm zu bieten, resultierten mehr aus Furcht denn aus Liebe. Er spürte, dass er sie schon längst verloren hatte. Doch er wollte es nicht wahrhaben. Er kämpfte um sie, obgleich die Schlacht schon verloren war, ehe sie begonnen hatte. Theresas Entschluss stand fest.

Er wollte sie vom Flughafen abholen, doch das konnte sie ihm ausreden. »Es ist blödsinnig, wenn du erst nach Erding an den Flughafen fährst und wir dann gemeinsam nach München zurückfahren. Ich nehme die S-Bahn, ich bin schnell bei dir.«

Er hatte vorgeschlagen, sich gleich in einem Lokal zum Essen zu treffen. Er werde sie einladen. Wenn sie in München ankäme, sei es doch schon acht Uhr abends – sicher hätte sie Hunger. Theresa hatte keinen Appetit. Das Gespräch, das sie mit Martin zu führen hatte, lag ihr wie ein Klotz im Magen.

Als er ihr die Türe zu seinem Studentenzimmer öffnete, sah sie die Unsicherheit und Angst in seinen Augen, und es schnürte ihr fast die Kehle zu. Doch sie *musste* es tun. Sie musste dieses Gespräch führen, auch wenn es schlimm werden würde. Sie konnte ihn nicht weiter belügen.

Sie umarmte ihn nicht. Als er sie zur Begrüßung auf den Mund küssen wollte, drehte sie ihren Kopf weg. Seine Lippen berührten nur ihre Wange.

Sie saßen nebeneinander auf seinem Bett. Sie schwiegen. Seine angespannten Gesichtszüge verrieten, dass er mit absoluter Gewissheit wusste, was sie ihm mitteilen würde. Doch es führte nichts daran vorbei: Das Ende ihrer fast zehnjährigen Beziehung war erst dann real, wenn sie es in Worte fasste.

»Martin. Ich kann so nicht mehr«, kam es leise über ihre Lippen. »Ich kann dich nicht heiraten. Ich kann nicht die Frau sein, die du dir vorstellst. Wir müssen uns trennen.«

Er begann am ganzen Körper zu zittern. Jegliche Farbe war aus seinem ohnehin stets blassen Gesicht gewichen.

»Bitte, Theresa. Tu mir das nicht an«, sagte er und vermied es sie anzusehen. »Du bist meine Traumfrau. Ich liebe dich.«

Sie sagte nichts, weil es nichts zu sagen gab. Für sie war ihr Entschluss endgültig.

Er rang nach Atem. Es hörte sich an, als würde ein Ertrinkender ein letztes Mal an die Wasseroberfläche kommen, um seine Lungen mit Luft zu füllen, ehe er endgültig dem Tod geweiht war.

»Wir müssen nicht heiraten, wenn du nicht willst. Wir können auch einfach so zusammenbleiben«, suchte er verzweifelt nach einer Möglichkeit, die Trennung abzuwenden.

»Nein«, erwiderte sie und konnte nicht verhindern, dass ihre Stimme so zittrig klang wie seine. »Es geht nicht. Glaube mir: Es ist auch besser für dich, wenn wir uns trennen. Ich wünsche dir eine andere Frau, eine, die besser ist für dich, als ich es je sein werde.«

Er riss sie verzweifelt an sich und umarmte sie so fest, dass ihr fast die Luft wegblieb. Sie ließ es mit sich geschehen wie eine leblose Puppe.

»Wenn du mich betrogen hast, wenn du mir das damit sagen willst – ich verzeihe dir alles, Theresa. Alles. Aber bitte, bitte verlass mich nicht. Du bist meine einzige Liebe. Für immer.«

Dann begann er bitterlich zu weinen.

Martin hatte noch nie in ihrer Gegenwart geweint. Es setzte ihr mehr zu, als sie erwartet hatte. Sie verlor ihre mühsam aufrechterhaltene Selbstbeherrschung von einer Sekunde zur nächsten.

»Ich habe dich nicht betrogen«, schluchzte sie und erwiderte nun seine Umarmung. »Aber ich liebe dich nicht mehr, begreifst du das nicht?«

Die Tränen liefen ihr übers Gesicht und vermischten sich an ihren aufeinander liegenden Wangen mit den seinen.

»Das ist doch nur eine Phase«, brach es aus Martin hervor. »Das wird sich alles wieder einrenken, wenn wir zusammen wohnen. Es ist jetzt schwierig, weil du in Berlin lebst und ich in München. Aber wenn du willst, dann werde ich nicht ans Krankenhaus zu deinem Vater gehen, sondern nach Berlin. Wir können uns eine kleine Wohnung zusammen nehmen und –«

»Nein!« Sie riss sich von ihm los. »Martin, ich liebe dich nicht mehr! Und da wird sich auch nichts einrenken!«

Die Verzweiflung spornte ihn an, so schnell nicht aufzugeben.

»Okay, lass uns darüber reden«, sagte er und schnäuzte sich. Er hoffte, sie auf sachlicher Ebene zurückzugewinnen. »Sag mir, warum du mich nicht mehr liebst.«

Sie begann zu reden. Das war sie ihm schuldig. Sie sprach von unterschiedlichen Zielen, Lebensstilen, die auseinander gedriftet waren, ihren familiären Hintergründen, die einfach nicht zusammenpassten. Sie sagte, sie fühle sich nicht beziehungsfähig, und zumindest das war keine Ausrede, denn seit ihre Eltern getrennt lebten, konnte sie sich nicht mehr vorstellen, selbst eine funktionierende Beziehung zu führen. Sie wusste, dass dieses Argument jeglicher Rationalität entbehrte, doch es entsprach ihren Empfindungen. Sie sagte, es sei nicht seine Schuld. Sie sei ein schwieriger Mensch, er solle froh sein, dass sie sich von ihm trenne.

Sie erläuterte, sie erklärte, sie argumentierte.

Als sie geendet hatte, war ihre Kehle trocken vom vielen Reden, doch den wahren Grund für diese Trennung hatte sie für sich behalten.

»Theresa. Ich liebe dich. Wirf zehn Jahre nicht einfach weg.«

Martins Blick war ein einziges Flehen. Die Verzweiflung in seiner Stimme brach Theresa fast das Herz. Sie sagte ihm nochmals, dass ihr Entschluss feststand. Sie hatte lange darüber nachgedacht, es gab keine andere Lösung.

»Wir können Freunde bleiben«, sagte sie leise und wusste, dass auch das nur eine von vielen Lügen war, die sie ihm heute aufgetischt hatte. Sie hoffte, seinen Tränenstrom damit zum Stillstand zu bringen.

»Ich will dich als Frau, nicht als platonische Freundin!«, schluchzte er.

Sie entschied, dass es jetzt genug war. Sie konnte seinen Anblick nicht länger ertragen. Seine Verzweiflung steigerte den Schmerz, den sie selbst in ihrem Inneren fühlte, ins Unermessliche. Sie wusste: Wenn sie jetzt nicht ginge, würde sie nie mehr gehen. Seine Tränen würden sie möglicherweise zu etwas verleiten, was sie gar nicht wollte. Sie erhob sich und wandte sich zum Gehen.

Sie hatte die Türklinke noch nicht berührt, als sie Martin mit eiskalter, klarer Stimme sagen hörte: »Wenn du mich verlässt, bringe ich mich um. Das willst du doch nicht: mit der Gewissheit leben, dass du meinen Tod verschuldet hast.«

Bisher hatte sie Mitleid mit ihm gehabt. Jetzt verwandelte sich ihr eigener Schmerz über die für sie unumgängliche Trennung und ihr Mitgefühl für ihn, der darunter so sehr litt, in blanke Wut. Wie konnte er es wagen, sie auf diese Art und Weise zu erpressen?

»Fahr zur Hölle«, entfuhr es ihr. Sekunden später war sie von sich selbst entsetzt: Sie hörte sich an wie ihre eigene Mutter.

Ohne Martin ein letztes Mal anzusehen, verließ Theresa das Studentenheim, so schnell sie nur konnte. Sie hatte Angst, er würde ihr nachlaufen. Die Diskussion über die Trennung durfte nicht von neuem aufflammen.

Sie stieg ins erste Taxi, das sie kriegen konnte, und ließ sich zum Hauptbahnhof bringen. Sie nahm den Nachtzug nach Berlin.

Als sie frühmorgens in der Hauptstadt ausstieg, erreichte sie ein Anruf ihres Vaters auf dem Handy. Er teilte ihr mit belegter Stimme mit, dass Martin nachts gegen einen Baum gefahren und heute morgen im Krankenhaus seinen schweren Verletzungen erlegen war.

Im Nachhinein wusste Theresa nicht mehr, wie sie die Tage bis zu Martins Beerdigung überstanden hatte. Sie meldete sich nicht krank. Sie ging zur Arbeit, als wäre nichts geschehen, und bemühte sich um Normalität – soweit dies möglich war. Sie blieb lange in der Redaktion und verschanzte sich hinter ihrem Schreibtisch – auch dann, wenn es für sie nichts mehr zu tun gab. Sie hatte Angst allein zu sein, denn dann drängten sich ihr schreckliche Bilder auf:

Martin, wie er schwer verletzt aus dem zerbeulten BMW seines Vaters geborgen wurde. Martin, wie er blutüberströmt in die Notaufnahme des Krankenhauses getragen wurde. Martin, wie er vor Schmerzen stöhnend in den OP gefahren wurde. Und Martin, wie er schließlich in der Leichenhalle des Krankenhauses lag, kalt, leblos, nur bedeckt von einem farblosen Leinentuch.

Nachts wurde es unerträglich. Sobald sie die Augen schloss und nach Stunden des Grübelns dann doch in einen leichten, unruhigen Schlaf fiel, träumte sie von ihm. Es waren Alpträume. Er erschien ihr als Untoter, der sie verfolgte und ihr hinterherrief: »Vergiss nie: Du bist schuld an meinem Tod!«

Meistens wachte sie an dieser Stelle auf. Sie weinte dann und konnte sich kaum mehr beruhigen. Sie fühlte sich tatsächlich schuldig. Sie bereute die Trennung. Sie hatte nicht geglaubt, dass er seine letzten Worte ernst meinte. Sie stellte sich vor, wie es wäre, die Uhr einfach zurückzudrehen: Wie sie ihm sagen könnte, nein, Martin, es ist alles in Ordnung, ich liebe dich. Lass uns am Samstag in die Pinakothek gehen und am Sonntag zusammen frühstücken. Sie konnte sich in diesen Momenten, unmittelbar nach den quälenden Alpträumen, sogar ein Leben in der Nachbarschaft ihrer ehemaligen Schwiegereltern vorstellen. Was wäre schon dabei gewesen, nach ein paar Jahren erst einmal nur Hausfrau und Mutter zu sein und dann für die Regionalzeitung zu schreiben? Vielleicht hätte sie dort ja sogar irgendwann den Posten als stellvertretende Ressortleiterin bekommen. Und das wichtigste daran wäre gewesen: Martin wäre noch am Leben. Er hatte sie geliebt. Er hätte sie immer geliebt.

Es gab auch andere Gedanken, die ihr in den Sinn kamen. Theresa bezeichnete sie als »böse Gedanken«. Eine Trennung ist kein Grund sich umzubringen, sagte diese andere Stimme in ihr. Du kannst nichts dafür, wenn jemand überreagiert. Was wäre die Alternative gewesen? Bei ihm zu bleiben, auch wenn du selbst dabei unglücklich wirst? Auf die Trennung verzichten und eine Beziehung fortführen, die auf einer Lüge basiert? Du hast ihn nicht mehr geliebt, Theresa. Du kannst nicht mit jemandem zusammenbleiben, weil du verhindern willst, dass er sich umbringt. Dass er mit einer Trennung nicht fertig wird, liegt an seinem Charakter und nicht an deinen Worten. Millionen anderer Männer werden tagtäglich verlassen. Sie trauern und leben nach dem ersten Schmerz ihr Leben weiter. Und irgendwann lernen sie eine neue Partnerin kennen und sind mit ihr glücklicher als in ihrer alten Beziehung. Dich trifft keine Schuld, Theresa.

Ihr Schuldgefühl verstärkte sich, wenn ihr die »bösen« Gedanken in den Sinn gekommen waren. Meistens wünschte sie sich deshalb, das Rad der Zeit zurückzudrehen. Täglich stand sie morgens auf, beladen von Schuldgefühlen, ging zur Arbeit und funktionierte dort, wie es von ihr erwartet wurde. Sie recherchierte, sie schrieb, sie redigierte, doch von journalistischen Glanzleistungen war das, was sie tat, weit entfernt. Die Schuldgefühle, die in ihr tobten, waren dafür viel zu stark.

Es war nicht nur Martins Tod, der sie belastete. Noch immer wartete sie verzweifelt auf Katharina Hermanns Rückruf. Die Politikerin war in ihren Gedanken ebenso präsent wie der tote Verlobte. Wenn Theresa weinte, dann meistens nicht nur wegen Martin, sondern auch, weil sie eine Freundin vermisste – jene Freundin, die sie in Katharina sah.

Auf Martins Beerdigung regnete es. Theresa stand neben ihrem Vater unter einem großen schwarzen Schirm und dachte: Alles ist wie in einem schlechten Film – der Regen, die vielen Leute in Trauerkleidung, die Musik.

Die Worte des Pfarrers erreichten sie so wenig wie der Trost ihres Vaters. Der Pfarrer sprach von der großen Zukunft, die Martin vor sich gehabt hatte. Doch es sei Gottes Entscheidung gewesen, ihn zu sich zu holen, und nur allein Gott wisse, weshalb Martins Zeit auf Erden abgelaufen war. Es sei immer bitter, den Tod eines jungen Menschen zu akzeptieren. Doch nichts geschehe ohne Grund.

Und der Grund bin ich, sagte sich Theresa und starrte durch einen Schleier von Tränen auf das offene Grab, in das sich jetzt der Sarg senkte.

Der Studentenchor, bei dem Martin mitgewirkt hatte, stimmte ein bekanntes Kirchenlied an. Ein Stück von Theresa und ihrem Vater entfernt schluchzte sich Christa Rasch die Seele aus dem Leib. Ihr Mann stand mit versteinerter Miene neben ihr. Martin war ihr einziger Sohn gewesen.

»Erde zu Erde. Asche zu Asche. Staub zu Staub.« Die Worte des Pfarrers drangen wie durch eine Nebelwand zu ihr durch. Sie fühlte die Hand ihres Vaters, die sich schwer auf ihre Schulter legte. Sie wusste, er meinte es gut mit ihr. Doch sie wollte seinen Trost nicht. Sie wollte nicht einmal, dass er dabei war auf dieser Beerdigung, doch das hatte sie nicht verhindern können. Er hatte immer ein gutes Verhältnis zu ihrem verstorbenen Freund gehabt. Für ihn war Martin der Sohn, der Tommi nicht sein konnte und wollte. Er war ein strebsamer Junge, der sich in den Kopf gesetzt hatte, beruflich in die Fußstapfen seines späteren Schwiegervaters zu treten. Das war das Bild, das Reinhard Lackner von Martin gehabt hatte. Es hatte ihm stets geschmeichelt, dass der junge Mann ihm nacheiferte. Theresa sah ihrem Vater an, dass er von Martins plötzlichem Tod tief erschüttert war.

Sie war nicht nach Hause gefahren. Sie wusste, dass dort jetzt Eva Trautmann wohnte, und das Letzte, was sie in ihrem momentanen Zustand ertragen konnte, war eine Konfrontation mit der Frau, die jetzt den Platz ihrer Mutter einnahm. Also war sie nach München geflogen, hatte den Zug in ihren Heimatort genommen und war ihrem Vater erst in der Kirche begegnet. Ihr Rückflugticket für den heutigen Tag befand sich in ihrer Handtasche. Sie wollte nicht länger hier sein als nötig. Es reizte sie genauso wenig, nach Berlin zurückzukehren, wo sie mit ihren Gedanken und Alpträumen allein war. Doch ein anderes Zuhause hatte sie nicht. Sie fühlte sich noch verlorener als zu der Zeit, als ihre Mutter ihr Appartement okkupiert und sie dadurch obdachlos gemacht hatte. Damals hatte Katharina sie gerettet. Doch heute war sie völlig allein: Die Retterin von damals hatte sie im Stich gelassen.

Wie in Trance reihte sie sich ein in die Schlange derer, die Martin die letzte Ehre erwiesen und ihm den Trauerflor auf den Sarg warfen. Ihr Vater stand unmittelbar hinter ihr. Der nasse Kies knirschte unter ihren Füßen, als sie sich langsam dem offenen Grab näherten. Sie hörte Christa Raschs lautes Schluchzen. Martins Mutter stand am Grab ihres Sohnes. Ihr fülliger Körper bebte und zitterte. Sie wurde von Weinkrämpfen geschüttelt. »Mein Sohn«, rief sie. »Mein einziger Sohn!«

Theresa fühlte sich sterbenselend.

Holger Rasch zog seine Frau schließlich vom offenen Grab weg und sprach leise auf sie ein. Theresa beobachtete die beiden. Christa Rasch ließ sich nicht beruhigen. Ihr Weinen wurde immer heftiger. Auch Theresa bekam ihren Tränenstrom nicht unter Kontrolle. Sie weinte lautlos, doch die Tränen flossen unaufhörlich aus ihren Augen. Nur noch wenige Schritte trennten sie von Martins Grab.

»Du! Du hast ihn in den Tod getrieben!« Christa Rasch stürmte auf Theresa zu und zog mit ihrer lautstarken Anschuldigung unwillkürlich die Aufmerksamkeit aller Anwesenden auf sich. Theresa war zu schockiert, um darauf zu reagieren. Sie presste das kleine Blumengesteck, das sie in ihrer linken Hand trug, eng an sich und starrte die rasende Frau entsetzt an.

»Du glaubst wohl, ich weiß nicht, warum Martin gestorben ist!«, rief Christa Rasch außer sich. Ihre Gesichtszüge waren von Hass verzerrt. Ihr Doppelkinn zitterte vor Wut. »Du hast meinen Sohn abserviert! Er hat mir alles erzählt! Er hat mich angerufen, nachdem du eiskalt mit ihm Schluss gemacht hast! Mama, hat er gesagt, Mama, Theresa will mich nicht mehr, Theresa hat einen anderen! Er war so verzweifelt! Er hat dich geliebt! Es ging ihm so schlecht! Er hat gesagt, dass er es in München nicht aushält, dass er nach Hause fahren will! Der arme Bub! Er hat die ganze Zeit nur an dich gedacht – und das war sein Unglück!«

Dann nannte sie Theresa in Anwesenheit aller Versammelten eine treulose Hure und spuckte ihr vor die Füße. Theresa, die immer noch vor Entsetzen gelähmt war, hatte den Eindruck, dass Christa Rasch sogar kurz davor stand, auf sie einzuprügeln – sie gestikulierte bereits wild und bedrohlich mit einer Faust vor Theresas Gesicht herum. Doch Holger Rasch zog seine Frau schließlich mit sanfter Gewalt von ihr weg – allerdings nicht, ohne Theresa ebenfalls mit einem anklagenden Blick zu bedenken.

»Frau Rasch, es reicht!«, hörte Theresa ihren Vater noch sagen.

Dann sackte ihr der Boden unter den Füßen weg.

Als sie die Augen wieder aufschlug, lag sie auf der Rückbank im Auto ihres Vaters. »Mein Gott, Tessa«, hörte sie ihn von draußen sagen. Nun griff er nach ihr, nahm sie bei den Schultern und drehte sie von der Seitenlage, in der sie sich befunden hatte, auf den

Rücken. Dann ging er auf die andere Seite, riss die Autotüre auf und schob ihr seinen Arztkoffer unter, um die Beine fachmännisch hochzulegen. Theresa ließ es willenlos mit sich geschehen.

»Gib nicht so viel auf diese Frau«, sagte ihr Vater und stieg auf den Fahrersitz. Draußen regnete es noch immer. Reinhard Lackner wischte sich mit einem Stofftaschentuch die Regentropfen aus dem Gesicht. Als er seine Tochter nach ihrem Ohnmachtsanfall zum Auto getragen hatte, war keine Hand mehr für den Schirm frei gewesen. »Christa Rasch ist verstört und durcheinander. Wenn sie wieder zur Besinnung kommt, werden ihr ihre Worte Leid tun und sie wird sich entschuldigen.«

»Es gab keinen anderen. Ich habe ihn nicht betrogen.«

Theresa hatte das Bedürfnis, zumindest das klarzustellen. Ihre Stimme klang brüchig.

»Tessa, ich glaube dir, aber selbst wenn es so wäre: Das ist kein Grund sich umzubringen.«

Es wunderte sie nicht, dass ihr Vater dieser Überzeugung war.

»Im Übrigen glaube ich gar nicht daran, dass er tatsächlich Selbstmord verübt hat«, fuhr Reinhard Lackner fort und klang dabei, als wäre er von seinen Worten wirklich überzeugt. »Der Martin war doch viel zu stabil, um so einen Unsinn zu machen. Er war doch ein ganz vernünftiger Mensch. Ich stelle mir das so vor: Er war verständlicherweise völlig durcheinander, als du mit ihm Schluss gemacht hast. Da hat er seine Mutter angerufen und ihr seine Version eures Gesprächs dargelegt. Er wird geweint und gejammert haben, und du kannst dir doch eine Mutter wie diese Christa Rasch vorstellen. Die wird gesagt haben, Bub, komm heim, vergiss diese Theresa, ich drück dich an meine Mutterbrust und mach dir was Gescheites zum Essen, und alles wird wieder gut. Wahrscheinlich hat sie auch noch gesagt, dass er ein Mädel findet, dass sowieso besser in ihre Familie passt. So ganz begeistert waren die Raschs ja nicht mehr von eurer Verbindung, habe ich gehört.«

Sicher. Das waren sie nicht. Denn ich war die böse, kaltherzige Karrierefrau, die nicht mehr bei diesen ganzen schrecklichen Familientreffen anwesend war und ihren armen Sohn vernachlässigt hat.

Theresa fühlte den Kloß in ihrem Hals, als sie an die letzten Begegnungen mit den Raschs zurückdachte: Sie hatte deutlich bemerkt, dass die Sympathie, die sie ihr in den ersten Jahren entgegengebracht hatten, abgeklungen war.

»Da wird sich der Martin also in sein Auto gesetzt haben – er hatte ja Papas BMW in München, soviel ich weiß – und ist Richtung Heimat gedüst«, fuhr ihr Vater jetzt fort. »Und natürlich hat er die ganze Fahrt an dich gedacht. Sicher war er verzweifelt. Als er dann von der Autobahn abgefahren ist, war er unkonzentriert, es war außerdem stockdunkel – und schon ist es geschehen. Es ist dramatisch, Tessa. Auch mir tut es sehr Leid. Ich habe den Jungen wirklich gemocht. Aber schlimme Dinge passieren, ohne dass wir sie verhindern können.«

Ich wünschte so sehr, du hättest Recht.

Theresa kämpfte mit den Tränen und gegen die Selbstvorwürfe, die in ihr tobten.

Wann beginnt Betrug? Im Kopf? Ist es schon Betrug, wenn man sich bei jemand anderem wohler fühlt als bei seinem eigenen Freund?

»Du fährst jetzt mit mir nach Hause«, sagte Reinhard Lackner in bestimmtem Tonfall. »Da ruhst du dich erst einmal ein paar Tage aus. Du kannst doch so nicht nach Berlin zurück und an die Arbeit gehen, in diesem Zustand.«

Theresa richtete sich abrupt auf.

Kein Schritt in dieses Haus. Keine Begegnung mit Eva Trautmann, dieser Schlampe.

»Nein, ich fliege heute noch zurück.« Sie wischte sich die Tränen aus den Augen. »Bitte bring mich zum Bahnhof. Mein Zug zum Flughafen geht sowieso in einer halben Stunde. Ich habe das Rückflugticket bezahlt.«

»Tessa!« Die Stimme ihres Vaters klang gequält. »Sei doch nicht so stur, Prinzessin. Sieh dich doch mal an: Du bist blass, du bist krank, du bist mit den Nerven völlig am Ende. Ich habe überhaupt kein gutes Gefühl, wenn ich dich jetzt nach Berlin zurückfliegen lasse.«

»Ich will es aber so«, erwiderte Theresa unnachgiebig.

Reinhard Lackner erkannte, dass es sinnlos war, sie umzustimmen. Seufzend fuhr er sie zum Bahnhof.

»Lebe wohl«, sagte Theresa und hoffte inständig, dass es diesmal ein endgültiger Abschied war. Sie hatte sich schon nach ihrer Diplomverleihung mit diesen Worten verabschiedet. Nur Martins Tod hatte ihren Entschluss, ihren Vater nicht mehr zu sehen, durchkreuzt.

In all den Jahren, in denen wir unter einem Dach gewohnt haben, hast du dich nur für meine Schulnoten und später für meine berufliche Entwicklung interessiert, dachte Theresa. Alles andere war dir egal. Du hast mich und Tommi völlig unserer Mutter überlassen, du hast zugelassen, dass sie uns ohne Anlass anschrie. Du hast die Augen zugemacht, wenn sie ihre Launen an uns ausließ und ihrer eigenen Unzufriedenheit Luft machte, indem sie uns Kindern vorwarf, sie enttäuscht zu haben. Nie hast du uns verteidigt. Nie hast du uns in Schutz genommen. Du warst zu feige und zu gleichgültig, unserer Mutter, deiner Frau, die Stirn zu bieten. Und jetzt glaubst du, du kannst die Vaterrolle übernehmen? Darauf verzichte ich. Ich will mit dem nichts mehr zu tun haben.

Als sie in ihrem Zugabteil Platz nahm, warf sie einen letzten Blick auf das Bahnhofsgebäude und ihren Vater, der noch immer am Bahnsteig stand und ihr nachsah.

Ich will nie wieder hierher zurückkommen.

In den folgenden Wochen lebte Theresa wie in einem Vakuum. Noch immer funktionierte sie wie eine Marionette, von Pflichtbewusstsein und Routine gelenkt. Jeden Tag kam sie pünktlich in die Redaktion, erledigte, was man ihr auftrug, versuchte, eigene Ideen umzusetzen, verfasste Artikel und lächelte ihre Arbeitskollegen an, obwohl sie keinerlei Freude an ihrem Dasein empfand. Abends schloss sie die Zimmertüre hinter sich, legte sich ins Bett und starrte an die Decke. Weinen konnte sie nicht mehr.

Sie fühlte sich den Tränen näher als dem Lachen, doch die Traurigkeit hatte an ihren Energien so gezehrt, dass sie nicht einmal mehr die Kraft verspürte zu weinen. Sobald sie in der Früh die Augen aufschlug, ergriff dieses dumpfe Gefühl von Schmerz, Verzweiflung und Sehnsucht von ihr Besitz.

Es verging kein Tag, an dem sie nicht an Martin dachte.

Es verging aber auch kein Tag, an dem sie nicht auf einen Anruf von Katharina hoffte. Sie hatte nach ihrer Rückkehr von Martins Beerdigung noch zwei Versuche unternommen, die Bundestagsabgeordnete auf ihrem Privathandy zu erreichen. Beim ersten Versuch wurde sie abgewürgt. Beim zweiten Versuch, der zwei Tage später erfolgte, landete sie gleich wieder in der Mobilbox. Dass Katharina Hermann offensichtlich nicht mit ihr sprechen wollte, setzte ihr seelisch so zu, dass sie Beruhigungstabletten schlucken musste. Sie hatte das Gefühl, den Verstand zu verlieren, ihr Kopf dröhnte. Wie konnte sie es überhaupt noch wagen, an Katharina zu denken? War die Beziehung zu ihr nicht die Wurzel allen Übels? Wäre Martin nicht noch am Leben, wenn sie nicht ständig von dem Gedanken an Katharina Hermann besessen gewesen wäre?

In anderen Momenten verzweifelte Theresa an der Ungewissheit, die mit Katharinas fehlender Rückmeldung einherging. Wieso ließ sie nichts von sich hören? Was hatte sie ihr getan? Waren sie nicht fast als Freundinnen auseinander gegangen? Wie sollte ihr Pakt in Berlin weiter funktionieren?

Ich bin ein schlechter Mensch, sagte sich Theresa. Kein Wunder, dass mich alle hassen. Den einen wichtigen Menschen in meinem Leben habe ich in den Tod getrieben, die andere Person, die mir etwas bedeutet, habe ich erpresst. Katharina ist so nett und gut, und ich habe sie nur ausgenutzt. Und jetzt kann ich mich nicht mal mehr revanchieren, weil sie den Kontakt zu mir abgebrochen hat.

Von Tag zu Tag glorifizierte Theresa Martin und Katharina mehr. Sie sah nur noch schwarz und weiß, gut und böse. Sie selbst war schwarz und böse. Die beiden anderen waren gut und strahlten in makellosem Licht. Die Rationalität der ersten Tage, in der sie sich zumindest noch zeitweise gesagt hatte, dass das Ende ihrer Beziehung nicht zwangsläufig Martins Selbstmord nach sich ziehen musste, war völlig verschwunden. Im Gegenteil: Sie konnte Martins Entscheidung, aus dem Leben zu scheiden, immer besser nachvollziehen. Er hatte keinen Grund mehr gesehen, am Leben zu bleiben, nachdem er ihre Liebe verloren hatte. Auch sie sah immer weniger Grund, Tag für Tag aufzustehen und die Dinge zu tun, die von ihr erwartet wurden.

Wenn ich nicht hier wäre, würde sich die Welt trotzdem weiterdrehen. Keiner würde mich vermissen.

Ihr Leben wäre möglicherweise so weitergegangen, zumindest für eine ganze Weile: ohne Freude, ohne erkennbare Besserung ihres Zustandes, aber auch ohne Eskalation der Lage. Doch dann kam der Tag, an dem ihr Innenpolitik-Ressortleiter die glänzende Idee hatte, sie möge doch einen Bericht über die geplanten neuen Zuzahlungs- und Finanzierungsregelungen im Gesundheitswesen verfassen.

»Am besten, Sie wenden sich an das Gesundheitsministerium!«, riet er ihr in väterlichem Tonfall. »Ach ja – und dann gibt es da noch diesen Bundestagsausschuss, der sich auch mit dieser Gesundheitssache befasst. Wenden Sie sich am besten an die Vorsitzende dieses Ausschusses, das ist eine Abgeordnete namens Hermann. Katharina Hermann.«

Theresa hörte den Namen und sah Licht am Horizont. Sie konnte es im ersten Augenblick kaum fassen: endlich! Sie hatte einen hochoffiziellen, guten Grund, die Politikerin anzurufen.

Da sie auf dem Privathandy der Abgeordneten wieder erfolglos war, nahm sie den offiziellen Weg, den jeder Journalist gehen musste, und meldete sich in Katharina Hermanns Berliner Büro. Sie wurde mit ihrer Pressesprecherin verbunden. Der ungeduldigen Dame erläuterte sie ihr Anliegen und setzte sogleich hinzu: »Ich muss aber mit Frau Dr. Hermann persönlich sprechen.«

»Also, da sehe ich keinen Handlungsbedarf«, erwiderte die Dame schnippisch. »Sämtliche Auskünfte bekommen Sie von mir. Es gibt dazu Unterlagen, die Frau Dr. Hermann für Anfragen persönlich vorbereitet hat. Der Terminkalender von Frau Dr. Hermann ist so voll, da ist kein persönliches Gespräch möglich.«

Wer bist du, du dumme Kuh, dass du glaubst, mich von Katharina fern halten zu können?, schoss es Theresa durch den Kopf. Ich kenne sie besser als du.

»Stellen Sie mich sofort zu ihr durch«, sagte sie mit hörbarer Verärgerung in der Stimme. »Ich bestehe darauf, mit ihr persönlich zu sprechen. Sie sieht das sicherlich genauso. Sagen Sie ihr, dass Theresa Lackner vom *Berliner Tagesspiegel* am Apparat ist.«

»Mäßigen Sie sich in Ihrem Tonfall!«, wies die Pressesprecherin sie scharf zurecht, setzte dann aber mit professioneller Stimme hinzu: »Ich werde sehen, was ich tun kann.« Theresa hing voller Ungeduld in der Warteschleife und überlegte sich, was sie Katharina sagen konnte.

Ich will dich sehen.

Darf ich dich besuchen?

Können wir abends telefonieren?

Mir geht es schlecht. Ich vermisse dich unendlich. Ich weiß, ich sollte das nicht sagen, aber es ist die Wahrheit.

Letzteres schloss sie gleich wieder aus. Katharina würde in diesem Fall sicher gleich wieder auflegen.

»Frau Lackner?« Statt Katharina selbst war jetzt wieder die Pressesprecherin am Telefon. In ihrer Stimme schwang unverhohlener Triumph mit, als sie sagte: »Frau Dr. Hermann lässt ausrichten, dass sie keine Zeit für Sie hat. Sie sieht keine Notwendigkeit, mit Ihnen persönlich zu sprechen. Wie ich Ihnen schon zu erklären versuchte, reicht es in diesem Fall völlig aus, die Angelegenheit mit mir zu besprechen.«

Dann begann sie etwas von prozentualen Zuzahlungen, geänderten Belastungsgrenzen, Präventionsmaßnahmen und Freibeträgen zu erzählen, und ihre Stimme klang dabei so professionell und geschult, dass Theresa kurzzeitig den Eindruck hatte, mit einem Computer und nicht mit einem Menschen zu sprechen. Sie hatte innerlich abgeschaltet. Sie nahm die Worte, die auf sie einprasselten, wahr, ohne sich Notizen zu machen.

Jetzt hatte sie Gewissheit: Katharina Hermann wollte keinen Kontakt mehr zu ihr. Sie würde nie wieder mit ihr sprechen können, nie wieder mit ihr auf der Couch sitzen, nie wieder mit ihr Wein trinken. Nie wieder mit ihr zusammen arbeiten.

Es war vorbei.

Mein Leben ist vorbei.

Nach dem Telefonat meldete sich Theresa krank. Das war keine Lüge. Ihr war tatsächlich schlecht, und sie hatte Kopfschmerzen.

Sie ging nicht in die Apotheke. Tabletten würde sie nicht mehr brauchen.

Sie ging in eine Drogerie. Sie kaufte sich Rasierklingen.

Sie war sich bewusst, was sie tat, als sie später in ihrer Wohnung auf dem Badezimmerboden kauerte und sich mit einem tiefen Schnitt die Pulsadern durchtrennte.

Sie war sich in diesem Moment sicher, dass es richtig war, dasselbe zu tun, was Martin schon Wochen zuvor auf andere Weise vollbracht hatte.

Geplantes Ende

Gitta trug ihr Haar jetzt kirschrot und etwas länger, als ich es in Erinnerung hatte. Außerdem hatte sie ein bisschen zugenommen. So schien es mir zumindest, als ich sie nach meiner Rückkehr nach Hamburg in der Cafeteria des Verlagshauses traf und mir bei einer Tasse Cappuccino vorwerfen ließ, dass ich eine äußerst schlechte und undankbare Freundin sei. Ich nahm ihre humorvollen Anschuldigungen mit amüsierter Gelassenheit zur Kenntnis. Sie hatte schließlich Recht: In all den Monaten, die ich in Berlin gewesen war, hatte ich mich tatsächlich nur wenige Male bei ihr gemeldet.

»... und all das, wo ich mich so aufopferungsvoll um deine Wohnung gekümmert habe«, bedauerte sich Gitta selbst. An dem Grinsen, das auf ihren Lippen lag, war jedoch unschwer zu erkennen, dass sie mir meine Versäumnisse nachsah. »Jeden vierten Tag habe ich deine Pflanzen gegossen. Nebenbei: Die Bananenstaude ist leider eingegangen. Ich glaube, ich habe sie ertränkt. Aber Bananenstauden sind ja allgemein empfindlich. Deine Hausverwaltung hat übrigens angekündigt, die Nebenkosten zu erhöhen, und in zwei Wochen kommt der Rauchfangkehrer.«

Sie legte den Zweitschlüssel meiner Wohnung, den ich ihr vor knapp einem halben Jahr anvertraut hatte, vor mich auf den Tisch. »Den kann ich dir wohl zurückgeben – nachdem du nun wieder hier bist.« Sie betrachtete mich neugierig. »Wie sieht das denn jetzt aus mit dir? Gehst du wieder zurück zu *Amiga*? Oder wechselst du endgültig zum *Brennpunkt*? Oder bist du jetzt in der Berliner Redaktion für Innenpolitik zuständig?«

Wenn ich das wüsste ...

Ich erklärte ihr, dass sich weder Egle noch Rowendson über Details bezüglich meiner weiteren Tätigkeit für dieses Verlagshaus geäußert hätten. Gitta wollte daraufhin wissen, was mir am liebsten wäre.

»Na ja: Innenpolitik in Berlin«, antwortete ich wahrheitsgemäß.

Ich hatte lange darüber nachgedacht, was ich wollte. Mich reizte Berlin weniger wegen der Innenpolitik als wegen der Tatsache, dass es dort Katharina Hermann gab. Doch das musste ich natürlich für mich behalten. Am Abend des Vortags war ich zurück in meine Wohnung gekommen. Gitta hatte tatsächlich dafür gesorgt, dass es so aussah, als hätte ich mein Domizil erst einen Tag zuvor verlassen. Nur den Kühlschrank musste ich selbst füllen.

Seit gestern Abend fühlte ich mich wieder gut. Zwei Stunden nachdem ich in meiner Wohnung angekommen und gerade dabei war, die Koffer auszupacken, erhielt ich einen Anruf von Katharina. Wir redeten nicht lange, höchstens zehn Minuten, denn sie hatte zu tun, wie sie sagte. Doch zumindest hatte sie sich gemeldet. Ich berichtete ihr von meiner Rückbeorderung nach Hamburg, erwähnte jedoch nicht das Foto, auf dem wir beide gemeinsam abgebildet waren. Ich hatte die Befürchtung, dass Katharina dann wieder Panik bekommen und sich sorgen würde, dass jemand hinter unser Verhältnis und damit auch hinter ihre sexuelle Orientierung kam. Schon manches Mal schnitt ich nachts, nachdem wir miteinander geschlafen hatten, das Thema an: Ob es nicht besser wäre, sich zu outen? Sie könne doch nicht mit dieser Lüge leben, das sei langfristig doch sicher ungesund. Sie erwiderte daraufhin, sie sei jetzt fast 40, habe bisher ganz gut gelebt, und eine Offenlegung ihrer sexuellen Orientierung käme nicht in Frage. Es stünde zu viel auf dem Spiel. »Aber Klaus Wowereit hat es auch getan!«, hatte ich ihr in Erinnerung gerufen. Der regierende Bürgermeister von Berlin war über die Landesgrenzen bekannt geworden, weil er sich öffentlich als homosexuell geoutet hatte. Mit seinem Statement: »Ich bin schwul, und das ist auch gut so!« wurde er zeitweise zu einer Art Medienliebling.

»Klaus Wowereit ist bei einer anderen Partei und spielt in einer anderen Liga«, hatte Katharina geantwortet und mir den Rücken zugedreht. Es war vergebens, mit ihr darüber zu diskutieren.

Das gestrige Telefonat war ein Trost, doch ich vermisste sie unsagbar. Es ging mir nicht um Sex. Es ging mir um sie als Person. Ich fühlte mich wohl, wenn ich in ihrer Nähe war. Ich hatte dieses Gefühl schon lange nicht mehr gehabt. Die Männergeschichten, die ich nach Martin gehabt hatte und die mir im Nachhinein fast schon peinlich waren, hatten mich nicht auf emotionaler Ebene berührt. Die meisten Männer waren mir schnell auf die Nerven gegangen. Kleinigkeiten hatten genügt, damit ich den Schlussstrich zog. Bei wenigen war ich traurig, wenn es vorbei war, doch diese Trauer wich meistens schon nach zwei Tagen der Erleichterung.

Katharina war der erste Mensch, der alle meine Ansprüche zu erfüllen schien: Sie war überaus klug, sie war zielstrebig, sie war schön – sie faszinierte mich. Sie war auch der erste Mensch, mit dem ich mir vorstellen konnte, den Rest meines Lebens zu verbringen.

»Hörst du mir eigentlich zu?« Gitta riss mich aus meinen Gedanken.

Ich starrte sie mit großen Augen an. An meiner Miene war unschwer abzulesen, dass so gut wie nichts von dem, was sie mir in den letzten Minuten erzählt hatte, bei mir angekommen war. Sie hatte mir aus dem Redaktionsalltag bei *Amiga* erzählt und ich hatte abgeschaltet. Ich musste zugeben: Es interessierte mich plötzlich nicht mehr, ob Katja Kesselfliegers neuer Lebensgefährte angeblich Tangas trug und dass *Amiga* eine neue Praktikantin mit dem klangvollen Namen Erika hatte. Es interessierte mich auch nicht, ob Chefredakteurin Isolde Werkmann in ihrer letzten Kolumne über Au-Pair-Girls und Haushälterinnen hergezogen und damit eine Flut von teils empörten, teils zustimmenden Leserbriefen ausgelöst hatte. All das war so unendlich weit weg von meinem Alltag der letzten Wochen.

»Gibt es einen neuen Mann in deinem Leben?« Gittas Frage erwischte mich kalt. Ich zuckte zusammen und stammelte verwirrt herum, dass da überhaupt nichts sei, doch Gitta blieb – aus berufsbedingter Gewohnheit – hartnäckig. Ich sah ein, dass meine erste Reaktion unglaubwürdig gewesen war, und schob nach: »Es ist nichts spruchreif.«

Sogleich startete Gitta ein knallhartes Verhör. »Ist er verheiratet?«

»Nein.«

»Ist es so ein Fuzzi aus dem Justizministerium?«

»Nein.«

Katharina Hermann ist kein Fuzzi.

»Ist es wieder so ein adonisgleicher Jüngling?«

»Nein.«

Gitta hob überrascht die Augenbrauen. »Ich kann kaum glauben, dass sich dein Geschmack so geändert hat. Haben sie dich in Berlin einer Gehirnwäsche unterzogen?«

Ich lachte. »Unsinn. Manche Menschen faszinieren eben auf andere Art.«

»So, auf welche denn?«

»Durch Intelligenz zum Beispiel.«

»Oh, tatsächlich?« Gitta lächelte amüsiert. »Das muss ja ein wahres Prachtexemplar von einem Mann ein. Wann stellst du ihn mir vor?«

Meine Miene verfinsterte sich schlagartig. Gitta war eine Freundin – wahrscheinlich die einzige richtige Freundin, die ich hatte. Bisher hatte sie jeden meiner Partner kennen gelernt – vorausgesetzt, ich war lange genug mit ihnen zusammen, so dass es sich ergab. »Irgendwann mal«, antwortete ich ausweichend. Es versetzte mir einen leichten Stich in die Brust, dass sie die Liebe meines Lebens wahrscheinlich nie als solche kennen lernen würde.

»Hmmm«, machte Gitta nur. Sie schien zu spüren, dass dies ein Thema war, das ich nicht vertiefen wollte, und besaß ausnahmsweise den Anstand, nicht investigativ darin herumzustochern, wie es meist ihre Art war. »Ich hole mir noch einen Cappuccino«, sagte sie stattdessen und erhob sich. »Soll ich dir auch noch einen mitnehmen?«

Ich nickte und sah ihr vom Tisch aus zu, wie sie bei der Kantinenbetreuerin Kaffee orderte. Es war einerseits traurig, dass ich wieder hier war, weil mir Katharina fehlte. Doch andererseits – in Hamburg fühlte ich mich einfach wohler. Und auch, wenn mir Arno, Aschinger und die übrige Truppe in diesen Monaten irgendwie ans Herz gewachsen waren, so genoss ich es, dass der Umgangston hier im Verlagsgebäude allgemein lockerer und ungezwungener war als im Ministerium. Sogar mein Gespräch mit Egle, vor dem ich mich nach seinem Ausbruch am Telefon gefürchtet hatte, war besser verlaufen, als ich erwartet hatte.

Gitta stellte einen der Cappuccini, die sie zittrig mit beiden Händen balancierte, vor mich auf den Tisch. Als hätte sie meine Gedanken lesen können, kam sie auf Egle zu sprechen.

»Wie lief die Besprechung mit deinem Chef? Ist die obere Etage mit deiner Arbeit zufrieden oder wurdest du von den selbst ernannten Edelfedern in Grund und Boden redigiert?«

»Redigiert ja, aber nicht in Grund und Boden«, gab ich Auskunft. »Ich hatte den Eindruck, man war doch einigermaßen zufrieden. Einige Punkte wurden etwas umformuliert.«

Der Tenor der Reportage ist jetzt kritischer ...

Gitta nickte. »So, so. Ich habe ja ein paar dieser kleineren Sachen gelesen, die du von Berlin aus geliefert hast. Fand ich nicht schlecht. Auf jeden Fall besser als die Beautyseite bei *Amiga*. Du bist ja jetzt eine Expertin in Sachen Innenpolitik.«

»Na ja«, erwiderte ich zweifelnd.

Sex mit der eventuell zukünftigen Bundeskanzlerin erhebt einen nicht automatisch in den Expertenstatus.

»Am Sonntag in einer Woche ist Wahl«, sagte Gitta. »Bin ja schon neugierig, wen du diesmal wählen wirst.«

Sie grinste mich herausfordernd an.

»Wahlen sind geheim«, entgegnete ich und grinste ebenfalls. Gitta war neugierig, das wusste ich. Sie sollte mich diesmal aber nicht aus der Ruhe bringen.

»Bist du das deiner lieben Freundin nicht schuldig, dass du sie mit deiner Stimme unterstützt?«

Ich setzte die Cappuccinotasse, aus der ich soeben einen Schluck hatte nehmen wollen, abrupt ab. »Was? Wie meinst du das?« Das Wort Freundin aus dem Mund von *Amiga*s Klatsch- und Tratschreporterin versetzte mich in Panik.

»167«, sagte Gitta nur und grinste noch breiter als zuvor. Sie musterte mich dabei scharf.

»Wie, was?« Ich verstehe nur Bahnhof.

»167 Artikel hast du für dein ostbayerisches Heimatblatt geschrieben, in denen Katharina Hermann zitiert wird. Da kann man sie doch wohl zu Recht »Freundin« nennen. Und so innig, wie du ihr nach dem TV-Duell gratuliert hast, gehe ich davon aus, dass du sie doch ziemlich gut leiden kannst.«

Jetzt hat sie mich doch aus der Ruhe gebracht. Oh mein Gott. Gitta hat recherchiert. Ahnt sie etwas? Nicht auszudenken, wenn sie von dieser Sache Wind bekäme ... Ich muss hier weg!

Ich sah demonstrativ auf die Uhr. »Oh, schon so spät.« Mein Tonfall hörte sich gekünstelt an. Ich stand mit zittrigen Knien auf. »Tut mir Leid, Gitta, ich muss weg, ich habe noch einen Termin –«

»Setz dich!« Gittas Stimme klang autoritär. Ihre Gesichtszüge waren hart. Ich hatte sie einmal mit ihrer Tochter Tatjana in ähnlicher Art und Weise sprechen gehört. Bei mir hatte dieser Befehlston den gleichen Effekt wie bei der damals Neunjährigen: Ich bekam fast einen Herzstillstand, meine Knie knickten ein und ich sank gehorsam auf meinen Stuhl zurück.

Gitta darf nichts davon erfahren. Reiß dich zusammen, Theresa.

Ich bemühte mich um ein Lächeln. Es wurde nur ein verkrampftes Lächeln. Ich fixierte einen Punkt auf der Tortenvitrine hinter uns, um Gitta nicht in die Augen sehen zu müssen.

»Theresa, hör bitte auf mit diesem lächerlichen Theater«, sagte Gitta jetzt und hörte sich dabei immer noch an wie die genervte Mutter, die zu ihrer kleinen Tochter spricht. »Ich habe lediglich festgestellt, dass du sie offensichtlich sehr gut kennst. Ihr seid befreundet, na und? Ich kenne meine Promis auch ziemlich gut. Wenn man sich bei jeder dritten Party über den Weg läuft, und das jahrelang, verschwimmen die Grenzen zwischen Journalisten und Informanten allmählich. Du bist da nicht die einzige, der es so geht. Ich habe gehört, dass Egle ausgerastet ist, als er dieses Foto gesehen hat – aber glaub mir, wenn er nicht vom Reporter zum Schreibtischhengst geworden wäre, er würde es nicht anders halten! Journalismus läuft eben zum Großteil über Beziehungen – jenseits der Lehrmeinung, die sie dir in deinem Studium eingetrichtert haben. Jeder hier lässt Egle toben und stimmt ihm vielleicht auch noch zu, um sich nach oben zu schleimen. Doch glaube mir, jeder Redakteur, jede Redakteurin hier im Haus pflegt persönliche Kontakte in freundschaftlicher Weise.«

Mein Puls beruhigte sich allmählich wieder. Anscheinend hatte ich anfangs zu viel in Gittas Worte hineininterpretiert.

»Du könntest dich glücklich schätzen, die eventuell zukünftige Kanzlerin so gut zu kennen. Das kann schließlich nicht jeder von sich behaupten. Wer weiß, für was es einmal nützlich ist?« Sie machte eine Pause und trank einen Schluck Cappuccino. Ich wagte erstmals wieder, ihr den Blick zuzuwenden. Als Gitta fortfuhr, war der Strenge-Mama-Effekt aus ihrer Stimme verschwunden. »Aber ihr beide, du und deine Kanzlerkandidatin, ihr macht mich allmählich wirklich nachdenklich. Zuerst willst du sie gar nicht sehen, dann tut sie so, als würde sie dich nicht kennen, dann schickt sie mich mit ihrem Pressesprecher aus dem Zimmer, damit sie mit dir allein sein kann ... wenig später wirst du von *Amiga* zum *Brennpunkt* und vom *Brennpunkt* nach Berlin beordert ... jetzt kommst du zurück und flippst fast aus, weil ich feststelle, dass ihr anscheinend richtig gute Freundinnen seid. Was soll ich davon halten?«

»Weiß nicht.« Meine Stimme klang piepsig. Ich starrte in meinen Cappuccino und hoffte, dass Gitta endlich schweigen würde. Sie war dabei, eine Katastrophe in Gang zu setzen.

Gitta seufzte.

»Falls es dich in irgendeiner Form beruhigt, Theresa: Ich weiß im Moment selbst nicht so genau, was ich davon halten soll. Aber es macht mich nachdenklich. – Ich bin Journalistin, Theresa, wie du. Doch mein Ressort lebt von Klatsch und Tratsch. Ich lebe davon. Mein Instinkt sagt mir, dass aus dieser Geschichte mit dir und der Hermann vielleicht etwas herauszuholen ist.« Sie lehnte sich mit dem Oberkörper leicht nach vorne und dämpfte ihre Stimme. »Wir haben zwei Möglichkeiten: Entweder du erzählst mir selbst die Geschichte von eurer langjährigen wunderbaren Freundschaft, oder ich muss noch genauer recherchieren.«

Um mich herum drehte sich inzwischen alles: Die Tortenvitrine, die wenigen anderen Kantinenbesucher, die Cappuccinotassen, die Stühle und Tische ... Gleichzeitig war mir übel und schwindlig. Will Gitta mich erpressen? Was läuft hier ab? Ich stand auf und packte meine Handtasche.

»Mach, was du willst«, sagte ich kalt. »Ich dachte, wie wären Freundinnen.« Ich wollte nur noch weg hier. Als ich an ihr vorbeiging, hielt sie mich am Arm fest. Ihr Gesicht war ein einziges Fragezeichen. »Theresa, bitte ..., so war das nicht gemeint.«

Was ist daran schon misszuverstehen? Du stellst mich vor die Wahl, mein Verhältnis vor dir auszubreiten und Katharina zu verraten oder mir hinterherzuspionieren. Das alles deutet nicht auf Freundschaft und gegenseitigen Respekt hin.

Ich behielt meine Gedanken für mich, riss mich los und verließ die Cafeteria. Gitta versuchte, mich auf dem Handy zu erreichen, doch ich hob nicht ab. Ich ging in meine Wohnung, setzte mich auf das Sofa und war sehr nachdenklich. Das Gespräch mit Gitta hatte mir deutlich gemacht, mit welchen Schwierigkeiten eine heimliche Beziehung mit Katharina verbunden war. Ich konnte nicht mehr über mein Leben sprechen. Ich konnte nicht mehr von meinem Partner erzählen. Ich musste mit einem Lächeln in die Arbeit gehen, auch wenn es mir in meiner Beziehung irgendwann dreckig gehen würde. Niemand durfte je etwas merken. Schon Vermutungen in diese Richtung waren zu viel. Es war ein ständiger Spießrutenlauf.

Ich stellte mir vor, wie es mir die nächsten Jahre ergehen würde. Wie ich ständig allein zu irgendwelchen Partys ginge. Wie die Leute allmählich sagen würden: Theresa findet auch keinen mehr. Nun ja, sie wird auch nicht jünger.

Hin und wieder würde ich Katharina treffen und die wenige Zeit mit ihr genießen, die uns blieb – in ihrer Wohnung oder in meiner. Niemals würden wir in einem Lokal essen gehen. Niemals würden wir gemeinsam eine Bar besuchen. Nicht einmal unseren Einkaufsbummel konnten wir zusammen machen.

Diese Zukunftsaussichten trieben mir die Tränen in die Augen.

Die Dauer einer Legislaturperiode beträgt bekanntlich vier Jahre. Das wären vier Jahre, in denen unser Verhältnis geheim bleiben müsste. Und wenn Katharina sogar ein zweites Mal kandidiert? Und was kommt danach? Wird sie dann endlich zu dem stehen, was sie tut?

Ich wünschte mir in diesem Augenblick, dass sie die Wahl verliert.

Vielleicht würde dann alles anders werden: Katharina würde, enttäuscht vom Ausgang der Wahlen, der Politik den Rücken kehren und in die Wirtschaft wechseln. Sie müsste nicht mehr vor ihrer Partei heucheln und könnte ganz öffentlich zu mir stehen. Wir könnten zusammenziehen. Egal, wohin es sie beruflich verschlüge: Ich würde alle Hebel in Bewegung setzen, um ihr zu folgen.

Ich dachte an sie, stellte mir vor, wie sie über ihren Büchern saß und einen Vortrag ausarbeitete oder auf einer Sitzung ihre Vorstellungen kundtat. Ein Strom grenzenloser Liebe floss durch meinen

Körper und in mein Herz. Ich tippte in mein Handy: Ich liebe dich. Doch ehe ich auf Senden drückte, entschied ich mich, die Mitteilung zu löschen.

Meine Angst, dass keine Antwort kommen würde, war zu groß.

Katharina wollte nicht mit mir schlafen. Sie lag mit offenen Augen auf dem Rücken in ihrem Bett und bewegte sich nicht. Ich hatte ihr Dekolletee mit Küssen bedeckt. Ich hatte ihre Brüste zärtlich gestreichelt und meine Hände an ihrem Oberschenkel entlanggleiten lassen. Ich hatte an ihrem Ohrläppchen geknabbert – etwas, was sie bisher immer rasend gemacht hatte. Doch diesmal waren meine Bemühungen vergebens. Was war mit ihr los?

Ich hatte für meinen Flug nach Berlin 158 Euro gezahlt. Das war nicht wenig. Doch für die Aussicht, sie zu sehen und in ihren Armen zu liegen, hätte ich auch drei- oder viermal so viel Geld ausgegeben. Rational betrachtet war diese Reise nach Berlin unwirtschaftlich und unsinnig. Denn Katharina hatte nur in der Nacht von Freitag auf Samstag für mich Zeit. Am Samstagmittag saß sie bereits im Flieger nach München, um als Schirmherrin und Ehrengast bei einer Auslobung für ein Gremium altverdienter Richter teilzunehmen. Von München aus ging es dann weiter ins Saarland, wo sie am Sonntag in Saarlouis die Werbetrommel für die Konservativen rühren sollte. Ich war also für knappe neun Stunden mit Katharina nach Berlin gereist – von Freitagabend um acht Uhr bis Samstag, spätestens fünf Uhr früh. Der Pförtner durfte wie gewohnt nicht merken, dass ich über Nacht geblieben war.

»Dann lohnt es sich ja gar nicht, dass ich nach Berlin komme«, hatte ich im Zuge meiner ersten Enttäuschung gesagt.

»Ich weiß, die Zeit ist knapp«, hatte Katharina sehr sachlich darauf geantwortet. »Wenn du nicht kommen willst, verstehe ich das natürlich.«

»Aber ich will dich ja sehen«, war meine bestürzte Reaktion darauf gewesen. »Freust du dich denn gar nicht, wenn ich komme? Vermisst du mich nicht?«

»Doch, schon«, hatte sie erwidert. Ihre Antwort hatte sehr zögerlich geklungen. Ich hatte meine Verunsicherung heruntergeschluckt und ein Hin- und Rückflugticket gekauft.

Jetzt, um kurz nach Mitternacht, war diese Verunsicherung wieder da. Den ganzen Abend hatte sie in sich gekehrt und nachdenklich gewirkt. Wir hatten zusammen gegessen und Wein getrunken. Katharina hatte es bei einem Glas belassen. Bereits auf der Couch hatte sie nicht auf meine Zärtlichkeiten reagiert. Unser abendliches Gespräch war schleppend verlaufen. Die meiste Zeit über hatte ich geredet. Ich berichtete von Belanglosigkeiten aus dem Verlagshaus, von denen ich selbst annahm, dass sie sie nicht interessierten. Ich erzählte ihr, dass ich bald Tante sein würde. »Wie nett«, sagte sie darauf, doch ich hatte den Eindruck, dass sie mit ihren Gedanken meilenweit von mir entfernt war.

Auf die Frage, was es denn bei ihr Neues gebe, hatte sie lediglich geantwortet: »Ach, nichts Besonderes, nur das Übliche. Und dann noch der Stress vor den Wahlen.«

Ich küsste sie auf die Lippen und hatte den Eindruck, eine Leiche zu küssen. Ihr Mund fühlten sich kalt an; sie reagierte nicht. Ich hielt es nicht mehr aus. Ich wollte wissen, was mit ihr los war. Mit einem Ruck setzte ich mich auf und knipste die Nachttischlampe an. Sie blinzelte mit zusammengekniffen Augen in das helle Licht und gab ein unwilliges Brummen von sich.

»Was ist denn mit dir los?«, fragte ich vorsichtig.

»Nichts ist los«, sagte sie. »Mir ist nur gerade nicht danach.«

Wir hatten uns mehrere Tage nicht gesehen. Ich verzehrte mich vor Verlangen nach ihr. Was ich von ihr hörte, stieß bei mir auf Verständnislosigkeit und sorgte für Irritation.

»Wieso nicht?«

Sie schnaubte unwillig. »Was für eine Frage! – Es ist eben so. Manche Leute haben mehr Bedürfnis nach Sex, andere weniger.« Sie strich mir mit den Fingerspitzen über meinen nackten Arm und meinte versöhnlich: »Ich will ja grundsätzlich mit dir schlafen, nur eben jetzt nicht.«

Wann denn dann?, schrie es in mir. In wenigen Stunden muss ich wieder weg, und weiß der Himmel, wann du wieder Zeit für mich hast.

Laut sagte ich: »Okay«, doch ich fühlte mich kein bisschen beruhigt. Im Gegenteil. In mir machte sich Panik breit. Das Gefühl, dass irgendetwas an unserem Verhältnis nicht stimmte, nahm wieder von mir Besitz.

»Ich liebe dich, Katharina«, sagte ich in die Stille hinein, die sich zwischen uns aufgetan hatte wie eine bedrohlich klaffende Schlucht.

In ihrem Gesicht regte sich kein Muskel.

Bitte. Bitte sag etwas. Sag zumindest, dass du mich gern hast, sonst verzweifle ich!

»Ich weiß nicht, wie du dir das alles vorstellst«, sagte Katharina stattdessen plötzlich. »Wie glaubst du, dass es weitergehen soll mit uns?«

Mein Herz begann zu flattern. Ich fühlte mich wie eine Maus, die von einer Katze in die Enge getrieben wird und ihre Chancen auf ein langes Leben schwinden sieht.

»Wie meinst du das?«, kam es mir mit schwacher Stimme über die Lippen. Meine Hände verkrampften sich zu Fäusten.

»Du weißt, wie ich das meine«, sagte Katharina und sah mir jetzt ernst in die Augen. »Das, was momentan zwischen uns läuft, ist ohne Perspektive.«

»Wieso?« Ich klang piepsig.

Katharina setzte sich auf und schlang die Bettdecke um ihren Oberkörper, um ihre nackten Brüste vor mir zu verbergen.

»Ich habe den Eindruck, du machst dir zu große Hoffnungen. Ich glaube, du stellst dir vor, dass wir irgendwann eine Art Ehe führen, eine Partnerschaft wie deine Eltern. Oder meine Eltern. Dass wir zusammen wohnen, zusammen essen, einen gemeinsamen Bekanntenkreis haben. Doch das wird niemals sein.«

Alles, nur keine Ehe wie die meiner Eltern ...

»Warum wird das niemals sein?« Ich kam mir vor wie ein naives Schulmädchen, das seiner Lehrerin ein Loch in den Bauch fragt. Ich verstand nicht, worauf sie hinauswollte, wovon sie redete. Ich wollte es nicht verstehen. In mir regierte die Furcht.

»Weil es mit homosexuellen Paaren nicht so ist«, erwiderte Katharina steif. »Es ist alles viel schwieriger.«

»Schwieriger«, wiederholte ich, ohne selbst davon überzeugt zu sein. Die einzige Schwierigkeit, die ich in meiner Liebe zu ihr sah, war sie selbst – weil sie nicht gewillt war, zu dem zu stehen, was sie tat. »Ich kenne einige homosexuelle Paare, die ganz normale Partnerschaften führen. Sie wohnen zusammen, sie essen zusammen, sie haben den gleichen Bekanntenkreis. Ich sehe da keine Unterschiede.« Das war gelogen. Ich kannte keine homosexuellen Paare, sondern nur ein paar vereinzelte Schwule, und ich sah sie mit ständig wechselnden Partnern. Ihr das zu sagen, hätte allerdings bedeutet, sie zu bestätigen. Und nichts lag mir ferner als das. Ich war überzeugt davon, dass es durchaus lesbische und schwule Paare gab, die ein Leben lang zusammenblieben – nur, ich kannte sie eben nicht.

»Es gibt Unterschiede«, entgegnete Katharina. »Die Gesellschaft macht Unterschiede. Sie behandeln dich anders.«

Ich dachte spontan an Gitta. Ich konnte mir nicht vorstellen, dass mich Gitta Grothe anders behandelte, nur weil ich ihr offenbarte, mit einer Frau zusammen zu sein. Sie würde neugierige Fragen stellen, das schon. Doch sie würde auch weiterhin mit mir in die Sauna gehen, ohne zu befürchten, dass ich ihr zu nahe trat, und sie würde mich weiterhin zu ihren Partys einladen – mit Partnerin.

Ich dachte an meinen Bruder, der davon wusste, und mir wortwörtlich gesagt hatte, es sei ihm völlig egal, ob ich mit einem Mann oder einer Frau zusammen war. Ich dachte an Arno Wendereich, der selbst schwul war und uns daher sicher nicht verurteilen würde.

Wer war also die Gesellschaft, von der Katharina sprach? Ihre ultrakonservativen Parteifreunde? Der Alt-Kanzler? »Auf Leute, die mich nicht so akzeptieren, wie ich bin, würde ich ganz einfach verzichten«, sagte ich trotzig.

»Das geht nicht so einfach«, widersprach Katharina. »Manche Leute sind wichtig, um nach oben zu kommen.«

»Du willst mir damit sagen, dass dir deine Karriere wichtiger ist als ich?«, fasste ich für sie zusammen und spürte Enttäuschung und Wut in mir. Ich konnte sie einfach nicht verstehen.

Sie verdrehte genervt die Augen. »So kann man das ja auch nicht sagen«, erwiderte sie ausweichend. Ich wartete auf eine Erklärung, weshalb meine Aussage unzutreffend war oder wie ihre Prioritäten ansonsten lagen, doch sie blieb aus.

»Katharina, ich liebe dich«, versuchte ich es schließlich erneut. Es konnte doch nicht sein, dass diese Offenbarung, die aus den Tiefen meines Herzens kam, so einfach an ihr abprallte. »Ich weiß, deine Karriere ist dir wichtig, und das ist auch gut so.« Im Grunde war ich von der Behauptung, dass dies »gut so« sei, längst nicht so überzeugt, wie ich vorgab. Es war für mich kein gutes Gefühl, in ihrer Prioritätenliste weit hinter der Karriere aufzutauchen. »Ich bewundere deinen Ehrgeiz und deine Zielstrebigkeit«, fuhr ich fort. »Und ich will dich auch an nichts, was du erreichen willst, hindern. Das einzige, was ich will, bist du. Ich will mit dir zusammensein. Ich will mit dir einschlafen und aufwachen – zumindest dann, wenn es zeitlich machbar ist.«

Ich musste mich wohl sowieso damit abfinden, zwischen zwei Terminen eingepasst zu werden.

»Du sollst mich nicht bewundern«, kam es jetzt ungehalten von ihr. »Du setzt mich unter Druck.«

»Unter Druck?«, wiederholte ich fassungslos und suchte ihren Blick. Sie wich mir aus. Es war, als spreche sie zu sich selbst, als sie fortfuhr: »Du schickst mir ständig SMS in der Erwartung, dass ich mich melde. Du ruft immer an, obwohl du genau weißt, dass ich zu tun habe. Du versuchst, aus mir Zugeständnisse herauszupressen, die ich dir nicht geben kann. Du stellst Forderungen an mich, die ich nicht erfüllen kann.«

Mein Herz schlug bis zum Hals. Jeder Herzschlag erfüllte mich mit Schmerz. Ich kämpfte gegen die Tränen.

Verdammt, warum muss ich so leicht heulen? Kein Wunder, wenn sie mich für eine schwächliche Heulsuse hält und kein Interesse an mir hat.

»Ich liebe dich wirklich«, sagte ich mit belegter Stimme.

»Ich denke, für solche Aussagen ist es zu früh«, erwiderte sie mit unverwandtem Blick auf mich. »Es ist erst knapp drei Wochen her, dass wir das erste Mal miteinander geschlafen haben.«

Was bedeutet in unserem Fall schon Sex? Ich seufzte.

Das Blut tropft auf die weißen Kacheln im Badezimmer und meine Gedanken sind nur bei dir. Erinnerungen überkamen mich.

»Für mich ist es nicht so kurz«, sagte ich leise. »Ich habe mich schon damals in dich verliebt, als wir zusammen in deiner Wohnung waren, vor den Diplomprüfungen. Ich habe gedacht, ich drehe durch, als du dich dann in Berlin nicht gemeldet hast und nicht mehr mit mir sprechen wolltest. Ich habe dich so vermisst.«

Um korrekt zu sein: Ich bin durchgedreht.

»Ich war noch nie einer Person emotional so nahe wie dir«, setzte ich mein Geständnis fort. »Das war damals so und das ist heute so. Für mich ist die Zeit, in der wir zusammen sind, nicht so kurz, wie du sagst. Du bist seit langem ein Teil meines Lebens.«

Allerdings war es mir einige Zeit lang erfolgreich gelungen, dich aus meinen Gedanken zu verbannen – in den Jahren, wo ich die andere Theresa war, die coole Theresa, die alles kalt ließ.

»Ich sollte kein Teil deines Lebens sein«, entgegnete sie und sah mich dabei nicht an. »Das führt zu nichts. Wie ich schon sagte: Ich kann dir keine Perspektive bieten. Ich kann deine Erwartungen nicht erfüllen.«

»Du klingst wie ein Psycho«, rutschte es mir heraus. Sogleich biss ich mir auf die Lippen. Aussagen wie diese würden sie kaum dazu bewegen, ihre Meinung über unser Verhältnis zu ändern.

Sie überging meinen Einwurf, als hätte sie ihn nicht gehört. »Warum, glaubst du, habe ich mich nicht mehr gemeldet, als du in Berlin warst? Glaubst du, ich habe nicht bemerkt, wie bedrohlich die Situation zwischen uns beiden war? Ich habe doch gemerkt, was sich da anbahnt. Wie du mich damals angesehen hast. Allein das hat mir gezeigt, dass du mir Gefühle entgegenbringst, die einfach nicht sein dürfen. – Die einzige Lösung, aus diesem Dilemma herauszukommen, war, dich auf Eis zu legen.«

Bedrohlich. Dilemma. Auf Eis leben. Welch Wortwahl in diesem Zusammenhang! Was ist an Liebe so schlecht, dass du von Bedrohung sprichst?

»Wenn du dir im Klaren darüber warst, was ich für dich empfinde, verstehe ich nicht, weshalb du mich vor einem halben Jahr ins Ministerium geholt hast«, wandte ich ein.

»Ich konnte nicht wissen, dass diese alte Geschichte zwischen uns wieder auflebt. Ich dachte, es sei vorbei.«

»Warum hast du mit mir geschlafen, wenn du mich eigentlich gar nicht willst?«

»Hör auf, das so zu formulieren!«, brach es jetzt aus ihr heraus. Sie wirkte verärgert. »Ich kann dich genauso fragen, weshalb du mit mir geschlafen hast!«

»Weil ich dich liebe, verdammt!«

Und wenn du darauf jetzt nichts sagst, was auf Gegenliebe hoffen lässt, habe ich dir das zum letzten Mal gesagt.

Sie schwieg.

Ich fühlte mich von dieser unfruchtbaren Diskussion ausgelaugt und erschöpft. Neben mir legte sich Katharina auf die Seite und drehte mir den Rücken zu. Ich hatte genug. Alles war sinnlos. Ich schaltete das Licht aus und rutschte an die äußerste Bettkante, weit weg von der Frau, die ich liebte, obgleich sie mich immer wieder verletzte. In dieser Nacht fand ich keinen Schlaf. Ich wälzte mich unruhig hin und her und suchte nach einer Lösung für die Probleme zwischen uns. Wo ein Wille, da ein Weg. Das altbekannte Sprichwort ging mir nicht aus dem Sinn – ebenso, wie dessen Umkehrschluss: Wo kein Wille, da kein Weg. Im Moment hatte ich den bitteren Eindruck, dass ich die einzige von uns beiden war, die nach einem Weg suchte, unsere Beziehung fortzuführen. Von ihrer Seite kamen nur Einwände und Ablehnung. Ich presste mein Gesicht in das Kissen, damit sie mein Schluchzen nicht hörte.

Katharina schlief neben mir selig wie ein Baby.

Am nächsten Tag, als ich um 4.50 Uhr in der Früh ihre Wohnung verließ, tat sie, als hätte es das nächtliche Gespräch nicht gegeben. Wir küssten uns zum Abschied, doch mein Herz war schwer.

Am Sonntagabend rund eine Woche später besagten die ersten vorläufigen statistischen Prognosen, dass die Konservativen die Wahl gewonnen hatten. Meine Stimme hatten die Sozialdemokraten bekommen. Ich war eine Protestwählerin aus egoistischen Gründen: Ich protestierte dagegen, dass Katharina Hermann Kanzlerin wurde, weil ich sie nicht verlieren wollte. In den acht Tagen zwischen unserer Verabschiedung in ihrer Wohnung und dem Wahlsonntag war ich zu dem Entschluss gekommen, dass eine Beziehung mit ihr nur dann möglich war, wenn sie die Wahl verlor. Nachdem ich im Wahllokal mein Kreuzchen gemacht hatte, verbrachte ich den restlichen Tag angespannt vor dem Fernseher und verfolgte nervös die Wahlberichterstattung. Mit jedem Stimmenzuwachs, der sich für die Konservativen abzeichnete, wuchs meine Unruhe.

Katharinas Lächeln auf dem Bildschirm wurde dagegen immer entspannter. Sie befand sich inmitten ihrer Wahlhelfer in der Berliner Parteizentrale, ein Filmteam erstattete live Bericht über die Stimmung in der konservativen Partei. Ich sah Arno Wendereich mit einem Sektglas durch das Bild huschen. Rudolf Aschinger stand im Hintergrund und unterhielt sich mit Gerlinde Hannemann-Anselm, während Andreas Jonas in seiner Funktion als Pressesprecher ein Statement zur aktuellen Entwicklung abgab. Dann wurde Katharina kurz interviewt und tatsächlich gefragt, ob sie den Erfolg ihrer Partei dem Fakt zuschrieb, dass sie als gut aussehende Frau eine hohe Anziehungskraft auf männliche Wähler hatte. Erfahrungsgemäß brachten Fragen dieser Art Katharina in Rage, auch, wenn sie sich das nicht anmerken ließ. Diesmal schien ihr Amüsement echt zu sein.

»Was für eine interessante Frage!«, sagte sie. »Ich hoffe, Sie fragen Dr. Körnigge auch, ob er die Stimmen der weiblichen Wähler gewinnt, weil er ein Mann ist?« Der Reporter lächelte verlegen und verkrampft zugleich, hielt ihr aber unverdrossen das Mikrophon vor die Nase. Katharina erklärte ihm dann sachlich, dass die Konservativen mit einem soliden Parteiprogramm überzeugt hätten und sie in ihrer Person lediglich dazu beigetragen habe, ihre Partei zu stützen. In meinen Ohren klang ihr Statement wie eine typische Politikeraussage: aalglatt und ohne tatsächlichen Inhalt.

Es wurde auch zu den Sozialdemokraten geschaltet: Hier waren die Gesichter bei weitem nicht so fröhlich.

Irgendwann schlief ich vor dem Fernseher ein.

Als ich mitten in der Nacht aufwachte, liefen noch immer Berichte über die Bundestagswahlen. Inzwischen stand fest, dass die Konservativen mit einem Stimmenanteil von 59,8 Prozent die Mehrheit im neu gewählten Bundestag erzielt hatten. Ich wusste, ich sollte mich für Katharina freuen. Stattdessen begann ich hemmungslos zu weinen.

Dass meine Reportage am Montag zuvor im aktuellen *Brennpunkt* erschienen war, konnte an meiner schlechten Stimmung nichts ändern.

Nach Artikel 39, Absatz 2 des deutschen Grundgesetzes, tritt der neu gewählte Bundestag spätestens am dreißigsten Tag nach der Wahl zusammen. Sobald die erste Sitzung abgehalten wird, endet offiziell die alte Wahlperiode und damit zugleich auch die Amtszeit des alten Bundestagspräsidenten. Die stärkste Fraktion im Bundestag benennt dann den neuen Bundestagspräsidenten.

Der Bundeskanzler wird gewöhnlich nach Artikel 63, Absatz 1 des Grundgesetzes auf Vorschlag des Bundespräsidenten vom Bundestag gewählt. In seinem Vorschlagsrecht ist der Bundespräsident ungebunden, heißt es im Gesetzestext. Allerdings ist es in der Geschichte der BRD noch nicht vorgekommen, dass der Kandidat der Partei, die weniger Stimmen erhalten hatte, vorgeschlagen wurde.

Bekanntlich wählen die Bundestagsmitglieder den Bundeskanzler. Der vom Bundespräsidenten vorgeschlagene Kandidat wird dann Bundeskanzler, wenn er die Stimmen der Mehrheit des Bundestages auf sich vereint.

Im Studium hatte ich mich mit dem deutschen Wahlsystem befasst, und noch ausführlicher hatte ich es während meiner Zeit in Berlin studiert. Nach den Wahlen befasste ich mich wiederum mit dem System. In mir keimte die schwache Hoffnung, dass es eventuell doch noch eine Möglichkeit geben könnte, Katharinas Wahl zur Bundeskanzlerin zu verhindern. Die einzige Lösung, die es zu geben schien, war die, dass sie ihre Ambitionen, Kanzlerin zu werden, aufgeben musste oder von äußeren Umständen gezwungen wurde, von der Kandidatur zurückzutreten.

Ich malte mir aus, wie ich sie zur Aufgabe bewegen konnte. In meinen Gedanken schmiedete ich romantische Pläne, die sie dazu brachten, mich so sehr zu lieben, dass sie unsere Liebe an die erste Stelle setzte – vor der Karriere. Dann rief ich mich gewaltsam zur Vernunft. Wenn Katharina mich jemals so lieben würde wie ich sie, konnte diese Liebe nur langsam wachsen. Insofern würde ich sie wohl durch nichts in der Welt dazu bringen, innerhalb von spätestens dreißig Tagen, also bis zur ersten Bundestagssitzung, ihre Karrierepläne aufzugeben.

Ich hoffte auf die Ausführungen im Grundgesetz. Hier hieß es: Wenn ein Kandidat die Mehrheit der Stimmen im Bundestag verpasst, muss der Bundestag binnen 14 Tagen erneut versuchen, einen Bundeskanzler zu wählen. Das Vorschlagsrecht lag hier nicht mehr beim Bundespräsidenten, sondern beim Bundestag selbst. Innerhalb der 14-tägigen Frist konnten theoretisch beliebig viele

Wahlgänge abgehalten werden. Sollte sich der Bundestag mehrheitlich noch immer nicht auf einen vorgeschlagenen Kandidaten einigen können, wurden die Wahlanforderungen nach unten geschraubt: Statt der absoluten Mehrheit war dann zur Wahl des Kanzlers nur noch die einfache Abstimmungsmehrheit nötig. Außerdem hatte der Bundespräsident stattdessen auch die Möglichkeit, den Bundestag innerhalb von sieben Tagen aufzulösen und somit Neuwahlen notwendig zu machen.

Es muss etwas passieren. Entweder muss der Bundespräsident davon überzeugt sein, dass Katharina die falsche Person für das Bundeskanzleramt ist. Oder die Bundestagsmitglieder müssen zu dieser Ansicht kommen. Das Ergebnis wäre dasselbe: Sie wird nicht gewählt und ist frei. Frei für mich.

Ich spann den gedanklichen Faden weiter.

Gut, zunächst wird sie zu Tode betrübt sein. Aber dann bin ich zur Stelle, um sie zu trösten. Sie wird sich dankbar von mir ermutigen lassen und mich schließlich lieben.

Doch was konnte Bundestag oder Bundespräsident dazu bewegen, Katharina Hermann ihr Vertrauen zu entziehen?

Mir kam eine Idee. Sie war teuflisch, sie war unfair, sie war verheerend, aber mit Sicherheit effektiv: Katharina musste geoutet werden. Zwangsgeoutet. Wenn Katharina Hermann offiziell als Lesbe galt, würde ihre Partei sie fallen lassen. Es würde keinen Grund mehr geben, nicht zu mir zu stehen.

Ich malte mir den Plan genau aus, suchte nach Strategien ihn umzusetzen. Ich verbrachte Stunden damit, mir vorzustellen, wie ihr Zwangsouting inszeniert werden konnte. Ich dachte an Gitta. Sie war das optimale Mittel zum Zweck. Ich war auf ihre Versöhnungsangebote bisher nicht eingestiegen. Es tat ihr Leid, dass sie mich in der Cafeteria in die Mangel genommen hatte. Nachdem ich auf ihre Anrufe nicht reagiert hatte, hatte sie mir schließlich eine Mail zukommen lassen: Bitte verzeih mir. Treffen wir uns auf einen Kaffee und reden darüber? Ich möchte deine Freundschaft nicht verlieren. Ich habe mich neulich dumm und ungeschickt ausgedrückt.

Bisher hatte ich ihr nicht auf die Mail geantwortet. Ich war noch immer wütend auf sie. Was sie getan hatte, war alles andere als ein Freundschaftsbeweis.

Jetzt konnte ich mir ihre Neugierde zunutze machen – wenn ich es tatsächlich wollte. Ich griff zum Handy, zögerte aber dann. Zwei Seelen kämpften in mir.

Du kannst nicht das Lebensziel der Person zerstören, die du liebst, sagte die eine Stimme in mir. Was du tust, ist gemein und falsch. Sollte sie je dahinter kommen, dass du die Initiatorin allen Übels bist, wird sie sofort mit dir Schluss machen. Mehr noch: Sie wird dich in die Hölle wünschen.

Es ist die einzige Methode, sie von ihrer politischen Karriere abzubringen, sagte die andere Stimme. Nur so hat unsere Liebe eine Chance. Langfristig ist es auch für sie das Beste, wenn die Träume vom Kanzleramt zerplatzen. Liebe ist wichtiger als Karriere. Sie weiß das jetzt noch nicht, weil sie das Gefühl nicht kennt, in einer stabilen Beziehung zu leben. Aber welcher Mensch kann schon ohne Liebe glücklich sein?

Beseelt von dem Gedanken, dass ich sie glücklich machen würde, und das notfalls auch gegen ihren Willen, tippte ich an Gitta Grothe schließlich eine Kurzmitteilung, in der ich mich offenbarte: ICH LIEBE EINE FRAU. UND DAS SEIT VIELEN JAHREN. Ich wusste, dieses Informationshäppchen würde reichen, um Gitta begierig auf Details zu machen. Sie würde kombinieren und recherchieren. Sie würde dafür sorgen, das Katharinas wohlbehütetes Geheimnis an die Öffentlichkeit kam und mein Plan aufging.

Ich wartete auf Gittas Anruf. Doch sie meldete sich nicht. Ich tröstete mich damit, dass sie eventuell ihr Handy ausgeschaltet und die SMS noch nicht erhalten hatte. Es sah ihr gar nicht ähnlich, auf eine Nachricht wie diese nicht zu reagieren.

Irgendwann an diesem Abend ging ich zu Bett. Endlich konnte ich wieder gut schlafen.

Alles wird gut, Theresa. Sie wird dich lieben.

»Verdammt, Theresa. Ich weiß nicht, was zurzeit in dir vorgeht.« Gitta und ich hatten uns zufällig in der Lobby des Verlagsgebäudes getroffen und stiegen gleichzeitig in den Lift. Wir hatten beide das selbe Ziel: den obersten Stock. Gitta hatte eine Besprechung mit *Amiga*-Chefredakteurin Isolde Werkmann, ich einen Termin mit *Brennpunkt*-Chefredakteur Egle und Verleger Rowendson. Ich wusste, es ging um meine Weiterbeschäftigung; welches Angebot sie mir unterbreiten wollten, war mir unklar, doch da Isolde Werkmann nicht dabei war, rechnete ich nicht damit, dass meine Rückkehr in die *Amiga*-Redaktion zur Debatte stand. Anders als bei meinem ersten Besuch in der Chefetage vor einigen Monaten, war ich diesmal völlig gelassen. Meine Gedanken waren bei Katharina und meinem Plan, nicht bei meiner zukünftigen Tätigkeit innerhalb oder außerhalb dieses Verlagshauses.

Wer weiß, ob ich in Hamburg bleiben werde, wenn Katharina nicht Kanzlerin wird ...

»Warum erzählst du mir so etwas?« Gitta sah mich kopfschüttelnd an, während sich der Aufzug in Bewegung setzte. »Du bringst mich in solch einen Konflikt zwischen Beruf und Privatleben, weißt du das eigentlich?«

Sie hat also begriffen, was ich ihr mitgeteilt habe.

Ich lächelte still in mich hinein. Mein Plan würde funktionieren, da war ich sicher.

Der Lift hielt im zweiten Stock an. Zwei Herren stiegen zu. Gitta schwieg. Ich war froh, nichts sagen zu müssen. Sie sollte aus meinem Munde nichts hören. Im vierten Stock stiegen die Herren aus. Wir fuhren weiter. Wir schwiegen.

Schließlich waren wir im obersten Stockwerk angelangt. Wir stiegen aus.

»Erzähl mir nie wieder so etwas, hörst du? Ich will nichts darüber hören. Ich werde keine Fragen stellen«, sprudelte es aus Gitta hervor. »Ich habe das bei unserem Treffen in der Cafeteria nicht begriffen, daher habe ich gefragt. Aber jetzt ... ich werde dir keine einzige Frage stellen, hörst du!«

Es klang wie eine Drohung.

Ich verstand nicht, weshalb sie plötzlich Skrupel hatte. Die Geschichte wäre schließlich die Story ihres Lebens.

»Du bist meine Freundin«, sagte ich betont harmlos. »Ich weiß gar nicht, warum du so überreagierst, wenn ich dir sage, dass ich mit einer Frau zusammen bin. Ich dachte, du bist tolerant und aufgeklärt.«

Sie hatte bereits einige Schritte in Richtung von Isolde Werkmanns Büro gemacht. Jetzt machte sie auf dem Absatz kehrt und trippelte in ihren hochhackigen Pumps energiegeladen direkt auf mich zu. Nur zehn Zentimeter vor meinem Gesicht kam sie zum Stehen.

»Und ich dachte, du bist intelligent und weißt, wann es besser ist, Dinge für sich zu behalten.« Sie baute sich in ihrer vollen Größe vor mir auf. Trotz ihrer Pfennigabsätze reichte sie mir nur knapp bis zur Nasenspitze. »Du weißt ganz genau, dass es nichts mit Toleranz zu tun hat. Mir ist es völlig egal, mit wem du in die Kiste hüpfst. Aber dein Verhalten hier ist einfach zu ...« Sie suchte nach den passenden Worten. Einen Moment lang sah es so aus, als wäre die Suche in ihrem Wortschatz vergebens, doch schließlich ergänzte sie: »... perfide!«

Ich hörte ihr mit unbewegter Miene zu. Es war nicht angenehm, als hinterhältig bezeichnet zu werden, auch wenn es mittels eines Fremdwortes geschah. Doch ich sagte mir: Der Zweck heiligt die Mittel. Ich tat es für eine gute Sache. Ich tat es für mich und für Katharina. Für eine gemeinsame Zukunft ohne konservative Politik. Die einzige Sorge, die mich quälte, war: Was, wenn Gitta nicht darüber schrieb?

Gitta schüttelte wieder den Kopf. Ihre Stimme klang milder, als sie nun sagte:

»Ich weiß nicht, warum du so etwas tust, Theresa. Du musst verrückt sein.«

Ich widersprach ihr nicht. Ich war verrückt. Verrückt nach Katharina Hermann.

Zwei Tage später stand ich in meiner Küche und gab mich einer Beschäftigung hin, die ich jahrelang gemieden hatte: ich kochte. Es war ein ganz gewöhnlicher Werktag im Oktober, doch für mich war er wie die Zusammenlegung von Ostern und Weihnachten auf einmal: Katharina besuchte mich. Zum ersten Mal würde ich sie in meinen vier Wänden in den Armen halten. Ich hatte die Nachricht am Vortag erhalten und mir den heutigen Tag spontan freigenommen. Stunden hatte ich darauf verwendet, den Parkettboden im Wohnzimmer zu putzen und zu bohnern, den Teppichboden im Schlafzimmer zu saugen, alle Möbel und Regale abzustauben und die Fenster zu putzen. Außerdem hatte ich das Bett frisch überzogen. Ich hoffte, sie würde über Nacht bleiben, auch wenn wir am Telefon nicht darüber gesprochen hatten.

»Ich komme nach Hamburg«, hatte sie mir ihren Besuch angekündigt.

»Hast du einen Termin?«, hatte ich überrascht gefragt.

»Nein, ich komme wegen dir«, hatte sie geantwortet, und in mir eine wahre Explosion von Freude und Begeisterung ausgelöst. Ihr wollte ich jedoch nicht zeigen, wie sehr mich ihr Kommen in Euphorie versetzte, daher sagte ich nur, dass ich mich freue, sie zu sehen. Sie notierte sich meine Adresse, und wir verabschiedeten uns voneinander.

Nach meiner Putzorgie hatte ich frischen Lachs, Lauch und Kräuter vom Markt und einen Weißwein aus der Vinothek besorgt. Katharina sollte sich wohl fühlen bei mir – auch in kulinarischer Hinsicht. Daher brach ich mit meinen üblichen Grundsätzen, die Küche nur zum Aufbacken von Tiefkühlpizzen und Erhitzen von vorgefertigten Spaghettisoßen zu benutzen.

Ich bedeckte den Tisch mit einer Tischdecke und dekorativen Platzsets. Ich wählte Servietten aus, die zu meinen bunt gemusterten Tellern passten. Ich stellte einen Kerzenleuchter in die Mitte des Tisches und legte eine rote Rose auf jenen Teller, den ich Katharina zugedacht hatte. Als sich die Zeiger gen 19 Uhr bewegten, begann ich, nervös in der Wohnung auf und ab zu laufen und alle paar Minuten aus dem Fenster zu starren. Ich hielt Ausschau nach dem Wagen, aus dem Katharina steigen würde.

Ich freute mich so sehr, sie zu sehen. Sie hatte sich seit der Wahl nur einmal gemeldet, und das auch nur kurz. Es fiel mir schwer, geduldig zu bleiben. Doch seit sie mir vorgeworfen hatte, ich würde sie unter Druck setzen, wagte ich meinerseits nicht mehr, bei ihr anzurufen oder Kurzmitteilungen zu schicken. Umso mehr begeisterte mich ihr spontaner Besuch.

Sie nimmt sich Zeit, mich zu sehen.

Eine einzige Sorge trübte meine Vorfreude: Was war, wenn Katharina mir jetzt eröffnete, sie würde meinetwegen von der Kandidatur als Kanzlerin zurücktreten, wolle sich aber vorläufig nicht outen, während gleichzeitig Skandalreporterin Gitta Grothe bereits an einer reißerischen Geschichte über die Lesbe Katharina Hermann schrieb?

Dann geht der Schuss nach hinten los. Sie wird sich in ein Schneckenhaus zurückziehen und ich kann eine Beziehung mit ihr vergessen.

Ich musste Gitta stoppen.

Es klingelte an der Wohnungstür. Ich brauchte keine zwei Sekunden, bis ich dort war und öffnete. Als ich Katharina in langem Trenchcoat, Sonnenbrille und mit tief ins Gesicht gezogenem Hut vor meiner Haustüre stehen sah, musste ich unwillkürlich lachen: Sie sah aus wie die Hauptdarstellerin aus einem Gangsterfilm.

»Ich bin inkognito hier«, sagte sie, nachdem sich die Türe hinter uns geschlossen hatte, und ließ sich von mir Hut und Mantel abnehmen. »Es ist nicht nötig, dass jeder Taxifahrer dieser Stadt weiß, wo ich mich hinfahren lasse.« Sie setzte ihre Sonnenbrille ab und folgte mir ins Wohnzimmer. Als sie den festlich dekorierten Tisch sah, blieb sie stehen.

»Theresa, das wäre nicht nötig gewesen«, sagte sie ernst.

Ich schlang übermütig die Arme um sie und zog sie an mich.

»Für dich koche ich gerne«, sagte ich. »Es ist ein historischer Tag: Das erste Mal, dass ich die Chance habe, dich kulinarisch in meinen eigenen vier Wänden zu verwöhnen!«

»Du hast immer sehr gut gekocht, damals«, gab sie in Erinnerung an unsere gemeinsame Zeit in der Kreisstadt zu.

Ich ließ von ihr ab und bewegte mich in Richtung Küche.

»Ich werde gleich servieren; es ist schon fertig!«

»Nein, Theresa! Warte!« Die Ernsthaftigkeit in ihrer Stimme hinderte mich daran, meinen Weg fortzusetzen. Ich sah sie fragend an.

»Bitte, setz dich«, sagte sie. »Ich muss mit dir reden. Es ist wichtig.«

Vor sechs Jahren war ich von Berlin nach München geflogen, um meinem Verlobten Martin zu sagen, was unvermeidlich war.

Heute war Katharina von Berlin nach Hamburg geflogen, um mir mitzuteilen, dass sie unser Verhältnis beenden wollte.

Die Parallelen waren unverkennbar: In beiden Geschichten gab es jemanden, der liebte, aber keine Gegenliebe erfuhr. In beiden Geschichten stand für einen der Beteiligten schon lange fest, dass es keine Zukunft gab, wogegen der andere bereit war, sich an den letzten Strohhalm Hoffnung zu klammern. Ich war bei beiden Ereignissen dabei, nur meine Rollen waren nicht dieselben.

Ich kauerte mit umschlungenen Knien auf meiner Couch, während mir die Tränen über das Gesicht liefen und Katharinas Worte auf mich einprasselten wie ein Hagel scharfer Messerspitzen, die von der Zimmerdecke fielen und tiefe Schnitte und Wunden in meinem Körper hinterließen. Obgleich ich von Verzweiflung und Schmerz überwältigt war, fiel mir auf, dass selbst die Wortwahl von Katharina und mir damals ähnlich war. Ich hatte Martin erklärt, es sei besser für ihn, wenn wir uns trennten, ich wünschte ihm eine Frau, die besser sei für ihn, besser, als ich es jemals sein würde. Heute sagte mir Katharina: »Ich kann dir nicht das sein, was du brauchst. Ich werde nie zu dir stehen können, du wirst in meinem Leben nie das Wichtigste sein. Mein Leben ist die Politik und meine Arbeit. Das wird für mich immer Priorität haben. Es tut mir Leid, Theresa – ich bin nicht in der Lage, eine Beziehung mit dir zu führen, egal, wie die äußeren Rahmenumstände nun sind. Selbst wenn ich die Wahl verloren hätte – es gibt keine gemeinsame Zukunft für uns beide.«

Martins flehendes Winseln um Liebe, seine Versuche, mich mit Kompromissen zum Bleiben zu bewegen und schließlich seine verzweifelte Drohung, sich etwas anzutun – das alles kam mir plötzlich in Erinnerung, als hätte ich mich erst gestern von ihm getrennt. Ich weinte, weil der Schmerz übermächtig war, doch ich ersparte Katharina all die Diskussionen, die Martin damals mit mir führen wollte. Sie hatte mir von Anfang an signalisiert, dass es keine Liebe von ihrer Seite gab. Sie war immer ehrlich gewesen. Allein – ich wollte die Signale nicht sehen, wie auch Martin alles ignoriert hatte, was auf meinen emotionalen Rückzug hindeutete.

Katharina saß neben mir und reichte mir ein Taschentuch nach dem anderen, damit ich meine Tränen und meine tropfende Nase unter Kontrolle bringen konnte. Ich versuchte es vergeblich.

»Theresa, ich habe dich sehr gerne. Ehrlich«, sagte sie. »Aber es geht einfach nicht anders.«

Eine Weile war mein unkontrolliertes Schluchzen das einzige Geräusch, das in meiner Wohnung zu hören war. Gabi Parchers Worte kamen mir in den Sinn: Sie hat nicht einmal geweint. Ich glaube, das tat mir am meisten weh: Diese Sachlichkeit und Kälte, mit der sie den Schlussstrich zog.

Ich verstand nun, was sie meinte. Katharina saß völlig unbewegt neben mir und reichte mir mit ruhiger Hand Taschentücher.

»Ich werde immer deine Freundin sein«, sagte sie. »Aber wir sollten uns nicht mehr sehen. Auch beruflich nicht. Ich glaube, das wäre schlecht für uns beide. Ich weiß, du hast deinen Fuß jetzt in der Innenpolitik beim *Brennpunkt*, wahrscheinlich werden sie dir anbieten, dich in der Außenredaktion in Berlin zu übernehmen. Doch das würde bedeuten, dass sich unsere Wege ab und zu kreuzen. Das wäre nicht gut. – Ich kann dir einen anderen Job besorgen, eine leitende Stellung sogar. Ich habe Beziehungen zu ...«

»Nein!« Mit einem wütenden Aufschrei fuhr ich ihr ins Wort. »Ich will das nicht!«

Ich will nicht mehr, dass du mir Jobs beschaffst. Traust du mir nicht zu, dass ich alleine dazu fähig bin?

Sie saß neben mir und wusste offensichtlich nicht, wie sie sich verhalten sollte. Nervös verschränkte sie ihre Finger ineinander. Ich dachte an Martin und mich. Ich konnte ihn plötzlich so gut verstehen. Ich begriff, warum er tat, was er tun musste: weil er sein Leben beendet sah. In seiner Welt gab es keine Zukunft ohne mich. In meiner Welt gab es keine Zukunft ohne Katharina. Ich wollte ihr nicht antun, was Martin mir angetan hatte. Wenn Katharina nicht mit mir leben wollte, sollte sie es ohne mich tun können, frei und ungebunden. Zumindest sie sollte glücklich sein.

Als ich zu dieser Erkenntnis gelangt war, versiegten meine Tränen.

»Bitte geh jetzt«, sagte ich leise.

Sie sah mich zweifelnd an.

»Kommst du denn klar?«

Ich nickte.

»Mach dir keine Sorgen.«

Es soll nicht mehr dein Problem sein.

Ich brachte sie zur Türe und half ihr in den Mantel.

»Ich habe dich wirklich gern«, beteuerte sie. Es klang aufrichtig.

Ich nickte nur.

Gern haben reicht nicht. Liebe mich!

Wir umarmten uns ein letztes Mal. Augenblicke später ließ ich die Wohnungstüre hinter ihr ins Schloss fallen.

Ich war wie paralysiert. Wie eine Marionette, bei der jemand anderer die Fäden zog, bewegte ich mich in meine Küche. Ich schaltete den Ofen ab und kippte den Lachs mitsamt der Lauchsoße in den Abfalleimer. Die Nudeln, die als Beilage gedacht gewesen waren, folgten. Dann holte ich mir den Weißwein aus dem Kühlschrank und setzte mich damit auf die Couch. Ich trank innerhalb von einer halben Stunde die gesamte Flasche leer. Um mich herum drehte sich alles. Doch mit jedem Schluck wurde der Schmerz in meinem Herzen schwächer. Irgendwann überwältigte mich die Müdigkeit. Ich schlief auf der Couch ein.

Am nächsten Morgen meldete ich mich krank.

Der Schmerz in meinem Inneren war wieder mit voller Wucht zurückgekommen, kaum dass die Wirkung des Alkohols verflogen war. Wie betäubt saß ich auf meiner Couch und dachte über mein Leben nach. Ich konnte nichts Gutes darin finden.

Gitta rief auf dem Handy an. Ich ließ es klingeln. Mein Bruder versuchte, mich zu erreichen. Ich nahm nicht ab. Ich hatte damals in jenem Cafe an der Alster gedacht, Tommi wäre derjenige, dem ich im Krisenfall mein Herz ausschütten konnte. Doch ich merkte, dass ich nicht darüber reden konnte. Der Schmerz saß zu tief. Ich war noch nie gut darin gewesen, über Gefühle zu reden.

Ich begann zu grübeln. Ich dachte über meinen Bruder und seine Frau nach. Ich stellte mir vor, dass sie ihr Kind nicht ernähren konnten. Dass das Jugendamt kam und ihnen das Baby wegnehmen würde. Ich stellte mir vor, was meine Mutter zu ihrem Enkelkind sagen würde: »Ein farbiges Baby! – Das ist nicht mein Enkelkind!« Tommi würde verzweifeln, wenn er das hörte. Vielleicht würde er wieder zu Drogen greifen. Dann würde seine Ehe scheitern. Florence wäre eine junge, allein erziehende Mutter und wohl bald völlig überfordert. Die Wohnung würde verwahrlosen. Wahrscheinlich könnte Florence sie nicht einmal finanzieren. Sie würde obdachlos werden und auf der Straße landen. Mit dem Baby.

Ich dachte an meinen Vater. Bald würde er in Pension gehen. Er war dann den ganzen Tag zu Hause. Bei Elisa und Elodie, die damit etwas hatten, was Tommi und ich nicht kannten: Einen Vater, der zu Hause war. Ein richtiges Familienleben. Sicher kochte diese Eva mittags. Und dekorierte das Haus weihnachtlich. Und band zu Ostern Palmkätzchen zu einem Strauch, an den Elisa und Elodie kleine bunte Eier aus Holz und Plastik hängen konnten. Elisa und Elodie würden hübsche, brave, glückliche Töchter werden, mit denen er vor seinen Freunden aus dem Golfclub angeben konnte. Und zwar viel besser als mit dieser Tochter, die er früher hatte, der Tochter, die ihren Verlobten in den Tod trieb und selbst daran scheiterte, sich die Pulsadern erfolgreich aufzuschlitzen. Mit Elisa und Elodie hätte er diese Probleme nicht. Deshalb hatte er sie lieber als mich. Elisa und Elodie würden nach dem Abitur Medizin studieren und mit »summa cum laude« promovieren. Sie würden perfekte Schwiegersöhne mit nach Hause bringen.

Dann stellte ich mir meine Mutter vor, wie sie sich von ihrem römischen Performance-Künstler den Rücken massieren ließ. Ich fand die Vorstellung widerlich. Irgendwann wäre der Performance-Künstler Vergangenheit, so wie die meisten Männer in ihrem Leben. Meine Mutter war auf der Suche nach etwas, das sie wahrscheinlich nie finden würde. Tommi konnte mir hundertmal sagen, sie hätte sich geändert. Ich konnte und wollte es nicht glauben.

Und Katharina Hermann würde Kanzlerin werden, ohne einen weiteren Gedanken an mich zu verschwenden – Hauptsache, ich hielt schön brav und vor allem lebenslänglich den Mund und erzählte niemandem von dieser für sie peinlichen Liaison. Ich war schließlich der Schandfleck ihres Lebens, zu dem sie niemals öffentlich stehen wollte.

Ich grübelte nicht nur einen Tag. Ich grübelte mehrere Tage. Zwischendrin ging ich zum Arzt, ließ mir ein Attest ausstellen und besorgte mir Schlaftabletten. Ich verbrachte die Tage in einem Dämmerzustand und hoffte, dass dieser Schmerz in mir endlich vorübergehen würde. Er fraß mich auf. Er schnitt mein Herz in immer kleinere Teile. Manchmal bekam ich Heulkrämpfe. Ich hörte auf zu essen.

Ich fühlte, dass es bald wieder soweit war. In den ersten Tagen wehrte ich mich dagegen. Ich sagte mir rational, dass dieser Schmerz irgendwann nachließe. So sei es nun mal, wenn eine Liebe zerbricht. Doch dieses Gefühl von Leid und Leere wurde nur stärker.

Am siebten Tag nach Katharinas Besuch stand ich vor dem Spiegel und sah eine Frau, die aussah wie meine Mutter. Es waren dieselben Gesichtszüge: die kleinen, verkniffenen Falten um den Mund, die nur dann verschwanden, wenn sie sich zum Lachen zwang. Die dunklen Augen, die fröhlich und temperamentvoll blitzen konnten, aber zeitweise auch abgrundtiefe Frustration und Melancholie widerspiegelten. Ich erschrak. Denn die Frau war ich.

Ich hatte nicht davor zurückgeschreckt, mein Verhältnis mit Katharina an eine Klatschreporterin zu verraten. Was für ein dummer, selbstsüchtiger Plan! Ich war bereit gewesen, ihr so kurz vor dem Ziel alles zu zerstören.

Ich hasste mich.

Mich kann niemand lieben, sagte ich mir. Ich bin schlecht und böse. Ich werde mein Leben lang allein bleiben.

Die Vorstellung, irgendwann einsam und ungeliebt in einer Wohnung in Hamburg, Berlin oder einer anderen deutschen Großstadt zu sterben, vertiefte meine Verzweiflung. Voller Wut auf die Frau im Spiegel, die unfähig war, ein erfülltes Leben zu führen, schlug ich mit der geballten Faust gegen das Glas. Der Spiegel fiel in unzähligen Scherben mit einem lauten Klirren auf den Badezimmerboden.

Einen Moment lang war ich wie erstarrt. Dann begriff ich, dass es soweit war. Ich musste die Scherben nicht aufkehren. Jemand anderer würde das irgendwann für mich erledigen.

Ich ging ins Wohnzimmer. Ich erledigte das, was ich für unbedingt notwendig hielt.

Sollen sie alle glücklich werden. Oder unglücklich. Was auch immer sie bevorzugen.

Ich ging zurück ins Badezimmer, machte einen Bogen um die Scherben und ließ Wasser in die Badewanne ein. Ich wählte den Badezusatz mit Vanille-Aroma. Vanille war für den Anlass passend. Diesmal würde ich es richtig machen.

Als die Badewanne halb voll war, stieg ich hinein. Das warme Wasser tat meinem Körper gut. Ich fühlte mich wohl wie schon lange nicht mehr.

Im Wohnzimmer hörte ich mein Handy läuten.

Ich lächelte.

Ich griff mir die größte Scherbe aus den Trümmern des zersplitterten Spiegels und machte den ersten Schnitt. Es brannte, als ich die Hand ins Wasser sinken ließ. Fasziniert sah ich zu, wie das Blut aus meinen Adern hinausströmte und sich mit dem Wasser vermischte.

Jetzt noch an der anderen Hand. Dann ist es endlich vorbei, dieses Leben.

Epilog

Es wird behauptet, dass viele Selbstmörder nicht wirklich sterben wollen; dass ihr scheinbarer Wille, aus dem Leben zu scheiden, in Wahrheit nur ein verzweifelter Ruf nach Hilfe ist. Es heißt, dass viele Selbstmorde allein deshalb scheitern, weil der Selbstmörder es im Grunde beim Selbstmordversuch belassen will. Daher legt er im Vorfeld alles unbewusst so an, dass die Wahrscheinlichkeit, tatsächlich zu sterben, möglichst gering ist.

Auch bei mir war das so gewesen. Ich fühlte mich damals dem Tod verbundener als dem Leben, doch wahrscheinlich wollte ich tatsächlich nicht sterben. Ich wollte nur nicht mehr dieses Leben, in dem ich mich so einsam und verloren fühlte. Und ich wollte diesen seelischen Schmerz nicht mehr spüren, der von mir Besitz ergriffen hatte.

Mein erster Selbstmordversuch – jener nach Martins Tod – scheiterte an meiner unzulänglichen Kenntnis der menschlichen Anatomie. Es war Blut geflossen, aber nur ein Rinnsaal, das bereits zu gerinnen begann, als mich eine meiner Mitbewohnerinnen nur Minuten später ohnmächtig auf dem Badezimmerboden fand. Ich hatte zu allem Überfluss auch noch vergessen, die Tür abzusperren.

Dass mein zweiter Selbstmord nur ein Versuch blieb, verdankte ich meinem Bruder Tommi, meiner Freundin Gitta und meinem unerklärlichen Drang, beiden eine Kurzmitteilung zu schicken, ehe ich in die Badewanne stieg. Tommi erhielt eine SMS mit den Worten: »Ich wünsche euch viel Glück mit dem Baby. Was ich gesagt habe, tut mir Leid. Du wirst ein hervorragender Vater sein. Ich hab dich lieb. Tessa.« Die Kurzmitteilung an Gitta lautete: »Schreib, was du willst. Es ist jetzt ohnehin alles egal. Lebe wohl.«

Ich hatte früher nie begriffen, wie feinfühlig mein Bruder war. Als er die SMS erhielt, reagierte er sofort. Vielleicht hätte er nicht begriffen, was los war, wenn er nicht wieder Kontakt zu meinem Vater aufgenommen und über ihn von meinem ersten Selbstmordversuch erfahren hätte. Doch so schrillten bei ihm alle Alarmglocken. Als er mich nicht auf dem Handy erreichte, erfragte er bei der Auskunft die Nummer von Gitta Grothe. Ich hatte ihren Namen ein-, zweimal vor ihm erwähnt und zufällig hieß ein alter Freund von ihm ebenfalls Grothe. So hatte er sich den Nachnamen gemerkt. Jetzt erinnerte er sich, dass sie eine Hamburger Freundin von mir war. Er sagte, sie solle bei mir vorbeischauen, er hätte kein gutes Gefühl. Sie erzählte ihm darauf von der SMS, die sie eben erhalten hatte, und berichtete, dass ich seit sieben Tagen weder bei der Arbeit war noch das Telefon abhob. »Rufen Sie die Rettung und die Polizei, lassen Sie die Wohnung aufbrechen, Tessa hat sich etwas angetan!«, rief mein Bruder erschrocken aus.

Natürlich war Gitta zunächst verwirrt. Es war ihr nicht zu verdenken. Anders als mein Bruder wusste sie nichts von meiner seelischen Labilität. Sie kannte eine andere Theresa. Doch die Aufregung und Besorgnis meines Bruders übertrug sich auf sie. Sie ließ alles stehen und liegen, verständigte Notarzt und Polizei und war vor Ort, als zwei stämmige Beamte meine Wohnungstüre eintraten. Sie fanden mich ohnmächtig in einer Badewanne voller Blut. So schilderte es mir zumindest Gitta, mit dem Zusatz: »Schlimmer hätte es in einem Schlachthof auch nicht aussehen können!«

Sie kamen keine Sekunde zu früh. Ich musste wiederbelebt werden. Schon im Notarztwagen bekam ich Bluttransfusionen. Ich selbst erinnere mich nicht daran. Erst an das Piepen des Gerätes, an das ich angeschlossen war, und die gesichtslose Stimme einer Krankenschwester erinnere ich mich dunkel.

»Erschrecken Sie nicht. Alles wird gut.«

Mein erster Gedanke war: Du kannst dich nicht einmal selber umbringen, Tessa. Was kannst du überhaupt?

Dann spürte ich, wie sie mir eine Spritze gaben, die mich in einen tiefen, traumlosen Schlaf versetzte. Ich erwachte, weil ich meinen Vater und Tommi miteinander sprechen hörte. Ich blinzelte ungläubig. Beide standen tatsächlich vor meinem Bett und sahen mich sorgenvoll an.

Ich erfuhr, dass Tommi einen Großteil seiner geringen Ersparnisse zusammengekratzt und den nächstmöglichen Flieger nach Hamburg genommen hatte. Er war in den letzten Stunden kaum von meinem Bett gewichen. Zuvor hatte er noch meinen Vater verständigt.

Von meinem ersten Selbstmordversuch hatte ihn damals das Krankenhauspersonal unterrichtet. Er wäre auch damals gekommen. Doch ich war bei Bewusstsein und lehnte seinen Besuch ab. Ich wollte ihn nicht sehen. Ich regte mich so auf, dass der Krankenhaustherapeut meinem Vater begreiflich machte, dass sein Kommen nur nachteilige Auswirkungen auf meine Psyche hätte.

Diesmal war er einfach angereist. Ich nahm erstaunt wahr, dass mich sein Kommen freute. Als er mich in die Arme nahm, begann ich zu weinen. Erst in diesem Augenblick wurde mir bewusst, wie sehr ich ihm unrecht getan hatte.

Mein Vater blieb zwei Wochen. Mein Bruder musste schon nach fünf Tagen wieder zurück nach Berlin; sein neuer Arbeitgeber ließ noch keinen längeren Urlaub zu, und er wollte auch nicht zu viel von seinem Weiterbildungskurs versäumen. Gitta besuchte mich jeden Tag.

Ich sprach mit allen dreien sehr viel über das, was geschehen war. Anfangs fiel es mir schwer. Doch ich merkte, dass es befreiend war. Ich erzählte von meinem Leben und dem, was ich fühlte, ich sprach von Martin und ich redete auch von Katharina, ohne ihren Namen zu nennen. Mein Vater nahm unbewegt zur Kenntnis, dass die große Liebe seiner Tochter eine Frau war. Er äußerte sich niemals wertend und tut es auch jetzt nicht. Mein Bruder wusste sowieso, um wen es sich handelte. Gitta wusste es auch, doch sie stellte keine Fragen. In ihrer Klatschkolumne blieb Katharina Hermann stets unerwähnt.

Dreieinhalb Wochen nach meinem Blutbad wurde ich aus dem Krankenhaus entlassen – allerdings mit der Auflage, eine Psychotherapie zu beginnen. Auch beim ersten Mal hatte man mir dazu geraten. Ich hatte damals halbherzig begonnen, aber bereits nach fünf Sitzungen abgebrochen. Ich hatte keinen Sinn darin gesehen, anderen Leuten meine Probleme aufzuladen. Stattdessen blätterte ich vor Beginn der sechsten Sitzung in der Zeitschrift *Amiga*. Ich sah diese selbstbewusst lachenden Frauen auf den Fotos, die keine Probleme zu haben schienen und stets unbeschwert und heiter durch die Welt spazierten. Mein Blick fiel auf das Foto einer Frau in meinem Alter, ein Model mit dunklem Teint und schwarzen Locken. Sie trug weit geschnittene Designerhosen, die auch von H&M oder C&A hätten stammen können, dazu eine locker fallende Leinenbluse und Turnschuhe. Die Frau war in Szene gesetzt worden: Sie spazierte durch die Stadt – ich glaube mich zu erinnern, im Hintergrund die City of London erkannt zu haben – und zog einen Mann in Anzug und Krawatte hinter sich her wie andere einen unwilligen Hund an der Leine. Die Frau lachte. Der Mann lächelte etwas unsicher, sah aber nicht traurig aus. Zu diesem Foto hatte der zuständige Redakteur bzw. die zuständige Redakteurin gedichtet: »Der legere Weg emotionaler Führung: Cargo statt Konventionen, weiche Stoffe und Weiblichkeit garantieren neue Freiheit und Selbstbewusstsein.«

Der Text war schwachsinnig. Doch damals beschloss ich, ihn zu meiner Lebensphilosophie zu machen. Ich wollte so sein wie die Frau, die hier beschrieben wurde. Ich wollte keine tiefen Gefühle mehr, ich wollte keine Schmerzen mehr, ich wollte lachen und nicht weinen, ich wollte eine andere Theresa sein.

Spontan klappte ich das Magazin zu und verließ das Wartezimmer des Therapeuten, ohne weitere Sitzungen in Anspruch zu nehmen. Ich entsorgte meine Kostüme und Hosenanzüge, trug mein Haar fortan offen oder zu verrückten Zöpfen geflochten und mied Schuhe, deren Absatz höher war als zwei Zentimeter. Doch nicht nur mein Erscheinungsbild änderte sich, sondern auch mein Inneres: Ich wurde zu der Frau auf dem Foto. Die neue Theresa war cool, oberflächlich und ohne tiefere Gefühle. Die neue Theresa verabschiedete sich rasch von Berlin und startete in Hamburg einen Neuanfang. Sie verkroch sich bei jenem Magazin, das ihr den Weg gewiesen hatte, und lebte ihr Leben ohne besondere Höhen und Tiefen. Ständig wechselnde Männer waren die Abwechslung, die sich nicht vermeiden ließ. Bei einigen wünschte sie anfangs, sie könnte sich tatsächlich richtig verlieben, doch ihr Herz blieb kalt.

Als ich diese neue Theresa war, lebte ich nur in der Gegenwart. Es war ein angenehmes Leben; ziellos, aber ohne seelischen Schmerz. Dann traf ich an jenem verhängnisvollen Tag im *Park Hyatt* wieder auf Katharina, und das Image, das ich mir in all den Jahren geschaffen hatte, zerbröselte, je mehr Zeit ich mit ihr verbrachte. Die alte Theresa kam wieder zum Vorschein, und mit ihr die Vergangenheit, die Erinnerungen und der Schmerz.

Manchmal frage ich mich, wie es mit mir und meinem Leben weitergegangen wäre, wenn Katharina nicht den Schlussstrich gezogen hätte, wenn sie tatsächlich von der Kandidatur als Bundeskanzlerin zurückgetreten wäre. Hätte ich mein Leben dann mit allen Höhen und Tiefen gemeistert? Oder wäre irgendwann der große Knall gekommen und ich hätte mir aus anderen Gründen nochmals die Pulsadern durchgesäbelt?

Ich weiß es nicht und werde es nie erfahren. Im Krankenhaus jedenfalls war sich das Personal einig, dass ich eine labile Persönlichkeit war. Auch mein Vater war dieser Ansicht. In meiner Therapie lernte ich, mit Gefühlen umzugehen und Krisen zu meistern. Die zweite Therapie zog ich durch. Nach rund eineinhalb Jahren und zwei Sitzungen pro Woche fühlte ich mich dem Leben gewachsen.

Rowendson und Egle hatten mir tatsächlich angeboten, in die Redaktionsvertretung nach Berlin zu wechseln und über die deutsche Innenpolitik zu schreiben. In meiner Zeit am Justizministerium hatte ich schließlich viele wichtige Personen kennen gelernt und gute Kontakte geknüpft. Doch ich wollte nicht mehr zurück in die Hauptstadt – es sei denn, um meinen Bruder, seine Frau Florence und meinen kleinen Neffen Christopher-Jaime zu besuchen. Diesmal war es keine Flucht vor mir selbst oder vor Katharina, sondern eine bewusste Entscheidung: Ich hatte erfahren, dass im Ressort Gesellschaft ebenfalls eine Stelle zu besetzen war, und entschied mich hierfür. Fast zwei Jahre lang schrieb ich für den *Brennpunkt* unzählige sozialkritische Reportagen. Ich recherchierte in der Drogenszene, berichtete über rechtsradikale Jugendliche, begleitete so genannte Wunderkinder durch ihren Alltag und heftete mich an die Versen rumänischer Kinderschlepperbanden. Die Arbeit war spannend und abwechslungsreich. Ich vermisste die deutsche Innenpolitik nicht einen Tag lang.

Meine Reportage über die deutsche Skinhead-Szene wurde mit dem Egon Erwin Kisch-Preis ausgezeichnet, einem der bedeutendsten deutschen Journalistenpreise. Ein halbes Jahr später gewann ich mit meiner Reportage über den Alltag verheirateter türkischer

Immigrantinnen in Deutschland einen Preis, den das Hessische Ministerium für Frauen, Arbeit und Sozialordnung verlieh.

Insgesamt zwei Jahre nach meinem gescheiterten zweiten Selbstmordversuch trug mir Rowendson die Leitung des *Brennpunkt*-Außenbüros in Bayern an. Ich erbat mir Bedenkzeit. Ich erwog drei Tage lang das Für und Wider und sagte schließlich zu. Dabei spielte eine große Rolle, dass ich fortan in der Nähe meines Vaters wohnen würde. Unser Verhältnis war sehr eng geworden; wir telefonierten oft und ich verbrachte regelmäßig ein paar Wochenenden im Jahr bei ihm, Eva und den Kindern. Ich zog nach München und leitete fortan ein Büro mit sechs Mitarbeitern.

In meinem Privatleben hatte sich in Hamburg in den zwei Jahren wenig getan. Ich hatte mich zwischendurch in einen Mann verliebt, einen Marketingexperten des *Brennpunkt*-Verlags. Wir waren vier Monate zusammen, dann stellte ich fest, dass er verheiratet war. Auf so etwas wollte ich mich nicht mehr einlassen. Ich warf ihn aus meinem Leben. Es tat mir weh, doch diesmal zerbrach ich nicht daran.

Zwei Monate nach meinem Umzug nach München traf ich bei einem Einkaufsbummel am Marienplatz Gabriele Parcher. Wir gingen spontan in ein Café. Sie erzählte mir, dass sie jetzt in München wohnte und bei einer großen Werbeagentur für die Kundenakquise zuständig war. Wir unterhielten uns drei Stunden, gingen dann noch zusammen essen und tauschten Telefonnummern.

Drei Tage später rief sie an und fragte, ob ich mit ihr Last-Minute in Urlaub fahren wollte. Ich sagte zu.

Sechs Monate später zogen wir zusammen.

Katharina kandidierte nach den vier Jahren für eine zweite Amtszeit. Wieder gewannen die Konservativen die Wahl. Ich sah sie auf Plakaten, in Zeitungen und im Fernsehen, doch ihr Anblick tat nicht mehr weh.

Sie war nur eine Erinnerung von vielen.